KB270283

오만과 편견

이 도서의 국립중앙도서관 출판예정도서목록(CIP)은 서지정보유통지원시스템 홈페이지(http://seoji.nl.go.kr)와
국가자료공동목록시스템(http://www.nl.go.kr/kolisnet)에서 이용하실 수 있습니다.
(CIP제어번호: CIP2017022849)

세계문학전집
154

Jane Austen : Pride and Prejudice

오만과 편견

제인 오스틴 장편소설

류경희 옮김

문학동네

차례

제1부

1

큰 재산을 가진 미혼 남자라면 마땅히 아내가 필요하다는 것은 누구나 인정하는 진리다.

그런 남자가 이웃에 처음 등장하게 되면, 그의 감정이나 생각은 알려진 바가 거의 없는데도, 인근 가족들의 마음속에 이 진리가 워낙 굳게 자리잡고 있어 그는 그들 딸들 중 누군가가 으레 취할 재산으로 여겨진다.

"여보, 베넷 씨." 어느 날 베넷 씨의 아내가 남편에게 물었다. "당신 네더필드 파크에 마침내 세 들 사람이 왔다는 소문 들었어요?"

베넷 씨는 듣지 못했다고 대답했다.

"새 임차인이 들어왔대요." 그녀가 응수했다. "방금 롱 부인이 다녀갔는데, 내게 다 얘기해주었어요."

베넷 씨는 아무런 대꾸도 하지 않았다.

"누군지 궁금하지도 않아요?" 아내가 조바심치며 큰 소리로 물었다.

"당신이 말해줄 셈이라면, 안 들을 이유가 없소."

이 정도면 권유로써 충분했다.

"글쎄 말이죠, 여보, 당신도 이건 꼭 알아야 해요. 롱 부인 말로는 네더필드의 새 임차인이 잉글랜드 북부에서 온 청년인데 엄청 부자라지 뭐예요. 월요일에 사륜마차를 타고 집을 보러 왔는데 무척 마음에 들어 하더니 모리스 부인과 곧바로 계약했대요. 그래서 성미카엘 축일* 전에 집을 넘겨받기로 하고 하인들 몇몇이 다음 주말까지 미리 와 있기로 했대요."

"그는 이름이 뭐라나요?"

"빙리래요."

"기혼이래요, 미혼이래요?"

"글쎄 미혼이라지 뭐예요, 여보! 아무렴요! 재산 많은 총각이요. 연수입이 사오천은 족히 된대요. 우리 딸애들에게 얼마나 잘된 일인지!"

"뭐가 잘된 일이지? 그게 우리 애들과 무슨 상관이 있소?"

"이보세요, 베넷 씨." 아내가 대답했다. "아니 어찌 그리 속상한 소리를 하실까! 그 청년이 우리 딸들 중 하나랑 결혼했으면 하는 내 생각을 뻔히 알면서."

"그 청년이 이곳에 이사 오는 속셈이 바로 그거래요?"

"속셈이라니! 말도 안 돼. 아니 어쩜 말을 그렇게 해요? 암튼 내 말

---

* 9월 29일.

은 그 청년이 우리 딸들 가운데 한 명과 사랑에 빠질 가능성이 무척 높
다는 거죠. 그러니 당신은 그 청년이 이사 오면 꼭 즉시 인사 방문을 가
세요."

"그래야 할 이유를 모르겠소. 당신하고 애들은 가봐요. 아니면 애들
만 보내든지. 아니지, 애들만 가는 게 낫겠어. 당신이 딸애들 누구 못지
않게 예쁘니 빙리 씨가 당신을 제일 좋아할지 누가 알겠소?"

"치켜세우시기는. 사실 말이야 바른말이지 나도 빠지는 미모는 아니
죠. 하지만 지금은 내 미모가 특출나다느니 어떻다느니 할 때가 아니에
요. 다 큰 딸 다섯을 둔 엄마라면 자기가 아름다우니 어쩌니 하는 생각
은 깨끗이 접어야죠."

"그런 경우의 엄마라면 대체로 생각해볼 미모랄 것도 없겠네."

"어쨌든, 여보. 정말이지 빙리 씨가 이웃으로 이사 오면 제발 찾아가
서 인사 좀 하세요."

"분명히 말하는데, 그건 내가 약속하고 말고 할 일이 아니오."

"하지만 우리 딸들을 생각해야죠. 그 일로 우리 애들 중 하나에게 얼
마나 확실한 혼처가 생길지만 생각하라는 거예요. 윌리엄 루커스 경 부
부도 순전히 그런 이유 때문에 인사 방문을 가기로 했대요. 보통때라면
누가 새로 이사 오든 말든 절대로 인사를 안 다니는 사람들이라는 것
은 당신도 알잖아요. 정말 꼭 가야 돼요. 당신이 먼저 안 가면 우리도 갈
수 없어서 그래요."

"당신 정말 너무 신경을 쓰는군. 장담하는데 빙리 씨가 당신을 만나
면 몹시도 기뻐할 테니까 내가 편지를 몇 줄 써서 당신 편에 보내지요.
그 사람이 우리 딸들 가운데 누구를 고르든 기꺼이 결혼에 동의한다는

내용을 담아서 말이오. 물론 거기에 우리 예쁜 리지를 위한 찬사는 한 마디쯤 더 붙여야겠지."

"그런 일일랑 제발 하지 마요. 리지가 다른 애들보다 나은 점은 눈곱만큼도 없어요. 분명히 말하는데, 리지는 제인의 미모를 반도 못 따라가요. 상냥하기로는 리디아의 반도 못 미치고요. 그런데도 늘 그애만 편애하니."

"다른 애들은 하나같이 마음에 드는 구석이 없소." 그가 대답했다. "다른 집 딸들처럼 모두 바보 같고 어리석어. 하지만 리지는 다른 애들에 비해 훨씬 영리한 구석이 있지."

"이보세요, 베넷 씨. 아니 어쩜 딸들을 그렇게 대놓고 욕하세요? 당신은 날 약 올리는 게 즐거운가봐요. 내 연약한 신경이 딱하지도 않은지."

"오해하지 말아요, 여보. 당신 신경은 아주 소중히 여기고 있으니. 내 오랜 친구잖소. 못해도 이십 년은 당신의 그 말에 마음을 써왔는걸."

"쳇, 당신은 내 고통을 몰라요."

"아무튼 부디 그 신경쇠약증을 극복하고, 살아서 연 수입 사천 파운드의 부자 청년들이 이웃으로 이사 오는 걸 보게 되기를 바라오."

"그런 청년들이 스무 명 이사 온들 당신이 인사 방문을 안 가면 아무 소용도 없다니까요."

"확실히 약속하지, 여보. 만약 그런 청년이 스무 명이 되면 모조리 방문하겠다고 말이오.'

베넷 씨는 머리 회전이 빠르고, 냉소적인 유머 감각, 과묵함과 변덕스러움이 뒤섞인 희한한 성격의 소유자로, 스물세 해를 함께 살아온 아내조차 그 성격을 충분히 파악하지 못할 정도였다. 반면에 베넷 부인의 마음은 속을 들여다보는 게 그리 어렵지 않았다. 그녀는 이해력이 다소 떨어지고 지식도 충분치 않았으며 성격도 불안정했다. 또 뭔가 불만스러운 일만 생기면 자신이 신경쇠약을 앓는다고 생각하는 여자였다. 그녀의 평생소원은 오로지 딸들을 결혼시키는 일이었고, 평생의 위안은 남의 집을 방문하는 일과 새로운 소식이었다.

2

베넷 씨는 빙리 씨에게 일찌감치 인사 방문을 갔던 사람들 가운데 한 명이었다. 사실 그는 처음부터 줄곧 빙리 씨를 방문할 생각이 있었다. 물론 마지막 순간까지 아내에게는 가지 않겠다고 말해 방문을 다녀와 저녁이 될 때까지도 그의 아내는 남편의 방문 사실을 까맣게 모르고 있었다. 그런데 그날밤 이 사실이 알려지게 된 사정은 이랬다. 둘째 딸이 모자에 장식을 다는 모습을 본 베넷 씨가 불쑥 이렇게 말을 꺼냈다.

"빙리 씨가 그걸 마음에 들어하면 좋겠구나, 리지."

"빙리 씨가 뭘 좋아하는지 어찌 알겠어요?" 엄마가 퉁명스럽게 말했다. "인사 방문도 하지 않을 거면서."

"엄마, 잊으셨어요?" 엘리자베스가 말했다. "무도회에서 그분을 만나게 되겠죠. 롱 부인이 그때 그분을 소개시켜주겠다고 약속했잖아요."

"롱 부인이 그런 일을 퍽도 해주겠다. 자기도 조카딸이 둘이나 있는데. 그 여자는 이기적이고 위선적이야. 난 그 여자가 정말 마음에 안 들어.”

“나도 마찬가지요.” 베넷 씨가 말했다. “당신이 그런 여자의 도움을 안 받겠다고 하니 다행이네.”

베넷 부인은 남편의 말에 대꾸하지 않을 작정이었다. 하지만 그냥 참고만 있을 수는 없어 딸들 중 한 명에게 괜한 잔소리를 시작했다.

“키티, 제발 기침 좀 그렇게 하지 말라니까! 내 신경 좀 불쌍히 여기렴. 그 소리가 내 신경을 갈기갈기 찢어놓잖니.”

“키티가 기침을 생각 없이 하기는 했네.” 아버지가 말했다. “때를 잘못 정했어.”

“제가 재미 삼아 기침한 게 아니잖아요.” 키티가 짜증을 내며 말했다.

“다음번 무도회가 언제니, 리지?”

“보름 후예요.”

“그래, 맞다.” 엄마가 큰 소리로 말했다. “롱 부인은 아마 그 전날에나 돌아올 거다. 그러니 빙리 씨에게 너를 소개 못할 거야. 자기도 빙리 씨를 모르고 있을 테니.”

“그러면 여보, 당신이 친구보다 유리하군. 오히려 빙리 씨를 그 부인에게 소개시켜줄 수 있겠소.”

“불가능해요. 불가능하고말고요. 저도 빙리 씨를 아직 알지 못하는데 무슨. 왜 그렇게 사람 약을 올려요?”

“당신의 그 신중함이 존경스럽네. 두 주 정도 알고 지내는 것만으로는 분명히 부족하겠지. 사실 보름 동안 어떤 사람의 참모습을 파악하기란 힘드니까. 하지만 우리가 나서지 않으면 다른 누군가가 하겠지. 그리고 결국은 롱 부인과 그 조카딸들이 기회를 잡을 테고. 롱 부인은 그런 걸 친절을 베푼다고 여기고 있으니, 당신이 하지 않겠다면 내가 직접 할 수밖에."

이 말을 듣고 딸들이 일제히 아버지를 바라보았다. 베넷 부인은 "말도 안 돼, 말도 안 되고말고!" 하고 외칠 뿐이었다.

"왜 그렇게 단호하게 소리치지?" 그가 큰 소리로 말했다. "소개의 형식을 생각하는 거야, 그런 형식이 중요하다는 게 말도 안 된다고 생각하는 거야? 그 점에서는 당신 생각에 전혀 동의할 수 없는데. 메리, 네 생각은 어떠냐? 넌 생각이 꽤 깊고, 대단한 책도 많이 읽었고, 멋진 구절도 많이 적어놓았잖니."

메리는 매우 현명하게 말하고 싶었지만 무슨 말을 해야 할지 몰랐다.

"메리가 생각을 정리하는 동안 다시 빙리 씨 얘기로 돌아가볼까." 아버지가 다시 말을 이었다.

"빙리 씨 얘기라면 이제 넌더리가 나요." 아내가 소리쳤다.

"당신에게서 그런 말을 듣다니 유감이군. 왜 진작 말하지 않았소? 당신 생각을 오늘 아침에만 알았어도 빙리 씨를 방문하러 가는 일은 없었을 텐데 말이야. 정말 공교롭게 되었네. 하지만 이미 그 청년을 만나고 왔으니 이제 그와 알고 지내는 일을 피할 수 없어."

깜짝 놀라는 가족들의 반응은 그가 바라던 바였다. 그중에서도 베넷 부인이 누구보다도 크게 놀랐을 것이다. 하지만 처음에는 기뻐서 야단법석이더니 좀 차분해지자 베넷 부인은 그동안 쭉 일이 이렇게 풀릴 줄 알았다고 주장하기 시작했다.

"친애하는 베넷 씨, 어쩜 그렇게 자상하세요! 전 당신을 설득할 수 있다고 믿었어요. 딸들을 몹시도 사랑하는 당신이 이런 인사 방문을 소홀히 할 리 없다고 확신했지요. 아, 기분이 너무너무 좋네! 오늘 아침 빙리 씨를 방문하고 와서는 지금껏 말 한마디 없이 시치미를 뚝 떼고 있었다니 장난도 참.”

“자, 키티, 이젠 마음대로 기침해도 되겠다.” 베넷 씨가 말했다. 그는 들뜬 아내의 모습에 질려 이 말을 한 뒤 방을 나갔다.

“얘들아, 얼마나 훌륭한 아버지시니!” 문이 닫히자 부인이 말했다. “아버지의 친절한 배려에 너희가 대체 어떻게 보답해드려야 할지 모르겠구나. 나도 마찬가지고. 우리 나이가 되면 하루하루 새로운 사람과 알게 되는 게 그리 즐거운 일만은 아니란다. 하지만 엄마와 아빠는 너희를 위해서라면 무슨 일이든 할 수 있어. 어여쁜 우리 리디아, 막내지만 다음번 무도회에서 빙리 씨는 너랑 춤출 것 같구나.”

“정말!” 리디아가 씩씩하게 말했다. “겁 안 나. 엄마 말대로 내가 제일 어려도 키는 제일 크니까.”

그날밤 엄마와 딸들은 빙리 씨가 베넷 씨의 방문에 얼마나 빨리 답방할지 짐작해보고, 언제쯤 그를 식사에 초대할지 의논하며 시간을 보냈다.

3

베넷 부인이 다섯 딸들의 지원을 받으며 온갖 질문을 퍼부어댔음에도 남편에게서는 빙리 씨에 대한 속시원한 설명을 끌어낼 수 없었다. 엄마와 딸들은 온갖 방법을 동원해 베넷 씨를 공략했다. 노골적인 질문도 던져보고 그럴듯한 상상도 해보고 엉뚱한 추측도 해보았다. 그러나 베넷 씨는 부인과 딸들의 술책을 잘도 피해나갔다. 결국 그들은 이웃인 루커스 부인에게서 간접적인 정보를 얻을 수밖에 없었다. 부인의 평가는 아주 우호적이었다. 윌리엄 경도 빙리 씨를 마음에 들어했단다. 빙리 씨는 매우 젊고, 대단히 미남이며, 사근사근하기 이를 데 없고, 금상 첨화로 다음번 무도회에 일행을 많이 이끌고 참석할 예정이라고 했다. 이보다 더 기쁜 소식은 없었다! 춤을 좋아한다는 것은 분명 사랑에 빠지는 일에 한 걸음 다가서는 일이다. 그러니 빙리 씨의 마음을 사로잡겠다는 활기찬 희망을 품을 만했다.

"우리 딸들 중 한 명이 네더필드의 안주인으로 행복하게 안착하고 나머지 애들도 그에 빠지지 않게 시집을 잘 가기만 한다면, 난 더 바랄 게 없어요." 베넷 부인이 남편에게 말했다.

며칠 후 빙리 씨는 베넷 씨의 방문에 대한 답방을 와서 서재에 십 분가량 머물다 갔다. 사실 그는 아름답기로 소문이 자자한 이 댁의 딸들을 보게 되리라는 희망을 품고 왔지만, 아버지만 만날 수 있었다. 딸들은 운이 더 좋았다. 그보다는 유리해서 위층 창문을 통해 빙리 씨가 파란색 코트를 입고 검정색 말을 타고 왔다는 것 정도는 알 수 있었다.

곧 빙리 씨의 집으로 정찬 초대장이 발송되었다. 이미 베넷 부인은 자신의 살림 솜씨를 뽐낼 수 있는 코스 요리들을 머릿속에 그리고 있었다. 그런데 초대를 연기해달라는 전갈이 왔다. 빙리 씨가 다음날 부득이 런던에 갈 일이 생겨서 영광스러운 초대에 응할 수 없게 되었다는 내용이었다. 베넷 부인의 실망은 이만저만이 아니었다. 하트퍼드셔로 이사 온 지 얼마 되지도 않았는데 도대체 런던에 무슨 볼일이 있다는 것인지 이해할 수 없었다. 그녀는 빙리 씨가 항상 이리저리 나다니며, 네더필드에는 좀처럼 눌러살지(반드시 그래야 하는데도) 않을까봐 불안해지기 시작했다. 베넷 부인은 그가 런던에 간 것이 무도회 참석자를 모으기 위해서였다는 설명을 루커스 부인에게 듣고 나서야 다소 안심할 수 있었다. 그런데 이내 빙리 씨가 숙녀 열두 명과 신사 일곱 명을 동반하고 무도회 모임에 참석할 거라는 소문이 뒤따랐다. 부인의 딸들은 숙녀들이 그렇게 많이 온다는 얘기를 듣고 상심했지만, 무도회 전날 그가 누이 다섯에, 사촌 하나, 도합 여섯 명만 데리고 왔다는 얘기를 듣고는 안심했다. 그리고 그들 일행이 막상 무도회장에 들어섰을 때 보니 모두 합쳐 겨우 다섯 명뿐이었다. 빙리 씨와 누이 둘, 큰누이의 남편, 그리고 또다른 청년이었다.

빙리 씨는 미남이고 신사다웠으며, 쾌활해 보이는 얼굴과 편안하고 가식 없는 태도를 지니고 있었다. 그의 누이들 또한 훌륭한 숙녀들이었고 상류층 분위기를 확연히 풍겼다. 그의 매부 허스트 씨는 그저 그런 신사처럼 보였다. 하지만 그의 친구 다아시 씨는 멋지고 훤칠한 체구에 잘생긴 용모와 고상한 매너로 무도회장 안 모든 사람들의 관심을 사로잡았다. 등장한 지 오 분도 채 안 돼 그의 연 수입이 만 파운드가 넘는다는 소문이 사람들 사이에 퍼져나갔다. 남자들은 그가 멋쟁이라고 공언했고 여자들도 빙리 씨보다 훨씬 더 잘생겼다고 수군거렸다. 그날밤이 절반쯤 흐를 때까지만 해도 그는 가장 많은 관심을 받는 대상이었으나, 호감이 안 가는 그의 태도 탓에 그에게 쏠린 인기의 흐름은 바뀌었다. 그가 사실은 오만하고, 일행보다 한 수 위인 양 젠체하며, 다른 사람을 즐겁게 해주는 게 몹시 힘든 사람임이 밝혀졌다. 상황이 이러하니 더비셔주쎄에 있다는 그의 막대한 재산조차, 그가 가까이하기 어렵고 인상도 좋지 않고, 친구인 빙리 씨와 견주어볼 만한 가치가 없다는 평으로부터 그를 구해주지 못했다.

빙리 씨는 곧 무도회장 안의 모든 주요 인물들과 친해졌다. 그는 명랑하고 스스럼없는 사람이었으며, 춤곡이 연주될 때마다 춤을 추었고, 무도회가 끝날 무렵에는 이렇게 빨리 끝날 수 있는 것이냐고 화를 내면서 다음번에는 네더필드에서 무도회를 열겠다고 공언했다. 이렇게 사랑스러운 성품은 절로 빛을 발하는 법이다. 그의 친구와 얼마나 대조되는지! 다아시 씨는 허스트 부인과 한 번, 빙리 양과 한 번 춤을 추었을 뿐 다른 숙녀들은 아예 소개받는 일조차 거절했고, 그저 무도회장 주변을 어슬렁거리거나 간혹 자기 일행하고만 얘기하며 그날 저녁 시간을 보냈다. 결국 사람들은 그의 성격에 대해 최종 판결을 내렸다. 그는 세상에서 가장 오만하고 불쾌한 사람이었다. 모두들 그가 다시는 그곳에 나타나지 않기를 바랐다. 그중에서도 가장 극심한 반감을 보인 사람이 베넷 부인이었다. 그녀는 그의 모든 행동거지가 달갑지 않았지만, 딸들 중 한 명을 무시했다는 이유로 특히나 분노의 날이 서 있었다.

남자들이 더 적었기 때문에 엘리자베스 베넷은 춤곡 두 곡이 연주되는 동안 자리에 앉아 있어야 했다. 그런데 그 시간에 우연히 다아시 씨가 가까이 앉아 있었다. 그와 빙리 씨 사이에 오가는 대화를 충분히 엿들을 수 있는 거리였다. 춤을 추다가 짬을 내 다가온 빙리가 친구에게 함께 추자고 졸랐다.

"이봐, 다아시, 함께 나가자고." 그가 말했다. "반드시 자네를 춤추게 하겠네. 그렇게 멍하니 혼자 서성거리는 모습은 보기 싫어. 자네는 춤추는 게 훨씬 멋있다니까."

"분명히 말하지만, 안 추겠네. 파트너를 잘 아는 경우가 아니라면 내가 춤추는 걸 얼마나 싫어하는지 잘 알지 않나. 특히 이런 사교 모임에서는 더 못 견디지. 자네 누이들은 이미 파트너가 있고, 이 무도회장에는 같이 서 있는 것 자체가 벌이라는 생각이 안 드는 여자가 없다고."

"나라면 자네처럼 까다롭게 굴진 않겠네." 빙리가 외쳤다. "세상없어도! 맹세코 내 평생 오늘 저녁처럼 마음에 드는 여자들을 많이 만난 적이 없네. 자네도 봤겠지만 그중 몇몇은 정말 흔치 않은 미인이야."

"자네가 지금 이 안의 유일한 미녀와 춤추고 있는 중이지." 다아시 씨가 베넷가家의 장녀를 바라보며 말했다.

"그래! 지금까지 내가 만났던 여자들 중에서 가장 미인이지. 하지만 자네 바로 뒤쪽에 앉아 있는 다른 딸도 무척 예쁘지 않은가. 게다가 아주 상냥하다고 말할 수 있고. 내 파트너에게 부탁해서 자네를 소개해보겠네."

"대체 누구를 말하는 건가?" 뒤를 돌아본 그는 엘리자베스를 잠시 바라보다가 그녀와 눈이 마주치자 얼른 시선을 돌리며 차갑게 말했다.

"그럭저럭 견딜 만은 하군. 하지만 내가 끌릴 만큼 미인은 아니야. 다른 남자들이 거들떠보지도 않는 아가씨에게 우쭐한 마음을 심어줄 기분도 아니고. 자네나 파트너에게 돌아가 그 미소를 즐기는 게 낫지 않을까. 나 때문에 시간 낭비하지 말고."

빙리 씨는 그 충고를 따랐다. 다아시 씨도 자리에서 떠났고, 엘리자베스는 그를 향한 냉랭한 심정으로 자리에 앉아 있었다. 하지만 그녀는 활기차게 이 얘기를 친구들에게 전했다. 사실 그녀는 무척 발랄하고 장난기가 넘쳤으며, 우스꽝스러운 일이라면 뭐든 즐거워하는 성격이었다.

아무튼 그날밤은 베넷 가족 모두가 즐기는 가운데 흘러갔다. 베넷 부인은 특히 큰딸 제인이 네더필드 가족의 호감을 샀음을 알았다. 빙리 씨는 제인과 두 차례나 춤을 추었고, 그의 누이들도 제인을 특별히 대했다. 제인도 엄마 못지않게 이 일로 고무되어 있었다. 물론 엄마보다는 차분했다. 엘리자베스도 제인이 기뻐하는 걸 느낄 수 있었다. 메리는 사람들이 빙리 양에게 자신을 인근에서 교양을 가장 많이 쌓은 숙녀라고 소개하는 걸 직접 들었다. 캐서린과 리디아도 파트너 없이 시간을 보낸 적이 없을 만큼 운이 좋았다. 지금껏 이 두 자매가 무도회에서 신경써야 할 사항이라고 배운 유일한 일이었다. 이렇게 모두들 흡족해하며 그들 가족은, 살고 있는 곳이기도 하고 그들이 가장 유력한 주민이기도 한 롱본 마을로 돌아왔다. 엄마와 딸들은 아버지가 아직 잠자리에 들지 않았다는 것을 알았다. 아버지는 책만 붙잡으면 시간을 개의치 않았고, 이날 밤에는 굉장한 기대를 불러일으킨, 저녁에 있었던 그 행사가 몹시 궁금하기도 했다. 베넷 씨는 사실 새로 이사 온 빙리 씨에 대한 아내의 모든 예측이 완전히 빗나가기를 바라고 있었다. 하지만 곧 그런 바람과 완전히 상반되는 얘기를 듣게 되었다.

"세상에! 여보, 베넷 씨!" 방에 들어서자마자 베넷 부인이 소리쳤다. "정말 즐거운 저녁 시간과 멋진 무도회를 즐기고 왔지 뭐예요. 당신도 함께 갔더라면 얼마나 좋았겠어요. 무엇보다 우리 제인이 엄청나게 칭찬을 받았어요, 최고였죠. 그런 일은 다시는 없을 거예요. 모두들 제인이 정말 미인이라고 말했어요. 빙리 씨도 대단한 미인이라고 생각했는지 춤을 두 차례나 청했죠. 그게 무슨 뜻이겠어요? 여보. 빙리 씨가 정말 제인이랑 두 번이나 춤을 추었다니까요. 그가 두 번 춤을 청한 사람은 무도회장에서 오로지 우리 제인뿐이었다고요. 빙리 씨는 제일 먼저 루커스 양에게 춤을 청했죠. 그가 루커스 양 옆에 서 있는 광경을 봤을 때는 무척 화가 났어요. 하지만 루커스 양을 전혀 마음에 들어하지 않더군요. 사실, 누구라도 그럴걸요, 당신도 알잖아요. 그러다가 제인이 춤추러 나가는 모습을 본 빙리 씨는 순간 홀딱 빠져든 거죠. 그렇게 제인이 누구냐고 묻고 제인을 소개받고는 두번째 춤곡을 함께 추자고 청했어요. 그런 다음 세번째 춤은 킹 양과 추고, 네번째는 마리아 루커스하고 추더라고요. 그리고 다시 다섯번째 춤을 또 제인하고 춘 거예요. 여섯번째는 리지와 추었는데 불랑제 춤곡이 나올 때쯤……"

"빙리 씨가 나를 조금이라도 불쌍히 여겼다면," 남편이 더이상 참지 못하고 끼어들었다. "춤을 그 절반만큼도 안 췄을 텐데. 제발 빙리 씨 파트너 얘기 좀 그만해요. 젠장! 차라리 첫번째 춤곡에서 발목이라도 삐었으면 좋았을 텐데!"

"세상에, 여보!" 베넷 부인이 말을 이었다. "그 사람이 너무 마음에 들어요. 정말 대단한 미남이더라고요! 누이들도 매력이 철철 넘치는 숙녀들이었어요. 내 평생 그들이 입었던 옷보다 더 우아한 옷은 본 적이 없어요. 특히 허스트 부인의 드레스에 달린 그 레이스 장식은요……"

여기서 부인은 다시 한번 제지당했다. 베넷 씨가 옷 설명일랑 그만두라고 투덜댔기 때문이다. 따라서 그녀는 다른 화젯거리를 찾을 수밖에 없었고, 전보다 더 신랄하고 과장된 태도로 다아시 씨의 충격적인 무례함에 대해 얘기했다.

"하지만 당신에게 장담할 수 있어요." 그녀가 덧붙였다. "우리 리지가 그 사람의 마음에 안 들었다고 해서 손해볼 건 별로 없다고요. 너무 불쾌하고 끔찍해서 마음을 맞추고 말고 할 가치도 없더라고요. 너무 도도하고 너무 교만해서 그 꼴을 도저히 봐줄 수가 없었어요! 자기가 대단한 사람이라도 되는지 이리저리 거니는 꼬락서니라니! 같이 춤출 만큼 예쁘지 않다고! 여보, 당신도 같이 갔더라면 좋았을 텐데요. 당신이 한방 날려 콧대를 납작하게 만들었어야 했는데. 정말이지 너무너무 꼴미운 사람이었어요."

4

엘리자베스와 단둘만 있게 되자 그때까지 빙리 씨를 조심스럽게 칭찬하던 제인이 그 사람을 얼마나 좋아하게 되었는지 고백했다.

"젊은이의 귀감이 되는 분이었어." 그녀가 말했다. "분별력 있고, 사근사근하고, 쾌활하고. 그분처럼 멋진 매너를 지닌 사람은 본 적이 없어! 마음씀씀이도 무척 넉넉한데 교양까지 완벽하잖니!"

"미남이기도 하지." 엘리자베스가 맞장구쳤다. "젊은이의 귀감이 되려면 잘생겨야지, 가능하다면. 그러니 그 사람은 완벽한 셈이네."

"그런 분이 내게 두 번씩이나 춤을 청해서 정말 기뻤어. 그런 예우는 꿈에도 기대하지 않았거든."

"정말 기대 안 했어? 나는 예상했는데. 어쨌든 바로 그 점이 언니와 나의 큰 차이야. 언니는 그런 예우가 뜻밖이라고 늘 놀라는데, 난 안 그래. 빙리 씨가 언니한테 춤을 두 번 청한 것보다 더 자연스러운 일이 뭐가 있겠어? 그분도 무도회장에 있던 어느 여자보다 언니가 다섯 배쯤 더 예쁘다는 사실을 모를 수 없었겠지. 그러니까 언니에게 보인 관심에 고마워할 필요 없어. 그래, 그분은 정말 아주 좋은 분이었어. 그러니 좋아해도 된다고 허락할게. 더 바보 같은 남자들도 여럿 좋아했잖아.”

“어머, 리지!”

“알았어! 언니도 알지만, 언니는 사람들을 너무 쉽게 좋아해. 그 사람이 누구든 단점은 절대 안 보잖아. 언니 눈에는 세상 사람들이 모두 다 착하고 좋아 보이나봐. 내 평생 언니가 남 험담하는 소리를 들어본 적이 없어.”

“누구라도 섣불리 비난하지 않으려고. 하지만 내 생각만은 늘 밝히잖니.”

“잘 알지. 바로 그 점이 놀라워. 언니 같은 분별력을 갖고 어떻게 어리석고 터무니없는 언행을 진짜로 못 볼 수 있지! 착한 척하는 건 쉬워. 그런 사람은 어디서든 만날 수 있지. 하지만 가식적이지 않고 속셈이 없는 솔직한 태도, 그러니까 모든 사람의 성품을 좋게만 받아들이는 걸로 모자라 오히려 더 좋게 보고 나쁜 점은 한마디도 하지 않는 태도는 언니만 갖고 있다니까. 그러니까 빙리 씨의 누이들을 좋아하는 거겠지, 아니야? 그 누이들의 매너는 오빠의 매너와 사뭇 달랐어.”

“그랬지, 처음에는 말이야. 하지만 대화를 나눠보니 아주 상냥한 숙녀들이었어. 빙리 양이 오빠와 함께 살며 안주인 노릇을 할 거래. 내가 사람을 잘못 본 게 아니라면, 그녀는 정말 매력적인 이웃이 될 거야.”

엘리자베스는 묵묵히 언니의 말을 귀담아들었지만 확신이 서지 않았다. 무도회에서 빙리 자매가 보인 태도는 전반적으로 다른 사람들을 즐겁게 하려는 태도와 거리가 멀었다. 엘리자베스는 제인보다 더 빠른 관찰력과 덜 유순한 기질을 지녔고, 자신에게 쏠린 어떤 관심에도 흔들리지 않는 군건한 판단력의 소유자였기에, 빙리 자매를 좋게 봐줄 마음이 없었다. 사실 빙리 자매는 매우 훌륭한 숙녀들이긴 했다. 자기들 기분이 좋을 때는 한없이 쾌활했고 마음만 먹으면 충분히 상냥한 태도를 보일 수 있었지만 도도하고 오만했다. 그들은 미인 축에 들고 런던 시내에서 첫손가락에 꼽히는 사립학교에서 교육도 받은 터였다. 이만 파운드에 달하는 재산이 있었고, 능력 이상으로 과소비하며 상류층 사람들과 어울리곤 했다. 이 모두를 고려해보면 그들이 자신들은 잘났고 다른 사람들은 하찮다고 여길 만도 했다. 그들은 잉글랜드 북부의 명망가 출신이었다. 그리고 이 사실이 자기들의 재산이 상업을 통해 얻어진 것이라는 사실보다 더 깊게 뇌리에 박혀 있었다.[*]

빙리 씨는 거의 십만 파운드에 이르는 큰 재산을 아버지에게서 유산으로 물려받았다. 그의 아버지는 원래 그 재산으로 대저택을 구입할 생각이었는데 생전에 뜻을 이루지 못했다. 아들인 빙리도 같은 일을 하려고 여러 차례 적합한 주를 고르기까지 했었다. 그러나 이제 훌륭한 저택을 임차해서 그에 딸린 수렵 허가권까지 누릴 수 있게 되었으니, 그의 태평스러운 기질을 잘 아는 많은 사람들은 그가 여생을 네더필드에서 보내면서 저택 구입은 다음 세대로 미룰 거라고 생각했다.

그의 누이들은 그가 자기 명의의 저택을 소유하기를 간절히 바랐다. 그러나 빙리 양은 오빠가 임차인 자격으로 지금의 집을 빌려 정착했어

---

[*] 빙리가는 신흥 부자로, 당시 부흥하던 상업을 통해 재산을 축적한 경우 대토지를 소유한 전통적인 가문보다 사회적 계급을 낮게 쳤다.

도 식탁의 안주인 노릇을 결코 마다하지 않았다. 재산보다는 신분을 보고 결혼한 허스트 부인도 집이 마음에 들기만 하면 기꺼이 그 집을 자기 집으로 여길 생각이었다. 빙리 씨가 우연히 추천을 받고 네더필드를 구경하고픈 마음이 들어 찾아왔을 때, 그는 성년이 된 지 채 두 해도 지나지 않은 나이였다. 그는 집 안팎을 반시간쯤 살펴보고는 집의 위치와 큰 방들을 마음에 들어했다. 그리고 집주인의 자랑을 듣고 흡족해하더니 즉시 집을 계약했다.

그와 다아시는 성격이 사뭇 다른 편이었는데도 꽤나 굳건한 우정을 이어왔다. 다아시는 빙리의 태평하고 솔직하고 유순한 성격이 마음에 들었다. 물론 그런 성격만큼 자신의 성격과 정반대되는 것도 없었지만, 그렇다고 그가 스스로의 성격에 불만을 드러낸 적은 결코 없었다. 빙리는 다아시의 우정의 힘을 굳건히 신뢰했고 친구의 판단력도 최고로 평가했다. 지적인 건에서는 다아시가 한 수 위였다. 빙리가 부족하다는 얘기가 결코 아니다. 하지만 다아시는 똑똑했다. 동시에 도도하고 과묵하고 까다로웠다. 교양도 있었지만 그의 매너는 사람들 마음을 끄는 편이 아니었다. 그 점에 있어서는 친구인 빙리가 더 유리했다. 빙리는 단연 가는 곳마다 사람들이 좋아하는 반면, 다아시는 사람들에게 번번이 반감을 샀다.

메리턴에서 열린 무도회를 두고 두 사람이 나눈 대화도 각자의 성격을 특징적으로 보여준다. 빙리는 평생 그보다 더 유쾌한 사람들, 그보다 더 예쁜 아가씨들을 만나본 적이 없다고 했다. 모두들 그를 친절하고 세심하게 대해주었으며, 격식이나 딱딱한 분위기도 없어서 무도회장 안의 모든 사람들이 이내 친밀하게 느껴졌다고 했다. 특히 베넷가의 큰딸 베넷 양에 대해서는, 천사라도 그보다 더 아름답지는 않을 것 같다고 했다. 이에 반해 다아시는 자기가 보기에는 아름답지도 세련되지도 않은, 그저 그런 평범한 사람들 무리였다고 했다. 그는 그중 누구에게도 티끌만큼의 관심조차 없었으며, 누구에게서도 관심을 받지 못했고, 즐겁지도 않았다고 했다. 그리고 베넷 양이 아름답다는 사실은 인정하지만 웃음이 너무 헤프다고 지적했다.

허스트 부인과 여동생 빙리 양도 그 지적에 동의했다. 하지만 그들은 그래도 베넷 양은 훌륭하고 마음에 든다며 참 상냥한 숙녀라고 주장했다. 그리고 좀더 깊이 사귀는 데 반대할 까닭이 없는 숙녀라고도 말했다. 이렇게 해서 베넷 양에게는 상냥한 숙녀라는 판정이 내려졌다. 빙리 씨는 누이들의 그런 칭찬을, 자신이 바라는 대로 베넷 양을 생각해도 좋다는 허락쯤으로 생각했다.

5

롱본 집에서 걸어서 얼마 안 되는 곳에 베넷 가족과 각별히 친하게 지내는 가족이 살고 있었다. 윌리엄 루커스 경은 예전에 메리턴에서 상업에 종사했고 그곳에서 제법 되는 재산을 모았다. 그리고 읍장으로 재직하던 시절 국왕 폐하께 청을 올려 기사 작위를 받아 신분이 상승했다. 그런데 이처럼 높아진 신분을 그가 너무 강하게 의식했던 것이 아닌가 싶다. 높아진 신분 때문인지 자신의 사업과 작은 상업 도시의 집이 싫어지기 시작했던 것이다. 결국 그는 두 가지를 다 버리고 가족을 인솔하여 메리턴에서 일 마일쯤 떨어진 곳에 있는 집으로 이사했다. 이후 이 집은 '루커스 로지'로 불리게 되었다. 이 집에서 그는 자신의 지위를 만끽하며 더이상 사업에 얽매이지 않고 세상 사람들에게 예의 차리는 일에만 전념할 수 있었다. 그는 자신의 지위를 우쭐해하기는 했지만, 그로 인해 거만을 떠는 사람은 아니었다. 오히려 모두에게 마음을 썼다. 천성적으로 모나지 않고 친절하고 호의적인데다가 세인트제임스궁에서 국왕 폐하를 알현한 뒤로는 예의까지 갖추게 되었다.

루커스 부인도 선량하기 이를 데 없었고, 너무 똑똑하지는 않아서 베넷 부인의 소중한 이웃이 될 수 있었다. 이들 부부에겐 자녀가 여럿 있었다. 그중에서도 분별력 있고 똑똑한 스물일곱쯤 된 큰딸이 엘리자베스와 절친했다.

루커스가의 딸들과 베넷가의 딸들이 모여 무도회 이야기를 하는 것은 으레 있는 일이었다. 무도회 다음날 아침, 소식을 듣고 의견을 나누려고 루커스가의 딸들이 롱본 집으로 놀러왔다.

"샬럿, 엊저녁 네가 시작을 잘했다." 베넷 부인이 예의바르고 침착하게 루커스 양에게 말했다. "빙리 씨가 첫번째로 선택한 파트너가 너였지."

"네. 하지만 두번째 파트너를 더 마음에 들어하시는 것 같던데요."

"오! 우리 제인 말이지. 그분이 우리 애랑 두 번이나 춤을 췄지. 확실히 빙리 씨가 우리 제인을 마음에 들어하는 것 같긴 했어. 정말 그분이 진심으로 그랬다고 믿고 싶고. 그에 관한 얘기를 조금 들었으니까. 하지만 정확히 알진 못해. 로빈슨 씨와 관련된 얘기였는데."

"제가 빙리 씨와 로빈슨 씨가 나눈 얘기를 엿들었던 걸 말씀하시나요? 아주머니께 말씀 안 드렸던가요? 로빈슨 씨가 빙리 씨에게 메리턴 무도회가 마음에 드느냐, 무도회에 아름다운 숙녀가 많지 않느냐고 물었죠. 그리고 그중에서 누가 가장 예쁜지를 물으니 빙리 씨가 마지막 질문에 곧장 대답하더군요. '오! 의심의 여지 없이 베넷가의 장녀 제인 양입니다. 그 점에 대해서는 이견이 있을 수 없지요'라고요."

"맹세코 말할게! 그건 너무나 확실한 사실이야. 마치…… 하지만 알다시피 그런 건 소용이 없을 수도 있어."

"일라이자*, 내가 엿들은 말이 네가 엿들은 말보다 더 가치가 있었어, 안 그래?" 샬럿이 말했다. "다아시 씨의 말은 빙리 씨 말보다 듣기가 좀 그랬어, 그렇지? 가엾은 일라이자! '견딜 만하다'가 대체 뭐람."

"그런 말로 리지의 머릿속에 그 사람의 괘씸한 태도를 불러내 화가 치솟게 하지는 말자꾸나. 그런 사람의 푸대접을 떠오르게 해서 화를 돋우지 말라는 소리야. 정말 불쾌한 인간이라 그런 자가 좋아해준다면 참으로 불운한 일일 거다. 롱 부인이 지난밤 내게 해준 얘기가, 그 사람이 부인 바로 옆에 반시간 동안 앉아 있으면서도 입 한 번 뻥긋 안 했다지 뭐니."

"정말 그랬대요, 엄마? 혹시 잘못 아신 것 아니에요?" 제인이 말했다. "다아시 씨가 롱 부인에게 말을 거는 모습을 제가 분명히 봤는데요."

"그랬지. 왜냐하면 부인이 끝내 그에게 네더필드가 마음에 드냐고 물어봤거든. 그러니 대답을 않고선 못 배겼겠지. 하지만 그렇게 말을 붙이자 그자가 몹시 화를 냈다더라."

---

* 일라이자, 리지는 모두 엘리자베스의 애칭.

"빙리 양 말로는요," 제인이 말했다. "다아시 씨는 친한 사람이 아니면 좀처럼 말을 하지 않는 편이래요. 그런 사람들과 함께할 때는 놀랄 만큼 사근사근하고요."

"얘, 그 말은 조금도 못 믿겠다. 그렇게 사근사근하면 롱 부인에게 먼저 말을 걸었어야지. 어쨌든 어떻게 된 일인지 알 만해. 모두들 그가 오만으로 똘똘 뭉쳤다고 하더라. 그런 그가 마침 롱 부인에게는 사륜마차가 없고, 어제도 무도회장까지 이륜 경마차를 세내서 타고 왔다는 소리를 들은 게 분명해."

"저는 다아시 씨가 롱 부인에게 말을 걸지 않은 것은 별로 신경 안 쓰여요." 루커스 양이 말했다. "다만 일라이자와 춤을 췄더라면 좋았을 것 같아요."

"리지, 다음번에 또 만나더라도, 내가 너라면 그런 자하고는 절대로 춤추지 않을 거다."

"제 생각도 그래요, 엄마. 그 사람하고 절대 춤추지 않겠다고 분명히 약속할게요."

"그분의 오만함 말이야, 그 태도가 내게는 그다지 불쾌하지 않았어." 루커스 양이 말했다. "대개의 경우와 다르게 말이야. 변명의 여지가 있기 때문이지. 가문, 재산, 그 무엇 하나 부족한 게 없는 그토록 훌륭한 청년이 자신을 대단하게 생각하는 건 당연한 일이니까. 이런 표현을 써도 될지 모르겠지만, 그분은 오만할 권리가 있는 분이야."

"그렇긴 해." 엘리자베스가 대답했다. "그 사람이 내 자존심에 상처를 내지만 않았어도 나도 그의 오만을 쉽게 용서할 수 있었을 거야."

"오만은, 매우 흔한 결점이지." 견실한 생각의 힘을 자랑하고픈 메리가 말했다. "내가 지금까지 읽은 모든 내용을 놓고 볼 때 정말이지 아주 흔하고, 인간의 본성은 특히 그런 감정에 빠져들기 쉬워. 실제든 상상이든 자신의 이런저런 자질에 대해 자족감에 빠져들지 않는 사람이 과연 우리 중에 있을까. 종종 오만이 허영심과 동의어로 사용되지만 사실은 아주 달라. 허영심 없이도 오만할 수 있어. 오만은 우리 자신에 대한 우리 스스로의 평가와 더 관련이 있고, 허영심은 타인이 우리에 대해 생각해주기를 바라는 바와 더 관련이 있거든."

"제가 다아시 씨처럼 부자라면 전 아무리 오만하다 한들 신경 안 쓸 거예요." 누나들과 함께 온 어린 루커스 군이 말했다. "저라면 여우 사냥개를 한 무리 키우며 매일 포도주나 한 병씩 마실래요."

"그러면 네 주량보다 더 많은 양을 마시게 될 텐데." 베넷 부인이 말했다. "그리고 내 눈에 띄기만 하면 당장에 술병을 빼앗아버릴걸."

소년은 그러지 말라고 항의했다. 하지만 부인은 그럴 거라고 계속해서 우겼고, 두 사람의 말싸움은 손님들이 돌아갈 때가 돼서야 겨우 끝났다.

6

얼마 후 롱본의 숙녀들이 네더필드의 숙녀들을 방문했다. 그리고 답방도 적절한 격식하에 이어졌다. 허스트 부인과 빙리 양은 큰딸 베넷 양의 붙임성 있는 태도에 더욱 호감을 갖게 되었다. 다만 베넷 부인은 참을 수 없었고, 셋째부터는 대화를 나눌 가치가 없었지만, 위로 두 자매에게는 더 친해지고 싶다고 했다. 제인은 크게 기뻐하며 빙리 자매의 관심을 받아들였다. 그러나 엘리자베스는 그녀의 가족을 대하는 이들의 태도가 여전히 오만하다고 느꼈고, 심지어 언니에게도 예외가 아니어서 이들 자매를 좋아할 수 없었다. 물론 제인에게 보인 이들의 친절은, 대단하지는 않았지만 십중팔구 언니에 대한 빙리 씨의 칭찬에서 비롯되었을 테니 나름대로 가치는 있었다. 그들이 모일 때마다 빙리 씨가 제인에게 관심을 보인다는 사실은 누가 봐도 분명했고, 엘리자베스가 보기에 제인이 처음부터 빙리 씨에게 품은 호감에 계속 빠져들고 있다는 사실, 어떤 면에서는 사랑에 푹 빠져 있다는 사실 역시 분명했다. 그러나 그녀는 이 사실만은 세상 사람들에게 쉽게 알려지지 않으리라는 점을 다행스럽게 여겼다. 제인은 강렬한 감성을 지녔지만, 거기에 차분한 기질과 한결같은 명랑함을 잘 결합할 줄 알았다. 제인의 이런 면이 무례한 자들의 의심으로부터 그녀를 지켜줄 것이었다. 엘리자베스는 친구인 루커스 양에게 이 사실을 털어놓았다.

"이런 경우는 사람들을 속이는 게 즐거운 일일지도 모르지." 샬럿이 말했다. "하지만 그렇게 철저히 방어를 하면 때론 불리해질 수도 있어. 여자가 그런 기술로 남자에게 자기 마음을 숨기다가, 그를 붙잡을 기회를 놓칠 수도 있다고. 그렇게 되면 설령 세상 사람들 또한 까맣게 모른다고 해서 그게 얼마나 위안이 되겠니. 대개 사랑의 감정에는 고마움과 허영심이 무척 많이 묻어 있는 법인데, 그 감정을 그냥 내버려둔다면 과연 무방할까. 우리 모두 시작은 거리낌없이 할 수 있어. 누군가를 좋아하는 감정은 정말 자연스럽잖아. 하지만 우리 가운데 상대의 격려 없이도 진정한 사랑에 빠져들 만큼 용기가 넘치는 사람은 거의 없을걸.

여자라면 열에 아홉 자신이 실제로 느끼는 것보다 더 많은 애정을 보여주는 편이 오히려 나아. 빙리 씨가 제인을 좋아하는 건 분명해. 하지만 제인이 거들어주지 않으면 그분은 그저 좋아하는 데 그치고 말 거야.”

“하지만 우리 언니 입장에서는 그 성격에 최대한으로 빙리 씨의 사랑을 돕고 있는걸. 언니의 마음을 나도 알아차릴 정도인데 뭐. 그분이 눈치 못 챈다면 진짜 멍청이지.”

“일라이자, 잊지 마, 빙리 씨는 네 언니 성격을 너만큼 잘 알지 못한다고.”

“그래도 어떤 여자가 어떤 남자를 유독 좋아하면서 그걸 애써 숨기려 하지 않는다면, 남자가 당연히 알아차려야지.”

“충분히, 자주 만난다면 그렇겠지. 빙리 씨와 제인은 비교적 자주 만나긴 해도 오래 만난 적은 한 번도 없었잖아. 그리고 언제나 여러 사람들과 섞여 만나니까 둘만 계속 대화할 수도 없는 일이고. 그러니 제인은 빙리 씨의 관심을 사로잡을 수 있는 시간이 반시간이래도 최대한 활용해야 해. 일단 확실히 사로잡기만 하면 원하는 만큼 충분히 사랑에 빠질 여유가 생기는 법이니까.”

“제법 훌륭한 계획 같네.” 엘리자베스가 대답했다. “결혼을 잘하겠다는 욕심뿐이라면 말이야. 부자 남편, 아니 그냥 남편이라도 남편만 얻겠다는 결심을 했다면 나라도 그럴걸. 하지만 제인 언니의 감정은 그게 아니야. 언니는 속셈을 갖고 행동하는 사람이 아니거든. 그리고 지금 봐서는 스스로의 감정에 대해, 또 그 감정이 옳은지 아닌지조차 확신 못하고 있어. 언니가 빙리 씨를 알게 된 지 겨우 보름 됐어. 메리턴 무도회에서 네 곡을 췄고, 빙리 씨 댁에서 아침나절에 한 번 만났지. 그리고 이후 네 번 다른 사람들과 어울려 식사를 했고. 그 정도로는 그분의 성격을 충분히 파악할 수 없어.”

“네 말대로라면 그렇겠지. 제인이 그분과 식사만 했다면, 식욕이 왕성한지 아닌지 정도나 파악할까. 하지만 두 사람이 네 번씩이나 저녁 시간을 함께 보냈다는 점을 명심해야 해…… 네 번의 저녁 시간이라면 꽤 많은 일을 해낼 수 있거든.”

“그래. 네 번의 저녁 시간이면 자기들이 커머스보다 뱅트윙*을 더 좋아한다는 사실 정도는 확인할 수 있었겠지. 하지만 다른 주요한 면모들이 많이 드러났을 것 같지는 않아.”

“어쨌든 진심으로 제인이 잘됐으면 좋겠어. 나는 제인이 내일 당장 빙리 씨와 결혼한다 해도, 열두 달 그의 성격을 따져보고 결혼할 때만큼이나 행복할 것 같아. 결혼의 행복이란 순전히 운에 달린 일이거든. 상대방의 성격을 서로가 속속들이 알고 있거나 결혼 전부터 꼭 닮아 있었다고 해서 그게 두 사람을 더 행복하게 해주지는 않거든. 부부란 서로 안 닮으려고 어지간히 애쓰다 결국은 각자의 몫만큼 짜증을 내게 되어 있어. 그러니 평생 함께하기로 한 상대방의 결점이라면 되도록 모르는 편이 낫지.”

“샬럿, 웃음이 나오려고 해. 어쨌든 그건 바람직하지 않은데. 그게 바람직하지 않다는 것도 잘 알 테고, 막상 말대로 하지도 않을 거면서.”

엘리자베스는 언니를 향한 빙리 씨의 관심을 지켜보는 데 열중하느라 자신이 그의 친구의 눈에 관심의 대상이 되었다는 사실을 전혀 눈

---

* 커머스, 뱅트윙 도두 카드 게임의 일종.

치 못 채고 있었다. 다아시 씨는 처음에는 엘리자베스가 예쁘다는 사실을 좀처럼 인정하지 않았다. 무도회에서 봤을 때는 아무런 호감도 느끼지 못했고, 그뒤 다시 만났을 때도 그저 흠잡기 위해 바라보았을 뿐이었다. 그런데 엘리자베스의 얼굴이 절대 미인형은 아니라고 자신과 친구들에게 분명히 밝혔을 때, 그는 불현듯 엘리자베스의 검은 두 눈에 어린 아름다운 눈빛으로 그 얼굴이 비범하리만치 영리해 보인다는 사실을 깨닫기 시작했다. 이런 깨달음에 이어 마찬가지로 당혹스러운 몇몇 깨달음이 뒤따랐다. 흠을 잡겠다는 눈길로 그녀의 용모에서 완벽한 균형과는 거리가 먼 여러 결점을 탐지해냈음에도, 그는 그녀가 밝고 명랑해 보인다는 점만은 인정하지 않을 수 없었다. 그리고 그녀의 매너가 상류사회와 거리가 멀다고 혼자서 아무리 주장해봐도, 그 안에 여유 넘치는 장난기가 섞여 있어 그의 마음을 사로잡았다. 그녀는 이런 상황을 까맣게 몰랐다. 그녀에게 그는 자초해서 어느 곳에서도 환영받지 못하는 남자, 같이 춤추기엔 그녀가 예쁘지 않다고 했던 남자일 뿐이었다.

그는 엘리자베스를 좀더 알고 싶다는 소망을 품기 시작했다. 그리고 그녀와 직접 대화를 나누기 위한 전 단계로, 다른 사람들과 나누는 그녀의 대화에 주의를 기울였다. 그런 그의 행동이 마침내 엘리자베스의 주목을 끌게 되었다. 큰 파티가 열린 윌리엄 루커스 경 댁에서의 일이었다.

"다아시 씨의 의도가 대체 뭘까?" 그녀가 샬럿에게 말했다. "나랑 포스터 대령의 대화를 경청하더라고."

"그건 다아시 씨만이 답할 수 있는 질문 같은데."

"어쨌든 계속 그런다면, 그가 그런 행동을 하는 걸 내가 보고 있다고 분명히 알려야겠어. 너무 냉소적으로 쳐다봐. 나부터 건방지게 굴어야지 안 그랬다가는 곧 그 앞에서 겁먹고 말 거야.”

잠시 뒤 다아시 씨가 딱히 대화할 의사가 없어 보이는 태도로 그들에게 다가왔다. 루커스 양이 엘리자베스에게 그런 말은 하지 말라고 만류한 것이 오히려 즉각 그런 일을 하라고 부추긴 꼴이 되어 엘리자베스는 다아시 씨를 향해 돌아서며 말했다.

“다아시 씨, 제가 방금 포스터 대령님께 메리턴에서 무도회를 열어달라고 조르면서 제 생각을 특별히 잘 표현하지 않던가요?”

“활기가 넘치더군요. 하지만 젊은 숙녀라면 늘 그런 화제에는 열성적이죠.”

“숙녀에게 너무 가혹한 말씀 아닌가요.”

“이제 얘를 조를 차례랍니다.” 루커스 양이 말했다. “일라이자, 내가 피아노 뚜껑을 열 테니까 그다음 일은 알겠지.”

“친구라면서 정말 이상하게 구네! 늘 나더러 누구보다 먼저, 이 모든 사람들 앞에서 연주하고 노래하라니 말이야! 내가 음악에 소질이 있다고 자만하고 있었다면 참 소중한 친구였겠지. 하지만, 있잖아, 항상 최고의 연주만을 들어오신 이분들 앞에서는 정말 안 할래.” 그래도 루커스 양이 끈질기게 재촉하자 그녀가 덧붙였다. “알았어. 꼭 그래야 한다면 할 수 없지.” 그러면서 그녀는 진지한 표정으로 다아시를 보며 말했다. “이곳의 모든 분들이 잘 아시는 훌륭한 옛 속담 하나가 있죠. ‘죽을 식히려면 숨을 참아라’*라는. 저는 노래하려면 숨을 아껴야겠어요.”

아주 훌륭한 연주라 할 수는 없어도 그녀의 연주는 듣기 좋았다. 그런데 한두 곡이 끝나고 노래를 더 불러달라는 사람들의 청에 미처 응하기도 전에 메리가 언니의 연주를 이어받겠다고 극성스럽게 등장했다. 자매들 가운데 혼자만 예쁘지 않아서 메리는 지식과 교양을 쌓는 일에 매진했고, 남들 앞에서 그런 면모를 과시하지 못해 늘 안달이 나 있었다.

메리는 사실 재능도 부족했고 취향도 별 볼 일 없었다. 순전히 허영심 때문에 열심히 노력하긴 했지만 재능이 부족한 탓에 그저 박식한 척 젠체했고, 이러한 태도는 메리의 실력보다 뛰어난 연주라도 망칠 법했다. 연주 실력이 동생의 반도 못 따라갔어도 사람들은 편안하고 꾸밈없는 엘리자베스의 연주를 더 즐겁게 들었다. 메리는 길기 짝이 없는 콘체르토 연주를 끝내고, 스코틀랜드와 아일랜드 음악을 몇 곡 더 연주하는 것으로 찬사를 얻어냈다. 이 연주도 실은 두 동생의 요청이었는데, 이들은 루커스 집안의 자녀들과 함께 장교 두셋과 어울려 무도회장 한편에서 춤을 추느라 정신이 없었다.

다아시 씨는 이런 식으로 아무런 대화도 없이 저녁 시간을 보낸다는 것에 은근히 화가 나 누구하고도 어울리지 않은 채 가까운 곳에 서 있었다. 그는 혼자만의 생각에 너무 몰입한 탓에 윌리엄 루커스 경이 말을 걸 때까지 그가 바로 옆에 와 있다는 사실도 알아차리지 못했.

"이런 모임이 젊은이들에게 얼마나 매력적인 오락 활동인지 모르겠습니다, 다아시 씨! 결국은 춤만 한 게 없지요. 춤은 상류사회에서 으뜸가는 고상한 오락 활동 같습니다."

"물론입니다. 그리고 춤은 품위가 덜한 사회에서도 유행한다는 장점도 있고요. 야만인들도 모두 춤은 출 줄 아니까요."

월리엄 루커스 경은 미소만 지었다. 잠시 뜸을 들이다 빙리가 무리에 동참하는 모습을 지켜보며 그가 말했다. "친구분이 춤을 참 잘 추는군요. 다아시 씨도 춤 솜씨가 대단하겠죠."

"메리턴에서 제가 춤추는 모습을 보셨을 텐데요."

"물론 보았습니다. 그 모습에서 적잖은 즐거움을 얻었지요. 세인트제임스궁에서 자주 춤을 춥니까?"

"전혀 안 춥니다."

"춤이야말로 그곳에 대한 적절한 찬사라는 생각은 안 드십니까?"

"저는 피할 수만 있다면 어떤 곳에도 그런 찬사를 바치지 않습니다."

"런던 시내에도 틀림없이 거처가 따로 있으시겠죠?"

다아시는 고개를 끄덕였다.

"나도 한때는 런던에 정착해볼까 생각했었습니다. 상류사회를 좋아하는 편이니까요. 하지만 런던의 공기가 루커스 부인에게 잘 맞을지 확신이 안 섰습니다."

루커스 경은 다아시 씨의 답변을 기다리며 잠시 말을 멈췄다. 하지만 상대방은 어떤 대답도 할 생각이 없는 듯했다. 때마침 엘리자베스가 그들 쪽으로 다가오자 문득 신사다운 호의를 베풀어야겠다는 생각이 들었는지 루커스 경이 그녀를 향해 큰 소리로 외쳤다.

"일라이자 양, 왜 춤을 안 추고 있어? 다아시 씨, 제가 이 숙녀를 아주 이상적인 파트너로 소개하고자 합니다. 이런 미인이 눈앞에 있는데도 춤을 거절하시진 않겠지요." 그러면서 그는 엘리자베스의 손을 잡아 다아시의 손에 건넸다. 다아시 씨는 깜짝 놀라기는 했지만 그녀의 손을 잡는 걸 꺼려하지는 않았다. 하지만 엘리자베스는 즉각 한 걸음 물러선 뒤, 당황스러워하며 윌리엄 경에게 말했다.

"진심이에요, 춤출 생각이 전혀 없어요. 부디 파트너를 찾으러 이쪽으로 왔다고 생각하지 말아주세요."

다아시 씨는 점잖고 예의바른 태도로 엘리자베스에게 손을 잡을 수 있는 영광을 베풀어달라고 청했다. 하지만 소용없었다. 엘리자베스는 단호했다. 윌리엄 경도 설득해보려 했지만 뜻을 이룰 수 없었다.

"일라이자 양, 춤을 참 잘 추던데 그 모습을 구경하는 행운을 빼앗다니 무정하네. 이분은 오락을 좋아하는 편은 아니라도 우리에게 반시간쯤의 호의를 베푸는 걸 거절하실 분이 아닌데."

"다아시 씨는 예의범절 그 자체시죠." 엘리자베스가 미소를 머금으며 말했다.

"과연 그렇고말고. 하지만 일라이자 양, 춤을 추고 싶게끔 마음을 끄는 상대가 누군지를 생각해볼 때, 이분이 정중하게 춤에 응하려 한다고 놀랄 일인가. 그런 파트너를 누가 마다할 수 있겠어?"

엘리자베스는 익살스럽게 그를 쳐다보다가 그 자리를 떴다. 그런 거절로 그녀에 대한 신사 쪽의 마음이 달라질 리 없었다. 오히려 그는 흡족해하며 그녀를 생각하고 있었다. 바로 그때 빙리 양이 그에게 다가왔다.

"무슨 생각에 빠져 계신지 짐작할 수 있을 것 같은데요."

"짐작 못할 겁니다."

"앞으로 많은 저녁 시간을 이렇게 보낸다면 얼마나 끔찍할까 생각하셨겠죠. 더구나 이따위 사람들하고 말이죠. 저도 전적으로 같은 생각이에요. 이보다 더 짜증났던 적이 없네요! 재미도 없는데 시끄럽기까지 하니! 별것도 아닌 주제들이면서 대단한 척하는! 이 사람들에게 혹평을 내려주신다면 제가 뭔들 못 해드릴까요!"

"분명히 말하지만, 빙리 양의 짐작은 완전히 틀렸습니다. 제 마음은 지금 그보다 훨씬 더 즐거운 생각에 빠져 있습니다. 미인의 얼굴 속 예쁜 두 눈이 얼마나 큰 기쁨을 줄 수 있는지 깊이 생각해보던 중이었죠."

빙리 양은 즉각 그의 얼굴에 시선을 고정시켰다. 그러면서 과연 어떤 숙녀가 그런 생각을 불러일으키는 영광을 차지했는지 말해달라고 했다. 다아시 씨는 매우 대담하게 답했다.

"엘리자베스 베넷 양입니다."

"엘리자베스 베넷 양이라고요!" 빙리 양이 되풀이하며 말했다. "정말 놀랍네요. 아니 언제부터 그렇게 그 아가씨를 좋아하게 된 거죠? 그래, 축하는 언제쯤 해드리면 되나요?"

"딱 예상했던 질문 그대로군요. 숙녀들의 상상은 참 신속하네요. 단순한 호감에서 사랑으로, 또 사랑에서 결혼으로 순식간에 비약하니 말입니다. 축하해주실 줄 알았습니다."

"아니, 그렇게 진지하게 나오시면 정말 다 결정된 일로 생각할 수밖에요. 정녕 더할 나위 없이 매력적인 장모님까지 얻게 되겠군요. 물론 그 장모님도 다아시 씨의 펨벌리 저택에서 늘 함께 살게 되겠고요."

그는 철저히 냉담한 태도로 빙리 양의 말을 들었다. 하지만 그녀는 이런 식의 빈정거림을 즐길 태세였다. 다아시 씨의 차분한 태도로 봐서 안심해도 되겠다는 확신이 든 그녀는 그뒤로도 길게 짓궂은 발언을 이어갔다.

7

베넷 씨의 재산은 모두 합쳐 연간 이천 파운드의 수입이 나오는 사유지가 전부라 할 수 있는데, 그마저도 딸들 입장에서는 불행히도 아버지에게 남자 상속자가 없다는 이유로 먼 친척에게 한사상속限嗣相續될 예정이었다. 베넷 부인의 재산은 혼자서 평생을 살기에는 충분했지만 부족한 남편의 재산을 채우기에는 모자랐다. 메리턴에서 변호사로 일했던 부인의 아버지는 딸에게 사천 파운드를 남겼다.

베넷 부인에게는 아버지의 서기로 일하다가 아버지의 일을 물려받은 필립스 씨와 결혼한 여동생과 런던에 정착해 유망한 직종에서 사업 중인 남동생이 있었다.

메리턴은 롱본 마을에서 고작 일 마일 떨어진 곳에 있어 베넷가의 자매들이 놀러가기에도 제법 가까운 거리라 이들은 일주일에 서너 번 이모에게 안부 인사를 할 겸 가는 도중에 있는 모자가게에도 들를 겸 나들이를 가곤 했다. 자매들 중에서 제일 어린 리디아와 캐서린이 특히 이런 방문을 자주 다녔는데, 언니들보다 머리가 비어서 뭔가 재미난 일이 없을 때면 메리턴까지의 나들이가 오전 시간을 보내는 필수 일과였다. 그리고 이 나들이는 저녁 대화 시간에 화젯거리를 제공하기도 했다. 대체로 시골 생활의 소식이라는 것이 빈약하기 짝이 없었지만, 이들은 어떻게 해서든 이모에게서 새로운 소식을 얻어오곤 했다. 최근에는 읍내 인근에 민병대가 새로 주둔한 터라 이 두 자매는 요즘 새로운 소식도 듣고 행복감도 느끼고 있었다. 민병대 주둔군은 그해 겨울 내내 주둔할 계획이었고 메리턴이 그 본부였다.

필립스 이모네만 다녀오면 더없이 흥미진진한 정보가 생겼다. 하루하루 장교들의 이름과 그들의 관계에 대한 두 자매의 지식이 쌓여갔다. 이제는 그들의 숙소도 더이상 비밀 장소가 아니었다. 마침내 그들은 장교들을 직접 사귀기 시작했다. 필립스 씨가 장교들의 모든 숙소를 방문하게 되면서 조카딸들에게 그들이 미처 몰랐던 행복의 원천을 열어주었다. 두 자매에게 화젯거리란 오로지 장교들뿐이었다. 엄마에게 활력소가 된 빙리 씨의 상당한 재산 이야기조차 장교 제복과 비교하면 그들 눈에는 보잘것없어 보였다.

어느 날 아침 이런 화제를 쏟아내던 딸들의 얘기를 듣고는 베넷 씨가 차가운 말투로 말했다.

"얘기하는 태도를 보니 너희 둘이 이곳에서 가장 멍청한 아가씨들이 틀림없구나. 얼마 전부터 그럴 거라고 생각했지만, 이젠 확신이 든다."

캐서린은 당황해서 아무 대답도 못했다. 하지만 리디아는 그 말을 완전히 무시한 채 자기는 카터 대위가 마음에 들며 다음날 아침 그 대위가 런던으로 떠난다니 그날 중에 그를 만났으면 좋겠다고 계속 떠들어댔다.

"세상에, 여보." 베넷 부인이 말했다. "어쩜 그리 쉽게 자기 자식들을 멍청하다고 여기는지. 하지만 나는 아니에요. 다른 집 애들 흉은 보고 싶을망정 우리 애들한테는 절대로 안 그래요."

"내 자식이라도 멍청하다면 항상 그걸 알고 있어야 한다는 소리요."

"그렇겠죠. 하지만 공교롭게도 우리 애들은 다 영리해요."

"당신과 내가 유일하게 의견 일치를 못 보는 게 그 점뿐이니 다행이군. 모든 점에서 우리의 생각이 같기를 바라지만, 넷째와 막내가 특이

하다 싶을 만큼 멍청하다는 점에 있어 우리 두 사람의 생각이 크게 차이가 나네."

"이보세요, 베넷 씨, 아직 어린 딸들에게 아빠나 엄마의 분별력을 기대해선 안 되죠. 그애들도 우리 나이가 되면 우리처럼 더이상 장교들에게는 관심이 없을 거예요. 나도 한때 붉은 제복을 좋아했고…… 사실 지금도 그래요. 만약 일 년에 오륙천쯤 버는 멋진 젊은 대령이 우리 딸들 가운데 하나를 원한다면 반대하지 않을 거예요. 요전번 날 밤 윌리엄 경 댁에서 포스터 대령을 만났을 때 제복이 썩 잘 어울린다는 생각이 들더군요."

"엄마." 리디아가 큰 소리로 말했다. "이모 말씀이 포스터 대령과 카터 대위가 처음 왔을 때처럼 왓슨 양 집을 자주 가지는 않는대요. 지금은 클라크가의 서재에 모습을 자주 보이고요."

그때 하인이 베넷 양에게 줄 편지를 들고 들어오는 바람에 부인은 대답할 틈이 없었다. 네더필드에서 보낸 편지였는데 하인은 답장을 받아가려고 기다렸다. 베넷 부인의 눈이 기쁨에 겨워 반짝거렸다. 그녀는 딸이 편지를 읽는 동안 조바심치며 큰 소리로 물었다.

"그래, 제인, 누구한테서 온 거니? 무슨 내용이야? 그분이 뭐래? 어서, 제인, 빨리 읽고 말 좀 해봐. 애, 빨리 좀."

"빙리 양이 보낸 거예요." 제인이 말했다. 그리고 편지를 큰 소리로 읽었다.

친애하는 친구에게,
오늘 루이자 언니와 나와 함께 식사하지 않겠어요? 호의를 베풀지 않으면 언니와 내가 평생 서로 미워할지 몰라요. 여자 둘이 온종일 머리를 맞대고 지내다보면 다툼으로 끝나지 않을 수 없답니다. 편지를 받자마자 우리집으로 빨리 오세요. 오빠와 신사들은 장교들과 함께 식사할 예정이래요.

늘 제인 양을 생각하는,

캐럴라인 빙리

"장교들과 함께라고!" 리디아가 소리쳤다. "아니 이모가 왜 그런 얘기를 안 하셨는지 모르겠네."

"그 사람들이 밖에 나가서 식사한다고." 베넷 부인이 말했다. "몹시 불운한 일이구나."

"마차를 타고 갈 수 있을까요?" 제인이 말했다.

"아니다, 애야. 비가 올 것 같으니 말을 타고 가는 게 낫겠어. 그러면 그곳에서 하룻밤을 지내고 와야 할 거야."

"좋은 계획 같아요." 엘리자베스가 말했다. "그 사람들이 제인 언니를 집으로 데려다주지 않을 거라는 점만 확실하다면요."

"그렇구나! 하지만 신사들이 메리턴까지 빙리 씨의 이륜마차를 이용할 테고, 허스트 부부는 말이 따로 없잖니."

"아무래도 마차를 타고 가야 할 것 같아요."

"하지만 애야. 장담하는데 아빠가 말들을 내주지 않을 거다. 여보, 농장에 말들이 필요하다고 그랬잖아요. 아닌가요?"

"농장에서야 내가 보내줄 수 있는 것보다 더 자주 필요로 하지."

"하지만 오늘 말들을 쓰신다면, 엄마의 소망이 이루어지는 셈일 텐데." 엘리자베스가 말했다.

결국 그녀는 말들을 쓸 일이 있다고 아버지가 억지로 시인하게 만들었다. 그래서 제인은 마차가 아니라 말을 타고 가야 했다. 엄마는 그녀를 현관까지 배웅하면서 날씨가 궂을 징조에 기뻐했다. 엄마의 바람이 곧 현실로 나타났다. 딸이 출발한 지 얼마 안 됐을 때 정말로 비가 억수같이 쏟아지기 시작했으니 말이다. 동생들은 언니 때문에 마음이 편치 않았는데, 엄마는 신난 모습이었다. 비는 저녁 내내 쉬지 않고 내렸다. 제인은 못 돌아올 게 분명했다.

"기막힌 생각이었지, 세상에!" 베넷 부인이 거듭해서 말했다. 비를 오게 한 공로가 모두 자기에게 있다는 투였다. 하지만 다음날 아침이 될 때까지 부인은 자신의 계략이 얼마나 행복한 결과를 빚어냈는지 아직 모르고 있었다. 아침식사가 끝나기도 전에 네더필드에서 온 하인이 엘리자베스에게 이러한 편지를 전했다.

사랑하는 리지,

오늘 아침 일어나 몸이 너무 안 좋다는 걸 알았어. 아마 어제 비에 흠뻑 젖어서 그런 것 같아. 친절한 이곳 분들은 내 몸이 나을 때까지는, 집에 돌아가겠다는 내 말을 듣지 않으려고 해. 존스 선생님의 진찰을 받고 가라는 거야. 그러니 선생님이 내게 오셨다는 얘기를 듣더라도 놀라지 마. 목이 따끔거리고 머리가 아픈 것 말고는 큰 문제가 없으니까.

제인

“그래, 여보.” 엘리자베스가 편지를 큰 소리로 읽고 나자 베넷 씨가 말했다. “당신 딸이 갑자기 병이 나서 위험한 상황에 처하거나 죽더라도 그게 다 당신 지시대로 빙리 씨를 탐하다 그리된 것이니 위로가 되겠소.”

“어머! 나는 제인이 죽는다는 걱정은 결코 안 해요. 사람이 가벼운 감기 때문에 죽지는 않잖아요. 아마 간호를 잘 받을걸요. 그곳에 머무르기만 하면 모든 게 안심이에요. 마차를 쓸 수 있으면 가서 좀 볼 텐데.”

마차를 타고 갈 수는 없었지만 언니가 진심으로 걱정된 엘리자베스는 직접 가보기로 결심했다. 하지만 말을 탈 줄 몰랐기 때문에 걸어가는 것 말고는 방법이 없었다. 그녀는 자신의 결심을 밝혔다.

“너 지금 제정신이니?” 엄마가 소리쳤다. “길이 진흙탕일 텐데 그런 결심을 하다니. 그곳에 도착하면 몰골이 참 가관이겠다.”

“제인 언니를 만나기에 무리가 없는 몰골이겠죠. 언니를 보는 게 제 목적이니까요.”

“리지, 내게 말들을 내달라는 소리냐?” 아버지가 말했다.

“아니에요, 정말요. 저는 걸어가는 것도 괜찮아요. 동기만 확실하면 거리쯤은 아무것도 아니죠. 겨우 삼 마일인데요 뭘. 저녁식사 시간까진 돌아올 거예요.”

“언니의 착한 마음씨에 놀랐어.” 메리가 말했다. “하지만 모든 충동적인 감정은 반드시 이성의 인도를 받아야 해. 노력은 꼭 필요에 비례해야 한다는 게 내 생각이야.”

“우리가 메리턴까지 언니와 함께 갈게.” 캐서린과 리디아가 말했다.

엘리자베스는 동생들의 제안을 받아들였다. 결국 세 자매가 함께 집을 나섰다.

"서둘러 가면 카터 대위가 떠나기 전에 만나볼 수 있을 거야." 함께 걸으면서 리디아가 말했다.

이들은 메리턴에서 헤어졌다. 동생들은 아는 장교 부인이 사는 집 쪽으로 갔고, 엘리자베스는 혼자 계속해서 걸어갔다. 그녀는 잰걸음으로, 이어지는 들판을 가로질렀고 울타리들을 넘었다. 물웅덩이가 나타나도 마음이 급해 돌아가지 않고 민첩하게 뛰어넘었다. 마침내 그녀는 네더필드 저택이 보이는 곳까지 오게 되었다. 발목은 시큰거렸고, 스타킹은 흠뻑 젖었으며, 얼굴은 빨갛게 달아올라 있었다.

그녀는 조찬실로 안내되었는데, 그곳에는 제인을 제외한 모든 사람들이 모여 있었다. 그녀가 나타나자 사람들은 깜짝 놀랐다. 그토록 궂은 날씨에, 그토록 이른 시간에, 그것도 혼자서 삼 마일을 걸어왔다는 사실이 허스트 부인과 빙리 양에게는 좀처럼 이해가 되지 않았다. 엘리자베스는 그런 까닭에 그들이 자신을 경멸하고 있다고 확신했다. 그러나 그들은 그녀를 매우 예의바르게 맞이했다. 빙리 씨의 태도에는 예의 이상의 의미가 담겨 있었고, 선의와 호의마저 느껴졌다. 다아시 씨는 별말을 하지 않았다. 허스트 씨는 입을 닫고 있었다. 다아시 씨는 한편으로는 먼 거리를 열심히 걸어온 탓에 반짝거리는 엘리자베스의 얼굴에 마음을 빼앗기고, 다른 한편으로는 과연 그토록 먼 거리를 혼자서 걸어올 일인지 의아했다. 허스트 씨의 관심은 오로지 아침식사뿐이었다.

엘리자베스가 언니의 상태를 물었는데, 답변은 만족스럽지 못했다.

제인이 밤새 잠을 잘 못 이뤘고, 지금은 일어났지만 열이 몹시 높아서 방을 나올 만큼 회복하지 못했다고 했다. 엘리자베스는 곧장 언니를 보러 갈 수 있어 기뻤다. 사실 제인은 가족들을 놀라게 하거나 그들에게 불편을 끼칠까봐 걱정돼서 편지에 표현을 안 했다 뿐이지 가족의 문병을 학수고대하고 있던 터라 동생이 들어오자 무척 반가웠다. 하지만 아직 대화를 많이 나눌 수 있는 상태는 아니었다. 빙리 양이 자매들만 남겨두고 방을 나갈 때, 특별한 보살핌에 감사한다는 말만 몇 마디 할 수 있을 뿐이었다. 엘리자베스는 조용히 언니를 보살폈다.

아침식사가 끝나자 빙리 자매가 다시 찾아왔다. 엘리자베스는 그들 자매가 많은 애정을 갖고 진심으로 언니를 걱정하고 있음을 알았다. 그제야 그들이 마음에 들기 시작했다. 의사가 와서 환자를 보고는 예상했던 대로 감기어 심하게 걸렸으니 빨리 낫도록 모두들 애써야 한다고 의례적으로 말했다. 환자에게는 침대로 돌아가라고 조언하며 물약을 조금 조제해주기로 했다. 제인은 열이 다시 올라 곧장 침대에 누웠다. 머리도 심하게 아프다고 말했다. 엘리자베스는 한동안 언니 방을 떠나지 않았다. 빙리 자매도 방을 자주 찾았다. 신사들이 외출했기 때문에 사실 그들은 다른 곳에서 딱히 할일도 없었다.

시계가 세시를 알리자 엘리자베스는 떠날 시간이라고 생각하고는 마지못해 집으로 돌아가야겠다고 말했다. 빙리 양이 그녀에게 마차를 내주겠다고 했다. 엘리자베스도 조금만 더 권하면 그 호의를 받아들이려 했는데, 제인이 동생과 헤어지는 걸 하도 불안해하는 바람에 빙리 양은 부득이 마차를 내주겠다는 제안을 접고, 네더필드에 더 머물다 가라고 권할 수밖에 없었다. 엘리자베스는 대단히 고맙다면서 그렇게 하기로 했고, 이 소식을 전하러 그녀의 집으로 하인을 보냈다. 그 하인은 돌아올 때 두 자매의 옷가지를 들고 왔다.

8

　다섯시가 되자 빙리 자매가 옷을 갈아입으러 방을 나갔다. 그리고 여섯시 반에 엘리자베스에게 정찬을 함께 하자고 호출이 왔다. 그녀는 식탁에서 언니의 상태에 관해 쏟아진 예의바른 질문에 그다지 좋은 소식을 전해줄 수는 없었다. 하지만 특히 빙리 씨의 질문에 티가 날 정도로 깊은 염려가 담겨 있어서 기분은 좋았다. 제인은 전혀 차도가 없었다. 빙리 자매는 엘리자베스의 대답을 듣고 얼마나 속이 상한지, 독한 감기에 걸리다니 얼마나 끔찍한 일인지, 그리고 자기들은 병에 걸리는 걸 얼마나 싫어하는지 등의 얘기를 서너 차례 되풀이했다. 그러고 나자 그들은 이 문제는 더이상 생각하지도 않았다. 눈앞에 언니가 없으니 당장에 무관심해지는 그들의 태도를 보고, 엘리자베스는 처음부터 그들 자매가 마음에 들지 않았다는 사실을 새삼 되새기며 그들을 비웃었다.
　사실 이들 남매 가운데 엘리자베스가 편하게 대할 수 있는 대상은 빙리 씨뿐이었다. 그가 제인의 상태를 진정으로 염려하고 있다는 사실은 명백했고, 엘리자베스 자신에게 보이는 관심도 매우 기분좋은 것이었다. 그런 그의 태도 덕분에 엘리자베스는 자신이 그들 사이에 불청객으로 끼어들었다는 자격지심이 들지 않았다. 사실 그녀는 그들이 자신을 그런 존재로 여기고 있으리라 확신했다. 빙리 씨를 제외하면 누구도 그녀에게 별다른 관심을 보이지 않았기 때문이다. 빙리 양의 관심은 온통 다아시 씨에게만 쏠려 있었고, 언니인 허스트 부인도 더하면 더했지 그 못지않았다. 엘리자베스 옆에 앉은 허스트 씨에 대해 말하자면, 무척 게으른 사람인지라 오로지 먹고 마시고 카드 게임을 즐기기 위해 사는 듯했다. 그는 엘리자베스가 라구*보다 평범한 요리를 좋아한다는 사실을 안 뒤로는 아예 그녀에게 말도 걸지 않았다.

식사가 끝나자 엘리자베스는 곧장 언니에게로 돌아갔다. 그녀가 방을 나가자마자 빙리 양이 험담을 늘어놓기 시작했다. 엘리자베스의 매너가 형편없으며 오만함과 시건방으로 똘똘 뭉쳐 있다는 것이었다. 게다가 대화를 나누려 하지도 않고 품위도 없고 취향도 없고 미모도 부족하다고 했다. 허스트 부인도 같은 생각이라며 이렇게 거들었다.

"간단히 말해 마음에 드는 장점이 하나도 없다는 거지. 대단히 잘 걷는다는 것 말고는. 오늘 아침의 그 꼬락서니는 영원히 못 잊을 거야. 정말이지, 미친 여자 같았다니까."

"맞아, 그랬어, 루이자 언니. 나도 표정을 감추기가 힘들었어. 여기 온 것 자체가 말도 안 되는 일이잖아! 아니 제 언니가 감기 좀 걸렸다고 이런 시골구석을 마구 헤집고 다닐 게 뭐람? 지저분하기 짝이 없고 단정치 못한 머리 꼴이라니!"

"맞아! 게다가 속치마는 또 어떻고. 네가 그 꼴을 봤어야 해. 진창에 빠져 육 인치는 젖어 있었어. 틀림없다니까. 겉옷을 내려 감추려 했지만 어림없었어."

---

* 고기와 야채를 넣어 만든 스튜의 일종.

"그게 정확한 설명인지 모르겠어, 루이자." 빙리 씨가 말했다. "전혀와 닿지 않는 설명인걸. 아침에 식당에 들어설 때 보니 꽤 괜찮아 보이던데, 그래. 엉망이라는 속치마도 내 눈에는 전혀 보이지 않았고."

"다아시 씨는 확실히 보셨겠죠." 빙리 양이 말했다. "그리고 여동생분이 그런 꼴을 하고 다니는 모습은 보고 싶지 않으실 테고요."

"물론 그렇습니다."

"삼 마일, 아니 사 마일인가 오 마일인가, 아무튼 몇 마일이든 발목이진창에 푹푹 빠지는 길을 혼자서, 정말 혼자서 걸어오다니, 세상에! 무슨 생각일까요? 내 눈에는 우쭐대며 끔찍한 종류의 독립심을 과시하려는 것처럼 보였어요. 예의범절은 신경도 안 쓰는 시골 처녀 특유의 독립심 말이에요."

"언니에 대한 애정에서 나온 행동이라 보기 좋던걸." 빙리 씨가 말했다.

"다아시 씨." 빙리 양이 반쯤 속삭이는 말투로 말했다. "혹시 이번 일이 엘리자베스 양의 아름다운 눈에 감탄하던 다아시 씨의 마음에 영향을 미친 게 아닌지 걱정되는데요."

"전혀 아닙니다." 그가 대답했다. "몸을 움직인 탓인지 오히려 더 반짝거리던데요." 이 말을 한 뒤 그가 잠시 말을 멈추자 허스트 부인이 말을 이었다.

"난 제인 베넷 양에게는 과하다 싶을 만큼 정이 느껴져. 참 상냥한 아가씨야. 그래서 멋진 신랑감을 만나 잘살기를 진심으로 바라고. 하지만 그런 아버지와 어머니, 그런 천박한 가족과 친척을 두고 과연 그럴 수 있을까 걱정돼."

"자매의 이모부가 메리턴에서 변호사로 일하고 있다고 언니가 말했던 것 같은데."

"그랬지. 그리고 칩사이드* 어딘가에 외삼촌이 산다고 했고."

"퍽도 중요한 사실이네." 여동생이 덧붙였다. 그리고 이들은 마음껏 낄낄거렸다.

"자매에게 칩사이드를 모조리 채울 만큼 외삼촌이 많다고 해도 그들이 덜 매력적인 건 절대 아니야." 빙리가 소리쳤다.

"하지만 어느 정도 지위가 있는 남자와 결혼할 가능성은 현저히 줄어들지." 다아시가 대답했다.

빙리는 그 말에 아무런 대답도 하지 않았지만 누이들은 전적으로 동의했다. 그리고 한참 동안 자신들의 그 소중하다는 친구의 천박한 친척들을 신나게 비웃었다.

하지만 애정 어린 배려심이 되살아났는지 빙리 자매는 정찬실을 나서 제인의 방으로 갔고, 커피를 마시러 오라는 호출이 올 때까지 그 옆을 지켰다. 제인의 상태는 엘리자베스가 그 곁을 한순간도 떠날 수 없을 정도로 여전히 몹시 안 좋았다. 저녁 늦게야 엘리자베스는 언니가 잠든 모습을 보고 안심이 됐다. 그리고 그제야 비로소 내키지는 않았지만 예의상 옳은 일인 듯해 아래층에 내려가보기로 했다. 응접실에서는 모두 모여 '루'라는 카드 게임을 하고 있었다. 즉시 합류하라는 권유를 받았지만, 그녀는 판이 제법 크다는 생각이 들어 거절하면서 언니 핑계를 대며 잠시 책이나 읽으며 아래층에서 쉬었다 가겠다고 말했다. 허스

---

* 런던의 '시티(the City)'를 동서로 가로지르는 지역으로, 중세 때부터 시장이 있었다.

트 씨가 깜짝 놀라 그녀를 쳐다보았다.

"아니 카드 게임보다 책 읽기가 더 좋습니까?" 그가 말했다. "참 신기하군요."

"일라이자 베넷 양은 카드 게임은 경멸하나봐요." 빙리 양이 말했다. "대단한 독서가라 다른 일에서는 별다른 즐거움도 못 느끼고요."

"저는 그런 찬사나 비난을 받을 이유가 없는 사람이에요." 엘리자베스가 큰 소리로 말했다. "대단한 독서가도 아니고, 즐기는 다른 일들도 많답니다."

"언니를 보살피는 일은 확실히 즐기는 것 같네요." 빙리가 말했다. "언니가 빨리 쾌차해서 일라이자 양의 그 즐거움이 더욱 커지기를 바랍니다."

엘리자베스는 그에게 진심 어린 고마움을 표한 다음 책 몇 권이 놓인 탁자 쪽으로 갔다. 빙리는 즉시 서재에 있는 다른 책들을 모두 갖다주겠다고 했다.

"책이 좀더 많았다면 엘리자베스 양에게도 좋았을 테고 제 평판도 올라갔을 텐데 아쉽습니다. 하지만 제가 게으른 편이라서, 책이 많지도 않은데 이만큼만 해도 제가 들여다볼 분량은 넘거든요."

엘리자베스는 그 방에 있는 책들만으로도 충분하다고 그를 안심시켰다.

"깜짝 놀랐어요." 빙리 양이 말했다. "아버지가 남긴 장서가 그토록 적다니. 펨벌리 저택의 서재는 얼마나 멋질까요, 다아시 씨!"

"멋질 수밖에 없지요." 그가 대답했다. "여러 세대에 걸쳐 내려온 결과물이니까요."

"다아시 씨도 엄청난 양을 보태셨잖아요. 항상 책을 구입하시죠."

"요즘 같은 시절에 집안의 서재를 소홀히 하는 태도는 이해할 수 없습니다."

"'소홀히'라! 저는 다아시 씨가 그처럼 고귀한 저택을 더 아름답게 하는 일이라면, 그 어떤 일도 소홀히 하시지 않으리라 확신해요. 찰스 오라버니, 새집을 짓게 된다면 펨벌리의 절반만큼이라도 괜찮은 집이면 좋겠어요."

"나도 그랬으면 좋겠다."

"실은 펨벌리 인근에 있는 집을 사라고 조언하고 싶네요. 펨벌리를 모델로 삼은 집 말이에요. 잉글랜드에서 펨벌리가 있는 더비셔보다 더 아름다운 지역은 없잖아요."

"나도 정말 그러고 싶어. 다아시가 자기 집을 판다면 기꺼이 구입하지."

"가능성이 있는 일만 말하는 거예요, 찰스 오라버니."

"캐럴라인, 분명히 말하는데, 모방해서 짓는 것보다 펨벌리 저택을 구입하는 게 가능성이 더 높은 일이야."

엘리자베스는 두 남매가 주고받는 대화에 너무 빠져 책에 집중하지 못했다. 결국 곧 책을 내려놓고 카드 테이블 쪽으로 다가가 빙리 씨와 허스트 부인 사이에 자리잡은 뒤 게임을 구경하기 시작했다.

"다아시 양이 지난봄 이후로 많이 컸죠?" 빙리 양이 말했다. "앞으로 키가 저만큼 클까요?"

"아마 그 정도는 클 겁니다. 지금 엘리자베스 베넷 양쯤 되든지 아니면 조금 더 크든지 하니까요."

"정말 다시 보고 싶네요! 함께 있는 게 그렇게 즐거운 아가씨는 만난 적이 없어요. 얼굴도 너무 예쁜데다 몸가짐은 얼마나 얌전하던지! 게다가 그 나이에 대단한 교양도 쌓았죠. 피아노 연주도 빼어났고요."

"놀랄 일이야." 빙리가 말했다. "젊은 아가씨들 모두, 어쩌면 그렇게 대단한 교양을 쌓는 인내심을 갖고 있나 몰라."

"아가씨들 모두가 교양을 쌓다니, 오라버니, 그게 무슨 소리예요?"

"그럼, 내 생각에는 모든 아가씨들이 다 그렇다니까. 모두들 화판에 채색을 하고 병풍에 자수를 놓고 손지갑을 짤 줄 알잖니. 내가 아는 아가씨들 중에서 이런 걸 못하는 아가씨는 거의 없어. 장담컨대 어떤 아가씨에 대해서든 처음 얘기를 들을 때 대단한 교양을 쌓았다는 평가를 안 들은 적이 없다니까."

"자네가 지금 열거한 평범한 교양들이라면 과연 맞는 말이네." 다아시가 말했다. "교양이라는 단어가, 그저 손지갑이나 짜고 병풍 자수를 놓는 일로 교양이 있다고 인정되는 많은 여성들에게 사용되는 형편이니 말일세. 하지만 숙녀들을 전부 뭉뚱그려 평가한 것에 대해선 동의할 수 없네. 내가 아는 숙녀들의 범위 내에서 말한다면, 진정한 교양을 쌓은 이를 여섯 이상 안다고 자랑할 수 없으니까."

"저도 그렇다고 확신해요." 빙리 양이 동조했다.

"그렇다면요," 엘리자베스가 끼어들었다. "다아시 씨는 교양을 갖춘 여자의 개념에 무척 많은 것을 포함시키고 있는 게 분명하군요."

"그렇습니다. 많은 것을 포함시킵니다."

"맞아요! 확실히 그러시죠." 그의 충직한 지지자 빙리 양이 소리쳤다. "우리가 평소에 마주하는 일에서 남보다 빼어난 능력을 보여주지 못하는 여자라면, 진정한 교양을 갖췄다고 말할 수 없죠. 반드시 음악, 노래, 그림, 춤, 그리고 여러 외국어에 대해 완벽한 지식을 갖추고 있어야만 교양이 있다는 말을 들을 자격이 생긴답니다. 그리고 이 밖에도 몸가짐, 걷는 맵시, 목소리의 톤, 말하는 모습과 표정에도 뭔가 특별한 게 있어야 하고요. 그렇지 않으면 교양이 있다는 말을 들을 자격이 절반밖에 없는 거예요."

"그 모두를 갖추고 있으면서, 거기에 좀더 본질적인 사항도 추가돼야 합니다." 다아시가 덧붙였다. "폭넓은 독서로 정신을 계발하는 일 같은 것이죠."

"그런 여자를 여섯 분밖에 모른다는 말씀이 더이상 놀랍지 않네요. 오히려 그런 분을 한 분이라도 아신다는 점이 신기할 따름인데요."

"그런 여자들이 존재한다는 사실조차 의심하다니, 같은 여자로서 너무 심한 거 아닙니까?"

"저는 그런 여성을 한 번도 본 적이 없거든요. 다아시 씨가 말씀하신 그런 재능과, 취향과, 성실함과, 우아함을 전부 갖춘 여성을 본 적이 없답니다."

허스트 부인과 빙리 양은 엘리자베스의 의심이 부당하다며 외쳤다. 그리고 둘 다 다아시 씨가 묘사한 여성상에 부합하는 여자들을 많이 알고 있다고 항변했다. 그때 허스트 씨가 두 사람에게 좀 진정하라고 소리치면서 카드 게임 진행에나 신경쓰라고 심하게 투덜댔다. 이미 모든 대화가 막바지에 접어들었을 때라 엘리자베스는 곧바로 방을 나가버렸다.

그녀가 나가고 방문이 닫히자 빙리 양이 말했다. "일라이자 베넷은 같은 여자를 깎아내려서 남자들이 자기를 마음에 들어하게끔 술수를 부리는 유형이에요. 아마 많은 남자들에게 성공을 거두었겠죠. 하지만 참 너절한 방법이고 천박한 기술이라고 생각해요."

"정말 그렇습니다." 빙리 양이 이 말을 나누고자 한 주된 상대인 다아시가 동조했다. "숙녀들이 이따금 남자를 사로잡기 위해 아닌 척하며 쓰는 모든 기술에 천박함이 배어 있지요. 조금이라도 영악한 데가 있다면 경멸할 일입니다."

빙리 양은 그의 대답이 마음에 쏙 들지는 않아서 이 화제를 이어가지 않았다.

그때 엘리자베스가 다시 들어와 언니의 상태가 더 나빠져 언니 곁을 떠날 수가 없겠다고 말했다. 빙리는 즉시 존스 선생을 불러야 한다고 주장했다. 반면에 그의 누이들은 시골 의사 선생의 조언은 도움이 안 된다면서, 런던으로 급히 사람을 보내 최고로 유명한 의사 선생을 모셔 와야 한다고 주장했다. 엘리자베스는 누이들의 주장은 귀담아듣고 싶지 않았지만 오빠 쪽의 제안을 따르는 것은 괜찮을 듯했다. 결국 베넷 양의 상태가 호전되지 않으면 다음날 아침 일찍 다시 존스 선생을 부르기로 결정했다. 빙리는 몹시 불안해했다. 그의 누이들도 무척 걱정된다고 말했다. 하지만 두 자매는 야식을 먹고 이중창을 부르며 그 걱정스럽다는 심경을 달랬다. 반면에 그들의 오라버니는 하녀장에게 이층에 있는 편찮은 숙녀와 그 여동생에게 가능한 모든 신경을 쓰라고 지시하는 일에서 위안을 얻었을 뿐, 그보다 나은 위안은 찾을 수 없었다.

9

　엘리자베스는 그날밤 대부분의 시간을 언니 방에서 보냈다. 그리고 아침이 찾아오자, 꽤나 이른 시간부터 하녀를 통해 언니의 안부를 물어온 빙리 씨의 질문에 어느 정도 괜찮아졌다고 답할 수 있어 기뻤다. 곧이어 빙리 자매를 시중드는 얌전한 하녀들이 물으러 왔을 때도 마찬가지였다. 언니의 상태가 나아졌지만, 엄마가 직접 와서 어떻게 해야 할지 상황 판단을 해주기를 바라며 엘리자베스는 롱본 집에 기별을 넣어달라고 부탁했다. 즉시 편지가 보내졌고 편지에 쓰인 대로 이루어졌다. 아침식사가 끝난 지 얼마 되지도 않았는데 넷째와 막내를 대동한 베넷 부인이 네더필드에 떡하니 나타났다.

　제인이 정말로 위험한 상태였다면 베넷 부인은 심히 걱정했을 것이다. 하지만 병세가 그다지 놀랄 정도가 아니라는 것을 알고 마음이 놓이자 오히려 딸이 빨리 회복되지 않기를 바랐다. 딸의 건강이 회복되면 네더필드를 떠나야 하니 말이다. 당연히 그녀는 집으로 데려가달라는 딸의 청을 듣지 않았다. 때마침 도착한 의사도 마찬가지로 집으로 가는 것을 권하지 않았다. 엄마와 세 딸이 잠시 제인 옆에 앉아 있을 때 빙리 양이 찾아와 이들을 조찬실로 초대했다. 그들은 그녀를 따라나섰다. 빙리는 그들을 맞이하면서 베넷 양의 상태가 베넷 부인이 예상했던 것보다 더 나쁘지 않기를 바란다고 말했다.

　"상태가 예상보다 더 안 좋네요, 빙리 씨." 부인이 대답했다. "병세가 너무 나빠서 당장 집으로 데려가지 못하겠어요. 존스 선생님도 당장 데려갈 생각일랑 말라고 하셨고요. 그러니 부득이 빙리 씨의 호의를 믿고 좀더 폐를 끼쳐야겠어요.”

“데려가시다니요!” 빙리가 소리쳤다. “그런 생각일랑 마십시오. 틀림없이 제 여동생도 그 말씀을 들으려 하지 않을 겁니다.”

“그럼요, 부인.” 빙리 양이 쌀쌀맞게 예의를 차리며 말했다. “우리와 함께 있으면서 베넷 양은 필요한 모든 간호를 받을 거예요.”

베넷 부인은 여러 차례 감사의 말을 늘어놓았다.

“분명히 그러시겠죠.” 부인이 덧붙였다. “이토록 훌륭한 친구분들이 아니었다면, 우리 딸에게 무슨 일이 생겼을지 모르겠네요. 정말 애가 너무 아프거든요. 고통도 몹시 심할 텐데, 세상에서 제일가는 인내심으로 견디고 있죠. 그애는 항상 그런 식이랍니다. 한 번도 예외가 없었어요. 제가 본 아가씨들 가운데 가장 마음씨가 곱죠. 다른 딸들에게도 종종 말한답니다. 큰언니를 따라가려면 아직 멀었다고요. 빙리 씨, 근데 이 방 참 멋지네요. 저기 저 자갈길 너머 보이는 전망도 너무나 매력적이고요. 이 근처에서 네더필드에 버금가는 집은 없을 거예요. 임차 기간이 짧다던데, 부디 성급히 떠나실 생각일랑 마세요.”

“저는 무슨 일이든 신속하게 처리하는 편입니다.” 빙리가 대답했다. “그러니 네더필드를 떠나야겠다고 마음먹으면 아마 오 분 안에 떠날 수 있을 겁니다. 하지만 지금은 이곳에 눌러살까 싶습니다.”

“저도 그러시리라 생각해요.” 엘리자베스가 말했다.

“이제야 제 마음을 이해하신다는 소리군요, 그렇죠?” 엘리자베스 쪽으로 돌아서며 그가 큰 소리로 말했다.

“맞아요! 빙리 씨의 마음을 완벽히 이해했어요.”

“칭찬으로 받아들이고 싶습니다. 하지만 제 마음이 그렇게 쉽게 간

파당하다니 한심하기도 하네요."

"그렇게 되었네요. 깊고 복잡한 성격이라고 해서 빙리 씨의 성격보다 반드시 더 적게 혹은 더 많이 파악되는 건 아니랍니다."

"리지." 엄마가 소리쳤다. "지금 있는 곳이 어딘지 명심하렴. 집에서 하는 식으로 천방지축 날뛰면 안 돼."

"미처 몰랐습니다." 빙리가 바로 말을 이었다. "엘리자베스 양이 성격 연구가인 줄은요. 분명히 아주 재미있는 연구겠네요."

"네. 하지만 복잡한 성격이 가장 흥미로운 대상이죠. 복잡한 성격의 소유자라도 그런 이점쯤은 있지요."

"대체로 시골은 엘리자베스 양이 말한 연구 대상을 공급해주지는 못할 겁니다." 다아시가 말했다. "시골이라는 환경에서는 매우 제한적이고 변화 없는 사람들과 교류하며 살게 되니까요."

"하지만 사람들은 본래 변화무쌍하잖아요. 끊임없이 새로운 면이 발견되기 마련이죠."

"그럼요, 그렇고말고요." 베넷 부인이 시골 환경을 운운하는 그의 태도가 거슬렸는지 큰 소리로 외쳤다. "시골에서도 도시 못지않은 많은 일이 일어난답니다."

모두들 깜짝 늘랐다. 다아시는 한동안 뚫어져라 부인을 쳐다본 뒤 슬며시 시선을 돌렸다. 자신이 완벽한 승리를 얻어냈다고 생각한 베넷 부인은 의기양양해하며 발언을 계속했다.

"런던이 상점과 공공장소가 많다는 점 빼면 과연 시골보다 더 큰 이점이 있는 곳인가요. 시골이 훨씬 더 살기 즐겁죠. 안 그래요, 빙리 씨?"

"시골에 있으면 떠나고 싶은 생각이 좀처럼 안 듭니다. 하지만 그건 도시에 나가 있을 때도 마찬가집니다. 각각의 장소가 나름대로 이점이 있지요. 그리고 저는 두 곳 어디에서나 똑같이 행복하고요.”

“그렇군요…… 그건 빙리 씨의 성격이 반듯하기 때문이겠죠. 하지만 저 신사께서는,”다아시를 빤히 쳐다보며 부인이 말했다.“시골이 별 볼일 없다고 생각하시나봐요.”

“엄마, 그건 오해예요.”엄마 때문에 얼굴이 화끈거리는 엘리자베스가 말했다.“엄마가 다아시 씨를 정말로 오해하셨어요. 다아시 씨는 그저 시골에서는 도시에서처럼 다양한 사람들을 만날 수 없다고 하신 거예요. 그건 엄마도 사실로 인정하셔야 해요.”

“그렇기는 하다, 애야. 시골에 다양한 사람들이 산다고는 누구도 말하지 않지. 하지만 이 지역에서 많은 사람들을 만날 수 없다는 말이라면 내 생각은 다르다. 이곳보다 더 이웃이 많은 곳도 드물지. 우리집만 해도 무려 스물네 가구의 가족들과 함께 식사하잖니.”

빙리는 오로지 엘리자베스를 걱정하고 배려하는 마음으로 간신히 평소의 표정을 유지하고 있었다. 하지만 오빠보다 세심하지 못한 빙리 양은 무척 의미심장한 미소를 지으며 다아시 쪽을 바라보았다. 엄마의 생각을 다른 데로 돌릴 수 있는 화젯거리를 찾기 위해 엘리자베스는 자신이 이곳에 있는 동안 샬럿 루커스가 롱본 집에 들렀는지 물었다.

“그래, 어제 제 아버지랑 함께 들렀더구나. 윌리엄 경은 참 훌륭하신 양반이에요. 안 그래요, 빙리 씨? 얼마나 품격 있고 점잖고 성격 좋은 양반인지! 그분에게는 늘 모두에게 들려줄 얘깃거리가 있어요. 바로 그 점이 저가 생각하는 교양이랍니다. 자신을 퍽이나 중요한 사람이라고 착각하고 입을 꼭 다물고 있는 사람들은 사실 뭘 제대로 모르는 사람들이죠."

"샬럿이 식사도 하고 갔어요?"

"아니, 그냥 집으로 가겠다고 했어. 아마 고기 파이 같은 음식 만드는 일을 거들어야 했나봐. 제 경우는요, 빙리 씨, 저는 일을 맡길 하녀들을 늘 두고 있답니다. 우리집 딸들은 다르게 키웠어요. 하지만 사람들은 제멋대로들 판단하죠. 물론 루커스 집안의 딸들도 아주 착하다고 말씀드릴 수 있어요. 다만 애들이 좀 못생겼다는 게 유감이랄까! 그렇다고 샬럿이 지독히 못생겼다고 생각한다는 것은 아니고…… 아무튼 그애는 우리와 각별한 사이랍니다."

"샬럿 양은 무척 상냥해 보이던데요." 빙리가 말했다.

"아! 그런가! 그래요. 하지만 그애가 박색이라는 사실은 인정해야 해요. 엄마인 루커스 부인도 종종 그렇게 말하면서 우리 제인의 미모를 부러워했어요. 저는 제 자식 자랑을 좋아하는 편은 아니지만요, 확실히 우리 제인이…… 우리 애보다 더 나은 미모는 흔히 볼 수 없죠. 누구나 다 그렇게 얘기합니다. 제 눈에만 그렇게 보이는 게 아니라는 거죠. 제인이 열다섯 살부에 안 됐을 때 런던에 사는 제 남동생 가드너의 집에 어떤 신사가 머물고 있었어요. 그런데 그 신사가 제인을 하도 좋아해서 우리 올케는 그가 떠나기 전에 청혼하리라는 확신까지 했답니다. 하지만 실제로 성사되진 않았어요. 제인이 너무 어리다고 생각했겠죠. 아무튼 그 신사는 제인에게 시까지 지어 바쳤어요. 무척 아름다운 시였죠."

"그래서 그 사랑은 그렇게 끝이 났답니다." 더이상 참지 못하고 엘리자베스가 말했다. "그런 식으로 끝난 사랑이 그 밖에도 아마 더 많을걸요. 사랑을 쫓는 방법으로 시만 한 게 없다는 걸 도대체 누가 발견했는지, 참!"

"저는 늘 시가 사랑의 양식이라고 생각해왔습니다." 다아시가 말했다.

"아름답고 견고하고 건강한 사랑이라면요. 이미 강인한 사랑인 경우에는 뭐든 자양분이 될 겁니다. 하지만 가볍고 얄팍한 호감 정도라면 아무리 멋진 소네트라 할지라도 자양분이 되기는커녕 그런 호감을 말려 없앨 거예요."

다아시는 미소만 지었다. 대화가 잠시 끊기자 엘리자베스는 엄마가 다시 중뿔나게 나서지 않을까 하는 걱정에 몸까지 떨릴 지경이었다. 무슨 말이든 하고 싶었지만 딱히 화젯거리를 생각해낼 수 없었다. 침묵이 짧게 이어지다가 베넷 부인은 빙리 씨에게 제인에게 친절을 베풀어줘서 고맙고, 리지까지 폐를 끼친 점을 사과드린다는 인사를 되풀이하기 시작했다. 빙리는 가식 없이 공손한 태도로 답했으며, 여동생에게도 역시 공손하게 그 상황에 필요한 답례를 하게 했다. 빙리 양이 별로 공손해 보이진 않았지만, 베넷 부인은 만족해하며 즉시 마차를 불렀다. 그런데 엄마의 신호가 떨어지자 이번에는 동생들이 나섰다. 캐서린과 리디아는 그동안 내내 자기들끼리 수군대더니 결국에는 리디아가 빙리에게 처음 이사 왔을 무렵 네더필드에서 열겠다고 약속했던 무도회를 언제 여느냐고 채근하는 걸로 수군거림이 종결되었다.

리디아는 발육 상태가 무척 좋은 건강한 열다섯 살 아가씨였다. 예쁘장하고 성격 좋아 보이는 얼굴에다 엄마의 사랑까지 듬뿍 받고 있어, 어린 나이에 벌써 사교 모임에 나선 상태였다. 리디아는 생기발랄한데다 타고난 자신감 같은 것이 장교들의 관심을 받게 되자 거의 뻔뻔함으로까지 발전해 있었다. 이모부네 맛있는 식사와 리디아의 허물없는 태도 때문에 장교들은 그녀를 무척 마음에 들어했다. 이런 까닭에 지금도 무례하고 당당한 태도로, 불쑥 빙리 씨에게 무도회 약속 얘기를 꺼낸 것이었다. 리디아는 약속을 안 지키는 건 세상에서 가장 부끄러운 일이라는 말까지 했다. 이토록 갑작스러운 공격에도 빙리의 답변은 엄마의 귀에도 흡족했다.

"약속을 지킬 준비가 완벽하게 되어 있다고 분명히 말씀드립니다. 언니가 회복되기만 하면 무도회 날을 언제로 잡을지, 괜찮다면 리디아 양이 결정하세요. 하지만 언니가 아파 누워 있는데 춤을 추고 싶진 않겠지요."

리디아는 잘 알겠다고 했다. "그럼요! 물론이에요. 언니가 나을 때까지 기다려야 한다면 더 잘된 일이에요. 그때쯤이면 틀림없이 카터 대위님이 메리턴에 돌아오실 테니까요. 빙리 씨께서 무도회를 열어주시고 나면 그분들한테도 무도회를 열어달라고 할 거예요. 포스터 대령님께 무도회를 열지 않는 건 몹시 부끄러운 일이라고 말씀드리겠어요."

그런 다음에야 베넷 부인과 두 딸은 집으로 떠났다. 엘리자베스는 곧바로 제인에게 돌아갔다. 자신과 가족들의 행동에 대해 빙리 자매와 다아시 씨가 뭐라고 쑥덕대든 그냥 놔두기로 했다. 그런데 이들 중 후자 쪽은 빙리 자매가 아무리 유혹을 해도 엘리자베스에 대한 혹평에 동참하지 않았다. 빙리 양이 엘리자베스의 그 아름다운 눈에 대해 아무리 빈정거려도 마찬가지였다.

그날은 그 전날과 똑같이 흘러갔다. 허스트 부인과 빙리 양은 아침나절 몇 시간을 아픈 제인과 함께 보냈다. 제인은 더디기는 했지만 조금씩 나아지고 있었다. 저녁 무렵 엘리자베스는 다른 사람들과 어울리기 위해 응접실로 갔다. 하지만 카드 게임 루를 할 수 있는 테이블이 보이지 않았다. 다아시 씨는 편지를 쓰고 있었고 그 가까이에 앉은 빙리 양은 그 모습을 지켜보며, 그의 여동생에게 자신의 이야기도 전해달라고 여러 번 부탁하며 그의 관심을 끌던 중이었다. 허스트 씨와 빙리 씨는 피켓이라는 이인용 카드 게임을 하고, 허스트 부인이 그걸 구경하고 있었다.

엘리자베스는 바느질거리를 들고 온 터라 다아시와 빙리 양 사이에 오가는 대화에 귀를 기울이며 충분히 즐길 수 있었다. 그의 필체와 반듯한 행들 혹은 편지 길이에 대해 빙리 양이 끊임없이 찬사를 보내도 상대방은 철저히 무심하게 굴어 둘 사이에는 기묘한 대화가 오갔다. 그리고 그 대화는 두 사람에 대한 엘리자베스의 평가와 정확히 일치했다.

"이런 편지를 받는 다아시 양은 얼마나 기쁠까!"

다아시는 아무런 대꾸도 하지 않았다.

"굉장히 속필이세요."

"잘못 아셨습니다. 저는 글씨를 다소 느리게 쓰는 편입니다."

"일 년 내내 편지 쓰실 일이 얼마나 많겠어요! 공식적인 볼일 때문에 쓰시는 편지만 해도요! 저는 그런 편지라면 생각만 해도 끔찍한데!"

"그렇다면 그런 편지를 쓰는 운명이 빙리 양 것이 아니라 제 것이라

다행입니다.”

“동생분에게 제가 보고 싶어한다고 전해주세요.”

“빙리 양의 바람대로 이미 앞에 한 차례 썼습니다.”

“펜이 마음에 안 드시는 것 아닌가요. 제가 손봐드릴까요? 제가 펜은 꽤 잘 손보는 편인데.”

“고맙습니다만, 제 펜은 항상 제가 고칩니다.”

“어쩌면 그렇게 글을 반듯하게 쓸 수 있죠?”

다아시는 묵묵부답이었다.

“동생분에게 하프 연주 실력이 늘었다는 말을 듣고 제가 기뻐했다는 말도 전해주세요. 또 동생분이 만든 아름답고 작은 테이블 도안은 정말 황홀하다는 말도 전해주시고요. 그 도안이 그랜틀리 양의 것보다 훌륭한 것 같아요.”

“다음번에 다시 편지를 쓸 때까지 그 황홀한 마음을 유보해주시겠습니까? 지금은 그런 마음을 제대로 담을 수 있는 여백이 안 남았습니다.”

“어머! 상관없어요. 1월에 다아시 양을 보게 될 텐데요 뭘. 어쨌든 동생분에게 늘 그렇게 길고 멋진 편지를 쓰시나요, 다아시 씨?”

“대체로 긴 편이지요. 하지만 늘 멋진지는 제가 판단할 일이 아닙니다.”

“장문의 편지를 쉽게 쓰는 사람은 편지를 못 쓸 수가 없다는 게 제 지론이에요.”

“그 말은 다아시에 대한 칭찬으로는 별로 효과가 없을 것 같구나, 캐럴라인.” 오빠가 큰 소리로 말했다. “다아시는 편지를 쉽게 쓰지 않거든.

네 음절 단어를 찾느라 지나치게 골몰하는 편이지. 안 그런가, 다아시?"

"내가 쓰는 편지는 자네가 쓰는 것과 아주 다르지."

"맞아요!" 빙리 양이 외쳤다. "찰스 오라버니만큼 편지를 대충 쓰는 분도 없을 거예요. 단어를 절반쯤 생략하고 나머지도 지우느라 잉크 얼룩투성이랍니다."

"생각이 너무 빨리 흘러나와 표현할 시간이 부족해서 그래. 그래서 가끔은 내 편지를 받은 사람들에게 내 뜻이 안 통할 때도 있어."

"빙리 씨." 엘리자베스가 말했다. "너무 겸손하셔서 비난마저 무색하게 만드시네요."

"겸손한 척하는 것보다 더 기만적인 태도도 없습니다." 다아시가 말했다. "겸손이란 종종 그저 의견이 없다는 소리죠. 때로는 간접적인 자기 자랑에 불과하고요."

"그럼 방금 내가 살짝 보인 겸손한 태도는 자네가 말한 그 둘 중 대체 어느 쪽이지?"

"간접적인 자기 자랑 쪽이겠지. 자넨 사실 자신의 글쓰기 결점에 대해 자부심을 느끼고 있는 것이네. 그런 결점을 사고의 신속성과 행동의 자연스러움에서 나오는 결과물로 여기는 거지. 자넨 그걸 높이 사지는 않을지라도 최소한 대단히 흥미로운 일로 여기지. 무엇이든 신속히 처리하는 재능은 그 재능의 소유자에게는 항상 소중히 여겨지게 마련이고, 그런 사람은 불완전한 성취에는 조금도 신경쓰지 않지. 오늘 아침 자네가 베넷 부인에게 네더필드를 떠날 결심만 한다면 오 분 안에 떠날 수 있다고 한 말도 사실 자네 자신에 대한 일종의 찬사나 칭찬을 의도하고 한 발언이지. 하지만 서두르다보면 분명 정말 필요한 일을 끝맺지 못할 수 있어. 그러니 자네든 다른 누구에게든 실질적인 이익이 못 될 텐데 칭찬할 까닭이 뭐가 있겠나?"

"됐네." 빙리가 소리쳤다. "그 정도면 충분해. 내가 아침에 했던 모든 어리석은 발언들을 이 저녁에 다시 상기시키다니. 하지만 내 명예를 걸고 말하는데, 나는 내가 한 말이 진실이라고 믿었네. 지금도 그렇게 믿고. 적어도 숙녀들 앞에서 뽐내려고 괜히 경거망동했던 건 아니었어."

"나도 그랬다고 믿네. 하지만 자네가 정말로 그렇게 성급하게 떠날 것 같지 않아. 너가 아는 어느 누구 못지않게 자네의 행동도 사뭇 우연에 의존할 수 있거든. 만약 자네가 말에 올라타려는데 어떤 친구가 '빙리, 다음주까지 더 머물렀다 가는 게 어때?'라고 한다면 자넨 아마 즉시 그렇게 할걸. 아마 안 떠나겠지. 다시 말하면 한 달은 더 머물러 있을 거야."

"다아시 씨의 말씀은 결국, 빙리 씨가 자신의 성품을 제대로 평가하지 못했음을 입증해주네요." 엘리자베스가 힘주어 말했다. "다아시 씨께서는 빙리 씨의 스스로에 대한 평가보다도 더 빙리 씨를 돋보이게 해주셨어요."

"정말 고맙습니다." 빙리가 말했다. "제 친구가 한 말을 제 성품을 칭찬하는 말로 돌려주시다니. 하지만 그는 결코 그런 의도가 아니었을 겁니다. 저 친구는 아까 말한 상황에서 제가 친구의 제안을 냉정하게 뿌리치고 말에 올라 최대한 빨리 달려간다면, 저를 더 높이 평가해줄 친구입니다."

"그렇다면 다아시 씨는 빙리 씨 본래의 경솔함이 그것을 고집스레 밀고 나가는 태도로 상쇄된다고 보시는 걸까요?"

"그건 제가 정확하게 설명할 수 없는 질문이군요. 다아시 본인이 설명해야겠어요."

"내가 인정한 적도 없는 걸 내 견해라 하며 해명을 요구하다니요. 어쨌든 베넷 양이 설명한 대로 상황이 그렇다고 해도 베넷 양, 빙리에게 그 계획을 미루고 집으로 돌아가기를 권한 친구는 정당한 이유를 대지 않고 요청했다는 점, 단순히 바랐다는 점을 기억하셔야 합니다."

"친구의 설득에 선뜻 그리고 기꺼이 양보하는 태도가 다아시 씨에게는 칭찬할 일이 못 되는군요."

"소신 없이 그저 따른다면, 청한 사람이나 응한 사람이나 현명하달 수 없지요."

"다아시 씨는 우정과 애정의 영향력을 전혀 인정하지 않는 분 같아요. 청한 사람을 배려해 합리성을 따져보지 않고도 선뜻 응하게 되는 경우가 종종 있으니까요. 빙리 씨의 경우라고 상정했던 일을 특별히 염두에 두고 하는 말은 아닙니다. 그 경우라면 빙리 씨가 보일 행동이 신중한 행동인지 아닌지 따져보기 전에, 그런 일이 실제로 일어날 때까지 기다리는 편이 나을 거예요. 아무튼 일반적인 보통의 경우, 친구 사이에서 한 친구가 상대에게 별로 중요하지 않은 어떤 결심을 바꾸라고 청할 때 상대가 이유를 따져보지도 않고 그 청을 들어준다면 다아시 씨는 그를 나쁘게 보실 건가요?"

"이 주제로 계속 토론해나가려면 먼저 그 청이 얼마나 큰 중요성을 담고 있는지 보다 명확하게 정리하고, 또 그 두 친구가 얼마나 절친한지부터 정리하는 게 타당하지 않을까요?"

"아무렴요." 빙리가 큰 소리로 말했다. "세부 사항을 다 따져봅시다.

두 친구의 키와 몸집 차이도 잊으면 안 됩니다. 왜냐하면 그 점은 논쟁에서 제법 중요하니까요. 베넷 양께서 생각하는 것보다 더요. 장담컨대 만약 다아시가 나와 비교하여 저토록 훤칠하게 큰 친구가 아니었다면, 저는 저 친구를 절반쯤도 존경하지 않았을 겁니다. 분명히 말씀드리지만, 어떤 특정한 시간과 특정한 장소에서 다아시보다 더 두려운 상대는 없답니다. 특히나 그가 딱히 할일이 없는 일요일 저녁 자기 집에 있을 때만큼은요."

다아시는 미소를 지었다. 하지만 엘리자베스는 그가 다소 불쾌해하고 있다는 걸 알아채고 터져나오려는 웃음을 꾹 참았다. 빙리 양은 다아시가 받은 무례한 대접에 열을 내며 말도 안 되는 소리를 한다고 오라버니를 질책했다.

"빙리, 자네 의도는 알겠네." 다아시가 말했다. "토론이 싫으니 지금 벌이는 토론을 중지시키려는 게지."

"아마 그럴걸. 토론은 논쟁과 너무 비슷해. 내가 방을 나갈 때까지 자네와 베넷 양이 토론을 미뤄준다면 무척 고맙겠네. 내가 나간 다음에는 두 사람이 나에 관해 무슨 말을 해도 좋네."

"빙리 씨의 청은 제겐 전혀 어렵지 않은걸요. 다아시 씨도 쓰던 편지를 끝마치시는 게 좋겠고요."

엘리자베스의 조언을 받아들여 다아시는 편지를 끝맺었다.

그 일이 끝나자 그는 빙리 양과 엘리자베스에게 음악을 들려달라고 부탁했다. 빙리 양이 재빨리 피아노 쪽으로 움직였고, 엘리자베스에게 먼저 연주해달라고 예의바르게 청했다. 엘리자베스가 그 못지않게 예의바르게 간곡히 거절하자 그녀가 먼저 피아노 앞에 앉았다.

허스트 부인도 여동생과 함께 노래했다. 두 자매가 노래하는 사이 악기 위에 놓인 악보들을 뒤적이던 엘리자베스는, 다아시 씨의 시선이 여러 차례 자신에게 고정되어 있는 걸 눈치채지 않을 수 없었다. 자신이 그런 대단한 신사의 호감의 대상일 리는 없을 것 같았다. 그렇다고 혐오의 시선이라고 보기에는 더더욱 이상했다. 하지만 마침내 이렇게 생각할 수밖에 없었다. 자신이 그의 관심을 끄는 것은 그가 지닌 옳고 그름의 개념에 비춰볼 때 자신이 방안의 어느 누구보다도 더 잘못되고 비난받을 여지가 많은 사람이기 때문일 것이라고. 이런 생각 때문에 괴롭지는 않았다. 그녀는 그를 조금도 좋아하지 않아서 그가 인정하든 말든 상관이 없었다.

빙리 양은 이탈리아 가곡 몇 곡을 노래한 뒤 다른 분위기의 활기찬 스코틀랜드 음악을 노래해 다른 매력을 보여주었다. 잠시 뒤 다아시가 엘리자베스에게 다가와 말했다.

"베넷 양, 릴 춤을 출 이런 기회를 잡고 싶은 충동이 들지 않습니까?"

그녀는 미소만 짓고 대답은 하지 않았다. 그녀의 침묵에 조금 놀랐는지 그가 같은 질문을 되풀이했다.

"어머!" 그녀가 대답했다. "알아들었어요. 하지만 당장 뭐라고 답해야 할지 마음을 못 정해서요. 아마 제게서 '네'라는 대답을 듣고 제 취향을 무시하는 즐거움을 만끽하고 싶으시겠죠. 하지만 저 역시 늘 그런 계획을 뒤집어놓고, 상대방의 계산된 경멸을 피하는 데서 즐거움을 만끽하는 사람이라서요. 그러니 이렇게 말하죠. 릴 춤 같은 것은 결코 추고 싶지 않아요. 이제 절 경멸하든 말든 마음대로 하세요."

"그럴 마음은 정녕 없습니다."

　그가 기분이 상했으리라 예상했던 엘리자베스는 그의 정중한 태도에 놀랐다. 하지만 그녀의 태도에는 상냥함과 짓궂음이 뒤섞여 있어 그녀가 누군가에게 모욕을 주기란 불가능했다. 게다가 다아시는 지금껏 엘리자베스에게 매료된 것만큼 다른 여성에게 매료된 적이 단 한 번도 없었다. 그는 진심으로 엘리자베스의 천박한 가족과 친척만 아니었다면 자신이 지금쯤 상당히 위험한 상태에 처했을 거라고 믿었다.

　빙리 양은 이 모든 상황을 지켜보고 있었다. 아니, 질투심을 느낄 만큼 두 사람 사이를 의심하고 있었다. 엘리자베스가 사라지기를 바라는 마음에 사랑하는 친구 제인의 회복을 더더욱 간절히 바라게 되었다.

　그녀는 엘리자베스를 싫어하게 만들 속셈으로 자주 그들의 결혼을 가정해 떠들고, 그러한 결합 내에서 그의 행복을 그려보며 다아시를 자극했다.

　다음날 관목숲을 함께 산책하면서 빙리 양이 말했다. "제 생각에는 바라던 일이 성사되면 다아시 씨가 장모님께 입을 다무는 게 이득이라고 귀띔 정도는 해주셔야 하고요, 가능하다면 장교들 뒤꽁무니나 따라다니는 처제들의 병도 꼭 치료해주세요. 그리고 이런 민감한 얘기를 해도 될지 모르겠는데, 부인께서 갖고 계신 소소한 성격적인 단점, 그러니까 오만함과 뻔뻔함 같은 단점도 부디 잘 살펴서 고쳐주세요."

　"제 가정의 행복에 대해 제안할 게 또 있습니까?"

　"어머! 더 있죠. 처 이모부 내외 되실 필립스 부부의 초상화를 펨벌리 저택의 회랑에 걸어놓으셔야죠. 판사이셨던, 다아시 씨의 종조부님 초상화 옆에 걸어놓는 게 어떨까요. 아시다시피 같은 직업에 종사한다잖아요. 물론 곁은 다르지만요. 신부가 될 엘리자베스 양의 초상화라면, 시도조차 않는 게 좋겠네요. 그토록 아름다운 눈을 감히, 제대로 그릴 화가가 누가 있겠어요?”

“엘리자베스 양의 눈 표정을 잡아내는 일은 정말 쉽지 않을 겁니다. 하지만 그 색깔과 모양새, 그리고 속눈썹은 도드라지게 아름다우니 그려낼 수 있을 겁니다.”

때마침 그들은 다른 산책로를 걸어오던 허스트 부인과 엘리자베스와 맞닥뜨렸다.

“산책할 마음이 있었는지 몰랐네요.” 혹시 그 두 사람이 자신들의 말을 들은 게 아닌지 당황해하며 빙리 양이 말했다.

“두 사람이 우리를 푸대접한 거지.” 허스트 부인이 대답했다. “산책 나간다는 말도 안 하고 둘만 쏙 빠져나갔잖니.”

그러면서 그녀는 다아시 씨의 빈 팔을 잡아채 엘리자베스를 혼자 걷게 만들었다. 오솔길은 세 명이 지나갈 만한 폭밖에 안 됐다. 자신들이 무례하다고 생각한 다아시 씨가 즉시 말했다.

“이 산책로는 우리 일행이 다 걷기에는 너무 좁네요. 큰길로 나가는 게 낫겠습니다.”

하지만 그들과 함께 있고 싶은 생각이 전혀 없었던 엘리자베스가 웃으면서 대답했다.

“아닙니다, 아니에요. 그냥 산책하세요. 세 분이 참 잘 어울리고, 보기 좋아요. 이런 멋진 그림에 네번째 인물이 끼어들어 그림을 망칠 수는 없죠. 그럼 전 이만.”

그런 다음 그녀는 활기차게 달려갔다. 그리고 하루나 이틀만 더 있으면 집으로 돌아갈 수 있으리라는 희망으로 기분이 무척 좋아져서 이곳저곳을 쏘다녔다. 제인은 이미 상당히 회복된 상태라 그날 저녁에는 두세 시간쯤 방을 나와볼 생각까지 하고 있었다.

11

저녁식사가 끝나고 숙녀들이 물러나는 때가 되자 엘리자베스는 언니에게 달려올라갔다. 그리고 언니가 춥지 않게 단단히 챙겨 입었는지 확인한 후 응접실로 데려갔다. 제인을 본 빙리 자매는 거듭 기쁨을 표하며 반갑게 맞이했다. 엘리자베스는 신사들이 등장하기 전 그들 없이 시간을 보낼 때 지금처럼 빙리 자매가 살갑게 구는 모습은 본 적이 없었다. 두 자매의 대화 솜씨도 대단했다. 연회를 정확히 그려냈고, 흥미진진한 일화를 들려주고, 쾌활한 말투로 아는 사람들을 비웃기도 했다.

하지만 신사들이 들어서자, 제인은 더이상 이들 자매의 주된 관심의 대상이 아니었다. 빙리 양의 시선은 즉시 다아시를 향했고, 그가 몇 걸음 걸어들어오기도 전에 벌써 그에게 할말이 있었다. 다아시는 곧장 베넷 양에게 다가가 정중하게 축하 인사를 건넸다. 허스트 씨도 고개를 가볍게 숙이며 "정말 기쁩니다" 하고 말했다. 장황하고 따뜻한 인사는 빙리의 몫으로 남았다. 그의 마음은 기쁨과 배려로 넘쳐났다. 그는 제인이 바뀐 방의 환경 때문에 힘들어할까봐 처음 반시간을 벽난로에 장작 넣는 일로 보냈다. 제인은 그가 권하는 대로 문에서 가장 멀리 떨어진, 난롯가로 자리를 옮겼다. 그는 그런 다음에야 제인의 옆자리에 앉았고 다른 사람들에게는 좀처럼 말을 건네지 않았다. 엘리자베스는 반대편에서 바느질을 하며 이 광경을 흐뭇하게 지켜보았다.

차 마시는 시간이 끝나자 허스트 씨는 처제에게 카드 게임을 상기시켜보았으나 헛수고였다. 다아시 씨에게 카드 게임을 할 마음이 없다는 것을 그녀가 몰래 알아낸 것이다. 허스트 씨는 곧바로 모두에게 카드 게임을 하자고 공개적으로 애원했지만 소용이 없었다. 빙리 양이 아무도 카드 게임을 원하지 않는다고 그에게 분명히 말했고, 다른 사람들도 침묵으로 그 말에 동조했다. 그러니 허스트 씨는 소파에 길게 누워 잠을 청하는 일 말고는 딱히 할일이 없었다. 다아시는 책 한 권을 집어들었다. 빙리 양도 똑같이 따라 했다. 주로 팔찌와 반지를 만지작거리는 데 열중하던 허스트 부인은 이따금 빙리와 베넷 양의 대화에 끼어들었다.

빙리 양의 관심은 자신이 직접 읽고 있는 책뿐만 아니라 다아시의 독서를 지켜보는 데도 쏠려 있었다. 그녀는 계속해서 그에게 질문을 하거나 그가 읽고 있는 페이지를 들여다보거나 했다. 하지만 어떻게 해도 상대방을 대화로 끌어낼 수 없었다. 그는 그저 건성으로 대답하며 독서만 계속했다. 순전히 다아시가 읽고 있는 책의 두번째 권이라는 이유로 골랐을 뿐인 책에 흥미를 느껴보려고 애쓰던 그녀가, 마침내 싫증이 났는지 하품을 늘어지게 하며 말했다. "저녁 시간을 이렇게 보내니 참 즐겁네요! 정말이지 독서처럼 재미난 일이 또 있을까! 책 말고 다른 일은 얼마나 빨리 물리는지! 제게 집이 생겼는데 거기 멋진 서재가 없다면 정말 불행할 거예요."

누구도 대꾸하지 않았다. 그러자 그녀는 다시 하품을 하고 책을 옆에 내려놓은 뒤, 뭔가 재미난 일이 없나 방을 둘러보았다. 그때 오빠가 베넷 양에게 무도회 이야기를 하는 소리를 듣고, 그녀는 오빠 쪽으로 몸을 홱 돌리며 말했다.

"그런데 말이에요, 찰스 오라버니. 네더필드에서 무도회를 열겠다고 한 말 진심이에요? 아직 결심을 완전히 굳힌 게 아니라면 여기 계신 분들과 상의해보라고 조언하고 싶네요. 우리 가운데 춤추는 일을 즐거움이라기보다 벌이라고 생각하는 사람이 없지 않을 듯한데요."

"혹시 다아시를 두고 하는 말이라면, 다아시는 원한다면 무도회가 시작되기 전에 침대로 가서 잠이나 자면 되겠지." 빙리가 큰 소리로 받았다. "하지만 무도회는 이미 확정된 사항이야. 니컬스가 화이트 수프를 충분히 만들어놓는 대로 초대장을 돌릴 생각이야."

"좀더 색다른 식으로 진행한다면 무도회가 더욱 즐겁겠죠." 그녀가 대답했다. "그런 모임의 통상적인 진행을 보면 견딜 수 없이 지루한 면이 있다니까요. 춤 대신 대화를 그날 모임의 주 행사로 삼으면 더 현명한 모임이 되지 않을까요."

"그래, 틀림없이 현명한 모임은 되겠지, 캐럴라인. 하지만 무도회다운 모습과는 사뭇 거리가 있겠지."

빙리 양은 아무런 대답도 하지 않았다. 그리고 곧바로 일어나 방안을 서성거렸다. 그 모습은 우아했고 걸음걸이도 반듯했다. 하지만 그 모습을 자랑하려는 대상인 다아시는 요지부동 여전히 책에만 푹 빠져 있었다. 그의 관심을 끌려는 간절한 바람으로 그녀는 한 가지 시도를 더 해봐야겠다고 마음먹고 엘리자베스 쪽으로 돌아서며 말했다.

"일라이자 베넷 양, 일어나서 저를 따라 해보는 게 어떨까요. 그러면서 방을 돌고요. 그렇게 한 자세로 오래 앉아 있다가 이런 동작을 하면 기분이 참 상쾌해진답니다."

엘리자베스는 놀라면서도 곧 그렇게 하겠노라고 했다. 빙리 양은 이 친절함을 통해 노린 진짜 목적에도 못지않게 성공을 거두었다. 다아시 씨가 눈을 들었다. 엘리자베스에게 그렇듯 그에게도 빙리 양의 관심이 새삼스러워 무심결에 책을 덮었다. 그러자 빙리 양은 즉각 그에게도 자신들 쪽으로 와서 함께 걷자고 권했지만, 그는 거절했다. 그는 두 숙녀가 일어나 방안 이곳저곳을 걷는 이유는 두 가지밖에 생각할 수 없는데 만약 자기까지 가세한다면 둘 중 어느 쪽이든 방해하는 셈이라고 말했다. "저게 대체 무슨 소리람? 대체 무슨 말인지 하나도 모르겠네"라고 빙리 양이 말하면서 엘리자베스에게 "무슨 소린지 알겠어요?" 하고 물었다.

"전혀 모르겠어요." 엘리자베스가 대답했다. "다아시 씨가 우리를 비난하려 한다는 건 분명해 보여요. 그러니 저분을 실망시키는 가장 확실한 방법은 무슨 뜻인지 안 물어보는 거예요."

하지만 빙리 양은 무슨 일이든 다아시를 실망시키는 일은 꿈도 꿀 수 없는 사람이었다. 따라서 그 두 가지 이유라는 게 대체 뭐냐고 끈덕지게 물었다.

"설명하지 않을 까닭이 없지요." 빙리 양이 말할 틈을 주자마자 그가 말했다. "우선 두 분이 저녁 시간을 그런 식으로 보내기로 한 것은 서로를 신뢰하며 뭔가 은밀히 논의할 일이 있다는 것이겠죠. 아니면 자신의 모습이 걸을 때 가장 돋보인다고 여기는 것이겠고요. 전자가 이유라면 그저 제가 함께하는 것만으로도 완벽히 방해가 되는 셈입니다. 그리고 후자가 이유라면 난롯가에 앉아 있어야 두 분의 모습을 훨씬 더 잘 감상할 수 있지요."

"어머머! 놀랍군요!" 빙리 양이 소리쳤다. "그렇게 얄미운 말씀은 처음 들어봐요. 엘리자베스 양, 저 말을 어떻게 응징하죠?"

"그럴 생각만 있다면 그보다 쉬운 일도 없죠." 엘리자베스가 말했다. "모두 서로를 괴롭히고 응징할 수 있어요. 약 올리는 거죠. 비웃든가요. 두 분이 친하시니 어떻게 하는 게 좋을지 잘 아실 텐데요."

"하지만 제 명예를 걸고 말하는데, 저는 그런 일은 못해요. 다아시 씨와 저는 아직 그럴 만큼 친하지는 않답니다. 침착한 기질과 차분한 심성을 지닌 분을 약 올리라뇨! 못하죠, 못하고말고요! 그래봤자 다아시 씨는 신경도 안 쓰실 거예요. 비웃음도 마찬가지죠. 우리가 원해도 비웃을 거리가 없으니 괜히 시도했다가는 우리만 웃음거리가 될 거예요. 아마 다아시 씨는 그런 비웃음을 즐길걸요."

"다아시 씨가 비웃음의 대상이 될 수 없다니!" 엘리자베스가 큰 소리로 말했다. "참 흔치 않은 이점이네요. 하지만 어디까지나 흔치 않기만을 바랍니다. 저런 분을 너무 많이 알면 제게 큰 손해일 테니까요. 저는 누구를 비웃는 걸 정말로 좋아하거든요."

"빙리 양이 실제 이상으로 저를 높이 평가하셨습니다." 다아시가 말했다. "가장 현명하고 가장 훌륭한 사람, 아니, 가장 현명하고 가장 훌륭한 행동도 인생 제일의 목표가 농담인 사람에게는 조롱의 대상이 될 수 있습니다."

"물론 그런 사람이 있긴 있죠." 엘리자베스가 대답했다. "하지만 제가 그런 사람은 아니기를 바랍니다. 제가 현명하거나 훌륭한 것을 조롱하지 않았기를 바랍니다. 솔직히, 어리석은 짓과 어처구니없는 짓, 변덕과 일관성 없는 행동만이 저를 즐겁게 할 뿐이에요. 저는 할 수만 있다면 언제든지 그런 사람들을 비웃겠습니다. 하지만 다아시 씨가 그런 단점을 갖고 계신 분은 아니겠죠."

"그런 단점이 없기란 누구도 불가능할 겁니다. 하지만 저는 뛰어난 지성도 조롱거리가 되고 마는 단점은 평생 피할 과제로 삼고 있습니다."

"허영심이나 오만함 같은 단점 말씀이군요."

"그렇습니다. 허영심은 확실히 단점입니다. 하지만 오만함은…… 정녕 정신적으로 우월한 사람이라면 어떨까요. 그런 경우라면 언제든 그 오만함이 잘 제어될 겁니다."

엘리자베스는 웃음을 참으려고 고개를 돌렸다.

"엘리자베스 양, 다아시 씨에 대한 심문은 이제 끝났겠죠." 빙리 양이 말했다. "결과는 어떤가요?"

"심문 결과 다아시 씨는 아무런 단점도 없다고 완벽히 확신하게 되었습니다. 꾸밈없이 본인 스스로 인정하시니까요."

"아닙니다." 다아시가 말했다. "저는 그런 주장을 한 적이 없습니다. 제게도 단점이 제법 있지만, 그 단점이 제 지성과 관련된 것이 아니기를 바랄 뿐이지요. 제 기질은 저조차도 보증할 수 없습니다. 저는 누구에게든 좀처럼 굴복하지 않는 편입니다. 세상을 편히 살아가기에는 지나칠 만큼요. 의당 그래야 하는데도 저는 어리석고 부도덕한 사람들의 언행을 빨리 잊지 못합니다. 제게 저지른 잘못에 대해서도요. 그런 생각을 지우려고 애를 써도 잘 지워지지 않습니다. 화를 잘 못 푸는 기질이라고 말할 수 있을 겁니다. 한번 호감을 잃으면 그걸로 영원히 끝입니다.”

“바로 그게 다아시 씨의 진짜 단점이군요!” 엘리자베스가 외쳤다. “누그러뜨리기 어려운 화는 성격에 어둠을 만들죠. 하지만 단점을 잘 선택하셨네요. 정말 제가 비웃을 수가 없군요. 제 비난이라면 안심하세요.”

“저는 저마다의 성격에 아무리 훌륭한 교육을 받더라도 극복할 수 없는 특별히 악한 면과 타고난 결함이 있기 마련이라고 믿습니다.”

“그럼 다아시 씨의 단점은 모든 사람을 싫어하는 성향이겠군요.”

“그럼 엘리자베스 양의 단점은 모든 사람을 자의적으로 오해하는 성향이겠군요.” 그가 미소를 지으며 대답했다.

“음악이나 더 즐겨요.” 자신이 끼어들 여지가 없는 대화에 싫증이 난 빙리 양이 소리쳤다. “루이자 언니, 형부를 깨워도 괜찮을까?”

허스트 부인은 음악 연주를 반대하지 않았다. 피아노 뚜껑이 다시 열렸고, 잠시 생각에 잠겼던 다아시도 유감스러워하지 않았다. 그는 자신이 엘리자베스에게 너무 많은 관심을 쏟고 있어 위험하다는 느낌이 들기 시작했다.

12

언니와 합의한 뒤, 다음날 아침 엘리자베스는 그날 안으로 두 사람을 집으로 태우고 갈 마차를 보내달라고 엄마에게 편지를 보냈다. 하지만 베넷 부인은 제인이 꼭 일주일을 채우게 되는 그다음주 화요일까지는 딸들이 네더필드에 머물 계산을 했기에 그전에 돌아온다면 기쁜 마음으로 딸들을 맞이할 수 없었다. 그러니 답장은 호의적이지 않았다. 적어도 집에 돌아가고 싶어 안달이 난 엘리자베스의 바람에는 맞지 않았다. 베넷 부인은 화요일까지는 도저히 마차를 준비할 수 없을 것 같다며 추신에 빙리 씨와 빙리 양이 좀더 머물다 가라고 권한다면, 자신은 기꺼이 딸들을 양보할 수 있다고 덧붙였다. 그러나 엘리자베스는 이에 단호히 반대했다. 더 머물다 가라고 권할 것 같지도 않았다. 오히려 공연히 오래 폐를 끼친다고 여길까봐 걱정돼서 언니에게 빙리 씨의 마차를 빌려 타고서라도 즉시 떠나자고 재촉했다. 결국 그날 아침 두 자매는 네더필드를 떠나겠다는 원래의 계획을 전하고, 마차를 빌려달라고 부탁하기로 결정했다.

이런 뜻을 전하자 걱정하는 말이 쏟아졌다. 적어도 다음날까지는 더 머물다 가라는 바람을 담은 말에 제인의 마음이 흔들려, 결국 그들의 출발은 다음날로 연기되었다. 막상 그렇게 결정되자 빙리 양은 그런 제안을 했다는 게 후회스러웠다. 두 자매 중 한쪽에 대한 애정보다 다른 한쪽에 대한 질투심과 미움이 그만큼 더 컸다.

그 집의 주인은 베넷 자매가 그토록 서둘러 떠난다는 얘기를 듣고 진심으로 아쉬워하며, 베넷 양이 아직 충분히 회복되지 않았으니 위험할 수도 있다며 거듭 설득하려고 애썼다. 하지만 제인은 옳다고 느끼면 단호한 편이었다.

다아시 씨에게는 반가운 소식이었다. 엘리자베스는 네더필드에 충분히 오래 있었다. 그가 바란 것 이상으로 엘리자베스가 그의 마음을 사로잡았다. 게다가 빙리 양이 그녀에게 무례하게 굴고, 평소보다 더 심하게 그를 괴롭혔다. 그는 이제부터는 현명하게 처신하면서 어떤 호감도 함부로 내보이지 않도록 특별히 신경을 쓰고, 그의 행복에 영향을 미칠 수 있다는 희망을 심어줘서 그녀를 우쭐하게 만드는 일도 결코 하지 않겠다고 단단히 마음먹었다. 그리고 혹시 자신이 그런 희망을 암시한 적이 있다면, 베넷 자매가 떠나기 전 마지막날 자신이 보이는 행동이 그런 희망을 확인시키든 좌절시키든 중요한 역할을 하리라 생각했다. 그런 생각을 단단히 다지며 그는 토요일 내내 엘리자베스에게 채 열 마디도 하지 않았다. 딱 한 번, 반시간쯤 단둘이 있게 되었을 때도 아주 착실히 책만 들여다봤을 뿐 그녀 쪽은 쳐다보지도 않았다.

일요일 아침 예배가 끝나자 거의 모두들 화기애애하게 작별이 행해졌다. 마지막 순간 빙리 양은 황급히 엘리자베스에게 더 공손하게 대했다. 제인에 대한 애정도 마찬가지였다. 그녀는 롱본에서든 네더필드에서든 다시 만난다면 언제나 기쁠 거라고 제인에게 확언한 뒤, 작별할 때 부드럽게 안아주기까지 했다. 엘리자베스하고는 악수까지 나누었다. 엘리자베스도 더없이 쾌활한 모습으로 모두에게 작별을 고했다.

집으로 돌아온 두 자매는 어머니에게서는 그다지 따뜻한 환대를 못 받았다. 베넷 부인은 딸들이 벌써 돌아온 것을 의아해하며 그렇게까지 성가시게 굴었다니 잘못했다며 꾸지람까지 했다. 제인의 감기가 도질 게 뻔하다고 했다. 반면에 아버지는 아주 간략하게 기쁨을 표현하긴 했지만 다시 보게 된 딸들을 진심으로 반가워했다. 마침 그는 가족들 사이에서 이 두 딸이 얼마나 중요한 위치를 차지하는지 절감하던 참이었다. 제인과 엘리자베스가 없으니 저녁에 모두 모여 대화를 나눌 때 활기가 없었고 아무런 의미도 없었다.

두 자매는 메리가 평소처럼 통주저음通奏低音과 인간의 본성에 대해 깊이 연구하고, 새로운 논문들도 들여다보고, 남들에게 해줄 케케묵은 도덕에 관한 몇 가지 새로운 표현을 연구하고 있다는 것을 알았다. 캐서린과 리디아는 두 언니를 위해 그와는 다른 종류의 얘깃거리를 준비해두었다. 지난 수요일 이후 연대에서는 많은 일이 일어나고 많은 이야기가 돌았는데, 장교 몇몇이 얼마 전 이모부와 함께 식사를 했고, 사병한 명이 체벌을 당했고, 포스터 대령이 곧 결혼할 거라는 소문이었다.

13

"여보, 부탁이 있소." 다음날 아침식사 자리에서 베넷 씨가 아내에게 말했다. "오늘 저녁식사는 좀 근사하게 차려야겠어요. 손님 한 사람이 올 것 같으니."

"그게 무슨 소리예요, 여보? 내가 알기론 올 사람이 없는걸요, 샬럿 루커스가 놀러 온다면 모를까. 그애라면 **보통때** 차려내는 식사로 충분해요. 그 정도만으로도 제 집에서는 자주 접하지 못하는 식사일 텐데요."

"내가 말하는 사람은 신사예요. 우리집에는 처음 오는 사람이고."

베넷 부인의 눈이 반짝거렸다. "신사면서 우리집에 처음 오는 사람이라니! 그럼 틀림없이 빙리 씨군요. 아니, 제인, 얘는 왜 한마디 귀띔도 안 한담! 영악한 것! 좋아요. 빙리 씨라면 정말 만나고 싶어요. 하지만, 아이고! 참 운이 없네! 오늘은 요리할 생선이 한 마리도 없는데. 애, 리디아, 벨을 눌러라. 힐에게 당장 얘기해야겠다."

“빙리 씨가 아니오.” 남편이 말했다. “나도 평생 한 번도 못 본 사람이야.”

아버지의 이 말은 온 가족을 놀라게 했다. 그는 아내와 다섯 딸에게서 동시다발적인 열띤 질문 공세를 당하는 즐거움을 누렸다.

한참 동안 가족들의 호기심을 만끽하고 난 뒤 그가 이렇게 설명했다. “한 달 전 이 편지를 받았는데 내가 보름 전쯤 답장을 보냈어. 다소 민감한 문제라 일찌감치 신경을 써야 할 필요가 있다고 생각했거든. 우리 친척 콜린스 씨가 보낸 편지야. 내가 죽고 나면, 자기 마음대로 당신과 애들 모두를 우리집에서 즉시 내쫓을 수 있는 사람이지.”

“어머머! 여보!” 아내가 소리쳤다. “그 말은 도저히 참고 들어줄 수가 없네요. 제발 그 혐오스러운 사람 애길랑 마요. 당신 재산이 당신 자식이 아니라 다른 사람에게 한사상속으로 넘어가다니 정말 세상에서 제일 끔찍한 일이에요. 분명히 말씀드리지만, 내가 만약 당신이라면 그런 사태에 대해 오래전에 이런저런 대비책을 세워놓았을 거예요.”

제인과 엘리자베스는 엄마에게 한사상속의 속성을 설명하려고 했다. 전에도 종종 시도해봤지만, 베넷 부인에게는 이해의 한계를 넘어서는 주제였다. 그러니 베넷 부인은 딸이 다섯이나 되는 집안의 재산을 아무 상관도 없는 남자에게, 그 사람 좋으라고 몽땅 넘기는 일이 얼마나 잔인한 일인지 비통한 심정으로 욕만 해댈 뿐이었다.

“분명 극히 부당한 처사지.” 베넷 씨가 말했다. “콜린스 씨가 롱본을 물려받는 죄를 용서받을 길은 없을 거야. 하지만 그가 보낸 편지를 보고, 자기 생각을 어떤 식으로 표현하고 있는지 알게 되면 당신도 조금은 누그러질 거요.”

"아니요. 절대 그럴 일 없어요. 당신에게 편지를 보내다니 그 사람 참 뻔뻔하네. 아주 위선적이고. 나는 그런 가증스러운 사람은 정말 싫어요. 왜, 차라리 예전에 자기 아버지가 그랬던 것처럼 당신하고 계속 싸우지 않고요?"

"글쎄. 실은 편지를 보면 알겠지만, 그도 제 아버지 일이 제법 마음에 걸리나보오."

켄트주, 웨스터럼 인근 헌스퍼드
10월 15일

존경하는 어르신께,

어르신과 제 선친 사이의 불화가 늘 마음이 쓰였습니다. 불행히 아버님을 잃고 저는 두 집안의 불화를 해소하고픈 바람이 종종 들었으나 한동안 저 자신의 회의적인 생각 때문에 주저했습니다. 생전에 줄곧 당신께서 멀리했던 분과의 친교가 혹여 돌아가신 분을 기억할 때 불경스럽게 비춰지지 않을까 두려웠습니다.―"여기 이 부분을 잘 들어봐요, 여보."―하지만 이제 저는 이 문제에 대해 결심이 섰습니다. 이번 부활절에 저는 성직 임명을 받았습니다. 운좋게도, 고故 루이스 드 버그 경의 미망인이신 존경하는 캐서린 드 버그 귀부인의 후의에 힘입어 특별 대접을 받는 영광을 누리게 된 덕분이지요. 귀부인께서 베풀어주신 후의로 이제 제가 이곳 교구의 소중한 성직을 맡게 되었습니다. 이곳에서 저는 귀부인께 감사하고 존경하는 마음으로 진심을 다해 처신하고, 언제든 영국국교회가 정한 의식과 의례를 실행하려고 열심히 준비하고 노력할 것입니다. 더 나아가 성직자로서 제 영향 아래 있는 모든 가족들의 평화로운 은총을 늘리고 확립하는 일을 의무로 여깁니다. 그러니 이러한 까닭으로도 저는 제 선의의 제안이 크게 칭찬받을 일이라고 자부합니다. 제가 롱본 재산의 차기 상속자라는 상황은 부디 너그럽게 봐주시고, 그게 제가 내미는 올리브 가지를 거절하는 이유가 되지 않았으면 합니다. 저는 제가 어르신의 영애들께 피해를 입히는 장본인이 된다는 생각만 하면 안타깝지 않을 수 없습니다. 그리고 그 점에 대해서는 심심한 사과를 드리며 기꺼이, 가능한 모든 보상을 할 각오가 되어 있다고 분명히 말씀드립니다. 하지만 이 문제에 대해서는 추후에 다시 말씀드리겠습니다. 제가 어르신 댁을 방문하는 데 반대가 없으시다면, 11월 18일 월요일 네시경, 어르신과 어르신의 가족을 찾아뵙는 기쁨을 누리고자 합니다. 그리고 아마 그다음주 토요일 밤까지 어르신께 폐를 끼치게 될 것 같습니다. 캐서린 귀부인께서는 예배를 집행할 다른 성직자를 구해놓기만 하면 한 번 정도 제가 일요일에 자리를 비우는 걸 반대하실 분이 결코 아니시니, 그 정도 기간이면 큰 무리가 없을 겁니다. 존경하는 어르신, 사모님과 영애들께도 제 존경심을 담아 안부 인사를 전합니다.

어르신의 행복을 기원하는 친척,
윌리엄 콜린스 올림

"그러니 오늘 네시에 이 화친의 사절 격인 신사가 도착한다는 얘기지." 편지를 접으며 베넷 씨가 말했다. "콜린스 씨는 매우 양심적이고 예의바른 청년 같소. 특히 캐서린 귀부인께서 그를 다시 우리집에 보내

줄 만큼 관대하시다면, 그와 알고 지내면 유익할 것이고.”

“어쨌든 우리 딸들에 대해 하는 말은 일리가 있네요. 애들한테 어느 정도 보상만 한다면야 제가 그 사람을 말릴 이유는 없죠.”

“그 사람이 우리 몫으로 생각하는 보상을 어떻게 할지 짐작하기가 어렵네요.” 제인이 말했다. “하지만 진심이라면 칭찬받을 일이에요.”

엘리자베스는 콜린스 씨가 캐서린 귀부인을 향해 품고 있다는 각별한 존경심이 가장 놀라웠다. 그리고 요청만 있으면 교구민의 세례와 결혼과 장례를 떠맡는 친절을 베풀겠다는 생각도 놀라웠다.

“별스러운 사람이 틀림없어요.” 그녀가 말했다. “대체 무슨 소리인지 도통 알 수가 없네요. 편지의 문체를 보니 점잔을 빼고 과시하는 면모가 엿보여요. 그리고 자기가 차기 상속 권리자라는 사실에 대해 사과드린다는 게 무슨 뜻일까요? 할 수 있다고 했지만, 이 사람이 도움을 줄 것 같지 않아요. 아버지, 이 사람 분별력을 제대로 갖춘 사람일까요?”

“그런 것 같지 않구나, 얘야. 왠지 그 정반대 유형으로 판명이 날 것 같은 확신이 강하게 들어. 편지에 비굴한 아첨과 거드름이 뒤섞여 있는 걸 보니 그럴 조짐이 있네. 하지만 빨리 만나보고 싶구나.”

“작문을 두고 봤을 때 이 사람의 편지에 결점은 없어 보여.” 메리가 말했다. “올리브 가지가 아주 참신한 비유는 아니지만 괜찮은 표현 같아.”

캐서린과 리디아는 편지에도 편지를 쓴 사람에게도 관심이 없었다. 사촌이라는 사람이 주홍색 제복을 입고 올 리 없고, 그들은 이미 몇 주 전부터 그것과 다른색 옷을 입은 남자들과는 함께 있어도 조금도 즐겁지 않았기 때문이다. 엄마인 베넷 부인에 대해 말하자면, 그녀는 콜린스 씨의 편지에 그동안 품었던 악감정을 상당 부분 털어냈다. 그리고 제법 침착하게 그를 맞이할 준비를 해 남편과 딸들을 깜짝 놀라게 했다.

콜린스 씨는 방문 시간을 정확히 지켰고, 온 가족으로부터 대단히 예의바른 환대를 받았다. 베넷 씨는 사실상 말을 거의 하지 않았지만, 나머지 가족들은 대화를 나눌 준비가 충분히 되어 있었고, 콜린스 씨는 대화를 독려할 필요 없이 본인은 침묵하고 있을 뜻이 없었다. 그는 키가 크고 살집 좋은 스물다섯 살 청년이었다. 태도는 진지하고 근엄했으며 매너는 극도로 격식을 따지는 편이었다. 자리에 앉은 지 얼마 되지 않아 그는 베넷 부인에게 정말 훌륭한 따님들을 두었다고 격찬하며, 따님들의 미모에 대해 익히 들었는데 실제로 보니 명성이 진실에 못 미치는 경우 같다고 말했다. 그는 오래지 않아 따님들 모두의 훌륭한 결혼을 보게 되리라 의심하지 않는다는 말도 덧붙였다. 이런 의례적인 정중한 인사말은, 그 말을 듣는 몇몇 가족들의 취향과는 크게 맞지 않았지만 베넷 부인만은 예외였다. 어떤 찬사도 마다하지 않는 그녀는 냉큼 대답했다.

"정말 친절하시네요, 콜린스 씨. 저도 진심으로 그렇게 되기를 바란답니다. 그렇지 않으면 우리 애들이 다 굶어죽을 판이니까요. 세상일이란 참 이상하게 결정되죠."

"이곳의 한사상속 건을 말씀하시는군요."

"그럼요! 콜린스 씨, 정말 그렇습니다. 가엾은 우리 딸들로서는 정녕 통탄할 일이라는 사실을 콜린스 씨도 인정해야 합니다. 물론 콜린스 씨를 비난하려는 건 아닙니다. 이 세상에서 그런 일은 순전히 운수소관이라는 걸 저도 알아요. 일단 한사상속 재산이 돼버리면 그게 어디로 갈지 알 길이 없답니다."

"아름다운 사촌들에게 닥칠 불행에 대해서는 저도 잘 알고 있습니다. 그리고 그 점에 대해서는 드릴 말씀이 많지만, 너무 성급하게 나서는 것 같아서 지금은 자중하겠습니다. 여하튼 따님들을 존중할 각오를 충분히 다지고 이곳에 왔다는 점은 분명히 말씀드릴 수 있습니다. 지금은 더이상 말씀드리지 않겠습니다만, 우리가 좀더 친분을 쌓게 되면……"

저녁식사가 준비되었음을 알려오는 바람에 그의 말이 끊겼다. 자매들은 서로를 바라보고 의미심장한 미소를 지었다. 그런데 콜린스 씨에게는 경탄의 대상이 이들 자매들뿐이 아니었다. 그는 홀과 정찬실, 집 안의 모든 가구들을 꼼꼼히 둘러보며 찬사를 늘어놓았다. 이 모든 것들이 장차 자기 것이 될 거라고 여기고 있겠지, 하는 분한 생각만 아니었다면 그야말로 베넷 부인의 가슴에 깊은 감동을 주는 찬사였을 것이다. 저녁식사 또한, 제 차례가 됐는지 콜린스 씨의 찬사의 대상이었다. 그는 아름다운 사촌들 중에서 누가 이런 훌륭한 요리 솜씨의 주인공인지 진심으로 알고 싶다고 말했다. 하지만 베넷 부인은 다소 쏘아붙이며 자기 가족이 훌륭한 요리사를 쓸 정도는 족히 된다고 그의 질문을 바로잡으면서, 딸들은 부엌일에 전혀 관여하지 않는다고 말했다. 그가 마음이 상했다면 용서해달라고 간청했고, 베넷 부인은 조금 누그러진 말투로 전혀 안 상했다고 말했다. 그런데도 그는 거의 십오 분가량이나 줄기차게 사과를 이어나갔다.

14

식사하는 동안 베넷 씨는 거의 말이 없었다. 하지만 하인들이 물러나자 손님과 대화를 나눌 적당한 때라고 생각했는지, 콜린스 씨를 빛나게 할 만한 화제를 즉각 꺼냈다. 그는 캐서린 드 버그 귀부인의 후원을 받게 되었으니 운이 참 좋은 것 같다면서, 그의 소망에 관심을 기울여주고 안락한 성활을 할 수 있도록 배려해주시다니 대단히 특별해 보인다고 말했다. 베넷 씨가 이보다 더 좋은 화제를 선택할 수는 없었다. 콜린스 씨는 귀투인에 대한 찬사를 열렬히 쏟아냈다. 그리고 이 화제는 평소보다 훨씬 더 근엄한 태도를 보일 만큼 그를 우쭐하게 만들었다. 그는 평생 상류 계층 가운데 캐서린 귀부인만큼 상냥함과 겸양의 미덕을 보인 분은 본 적이 없다고 뽐내며 주장했다. 그는 귀부인 앞에서 영광스럽게도 이미 두 차례나 했던 설교를 그분께서 인자하게도 달갑게 받아주셨다고 했다. 그리고 귀부인께서 자신을 로징스 저택의 정찬 자리에 두 번이나 초대하셨으며, 지난 토요일에는 저녁때 열리는 쿼드릴 카드 게임의 참가자 수를 맞추려고 부르셨다고 했다. 많은 사람들이 귀부인을 오만하신 분으로 알고 있는데, 자기는 귀부인에게서 상냥한 모습 외에 다른 모습은 보지 못했으며, 귀부인께서는 늘 다른 신사들에게 말씀하시듯이 자신에게 말씀하시며, 자신이 지역 사교 모임에 참석하거나 친척을 방문할 목적으로 간혹 한두 주쯤 교구를 비워도 전혀 언짢아하지 않으신다고 했다. 그리고 그는 황송하게도 귀부인께서 신붓감을 현명하게 고를 수만 있다면 되도록 빨리 결혼하라는 조언까지 해주셨다고 했다. 한번은 귀부인께서 몸소 누추한 목사관에 납시어 자신이 손본 모든 것들을 칭찬해주시며, 심지어 위층 다락방에 선반을 설치하는 게 어떻겠느냐는 제안까지 하셨다고 했다.

"정말 너무나 품격 있고 예의바르신 분이시군요." 베넷 부인이 말했다. "지극히 너그러우신 분이라고 감히 말씀드리겠어요. 대부분의 상류층 귀부인들이 그분을 닮지 않은 게 유감이네요. 그분께서 콜린스 씨 댁 근처에 사시나요?"

"귀부인의 로징스 파크와 제 비천한 집에 딸린 정원이 좁다란 길 하나로 나뉩니다."

"귀부인께서 미망인이라고 하셨죠, 콜린스 씨? 다른 가족분은 안 계신가요?"

"로징스의 상속녀이자 막대한 재산을 소유한 영애가 한 분 계십니다."

"세상에!" 베넷 부인이 고개를 저으며 외쳤다. "그럼 그 따님이 여느 아가씨보다 훨씬 더 부자라는 소리군요. 대체 어떤 아가씨죠? 예쁜가요?"

"정말 너무도 아름다운 아가씨입니다. 진정한 아름다움이라는 관점에서 볼 때 드 버그 양은 사람들이 가장 아름답다고 말하는 여자들보다 더 빼어난 미모를 가졌다고 캐서린 귀부인께서 말씀하실 정도랍니다. 아가씨의 이목구비에 기품 있는 집안 출신임을 보여주는 면모가 서려 있기 때문이지요. 불행하게도 병약한 체질인지라 교양 면에서 많은 진전을 보이지 못한 점이 조금 유감스럽기는 합니다. 그렇지만 않았으면 틀림없이 교양도 충분히 쌓았을 겁니다. 아가씨의 교육을 담당하며 지금도 귀부인 가족과 함께 살고 있는 부인께서 그렇게 말씀하셨죠. 하지만 아가씨께서는 완벽하다 싶을 만큼 상냥하셔서, 아가씨 소유의 조랑말이 *끄*는 사륜마차를 타고 비천한 제 집에 몸소 들르시기도 합니다."

"그 아가씨께서 폐하를 알현하셨나요? 왕실을 드나드는 숙녀들의 이름 중에서 그 아가씨 이름은 못 들어본 것 같은데요."

"불행하게도 건강이 안 좋아서 아직 런던에 나가시지 못했습니다. 제가 일전에 캐서린 귀부인께도 말씀드린 바이지만, 바로 그 때문에 영국 왕실이 가장 찬란한 장식을 빼앗긴 셈이지요. 귀부인께서 제 비유를 무척 마음에 들어하시는 것 같았습니다. 짐작하시겠지만, 저는 기회만 닿는다면 언제든 숙녀들의 마음에 들 섬세한 찬사를 바치며 행복을 느낍니다. 캐서린 귀부인께도 매력적인 아가씨께서는 공작부인이 되기 위해 태어나신 분이며, 아무리 지체 높은 집안이라도 아가씨를 맞이한다면 아가씨가 그 집안으로 인해 위엄을 얻는 것이 아니라 그 집안이 아가씨 덕분에 빛을 발하게 되리라고 이미 누차 말씀드렸습니다. 이런 찬사야말로 귀부인의 마음을 흡족하게 해드리는 작은 선물이자 제가 반드시 바쳐야 한다고 생각하는 관심이랍니다."

"참으로 적절한 생각입니다." 베넷 씨가 말했다. "그처럼 섬세하게 상대방의 비위를 맞추는 재능을 가졌다는 건 행운이지요. 상대방의 기분을 즐겁게 해주는 그런 재능이 순간적인 충동에서 나오는지 아니면 미리 연구해둔 결과물인지 물어봐도 되겠습니까?"

"주로 순간적으로 스치는 생각에서 나옵니다. 물론 가끔은 일상적인 상황에 맞아떨어지는 품위 있는 소소한 찬사를 떠올리거나 준비하면서 혼자 즐기는 경우도 있긴 합니다. 하지만 되도록 그런 찬사가 사전에 연구해둔 결과물처럼 보이지 않도록 합니다."

베넷 씨의 기대는 충분히 채워졌다. 예상대로 친척 콜린스 씨는 좀 모자라는 사람이었다. 그는 짜릿한 쾌감을 느끼며 콜린스 씨의 말을 주의깊게 경청했다. 의연하고 평온한 표정을 유지했고, 간혹 엘리자베스를 쳐다볼 때를 제외하고는 함께 기쁨을 즐길 사람도 필요치 않았다.

하지만 차를 마실 시간이 되자 이런 쾌감이 실컷 충족된 모양인지 베넷 씨는 손님을 다시 응접실로 데리고 나왔다. 차를 다 마신 뒤 그는 콜린스 씨에게 딸들을 위해 책을 좀 읽어주면 기쁘겠다고 낭독을 청했다. 콜린스 씨는 즉각 그 청에 응하며 책을 한 권 받아들었다. 하지만 그는 그 책을 보고(모든 면에서 봤을 때 순회도서관에서 빌려온 것이 틀림없었다) 깜짝 놀라 움찔하더니 자기는 소설책은 절대로 안 읽는다며 용서를 구했다. 키티가 그를 뚫어져라 쳐다봤고 리디아는 놀라서 소리를 질렀다. 다른 책들이 주어지자 그는 한참 숙고한 뒤 포다이스의 설교집*을 골랐다. 그가 그 책을 펼치자 리디아가 하품을 했고, 극히 단조롭고 엄숙한 어조로 세 페이지쯤 읽었을 때는 이렇게 말을 꺼내 낭독을 방해했다.

"엄마, 필립스 이모부가 리처드를 해고한다고 하신 말씀 들었어요? 만약 그리 된다면 포스터 대령님이 리처드를 고용할 거라고 했어요. 토요일에 이모가 직접 말해주셨어요. 내일 메리턴에 가서 어떻게 됐나 알아봐야겠어요. 데니 씨가 런던에서 언제 돌아오는지도 물어보고요."

리디아는 큰언니와 둘째 언니로부터 당장 입을 다물라는 핀잔을 들었다. 하지만 이미 마음이 상할 대로 상한 콜린스 씨가 책을 옆으로 내

---

* 1766년에 출간된 제임스 포다이스의 『숙녀를 위한 설교집』.

려놓으며 말했다.

"어린 아가씨들이 진지한 책에 얼마나 관심이 없는지는 익히 봐왔습니다. 전적으로 그들을 위해 쓰인 책들인데도 그렇더군요. 솔직히 말씀드리자면 저로서는 놀라운 일입니다. 아가씨들에게 교훈만큼 유익한 것도 없지요. 하지만 우리 어린 사촌을 더이상 귀찮게 하지 않겠습니다."

그러고 나서 그는 베넷 씨 쪽으로 돌아서서 주사위 게임의 상대로 자신이 어떻겠느냐고 물었다. 베넷 씨는 딸들끼리 시시한 얘기나 하며 즐기도록 내버려둔 처사는 정말 잘한 일이라며 그 제안을 받아들였다. 베넷 부인과 언니들은 리디아가 버릇없이 끼어들어 죄송하다고 정중히 사과했다. 그리고 책을 계속 읽어준다면 다시는 그런 일이 없을 것이라고 약속했다. 콜린스 씨는 리디아에게 유감이 없으며 그런 행동을 자신에 대한 모욕으로 여기지 않는다고 안심시켰다. 그러면서 그는 베넷 씨의 맞은편 의자에 앉아 주사위 게임을 준비했다.

15

콜린스 씨는 븐별력을 제대로 갖춘 사람이 아니었고, 타고난 그 결점은 교육이나 교유 관계로도 개선할 수 없었다. 그는 인생 대부분을 일자무식에다 구두쇠였던 아버지의 보호를 받으며 보냈다. 대학에 적을 두긴 했었지만 간신히 필요한 학기만 채웠을 뿐, 도움이 되는 친교 관계는 전혀 맺지 못했다. 아버지가 속박해 키운 탓에 그는 애초부터 대단히 비굴한 태도를 갖고 있었다. 그런데 지금은 그런 태도가 벽촌 사람의 아둔한 머리가 빚어낸 오만함으로 상당 부분 상쇄되었다. 이른 나이에 뜻하지 않게 성공을 거두어 잘살고 있다는 생각이 빚어낸 결과도 한몫했다. 헌스퍼드 목사관의 성직록聖職祿 자리가 비었을 때 그는 캐서린 드 버그 귀부인에게 추천되는 행운을 잡았다. 그리고 귀부인의 높은 지위에 대한 존경심과 후견인인 그녀에 대한 숭배심이 자화자찬과 성직자의 권위의식, 교구 목사의 권리의식 등과 뒤섞이면서, 그는 오만과 아첨과 자존심과 비굴함이 혼합된 성격의 소유자가 되고 말았다.

이제 훌륭한 집과 넉넉한 수입까지 생긴 마당이니 그는 결혼을 할 생각이었다. 그리고 롱본 가족과의 화해도 도모할 겸 해서 신붓감까지 이미 점찍어두고 있었다. 소문대로 베넷가의 딸들이 대단한 미모에 상냥하기까지 한 숙녀들이라면 그중 한 명을 아내로 삼기로 결심했다. 바로 이런 결심이 베넷 씨의 재산을 물려받는 대가로 그가 세워놓은, 그의 딸들에 대한 보상이자 속죄의 계획이었다. 그는 이것이 더할 나위 없이 바람직하고 적절하며 지극히 너그럽고 사심 없는 계획이라고 생각했다.

이 계획은 딸들을 직접 보고 난 뒤에도 바뀌지 않았다. 맏딸 베넷 양의 예쁜 얼굴이 그의 머릿속에 확신을 심어주었고, 서열을 지키며 자매간에 돌아가야 할 몫에 대한 그의 엄격한 원칙을 굳혀주었다. 따라서 첫날 저녁에는 맏딸이 그가 선택한 신붓감이었다. 하지만 다음날 아침 그는 선택을 바꿔야 했다. 아침식사 전 베넷 부인과 십오 분가량 담소를 나누며 목사관 얘기를 하던 중, 그는 자연스럽게 따님들 가운데 한 분이 장차 그곳의 안주인이 되었으면 좋겠다는 바람을 털어놓았다. 베넷 부인은 만족스러운 미소를 짓고 그런 바람을 격려하더니, 그가 점찍은 큰딸 제인에 대해서는 주의를 주었다. "동생들에 대해선 뭐라고 말할 수 없네요…… 꼭 그렇다고 말씀드릴 수는 없지만, 어쨌든 그애들에게 이미 상대가 있는지는 모르겠어요. 하지만 이 말씀은 드리지 않을 수 없네요. 우리 큰딸은 곧 약혼하게 될지 모른답니다."

콜린스 씨로서는 그저 제인에게서 엘리자베스로 대상을 바꾸기만 하면 됐다. 그리고 그런 심경의 변화는 베넷 부인이 난롯불을 휘젓는 사이 순식간에 이루어졌다. 서열로 보나 미모로 보나 언니 버금가는 엘리자베스가 언니의 뒤를 잇는 것은 당연한 일이었다.

베넷 부인은 그의 속마음을 소중히 담아두며, 곧 두 딸을 결혼시키게 될 거라고 철석같이 믿었다. 하루 전만 해도 그 이름을 입에 올리는 것조차 싫었던 청년이 이제는 그녀의 호감을 샀다.

리디아는 메리턴으로 나들이 가겠다는 계획을 잊지 않았다. 메리를 뺀 모든 자매들이 함께 가기로 했다. 한시바삐 귀찮은 손님을 떼어놓고 서재에 혼자 있고 싶은 마음이 굴뚝같았던 베넷 씨의 권유에 의해 콜린스 씨도 동행하기로 했다. 아침식사 후 콜린스 씨는 서재까지 베넷 씨를 따라가 서가에서 커다란 이절판 책 하나를 들여다보는 척하면서 그와 계속 대화를 나누려고 했는데, 사실 그 대화라는 게 도통 끝날 줄 모르는, 헌스퍼드에 있는 그의 집과 정원에 대한 자랑뿐이었다. 그런 그의 언행이 베넷 씨를 극도로 불편하게 만들었다. 그는 서재에서만큼은 늘 한가로이 여유와 정적을 즐기는 사람이었다. 엘리자베스에게도 말했듯이, 그는 집안의 다른 방에서는 어리석고 우쭐대는 꼴을 참을 준비가 되어 있지만 서재에서만큼은 그런 일에서 해방되곤 했다. 이런 까닭으로 예의를 차리면서 콜린스 씨를 부추겨 딸들과 함께 메리턴까지 나들이를 다녀오라고 권유한 것이다. 사실 독서보다 산책이 훨씬 더 적성에 맞았던 콜린스 씨는 들고 있던 큰 책을 기쁘게 덮고 방을 나갔다.

메리턴에 들어설 때까지는 그가 쓸데없는 자랑을 늘어놓고 사촌 자매들은 예의바르게 맞장구를 치며 시간을 보냈다. 메리턴에 들어서자 동생들은 그에게 더이상 관심을 보이지 않았다. 그들의 시선은 곧바로 장교들을 좇아 이리저리 오갔다. 그 일 말고는 멋진 보닛이나 가게 진열장에 걸린 새로 나온 모슬린 옷들만이 시선을 사로잡을 수 있을 뿐이었다.

그러다 모든 자매들의 시선이 즉각 한 청년에게 사로잡혔다. 거리 반대편에서 장교와 함께 걷는 처음 보는 청년으로 대단히 신사다웠다. 동행인 장교는 런던에서 돌아왔는지 그 귀대 여부를 리디아가 궁금해하던 데니 씨였다. 일행이 지나가는 모습을 본 데니 씨가 고개를 숙이며 인사했다. 자매들은 모두 처음 보는 신사의 태도에 깊은 인상을 받았고 그 정체를 궁금해했다. 키티와 리디아는 혹시 알아낼 수 있을까 싶어 길 맞은편 가게에 살 것이 있다는 듯이 길을 건넜다. 그런데 자매가 길을 건너자마자 반갑게도 두 신사가 발걸음을 돌려 그들이 있는 곳으로 걸어왔다. 데니 씨는 자매들에게 곧장 다가와 친구인 위컴 씨를 소개해도 괜찮겠느냐고 허락을 구했다. 전날 런던에서 함께 왔는데 운좋게도 이번에 자기 부대에서 장교 임명을 받게 되었다는 것이다. 정말 안성맞춤이었다. 청년의 완벽한 매력에 장교 복장만 모자라는 상황 아니던가. 참으로 호감이 가는 외모였다. 미남이라고 부를 만한 요소는 전부 갖추고 있었다. 잘생긴 얼굴, 훌륭한 체격, 상대방을 기분좋게 하는 말솜씨까지. 소개가 끝나자 그는 사근사근한 태도로 대화에 참여했다. 완벽하다 싶을 만큼 반듯하고 겸손한 태도였다. 일행 모두가 거리에 서서 무척 즐겁게 대화를 나누고 있는데 갑자기 말이 달려오는 소리가 들려 그들의 주목을 끌었다. 다아시와 빙리가 말을 타고 달려오는 광경이 보였다. 서 있는 사람들 속에서 베넷 자매들의 모습을 발견한 두 신사는 곧바로 그들에게 달려와 평소처럼 정중하게 인사를 건넸다. 주로 빙리가 말했으며 베넷 양이 주대상이었다. 그러면서 그는 그녀의 안부를 물으러 롱본에 가는 길이었다고 말했다. 다아시도 묵묵히 고개를 숙이고 인사를 건네며 그 말을 거들었다. 그는 엘리자베스에게 시선을 던지지 않기로 애써 작심한 사람 같았다. 그러다 돌연 그 시선이 낯선 청년에게로 꽂혔고, 두 사람이 서로를 뚫어져라 쳐다보며 지은 표정을 우연찮게 목격한 엘리자베스는, 이 만남이 그들에게 얼마나 큰 충격을 주었는지 눈치채고는 깜짝 놀랐다. 두 사람 모두 얼굴빛이 돌변했다. 한쪽은 새하얗게, 다른 한쪽은 시뻘겋게 변했다. 잠시 후 위컴 씨가 모자로 손을 올리고 다아시 씨는 답례하는 시늉만 하는 인사가 이루어졌다. 이런 어색한 인사의 의미가 뭘까? 당장 알아낸다는 것은 불가능했다. 하지만 알고 싶다는 갈망을 품지 않는 것도 불가능했다.

두 사람 사이에 일어난 일을 전혀 눈치 못 챈 빙리는 곧바로 일행에게 작별을 고하고 친구와 함께 말을 타고 사라졌다.

데니 씨와 위컴 씨는 숙녀들과 함께 필립스 이모부 집의 문 앞까지 걸어갔다. 리디아가 같이 들어가자고 졸랐지만, 그들은 고개를 숙이며 작별 인사를 했다. 필립스 부인이 응접실 창문을 열어젖히며 큰 소리로 안에 들어왔다 가라고 권해도 마찬가지였다.

필립스 부인은 조카들과의 만남을 늘 반겼다. 특히 맨 위의 두 조카는 최근에 잠시 집을 떠나 있었기 때문에 더 반가웠다. 그녀는 두 자매가 갑자기 집에 돌아와 무척 놀랐다고 말했다. 이들을 실어오는 데 이 집 마차를 쓰지 않았기 때문에, 길거리에서 우연히 존스 선생의 약방에서 일하는 소년을 만나 베넷 양이 네더필드를 떠나서 이제 그곳으로 물약을 가져다줄 필요가 없다는 말을 듣지 않았으면 그들의 귀가 사실을 몰랐을 거라고 했다. 이러는 와중에 제인이 콜린스 씨를 소개했다. 필립스 부인은 그를 무척 예의바르게 맞이했고, 콜린스 씨도 그 못지않게 예의를 차리면서 일면식도 없는데 불쑥 찾아뵈어 송구하다고, 하지만 소개해준 베넷 자매들과의 관계로 볼 때 이 방문이 정당화될 수 있으리라 자부한다고 답례했다. 필립스 부인은 그토록 교양이 넘치는 태도에 적잖이 경외심이 들었는데, 손님에 대한 그런 생각은 곧 이어진 또다른 낯선 청년에 대한 조카들의 칭찬과 질문에 묻히고 말았다. 하지만 그들의 이모도 그들이 이미 알고 있는 사실, 즉 그는 데니 씨가 런던에서 데려온 사람이며, ××부대 중위로 임명될 거라는 사실 말고는 별다른 설명을 해줄 수 없었다. 그러면서 그녀는 지금까지 한 시간 동안 그가 거리 곳곳을 오가는 모습을 지켜보던 중이라고 말했다. 위컴이 다시 모습을 보였다면 틀림없이 이모가 하던 일을 키티와 리디아가 이어받았을 텐데, 유감스럽게도 거리에는 장교 몇 명만 지나갈 뿐이었고, 이 장교들은 방금 전에 본 그 출중한 이방인 청년과 비교하면 하나같이 '바보 같고 마음에 안 드는 자들'이었다. 그런데 마침 장교 몇몇이 다음날 필립스가에서 식사를 할 예정이었다. 그녀는 롱본의 조카들이 그 식사에 동참하겠다고 하면 남편에게 위컴 씨를 방문해서 식사 초대를 하라고 부탁하겠노라 약속했다. 자매들이 동의하자 필립스 부인은 가볍고 따뜻한 저녁식사가 준비될 것이며, 그전에 재미있고 편안하고 시끌벅적하게 제비뽑기 놀이를 하자고 했다. 다음날 열릴 즐거운 저녁식사 모임에 대한 기대감에 자매들은 모두들 신이 나서 기쁜 마음으로 이모의 집을 나섰다. 콜린스 씨는 방을 나가면서도 앞서와 같은 사과의 말을 되풀이했다. 이모 역시 그것에 빠지지 않는 공손한 태도로 그런 사과가 불필요하다고 강변했다.

집으로 돌아오면서 엘리자베스는 아까 자신이 목격한 그 두 신사 사이에 있었던 일을 제인에게 얘기해주었다. 두 사람이 잘못 행동한 것이었다면 제인은 둘 중 한 명, 아니면 둘 모두를 옹호했겠지만, 그녀도 두 사람의 어색한 행동을 설명 못하기는 마찬가지였다.

콜린스 씨는 집에 돌아오자마자 필립스 부인의 매너와 예의에 대해 찬사를 늘어놓아 베넷 부인을 무척 기쁘게 했다. 그는 캐서린 귀부인과 그 따님을 제외한다면, 그보다 더 우아한 숙녀는 만나뵌 적이 없다고 주장했다. 이모님이 자신을 최고로 정중하게 대접해주셨을 뿐만 아니라, 세심하게도 생전 처음 만난 자기를 다음날 저녁식사 모임에 초대까지 해주셨다는 것이었다. 그는 자신이 베넷 가족과 친척 관계임을 감안해도 지금까지 살면서 배려심이 그토록 대단한 분은 만나뵌 적이 없다고 칭송했다.

이모 댁 저녁 모임에 딸들이 참석하는 일에 대해 부모님의 반대는 없었다. 방문중에 베넷 씨 부부만 남겨두고 하룻저녁 밖에 나가게 되어 송구스럽다고 주절주절 망설이는 콜린스 씨에게는 시종 괜찮다는 대답이 돌아왔다. 결국 그와 다섯 사촌들은 다음날 적절한 시간에 마차를 타고 메리턴에 도착했다. 그리고 자매들은 응접실로 들어가자마자 위컴 씨가 이모부의 식사 초대를 받아들여 벌써 이 댁에 와 있다는 희소식을 접했다.

이 정보가 알려지고 모두들 자리에 앉자 콜린스 씨는 찬찬히 주변을 훑어보기 시작했다. 그는 방의 크기와 가구 모습에 놀라면서 꼭 로징스 저택의 조그마한 여름용 조찬실에 들어와 있는 착각에 빠질 뻔했다고 말했다. 처음에는 그다지 큰 만족감을 주지 못한 비교였다. 하지만 그에게서 로징스 저택과 그 저택의 주인에 관한 설명을 듣고, 더 나아가 캐서린 귀부인의 여러 응접실 중 한 곳에 대한 얘기와 벽난로 선반 하나 값이 팔백 파운드나 된다는 얘기를 듣자 필립스 부인은 그 비교가 얼마나 대단한 위력을 지녔는지를 그제야 절감했다. 아마 그가 그녀의 집을 그 저택 가정부의 방과 비교했어도 화나지 않았을 것이다.

캐서린 귀부인과 저택의 온갖 위엄에 대해 설명하는 중간중간 자신의 미천한 집과 그 집을 개조하는 중이라는 자랑을 섞어가며, 그는 다른 신사들이 합석할 때까지 신이 나서 그 자리의 대화를 주도했다. 그는 필립스 부인이 상대방의 말을 경청하는 편이라는 사실을 알아차렸다. 필립스 부인은 콜린스 씨의 얘기를 들으면서 그를 점점 더 대단한 사람으로 여기게 되었고, 할 수만 있다면 최대한 빨리 그 모든 이야기를 이웃에 퍼뜨릴 작정이었다. 하지만 사촌이 하는 얘기를 경청할 수 없었던데다 악기 연주를 바라거나 벽난로 선반에 놓인 자신들이 만든 그저 그런 도자기 모조품들을 들여다볼 뿐 별다른 할일이 없었던 자매들은 신사들을 기다리는 시간이 꽤나 길게 느껴졌다. 그러나 마침내 그 기다림의 시간이 끝났다. 신사들이 등장한 것이다. 위컴 씨가 방안으로 들어오자 엘리자베스는 그를 처음 봤을 때에도 이후로 그를 떠올릴 때에도 감탄했던 것이 조금도 이상한 일이 아님을 새삼스레 깨달았다. ××부대의 장교들은 대체로 매우 신뢰할 만한 신사들이었는데, 그중에서도 제일 훌륭한 장교들이 이날 저녁 모임에 참석한 것 같았다. 위컴 씨는 체격이나 얼굴 표정, 분위기, 걸음걸이로 봤을 때 단연 최고였다. 포트와인 냄새를 풍기며 장교들을 따라 방으로 들어오던, 둥글넓적한 얼굴에 땅딸막한 체격의 필립스 이모부보다 장교들이 더 훌륭한 만큼 그가 그들보다 더 훌륭했다.

위컴 씨는 참석한 거의 모든 여자들의 시선을 사로잡은 행운아였고, 그런 그가 최종적으로 옆자리에 앉는 행운을 붙잡은 여자는 엘리자베스였다. 화제가 밤에 비가 오고 장마철이 시작될 것 같다는 내용에 불과했지만, 대화를 이끄는 그의 사근사근한 매너에 엘리자베스는 아주 흔하고 지루하고 뻔한 화제조차 재미있게 여겨질 수 있음을 느꼈다.

여자들의 관심을 끌기에는 위컴 씨나 다른 장교들 같은 경쟁자가 있어 콜린스 씨는 존재감이 없는 남자로 전락해버린 듯했다. 아가씨들에게 그는 확실히 매력이 없었다. 하지만 간혹 필립스 부인이 친절하게도 그의 말을 경청해주었다. 그녀가 신경을 써준 덕분에 그는 커피와 머핀을 실컷 마시고 먹을 수 있었다.

카드 테이블이 준비되자 그는 휘스트 게임을 위해 자리에 앉으면서 필립스 부인에게 고맙다는 인사를 할 기회를 잡았다.

"지금은 게임을 할 줄 모릅니다만, 하는 방법을 기꺼이 배워 실력을 키우겠습니다. 제 처지로서는……" 필립스 부인은 게임에 동참하겠다는 그에게 감사를 표했지만 그가 하려는 설명까지 들어줄 수는 없었다.

위컴 씨는 휘스트 게임 테이블에 끼지 않고, 그를 반갑게 맞아주는 엘리자베스와 리디아가 있는 다른 게임 테이블에 앉았다. 처음에는 리디아가 그를 독차지할 뻔했다. 리디아는 그만큼 굉장한 수다쟁이였다. 하지만 제비뽑기는 리디아가 워낙 좋아하는 게임이어서 그녀는 이내 거기에 푹 빠져들었고, 카드를 뽑고 당첨되고 비명을 내지르느라 정신이 없었다. 특별히 누군가에게 관심을 쏟고 말고 할 겨를이 없었다. 위컴 씨는 그제야 게임에 공히 요구되는 사항들을 참작하면서 엘리자베스에게 말을 걸 틈이 생겼다. 그녀 또한 그와 기꺼이 대화를 나누고 싶었다. 물론 가장 듣고 싶은 내용, 즉 그와 다아시 씨가 서로 알게 된 경위를 들려줄 것 같지는 않았다. 그녀는 그 신사의 이름을 입 밖에 낼 수 없었다. 하지만 호기심이 뜻하지 않게 풀렸다. 위컴 씨가 직접 그 얘기를 꺼낸 것이다. 그는 메리턴에서 네더필드까지의 거리를 묻고는 그녀가 답하자 머뭇거리면서 다아시 씨가 그곳에 머문 지 얼마나 되었느냐고 물었다.

"한 달쯤 됐어요." 엘리자베스가 대답했다. 그리고 화제가 다른 곳으로 빠지는 걸 원치 않는다는 듯 덧붙였다. "그분이 더비셔주에 막대한 재산을 갖고 계시다 들었어요."

“그렇습니다.” 위컴이 대답했다. “그곳의 저택과 사유지가 굉장하지요. 연 수입이 만 파운드는 족히 될 겁니다. 그 점에 대해 저보다 더 확실한 정보를 제공할 수 있는 사람은 없을 겁니다. 특이한 인연으로 어린 시절부터 그 집안과 관련이 있었죠.”

엘리자베스는 놀란 표정을 지을 수밖에 없었다.

“놀라시는 게 당연합니다, 베넷 양. 어제 저희 두 사람이 만났을 때의 냉랭한 분위기를 목격하셨겠지요. 다아시 씨를 잘 아십니까?”

“알고 싶은 만큼은 알죠.” 엘리자베스가 약간 흥분하며 말했다. “한집에서 나흘을 보내보니 대단히 불쾌한 사람이더라고요.”

“저는 제 의견을 말할 권리가 없습니다.” 위컴이 말했다. “그가 괜찮은 사람인지 아닌지 말할 권리 말입니다. 아주 오랫동안 너무 잘 알아왔기 때문에 공정한 평가자가 될 수 없죠. 편견 없이 공정한 평가를 할 길이 없습니다. 하지만 방금 말씀하신 의견은 사람들을 깜짝 놀라게 할 것 같은데요. 다른 자리였다면 그토록 강한 표현은 쓰지 않으셨겠죠. 이곳은 베넷 양의 친척댁이니까요.”

“분명히 말씀드리지만, 다른 곳에서 그런 말을 못한다면 이곳에서도 못하는 겁니다. 물론 네더필드는 예외고요. 이곳 하트퍼드셔에서 그 사람을 좋아하는 사람은 단 한 명도 없어요. 모두들 그 사람의 오만함을 혐오해요. 어느 누구도 그 사람에 대해 저보다 좋게 평가하지 않을 거예요.”

잠시 뜸을 들이다 위컴이 말했다. “다아시 씨든 누구든 실제보다 높이 평가되지 않는다고 해서 유감스러울 일은 아니라고 생각합니다. 그런데 그의 경우 정당한 평가가 이뤄지지 않을 때가 더 많더군요. 보유한 재산과 영향력 때문에 세상 사람들의 눈이 멀기 때문이기도 하고 도도하고 당당한 태도 때문에 지레 겁먹기 때문이기도 하죠. 그래서 사람들은 그가 보여주고 싶어하는 모습만 봅니다."

"조금 교유해봤을 뿐인데도 성미가 몹시 까다로운 사람 같았어요." 위컴은 그저 고개를 저었다.

"그가 이곳에 더 오래 머물 생각인지 궁금하군요." 다시 말할 기회가 주어지자 그가 말했다.

"그건 모르겠어요. 하지만 네더필드에 갔을 때 그가 떠난다는 얘기는 못 들었어요. 그가 가까이에 있다고 해서 ××부대에 들어가려는 위컴 씨의 계획이 영향을 받는 것은 아니겠죠."

"그럼요! 절대로 아닙니다. 다아시 씨 때문에 제가 이곳을 쫓겨나듯 떠나는 일은 없을 겁니다. 그가 나를 보고 싶지 않다면 당연히 그가 떠나야죠. 사실 우리는 사이가 좋지 않습니다. 그를 만나는 일은 늘 괴롭고요. 하지만 세상 사람들 모두에게 당당히 내세울 수 있는 이유 외에 제게 그를 피해야 할 이유는 없습니다. 제가 그에게서 몹시도 부당한 대우를 받았고, 그가 그런 사람이라는 점이 고통스러울 만큼 유감스럽다는 이유만 없다면요. 베넷 양, 다아시 씨의 선친이신 고故 다아시 씨는 살아 계실 적에 세상에서 가장 훌륭한 분이셨습니다. 제게는 가장 믿음직스러운 친구셨고요. 그러니 그 아들인 다아시 씨를 만나면 가슴 아픈 추억이 무수히 떠올라 제 영혼까지 슬픔에 빠지게 됩니다. 그가 제게 한 행동은 참으로 수치스러운 것이었습니다. 하지만 저는 그가 자신의 선친께서 남긴 생전의 뜻을 거스르고 그분에 대한 기억을 수치스럽게 만들지만 않는다면 그가 저지른 어떤 일, 아니 모든 일을 진정 용서할 수 있다고 믿습니다."

엘리자베스는 대화 내용이 점점 더 흥미로워져 진심으로 위컴의 말을 경청했다. 하지만 민감한 이야기라 사정을 더이상 캐물을 수는 없었다.

위컴 씨는 메리턴과 주민들, 이곳의 사교 모임 등 보다 일반적인 화제를 이야기하기 시작했다. 그는 지금까지 이곳에서 겪은 일들에 매우 만족하는 듯했다. 특히 사교 모임에 대해 이야기할 때는 정중하면서도 아주 분명한 관심을 보였다.

"사교 생활이 꾸준히 멋지게 이뤄지는 곳 같아요." 그가 덧붙였다. "그 점이 마음에 들어 이곳 부대에 입대하려 합니다. ××부대가 존경받는 괜찮은 부대임을 알고 있었죠. 그러던 차에 친구인 데니가 이곳 부대의 상황을 설명하면서 저를 부추겼어요. 훌륭한 주민도 많고 그들이 베푸는 관심도 대단하다고요. 솔직히 말씀드리면, 제게는 사교 생활이 꼭 필요합니다. 한번 큰 좌절을 경험했기 때문에 고독을 잘 견디지 못하는 편입니다. 반드시 직업이 있어야 하고 사교 생활도 해야 합니다. 군 생활은 원래 제가 의도했던 삶은 아니지만, 제가 처한 상황 탓에 이제는 그게 적합한 삶이 되었습니다. 사실 저는 성직을 생업으로 삼았어야 마땅한 사람입니다. 교회에서 일할 사람으로 교육받았으니까요. 방금 우리가 얘기했던 신사의 마음에만 들었다면 지금쯤 틀림없이 꽤 괜찮은 성직에 봉직하고 있을 겁니다."

"그게 정말인가요!"

"그렇습니다. 고인이 되신 다아시 씨께서 자신에게 증여권이 있는 최고의 성직을 제게 물려주겠다고 유언을 남기셨지요. 그분은 제 대부代父

셨고, 저를 극진히 사랑하셨습니다. 그분께서 제게 베푸신 사랑을 저는 제대로 헤아릴 수조차 없습니다. 그분께서는 제게 충분히 먹고살 방편을 물려주려 하셨고, 아마 실제로 그렇게 되었다고 믿으셨을 겁니다. 그런데 문제의 성직 자리가 나자 그게 그만 엉뚱한 사람에게 돌아갔습니다."

"세상에!" 엘리자베스가 외쳤다. "어떻게 그럴 수 있죠? 어떻게 부친의 유언을 무시할 수 있죠? 법적으로라도 해결해보지 그러셨어요?"

"다아시 씨께서 제게 성직을 증여하신다는 말씀이 너무 비공식적이어서 법의 도움을 기대할 수 없었습니다. 명예를 중시하는 사람이라면 유언장의 의도를 의심할 수 없겠지만 다아시 씨는 의심했습니다. 그는 유언장 내용을 그저 조건부 유증으로 치부해버렸으며, 제가 그 모든 내용에 대한 권리를 상실했다는 주장까지 폈습니다. 제가 무절제하고 경박한 삶을 살고 있다는 둥 이런저런 말도 안 되는 이유를 대면서 말입니다. 분명한 것은 두 해 전 성직 자리가 비었을 때 저는 정확히 그 자리를 맡을 만한 나이가 되었지만, 그럼에도 그 자리는 다른 사람에게 넘어갔습니다. 그리고 그 못지않게 분명한 사실은, 제가 그 자리를 뺏길 만큼 정말 잘못한 것이 있나 아무리 생각해봐도 저 자신을 추궁할 수 없다는 점입니다. 다혈질에 경솔한 기질을 지닌 제가 가끔 그에 대한 제 생각을 직접적으로, 너무 거리낌 없이 그에게 내뱉었던 것 아닌지 모르겠습니다. 하지만 그 이상으로 잘못된 행동을 한 기억은 없습니다. 아마 진실은, 그와 내가 완전히 다른 종류의 인간이고 그래서 그가 나를 혐오한다는 것입니다."

"너무나 충격적이에요! 그런 자는 공개적으로 망신을 당해야 마땅합니다.”

“언젠가 그렇게 되겠지요. 하지만 제가 그렇게 만들 일은 없을 겁니다. 그의 아버지를 잊기 전까지는 그에게 도전하거나 그의 죄과를 폭로하진 않을 겁니다.”

엘리자베스는 그런 생각을 품고 있는 그가 훌륭하게 여겨졌다. 그런 말을 하는 그가 어느 때보다 더 멋져 보였다.

“하지만 동기가 뭘까요?” 그녀가 잠시 침묵을 지키다 물었다. “대체 무슨 동기로 그토록 잔인하게 행동했을까요?”

“저에 대한 철저하고 단호한 혐오감 때문이죠. 저로서는 어느 정도는 질투심에 기인한다고 설명할 수밖에 없는 혐오감 말입니다. 돌아가신 다아시 씨께서 저를 조금만 덜 좋아하셨더라면 아들인 그가 저를 조금은 잘 대해주었을지도 모릅니다. 하지만 저에 대한 그분의 각별한 애정이 어린 시절부터 그의 분노를 자극했던 것 같습니다. 그의 성격으로는 우리가 처한 경쟁적인 상황을 참아낼 수 없었던 겁니다. 자기 아버지가 제게 자주 베푸신 편애의 감정을 못 참았지요.”

“다아시 씨가 그 정도로 나쁜 사람인 줄은 몰랐어요. 마음에 든 적은 한 번도 없었지만 그토록 극악무도할 줄이야. 그저 두루두루 사람들을 경멸하는 못된 심성을 지녔다고만 생각했지, 그처럼 악의적인 복수와 부당한 처신과 냉혹한 짓을 하며 위신을 추락시키는 사람일 거라고는 생각해보지도 않았어요!”

하지만 그녀는 잠시 생각에 잠겼다가 계속 말을 이었다. “그러고 보니 그 사람이 어느 날 네더필드에서 자기는 화를 누그러뜨리기 어렵고 용서에 인색한 기질임을 자랑하던 모습이 기억나네요. 정말 끔찍한 성격을 지닌 사람이에요!"

"그 점에 대해선 저 자신을 믿을 수 없습니다." 위컴이 대답했다. "저는 도저히 공정한 태도를 취할 수 없으니까요."

엘리자베스는 다시 한번 깊은 상념에 빠져들었다. 그리고 잠시 뒤 소리쳤다. "아버지의 대자이자 친구이며, 아버지가 총애하던 청년을 그런 식으로 대접하다니!" 그녀는 '게다가 얼굴 표정이 선한 성품을 보증하는 당신 같은 청년을 말이죠'라고 말하고 싶었다. 하지만 이렇게 말하는 것으로 만족했다. "게다가 위컴 씨의 말씀처럼 어린 시절부터 가장 친하게 어울리며 친구로 지낸 청년을 말이죠."

"우리는 같은 교구에서 태어나 같은 저택 경내에서 자랐고 어린 시절의 대부분을 함께 보냈습니다. 그리고 같은 집에서 살았고 같이 놀며 같은 분께 똑같이 보살핌을 받았습니다. 제 아버님은 베넷 양의 이모부이신 필립스 씨께서 큰 명성을 얻고 계신 바로 그 직업에 종사하며 삶을 시작하셨죠. 하지만 돌아가신 다아시 씨를 돕기 위해 모든 것을 포기하고, 당신의 모든 시간을 펨벌리의 재산 관리에 바치셨습니다. 다아시 씨께서는 제 아버님을 가장 신뢰하는 절친한 친구로 지극히 존중하셨습니다. 다아시 씨는 종종 제 아버님의 적극적인 재산 관리에 큰 빚을 졌다고 자인하셨고, 그 까닭에 제 아버님이 돌아가시기 직전 저의 생계를 책임지겠다고 자발적으로 약속까지 하신 것이죠. 아마 그렇게 하는 게 저에 대한 애정 때문에서도 그렇지만 제 아버님에 대한 보답이라 여기셨던 듯합니다."

"참 이상하네요!" 엘리자베스가 소리쳤다. "정말 추하고요! 그토록 자부심이 강한 다아시 씨가 위컴 씨를 정당하게 대하지 않았다니 이상

해요. 보다 나은 동기가 없더라도, 자부심이 세서 부정직한 짓은 안 할 사람인데. 그 행동은 부정직하다고 말할 수밖에 없는걸요."

"놀랍네요." 위컴이 대답했다. "그의 행동 대부분이 자부심 탓으로 설명될 수 있다니요. 물론 자부심이 종종 그에게 최고의 친구이긴 했습니다. 그리고 그런 자부심이 그를 다른 어떤 감정보다도 선량한 미덕의 감정에 더 가까이 다가가도록 이어주었지요. 하지만 우리 모두가 항상 일관적인 태도만 유지하진 않죠. 그가 제게 보인 행동을 보면 자부심보다 더 강력한 충동이 있었습니다."

"그 사람의 혐오스러운 자부심이 그에게 도움이 된 적은 없었나요?"

"있습니다. 그런 자부심이 종종 그를 마음씨 후하고 관대한 사람으로 만들기도 했습니다. 아낌없이 돈을 나눠주고, 사람들을 환대하는 모습을 과시하고, 소작인들을 도와주고, 가난한 사람들을 구제해주었지요. 가문에 대한 자부심과 자식으로서의 자부심이 그런 일을 하게 만든 겁니다. 그는 자신의 부친과 부친께서 행하신 이러한 일들에 큰 자부심을 갖고 있습니다. 가문의 명예에 누를 끼치지 않고, 사람들의 평판을 지키며, 펨벌리의 영향력을 유지하는 것이 강력한 동기가 됩니다. 그는 오빠로서의 자부심도 갖고 있습니다. 그런 자부심이 오빠로서의 애정과 상당히 어우러져서 그를 지극히 다정하고 세심하게 여동생을 보살피는 보호자로 만들었습니다. 모두가 소리 높여 가장 자상하고 훌륭한 오빠라고 그를 칭찬하는 말을 듣게 될 겁니다."

"다아시 양은 어떤 아가씨인가요?"

그는 고개를 저었다. "상냥한 아가씨라고 말할 수 있으면 좋겠습니다. 다아시 일가에 대한 험담은 제게 고통을 준답니다. 하지만 다아시 양도 오빠와 대단히 비슷합니다. 아주아주 오만하지요. 어릴 적에는 귀엽고 상냥하고 저를 무척 따랐습니다. 다아시 양을 즐겁게 해주려고 저도 많은 시간을 쏟았고요. 하지만 지금은 제게 아무 의미도 없는 존재입니다. 열다섯, 열여섯 살쯤 된 아주 예쁜 아가씨죠. 교양 수준도 상당하다고 알고 있습니다. 아버지가 돌아가신 뒤 런던에서 주로 머물고, 어느 부인이 함께 살면서 그녀의 교육을 맡고 있답니다."

여러 차례 말을 멈추고 여러 차례 다른 화제를 꺼내보았지만 엘리자베스는 거듭 첫번째 화제로 돌아가지 않을 수 없었다. 그녀는 이렇게 말했다.

"다아시 씨가 빙리 씨와 절친하다니 놀라워요! 빙리 씨는 그 자체로 선하고 정말 괜찮은 사람이던데, 대체 무슨 까닭으로 그런 사람과 친구로 지내는 걸까요? 두 사람이 어떻게 어울릴 수 있을까요? 위컴 씨, 빙리 씨를 아세요?"

"전혀 모릅니다."

"정말 다정하고 사근사근하고 마음씨 좋은 매력적인 신사예요. 아마 그분도 다아시 씨의 정체를 모르실 겁니다."

"모르겠죠. 하지만 다아시 씨는 마음만 먹으면 누구의 마음에도 들 수 있는 사람입니다. 능력이 부족한 사람이 아닙니다. 그럴 가치가 있다고 판단하면 즐겁게 대화를 나눌 말벗이 되지요. 그는 자신과 조금이라도 동등한 사람들 사이에 가면, 자기보다 지위가 못한 사람들 사이에서 보이는 것과 완전히 딴판으로 돌변합니다. 그의 오만이 그를 떠나는 법은 없겠죠. 하지만 부자들과 함께할 때면 그는 너그럽고, 정의롭고, 진실하며, 합리적이고, 명예롭고, 또 유쾌한 모습을 보일 겁니다. 재산과 지위를 고려하는 거죠."

얼마 후 휘스트 게임이 끝났고, 사람들은 다른 테이블 주변으로 모였다. 콜린스 씨는 엘리자베스와 필립스 부인 사이에 자리를 잡았다. 필립스 부인이 게임에서 이겼느냐고 의례적인 질문을 던지자 그는 그리 잘하지 못했다고 대답했다. 실은 모든 게임에서 졌는데, 그녀가 걱정하기 시작하자 그는 꽤나 진지하고 엄숙하게, 대수롭지 않다면서, 자기는 돈을 하찮게 여기는 사람이니 크게 걱정하지 말라고 안심시켰다.

"저도 잘 알고 있습니다." 그가 말했다. "누구든 카드 테이블에 앉을 때에는 자신의 운을 받아들일 태세가 돼 있어야 하지요. 다행히 제 형편이 오 실링을 대단히 여겨야 하는 정도는 아닙니다. 물론 저처럼 말할 수 없는 사람들이 많다는 건 압니다. 하지만 캐서린 드 버그 귀부인의 은덕으로, 저는 자질구레한 문제들에는 전혀 신경쓸 필요가 없게 되었답니다."

이 말을 듣던 위컴 씨가 콜린스 씨를 잠시 주목하더니 낮은 목소리로 엘리자베스에게 친척이 드 버그 가문과 매우 가까운 사이인지 물었다.

"캐서린 드 버그 귀부인께서 최근에 저분에게 교구 목사 자리를 내주셨답니다." 그녀가 대답했다. "콜린스 씨가 처음에 어떤 연유로 귀부인의 눈에 들었는지는 몰라요. 하지만 저분이 귀부인을 알고 지낸 지는 분명 오래되지 않았어요."

"캐서린 드 버그 귀부인과 앤 다아시 귀부인이 자매라는 사실은 당연히 알고 계시겠죠. 그러니 캐서린 귀부인이 우리가 말한 다아시 씨의 이모라는 사실도요."

"어머, 정말 전혀 몰랐습니다. 캐서린 귀부인의 친인척 관계는 전혀 몰라요. 어제저녁까지만 해도 캐서린 귀부인에 대해 들어본 적이 없었 거든요."

"귀부인의 따님이신 드 버그 양이 앞으로 막대한 재산을 소유하게 될 겁니다. 모두들 그녀와 사촌인 다아시 씨가 재산을 서로 합칠 거라 고 말합니다."

이 정보를 듣고 엘리자베스는 가엾은 빙리 양이 생각나 슬며시 미소 를 머금었다. 빙리 양의 온갖 의도가 물거품이 되고 말 것이 아닌가. 그 에게 이미 다른 정혼자가 있다면 빙리 양이 그의 여동생에게 보인 애 정과 그에게 바친 찬사는 전부 헛되고 부질없는 것이 된다.

"콜린스 씨는 캐서린 귀부인과 따님에 대해 격찬을 했어요." 그녀가 말했다. "하지만 구체적인 내용을 보면 그가 입은 은덕 때문에 다소 과 장된 것은 아닌가 하는 의심이 들어요. 그의 후견인이기는 하지만 귀부 인이 거만함과 오만함으로 똘똘 뭉친 분은 아닐지 의심스러워요."

"그 두 가지 면 모두 상당하신 분입니다." 위컴이 대답했다. "여러 해 동안 뵙지 못했습니다만, 제가 따를 수 있는 분은 결코 아니었다는 점 은 또렷이 기억납니다. 독선적인데다 오만하기 짝이 없는 매너도 기억 나고요. 놀랄 만큼 분별 있고 명민하다는 명성은 누리고 계시죠. 하지 만 저는 그런 자질의 일부는 신분과 재산에서 나오고, 일부는 권위적인 태도에서 나오며, 그 나머지는 오만한 조카에게서 나온다고 생각합니 다. 그 조카가 자신의 친척이라면 누구라도 최상의 지성을 지녀야 한다 고 믿는 사람이니까요."

엘리자베스는 그의 설명이 아주 타당하다고 받아들였다. 그들은 저녁식사 시간이 되어 카드 게임을 끝내고 위컴 씨의 관심이 다른 아가씨들에게 돌아갈 때까지 서로 흡족해하며 대화를 이어나갔다. 필립스 부인이 주관한 저녁식사가 진행되는 동안은 너무 시끄러워서 대화가 이뤄질 수 없었다. 그래도 위컴의 매너는 모든 이들의 환심을 샀다. 그가 하는 말은 무엇이든 무척 멋졌고, 그가 하는 행동은 무엇이든 대단히 품위 있었다. 엘리자베스는 머릿속이 온통 위컴 생각으로 가득찬 채 이모 댁을 나섰다. 집으로 돌아오는 내내 오로지 그 사람만 생각나고, 그 사람이 한 말만 기억났다. 하지만 그녀는 그의 이름을 입 밖에 낼 틈이 없었다. 리디아와 콜린스 씨가 단 한 차례도 입을 다물지 않았기 때문이다. 리디아는 쉴새없이 제비뽑기 게임과 자기가 따고 잃었던 생선 모양의 칩들에 대해 떠들어댔고, 콜린스 씨는 필립스 부부의 친절에 대한 감상을 밝히며, 휘스트 게임에서 진 일은 전혀 개의치 않는다고 주장했고, 저녁 식탁에 올라온 모든 요리들을 일일이 열거했으며, 몇 차례고 되풀이해서 자기 탓에 사촌들의 자리가 비좁은 것 아니냐고 걱정했다. 그 외에도 마차가 롱본 집에 도착할 때까지 그에게는 얘깃거리가 무궁무진했다.

17

다음날 엘리자베스는 위컴과 나누었던 얘기를 언니에게 해주었다. 제인은 깜짝 놀라고 걱정하면서 주의깊게 그 얘기를 들었다. 그녀는 다아시 씨가 그토록 빙리 씨와 우정을 나눌 자격이 없는 사람이라는 사실을 어떻게 받아들여야 할지 몰랐다. 하지만 위컴처럼 선하게 생긴 청년의 말이 진실인지 의심하는 것도 그녀의 천성과는 어울리지 않았다. 그가 실제로 그런 냉대를 받았을 가능성만으로도 그녀의 동정심을 자극하기에 충분했다. 그러니 그녀로서는 두 사람 모두를 좋게 생각하면서 각자의 행동을 옹호하고, 그들 사이에 있었던 일이 그저 우연이거나 오해에서 비롯된 일일 거라고 설명하는 것 말고는 딱히 방법이 없었다.

"내 생각으로는 두 사람 모두 이런저런 식으로 오해를 한 것 같아. 그 오해가 뭔지 우리로서는 알 수 없지만. 아마 이해관계가 얽힌 사람들이 한쪽의 말을 다른 한쪽에게 잘못 전달했겠지. 간단히 말해 두 사람 중 어느 한쪽을 비난하지 않고서는 그들이 소원해진 이유나 상황을 우리로서는 짐작할 수 없어."

"정말 그래. 그러면 언니는 그 일에 이해관계가 얽혀 있다는 사람들을 위해서는 대체 뭐라고 말할 거야? 그들도 변명을 해줘야지. 아니면 부득이 누군가를 좋지 않게 생각해야 될 텐데."

"마음껏 비웃으렴. 하지만 네가 아무리 비웃어도 내 생각을 바꿀 수는 없어. 사랑하는 리지, 생각해봐. 다아시 씨가 부친이 총애하던 청년을, 더욱이 부친께서 생계를 보장해주겠다고 약속까지 한 청년을 그토록 냉대했다면, 그분께 얼마나 불명예스러운 일일지 말이야. 있을 수 없는 일이야. 보편적인 인간애를 지닌 사람이라면, 그리고 자신의 평판을 소중히 여기는 사람이라면, 누구도 그럴 수 없어. 그분과 가장 절친한 친구들이 그토록 감쪽같이 그분에게 속을 수 있겠니? 아무렴! 그럴 리 없어."

"위컴 씨가 지난밤 내게 들려준 자신의 개인사가 꾸며낸 이야기라고 믿는 것보다 빙리 씨가 속고 있다고 믿는 편이 더 쉬운걸. 이름과 사실, 모든 걸 소탈하게 털어놓았다고. 만약 그게 진실이 아니라면, 다아시 씨 본인에게 반박해보라고 하면 되겠지. 게다가 위컴 씨의 표정도 진실했으니까."

"참 어려운 문제네. 괴로워. 대체 어떻게 생각해야 할지 모르겠어."

"미안해, 언니. 하지만 어떻게 생각해야 할지 분명한걸."

다만 제인은 한 가지, 빙리 씨가 친구에게 속은 것이라면 이 일이 사람들에게 널리 알려질 경우 그가 큰 고통을 겪게 되리라는 점만은 확실히 알 수 있었다.

관목숲에서 대화를 나누던 두 자매는 집으로 돌아오라는 전갈을 받았다. 그들의 대화에 오른 사람 몇몇이 집을 방문했다는 것이었다. 오랫동안 기다려온 네더필드 무도회가 다음주 화요일로 정해져 빙리 씨와 그의 누이들이 베넷 자매들을 직접 초대하러 찾아왔다. 빙리 자매는 사랑하는 친구를 다시 만나 기쁘다면서 만난 지 너무 오래되었다고, 그동안 잘 지냈느냐고 거듭 물었다. 나머지 가족들에게는 일절 관심이 없었다. 베넷 부인은 되도록 피했고, 엘리자베스에게는 많은 말을 하지 않았으며, 다른 동생들에게는 아예 한마디도 건네지 않았다. 그들은 베넷 부인의 예의바른 대접을 피하려고 안달난 듯 빙리도 깜짝 놀랄 만큼 황급히 의자에서 일어나 즉각 떠났다.

네더필드에서 열릴 무도회에 대한 기대감에 베넷가의 모든 여자들은 무척 기뻤다. 베넷 부인은 그 무도회가 큰딸을 위해 열리는 것이라고 생각했다. 특히 의례적인 초대장 대신 빙리 씨 본인이 직접 와서 초대했다는 사실어 우쭐해져 있었다. 제인은 친구인 빙리 자매와 어울리고 빙리 씨의 관심을 받으며 행복한 저녁 시간을 보내리라 상상했다. 엘리자베스도 위컴 씨와 마음껏 춤추고, 다아시 씨의 표정과 행동을 통해 모든 것이 사실임을 확인할 생각에 기뻤다. 캐서린과 리디아가 기대하는 행복감은 특정한 한 가지 일이나 한 사람에 국한되지 않았다. 둘 다 엘리자베스처럼 저녁 시간의 절반을 위컴 씨와 춤추게 되리라 생각했지만, 그만이 이들을 만족시킬 유일한 파트너는 아니었다. 어쨌든 무도회는 무도회였다. 메리조차도 가족들에게 이 무도회가 싫지 않다고 말했다.

"아침 시간을 저 혼자 보낼 수만 있다면, 전 그걸로 충분해요." 메리가 말했다. "가끔 저녁의 사교 모임에 참석하는 일 정도는 희생이라고 생각하지 않아요. 모두에게 사교 모임은 필요하니까요. 사실은 저도 모두가 가끔씩은 오락이나 기분 전환의 시간을 갖는 게 바람직하다고 생각하는 사람 중 하나예요."

엘리자베스도 이번 일로 꽤나 들떠서 콜린스 씨에게 불필요한 말은 하지도 않던 그녀가 이번 빙리 씨의 초대에 응할 생각인지, 만약 그렇다면 그처럼 저녁 무도회에 참석하는 일이 적절하다고 생각하는지를 그에게 묻고 말았다. 놀랍게도 그는 아무런 거리낌이 없었고, 무도회에 참석해 춤을 춰서 주교님이나 캐서린 드 버그 귀부인에게서 비난을 받게 될까봐 두려워하지도 않았다.

"분명히 말씀드립니다만, 인품이 높은 청년이 점잖은 손님들을 모시고 여는 이런 무도회가 부도덕할 리 없다고 생각합니다. 그리고 저 자신도 춤을 추는 데 전혀 거리낌이 없으니 저녁 내내 아름다운 사촌들의 손을 잡는 영광을 누릴 수 있기를 바랄 뿐입니다. 그리고 이참에 간청을 드리겠습니다, 엘리자베스 양. 처음 두 곡은 특별히 저와 춤을 춰주십시오. 제가 엘리자베스 양과 먼저 춤을 추더라도 제인 양을 무시해서 그러는 것이 아니라 타당한 이유가 있어서 그러함을 제인 양도 이해하시리라 믿습니다.”

엘리자베스는 꼼짝없이 걸려들었다는 생각이 들었다. 그 처음 춤을 위컴 씨와 추겠다고 단단히 벼르고 있지 않았던가. 그 대신 콜린스 씨와 추다니! 이렇게 때를 못 맞추고 하필 그의 면전에서 명랑한 모습을 보이고 말았다. 하지만 이젠 어쩔 도리가 없었다. 위컴 씨와 자신의 행복감은 부득이 조금 연기할 수밖에. 그녀는 콜린스 씨의 제안을 최대한 친절하게 받아들였다. 그의 정중한 태도에 뭔가 더 큰 의미가 담겨 있는 것 같아 기분이 더없이 찜찜했다. 문득 이런 생각이 스쳤다. 혹시 자매들 중에서 자신이 헌스퍼드 목사관의 안주인으로 낙점되었나, 로징스 저택의 쿼드릴 게임 테이블에 적격한 손님 숫자가 모자랄 때 그걸 메울 보조로 낙점되었나 하는 생각이 들었다. 콜린스 씨가 부쩍 정중한 모습을 보이고, 그녀의 위트와 발랄함에 찬사를 더욱 빈번히 바치자 이 생각은 이내 확신으로 바뀌었다. 자신의 매력이 빚어낸 이 같은 결과에 흐뭇해하기보다 충격을 받은 차에, 이내 엄마까지 나서서 두 사람이 결혼하게 된다면 당신에게 지극히 기쁜 일일 것임을 그녀에게 이해시키려 했다. 하지만 엘리자베스는 엄마의 그런 암시에 일절 대꾸하지 않을 생각이었다. 뭐라고 대답해도 엄마와 심각한 말싸움이 벌어질 게 뻔했다. 그리고 콜린스 씨가 청혼하지 않을지도 모를 일이었다. 실제로 청혼한다 하더라도 그때까지는 그런 문제로 엄마와 미리 싸울 필요가 없었다.

네더필드 무도회를 준비하고 그것을 화젯거리로 삼아 수다를 떨 수 없었다면 어린 동생들은 이보다 더 딱한 시간을 보낼 수 없었을 것이다. 초대를 받은 날부터 무도회 날까지 계속해서 비가 내려 단 한 번도 메리턴까지 나들이를 다녀올 수 없었다. 이모도, 장교들도, 새로운 소식도 찾아갈 수 없었다. 네더필드에서 신을 무도화의 장미 리본 장식도 사람을 시켜 사오도록 했다. 심지어 엘리자베스조차 위컴 씨와 좀더 친해질 수 있는 기회를 완전히 가로막아버린 궂은 날씨에 인내심을 시험받고 있다는 생각이 들 정도였다. 키티와 리디아는 전적으로 다음주 화요일에 열릴 무도회 덕분에 그처럼 지루한 금요일, 토요일, 일요일, 월요일을 견딜 수 있었다.

18

네더필드의 응접실에 들어서 그곳에 모인 붉은 제복을 입은 사람들 사이에서 위컴 씨 찾는 일을 허탕치고 나서야 비로소 엘리자베스는 그가 참석하지 않았을지도 모른다는 의구심이 들었다. 사실 근거 없이 그녀를 놀라게 만든 의구심이 아니었는데도, 그를 만나리라는 확신 탓에 그의 이야기로 볼 때 참석 안 할 거라는 판단을 못했던 것이다. 그녀는 평소보다 더 신경써서 옷을 차려입고, 매우 명랑한 기분으로, 하룻저녁이면 능히 해낼 일이라고 확신하며 그의 마음속에 아직 정복되지 않은 채 남아 있는 모든 것을 정복하리라 다짐하고 있었다. 그런데 불현듯 빙리 씨가 장교들을 초대하면서 다아시 씨의 기분을 맞추려고 의도적으로 그를 뺀 게 아닌가 하는 끔찍한 의심이 솟아났다. 물론 이 의심은 정확한 사실이 아니었지만, 그가 무도회에 불참했다는 사실은 그의 친구 데니 씨에 의해 확인되었다. 리디아가 열렬하게 묻자, 위컴이 그 전날 볼일이 있어 부득이 런던에 가야 했는데 아직 돌아오지 않았다고 대답해주었다. 그러면서 그는 의미심장한 미소를 지으며 덧붙였다.

"아마 이곳에 있는 어떤 신사를 피하고 싶은 게 아니라면 그 볼일이 당장 런던으로 가야 할 만큼 급한 일은 아니었을 겁니다."

리디아는 이 말을 못 들었지만, 엘리자베스는 무슨 뜻인지 곧바로 알아차렸다. 자신의 첫번째 추정대로는 아니라 해도 위컴이 참석 못하게 된 데에는 다아시 탓이 결코 그보다 적지 않다는 확신이 들자, 그를 못 본다는 실망감으로 그녀는 다아시를 향한 온갖 불쾌한 감정이 더욱 날카로워졌고, 얼마 안 있어 그 감정을 촉발시킨 당사자가 다가와 정중한 인사를 건넸지만 최소한의 예의를 갖춘 답례조차 하지 않았다. 다아시에 대한 관심과 관용과 인내는 위컴에게 상처가 되는 일이었다. 그녀는 그와 어떠한 종류의 대화도 나누지 않겠다고 다짐했다. 그리고 다소 불편한 심기를 드러내며 그를 외면하고 돌아섰다. 이런 태도는 빙리 씨와 대화를 나누면서도 완전히 누그러지지 않았고, 빙리 씨의 맹목적인 우정에도 화가 났다.

그러나 엘리자베스는 본래 언짢아하는 성격이 아니었다. 비록 그날 저녁에 대해 품었던 희망이 모조리 깨져버렸지만, 그 실망감이 마음속에 오래 남진 않았다. 그녀는 일주일 만에 만난 샬럿 루커스에게 자신의 유감스러운 감정을 다 털어놓은 뒤, 곧장 사촌 콜린스 씨의 희한한 언행으로 화제를 돌릴 수 있었다. 그녀는 콜린스 씨를 가리키며 샬럿에게 눈여겨보라고 말했다. 하지만 처음 두 춤곡이 다시 괴로운 마음을 되살려놓았다. 참으로 굴욕스러운 춤이었다. 콜린스 씨는 춤 솜씨는 서툴고 무게만 잡으면서 춤에 집중하기보다는 사과하기에 바빴으며, 자신의 춤 동작이 틀렸다는 것도 모르고 여러 차례 실수를 저질렀다. 결국 그는 남녀가 한 쌍이 되어 추는 춤에서 형편없는 파트너가 안길 수 있는 온갖 창피함과 비참함을 엘리자베스에게 안겼다. 그에게서 벗어나는 순간은 황홀 그 자체였다.

그녀는 그다음에는 한 장교와 춤을 추었다. 그리고 위컴에 관해 대화를 나누면서 모든 사람들이 위컴을 좋아한다는 얘기를 듣고 다시 마음이 산뜻해졌다. 그 춤이 끝나고 다시 샬럿에게 돌아가 대화를 시작하려는 참이었다. 그때 갑자기 다아시 씨가 나타나 춤을 신청하는 것 아닌가. 자신이 무슨 말을 하는지 미처 깨닫지 못하고 그녀는 얼떨결에 그 청을 받아들이고 말았다. 그러자 그는 곧바로 그곳을 떠났다. 그녀는 마음이 가라앉지 않아 초조하게 앉아 있었다. 샬럿이 그녀를 위로하려고 했다.

"알고 보면 꽤 괜찮은 사람일 거야."

"세상에! 그런 일은 최악의 불운일걸! 증오하기로 마음먹은 사람을 괜찮은 사람으로 여기게 되다니 말도 안 돼! 그런 끔찍한 불행은 빌지 말아줘."

하지만 춤이 다시 시작되고 다아시가 그녀에게 다가와 춤을 청하자 샬럿은 귓속말로 바보처럼 굴지 말라고, 위컴에 대한 쓸데없는 생각 때문에 그보다 열 배는 더 중요한 신사에게 불쾌하게 굴지 말라고 주의를 주었다. 엘리자베스는 아무런 대답도 하지 않고 춤 대열에 자리를 잡으며 자신이 다아시 씨 맞은편에 서는 것으로 생긴 위엄에 놀랐고, 주변 사람들의 표정에서도 그 모습을 보고 똑같이 놀라워하는 것을 읽을 수 있었다. 두 사람은 한동안 한마디도 하지 않았다. 그녀는 춤곡이 두 번 연주되는 동안 그런 침묵이 계속 유지되리라는 생각이 들기 시작했다. 처음에는 그 침묵을 깨지 않을 생각이었다. 그러다 문득 상대방에게 말을 거는 게 오히려 더 큰 벌이 될 것 같아 그녀 편에서 먼저 춤에 대해 가벼운 말을 시작했다. 그가 대답했고 다시 침묵이 흘렀다. 잠시 뒤 그녀가 다시 말을 건넸다.

"이제 다아시 씨도 뭔가 말씀을 하실 차례예요. 제가 먼저 춤에 대해 말했으니 다아시 씨도 이 방의 크기라든가 춤추는 사람들의 수 같은 것에 대해 말씀하셔야죠."

그는 미소를 지으며 그녀가 듣고 싶은 말이라면 무엇이든 하겠다고 했다.

"좋아요. 지금은 그 정도 대답이면 충분해요. 자칫하면 제가 사적인 무도회가 공적인 무도회보다 더 즐겁다는 얘기를 할지 모르니까요. 어쨌든 지금은 침묵을 지켜도 되겠네요."

"춤출 때 규칙어 따라 말씀하십니까?"

"가끔 그래요. 아시겠지만 말을 조금 하기는 해야 되잖아요. 반시간 동안 서로 한마디도 하지 않으면 이상하게 보일걸요. 하지만 누군가에게는 말하는 어려움을 덜도록 가급적 적게 말하는 쪽으로 대화를 정리하는 게 도움이 되죠."

"지금의 경우는 본인의 기분에 따른 건가요, 아니면 제 기분을 맞추고 있다고 생각하시는 겁니까?"

"둘 다요." 그녀가 짓궂게 대답했다. "저는 늘 우리 두 사람의 기질이 상당히 비슷하다고 생각했거든요. 둘 다 붙임성이 없고 말수가 적어서, 무도회장 안의 모두를 놀라게 만들고 격언처럼 자손 대대로 이어질 대단한 말이 아니면 말하기를 꺼린다고요."

"놀랄 정도로 본인의 성격을 정확하게 설명해낸 건 아닌 듯싶습니다." 그가 말했다. "제 성격과 얼마나 가까운지도 알 수 없고요. 물론 그쪽은 제 성격을 정확히 묘사했다고 생각하시겠지만요."

"제 솜씨만 갖고 판단해서는 안 되겠죠."

그는 아무런 대답도 하지 않았다. 그들은 그 춤이 끝날 때까지 침묵을 지켰다. 춤이 끝나자 그는 그녀에게 자매들과 메리턴까지 나들이를 자주 가는 편이냐고 물었다. 그녀는 그렇다고 대답했고, 결국은 근질거리는 입을 참지 못해 이렇게 덧붙였다. "일전에 그곳에서 다아시 씨와 마주쳤을 때 우리는 막 낯선 신사 한 분을 소개받던 참이었어요."

효과는 즉각적이었다. 그의 얼굴에 한층 더 짙어진 오만의 그림자가 퍼져나갔다. 하지만 그는 한마디도 하지 않았다. 엘리자베스는 자신의 부족한 인내심을 자책했고 말을 더 이어나갈 수 없었다. 마침내 다아시가 말문을 열며 억제된 말투로 말했다.

"위컴 씨는 타고난 매너가 너무 좋아 친구들을 잘 사귑니다. 하지만 그렇게 사귄 친구들과의 관계를 처음과 같이 유지하는지는 의문입니다."

"그분은 안타깝게도 다아시 씨와의 우정은 잃고 말았죠." 엘리자베스가 힘주어 말했다. "그로 인해 평생 고통받을 것 같고요."

다아시는 대답하지 않았고, 화제를 다른 데로 돌리고 싶어하는 것 같았다. 그때 윌리엄 루커스 경이 그들 쪽으로 다가왔다. 대열을 통과해 무도회장 반대편으로 갈 생각이었는데, 다아시 씨를 발견하자 그는 걸음을 멈추고 최대한 공손하게 고개를 숙이며 인사했다. 그리고 그의 춤과 파트너에 대해 찬사를 보냈다.

"정말 너무나 즐거웠습니다, 다아시 씨. 그렇게 훌륭한 춤은 자주 볼 수 있는 게 아니지요. 다아시 씨께서 최상류층 사교계에 몸담고 계신 게 분명하군요. 외람된 말씀이나 아름다운 파트너 또한 손색이 없네요. 이런 즐거운 일이 자주 있기를 바랄 뿐입니다. 친애하는 일라이자 양, (제인과 빙리 쪽을 힐끗 쳐다보며) 앞으로 대단히 바람직한 일이 일어나기를 바랍니다. 그리된다면 얼마나 많은 축하 인사가 쏟아질까요! 다아시 씨께 간청드리자면…… 아무튼 더이상 방해하지 않겠습니다. 아가씨와의 즐거운 대화를 계속 방해하면 고맙다고 하지 않겠지요. 아가씨의 반짝이는 눈도 저를 비난하고 있네요."

다아시는 루커스 경의 마지막 말은 잘 듣지 못했다. 하지만 친구인 빙리를 염두에 두고 루커스 경이 던진 말이 그에게 강한 충격을 준 모양이었다. 그는 매우 심각한 표정을 지으며, 함께 춤추고 있는 빙리와 제인 쪽으로 시선을 돌렸다. 하지만 즉시 정신을 가다듬고 파트너를 향해 말했다.

"윌리엄 경이 방해하는 바람에 무슨 대화를 나누고 있었는지 잊었습니다."

"우리가 무슨 대화를 나누었다는 생각은 안 드는데요. 윌리엄 경은 아마 이 방안에서 우리보다 더 대화 없는 커플을 방해한 적이 없을 거예요. 벌써 두세 가지 화제로 대화를 시도했지만 실패했잖아요. 그러니 이제 어떤 화제를 꺼내 대화를 나눠야 할지도 모르겠네요."

"책 얘기는 어떻습니까?" 미소를 머금으며 그가 말했다.

"책이라! 글쎄요! 싫은데요. 우리가 같은 종류의 책을 읽었을 리 없고, 감상이 같을 리도 없으니까요."

"그리 생각하시다니 유감입니다. 하지만 그게 사실이라 해도 적어도 대화 주제가 부족할 일은 없을 겁니다. 서로 다른 의견을 비교할 수 있을 테니까요."

"아니요. 무도회장에서 책 얘기를 할 수는 없죠. 이런 데서는 제 머리가 항상 다른 생각들로 가득차 있답니다."

"항상 이렇게 눈앞에 보이는 현재만이 마음을 사로잡는 모양이죠, 그런가요?" 그가 미심쩍은 표정으로 말했다.

"그래요. 늘 그렇습니다." 무슨 말을 하는지도 모른 채 그녀가 대답했다. 이미 그녀의 생각은 지금의 화제를 한참 벗어나 갈피를 못 잡고 있었는데, 느닷없이 소리치는 바람에 그것이 겉으로 드러났다. "일전에 하신 말씀이 기억납니다, 다아시 씨. 좀처럼 용서를 안 하는 편이라고요. 화가 치밀어오르면 가라앉힐 수 없다고요. 그렇다면 화나는 상황에 대해서는 무척이나 신중하시겠네요."

"그렇습니다." 그가 단호한 목소리로 대답했다.

"그러니 편견에 눈이 머는 일도 없겠죠?"

"그러기를 바라야죠."

"자신의 견해를 결코 바꾸지 않는 사람이라면 처음부터 확실하고 올바르게 판단해야 하지요."

"무슨 의도로 그런 질문을 하는지 물어봐도 되겠습니까?"

"다아시 씨의 성격을 그려보려는 것뿐이에요." 진지한 기색을 떨치려고 애쓰면서 그녀가 말했다. "그 성격을 파악해보려고요."

"성공하셨나요?"

그녀는 고개를 저었다. "전혀요. 다아시 씨에 관해 상이한 설명만 들려와 무척 헷갈리네요."

그가 진지하게 대답했다. "저에 관한 평가가 크게 상반된다는 건 믿기 어려운 일이 아닙니다. 베넷 양, 지금 당장에 제 성격을 파악하려고 하지는 말아주십시오. 그 일이 우리 둘 누구에게도 좋은 영향을 줄 것 같지 않아 염려됩니다."

"하지만 지금 당장 다아시 씨가 어떤 사람인지 알아내지 못한다면 앞으로 결코 기회가 없을 듯한데요."

"그런 즐거움을 막을 뜻은 결코 없습니다." 그가 차갑게 대답했다. 그녀는 더이상 말하지 않았다. 그들은 다른 춤곡을 마저 춘 뒤 말없이 헤어졌다. 두 사람 모두 기분이 언짢아졌지만, 정도의 차이가 있었다. 다아시의 가슴속에는 이미 엘리자베스에 대한 강렬한 호감이 자리잡고 있었기에 곧바로 용서의 감정이 샘솟았고, 모든 분노는 다른 대상에게로 향했다.

두 사람이 헤어진 지 얼마 안 됐을 때 빙리 양이 그녀에게 다가왔다. 그리고 예의를 가장한 경멸 섞인 표정을 지으며 그녀에게 말을 걸었다.

"어머, 일라이자 양, 조지 위컴 씨를 무척 마음에 들어한다면서요? 언니분이 우리와 그 사람 얘기를 했는데 질문을 엄청 많이 하더라고요. 그런데 그 청년이 다른 얘기는 다 하면서 자기가 돌아가신 다아시 씨의 집사였던 위컴 씨의 아들이라는 얘기는 쏙 뺐던 것 같더군요. 아무튼 친구로서 말하자면, 그 사람이 주장하는 모든 말을 무조건 신뢰하지 말라고 충고하고 싶네요. 다아시 씨가 그 사람을 냉대했다는 내용은 특히나요. 새빨간 거짓말이에요. 오히려 조지 위컴이 극히 비열하게 굴었어도 다아시 씨는 언제나 굉장히 친절하게 대했어요. 물론 저도 시시콜콜하게는 몰라요. 하지만 다아시 씨가 비난받을 일은 추호도 없다는 것만은 너무나 잘 압니다. 그분이 조지 위컴이라는 이름을 듣는 일조차 못 참는다는 것도요. 우리 오빠도 장교들을 초대하면서 그 사람을 포함시킬 수밖에 없었지만, 결국 자발적으로 불참했다는 사실을 알고 무척 기뻐했을 정도랍니다. 그 사람이 이 지역에 나타났다는 것 자체가 정말이지 몹시 뻔뻔한 행동이에요. 도대체 어떻게 그런 짓을 할 생각을 했는지 궁금하네요. 일라이자 양, 그토록 호감을 품고 있는 사람의 허물을 알리게 되어 유감이네요. 하지만 정녕 그의 태생을 생각한다면 그보다 더 나은 모습은 기대할 수도 없지요.”

“설명을 들어보니 그 사람의 잘못과 그 사람의 태생이 동격이라는 말 같네요.” 엘리자베스가 화를 내며 말했다. “위컴 씨가 돌아가신 다아시 씨의 집사 아들이었다는 점보다 더 비난받을 일은 없는 듯하고, 그 점이라던 그분이 제게 직접 사실을 밝혔답니다.”

“그렇다면 미안하게 됐네요.” 빙리 양이 고개를 돌리고 냉소를 지으며 대답했다. “제 참견을 용서하세요. 좋은 뜻으로 한 얘기니까.”

“무례한 여자 같으니!” 엘리자베스는 혼잣말을 했다. “그런 하찮은 공격으로 내게 영향을 미치길 기대했다면 큰 오산이야. 네 말에서 느껴지는 건 네 고집스러운 무지와 다아시 씨의 악의뿐인걸!” 그런 다음 그녀는 빙리에게 같은 걸 물어보기로 했던 언니를 찾아 나섰다. 언니는 지극히 흐뭇하고 행복한 미소를 지으며 동생을 맞이했다. 언니의 얼굴은 그날 저녁 모임이 얼마나 즐거운지 충분히 말해줄 만큼 행복에 겨운 빛을 발하고 있었다. 엘리자베스는 언니의 감정을 즉시 읽어냈고, 그 순간만큼은 위컴에 대한 걱정이나 그를 음해하는 자들에 대한 분노와 다른 모든 걱정이, 언니가 행복을 향한 가장 아름다운 길로 접어들었다는 희망에 자리를 내주었다.

"언니가 위컴 씨에 대해 무슨 말을 들었는지 궁금해." 언니 못지않게 미소가 가득한 얼굴로 그녀가 말했다. "하지만 언니는 너무 행복해서 제삼자 생각은 못했을 것 같네. 그렇더라도 안심해, 용서해줄 테니까."

"아냐." 제인이 대답했다. "그 사람을 잊은 건 아닌데, 네게 말해줄 만한 대답이 없었어. 빙리 씨도 그 사람의 일을 다는 모르더라고. 특히 어떤 일 때문에 다아시 씨의 마음이 상하게 되었는지에 대해서도 전혀 모르고. 하지만 빙리 씨는 친구의 바른 행실과 결백과 명예는 보증한다고 했어. 그리고 위컴 씨가 그동안 다아시 씨에게 받아온 냉대보다 오히려 더한 냉대를 받는 게 마땅하다고 굳게 믿고 있었어. 미안하지만, 빙리 씨와 빙리 양의 말을 종합해보면 위컴 씨는 결단코 좋은 사람이 아닌 것 같아. 그동안 워낙 분별없이 행동해서 다아시 씨에게서 지원받을 자격을 잃어버린 것 같아."

"빙리 씨가 위컴 씨를 모른다고?"

"응. 저번 날 아침 메리턴에서 만나기 전까지는 만난 적이 없대."

"그렇다면 언니의 방금 전 설명은 빙리 씨도 실은 모든 정보를 다아시 씨에게서 얻었다는 거네. 그럼 다행이고. 어쨌든 그 성직 자리에 대해선 뭐래?"

"그 상황은 정확히 기억 못하던걸. 물론 다아시 씨에게서 그 이야기를 여러 번 들었다곤 했어. 하지만 빙리 씨는 그 성직 자리가 위컴 씨에게 조건부로 주어졌다고 알고 있던걸."

"빙리 씨의 진정성을 의심하진 않아." 엘리자베스가 진지하게 말했다. "하지만 확신만으로는 내가 수긍할 수 없다는 걸 이해해줘. 빙리 씨가 친구를 옹호하는 일은 충분히 그럼직하지만 빙리 씨도 이야기의 많은 부분을 모르고 있어. 그나마 그 나머지도 친구에게 들어서 안 것이니 나는 다아시 씨와 위컴 씨에 관해 일단은 내 생각을 계속 고수할래."

그러고 나서 그녀는 둘 모두에게 즐거운 화제로 이야기를 돌렸다. 그 점에서는 둘의 생각이 다르지 않았다. 엘리자베스는 언니가 빙리의 관심 덕분에 품게 된 소박하고 행복한 소망을 기쁜 마음으로 경청했다. 그리고 가능한 모든 능력을 동원하여 언니의 확신을 부추기는 말을 해주었다. 빙리 씨가 그 자리에 합류하자 엘리자베스는 루커스 양에게로 갔다. 그런데 친구가 마지막 파트너와의 춤이 즐거웠느냐고 물어서 대답하려는 순간, 콜린스 씨가 한껏 흥분한 모습으로 그들에게 다가와 방금 전 운좋게도 매우 중요한 사실을 알아냈다고 말했다.

"제가 알게 되었지 뭡니까." 그가 말했다. "희한한 우연으로 지금 이 방안에 제 후견인이신 귀부인의 가까운 친척 한 분이 와 계시다는 사실을 말입니다. 우연히 그 신사께서 이 댁의 안주인 격인 아가씨에게 사촌인 드 버그 양과 그 어머니이신 캐서린 귀부인의 존함을 말씀하시는 소리를 엿들었어요. 이런 일이 생기다니 얼마나 놀라운지! 이런 사교 모임에서, 아마도, 드 버그 귀부인의 조카분인 듯싶은 분을 만나게 될 줄 누가 상상이나 했겠어요! 더 늦지 않고 그분께 인사드리기에 적절한 시간에 이 사실을 알게 된 게 고마울 따름이죠. 그래서 지금 그분께 인사를 드리러 가려는 참인데, 제가 진작 알아뵙고 인사드리지 못한 것을 용서해주시리라 믿습니다. 제가 그런 인척 관계임을 까맣게 몰랐다는 점이 제 변명이 되겠지요.”

“설마 다아시 씨에게 자신을 직접 소개할 생각은 아니시겠죠?”

“왜 아니겠어요? 그분께 더 일찍 인사드리지 못한 점에 대해 용서를 구할 생각입니다. 캐서린 귀부인의 조카분이 틀림없어요. 그분께 일주일 전까지 귀부인께서 아주 평안하셨다는 말씀을 해드릴 겁니다.”

엘리자베스는 그러지 말라고 애써 그를 만류했다. 그녀는 아무 소개도 없이 다아시 씨에게 다가가면 그분은 그걸 이모님에 대한 경의 표시라기보다는 무례한 행동으로 여길 것이며, 두 사람 사이에 알은체를 할 필요가 없으며, 그러하더라도 친분을 시작하는 일은 신분이 더 높은 다아시 씨가 먼저 할일이라고 분명히 말했다. 콜린스 씨는 그래도 자신의 뜻을 관철시키겠다는 단호한 태도로 엘리자베스의 말을 듣다가 그녀가 말을 멈추자 이렇게 대답했다.

“친애하는 엘리자베스 양, 저는 엘리자베스 양의 이해력 범주 내에 있는 일이라면 그 훌륭한 판단력을 세상에서 가장 높이 평가합니다. 하지만 이 말은 꼭 해야겠습니다. 평신도들 사이에 정해진 예의 형식과, 성직자를 규제하는 예의 형식 사이에는 크나큰 차이가 존재하지요. 그리고 성직이라는 직책은 그 존엄성의 정도에 있어서 우리 왕국의 최고 위직에 필적하는 위엄을 지녔다는 점도 말해야겠습니다. 물론 행동에 있어 적절한 겸손함이 동시에 유지돼야겠지요. 그러니 이번 일에서는 제가 제 양심이 지시하는 바를 따를 수 있도록 허락하셔야 합니다. 제 양심이 제가 의무라고 생각하는 바를 실천하도록 인도할 테니까요. 엘리자베스 양의 충고로 얻게 될 혜택을 도외시하는 저를 용서하십시오. 다른 일에서는 당신의 충고가 제 불변의 지침이 될 겁니다. 하지만 지금 이 일에서만큼은 제가 받은 교육이나 늘 해오던 공부로 볼 때, 엘리자베스 양처럼 어린 아가씨보다는 제가 더 적절한 판단자라고 생각합니다." 그런 다음 그는 고개를 살짝 숙이고 인사를 건넨 뒤 그녀를 떠나 다아시 씨를 공략하러 나섰다. 엘리자베스는 느닷없이 다가오는 콜린스 씨를 그가 어떻게 맞이하는지 예의 주시했다. 그런 식으로 다가오는 콜린스 씨를 보고 그가 무척 놀란 건 분명해 보였다. 그녀의 사촌은 말을 꺼내기에 앞서 서론 격으로 진지하게 고개를 숙이고 인사부터 올렸다. 그가 하는 말은 한 마디도 들리지 않았지만, 그의 입 모양에서 '사과' '헌스퍼드' '캐서린 드 버그 귀부인' 같은 단어들이 읽혀서 그의 말이 전부 들리는 듯한 기분이 들었다. 그가 다아시 씨 같은 사람에게 그런 식으로 자기 정체를 드러내는 광경을 지켜보고 있노라니 짜증이 밀려왔다. 다아시 씨는 거리낌 없이 의아해하는 표정으로 그를 빤히 쳐다보았다. 마침내 콜린스 씨가 말할 틈을 주자 그는 거리감이 느껴지는 의례적인 태도로 대답했다. 그러나 콜린스 씨는 전혀 낙심하지 않고 다시 말을 시작했다. 두번째 말이 길어질수록 다아시 씨의 경멸감은 점점 더 커지는 것 같았다. 상대방의 말이 다 끝나자 그는 고개를 까딱 숙이며 답례한 뒤 다른 곳으로 가버렸다. 그러자 콜린스 씨는 다시 엘리자베스에게로 돌아왔다.

"자신 있게 말씀드리죠." 그가 말했다. "제가 받은 대접에 만족 못할 이유가 없습니다. 다아시 씨께서 제 인사를 받고 무척 흡족해하시는 것 같았습니다. 그분은 최대한 예를 갖춰 제게 답변해주셨고 심지어, 캐서린 귀부인의 안목을 깊이 신뢰하기에, 결코 자격 없는 사람에게 총애를 베푸실 분이 아니라고 장담한다는 칭찬까지 해주셨습니다. 정말 지극히 멋진 말씀이셨습니다. 전체적으로 저분과의 만남이 전 정말 만족스럽습니다.”

엘리자베스는 자신과 관련된 일이 더이상 없었기 때문에 거의 모든 관심을 언니와 빙리 씨에게 돌렸다. 그녀는 두 사람의 모습을 지켜보니 기분좋은 상상이 연달아 이어져 언니만큼이나 행복해지는 것 같았다. 그녀는 언니가 이 집의 안주인으로 안착해서 진정한 사랑이 빚어낸 결혼이 선사할 모든 행복을 만끽하며 사는 모습을 상상했다. 그리고 그런 일이 이루어진다면 빙리 씨의 두 누이도 좋아하도록 애써볼 생각이었다. 그녀는 엄마의 생각도 자신과 같은 방향으로 흐르고 있음이 확연히 드러나서 엄마가 말을 너무 많이 할까봐 불안해 그녀 근처에는 얼씬도 하지 않으리라 다짐했다. 이런 까닭에 엘리자베스는 저녁식사를 위해 식탁에 앉았을 때 하필이면 엄마가 한 사람 건너 옆자리에 앉게 되자 불행히도 일이 꼬여버렸다고 느꼈다. 특히 엄마가 바로 그 한 사람(루커스 부인)과 수다떠는 모습을 지켜보고 있자니 몹시 짜증이 나기 시작했다. 엄마는 루커스 부인에게 거침없이 터놓고 제인이 빙리 씨와 곧 결혼하게 된다는 얘기만 줄곧 해댔다. 베넷 부인으로서는 워낙 신명 나는 화제여서 그 결혼의 이점들을 열거하는 데 지치지도 않는 것 같았다. 우선 빙리 씨가 너무나 매력적인 청년이고 엄청난 부자이며 자기 집에서 고작 삼 마일 거리에 살고 있다는 점이 그녀가 첫째로 꼽은 이점이었다. 다음으로 빙리 씨의 두 누이가 제인을 무척 마음에 들어하고 있으며, 분명히 자신만큼이나 이 결혼을 바란다는 점도 베넷 부인의 생각으로는 너무나 흡족한 일이었다. 더구나 이 결혼은 동생들에게도 무척 희망적인 일이었다. 맏언니 제인이 그토록 훌륭히 결혼한다면 동생들 또한 부자 신랑감을 만날 것이 틀림없었다. 마지막으로 지금 이 나이에 미혼인 나머지 딸들을 맏언니의 보호 아래 맡길 수 있어 자기가 억지로 다른 사람들과 어울릴 필요가 없어지니 기쁜 일이라고도 했다. 이 상황을 기쁜 일이라 하는 건 그런 경우에 예의상 해야 하는 말일 뿐 베넷 부인이 평생토록 집에 머무는 것을 낙으로 여겨온 정도로 따지면 그녀보다 덜한 사람 찾기도 어려울 것이다. 그녀는 루커스 부인도 자신과 같은 행운을 누리게 되기를 바란다고 거듭 기원하면서 말을 맺었다. 물론 속으로는 명백하고 의기양양하게 그럴 리가 절대로 없다고 믿으면서 말이다.

엘리자베스는 속사포처럼 쏟아져나오는 엄마의 수다를 막고, 아무리 행복하더라도 제발 좀 잘 안 들리는 귓속말로 표현하라고 설득하려고 애썼다. 하지만 소용없었다. 바로 맞은편에 앉은 다아시 씨가 엄마가 말하는 이야기의 골자를 듣고 있음을 알고 그녀는 말도 못하게 짜증이 났다. 엄마는 바보 같은 소리 말라고 오히려 엘리자베스를 나무랐다.

"다아시 씨, 저 사람이 나와 무슨 상관이라고 내가 신경써야 하니? 분명히 말하는데, 저 사람이 듣기 싫어할지 모르는 말을 내가 하지 않는 호의를 베풀 만큼 우리가 특별히 예의를 차려야 할 까닭이 없어."

"제발 엄마, 목소리 좀 낮춰요. 다아시 씨를 불쾌하게 만들어 좋을 게 뭐가 있어요? 자꾸 그러면 저 사람의 친구에게도 엄마가 절대로 좋게 보이지 않을 거란 말이에요.”

　하지만 무슨 말을 해도 효과가 없었다. 엄마는 여전히 자신의 생각이 남들에게도 들리도록 말했다. 엘리자베스는 창피하고 화가 나서 얼굴이 달아오르그 또 달아올랐다. 다아시 쪽으로 자꾸만 눈길을 돌리지 않을 수 없었고, 그때마다 우려했던 일이 일어나고 있다는 확신이 들었다. 물론 그가 줄곧 베넷 부인 쪽만 보고 있었던 것은 아니지만, 그녀는 그의 관심이 시종 엄마 쪽을 향한다고 확신했다. 그의 표정이 분노로 가득찬 경멸에서 차분하고 심각한 표정으로 서서히 바뀌어갔다.

　마침내 베넷 부인은 더이상 할말이 남지 않게 되었다. 함께 나눌 공산이 없는 기쁨을 반복적으로 쏟아내는 데 오래 하품만 해오던 루커스 부인은 그제야 다 식어버린 햄과 닭고기를 즐길 수 있었다. 엘리자베스도 생기를 되찾기 시작했다. 하지만 평온은 그리 오래가지 않았다. 저녁식사가 끝나고 노래 얘기가 나오자 딱히 요청이 없었는데도 메리가 나서서 사람들에게 호의를 베풀 준비를 했던 것이다. 엘리자베스는 그 광경을 지켜보며 굴욕감이 들었다. 여러 번 의미심장한 표정을 지어 보이고 무언의 간청을 하며 그런 호의를 베풀려는 동생을 극구 만류해보려 애썼지만 소용없었다. 메리는 언니의 표정과 무언의 간청을 알아들으려 하지 않았다. 솜씨를 뽐낼 수 있는 기회가 주어지다니 얼마나 즐거운 일인가. 메리는 노래를 시작했다. 엘리자베스는 몹시 괴로운 심정으로 동생에게 시선을 고정하고 노래가 몇 소절 진행되는 동안 초조하게 지켜보았다. 하지만 조바심을 쳐봐야 보답은 형편없었다. 노래가 끝나고 자리에 앉아 있던 사람들 사이에서 감사 인사가 나오자, 그걸 호의를 한번 더 베풀어달라는 바람으로 착각한 메리가 잠시 뜸을 들이다 다시 다른 노래를 부르기 시작한 것이다. 그러나 사실 동생의 노래 실력은 결코 뽐낼 만한 것이 못 됐다. 성량이 부족했고 노래 부르는 태도 또한 가식적이었다. 엘리자베스는 고통스럽기까지 했다. 언니는 이 상황을 어떻게 견디고 있는지 그쪽을 바라보았는데, 제인은 아무렇지도 않은 듯 빙리 씨와 대화를 나누고 있었다. 다른 두 동생을 보니 서로 비웃는 눈짓을 주고받고 있었다. 다아시 씨를 보니 여전히 도통 속을 알 수 없는 심각한 표정만 짓고 있었다. 메리가 밤새도록 노래를 부르겠다고 할까봐 그녀는 아버지라도 나서서 말려달라는 의미로 아버지 쪽을 바라보았다. 그 뜻을 알아챈 아버지는 메리가 두번째 노래를 마치자 큰 소리로 말했다.

"아주 잘 불렀다, 얘야. 그 정도면 우리 모두를 충분히 즐겁게 했어. 자, 이제 다른 아가씨들에게도 솜씨를 뽐낼 기회를 줘야지."

메리는 짐짓 못 들은 척했지만 다소 당황한 듯했다. 동생에게 미안하고 그런 말씀을 하게 된 아버지께도 송구스러운 마음이 든 엘리자베스는 쓸데없는 걱정을 한 것은 아닌지 마음이 쓰였다. 이제 모두들 다른 사람들에게 노래를 청했다.

"만약 저에게 노래를 부를 줄 아는 행운이 주어졌다면 틀림없이 여러분께 한 곡조 올리면서 큰 기쁨을 느꼈을 것입니다." 콜린스 씨가 말했다. "저는 음악이 매우 순수한 오락이며 성직자라는 직업에 완벽히 부합한다고 생각합니다. 하지만 음악에 너무 많은 시간을 할애하는 일마저 옳다고 주장하는 것은 아닙니다. 성직자에게는 분명 다른 할일도 많기 때문입니다. 교구 목사라는 직책은 할일이 무척 많습니다. 가장 먼저 자신에게 득이 되면서 후견인의 마음을 상하게 하지 않는 선에서 십일조 계약 등을 책정해야 합니다. 설교문도 직접 써야 합니다. 그러고 나서 남는 시간도 자신이 맡은 교구의 용무를 처리하는 데 결코 충분하다 할 수 없는데, 목사관을 관리하고, 개조하며, 되도록 살기 편안한 집으로 만드는 일도 면제받을 수 없습니다. 저는 모든 사람들에게 세심하고 부드러운 태도를 지니는 일도 가벼이 볼 일이 아니라고 생각합니다. 특히 자신을 등용해준 분들께 입은 은혜에 대해서는 더욱 그러합니다. 절대로 면제받을 수 없는 의무지요. 그리고 그런 분의 일가친척을 만났을 때, 그분이 누구시든 존경을 표할 기회를 놓치는 성직자가 있다면 저는 좋게 보지 않을 겁니다.” 그러면서 그는 다아시 씨에게 목례를 올리며 자신의 연설을 마쳤는데, 하도 큰 소리로 말해서 그 방안에 있는 사람들의 절반쯤이 들을 수 있었다. 많은 사람들이 그를 빤히 쳐다보았다. 많은 사람들이 넌지시 미소를 머금었다. 하지만 베넷 씨보다 더 즐거워하는 표정을 짓는 사람은 없는 것 같았다. 반면에 그의 아내는 정녕 훌륭한 발언이었다며 콜린스 씨를 칭찬했고, 루커스 부인에게 반쯤 속삭이는 목소리로 콜린스 씨가 대단히 명민하고 훌륭한 청년이라고 말했다.

엘리자베스가 보기에는 자기 가족들이 이날 저녁 망신을 당해보자고 약속을 하고 왔다손 치더라도, 이보다 더 활기차고 훌륭하고 성공적으로 각자의 역할을 수행할 수는 없으리라 생각했다. 그녀는 이런 쇼를 빙리 씨가 주목하지 못한 게 그나마 그와 제인 언니에게 다행스러운 일이라고 생각했다. 혹여 가족들의 바보짓을 목격했더라도 빙리 씨는 그런 일을 크게 신경쓰지 않는 사람이라는 점도 다행이었다. 하지만 그의 두 누이와 다아시 씨에게는 자신의 가족을 조롱할 절호의 기회가 될 거라고 생각하니 너무나 끔찍했고, 다아시 쪽의 말없는 경멸과 두 여자의 무례한 조소 중 어느 쪽이 더 참을 수 없는지 판정할 수 없었다.

그날밤 남은 시간 내내 엘리자베스는 조금도 즐겁지 않았다. 옆에서 집요하게 집적대는 콜린스 씨도 정말 귀찮았다. 그는 다시 춤을 추자고 그녀를 설득하지 못했지만, 그녀가 다른 사람과 춤출 기운마저 빼놓았다. 다른 숙녀와 춤을 추라고 거듭 간청하고 무도회장의 다른 숙녀를 소개해준다고 해도 소용없었다. 그는 춤에 관해서 말한다면, 자신은 다른 여성과 춤추는 일에는 전혀 관심이 없으며, 자신의 주목적은 그저 세심한 관심을 기울이며 그녀의 환심을 사는 일뿐이라 남은 저녁 시간 내내 그녀 곁에만 있을 생각이라고 했다. 그런 생각을 두고 옥신각신할 수도 없는 노릇이었다. 그나마 여러 차례 그들의 자리에 합류한 친구 루커스 양이 마음씨 착하게도 콜린스 씨와의 대화를 분담해준 것이 큰 위로가 되었다.

그녀는 적어도 다아시 씨의 계속적인 주시를 받는 불쾌한 일로부터는 자유로웠다. 그가 여러 차례 별다른 용무 없이 가까이 다가오곤 했지만, 그녀에게 말을 붙일 정도의 거리는 결코 아니었다. 그녀는 그게 아마도 위컴 씨 얘기를 꺼냈기 때문일 거라고 짐작하며 흐뭇해했다.

참석한 손님들 중에서 롱본 가족이 가장 마지막까지 남아 있다가 떠났다. 베넷 부인의 책략 때문에 그들은 다른 손님들이 모두 떠난 뒤에도 마차가 올 때까지 십오 분을 더 기다려야 했다. 이 때문에 그들은 그 시간 동안 그들이 제발 돌아가주기를 진심으로 바라는 몇몇 빙리 일가의 모습을 목격해야 했다. 허스트 부인과 빙리 양은 피곤해 죽겠다며 불평만 늘어놓을 뿐 아예 입을 다물고 있더니, 급기야 손님들이 빨리 돌아갔으면 좋겠다고 노골적으로 안달했다. 그들은 베넷 부인이 무슨 말을 꺼낼 때마다 퇴짜를 놓았고, 그렇게 해서 모두를 더욱 피곤하게 만들었다. 콜린스 씨가 무도회가 지극히 우아했고 특히 손님들에게 빙리 가족이 보여준 환대와 예의도 대단했다며 그들에게 공치사를 길게 늘어놓았지만 그 상황에는 조금도 도움이 되지 못했다. 다아시 씨는 한마디도 하지 않았다. 베넷 씨 역시 말없이 그런 상황을 즐기고만 있었다. 빙리 씨와 제인은 다른 사람들에게서 조금 떨어져 단둘이 대화를 나누고 있었다. 엘리자베스도 허스트 부인과 빙리 양처럼 시종 침묵을 지켰다. 리디아조차 너무 피곤했는지 가끔 늘어지게 하품하며 "정말 엄청 피곤하네!"라고 외친 것 말고는 별다른 말을 하지 않았다.

마침내 떠날 때가 되어 모두가 일어서자, 베넷 부인은 예의를 차리며 집요하게 빙리 씨의 온 가족을 롱본에서 다시 만나게 되기를 바란다고 말했다. 그녀는 특별히 빙리 씨에게 다가가 공식적인 초대가 없더라도 언제든 자기 집을 방문하여 가족들과 함께 식사한다면 참 행복하겠다고 말했다. 빙리 씨는 대단히 고맙고 기쁘다면서, 다음날은 볼일이 있어 잠시 런던에 가야 하니 돌아오면 되도록 빠른 시일 내에 기회를 봐서 기꺼이 방문하겠다고 약속했다.

베넷 부인은 더할 나위 없이 만족했다. 그리고 지참금과 새 마차와 결혼 예복 준비를 감안하더라도 큰딸이 의심의 여지 없이 서너 달 뒤면 네더필드의 안주인으로 안착하리라는 즐거운 확신을 갖고 그곳을 떠났다. 또다른 딸이 콜린스 씨와 결혼하게 될 것이라는 점 역시 확신했다. 물론 제인의 경우만큼 기쁘지는 않았다. 사실 엘리자베스는 딸들 중에서 그녀가 제일 마음에 안 들어하는 딸이었다. 콜린스 씨라는 신랑감과 그 혼사가 엘리자베스에게는 충분히 적당했지만, 그 각각이 빙리 씨와 네더필드에는 비할 바가 못 되었다.

19

　다음날 롱본에서는 새로운 장면이 펼쳐졌다. 콜린스 씨가 공식적으로 청혼한 것이다. 목사관을 비워도 좋다고 허락받은 시간이 토요일까지여서 지체 없이 결행해야겠다고 마음먹었고, 또 그 순간까지도 해낼 자신이 없다거나 괴로운 기분은 조금도 들지 않아서 그는 매우 정연한 태도로 그런 일을 할 때 정해진 바라 여겨지는 모든 절차를 깍듯이 지키며 청혼을 감행했다. 아침식사 직후에 베넷 부인과 엘리자베스, 그리고 그녀의 동생 한 명이 함께 있는 모습을 본 그가 부인에게 이렇게 말했다.

　"부인, 오늘 아침에 아름다운 따님 엘리자베스 양을 잠시 개인적으로 뵐 수 있는 영광을 제게 베풀어주십사 간청해도 괜찮겠습니까?"

　엘리자베스가 깜짝 놀라 얼굴만 붉힐 뿐 미처 무슨 말을 꺼내기도 전에 베넷 부인이 잽싸게 대답했다.

　"어머나, 세상에! 그럼요, 되고말고요. 리지도 틀림없이 대단히 행복해할 겁니다. 분명히 반대하지 않을 거예요. 애, 키티야, 위층에 좀 올라가 있으면 좋겠구나." 그러면서 그녀가 일감을 모두 챙겨 황급히 방을 나가려고 하자 엘리자베스가 큰 소리로 외쳤다.

　"엄마, 나가지 마세요. 부탁이에요, 나가지 마세요. 콜린스 씨도 양해하실 거예요. 누구도 들을 필요 없는 말씀을 제게만 하실 리가 없잖아요. 저도 방을 나가겠어요."

"아니, 아니, 말도 안 된다, 리지. 너는 그냥 남아 있으렴." 엘리자베스가 당혹스럽고 화가 난 표정으로 정말 방을 나가려고 하자 그녀가 덧붙였다. "리지, 남아서 콜린스 씨의 말씀을 듣거라, 명령이야."

엘리자베스는 엄마의 명령에 반대할 생각까진 없었다. 그리고 잠깐 생각해보니 이런 일은 되도록 빨리, 그리고 조용히 매듭짓는 것이 분별 있는 행동일 듯해 다시 자리에 앉아 계속 바느질을 하며 괴롭기도 하고 우습기도 한 심정을 숨기려고 애를 썼다. 베넷 부인과 키티가 방을 나가자마자 콜린스 씨가 입을 열었다.

"친애하는 엘리자베스 양, 제 말을 믿어주십시오. 그런 겸손한 모습이 당신에게 해를 끼치는 게 아니라 당신의 다른 완벽한 면모를 오히려 돋보이게 합니다. 그렇게 살짝 빼지 않으셨다면 제 눈에는 덜 사랑스러웠을지 모르겠습니다. 하지만 존경하는 어머님의 허락을 구했다는 점을 분명히 말씀드립니다. 당신의 타고난 겸손한 마음씨로는 모른 척하고 싶으시겠지만, 제 말의 의도를 결코 의심하실 수 없을 겁니다. 그동안 제가 보여온 관심이 너무나 확연했으니 눈치 못 챘을 리 없을 겁니다. 이 댁에 들어선 거의 그 순간부터 저는 제 미래의 삶의 반려자로 엘리자베스 양을 선택했습니다. 하지만 이 일에서 감정에 휩쓸려 자제력을 잃기 전에 제가 결혼하려는 이유를 설명하고, 나아가 제가 배우자를 찾으려는 의도로, 정말 그런 의도였습니다, 하트퍼드셔를 찾아왔다는 점을 말씀드리는 게 현명할 것 같습니다."

엘리자베스는 근엄하고 태연자약한 콜린스 씨가 감정에 휩쓸린다는 상상만으로도 터져나오려는 웃음을 간신히 참느라, 그가 잠시 틈을 보인 순간에 저지하지 못했고, 결국 그가 다시 얘기를 시작하고 말았다.

"제가 결혼하려는 이유는 첫째, (저처럼) 환경이 안락한 성직자라면 교구에서 결혼 생활의 모범을 보이는 게 바른 처신이라고 생각하기 때문입니다. 둘째, 결혼을 하게 되면 제 행복이 더욱 증진되리라 확신하기 때문입니다. 그리고 셋째, 이 점은 좀더 일찍 말씀드려야 했습니다만, 영광스럽게도 제 후견인이라고 말씀드렸던 고매하신 귀부인의 각별한 충고와 권유가 있었기 때문입니다. 황송하게도 귀부인께서 이 문제에 관해 제게 두 차례나 의견을 밝히셨습니다. (여쭙지도 않았는데 말이죠!) 제가 헌스퍼드를 떠나기 직전 토요일이었지요. 쿼드릴 카드 게임을 하다가 젱킨슨 부인이 드 버그 양의 발판을 조절해드리던 중이었는데, 귀부인께서 이렇게 말씀하셨습니다. '콜린스 씨, 결혼하세요. 당신 같은 성직자는 반드시 결혼해야 합니다. 적절한 신붓감을 고르세요. 나를 위한다면 숙녀를 고르고, 당신 자신을 위한다면 도움이 될 만한 적극적인 사람을 고르세요. 고상하게 자란 아가씨 말고 적은 수입이라도 제대로 관리할 수 있는 사람을요. 이게 내 충고입니다. 되도록 빨리 그런 여자를 찾아서 헌스퍼드로 데려오세요. 내가 직접 만나보죠.' 하지만 아름다운 사촌, 말이 나온 김에 말하자면, 캐서린 귀부인의 그런 관심과 호의는 제가 당신에게 선물할 수 있는 이득 중에서도 결코 하찮은 이득에 속하지 않습니다. 귀부인의 기품이 제 설명을 넘어선다는 점을 알게 될 겁니다. 그러니 당신의 위트와 쾌활한 성격은 분명 귀부인의 마음에 들 겁니다. 특히 그런 성격이 귀부인의 지위가 불러일으키기 마련인 침묵과 존경으로 잘 조절된다면 말입니다. 결혼을 하려는 전반적인 제 의도와 이유는 이 정도로만 얘기하겠습니다. 이제 제가 왜 상냥한 아가씨들이 많은 제 이웃이 아니라 롱본을 염두에 두고 신붓감을 찾으러 왔는지 말씀드릴 일만 남았습니다. 그건 다름아니라, 당신의 존경하는 아버님께서 돌아가시게 되면 (물론 저는 장수하시기를 기원합니다만) 바로 제가 이곳 재산을 상속받기 때문에 따님들 가운데 한 분을 골라 아내로 삼겠다고 결심하지 않는다면 제 마음이 결코 편할 수 없답니다. 그리고 그렇게 되면 우울한 불상사가 실제로 벌어졌을 때 가족분들이 느낄 상실감도 최대한 줄어들 것입니다. 어쨌든 그런 일은 제가 이미 말씀드린 대로 먼 훗날의 일이겠지요. 아름다운 사촌, 이상이 제 청혼 동기입니다. 그리고 저는 그런 동기 때문에 당신이 저를 평가절하하지 않으리라 자부합니다. 이제 제 격정적인 애정이 빚어낸 가장 힘찬 말로 다음 사실을 분명히 말씀드리는 것 말고는 남은 말이 없습니다. 저는 맹세코 재산에는 관심이 없습니다. 그러니 아버님께 그와 관련된 어떤 요구도 하지 않을 겁니다. 그런 요구가 수락될 수 없음을 너무 잘 알고 있기 때문입니다. 사 퍼센트의 투자 수익이 붙는 천 파운드가 앞으로 당신이 물려받을 가능성이나마 있는 금액의 전부겠지요. 그조차 어머님께서 세상을 떠나시기 전까지는 당신의 차지가 될 수 없고요. 그러니 저는 그 문제에 대해서는 한결같은 마음으로 침묵하겠습니다. 우리가 결혼하게 되면 너그럽지 못한 어떠한 책망의 말도 제 입에서 나오지 않을 테니 안심하시기 바랍니다."

이제는 절대적으로 그의 말을 저지할 필요가 있었다.

"너무 성급하시네요, 콜린스 씨." 그녀가 외쳤다. "제가 아무런 대답도 하지 않았다는 걸 잊으셨군요. 더이상 시간 낭비 않으시도록 즉시 대답하겠습니다. 우선 저를 높이 쳐주신 점 감사드립니다. 청혼이 얼마나 영광스러운 일인지 잘 알고 있으나 저는 그 청혼을 거절할 수밖에 없습니다."

"이미 알고 있습니다." 의례적으로 손사래를 치며 콜린스 씨가 말했다. "남자가 처음 호의를 표하며 접근하면, 대개 젊은 숙녀들은 속으로는 받아들일 마음이 있으면서도 일단 거절부터 한다지요. 가끔은 두 차례 혹은 세 차례나 거절이 반복되고요. 그러니 방금 전의 거절에 낙담하지 않겠습니다. 머지않아 당신을 결혼식 단상으로 인도하게 될 것이라고 희망하겠습니다."

"세상에, 콜린스 씨." 엘리자베스가 소리쳤다. "제 의사를 똑똑히 밝혔는데도 그런 희망을 품으시다니 참 이상하시네요. 분명히 말씀드리지만, 저는 두 번씩이나 청혼이 반복될 가능성에 제 행복을 걸 만큼 대담한 아가씨(그런 아가씨가 정말로 있는지는 몰라도요)가 못 됩니다. 제 거절은 정녕코 진심입니다. 콜린스 씨는 저를 행복하게 해줄 수 없습니다. 그리고 저 또한 콜린스 씨를 행복하게 해주는 일과 가장 거리가 먼 여자라고 확신하고요. 그래요, 아마 콜린스 씨의 후견인이신 캐서린 귀부인께서 저를 만나신다면 제가 모든 점에서 콜린스 씨의 아내로 부적격하다고 생각하실 것이 확실합니다."

"캐서린 귀부인께서 그렇게 생각하실 것이 확실하다 해도, 당신을 인정하지 않으실 리 없습니다." 콜린스 씨가 진지하게 말했다. "제가 그분을 다시 뵙는 영광을 누리게 될 때 당신의 겸손함과 알뜰함, 상냥한 성품에 대해 최고의 찬사를 올릴 것을 확신해도 좋습니다."

"진심입니다, 콜린스 씨. 저에 대한 그 찬사들은 다 필요 없습니다.

제 평가는 제가 하도록 해주세요. 정 찬사를 보내시겠다면, 그저 제가 드리는 말씀을 믿겠다고만 해주세요. 저는 콜린스 씨가 지극히 행복한 삶을 살고 대단한 부자가 되기를 바랍니다. 그러니 이 청혼을 거절하는 일이야말로 콜린스 씨가 그 반대의 상황에 놓이게 되는 걸 막기 위해 제가 할 수 있는 전부일 겁니다. 콜린스 씨는 제게 청혼하신 것으로 저희 가족을 충분히 세심하게 배려하고 있음을 보여주셨으니 이곳 롱본의 재산이 언제 콜린스 씨의 수중에 떨어지든 자책 말고 소유하시면 됩니다. 자, 이제 이 문제는 최종 결론이 난 것으로 생각해도 되겠죠." 이렇게 말하면서 엘리자베스는 자리에서 일어났는데, 콜린스 씨의 이 말이 아니었다면 곧장 방을 나갔을 것이다.

"다음에 이 문제를 다시 얘기할 수 있는 영광을 누리게 된다면, 지금 주신 답변보다 더 호의적인 답변을 기대하겠습니다. 물론 방금 주신 냉정한 답변을 책망할 생각은 없습니다. 처음 청혼을 받았을 때 우선은 거절하고 보는 게 여성들의 관습이란 걸 아니까요. 여성 특유의 섬세한 성품에 부합하면서도 제 청혼을 재촉하고 싶은 굴뚝같은 마음으로 그런 말씀을 하셨다는 것도 알고요."

"정말, 콜린스 씨." 엘리자베스가 다소 흥분하며 소리쳤다. "저를 몹시 당황스럽게 만드시네요. 지금까지 말씀드린 내용을 청혼을 재촉하는 말로 들으셨다면, 대체 어떻게 해야 제 거절이 진심이라고 확신하시겠어요?"

"친애하는 사촌, 제가 사촌이 청혼을 거절한 게 그저 말뿐이라고 당당하게 자신하는 걸 받아들이셔야 합니다. 제가 그렇게 믿는 이유를 간단히 말하자면 이렇습니다. 우선 제 청혼이 당신이 받아들이지 못할 만큼 무가치한 것이 아니라는 점이죠. 제가 제안한 안정된 생활이 더없이 바람직한 것이 아닐 이유도 없고요. 제 생활 형편과, 드 버그 가문과 저의 관계와, 이곳 가족과 저의 관계 등을 고려하면 제게 더할 나위 없이 유리한 상황이지요. 당신이 많은 장점을 갖고 있지만 앞으로 다른 청혼이 들어올지는 결코 확신할 수 없음을 반드시 심사숙고하셔야 합니다. 유감스럽지만 상속 지분이 너무 적어 사랑스럽고 상냥하다는 장점이 빚어내는 효과마저 무색해질 겁니다. 그러니 저로서는 제 청혼에 대한 당신의 거절이 본심이 아니리라 결론지을 수밖에요. 그리고 우아한 숙녀들이 늘 하는 관행대로 괜히 마음을 졸이게 해 제 사랑을 조금 더 키우려는 바람이라고 해석하겠습니다."

"분명히 말씀드립니다, 콜린스 씨. 저는 점잖은 신사를 괴롭히는 그런 우아함을 갖추었다고 뽐낼 수 없는 사람입니다. 제게 찬사를 보내시려거든 차라리 제 진심을 믿어주세요. 콜린스 씨가 제게 해주신 청혼이라는 영광은 거듭거듭 감사드립니다. 하지만 그걸 수락하는 일은 절대로 불가합니다. 모든 점에서 제 감정이 그걸 말리고 있습니다. 좀더 쉬운 말로 해볼까요? 이제는 저를 콜린스 씨를 애태우기로 작정한 우아한 숙녀로 생각하지 마시고, 가슴속에서 우러나오는 진심을 말하는 이성적인 존재로 생각해주세요."

"어쩌면 그렇게 시종일관 매력적일 수 있는지!" 어색하지만 정중한 태도로 그가 외쳤다. "훌륭하신 부모님의 확실한 권위에 의해 재가를 받는다면 제 청혼이 틀림없이 받아들여지리라 확신합니다."

콜린스 씨가 고집스러운 자기기만으로 그토록 집요하게 구는 모습에 엘리자베스는 아무런 대응을 하지 않고 말없이 방을 나가버렸다. 그녀는 자신이 거듭 거절해도 그가 이를 계속 아양을 떨며 자신을 부추기는 것으로 여긴다면 아버지의 도움을 받으리라 마음먹었다. 아버지라면 결정적인 답변으로 여겨질 만큼 단호하게 거절할 테고, 아버지의 그런 언행은 최소한 우아한 숙녀가 부리는 가식이나 교태로 오인될 리가 없으니 말이다.

20

콜린스 씨는 성공적인 사랑에 대해 묵묵히 생각하며 오래 앉아 있을 수만은 없었다. 홀에서 두 사람이 나눈 대화의 결과를 기다리며 안절부절못하고 서성이던 베넷 부인이 엘리자베스가 문을 열고 나와 빠른 걸음으로 자기를 지나쳐 계단 쪽으로 사라지자마자 조찬실 안으로 득달같이 달려들어왔다. 그녀는 안으로 들어서면서 이제 콜린스 씨와는 더 가까운 가족이 된다는 기대를 기쁘게 밝히고는 흥분한 말투로 그와 그녀 자신에게 바치는 축하 인사를 건넸다. 인사를 받은 콜린스 씨 역시 기뻐하며 답례하고는 엘리자베스와 나눈 대화 내용을 부인에게 자세히 전했다. 사촌이 일관되게 청혼을 거절했는데, 수줍음 많은 겸손한 성격이자 진정으로 섬세한 성품을 가진 그녀로서는 자연히 그럴 수밖에 없었을 것 같아 그는 그 결과에 만족하지 않을 이유가 없다고 했다.

그러나 이 설명을 들은 베넷 부인은 혼비백산 놀랐다. 딸이 콜린스 씨의 청혼을 거절한 게 그의 말처럼 상대방을 부추기려는 의도로 한 행동이라면 그녀도 그처럼 만족스럽고 기뻤을 것이다. 하지만 그렇게 믿을 수 없었던 그녀는 그런 점을 콜린스 씨에게 말하지 않을 수 없었다.

"제 말을 믿어주세요, 콜린스 씨." 그녀가 덧붙였다. "리지는 정신을 차릴 겁니다. 제가 직접 그애에게 이 문제를 말해볼게요. 리지는 엄청 고집스럽고 어리석은 애랍니다. 자기한테 뭐가 이익인지도 몰라요. 하지만 제가 그걸 알게 만들게요."

"말씀을 막아서 죄송합니다만, 부인." 콜린스 씨가 소리쳤다. "만약 따님이 그렇게 고집스럽고 어리석다면 결혼 생활에서 자연스러운 행복을 찾으려는 저 같은 사람에게 정말로 바람직한 아내가 될지 알 수 없겠군요. 그러니 따님이 진정 제 청혼을 거절한 것이라면, 그걸 받아들이라고 강요하지 않는 편이 낫겠습니다. 그렇게 성격적 결함의 여지가 있다면, 따님이 제 행복에 큰 도움이 되지 못할 테니까요."

"콜린스 씨, 제 말을 완전히 오해하셨어요." 베넷 부인이 깜짝 놀라 말했다. "리지는 이런 일에서만 고집불통이랍니다. 그 밖의 다른 일에서는 누구 못지않게, 최고로 심성이 고운 애예요. 제가 지금 당장 베넷 씨에게 갈게요. 그러면 당장에 엘리자베스 문제를 해결할 수 있을 거예요."

그녀는 콜린스 씨에게 대답할 틈을 주지 않으려고 부랴부랴 남편에게 달려갔고, 서재로 들어서면서 큰 소리로 외쳤다.

"이봐요, 베넷 씨! 지금 당장 당신이 필요해요. 지금 아주 난리가 났어요. 빨리 오셔서 리지가 콜린스 씨와 결혼하게 해주세요. 그애가 그 사람과 결혼을 안 하겠다고 했다지 뭐예요. 당신이 서두르지 않으면 콜린스 씨가 마음을 바꿔 그애를 아내로 맞지 않을 거예요."

베넷 씨는 부인이 들어오자 책에서 시선을 떼며 차분하고 무심한 표정으로 그녀를 바라보았다. 부인의 말에도 미동조차 없는 표정이었다.

"대체 무슨 말을 하는지 알 수가 없군." 부인이 말을 마치자 그가 말했다. "무슨 말을 하는 거요?"

"콜린스 씨와 리지 얘기예요. 리지가 콜린스 씨의 청혼을 받아들이지 않겠다고 선언했고, 콜린스 씨도 리지를 아내로 맞이하지 않겠다는 의사를 밝히려그 한다고요."

"그래서 어떻게 하라는 거요? 가망 없는 일 같은데."

"당신이 직접 리지에게 말씀 좀 해보세요. 콜린스 씨와 결혼하라고요."

"리지를 내려오라고 해요. 내가 할말이 있다고."

베넷 부인이 벨을 울렸고, 엘리자베스가 서재로 불려왔다.

"이리 와라, 애야." 딸이 나타나자 아버지가 큰 소리로 말했다. "중요한 일로 널 불렀다. 콜린스 씨가 네게 청혼했다던데, 그게 사실이냐?" 엘리자베스는 그렇다고 대답했다. "잘 알겠다. 그래, 그 청혼을 거절했다고?"

"네, 그랬어요, 아버지."

"잘 알겠다. 이제 본론을 말하마. 네 엄마는 네가 그 청혼을 받아들여야 한다고 고집하지. 안 그래요, 베넷 부인?"

"그래요. 아니면 앞으로 저애를 다시는 안 보겠어요."

"불행한 선택이 네 앞에 놓여 있구나, 엘리자베스. 오늘 이후로 넌 부모 중 한 사람과 남남이 되는구나. 만약 네가 콜린스 씨와 결혼을 안 한다면 네 엄마가 너를 다시는 안 볼 테고, 만약 그 결혼을 한다면 내가 널 다시는 안 볼 테니."

엘리자베스는 아버지 특유의 방식으로 시작된 이야기가 아버지 특유의 방식으로 끝나자 미소를 머금지 않을 수 없었다. 하지만 남편이 자신이 원하는 대로 일을 처리해주리라 자신하던 베넷 부인은 극도로 실망했다.

"아니, 베넷 씨, 그런 식으로 말씀하시다니 대체 무슨 소리예요? 얘한테 콜린스 씨와 결혼하라고 강권하기로 약속했잖아요."

"여보." 남편이 대답했다. "당신에게 두 가지 소소한 부탁이 있어. 첫째는 이번 일에서 내 판단력을 내 마음대로 쓸 수 있게 해줘요. 둘째는 내 공간에 관한 것인데, 제발 되도록 빨리 서재에 나 혼자만 있게 해주면 좋겠어."

그러나 남편에게 실망했음에도 베넷 부인은 자기주장을 포기하지 않았다. 그녀는 엘리자베스에게 같은 얘기를 몇 번이고 되풀이했고, 태도를 바꿔가며 구슬리기도 하고 협박하기도 했다. 그리고 그녀는 제인까지 끌어들여 도움을 요청하려고 애썼다. 하지만 제인은 최대한 완곡하게 개입을 거절했다. 엘리자베스는 때로는 진심으로 때로는 장난기 섞인 쾌활한 태도로 엄마의 공격에 응수했다. 이처럼 태도는 다양하게 변했지만 결심만은 요지부동이었다.

그러는 동안 콜린스 씨는 앞서 일어난 일을 홀로 곰곰이 되새겨보았다. 그는 자신을 지극히 대단하게 여기고 있어서 사촌이 어떤 동기에서 자신을 거절한 것인지 도무지 이해할 수가 없었다. 자존심에 상처를 입긴 했지만 별다른 괴로움은 없었다. 엘리자베스에 대한 자신의 호감이 적잖이 공상적이었던 듯했고, 딸에 대한 어머니의 책망이 맞을 수도 있겠다 싶어 유감스럽지도 않았다.

가족들이 이처럼 난리법석을 피우고 있는 가운데 때마침 샬럿 루커스가 놀러왔다. 현관에서 그녀를 본 리디아가 곧바로 달려가 반쯤 속삭이는 소리로 말했다. "언니, 잘 왔어. 지금 우리집에 아주 재미난 일이 벌어졌거든! 오늘 아침에 무슨 일이 일어났게? 콜린스 씨가 리지 언니에게 청혼했는데, 언니가 거절했지 뭐야."

샬럿이 뭐라고 대답하기도 전에 키티가 나타나 리디아와 같은 소식을 전했다. 베넷 부인이 홀로 앉아 있는 조찬실로 세 사람이 들어가자 부인이 또다시 결혼 문제를 거론하기 시작했다. 그녀는 루커스 양의 동정을 구하며 친구인 리지가 제발 가족 모두의 바람에 응하도록 설득해달라고 간청했다. "루커스 양, 제발 부탁해." 베넷 부인이 침울한 말투로 덧붙였다. "내 편을 들어주는 사람이 하나도 없다니까. 내 편은 아무도 없어. 다들 나를 냉정하게 푸대접하고, 가엾은 내 신경을 불쌍히 여기는 사람이 없어."

샬럿이 대답하려는 찰나에 제인과 엘리자베스가 들어왔다.

"그래, 마침 저기 오네." 베넷 부인이 계속해서 말했다. "저 태연한 표정 좀 봐. 저애는 자기 멋대로 할 수만 있다면, 우리가 어디 요크시에라도 가 있는 듯 식구들한테는 신경도 안 쓰는 애야. 하지만 리지, 이 말은 꼭 해야겠다. 이런 식으로 들어오는 청혼을 모두 거절해버리면 평생 남편 구경도 못할 거다. 분명히 말하는데, 아버지가 돌아가시고 나면 누가 널 먹여 살리겠니. 나는 널 부양할 능력이 없어. 그러니 경고야. 오늘 이후로 너랑 나는 끝났어. 너도 아까 서재에서 들어 알겠지만, 너랑 다시는 얘기 안 할 거다, 두고 봐라. 나는 불효막심한 자식과 얘기 안 해…… 내가 원래 다른 사람과 얘기하는 걸 좋아하는 사람도 아니고.

나처럼 신경쇠약 증세로 고생하는 사람은 얘기 나누는 것을 그다지 좋아하지 않아. 내가 어떤 고통을 겪고 있는지 아무도 모른다니까! 하지만 늘 그래. 불평을 늘어놓지 않으면 누구도 동정하지 않지.”

딸들은 쏟아져나오는 엄마의 푸념을 묵묵히 듣고만 있었다. 엄마를 설득하거나 달래려고 했다가는 오히려 화만 돋우게 된다는 사실을 잘 알고 있었기 때문이다. 따라서 베넷 부인은 아무런 방해도 받지 않고 계속 말을 쏟아냈고 콜린스 씨가 방에 들어오고 나서야 비로소 말을 멈췄다. 그는 평소보다 훨씬 더 당당한 태도로 방에 들어왔다. 그를 보고 부인이 딸들에게 말했다.

“자, 이제부터 너희에게 명령하겠다. 모두들 입다물고 있어. 콜린스 씨와 나눌 얘기가 있으니.”

엘리자베스는 조용히 방을 나갔고 제인과 키티가 그 뒤를 따랐다. 하지만 리디아는 대화 내용을 최대한 엿듣겠다고 마음먹었는지 자리를 그대로 지켰다. 샬럿은 처음에는 콜린스 씨가 그녀와 그녀의 모든 가족을 염두에 두고 무척 세심하게 안부 인사를 건넸기 때문에 그의 정중한 인사를 받느라고 그냥 머물러 있다가, 호기심이 살짝 동해서 두 사람의 대화를 안 듣는 척 창가로 가 서 있기로 했다. 베넷 부인은 서글픈 목소리로 미리 준비해둔 대화를 시작했다. “아아! 콜린스 씨!……”

“친애하는 부인.” 그가 대답했다. “이번 일은 영원히 거론하지 말기로 합시다.” 그는 불쾌감이 잔뜩 밴 목소리로 이야기를 이어나갔다. “따님의 행동에 화를 내는 것은 제 성격과 거리가 먼 일입니다. 불가피한 불운이라면 체념은 우리 모두의 의무지요. 특히 저처럼 이른 나이에 자리를 잡을 만큼 운이 좋은 젊은이에게는요. 저는 제가 체념했다고 믿습니다. 아름다운 사촌이 영광스럽게 제 청혼을 받아들였다 해도 과연 제가 전적으로 행복할 수 있을지 의구심이 든 점도 간과할 수 없겠지요. 저는 거절된 축복이 우리의 판단 속에서 어느 정도 가치를 잃기 시작할 때보다 체념이 더 완벽해질 수 있는 순간은 없다는 점을 종종 주목해왔습니다. 바라건대, 부인, 부인과 베넷 씨께 저를 위해 부모의 권위를 행사해서라도 개입해주십사 부탁을 드리지 않고, 따님의 허락을 구하다 이렇게 철회한다고 해서 부인의 가족분들께 결례를 범할 뜻은 결코 없음을 헤아려주십시오. 부인의 입이 아니라 따님의 입을 통해 직접 거절당한 것인데, 그 거절을 즉각 받아들인 제 행동이 달갑지 않으실지 모르겠습니다. 하지만 우리 모두는 실수를 저지르기 마련입니다. 저는 분명히 이번 일의 모든 과정을 좋은 의도로 추진했습니다. 제 목적은 제게 맞는 상냥한 짝을 찾는 것이었습니다. 부인의 가족들의 이익을 적절히 고려하면서 말입니다. 하지만 그동안 제 태도에 조금이라도 비난의 여지가 있었다면 지금 이 자리에서 사과드리고 용서를 빌겠습니다."

21

　콜린스 씨의 청혼에 관한 논의는 이제 거의 끝이 났고, 엘리자베스는 이런 일에 반드시 따라붙게 마련인 불편한 감정과 가끔씩 터져나오는 엄마의 심술궂은 말만 감당하면 됐다. 신사 쪽에 대해 말한다면, 그는 당황하거나 낙심하거나 엘리자베스를 피하는 식이 아니라 주로 뻣뻣한 태도와 앵돌아져 입을 다무는 것으로 자신의 기분을 표출했다. 그는 엘리자베스에게는 거의 말을 붙이지 않았으며, 저 혼자만 그토록 의식하던 그녀에 대한 열렬한 관심을 그날 나머지 시간 동안 루커스 양에게로 옮겼다. 콜린스 씨의 말을 예의바르게 들어준 루커스 양의 태도가 가족 모두에게 시의적절한 구원인 셈이었는데, 친구인 엘리자베스에게는 특히나 그랬다.

다음날에도 베넷 부인의 안 좋은 기분과 안 좋은 건강은 나아지지 않았다. 콜린스 씨 역시 자존심이 상해 화가 난 상태였다. 엘리자베스는 그가 화도 났으니 서둘러 떠나기만을 기대했지만 그의 계획에는 아무런 영향도 미치지 않은 듯했다. 그는 줄곧 토요일에 떠날 예정이라고 말했으며, 실제로도 토요일까지 계속 머물 생각이었다.

아침식사가 끝나자 자매들은 위컴 씨가 돌아왔는지 알아볼 겸 그가 네더필드 무도회에 불참한 일에 대한 아쉬움을 전할 겸 메리턴까지 나들이를 나갔다. 메리턴에 들어서자마자 그들은 위컴 씨를 바로 만나게 되어 함께 이모 댁으로 갔다. 그곳에서 그는 유감스럽고도 속상한 마음을, 모두는 자신들이 염려했음을 충분히 이야기했다. 하지만 그는 엘리자베스에게만큼은 무도회에 불참했던 것이 실은 자발적인 일이었음을 시인했다.

"무도회 날이 다가올수록 다아시 씨를 만나지 않는 게 좋겠다는 생각이 들었습니다. 다아시 씨와 같은 모임에 참석해 오래 함께 있는 건 제 인내의 한계를 넘어서는 일이고, 저보다도 다른 사람에게 불쾌감을 줄 수도 있어서요."

그녀는 그의 자제심을 크게 칭찬했다. 롱본으로 돌아가는 길에는 장교 하나와 위컴이 동행했는데, 걷는 내내 위컴은 특별히 엘리자베스의 옆자리를 지켰기 때문에, 두 사람은 여유롭게 그 일에 관해 충분히 얘기를 나누고 예의를 차리며 서로에게 온갖 찬사를 바칠 수 있었다. 그의 동행에는 두 가지 이점이 따랐다. 우선 그녀는 그런 동행에서 위컴이 표하는 경의를 느낄 수 있었다. 또하나, 부모님께 그를 소개하기에도 꽤나 괜찮은 기회였다.

집으로 돌아온 지 얼마 안 됐을 때 제인 베넷 양 앞으로 편지 한 통이 배달되었다. 네더필드에서 보낸 편지로 즉시 열어보니 광택이 나는 조그맣고 우아한 편지지 한 장이 들어 있었고, 거기에 예쁘고 유려한 숙녀 필체의 글이 적혀 있었다. 엘리자베스는 편지를 읽는 언니의 얼굴빛이 변하고 특정 구절에서는 골똘히 생각에 잠기는 모습을 보았다. 제인은 이내 정신을 가다듬고 편지를 내려놓고는 평상시의 쾌활한 태도를 되찾으며 사람들과의 대화에 끼려고 애썼다. 하지만 엘리자베스는 위컴에 대한 관심까지 사라질 정도로, 그 일이 몹시 마음에 걸렸다. 위컴과 동료 장교가 떠나자 제인은 즉각 엘리자베스에게 위층까지 따라오라고 눈짓을 보냈다. 두 사람의 방에 들어오자마자 제인이 편지를 꺼내며 말했다.

"캐럴라인 빙리가 보낸 편지야. 그 내용 때문에 깜짝 놀랐어. 지금쯤 빙리 씨 가족 모두가 네더필드를 떠나 런던으로 가는 중일 거야. 다시 돌아온다는 계획도 없이 말이야. 여기 빙리 양이 한 말 좀 들어봐."

그러면서 그녀는 첫번째 문장을 큰 소리로 읽었다. 빙리 자매가 빙리 씨의 뒤를 따라 곧바로 런던으로 가기로 방금 전 결정했다는 소식을 전하는 내용이었다. 그날 저녁식사를 허스트 씨의 집이 있는 그로스브너 스트리트에서 할 예정이라는 것이다. 그다음 내용은 이랬다. "하트퍼드셔에 남겨놓고 가는 것들은 아무것도 아쉽지 않아요, 우리가 너무나 사랑하는 제인 양과 함께했던 시간만 빼고요. 하지만 언젠가 함께했던 즐거운 친교를 되살리며 즐길 수 있게 되기를 바랄게요. 그동안 자주 기탄없이 편지를 주고받으며 이별의 고통을 덜기로 해요. 그렇게 해주시리라 믿어요." 엘리자베스는 이렇게 잔뜩 부풀려진 표현들이 미덥지 않아 냉담하게 들었고, 빙리 가족이 그토록 갑작스럽게 떠났다는 사실이 놀랍기는 했지만 그걸 진심으로 아쉬워할 이유는 없었다. 네더필드를 떠났다고 해서 빙리 씨가 그곳에 다시 오지 않으리라 생각할 까닭도 없었다. 빙리 자매와의 친교 모임이 사라진 것에 대해 언니가 느낄 애석함도 빙리 씨와 단둘이 즐거운 시간을 보내게 되면 이내 사라질 거라는 확신도 들었다.

"유감스럽기는 하네." 잠시 뜸을 들이다 그녀가 말했다. "그들이 이곳을 떠나기 전에 언니를 만나지 못한 것 말이야. 하지만 빙리 양이 고대하고 있다는 미래의 행복한 시간이 생각보다 빨리 올 수도 있잖아? 그리고 친구 사이로 함께했던 즐거운 시간이 이제는 시누이올케 사이로 더 큰 만족을 느끼며 새롭게 시작되지 않을까? 빙리 씨는 누이들 때문에 런던에 계속 붙잡혀 있을 사람이 아니야."

"이번 겨울에는 누구도 하트퍼드셔로 돌아오지 않을 거라고 캐럴라인이 똑똑히 말했어. 그 내용을 읽어줄게.

오라버니는 어제 런던으로 떠나면서 그곳의 볼일이 사나흘이면 끝날 거라고 생각했지만, 우리는 그게 불가능하다고 확신한답니다. 그리고 찰스 오라버니는 한번 런던에 가면 서둘러 돌아오는 법이 없어서 우리도 그를 따라가기로 결정한 거예요. 오라버니가 남는 시간을 호텔에서 쓸쓸히 보내지 않게끔 하려고요. 이미 우리의 많은 친구들이 이번 겨울을 함께 나겠다고 런던에 와 있답니다. 사랑하는 제인 양, 제인 양이 우리 무리에 속하고 싶어한다는 소식을 듣게 되면 좋을 것 같아요. 하지만 기대하기 어렵겠죠. 어쨌든 하트퍼드셔의 크리스마스 시즌이 늘 그렇듯 즐거운 일들로 가득하기를 진심으로 기원할게요. 그리고 멋진 연인을 많이 만나서 우리가 빼앗아가는 이 세 분에 대한 상실감이 들지 않기만을 바랍니다."

"이 내용을 보면 확실하잖니." 제인이 덧붙였다. "빙리 씨가 이번 겨울에는 더이상 안 돌아올 게 분명해."

"빙리 양이 오빠가 돌아가서는 안 된다고 생각한다는 점이 확실하겠지."

"왜 그렇게 생각하니? 틀림없이 빙리 씨 자신의 선택일 거야. 그분은 남의 말에 휘둘리지 않아. 아무튼 네가 다 아는 건 아니니까. 내게 특히 상처 준 구절을 읽어줄게. 너한테 숨길 게 뭐가 있겠니." "다아시 씨가 여동생을 무척 보고 싶어한답니다. 진실을 고백하자면, 우리도 다아시 씨 못지않게 다아시 양을 다시 만나기를 열망하고요. 정말이지 미모와 품위와 교양 면에서 조지애나 다아시 양에 필적할 숙녀는 없을 거예요. 게다가 다아시 양이 루이자 언니와 내게 불어넣은 애정이 더욱 흥미롭게 고조되고 있답니다. 앞으로 우리와 한 가족이 된다는 희망을 품고 있기 때문이겠죠. 전에 제인 양에게 이런 제 생각을 말한 적이 있나 모르겠군요. 어쨌든 이곳을 떠나기에 앞서 털어놓고 가지 않을 수 없네요. 제인 양도 내 생각이 터무니없다고 여기지는 않으리라 믿어요. 우리 오라버니는 여전부터 다아시 양을 무척 좋아했고, 다아시 양의 가족도 우리 가족만큼이나 두 사람이 맺어지기를 바라고 있어 이제는 더없이 친한 사이가 되어 자주 만날 기회를 가질 거예요. 사실 오라버니가 어떤 여성의 마음이든 사로잡는 능력이 빼어난 남자라고 해도, 제가 누이라서 편드는 마음에 잘못 하는 말은 아닐 거예요. 모든 상황이 그 두 사람의 사랑에 유리하게 작용하며 방해가 될 것은 아무것도 없는데, 제가 많은 사람들에게 행복을 가져다줄 이런 일을 기대하며 기뻐하는 게 잘못된 일일까요, 제인 양?"

"리지, 이 문장을 어떻게 생각해?" 편지를 다 읽고 난 제인이 말했다. "이 정도면 충분히 확실하지 않니? 캐럴라인이 나를 자기 새언니로 기대하지도 원하지도 않는다고 명백히 선언하는 것 아니겠어? 자기 오빠의 무관심을 전적으로 확신하면서 그를 향한 내 감정의 성격을 의심하고 내게 조심하라고 (너무 친절하게도!) 경고하는 것 아니겠니? 여기에 다른 해석이 있을 수 있을까?"

"응, 가능해. 내 생각은 완전히 달라. 들어볼래?"

"듣고말고."

"짧게 말할게. 빙리 양은 자기 오빠가 언니를 사랑한다는 사실을 알고 있어. 하지만 그가 다아시 양과 결혼하기를 바라지. 런던까지 오빠를 따라간 건 그를 그곳에 묶어두려는 속셈이 있어서야. 그러면서 그가 언니에게 관심이 없다고 언니가 믿게끔 만들려고 애쓰는 거고."

제인이 고개를 저었다.

"정말이야, 언니, 내 말을 믿어. 언니와 빙리 씨가 함께 있는 모습을 본 사람이라면 누구도 그분의 애정을 의심할 수 없어. 내 생각으로는 빙리 양도 그럴걸. 그 정도로 바보는 아니거든. 그녀는 다아시 씨가 자기 오빠가 가진 애정의 절반만 보여줬어도 당장 결혼 예복부터 주문했을걸. 어쨌든 사실은 이래. 그들에게 우리 집안은 재산도 지위도 보잘것없는 거야. 그러니 빙리 양이 다아시 양을 오빠의 짝으로 삼고 싶어 더 안달이 난 거겠지. 일단 두 집안 간에 **첫번째** 결혼이 성사되면, 두 번째 결혼 또한 어렵지 않게 성사될 수 있으리라는 기대감에서. 확실히 빙리 양의 그런 생각에는 영악한 측면이 있어. 드 버그 양만 걸림돌이 안 된다면 성공할 것 같기도 하고. 하지만, 사랑하는 제인 언니, 빙리 양이 자기 오빠가 다아시 양을 무척 좋아한다고 말했다고 해서, 그가 화요일에 언니와 작별할 때보다 언니의 매력을 조금이라도 덜 느끼고 있다는 심각한 상상은 안 하겠지. 제 오빠를 설득해서, 그가 언니를 사랑하는 게 아니라 제 친구를 사랑하는 거라고 믿게끔 만들 능력이 빙리 양에게 있다고 상상하는 것도 아닐 테고."

"빙리 양에 대한 우리 둘의 생각이 같다면, 네 설명으로 내 마음이 무척 편해졌을 거야." 제인이 말했다. "하지만 네 설명의 근거가 옳지 않은걸. 캐럴라인은 그렇게 누군가를 의도적으로 속일 사람이 아니야. 이번 일에서 나는 그저 캐럴라인이 잘못 알고 있기만을 바랄 뿐이야."

"맞는 말이야. 언니가 내 설명에서 위안을 못 찾으니 그보다 더 만족스러운 설명은 생각해낼 수 없겠지. 그래, 빙리 양의 착각이라고 믿어. 그러면 그녀에 대한 의리는 지키는 셈이니까 더이상 초조해하지 마."

"하지만, 사랑하는 동생아, 과연 내가 최선의 상황만 상상하며 행복할 수 있을까? 그 사람의 누이들도 친구들도 모두 그가 나 아닌 다른 여자와 결혼하기를 바라고 있는데, 그런 남자를 받아들일 수 있을까?"

"그건 언니 스스로 판단해야 해." 엘리자베스가 말했다. "신중히 숙고

한 결과, 빙리 씨 누이들의 뜻을 거스르는 고통이 그분의 아내가 되는 행복보다 더 중요하다면 당연히 그분을 거절하라고 충고하겠어.”

“어떻게 그런 말을 할 수 있니?” 제인이 엷은 미소를 띠며 말했다. “빙리 자매가 나를 인정하지 않는 건 슬프지만, 내가 결단을 못 내리고 망설이고 있을 수만은 없다는 걸 너도 잘 알면서.”

“나도 언니가 그럴 거라고는 생각하지 않아. 사정이 그렇다면 언니가 처한 상황을 크게 동정할 일도 없고.”

“하지만 그가 이번 겨울에 더이상 돌아오지 않는다면 그런 선택을 해야 할 일도 없겠지. 여섯 달이면 무척 많은 일들이 일어날 수 있으니까!”

엘리자베스는 빙리 씨가 돌아오지 않으리라는 언니의 생각을 되도록 대수롭지 않게 여겼다. 그녀가 보기에 그런 생각은 그저 캐럴라인의 이해관계가 얽힌 희망사항 같았고, 그것을 대놓고 말하든 교묘히 돌려서 말하든, 누구에게도 전혀 의존할 필요가 없는 젊은 남자에게 영향을 줄 리 만무했다.

그녀는 이 일에 대해 느낀 점을 최대한 설득력 있는 말투로 언니에게 설명했고 그런 설명이 빚어낸 행복한 효과가 곧장 나타나자 기뻤다. 제인은 원래 낙담을 잘 하는 성격이 아니어서 점차 빙리 씨가 네더필드로 돌아와 모든 바람을 충족시켜주리라 희망하는 쪽으로 마음이 기울기 시작했다. 물론 애정에 대한 확신은 부족해 가끔 그 희망이 무력해지기도 했다.

두 자매는 엄마에게는 빙리 가족이 런던으로 떠났다는 얘기만 하기로 했다. 빙리 씨의 처신 때문에 엄마까지 놀라게 만들 필요는 없었다.

하지만 이처럼 부분적인 사실만 얘기했을 뿐인데도 베넷 부인의 걱정은 태산 같았다. 그녀는 빙리 씨의 여동생들까지 런던으로 떠난 건 딸들과 빙리 자매가 더없이 친해지려던 차에 지극히 불행한 일이라며 슬퍼했다. 하지만 웬만큼 슬퍼하고 난 뒤 베넷 부인은 빙리 씨가 다시 돌아올 것이며, 롱본에서 곧 정찬을 함께 들게 될 것이라는 생각으로 마음을 달랬다. 그리고 이 모든 상황은 빙리 씨가 그저 일상적인 가족 식사에 초대되는 것이지만, 신경을 써서 두 가지 풀코스 요리를 준비하겠노라고 기분좋게 선언하는 것으로 마무리되었다.

22

베넷 가족은 루커스 가족과 정찬 모임이 약속되어 있었다. 그날의 주요한 일이 이루어지던 내내 루커스 양이 콜린스 씨의 말을 경청하는 친절을 다시금 베풀어주었다. 엘리자베스는 기회가 생기자 고마움을 표했다. "덕분에 저분의 기분이 참 좋아 보여." 그녀가 말했다. "말로 다 표현할 수 없을 만큼 고마워." 샬럿은 도움이 되었다니 자기도 기쁘다고, 그리고 그런 기쁨이 자신의 시간을 조금 희생한 데 대한 충분한 보상이라고 말했다. 더없이 상냥한 태도였다. 하지만 샬럿의 이런 친절은 엘리자베스가 생각지도 못한 데까지 뻗어나갔다. 사실 샬럿의 목적은 콜린스 씨의 청혼이 다시 엘리자베스에게로 향하는 걸 막고 자신에게 향하게 하려는 것이었다. 그것이 루커스 양의 속셈이었다. 밤이 되어 그와 헤어질 때 그녀는 상황이 자신에게 워낙 유리해 보여 그가 하트퍼드셔를 너무 빨리 떠나지만 않는다면 성공을 거둘 수 있겠다는 확신마저 들었다. 하지만 이 점에서 그녀는 콜린스 씨의 그 무엇에도 구애받지 않는 화끈한 성격을 잘 모르고 있었다. 그의 그런 성격이 다음 날 아침 놀랄 만큼 교활하게 롱본 집을 빠져나와 루커스 로지로 급히 달려가 그녀의 발밑에 몸을 내던지게 만들었다. 그는 사촌 자매들의 눈에 띄지 않으려고 전전긍긍했다. 그가 집을 나서는 모습을 본다면 그들이 자신의 의도를 즉시 알아차릴 듯해 그는 확실히 성공해서 알리게 될 때까지는 이런 시도가 발각되는 것을 원치 않았다. 거의 안심해도 좋은 상황이라는 생각이 들 만큼 샬럿이 자신을 부추겼다는 합당한 근거가 있긴 했지만, 그는 지난 수요일의 모험적인 청혼 시도 이후 전과 비교하여 소심한 태도를 보이고 있었다. 그러나 그는 더없이 우쭐해지는 대접을 받았다. 루커스 양은 그가 자기 집을 향해 걸어오는 모습을 위층 창문을 통해 목격하고는 우연히 만난 척하려고 곧바로 밖으로 달려나갔던 것이다. 그토록 많은 사랑 고백과 달변이 자신을 기다리고 있을 줄은 꿈에도 상상하지 못했다.

콜린스 씨의 장광설이 내어준 짧은 시간 안에 두 사람은 양자 모두가 만족스럽게도 모든 문제를 확정지었다. 집안으로 들어가면서 그는 자신을 세상에서 가장 행복한 남자로 만들어줄 날이 언젠지 확실히 말해달라고 열렬히 간청했다. 그런 간청은 원래 당장 거절해야 했지만, 숙녀 쪽은 그의 행복을 가지고 놀 생각이 없었다. 천성적으로 우둔한 편인 콜린스 씨의 구애는 매력과는 거리가 멀어서 어느 여성도 그런 구애를 계속 받고 싶지는 않았을 것이고, 루커스 양은 그저 결혼해서 안정을 찾고 싶은 순수하고 사심 없는 욕망 때문에 그를 받아들였던 터라, 그런 안정이 아무리 빨리 얻어진들 상관없었다.

결혼 승낙을 얻기 위해 두 사람은 신속히 윌리엄 루커스 경과 루커스 부인을 찾았고, 그들은 기쁜 마음으로 지체 없이 결혼을 승낙해주었다. 콜린스 씨의 현상황을 감안하면 그들의 딸에게는 더할 나위 없이 적절한 결혼이었다. 이들 부부에게는 딸에게 물려줄 재산이 거의 없었고, 콜린스 씨의 미래 재산에 관한 전망은 지극히 고무적이었다. 루커스 부인은 이제 베넷 씨가 앞으로 몇 년을 더 살 수 있을지를 전보다 훨씬 더 진지하게 관심을 갖고 헤아리기 시작했다. 그리고 윌리엄 경은 콜린스 씨가 통본 집과 그 사유지를 소유하기만 하면 자기 부부가 즉시 세인트제임스궁을 예방해도 아주 좋을 거라고 견해를 밝혔다. 간단히 말해 이번 일을 맞이한 루커스 가족은 모두들 대단히 기뻐했다. 여동생들은 언니의 결혼 덕분에 한두 해 더 빨리 사교 모임에 나가게 되리라 희망을 품었다. 남동생들은 누나가 노처녀로 늙어 죽을지 모른다는 걱정을 덜었다. 샬럿 자신은 무척 침착했다. 목적을 달성했으니 그에 대해 생각해볼 시간을 얻었다. 찬찬히 생각해본 결과, 대체로 만족스러웠다. 콜린스 씨는 분명 똑똑하지도 않고 마음에 드는 사람도 아니었다. 함께 있는 시간은 지루했고 그녀에 대한 호감도 상상의 소산이 분명했다. 그럼에도 불구하고 그는 자신의 남편이 될 사람이었다. 그녀는 남자도 결혼 생활도 크게 중시하는 편은 아니었지만, 결혼만은 늘 그녀의 목표였다. 결혼은, 좋은 교육을 받았지만 집안이 가난한 젊은 여자가 선택할 수 있는 유일하게 영예로운 앞날의 대비책이었다. 행복을 보장해줄지는 알 수 없어도 궁핍에 대한 가장 만족스러운 예방책임은 틀림없었다. 드디어 그녀가 이런 예방책을 얻게 된 것이다. 스물일곱이라는 나이에, 그것도 예뻤던 적이 한 번도 없었음에도 말이다. 그녀는 이번 일이 얼마나 큰 행운인지 절실히 느꼈다. 다만 이번 일로 찜찜하기 그지없는 것은 엘리자베스 베넷에게 불러일으킬 충격이었다. 그녀는 그 누구와의 우정보다도 엘리자베스와의 우정을 소중하게 생각했다. 엘리자베스가 매우 놀라거나 비난할지도 몰랐다. 물론 그런 비난을 받는다고 결심이 깨질 일은 없겠지만 가슴이 아플 것이다. 그녀는 이 소식을 엘리자베스에게 직접 전하기로 마음먹었다. 따라서 식사 시간이 되어 콜린스 씨가 롱본으로 돌아간다고 했을 때 그녀는 아직은 베넷 가족 누구에게도 둘 사이의 일을 말하지 말라고 신신당부했다. 물론 그는 충직하게 비밀을 지키겠노라고 약속했지만 약속을 지키기는 쉽지 않았다. 그가 너무 오래 집을 비워 호기심이 잔뜩 동한 가족들이 그가 돌아오자마자 노골적인 질문을 쏟아낸 것이다. 그로서는 대답을 회피하기 위해 기발한 기지까지 발휘해야 할 판이었다. 게다가 성공을 거둔 자신의 사랑을 발설하고 싶어 죽을 지경이어서 엄청난 자제력까지 필요했다.

그는 다음날 아침 매우 이른 시간에 떠날 예정이어서 가족들을 못 보고 떠날 형편이라 사촌 자매들이 잠자리에 들러 갈 때 작별 인사를 나누었다. 베넷 부인은 무척 예의바르고 다정한 태도로 언제든 다른 볼일이 생겨 롱본을 방문하게 될 때 다시 만난다면 너무나 행복하겠다고 말했다.

"친애하는 부인." 그가 대답했다. "그렇게 초대해주시니 특히 더 기쁩니다. 제가 받고 싶었던 초대로, 되도록 빠른 시간 안에 그 초대에 응할 수 있음을 약속드립니다."

　모두들 이 말을 듣고 깜짝 놀랐다. 특히 그가 그렇게 빨리 돌아오는 것을 결코 바라지 않는 베넷 씨가 즉시 말했다.

　"하지만 캐서린 귀부인께서 이곳에 다시 오는 일을 반대하시지 않을까요, 콜린스 씨? 후견인의 마음을 상하게 하느니 친척들을 소홀히 하는 편이 더 나을 겁니다."

　"친애하는 어르신." 콜린스 씨가 대답했다. "그토록 세심히 걱정해주시니 정말 감사합니다. 분명히 말씀드리지만, 저는 귀부인의 동의 없이 그런 중요한 발걸음을 내딛는 사람이 아닙니다."

　"아무리 조심해도 지나치지 않을 겁니다. 귀부인의 마음을 상하게 하느니 다른 위험을 감수하는 편이 낫지요. 그럴 가능성이 지극히 높다고 생각합니다만, 우리집을 다시 방문하려는 일 때문에 그분을 불쾌하게 만드는 일이 생긴다면 그냥 조용히 집에 있으세요. 그래도 우리 가족들이 섭섭해하지 않을 것이라는 생각으로 만족하고요."

　"진심으로 드리는 말씀입니다만, 어르신, 그토록 애정 어린 관심을 베풀어주시니 제 보은의 감정이 뜨겁게 타오릅니다. 분명히 약속드리는데, 저는 이번 방문에 대한 감사 편지를 신속히 보낼 예정입니다. 하트퍼드셔에 머무는 동안 어르신께서 해주신 모든 배려의 말씀에 대한 감사까지 포함해서요. 그런 인사가 불필요할 만큼 제가 떠나 있는 시간이 짧기는 하겠지만, 아름다운 우리 사촌 아가씨들에게도 감히 건강과 행복을 빌겠습니다. 엘리자베스 양에게도요."

　자매들은 적절히 예를 표한 뒤 물러났다. 그가 곧 되돌아올 생각을 하고 있다는 데 모두들 하나같이 놀랐다. 베넷 부인은 그가 딸들 가운데 한 명에게 다시 청혼하겠다는 의미로 해석하고 싶어했다. 아마 메리라면 그를 받아들이라는 설득에 넘어갈지도 모를 일이었다. 메리는 다른 어느 딸보다 콜린스의 능력을 높이 평가했다. 종종 그의 생각에 그녀를 놀라게 하는 건실함이 묻어난다며, 그녀는 콜린스 씨가 자기보다 똑똑한 편은 결코 아니지만 독서를 하고 자기를 본받아 자기 계발을 하도록 독려한다면 꽤 괜찮은 반려자가 될 것이라고 생각했다. 하지만 다음날 아침 이런 희망은 산산조각이 났다. 아침식사를 마친 지 얼마 안 됐을 때 루커스 양이 방문해서는 엘리자베스와 단둘이 대화를 나누며 전날 있었던 일을 전부 고백했다.

지난 하루이틀 사이, 콜린스 씨가 친구인 샬럿을 좋아한다고 착각할 수도 있겠다는 의심이 엘리자베스에게 언뜻 들기는 했었다. 하지만 샬럿이 그를 부추겼을 가능성은 엘리자베스 자신이 그랬을 가능성만큼이나 불가해 보여 그녀는 루커스 양의 얘기를 처음 듣고 너무 크게 놀라서 예의를 차리지 못한 말투로 이렇게 외치고 말았다.

"콜린스 씨와 약혼했다니! 세상에, 사랑하는 샬럿, 말도 안 돼!"

친구에게서 노골적으로 책망을 듣자 차분했던 루커스 양의 표정에 잠시 당혹감이 비쳤지만 예상했던 정도 이상의 책망은 아니었는지 그녀는 평온을 되찾고 침착하게 대답했다.

"왜 그렇게 놀라, 일라이자? 콜린스 씨가 불운하게도 네게서는 성공을 거두지 못했다고 다른 여자의 호감마저 못 얻을 거라고 생각했던 거야?"

엘리자베스는 이제 정신을 차리고 마음을 차분히 가라앉히려고 무던히 애쓰면서 제법 확고한 어조로 두 사람이 맺어지게 된 일이 자기로서는 무척 고맙고, 꿈꿀 수 있는 모든 행복을 기원하겠다고 힘주어 말할 수 있었다.

"네 감정이 지금 어떤지 알아." 샬럿이 대답했다. "틀림없이 깜짝 놀랐겠지. 그것도 아주 많이. 콜린스 씨가 너와 결혼하고 싶어했던 게 불과 얼마 전의 일이니까. 하지만 시간을 두고 이 일을 숙고해보면 너도 내 결정을 납득하게 될 거야. 알다시피 나는 낭만적인 사람이 아니잖아. 예전부터 그랬어. 나는 그저 안락한 가정을 원해. 그리고 콜린스 씨의 성격과 인척 관계와 사는 형편을 고려할 때, 그와 살면서 내가 행복해질 가능성이 결혼 생활을 맞이하는 대부분의 사람들이 자랑할 수 있는 만큼은 된다고 봐."

엘리자베스는 차분히 대답했다. "물론이지." 잠시 어색한 침묵이 흐른 뒤 두 사람은 가족들이 있는 곳으로 돌아갔다. 샬럿은 그다지 오래 머무르지 않았다. 그녀가 떠나자 엘리자베스는 자신이 들은 내용을 곰곰이 되새겨보았다. 그녀는 한참 시간이 흐른 뒤에야 그토록 부적절한 결혼의 개념을 받아들일 수 있었다. 사흘 동안 연달아 두 번이나 청혼한 콜린스 씨의 기이한 행동은, 두번째 청혼이 받아들여졌다는 사실에 비하면 아무것도 아니었다. 그녀는 샬럿의 평소 결혼관이 자신의 결혼관과 아주 일치하지는 않는다고 늘 느끼고 있었지만, 실제 상황에서 세속적인 이점을 의해 그보다 훨씬 더 소중한 자기감정을 희생시키는 일이 가능하리라고는 상상도 못했다. 콜린스 씨의 아내 샬럿이라니, 너무나 굴욕적인 그림이었다! 친구가 스스로를 치욕스럽게 만들면서까지 자신의 가치를 깎아내렸다는 괴로운 생각에, 그 친구가 선택한 운명에서는 웬만큼이라도 행복하게 산다는 게 불가능할 것 같다는 고통스러운 확신까지 더해졌다.

23

엘리자베스가 엄마와 자매들과 함께 앉아 샬럿에게서 들은 말을 곰곰이 되새기며, 그 소식을 가족들에게 전할 자격이 자신에게 있는지 미심쩍어하던 차에 루커스 경이 직접 찾아왔다. 약혼 사실을 베넷 가족에게 알리라고 딸이 보내서 온 것이었다. 그는 가족들에게 의례적인 인사를 여러 번 건넨 뒤 앞으로 두 집안 간에 인척 관계가 맺어지게 되었다고 한껏 자축하며 모든 사실을 밝혔다. 그 말을 들은 이들은 놀랄 뿐 아니라 믿을 수 없다는 표정까지 지었다. 특히 베넷 부인은 예의보다 인내심을 더 발휘하며 루커스 경이 뭔가를 단단히 오해하신 것 같다고 강변했다. 언제나 경솔하고 종종 예의도 없는 리디아가 버럭 소리를 질렀다.

"세상에! 윌리엄 경, 어쩌면 그런 이야기를 날조해낼 수 있으세요? 콜린스 씨가 우리 리지 언니와 결혼하고 싶어한다는 것을 모르세요?"

궁정 대신급 정중함이래야 그런 무례한 대접을 받고서도 화내지 않고 참을 수 있었을 것이다. 그러나 훌륭한 예의범절을 갖춘 윌리엄 경은 이 모든 대접을 꾹 참아냈다. 그러면서 그는 자신이 전한 소식이 진실임을 확신한다고 해명했고, 식구들의 온갖 무례한 발언을 최대한 인내하며 예의바르게 경청했다.

그런 불쾌한 상황에서 그를 구해주는 일이 자신의 의무라고 생각한 엘리자베스가 마침내 나서 이미 샬럿에게서 그 이야기를 직접 들어 알고 있었다고 그의 이야기가 사실임을 확인해주었다. 그러면서 그녀는 엄마와 자매들이 내지르는 비명소리를 멈추게 하느라 애를 먹었다. 그 방법으로 동원한 것이 윌리엄 경에게 진지하게 축하 인사를 건네는 일이었는데, 제인도 기꺼이 가담해서는 그 결혼에서 기대할 수 있는 행복과 콜린스 씨의 훌륭한 성품, 헌스퍼드와 런던의 지리적 인접성 등 다양한 덕담을 건넸다.

베넷 부인은 윌리엄 경이 머무는 동안에는 사실상 너무 심한 충격을 받아 별다른 말을 할 수 없었다. 하지만 그가 떠나자마자 격렬한 감정이 급속히 터져나오기 시작했다. 우선, 이 모든 게 거짓이라고 우겼다. 둘째로, 콜린스 씨가 속았다고 확신했다. 셋째로, 그 둘은 절대로 행복할 수 없다고 믿는다 했고, 넷째로, 그 약혼이 깨질 거라고 장담했다. 베넷 부인은 이 모든 것들로부터 두 가지 점만은 똑똑히 추론할 수 있었다. 하나는 엘리자베스가 이 모든 불행의 화근이며, 다른 하나는 모든 사람들이 자신에게 야비하게 굴었다는 점이었다. 그날 내내 그녀는 주로 이 두 가지 점만 생각하며 보냈다. 그 무엇도 그녀를 위로하거나 달랠 수 없었다. 그날 하루가 다 가도록 그녀의 분노는 사그라들지 않았다. 일주일이 지나고 나서야 비로소 잔소리 없이 엘리자베스를 대할 수 있었고, 한 달이 지나고 나서야 비로소 예의를 차리고 윌리엄 경이나 루커스 부인에게 말을 건넬 수 있었다. 그리고 여러 달이 지나고 나서야 비로소 이들 부부의 딸을 조금이라도 용서할 수 있었다.

이번 일에서 베넷 씨는 더 담담한 편이었다. 그는 자신이 느낀 감정을 말하자면 아주 즐거운 쪽이라고 공언했다. 그의 말인즉슨, 늘 제법 똑똑하다고 생각했던 샬럿 루커스가 자기 아내만큼이나 멍청하며 자기 딸보다 더 바보였다는 사실을 알게 돼 오히려 즐겁다는 것 아닌가!

제인은 이 결혼에 대해 약간 놀랐다고 고백했다. 하지만 두 사람의 행복을 진심으로 기원할 뿐 놀란 것에 대한 얘기는 별로 하지 않았다. 엘리자베스가 과연 그런 행복이 가능하겠느냐고 말했어도 별다른 반응을 보이지 않았다. 키티와 리디아는 루커스 양을 조금도 부러워하지 않았다. 콜린스 씨가 성직자에 불과했으니 그럴 것이다. 그들에게는 이 소식이 그저 메리턴에 떠돌아다니는 여느 소식만큼의 영향만 미쳤을 뿐이었다.

루커스 부인은 딸을 훌륭하게 시집보낼 수 있게 된 크나큰 만족감을 베넷 부인에게 보복하듯 늘어놓으면서 승리감을 만끽하지 않을 수 없었다. 그녀는 평소보다 훨씬 자주 롱본 집을 드나들며 자신이 얼마나 행복한지 으스댔다. 베넷 부인의 일그러진 얼굴과 심술궂은 말씨가 그런 행복감을 쫓아내기에 충분했는데도 그랬다.

엘리자베스와 샬럿은 이 일에 관해 서로 자제하며 침묵을 지켰다. 엘리자베스는 이제 둘 사이에는 어떤 비밀 얘기도 가능하지 않겠다는 확신이 들었다. 샬럿에 대한 실망감 때문인지 그녀는 언니에게 더 많은 애정을 느끼며 관심을 쏟았다. 언니의 정직함과 섬세한 심성에 대한 믿음만은 절대로 깨지지 않으리라는 확신이 들었고, 빙리 씨가 떠난 지 일주일이 되도록 돌아온다는 소식이 없어 언니의 행복에 대한 우려는 나날이 커지고 있었다.

제인은 캐럴라인에게 일찌감치 답장을 보냈었다. 그러니 마땅히 다시 소식을 듣게 되리라 희망하며 나날을 헤아리고 있었다. 콜린스 씨가 보내겠노라고 약속했던 감사 편지는 아버지를 수신인으로 화요일에 도착했다. 편지에는 열두 달쯤 묵고 간 사람이 할 법한 진지한 감사의 말로 가득했다. 이렇게 서두에서 자신의 양심에 따른 임무를 마친 그는 거듭 열광적인 표현을 써가며 자신이 베넷가의 너그러운 이웃인 루커스 양의 사랑을 얻게 돼 너무나 행복하다고 전했다. 그러면서 순전히 루커스 양을 다시 만난다는 기쁨에서 자신을 다시 만나고 싶어하는 롱본 가족의 따뜻한 소망에 부응할 준비를 하고 있으며, 이 주 후 월요일에 다시 롱본을 방문할 수 있기를 바란다고 썼다. 캐서린 귀부인께서는 되도록 빨리 식이 치러지기를 바라시며 자신의 결혼을 진심으로 찬성해주셨다고 했다. 그는 자신을 세상에서 가장 행복한 남자로 만들어줄 날짜를 한시바삐 정하는 일이 자신과 사랑스러운 샬럿 사이에서 이견이 있을 수 없는 논의 주제가 될 것으로 믿는다고도 썼다.

콜린스 씨가 하트퍼드셔를 다시 찾아온다는 소식은 베넷 부인에게 더는 달갑지 않았다. 오히려 그 일에 대해 남편만큼이나 불평하고 싶은 심정이었다. 그가 루커스 로지로 가는 게 아니라 롱본 집으로 온다는 것도 괴이하기 짝이 없는 일이다, 몹시 불편하고 지극히 성가신 일 아니냐, 자신의 건강이 이토록 안 좋은데 집에 손님을 들이는 것도 싫다, 세상에서 연인들만큼 꼴 보기 싫은 이들도 없다, 베넷 부인은 나직한 목소리로 이렇게 투덜댔다. 그러지 않을 때란 오로지 지금의 고통이 빙리 씨가 아직 안 돌아왔다는 더 큰 고통에 자리를 내줄 때뿐이었다.

제인과 엘리자베스도 빙리 씨 일에 마음을 졸이기는 매한가지였다. 하루 또 하루가 지나도 그에게서는 별다른 소식이 없었다. 메리턴에는 그가 이번 겨울에는 돌아오지 않으리라는 소문이 급속히 퍼져나갔다. 베넷 부인은 몹시 화가 나서는 엄청난 중상모략이라고 꼬박꼬박 반박했다.

엘리자베스도 걱정되기 시작했다. 빙리 씨의 무관심에 대해서가 아니라 그 누이들이 오빠를 떼어놓는 데 성공했을까봐 걱정이 되었다. 언니의 행복을 완전히 허물어버릴 수 있고, 언니 연인의 착실함에 큰 누가 될 수 있는 그런 걱정은 떠올리는 일조차 해서는 안 되는데, 자꾸 그런 걱정이 생겨나는 걸 막을 수가 없었다. 그의 냉정한 두 누이와 강력한 영향력을 지닌 그의 친구 다아시 씨가 펴는 연합작전에 다아시 양의 매력과 런던의 재미난 일들까지 더해진다면, 빙리 씨가 지닌 사랑의 힘으로는 감당하기 벅찰 수도 있겠다는 생각이 들었다.

물론 이런 불안한 상태에서 제인 본인의 고통은 엘리자베스의 것보다 더 컸다. 하지만 제인은 자신의 감정이 어떠하든 그걸 숨기고 싶어 했다. 따라서 두 자매는 서로 간에 이 화제는 꺼내지 않았다. 하지만 엄마가 문제였다. 엄마에게는 그런 섬세한 자제력이 없었다. 단 한 시간도 빙리 씨에 관한 얘기나 빙리 씨의 귀가를 초조하게 기다린다는 말을 하지 않고 지나가는 법이 없었다. 심지어 제인에게 그가 돌아오지 않는다던 그에게 형편없이 우롱당한 걸로 봐야 한다고 했다. 엄마의 이런 공격을 무던하게 참아내려면 제인처럼 한결같이 온화한 성품이어야만 했다.

두 주가 지나고 월요일이 되자 콜린스 씨가 정확히 제시간에 도착했다. 롱본 가족의 대접은 그가 처음 방문했을 때만큼 호의적이지는 않았다. 하지만 그는 너무 행복해서 이들의 관심은 그다지 필요 없었다. 그리고 가족들로서는 다행스럽게도 그가 연애에 빠져 있어 많은 시간을 그와 함께 보낼 필요도 없었다. 그는 매일같이 대부분의 시간을 루커스 로지에서 보냈으며, 가끔은 가족들이 잠자리에 들기 직전에야 롱본으로 돌아와 집을 비워 죄송하다고 사과했다.

베넷 부인은 정녕 가엾은 상태였다. 콜린스 씨의 결혼과 관련된 것이라면 무엇이든 말만 꺼내도 괴로워하고 언짢아하기 일쑤였다. 그런데 어디를 가든 꼭 그 얘기만 들리는 것이었다. 루커스 양이 눈앞에 얼씬거리는 것도 싫었다. 그녀는 질투심과 혐오감이 뒤섞인 감정으로 자기 집의 다음번 안주인이 될 루커스 양을 바라보곤 했다. 샬럿이 집에 찾아올 때마다 자기 집을 차지할 시점을 고대하고 있으리라는 생각도 들었다. 그리고 샬럿이 콜린스 씨와 나지막한 목소리로 소곤거릴 때마다 그 둘이 롱본의 재산에 대해 얘기하고 있으며 나아가 남편이 죽으면 바로 자기랑 딸들을 쫓아낼 궁리를 한다고 확신했다. 베넷 부인은 괴로운 심정으로 이 모든 생각을 남편에게 털어놓으며 투덜거렸다.

"정말 죽겠어요, 베넷 씨." 그녀가 말했다. "샬럿 루커스가 우리집 안주인이 된다는 생각만 하면 미칠 것 같아요. 내가 그애한테 밀려나야 하고, 그애가 내 자리를 차지하는 꼴을 보고 살아야 하다니!"

"여보, 그런 우울한 생각에 무너지면 안 돼요. 좀더 좋은 쪽으로 일이 풀리기를 바랍시다. 당신보다 내가 더 오래 살 거라고 마음을 달래봅시다."

이 말은 큰 위로가 되지 못했다. 따라서 베넷 부인은 아무런 대답도 하지 않고 앞서와 마찬가지로 계속 푸념만 늘어놓았다.

"그 둘이 우리집 재산을 몽땅 차지한다니 생각만 해도 끔찍해요. 한사상속 재산만 아니라도 신경 안 썼을 텐데."

"뭘 신경쓰지 않는다는 거요?"

"뭐든 전혀 신경쓰지 않았을 거예요."

"당신이 실제로 그런 무신경한 상태에 빠지지 않은 걸 감사하게 생각해요."

"이보세요, 베넷 씨, 저는 한사상속에 관한 거라면 뭐라도 감사할 수가 없네요. 아니 대체 양심이 있는 사람이라면 누가 한사상속을 빌미로 멀쩡한 딸들에게서 재산을 빼앗아갈 생각을 하겠어요? 도저히 이해할 수 없어요. 그것도 콜린스 씨 같은 사람한테! 왜 그 사람이 누구보다 많은 재산을 차지해야 하는 거죠?"

"알아서 판단해요." 베넷 씨가 말했다.

제2부

1

　마침내 빙리 양의 편지가 도착하여 의구심에 종지부를 찍었다. 첫 문장부터 자기 가족 모두가 이번 겨울을 런던에서 나기로 했다고 확언하는 내용이었다. 그리고 오빠가 하트퍼드셔를 떠나기 전에 지인들에게 인사할 시간을 갖지 못한 걸 아쉬워한다는 내용으로 편지를 마쳤다.

　희망은 사라졌다. 깨끗이 끝났다. 편지의 나머지 부분도 세심하게 읽어봤지만 편지의 필자가 제인을 좋아한다는 주장 말고는 어디에서도 위안이 될 만한 내용을 찾을 수 없었다. 다아시 양에 대한 칭찬이 편지의 주요 내용일 뿐이었다. 다아시 양의 여러 매력들이 또다시 자세하게 언급되어 있었다. 캐럴라인은 다아시 양과의 친분이 점점 더 깊어지고 있다고 기뻐하며 자랑했고, 이전의 편지에서 밝혔던 소망이 실현되리라 예상했다. 또한 자기 오빠가 다아시 씨 집에 머무르고 있다는 점도 대단히 흡족해하고, 다아시 씨가 새 가구를 구입할 계획을 세워놓고 있다는 사실도 몹시 들뜬 채로 전했다.

곧 제인에게서 편지의 주요 내용을 전해 듣게 된 엘리자베스는 말없이 분노에 휩싸였다. 그녀의 마음은 언니에 대한 걱정과 다른 모든 사람들에 대한 분노로 갈렸다. 엘리자베스는 자기 오빠가 다아시 양을 무척 좋아한다는 캐럴라인의 주장을 믿지 않았다. 오히려 그가 제인 언니를 좋아하고 있다는 사실을 어느 때보다 더 확신했다. 그동안 늘 빙리 씨를 좋아했던 것만큼이나 그의 무사태평한 기질과 우유부단함에 경멸과 분노가 치밀었다. 그토록 태평하고 우유부단한 성격이니 꿍꿍이 수작을 부리는 가족들과 친지들의 포로가 되어 스스로의 행복을 그들의 변덕스러운 의도의 희생물로 만드는 것 아니겠는가. 그러나 그의 행복만 희생되는 일이라면, 어떤 식이든 그 좋을 대로 이 일을 갖고 놀아도 상관없었을 것이다. 하지만 언니의 행복도 관련된 일이고, 빙리 씨도 분명 이 사실을 알고 있을 것이다. 한마디로 오래 고민해봐야 부질없는 일이었다. 하지만 다른 생각은 할 수 없었다. 빙리 씨의 관심이 정말 사라진 것인지 아니면 가족들과 친지들의 개입으로 억눌러버린 것인지, 또 언니의 사랑을 알아챘는지 아니면 눈치를 못 챘는지를 따져봐야 했다. 하지만 그 어느 쪽이든, 물론 그에 따라 빙리 씨에 대한 엘리자베스의 평가는 달라지겠지만, 언니의 상황은 변할 리 없고 자신의 평정도 이미 깨졌다.

제인이 용기를 내어 엘리자베스에게 속마음을 털어놓기까지는 하루 이틀 시간이 더 지나야 했다. 엄마가 평소보다 더 심하게 네더필드와 그 주인에 대해 화를 낸 뒤 둘만 남게 되자 제인은 이렇게 말하지 않을 수 없었다.

"아아! 엄마가 제발 더 자제하셨으면 좋겠어. 줄곧 그 사람을 비난하는 것이 내게 얼마나 큰 고통을 주는지 모르시니. 하지만 불평 말아야겠지. 오래가진 않을 테니까. 그 사람도 곧 잊힐 거고, 그러면 모든 것이 예전과 똑같아지겠지."

엘리자베스는 그 말을 반신반의하며 걱정스러운 표정으로 언니를 바라보았지만 아무 말도 하지 않았다.

"내 말이 안 믿어지는구나." 제인이 살짝 얼굴을 붉히며 큰 소리로 말했다. "정말 안 믿을 이유가 없어. 그 사람은 내가 알았던 가장 너그러운 신사로 기억 속에 남을 거야. 하지만 그게 전부야. 이젠 희망도 두려움도 없고, 그분을 비난할 일도 없어. 하느님께 감사할 일이지 뭐니! 극심한 고통을 겪게 된 건 아니니까. 시간은 조금 필요하겠지. 이번 일을 극복하려고 노력할 거야."

그러면서 좀더 강한 목소리로 그녀가 덧붙였다. "이번 일은 내 쪽의 착각에 불과했으니 나 말고는 누구에게도 해가 가지 않았다는 게 곧 위안이 되겠지."

"사랑하는 언니!" 엘리자베스가 외쳤다. "언니는 너무 착해. 상냥하고 사심 없는 언니 마음씨는 정말 천사 같아. 무슨 말을 해야 할지 모르겠어. 내가 언니를 잘 몰랐던 것 같고, 언니에게 제대로 잘해주지 못했던 것 같아."

제인은 자신에게 그런 특별한 장점은 없다고 힘껏 부인하면서 동생의 따뜻한 애정에 칭찬을 돌렸다.

"아냐." 엘리자베스가 말했다. "공정하지 않아. 언니는 항상 세상 모든 사람들을 존중하려고 해서 내가 누군가를 나쁘게 말하면 상처받잖아. 나는 언니야말로 완벽하다고 생각해, 언니는 이런 내 생각에 반대하겠지만. 내가 좀 극단적으로 나간다거나 누구에게나 잘해주는 착한 심성이라는 언니의 특권을 침해할지도 모른다는 우려는 하지 마. 그럴 필요가 없어. 내가 진심으로 좋아하는 사람은 극소수고, 내가 좋게 생각하는 사람은 그보다 더 적어. 나는 세상을 알아갈수록 불만도 늘어가는걸. 하루하루 지날수록 모든 사람들의 성격에는 모순이 있고, 겉으로 드러난 미덕과 분별력도 신뢰할 수 없다는 믿음이 확고해지는 것 같아. 최근 들어 그 두 가지 사례를 만났지 뭐야. 하나는 말하지 않을게. 다른 하나는 샬럿의 결혼이야. 도무지 설명이 안 돼! 어떻게 봐도 설명이 안되는 일이야!"

"사랑하는 리지, 그런 감정에 무너지면 안 돼. 그런 감정은 네 행복만 해친다고. 상황과 성격이 다르다는 걸 충분히 고려해봐야 해. 콜린스 씨의 점잖은 인품과 샬럿의 신중하고 한결같은 성품을 생각해보렴. 샬럿이 대가족의 일원이라는 점도 명심하고. 그리고 재산을 고려해봐도 적절한 결혼이야. 제발 모두를 위해 샬럿이 우리 사촌에게서 호감이나 존경심 비슷한 감정을 느꼈을 거라고 믿자."

"언니를 기쁘게 하는 일이라면 뭐든 다 믿으려고 해볼게. 하지만 그런 믿음으로 이득을 얻는 사람은 아무도 없을 거야. 샬럿이 그에게 조금이라도 호감을 갖고 있다는 확신마저 든다면, 나는 지금도 그녀의 감성이 모자라다그 생각하는데, 분별력은 그보다도 더 모자라다고 여길걸. 언니, 콜린스 씨는 교만하고, 젠체하며, 편협하고, 어리석은 사람이야. 언니도 나 못지않게 잘 알잖아. 그리고 언니도 나처럼 그런 사람과 결혼하는 여자라면 제정신일 리 없다고 생각할걸. 그 여자가 샬럿 루커스라 하더라도 언니가 옹호할 리가 없어. 언니는 특정한 한 사람을 위해 원칙이라든가 진실성의 의미까지 바꾸는 사람이 아니잖아. 이기심을 신중함으로 여기거나, 위험에 대한 무감각을 행복하기 위한 노력으로 여기라고 언니 스스로든 나든 설득할 사람도 아니고."

"두 사람에 대해 너무 심하게 말하는구나." 제인이 대답했다. "두 사람이 행복하게 사는 모습을 보고 내 말을 확인하게 되기를 바랄게. 하지만 이 문제는 이제 그만 얘기하자. 다른 문제도 얼핏 언급했잖니. 두 가지 사례라고. 무슨 말인지 잘 알지만 제발 부탁인데 그 사람이 비난받아 마땅하다거나 그에게 실망했다는 얘기로 나를 괴롭히지 말아줘. 그런 식으로, 누군가가 의도적으로 상처를 입혔다는 상상은 쉽게 해선 안 돼. 활기 넘치는 청년이 언제든 신중하고 용의주도하리라고 기대해서는 안 된다는 거지. 종종 보면 우리를 기만하는 건 우리 자신의 허영심이야. 여자들이 남자들의 관심을 놓고 실제 이상의 의미를 상상하는 거지."

"그리고 남자들이 여자들을 그렇게 만들고."

"계획적으로 그런 일을 저지른다면 변명의 여지가 없겠지. 하지만 이 세상에는 사람들의 생각만큼 계획적인 의도가 많은 건 아니라고 생각해."

"나도 빙리 씨의 행동이 어쨌거나 고의였다고 여기지는 않아." 엘리자베스가 말했다. "하지만 잘못을 저지르거나 다른 사람에게 해를 입힐 계획이 없었더라도, 실수할 수 있고, 고통이 따를 수도 있어. 분별력과 타인의 감정에 대한 배려와 결단력이 부족할 때 그런 결과를 초래하지.”

“이번 일을 그런 이유들 가운데 하나로 돌리는 거니?”

“물론이지. 특히 마지막 이유. 하지만 이 얘기를 계속해서 언니가 좋아하는 사람들에 대한 내 생각까지 말하게 되면, 언니 기분이 안 좋겠지. 그러니 가능하면 날 말려줘.”

“너 아직도 빙리 씨의 누이들이 그에게 영향력을 행사하고 있다고 생각하는 모양이구나.”

“응. 그 친구까지 합세해서 말이지.”

“말도 안 돼. 두 자매가 왜 빙리 씨에게 영향력을 끼치려고 하겠어? 그들은 그 사람의 행복만을 바랄 테고, 빙리 씨가 진정 내게 애정을 품고 있다면 다른 여자는 그 애정을 얻을 수 없잖니.”

“언니의 첫번째 생각이 틀렸어. 그들 자매는 빙리 씨의 행복 말고도 많은 것을 바라는 사람들이야. 예컨대 그의 재산과 영향력이 늘기를 바라지. 그래서 그가 돈, 대단한 인척 관계, 자존심 측면에서 큰 의미를 지닌 여자와 결혼하기를 바라고.”

“의심할 여지 없이 두 자매 모두 빙리 씨가 다아시 양과 결혼하기를 바라겠구나.” 제인이 대답했다. “하지만 네 생각보다 더 좋은 감정으로 바라는 일일지도 모르잖니. 그들은 나를 안 것보다 훨씬 오래전부터 다아시 양을 알아왔어. 그러니 그 아가씨를 나보다 더 마음에 들어하는 건 놀랄 일이 아니지. 하지만 그들의 바람이 무엇이든 오빠의 바람에 반하는 일을 할 리 없어. 진심으로 반대할 만한 중대한 이유가 있다면 모를까, 대체 어떤 여동생이 제멋대로 그런 짓을 할 수 있겠니? 만약 자기들의 오빠가 내게 끌리고 있다고 생각한다면 나와 갈라놓는 일은 하지 않을 거야. 빙리 씨가 그런 애정을 품고 있다면 두 자매의 시도가 성공할 리도 없고. 네가 그런 애정을 가정하고 있으니, 모든 사람들을 부자연스럽고 그릇되게 행동하는 사람들로 만들고, 나까지 불행한 사람으로 만들잖아. 그러니 그런 생각으로 나를 괴롭히지 말아줘. 내가 오해한 것이라면 그건 창피하지 않아. 아니, 적어도 사소한 일이지. 내가 빙리 씨나 그 누이들을 나쁘게 생각하며 느낄 감정에 비하면 그건 아무것도 아니야. 그러니 나는 이 문제를 선의의 관점으로만 생각할래, 이 문제를 제대로 이해할 수 있는 관점으로."

엘리자베스는 언니의 그런 바람에 반대할 수 없었다. 그리고 이 순간부터 언니와 얘기할 때는 빙리 씨 이름을 절대로 입 밖에 내지 말아야겠다고 결심했다.

베넷 부인은 여전히 빙리 씨가 왜 네더필드에 돌아오지 않는지 의아해하며 투덜거렸다. 엘리자베스가 명확히 설명하지 않고 넘어가는 날이 거의 없었지만, 베넷 부인은 어이없어하며 좀처럼 납득하려 들지 않았다. 딸은 자신도 안 믿는 설명까지 동원해가며 엄마를 이해시키려고 애썼다. 빙리 씨가 제인 언니에게 보인 관심은 그저 흔히 볼 수 있는 일시적인 호감이었을 뿐이며, 이제 더는 언니를 안 보니 그 호감이 사라진 거라는 설명이었다. 하지만 엄마는 설명을 들을 때는 그럴 가능성을 인정하면서도 매일 똑같은 말만 되풀이했다. 베넷 부인에게 최선의 위안은 빙리 씨가 여름에 분명히 다시 돌아올 것이라는 기대감이었다.

베넷 씨는 이 문제를 다르게 취급했다. "그래, 리지." 하루는 그가 이렇게 말했다. "네 언니가 실연당했다, 이거지? 축하할 일이구나. 결혼 다음으로 여자들이 좋아하는 게 가끔씩 살짝 실연을 당하는 일 아니니.

사색 거리도 되고, 친구들 사이에서 특별한 존재로 만들어주기도 하니까. 네 차례는 언제니? 제인에게 오래도록 뒤지고만 있을 네가 아니잖니. 이젠 네 차례다. 메리턴에 이곳의 모든 아가씨들을 좌절시키기에 충분할 만큼 장교들이 득실댄다잖니. 위컴을 상대로 삼으렴. 괜찮은 친구 같던데. 아마 너를 썩 훌륭하게 차버릴 거다.”

“고마워요, 아버지. 하지만 전 그보다 조금 덜한 남자라도 만족한답니다. 우리 모두가 제인 언니 같은 행운을 바라서는 안 되죠.”

“그건 맞다.” 베넷 씨가 말했다. “하지만 혹시 그런 일이 일어난다면, 언제라도 가장 좋게 보이게 만들어줄 사랑스러운 네 엄마가 있다는 점만 생각하면 위안이 될 거다.”

위컴 씨와 함께 보내는 시간이 최근 뒤틀어진 사건들로 침울한 베넷 가족 다수에게 큰 도움이 되었다. 그들은 그를 자주 만났으며 스스럼없는 그의 태도가 그의 다른 많은 장점들에 보태졌다. 엘리자베스가 이미 들어서 알고 있는 내용, 즉 다아시 씨에 대한 그의 주장과 다아시 씨 때문에 그가 겪었다는 온갖 고통은 이제 공공연히 인정되고 버젓이 화제로 올랐다. 그리고 모두들 이런 진상을 알기 전부터 이미 자기들이 다아시 씨를 얼마나 싫어했는지를 떠올리고는 기뻐했다.

유일하게 베넷 양만 이 일에 하트퍼드셔 사람들이 모르는 정상참작의 여지가 있을지도 모른다고 생각했다. 착하고 한결같이 순수한 심성을 지닌 그녀는 언제든 정상참작의 여지나 오류 가능성을 강조하는 편이었다. 하지만 다른 사람들은 모두 다아시 씨를 최악의 남자로 판결해버렸다.

2

사랑을 고백하고 행복한 계획을 세우며 한 주를 보낸 뒤 토요일이 찾아오자 콜린스 씨는 사랑하는 샬럿의 곁을 떠나야 했다. 하지만 이별의 고통은 신부를 맞이할 준비로 달랠 수 있었다. 곧 다시 하트퍼드셔로 돌아올 때는 그를 세상에서 제일 행복한 남자로 만들어줄 날짜가 확정되리라는 희망을 가질 이유도 충분했다. 그는 예전처럼 근엄하게 롱본의 친척들에게 작별을 고했고, 아름다운 사촌 자매들에게 다시 한 번 건강과 행복을 기원했고, 베넷 씨에게도 다시 감사 편지를 올리겠다고 약속했다.

다음주 월요일, 베넷 부인은 여느 때처럼 롱본 집에서 크리스마스를 보내러 온 남동생 부부를 반갑게 맞이했다. 남동생 가드너 씨는 양식 있고 신사답고, 교육으로 보나 타고난 심성으로 보나 누나보다 더 훌륭한 사람이었다. 상업을 주업으로 삼아 상점들을 관리하며 사는 사람이 그토록 교양 있고 점잖을 수 있다는 사실을 네더필드의 빙리 자매는 믿기 어려울 것이다. 베넷 부인이나 필립스 부인보다 몇 살 아래인 가드너 부인 역시 상냥하고 지적이고 우아한 여성으로 롱본 조카들의 사랑을 듬뿍 받았다. 특히 제인과 엘리자베스가 외숙모와의 정이 각별해서 런던에 자주 나가 함께 지내곤 했다.

가드너 부인은 도착한 뒤 가장 먼저 준비해온 선물을 나눠준 다음 런던의 최신 유행 소식을 전했다. 이 일이 끝나자 그녀는 덜 적극적인 역할을 맡았다. 얘기를 들어줄 차례였다. 베넷 부인은 지난번에 올케를 만난 이후 일어난 일들에 대해 끝도 없이 불만과 푸념을 늘어놓았으며,

자기 가족들이 형편없는 푸대접을 받았다고 불평했다. 그리고 딸 둘이 결혼 직전까지 갔다가 결국은 아무런 수확도 못 거두고 실패하고 말았다는 얘기도 했다.

"제인을 탓하고 싶지는 않아." 그녀가 말을 이었다. "할 수만 있었다면 빙리 씨를 차지했을 테니까. 하지만 리지는 아니야! 아아, 올케, 얘가 고집만 안 부렸으면 지금쯤 콜린스 씨의 아내가 되어 있을 거라고 생각하니 정말 못살겠어. 바로 이 방에서 콜린스 씨가 청혼했는데 리지가 거절했지 뭐야. 그 때문에 루커스 부인이 나보다 먼저 딸을 결혼시키게 됐고, 우리 롱본의 재산은 꼼짝없이 한사상속자인 콜린스 씨 손에다 넘어가게 생겼어. 정말이지 루커스 가족은 교활하기 짝이 없어, 올케. 자기들이 얻을 수 있는 이득이라면 물불을 안 가린다니까. 이런 말까지 하면 그 사람들에게 미안하지만 진실이 그래. 내 가족은 이렇게 훼방을 놓는데, 자기들 생각만 하는 이웃까지 있으니 내가 아주 신경이 예민해지고 쇠약해진다고. 그래도 이럴 때 올케가 와준 게 그나마 큰 위안이야. 긴소매 옷 유행 얘기도 참 재미있고."

제인 그리고 엘리자베스와 편지를 주고받으며 시누이가 말한 내용 대부분을 이미 알고 있던 가드너 부인은 가볍게 대답하고, 조카들이 딱해서 화제를 다른 데로 돌렸다.

나중에 엘리자베스와 단둘이 있게 되자 그녀가 다시 앞서의 화제를 꺼내며 말했다. "제인에게는 참 좋은 혼사였을 텐데, 성사가 안 돼 참 유감이다. 하지만 흔히 일어나는 일이잖니! 빙리 씨에 대한 네 설명대로라면 그런 청년은 참 쉽게, 그저 몇 주 동안만 아름다운 아가씨와 사랑에 빠졌다가 우연히 헤어지면 참 쉽게 잊곤 하지. 이런 식의 변덕은 아주 흔한 일이란다.”

“나름으로 훌륭한 위로가 되는 말씀이지만, 우리한테는 위로가 안 될 것 같아요. 우연히 벌어진 일로 괴로워하는 게 아니에요. 자립할 수 있을 만큼의 재산을 지닌 청년이 얼마 전 자신이 열렬하게 사랑했던 여자를 더는 마음에 두지 말라고 친구들이 끼어들자 설득당하는 일이 자주 있는 일은 아니잖아요.”

“‘열렬하게 사랑했다’는 표현이 하도 진부하고 의심스럽고 모호해서 별다른 생각이 안 드네. 그런 표현은 진실하고 강한 사랑에도 쓸 수 있지만, 마찬가지로 단 반시간을 만나 생긴 감정에도 쓸 수 있거든. 그래, 빙리 씨의 사랑이 대체 얼마나 **열렬**했다는 거니?”

“그보다 더 확실한 사랑은 본 적이 없어요. 빙리 씨는 점차로 다른 사람들에게는 소홀하게 굴더니 제인 언니에게만 푹 빠져들었어요. 두 사람이 만날 때마다 그런 모습이 점점 더 확연하게 눈에 띄었고요. 그가 직접 연 그 집의 무도회에서 그가 다른 숙녀들에게는 일절 춤을 청하지 않아 두세 명의 마음을 상하게 했어요. 저도 빙리 씨에게 두 차례 말을 걸었다가 대답도 못 들었죠. 그보다 더 확실한 징후가 있을까요? 그처럼 다른 모든 숙녀들에게 무례를 범하는 태도가 바로 사랑의 핵심 아닐까요?”

“그럼, 그렇고말고! 그 사람이 바로 그런 사랑의 감정을 느낀 것 같네. 가엾은 제인! 참 안됐다. 너무 착한 아이라 이번 일을 빨리 극복하기가 쉽지 않겠지. 리지, 차라리 너한테 이런 일이 생겼더라면, 넌 그저 웃어넘기고는 더 빨리 떨쳐냈을 텐데. 우리가 런던에 돌아갈 때 제인에게 함께 가자고 하면 설득될 것 같니? 환경이 바뀌는 게 도움이 될지도 모르잖아. 집에서 벗어나 조금 기분 전환을 하는 게 어떤 일 못지않게 도움이 될 수도 있어.”

엘리자베스는 이런 제안을 듣고 너무 기뻤고, 언니가 선뜻 동의하리라 확신했다.

“제인이 그 청년 때문에 거절하지는 않았으면 좋겠구나.” 가드너 부인이 덧붙였다. “우리는 그와 한참 떨어진 동네에 살고, 만나는 사람들도 완전히 다르고, 알다시피 우리는 외출도 별로 안 하는 편이잖니. 그러니 두 사람이 만날 일은 절대로 없을 거야. 일부러 제인을 찾아온다면 모를까.”

“아니, 그런 일도 절대 불가능해요. 빙리 씨는 지금 사실상 친구의 관리하에 있거든요. 다아시 씨는 빙리 씨가 런던의 그곳으로 제인 언니를 방문하는 걸 용납하지 않을 거예요. 사랑하는 외숙모, 어떻게 그런 생각을 다 하셨어요? 아마 다아시 씨도 그레이스처치 스트리트라는 지역이 있다는 것쯤은 들어봤겠지만, 그 사람은 그런 곳에 들르면 그 불결함을 씻어내려고 한 달 동안 목욕을 해도 충분치 않다고 생각할 사람이에요. 장담컨대 빙리 씨는 다아시 씨 없이는 절대 꼼짝도 안 할 거고요.”

“그러면 더 잘됐구나. 난 두 사람이 아예 만나지 않기를 바라니까. 하지만 제인이 그의 여동생하고는 편지를 주고받지 않을까? 그러면 여동생의 방문은 피할 수 없을 텐데.”

“그 여자가 친교를 완전히 끊을 거예요.”

절교의 건이나 빙리 씨가 억류중이라 제인을 만날 수 없다는 보다 흥미로운 이야기를 할 때에는 확신이 있었지만, 그 문제를 다시 생각해

보니 전혀 가망이 없는 일은 아닐 것 같아 우려되었다. 가능한 일이었다. 빙리 씨의 사랑이 되살아날 수도 있고, 제인의 매력에 깃든 보다 자연스러운 영향력이 다아시 씨의 영향력을 성공적으로 눌러 이길 수도 있겠다는 생각이 들었다.

베넷 양은 외숙모의 초대를 기꺼이 받아들였다. 이제 그녀가 빙리 씨 가족과 관련해 한 생각이라고는 그저 캐럴라인이 제 오빠와 한집에 있지 않으니, 그녀의 바람대로, 그와 마주칠 위험 없이 가끔 아침나절에 그녀와 함께 시간을 보낼 수 있었으면 하는 것뿐이었다.

가드너 부부는 롱본에 일주일을 머물렀다. 그나마 그 일주일도 필립스 부부와 루커스 가족, 그리고 장교들을 만나느라 하루도 약속이 안 잡힌 날이 없었다. 베넷 부인이 동생 부부를 즐겁게 해주기 위한 준비를 용의주도하게 해놓은 터라, 가족끼리만 식사하는 때가 한 번도 없었다. 약속 장소가 집일 때도 늘 장교 몇몇이 그 자리에 끼었다. 그중에서도 위컴 씨는 단골손님이었다. 가드너 부인은 이런 모임이 있을 때마다 엘리자베스가 위컴을 열렬히 칭찬하는 모습을 보고 살짝 의심이 들어 두 사람을 예의 주시했다. 그 결과 두 사람이 심각하게 사랑에 빠진 건 아니지만, 서로에게 호감이 있는 것만은 분명해 보였다. 그 때문에 조금 불안해진 그녀는 하트퍼드셔를 떠나기 전에 엘리자베스에게 이 문제를 꺼내, 그런 호감을 키우는 일에는 신중해야 한다고 조언하기로 결심했다.

가드너 부인에게 위컴 씨는 여러 매력들 말고도 한 가지 즐거움을 더 주는 사람이었다. 십 년 내지 십이 년 전쯤, 결혼 전에 그녀는 위컴 씨가 살았다는 더비셔에서 꽤 오랜 시간을 보낸 적이 있었다. 따라서 두 사람은 그곳의 많은 사람들을 공통적으로 알고 있었다. 그는 다섯 해 전 다아시 씨의 아버지가 돌아가신 뒤로는 그곳에 간 적이 거의 없었지만 가드너 부인이 전해 들을 수 있는 소식 이상으로 그녀의 옛 지인들에 관한 새 소식을 전해줄 수 있었다.

가드너 부인은 펨벌리 저택에 가보았고, 돌아가신 다아시 씨의 성품도 무척 잘 알고 있었다. 결과적으로 이런 사실들 때문에 대화의 소재가 무궁무진하게 생겨났다. 펨벌리에 대한 그녀의 기억과 위컴 씨의 상세한 묘사를 비교하고, 고인이 된 저택의 주인을 기리고, 그분에게 찬사를 함께 바치면서 그녀는 위컴과 즐거운 시간을 보냈다. 그리고 그 아들인 지금의 다아시 씨가 그를 어떻게 대우했는지를 들으면서 그녀는 그분의 어릴 적 세평 중에서 위컴의 이야기에 걸맞은 내용이 있는지를 기억해내려고 애썼다. 그러다 마침내 피츠윌리엄 다아시라는 소년이 몹시 오만하고 심술궂다는 얘기를 들은 기억이 난다고 자신 있게 말했다.

3

엘리자베스와 단둘이 얘기할 수 있는 좋은 기회가 다시 주어지자 가드너 부인은 세심하고 친절하게 조카에게 주의를 주었다. 자신의 생각을 솔직하게 밝힌 뒤 그녀는 이렇게 말을 이었다.

"리지, 넌 내게 주의를 좀 들었다고 해서 단순히 그에 대한 반발심으로 사랑에 빠져들 만큼 분별없는 아가씨는 아니니 솔직하게 다 얘기해볼게. 진심으로 하는 말인데 신중을 기했으면 좋겠어. 재산이 부족한 상황이라 몹시 경솔할 수 있으니 네가 사랑에 빠지거나 그를 사랑에 빠지게 해서는 안 돼. 그 사람에 대해서는 반대할 게 없지. 참 흥미로운 사람이니까. 그가 응당 갖고 있어야 할 재산까지 있었다면 네게 그 이상 좋은 일은 없었을 텐데. 하지만 현실이 그렇지 않잖니. 섣불리 호감을 키우면 절대로 안 돼. 네겐 분별력이 있으니 우리 모두는 네가 그 분별력을 발휘하기를 바란단다. 분명히 네 아버지도 네 결단력과 양식 있는 행실을 믿으실 거다. 아버지를 실망시켜서는 안 돼."

"사랑하는 외숙모, 너무 진지하세요."

"그래, 너도 나처럼 진지하면 좋겠구나."

"알았어요, 외숙모. 걱정하실 필요 없어요. 저 자신에 대해 조심하고, 위컴 씨에 대해서도 조심할게요. 제게 그런 일을 막을 능력만 있다면, 그 사람이 저를 좋아하게 되는 일은 없을 거예요."

"엘리자베스, 왠지 지금 진지하게 하는 말 같지 않구나."

"죄송해요. 다시 말씀드릴게요. 제가 지금 위컴 씨와 사랑에 빠진 건 아니에요. 진짜 아니에요. 하지만 그 사람은 제가 지금껏 만나본 남자들 중에서 그 누구보다도 가장 마음에 드는 사람이에요. 혹시 위컴 씨가 저를 진심으로 좋아하게 된다면…… 그런 일은 안 생기는 게 낫겠죠. 경솔하다는 것 저도 알아요. 아아! 다아시 씨가 정말 혐오스러워요! 아버지가 저를 진심으로 믿어주시는 건 제겐 큰 영광이죠. 그러니 그런 믿음을 저버린다면 전 정말 괴로울 거예요. 하지만 아버지도 위컴 씨를 마음에 들어하세요. 요컨대, 사랑하는 외숙모, 제가 가족 누구든 불행하게 만드는 장본인이 된다면 정말 유감일 거예요. 하지만 우리가 매일 목격하듯이 일단 젊은 남녀 사이에 애정이란 것이 생겨나면 당장은 가진 재산이 없더라도 결혼 약속을 하게 되잖아요. 그러니 유혹을 받는다면, 제가 같은 처지의 다른 아가씨들보다 더 현명하게 처신할 거라는 약속을 어찌할 수 있겠어요? 그리고 그런 유혹을 거부하는 게 현명한 처신임을 어찌 알겠어요? 그러니 제가 드릴 수 있는 약속은 그저 서두르지 않겠다는 것뿐이에요. 그 사람이 가장 마음에 두고 있는 사람이 저라고 성급하게 믿지 않을게요. 그와 같이 있을 때에도 그런 바람은 갖지 않을게요. 요컨대 외숙모 말씀대로 되도록 최대한 노력할게요.”

“그 사람이 이곳을 너무 자주 찾지 않게만 해도 괜찮을 거야. 그러려면 적어도 그를 초대하게끔 너희 어머니를 일깨워서는 안 되지.”

“일전에 제가 그렇게 했었지요.” 엘리자베스가 겸연쩍게 웃으며 말했다. “그래요, 그런 일은 하지 않는 게 현명할 거예요. 하지만 위컴 씨가 늘 그렇게 자주 우리집을 찾는다고는 생각하지 마세요. 이번주에는 외숙모 때문에 자주 왔다고요. 엄마는 가족과 친지들에게 끊임없이 사람들과 어울릴 수 있는 자리를 만들어줘야 한다고 생각한다는 걸 외숙모도 잘 아시잖아요. 진심으로, 제 명예를 걸고 말씀드려요. 앞으로는 더없이 현명한 처신이라고 생각되는 행동만 할게요. 그러니 이제 마음 놓으세요.”

외숙모는 마음놓겠다고 말했다. 엘리자베스가 친절한 조언에 감사드린다고 인사하고, 두 사람은 자리를 떴다. 상대방을 화나게 하지 않으면서 경우에 적합한 최선의 조언을 해준 사례였다.

가드너 부부와 제인이 떠난 지 얼마 안 됐을 때 콜린스 씨가 하트퍼드셔로 돌아왔다. 하지만 이번에는 루커스 댁에 거처를 정했기 때문에 그가 돌아왔다고 해서 베넷 부인이 크게 불편할 건 없었다. 이제 그의 결혼이 빠르게 다가오고 있었다. 그러니 결국은 그녀도 그 결혼을 불가 피한 일로 체념하며 받아들일 수밖에 없었다. 그녀는 심통이 밴 말투이 긴 했지만, "신혼부부가 행복하게 잘살길 바란다"는 덕담까지 여러 번 했다. 결혼식은 목요일이었고, 수요일에 루커스 양이 작별 인사를 드 리러 찾아왔다. 인사를 끝내고 루커스 양이 자리에서 일어나자, 엄마의 퉁명스럽고 억지스러운 덕담이 창피하기도 하고 진심으로 마음이 쓰 이기도 해서 엘리자베스가 방밖으로 그녀를 따라 나왔다. 함께 계단을 내려오면서 샬럿이 말했다.

"일라이자, 소식을 자주 전해줄 거라고 믿어."

"물론 그렇고말고."

"그리고 부탁이 하나 더 있어. 나를 만나러 와줄 거지?"

"이곳 하트퍼드셔에서 자주 만날 텐데."

"한동안 켄트를 못 떠날 것 같아. 그러니 헌스퍼드로 찾아오겠다고 약속해줘."

그런 방문은 별로 즐거울 것 같지 않았지만, 엘리자베스는 그 부탁 을 거절할 수 없었다.

"우리 아버지하고 마리아가 3월에 나를 보러 온다고 했어." 샬럿이 덧붙였다. "그때 너도 함께 오겠다고 해줘. 진심이야, 일라이자, 그 두 사람만큼이나 네가 반가울 거야."

결혼식이 거행되었다. 신랑과 신부는 교회 문을 나서자마자 바로 켄 트로 떠났다. 으레 그렇듯 모두들 결혼에 대해 할말도 많았고 들을 말 도 많았다. 친구는 곧 엘리자베스에게 소식을 보내왔다. 두 사람은 예전과 마찬가지로 정기적으로, 빈번하게 소식을 주고받았다. 하지만 예전처럼 흉허물 없이 속마음을 털어놓기란 이젠 불가능했다. 엘리자베스는 편지를 보낼 때마다 친구와 함께 나누었던 편안한 친밀감이 끝났음을 느꼈다. 편지를 주고받는 짝으로서의 역할을 소홀히 하지 말자고 단단히 마음먹었지만, 결혼 이전에 친밀했던 관계 때문이지 지금의 관계 때문은 아니었다. 그녀는 샬럿이 처음에 보낸 편지들을 꽤나 열심히 읽었다. 새집에 대해 뭐라고 말하는지, 캐서린 귀부인은 마음에 드는지, 얼마나 행복한지 알고 싶은 호기심이 없지 않아서였다. 물론 그 편지들을 읽으면서 엘리자베스는 샬럿이 모든 점에서 자신이 예견했던 바대로 신혼 생활을 묘사하고 있다는 생각이 들었다. 샬럿은 쾌활하게, 온통 즐거운 일에 둘러싸여 살고 있는 듯 썼고, 찬사 일색으로 칭찬 아닌 말은 한 마디도 없었다. 집, 가구, 이웃, 길 등 모든 점이 자기 취향에 맞는다고 했고, 캐서린 귀부인의 태도도 너무나 친절하고 호의적이라고 했다. 콜린스 씨가 헌스퍼드와 로징스 저택에 대해 떠벌렸던 묘사가 좀더 이성적으로 부드럽게 완화된 격이라, 엘리자베스는 편지에 적혀 있지 않은 다른 사실들을 파악하려면 직접 샬럿의 집을 방문할 때까지 기다려야겠다고 생각했다.

제인도 이미 런던에 무사히 도착했다는 내용이 담긴 소식을 몇 줄 보내왔다. 엘리자베스는 언니가 다시 편지를 보낼 때 그 안에 빙리 가족의 소식이 담겨 있기를 바랐다.

두번째 편지를 기다리는 애타는 마음은, 그런 마음이 대개 그렇듯이, 돌아오는 보상도 꼭 그러했다. 제인은 런던에 간 지 일주일이 지나도록 캐럴라인을 만나지 못했고 소식도 듣지 못했다. 하지만 그 이유를 롱본에서 캐털라인에게 보낸 마지막 편지가 사고로 분실되었기 때문일 거라고 추측하고 있었다.

제인의 편지는 이렇게 이어졌다. "외숙모가 내일 그쪽 동네에 갈 일이 있대. 내게도 그로스브너 스트리트를 방문할 기회가 생긴 셈이지."

그 방문을 마친 뒤 제인이 다시 편지를 보내왔다. 마침내 빙리 양을 만났다고 했다. "캐털라인이 별로 즐거워 보이지 않았어." 편지의 내용이 이어졌다. "하지만 나를 보고 무척 반가워하긴 하며, 기별도 없이 런던에 왔다고 책망했어. 그러니까 내 추측이 맞았던 거야. 마지막으로 보낸 편지가 전달되지 않았던 거지. 물론 그녀에게 오빠의 안부를 물었어. 그분은 잘 지낸다고 해. 하지만 맨날 다아시 씨하고만 어울려 지내서 자기들도 좀처럼 보기 힘들대. 다아시 양을 식사에 초대할 예정이래. 나도 다아시 양을 만나보고 싶어. 캐털라인과 허스트 부인이 외출하려던 참이어서 그리 오래 머물진 못했어. 곧 외숙모 집에서 그들 자매를 다시 만나게 될 것 같아."

엘리자베스는 편지를 읽으면서 고개를 갸웃거렸다. 앞으로 언니가 런던에 와 있다는 사실을 빙리 씨에게 알려줄 수 있는 건 오로지 우연뿐이겠다는 확신이 들었다.

넉 주가 흘러도 제인은 빙리 씨를 만나지 못했다. 그녀는 그런 상황을 유감스럽게 생각하지 말자고 애써 다짐했지만, 이제는 더이상 빙리 양의 무관심을 모르는 척할 수 없었다. 제인이 보름 동안 매일 아침마다 외숙모 집에서 소식을 기다리고, 매일 저녁마다 빙리 양이 찾아오지 않는 이유를 새롭게 대가며 시간을 보내는 가운데, 마침내 빙리 양이 그녀를 찾아왔다. 하지만 너무나 짧게 머물다 가며 설상가상 돌변해버린 빙리 양의 태도에, 제인은 더이상 스스로를 속이지 말아야겠다고 생각했다. 이 일이 있고 난 뒤 그녀가 엘리자베스에게 보낸 편지에 그 심정이 드러난다.

내가 제일 사랑하는 리지라면 분명 이런 고백을 해도 나를 놀림감으로 삼으며 자신의 판단이 옳았다고 우쭐해할 리 없겠지. 나는 빙리 양이 나에게 호감이 있다고 완전히 속았던 것 같아. 그래도, 사랑하는 내 동생아, 이 일로 네가 옳았다는 게 증명되었지만, 예전 빙리 양의 행동만 놓고 본다면 내 확신도 네 의심 못지않게 자연스러웠다고 계속 우기더라도 나를 고집스럽다고 생각하지는 말아줘. 대체 빙리 양이 왜 나랑 친해지고 싶어했는지 그 이유를 통 모르겠어. 하지만 같은 상황이 되풀이되어도 아마 나는 또 속아넘어갈 거야. 캐럴라인은 어제까지도 답방을 하지 않았어. 그동안 쪽지 한 장, 소식 한 줄 보내지 않았고. 그러다 마침내 어제 찾아왔는데, 정말 내키지 않았었나봐. 진작 찾아오지 않은 데 대해 가볍게, 형식적으로나마 사과하고는, 다시 만나고 싶다는 말은 한 마디도 안 했어. 모든 면에서 너무나 딴판으로 변해서 그녀가 떠나고, 나는 더는 교유하지 않겠다고 단단히 다짐했어. 그녀를 비난하면서도 안됐다는 생각이 들어. 빙리 양이 그처럼 나를 선택한 것이 정말 잘못된 일이지. 우리가 친해진 건 그쪽에서 먼저 다가왔기 때문이라고 분명히 말할 수 있거든. 하지만 가엾기도 해. 자신이 잘못했음을 의식하고 있을 테고, 분명 오빠를 염려해서 그랬을 테니까. 더이상 내 입장을 해명할 필요는 없겠지. 당연히 우리는 빙리 양이 그렇게 염려할 필요가 없다는 걸 잘

196

알고 있잖니. 어쨌든 그녀가 그런 불안감을 느끼고 있다면, 내게 보인 행동은 쉽게 설명되지. 그만큼 제 오빠를 끔찍이 여긴다는 것이고, 오빠를 염려하는 건, 어떤 염려이든지 간에 자연스럽고 사랑스러운 태도야. 하지만 빙리 양이 아직도 그런 불안감을 갖고 있다니 의아해. 왜냐하면 그에게 아직 나를 생각하는 마음이 있었다면, 우리는 이미 오래전에 만났어야 하거든. 장담컨대 빙리 양의 말에 비춰보면, 그는 내가 런던에 와 있다는 사실을 알고 있어. 그리고 말하는 투로 봐서는 빙리 양은 오빠가 다아시 양을 정말로 좋아한다고 스스로 믿고 싶어하는 듯했어. 그게 이해가 안 가. 좀 가혹하게 본다면, 이번 일에 표리부동한 면이 강하게 드러난다고 말하고 싶을 정도야. 하지만 괴로운 생각은 모두 지우고, 오로지 나를 행복하게 해줄 일과, 네 사랑과, 외삼촌과 외숙모의 변함없는 친절만 생각하기로 했어. 빨리 답장해주렴. 빙리 양은 네더필드로 다시 돌아갈 생각이 전혀 없으며, 그 집을 내놓겠다는 식으로 말했지만 확실히 단언한 건 아니야. 이 문제는 이제 그만 얘기하는 게 낫겠다. 헌스퍼드의 친척에게서 즐거운 소식을 받았다니 나도 무척 기쁘구나. 윌리엄 경과 마리아가 갈 때 함께 찾아가보렴. 틀림없이 아주 즐거운 시간을 보낼 수 있을 거야.

사랑하는 언니가

편지를 읽고 난 엘리자베스는 가슴이 조금 아팠다. 하지만 이제는 적어도 언니가 빙리 양에게 속는 일은 없을 거라는 생각에 다시 기분이 좋아졌다. 이젠 빙리 양의 오빠에 대한 모든 기대감이 완전히 사라진 셈이었다. 그녀는 그 사람의 관심이 되살아나는 일조차 바라지 않았다. 생각해볼수록 빙리 씨의 성격에 실망하게 되었다. 따라서 그녀는 그에게는 벌이 되고 제인 언니에게는 상이 되는 일로, 그가 정말로 다아시 양과 결혼하기를 바랐다. 위컴 씨의 설명으로 볼 때 다아시 양은 빙리 씨가 언니를 버린 일을 뼈저리게 후회하게 만들 여자였다.

이 무렵, 가드너 부인이 엘리자베스가 위컴 씨에 대해 했던 약속을 상기시키려 소식을 물어왔다. 엘리자베스에게는 자신보다는 외숙모를 더 만족시킬 소식이 있었다. 위컴 씨가 공공연히 내보였던 호감은 이미 사라진 지 오래고, 그의 관심도 사라졌으며, 지금은 다른 여자를 좋아한다는 소식이었다. 엘리자베스는 그런 상황을 충분히 지켜보면서 다 알게 되었지만, 별다른 괴로움 없이 그 일을 마주하고 편지에 쓸 수 있었다. 마음의 상처만 살짝 입었을 뿐이다. 그녀는 재산 문제만 해결됐다면 위컴 씨는 단연 자신을 선택했으리라는 믿음으로 허영심을 충족시켰다. 위컴 씨가 지금 정성을 쏟고 있는 아가씨의 가장 두드러지는 매력이란 그녀에게 느닷없이 생겨난 만 파운드의 현금이었다. 하지만 이 일에 샬럿의 경우보다도 혜안을 발휘하지 못한 엘리자베스는, 경제적 자립에 대한 그의 소망에 이의를 달 생각은 없었다. 오히려 그보다 더 자연스러운 일도 없었다. 그녀는 그가 자신을 포기하기까지 적잖이 마음고생을 했을 것 같아 그의 결정이 두 사람 모두에게 현명하고 바람직한 조치였다고 선뜻 인정하며, 진심으로 그의 행복을 빌었다.

엘리자베스는 이 모든 사실을 가드너 부인에게 털어놓았다. 정황을 설명한 뒤 이어 이렇게 썼다. "사랑하는 외숙모, 제가 깊은 사랑에 빠진 게 아니었다는 걸 이제 똑똑히 깨달았어요. 제가 진정 순수하고 고결한 감정을 경험했던 거라면 지금쯤 그 사람 이름만 들어도 진저리쳤을 거예요. 그에게 온갖 불행이 닥치기를 바랐을 거고요. 하지만 지금 제 감정은 그에게 호의적일 뿐만 아니라 킹 양에게도 아무런 악감정이 없답니다. 킹 양이 밉지 않고, 좋은 여자는 아닐 거야, 하는 생각도 안 들어요. 이 모든 상황을 놓고 보면 사랑이 없었던 거죠. 경계심이 효과가 있었던 거조. 만약 아무 생각 없이 사랑에 빠졌다면 틀림없이 저는 저를 아는 모든 사람들에게 제법 흥미로운 대상이 되었겠지만, 상대적으로 관심을 덜 받게 되었다고 해도 절대 아쉽지 않아요. 중요한 인물이 되려면 때로는 무척 값비싼 대가를 치러야 할 테니까요. 키티와 리디아가 오히려 위컴 씨의 변절을 저보다 더 마음에 새기고 있어요. 그애들은 세상 돌아가는 이치를 깨닫기엔 아직 어리니까요. 잘생긴 청년도 먹고 살려면 매력 없는 남자 못지않게 재산이 있어야 한다는 굴욕적인 진리를 아직 못 받아들이는 것이겠죠."

4

이런 일들 외에 롱본 가족에게 별다른 사건은 일어나지 않았고, 때로는 진창길을 걸어 때로는 추위 속에 메리턴으로 나들이를 가는 일 말고는 1월과 2월이 단조롭게 흘러갔다. 3월은 엘리자베스가 헌스퍼드를 방문하기로 한 달이었다. 처음에 그녀는 그 방문을 그다지 진지하게 생각하지 않았다. 하지만 이내 샬럿이 그 방문 계획을 철석같이 믿고 있다는 것을 알았다. 따라서 그녀도 차츰 더 즐겁고 더 확실한 마음으로 그 방문에 대해 생각하게 되었다. 오랫동안 헤어져 있다보니 샬럿을 다시 만나고 싶었고 콜린스 씨에 대한 혐오감도 줄어들었다. 여행 계획은 신선했고, 엄마나 어울리기 싫은 동생들과 지내는 집이 늘 좋은 것만은 아니어서 약간의 변화가 그 자체로도 반가웠다. 더구나 이번 여행은 제인의 상황을 살짝 들여다볼 기회도 제공할 터였다. 요컨대 예정된 시일이 다가올수록 계획을 조금이라도 늦추게 된다면 몹시 유감스러울 정도가 되었다. 그러나 모든 일은 순조롭게 진행되었고 마침내 샬럿이 처음 생각했던 대로 최종 결정되었다. 엘리자베스가 윌리엄 경 그리고 그의 둘째 딸과 동행하게 된 것이다. 런던에서 하룻밤을 보내는 일정이 추가된 덕분에 이번 여행 계획은 엘리자베스로서는 더없이 완벽했다.

유일하게 마음에 걸리는 점은, 자신을 그리워할 것이 분명한 아버지를 두고 떠나는 일이었다. 실제로 아버지는 떠나는 날이 되자 이 여행을 몹시 못마땅해하며, 딸에게 편지를 보내라고 신신당부하면서 답장을 보내겠다는 약속까지 할 뻔했다.

그녀와 위컴 씨의 작별은 대단히 다정했다. 특히 위컴 씨 쪽에서 더 그랬다. 비록 다른 여성으로 상대를 바꾸기는 했지만, 그는 엘리자베스가 맨 처음 자신의 관심을 끌었고, 그럴만한 가치가 있었으며, 처음으로 자신의 말을 귀담아들으며 동정해주었고, 처음으로 애정을 느낀 상대였음을 잊을 수 없었다. 그녀에게 작별 인사를 건네고, 즐거운 시간을 보내라고 기원하고, 캐서린 드 버그 귀부인에게서 받게 될 대접을 미리 알려주고, 귀부인이나 다른 사람들에 대한 그들의 생각이 항상 일치할 것으로 믿는다고 말하는 그의 태도에는 그녀에 대한 배려와 관심이 담겨 있었다. 언제라도 그를 진심으로 좋아하게끔 만드는 그런 배려와 관심에 엘리자베스는 자신이 결혼을 하든 미혼으로 지내든 앞으로 그가 자신이 생각하는 너그럽고 괜찮은 남자의 본보기가 될 것임을 확신하며 그와 헤어졌다.

다음날 여행을 함께하게 된 동행자들은 위컴 씨의 쾌활한 성격을 더 생각나게 만드는 사람들이었다. 윌리엄 루커스 경과, 명랑하지만 아버지 못지않게 머리가 텅 빈 편인 딸 마리아에게는 들어줄 만한 얘깃거리가 없어서 그들의 얘기를 듣는 즐거움은 딱 덜컹거리는 마차 소리만큼이었다. 엘리자베스는 엉뚱한 이야기를 좋아했지만 윌리엄 경의 이야기는 너무 오래 들어온 게 문제였다. 궁전에 나아가 알현하고 기사 작위식 때 경탄했던 일은 이제 새로운 것이 하나도 없는 얘기였다. 윌리엄 경의 예의바른 언행도 그가 하는 얘기만큼이나 진부하기 짝이 없었다.

겨우 이십사 마일밖에 안 되는 거리인데다 아침 일찍 출발한 덕분에 이들은 정오 무렵에 그레이스처치 스트리트에 도착할 수 있었다. 그들이 탄 마차가 가드너 씨 집 정문에 들어서자 제인은 응접실 창문으로 지켜보고 있다가, 그들이 마당으로 들어서자 벌써 나와 그들을 맞이했다. 언니의 얼굴을 유심히 들여다본 엘리자베스는 그 얼굴이 예전처럼 건강하고 사랑스러워 보여 기뻤다. 집밖의 계단에는 꼬맹이들이 올망졸망 모여 있었다. 사촌누이가 보고 싶어 응접실에서 기다리지 못하고 나오긴 했지만, 열두 달 만에 만나 수줍은지 더 아래쪽으로는 못 내려왔다. 모두들 즐거워했고 친절했다. 그날 하루는 무척 즐겁게 지나갔다. 낮시간은 시끌벅적하게 쇼핑을 하고 저녁 시간은 연극 구경을 하면서 말이다.

극장에서 엘리자베스는 일부러 외숙모 곁에 앉았다. 첫번째 대화 주제는 언니였다. 그녀는 제인이 늘 명랑한 기분을 유지하려고 애를 쓰지만 가끔은 우울한 모습을 보인다는 외숙모의 말을 듣고 놀랍기보다는 슬펐다. 하지만 그런 시간이 오래 계속되지는 않으리라 바랄 수밖에 없었다. 가드너 부인은 빙리 양이 그레이스처치 스트리트를 방문했던 일도 자세히 말해주었다. 그리고 제인과 여러 차례 나눈 대화 내용도 전하면서, 제인이 진심으로 빙리 양과의 교유를 끝내기로 했음을 알 수 있었다고 말했다.

그다음으로 가드너 부인은 위컴 씨한테 차였다고 엘리자베스를 놀리고는 그녀가 그 일을 잘 참아내고 있다고 칭찬했다.

"그런데 말이야, 사랑하는 엘리자베스." 그녀가 덧붙였다. "킹 양은 어떤 아가씨니? 우리의 친구가 돈을 목적으로 삼다니 유감이구나."

"그래요, 외숙모. 돈이 목적인 결혼과 분별 있는 결혼의 차이가 뭘까요? 어디까지가 신중함이고, 어디서부터 탐욕일까요? 지난번 크리스마스 때 제가 위컴 씨와 결혼하게 될까봐 걱정하셨잖아요. 그런 결혼은 신중하지 못하다는 이유로요. 그런데 지금은 그가 고작 만 파운드의 재산을 가진 아가씨와 결혼하려고 한다고 그를 돈만 바라는 사람이라고 말하고 싶어하시네요."

"킹 양에 대해 말해주면, 내가 알아서 판단할게."

"참 괜찮은 아가씨라고 생각해요. 어떤 단점도 없고요."

"하지만 할아버지가 돌아가시며 재산이 상속되기 전까지는 위컴 씨가 그녀에게 티끌만큼의 관심도 없었다며."

"그랬죠. 그런데 왜 그랬어야 하죠? 제게 재산이 없으니 제 애정을 구해서는 안 되는 일이었다면, 자기가 관심도 없을뿐더러 저처럼 가난뱅이인 아가씨를 좋아할 이유가 뭐가 있었겠어요?"

"하지만 너하고의 일도 있는데 그렇게 빨리 그 아가씨에게 관심을 돌린 건 야비한 일 같아."

"곤궁한 상황에 처한 남자는 다른 남자라면 지킬 수도 있는 온갖 우아한 예의범절을 따질 시간이 없는 거예요. 당사자가 반대 안 한다는데 우리가 반대할 일이 뭐가 있겠어요?"

"그녀가 반대하지 않는다고 그의 처신이 정당화되는 건 아니야. 그건 단지 그녀에게 뭔가가 부족함을 말해줄 뿐이지, 분별이나 감정 말이야."

"알았어요." 엘리자베스가 큰 소리로 말했다. "외숙모 마음대로 생각하세요. 그는 돈을 노리고, 그녀는 바보라고요."

"아냐, 리지, 내 생각은 그렇지 않아. 알다시피 더비셔에서 그렇게 오래 살았던 청년을 나쁘게 생각한다면 유감스러운 일이지."

"어머! 단지 그게 외숙모가 말씀하시는 이유라면 제가 더비셔에 사는 청년들을 아주 안 좋게 보는 셈이군요. 하트퍼드셔에 사는 그들의 친한 친구들이라고 나을 건 없죠. 모두 넌더리가 난다고 할까요. 아, 참! 그런데 바로 내일, 성품으로 봐서 마음에 드는 구석이 하나도 없는 남자를 제가 만나러 가네요. 매너도 분별력도 갖추지 못한 남자를 말이에요. 결국은 바보 같은 남자들만 알고 지낼 가치가 있나봐요."

"조심해, 리지. 그 말에는 환멸이 강하게 느껴지는걸."

연극이 끝나고 헤어지기 전에 엘리자베스는 외숙모 내외로부터 여름에 떠날 즐거운 여행에 동참하지 않겠느냐는 뜻밖의 행복한 권유를 받았다.

"어디까지 갈지 아직 구체적으로 결정하진 않았어." 외숙모가 말했다. "하지만 레이크 디스트릭트*까진 가려고 해."

엘리자베스는 이 여행 계획이 더없이 마음에 들어서 너무도 흔쾌히, 감사하는 마음으로 그 권유를 받아들였다. "사랑하고 사랑하는 외숙모." 엘리자베스가 황홀한 듯 소리쳤다. "너무 기뻐요! 정말 행복하네요! 제게 생기와 활력을 선물해주시네요. 이제 환멸도 울화도 안녕이에요. 바윗덩어리나 산에 비하면 남자라는 존재가 대체 뭘까요? 아아! 얼마나 황홀한 시간을 보내게 될까요? 여행에서 돌아오면 우리는, 자신이 뭘 보고 왔는지 정확히 기억 못하는 다른 여행객들과 사뭇 다를 거예요. 우리는 우리가 어딜 다녀왔는지 그리고 우리가 무엇을 봤는지를 똑똑히 기억할 거예요. 호수, 산, 강의 모습이 우리의 상상 속에서 뒤범벅되지 않을 거예요. 어떤 특정한 장면을 그려내려 할 때 그곳의 위치를 놓고 다투는 일도 없을 거고요. 우리가 처음 쏟아내는 감탄부터 여행객들이 흔히 내뱉는 감탄과는 차원이 다른 들어줄 만한 감탄이 될 거예요."

5

다음날 헌스퍼드로 가는 동안 엘리자베스에게는 눈에 들어오는 모

든 것이 새롭고 흥미로웠다. 그녀의 기분은 즐거움을 느낄 수 있는 상태였다. 언니가 무척 건강해 보여서 염려가 전부 사라졌고 북부 지방으로 여행을 떠날 기대감에 계속 기쁨이 샘솟았다.

마차가 대로를 벗어나 헌스퍼드로 가는 작은 길로 접어들자 일행의 모든 시선이 목사관을 찾아 움직였고, 모퉁이를 돌 때마다 목사관이 눈에 띄기를 바랐다. 로징스 파크의 울타리가 길 한쪽의 경계를 이루고 있었다. 엘리자베스는 그 저택 사람들에 대해 들은 모든 이야기가 생각나 슬며시 미소를 지었다.

마침내 목사관이 보이기 시작했다. 길 쪽으로 경사진 정원과 그 안에 서 있는 집, 초록색 말뚝과 월계수 울타리 등 모든 광경이 목적지에 도착했음을 말해주고 있었다. 콜린스 씨와 샬럿이 문 앞에 모습을 보였다. 일행 모두 고개를 끄덕이며 미소 짓는 가운데 마차는 짧막한 자갈길로 이어진 작은 문 앞에 멈춰 섰다. 모두들 곧장 마차에서 내렸고 서로의 모습을 보며 반가워했다. 콜린스 부인은 더없이 즐거워하며 친구를 맞이했다. 친구가 그토록 애정 어린 환대를 해주니 엘리자베스는 점점 오기를 잘했다는 생각이 들었다. 그녀는 사촌 콜린스 씨의 태도가 결혼하고도 전혀 변하지 않았음을 즉각 깨달았다. 형식적인 예절도 예전 그대로여서, 문 앞에서 몇 분 동안 엘리자베스를 붙잡고 온 가족의 안부를 묻고는 만족스러워했다. 그런 다음 자기 집의 깔끔한 현관을 가리키며 시간을 좀더 끈 것 말고는 더이상 지체하지 않고 일행을 집안으로 안내했다. 응접실로 들어서자 그는 보란듯이 격식을 차리며, 누추한 집을 찾아준 데 대해 다시 한번 환영 인사를 했고, 자기 아내가 다과를 권할 때에도 그 말을 똑같이 되풀이했다.

엘리자베스는 우쭐해하는 그의 모습을 참고 봐줄 각오가 되어 있었다. 그가 그 방의 멋진 비율과 방향과 가구들을 자랑하면서 특별히 그녀를 향해 말한다는 생각을 지울 수 없었다. 마치 자기를 거절함으로써 놓친 게 뭔지 알게 해주고 싶다는 투였다. 그러나 모든 것이 깨끗하고 안락해 보였어도, 후회의 탄식을 내뱉어 그를 뿌듯하게 해줄 수는 없는 노릇이었다. 오히려 이런 남편과 살면서 그토록 명랑할 수 있는 샬럿을 놀란 표정으로 바라보았다. 콜린스 씨가 아내조차 부끄러워할 말을, 그것도 여러 차례 되풀이할 때마다 엘리자베스는 자기도 모르게 샬럿에게 시선을 돌렸다. 한두 번 샬럿의 얼굴이 살짝 붉어졌지만 대체로 샬럿은 현명하게도 남편의 말을 귀담아듣지 않았다. 찬장에서 벽난로 망에 이르기까지 방안의 가구들을 모조리 구경하고, 이어 여행중에 있었던 일과 런던에 들렀던 일까지 다 이야기할 만큼 충분히 오래 앉아 있은 뒤, 콜린스 씨는 손님들에게 정원 산책을 나가자고 권했다. 넓고 설계가 잘된 정원으로 그가 직접 가꾸었다고 했다. 정원 일은 그가 가장 품위 있게 여기는 오락 중 하나라고 했다. 정원 일이 건강에 유익하다며 남편에게 그 일을 가능한 많이 권한다고 말하는 샬럿의 침착한 표정에 엘리자베스는 감탄했다. 정원의 모든 산책로와 갈림길로 일행을 안내하며 자신이 원하던 찬사는 말할 틈도 주지 않은 채 콜린스 씨는 눈앞에 보이는 경치를 시시콜콜 설명했다. 아름다움이고 뭐고는 아예 뒷전이었다. 그는 사방에 널린 들판의 숫자와 가장 멀리 있는 숲의 나무들 숫자까지 낱낱이 헤아릴 수 있었다. 하지만 그는 그의 정원이든 그 지역이든, 아니면 그 나라 전체든, 그가 자랑할 수 있는 모든 경치들 가운데 그의 집 갖은편에 있는 저택 경내를 둘러싼 숲의 트인 공간이 빚어내는 로징스 저택의 경치와 견줄 수 있는 건 아무것도 없다고 말했다. 저택은 멋진 현대식 건물로 둔덕 위에 훌륭히 자리잡고 있었다.

콜린스 씨는 아마 자기 집 정원부터 시작해 목초지 두 곳을 다 돌며 구경시키고 싶었을 것이다. 하지만 여자들의 신발이 아직 남은 하얀 살얼음을 밟고 지나가기엔 알맞지 않아서 일행은 그냥 집으로 돌아왔다. 윌리엄 경이 콜린스 씨와 동행한 틈을 타서 샬럿은 여동생과 엘리자베스를 집으로 데리고 들어가며 무척 기뻐했다. 남편의 도움 없이 집 구경을 시켜줄 기회를 잡았기 때문이었다. 아담했지만 매우 잘 지은 편리한 집이었다. 모든 것이 깔끔하고 질서 있게 정돈되어 있어서 엘리자베스는 그게 다 샬럿의 공로일 거라고 생각했다. 콜린스 씨의 존재를 잠시 잊어도 되자 시종 너무나 편안한 분위기가 감돌았다. 샬럿이 그런 분위기를 확실히 즐기는 모습을 보고 엘리자베스는 틀림없이 콜린스 씨는 종종 망각된 존재로 취급받고 있으리라 짐작했다.

엘리자베스는 캐서린 귀부인이 그곳 저택에 계속 머물고 있다는 사실을 이미 들어서 알고 있었다. 식사 자리에 동석한 콜린스 씨는 그 얘기를 다시 꺼냈다.

"그래요, 엘리자베스 양, 다음주 일요일 교회에 가면 영광스럽게도 캐서린 드 버그 귀부인을 뵙게 될 겁니다. 말할 필요도 없이 엘리자베스 양도 그분을 뵈면 기쁠 거예요. 귀부인께서는 상냥함과 겸손함 그 자체이신 분이십니다. 틀림없이 예배가 끝난 후 영광스럽게도 당신에게 약간의 관심을 표명하실 겁니다. 이곳에 머무는 동안 귀부인께서 황송하게도 우리를 초대하는 모든 식사 자리에 엘리자베스 양과 우리 마리아 처제도 포함시켜주실 거라는 점을 주저 없이 말할 수 있습니다.

사랑하는 제 아내를 대하시는 귀부인의 태도 또한 놀랍기 그지없지요. 매주 두 번, 우리는 로징스 저택에 가서 식사를 한답니다. 그런데 그때마다 걸어서 귀가하도록 놔두시는 법이 없지요. 늘 귀부인의 마차가 우리를 위해 준비되어 있답니다. 아니, 귀부인의 마차들 중 한 대라고 해야겠군요. 마차가 여러 대 있으니까요."

"캐서린 귀부인은 대단히 존경스럽고 분별 있는 분이셔." 샬럿이 덧붙였다. "더없이 세심한 이웃이기도 하고."

"정말 그래요, 여보. 그게 바로 내가 말하고자 하는 바예요. 그분에게는 아무리 큰 존경심을 품어도 부족할 겁니다."

저녁 시간은 주로 하트퍼드셔의 소식과 이미 언급했던 내용을 화제 삼아 이야기꽃을 피우는 가운데 지나갔다. 그 시간이 끝나고 방에 혼자 있게 되자 엘리자베스는 과연 샬럿이 얼마나 만족하며 살고 있는지를 곰곰이 따져보고는, 안내하며 그녀가 했던 말과 침착하게 남편의 언행을 참아내는 모습을 이해하고, 그녀가 참 잘해내고 있다고 인정하게 되었다. 그녀는 또한 이번 방문이 어떤 식으로 흘러갈지 예측해보았다. 그들 부부의 평소 생활에 깃든 평온한 분위기를 느끼고, 콜린스 씨의 짜증스러운 참견을 겪고, 로징스 저택을 방문한다고 야단법석을 떨게 될 것이었다. 활기찬 상상력이 곧 이 모든 그림을 그려주었다.

다음날 점심 두렵 산책 나갈 준비를 하는데 갑자기 아래층에서 시끌벅적한 소리가 들려오더니 온 집안이 혼란에 빠진 듯한 상황이 벌어졌다. 잠시 귀를 기울이니 누군가가 흥분해서 황급히 계단을 뛰어올라오며 큰 소리로 그녀를 부르고 있었다. 문을 열자 마리아가 층계참에 서서 잔뜩 들뜬 모습으로 헐떡거리며 외쳤다.

"아, 일라이자 양! 빨리 정찬실로 가봐. 정말이지 굉장한 구경을 할 수 있어! 뭔지 미리 말해주지는 않을 거야. 서둘러. 지금 바로 내려가봐."

엘리자베스가 무슨 일이냐고 물어봤지만 소용없었다. 마리아는 더 이상 말해주지 않았고 두 사람은 놀랍다는 그 광경을 구경하기 위해 집 앞길과 면해 있는 정찬실로 뛰어내려갔다. 숙녀 두 분이 탄 낮은 사륜 쌍두마차가 정문에 멈춰 선 광경이었다.

"아니, 저게 다야?" 엘리자베스가 소리쳤다. "적어도 돼지들이 정원 안으로 침입한 일 정도는 기대했는데! 고작 캐서린 귀부인과 그 따님께서 이곳에 오신 광경이라니!"

"어머, 일라이자 양!" 마리아가 엘리자베스의 오해에 크게 충격을 받은 듯 말했다. "나이가 지긋하신 분은 캐서린 귀부인이 아니라 그 댁에 사는 젱킨슨 부인이야. 다른 숙녀는 드 버그 양이 맞고. 드 버그 양만 봐봐. 참 자그마한 아가씨지. 드 버그 양이 저렇게 가냘프고 작을 줄 누가 상상이나 했겠어!"

"바람이 이렇게 세차게 부는데 샬럿을 문밖에 저렇게 오래 서 있게 하다니 너무 무례한 것 아니니? 왜 안 들어오는 거지?"

"아하! 샬럿 언니 말이 드 버그 양은 언니 집에 좀처럼 들어오지 않는대. 들어오는 건 크나큰 호의를 베푸는 일이래."

'외모는 마음에 드네.' 엘리자베스는 딴생각이 들어 흠칫 놀라면서 혼잣말을 중얼거렸다. '병약하고 신경질적으로 보여. 그래, 저 정도면 그 사람하고 참 잘 어울리겠다. 매우 적절한 신붓감이 되겠어.'

콜린스 씨와 샬럿은 정문 앞에 서서 두 숙녀와 이야기를 나누고 있었다. 윌리엄 경은 문 앞에 서서 자기 앞에 있는 이 대단한 드 버그 양을 열심히 바라보다가 그녀가 자기 쪽을 쳐다볼 때마다 연신 허리를 굽혀 인사했다. 엘리자베스는 그 광경이 너무 웃겼다.

마침내 더이상 나눌 얘기가 없는지 숙녀들은 마차를 타고 돌아갔고, 다른 사람들은 집안으로 들어왔다. 콜린스 씨가 엘리자베스와 마리아를 보자마자 행운을 축하한다고 말하자, 샬럿이 그 옆에서 행운이란 바로 일행 모두가 다음날 로징스 저택의 정찬에 초대를 받은 일이라고 설명했다.

6

이 정찬 초대로 콜린스 씨의 우쭐한 만족감은 완전해졌다. 미심쩍어하는 손님들에게 후견인 귀부인의 위풍당당한 모습을 과시하고, 자기 부부를 대하는 귀부인의 공손한 태도를 보고 충격을 받게끔 하는 일이야말로 그가 고대하던 바였다. 그런데 그럴 기회가 이렇게 빨리 오다니, 실로 캐서린 귀부인의 겸양이 얼마나 대단한지를 보여주는 좋은 예로, 그로서는 귀부인의 그런 배려를 어찌 존경해야 할지 가늠도 못할 정도였다.

"솔직히 고백하자면, 귀부인께서 그저 일요일 저녁에 차나 마시며 로징스에서 시간을 보내자고 청하셨다면 전혀 놀라지 않았을 겁니다." 그가 말했다. "귀부인의 친절한 성품을 익히 알고 있는 저로서는 그 정도를 기대했지요. 그런데 이런 관심을 주실 줄 누가 예견했겠습니까? 엘리자베스 양이 이곳에 도착한 뒤 우리가 (그것도 모든 일행을 다 포함해서 말이죠) 이토록 빨리 정찬 초대를 받을 줄 누가 상상이나 했겠어요!"

"나는 이런 일이 별로 놀랍지 않네." 윌리엄 경이 말했다. "살면서 내 지위 덕분에 지체 높은 귀족분들의 예의범절을 겪어 익히 알고 있으니 말일세. 왕실 주변에서는 그처럼 품위 있고 교양 있는 예의범절이 특별한 게 아니라네."

그날 내내 그리고 다음날 오전까지 로징스 저택 방문에 관한 화제 말고 다른 화제는 전혀 거론되지 않았다. 콜린스 씨는 저택의 웅장한 방들과 많은 하인들, 화려하기 그지없는 식탁에 압도되지 않도록 미리 일행에게 그곳에서 보게 될 광경에 대해 세심히 일러주었다.

숙녀들이 옷을 갈아입기 위해 나가려고 하자 그가 엘리자베스에게 말했다.

"친애하는 사촌, 옷차림에 대해서는 불편하게 생각하지 마세요. 캐서린 귀부인께서는 본인이나 따님에게 어울리는 우아한 옷차림을 우리에게 요구하시는 분이 절대 아닙니다. 어떤 옷이든 다른 사람들보다 조금 더 나은 옷만 입으면 괜찮다고 조언하고 싶네요. 그 이상 신경쓸 필요가 전혀 없습니다. 수수하게 입었다고 해서 캐서린 귀부인께서 안 좋게 보시는 일은 전혀 없을 겁니다. 귀부인께서는 신분의 격차가 준수되기를 바라신답니다."

숙녀들이 옷을 갈아입는 동안 그는 각 방의 문 앞으로 두세 차례나 찾아가 귀부인께서 정찬을 기다리는 일을 몹시 싫어하시니 빨리 서두르라고 재촉했다. 귀부인과 귀부인의 생활방식에 대한 무서운 설명 때문에 이런 자리가 익숙하지 않았던 마리아 루커스는 꽤나 겁을 먹었다.

그녀는 아버지가 세인트제임스궁에 처음 알현 갔을 때만큼의 두려움을 품고 로징스 방문을 고대하고 있었다.

날씨가 화창해서 그들은 귀부인의 사유지 정원을 가로질러 반 마일가량을 즐겁게 걸어갔다. 모름지기 모든 사유지 정원은 그 나름의 아름다움과 경관을 갖추고 있는 법이다. 콜린스 씨가 예측했던 정도는 아니었지만, 엘리자베스는 그곳 정원의 경관을 보고 무척 즐거워했다. 콜린스 씨는 저택 정면의 창문 수를 일일이 세며 맨 처음 루이스 드 버그 경이 유리창값으로만 얼마나 큰돈을 지불했는지 설명했지만, 엘리자베스는 별다른 감동을 느끼지 않았다.

현관으로 올라가는 계단에 올라설 때쯤 마리아의 두려움은 점점 더 커졌고, 윌리엄 경도 그리 침착해 보이지는 않았다. 배짱 있는 엘리자베스만 움츠러들지 않았다. 그녀는 캐서린 귀부인이 특별한 재능이나 놀랄 만한 덕목을 갖추고 있어 경외할 만한 분이라는 얘기는 듣지 못했고, 돈이나 지위 따위가 빚어내는 위엄이라면 아무런 두려움 없이 대할 수 있다고 생각했다.

현관 입구에서부터 콜린스 씨는 훌륭한 비율에 세련된 장식을 뽐내듯 언급했고, 일행은 하인들을 따라 대기실을 거쳐 캐서린 귀부인과 따님, 그리고 젱킨슨 부인이 앉아 있는 방으로 이동했다. 귀부인이 크게 호의를 베풀어 그들을 맞이하기 위해 일어났다. 남편과 미리 정한 대로 콜린스 부인이 소개를 맡았고, 적절히 예의를 차리는 가운데 소개가 진행되었는데, 남편이었다면 필요하다고 여겼을 사과와 감사의 말은 빠진 인사였다.

윌리엄 경은 세인트제임스궁에 가본 적이 있으면서도 자신을 감싼

장엄한 분위기에 완전히 주눅들었다. 그저 몸을 아주 낮게 숙여 인사하며 한마디도 못한 채 간신히 자리에 앉을 용기만 남아 있을 뿐이었다. 거의 넋이 나갈 만큼 잔뜩 겁을 집어먹은 그의 딸은 어디를 봐야 할지도 모른 채 의자 끄트머리에 걸터앉았다. 엘리자베스만 이런 상황을 잘 감당하며 앞에 앉은 숙녀 세 분을 차분히 바라보았다. 캐서린 귀부인은 강한 인상에 키와 몸집이 컸고, 한때는 미인 소리도 들었을 법한 외모를 지니고 있었다. 그녀의 태도는 손님들이 자신의 열등한 신분을 의식하지 않아도 될 만큼 우호적이지 않았다. 매너 또한 환대 쪽이 아니었다. 물론 침묵을 지켜 상대방을 겁먹게 하는 사람은 아니었지만 무슨 말이든 너무 권위적인 투로 말해 거만함이 두드러졌고, 그런 태도에 엘리자베스의 머릿속에는 위컴이 한 말이 돌연 떠올랐다. 그날 관찰한 모든 내용으로 볼 때 그녀는 캐서린 귀부인의 모습이 위컴이 묘사했던 모습 그대로라는 생각이 들었다.

엘리자베스는 이내 귀부인의 얼굴과 행동에서 다아시 씨와 비슷한 점을 제법 감지해냈다. 엄마 쪽 관찰이 끝나자 이번에는 딸 쪽으로 시선을 돌렸는데, 드 버그 양이 하도 가냘프고 작아서 마리아가 그녀를 보고 놀랐던 반응에 동조할 뻔했다. 엄마와 딸 사이에 몸집도 얼굴 표정도 닮은 구석이라고는 하나도 없었다. 드 버그 양은 창백하고 병약해 보였다. 못생긴 편은 아니었지만 이목구비에 두드러진 특징이 없었다. 그녀는 아주 작은 목소리로 젱킨슨 부인에게 몇 마디만 할 뿐이었다. 눈에 띄는 특징이 전혀 없는 젱킨슨 부인은 드 버그 양의 말을 열심히 듣고 그녀의 눈앞 적절한 방향에 난로 가림막을 놓아주었다.

잠시 앉아 있다가 모두들 일어나 경치를 감상하러 창가로 갔다. 콜린스 씨가 뒤따르면서 아름다운 경치를 가리키며 설명해주었고, 귀부인은 여름에는 훨씬 더 감상할 만하다고 친절하게 말했다.

정찬은 더할 나위 없이 훌륭했다. 콜린스 씨가 장담한 대로 모든 하인들이 동원됐고 온갖 일품요리들이 제공됐다. 그리고 본인의 예상대로 그는 귀부인의 뜻에 따라 식탁 상석의 맞은편에 자리를 잡았다. 그는 평생 그 이상의 영광스러운 대접은 받지 못하리라 생각하는 듯했다. 그는 열심히 고기를 썰고 먹으며 기쁨에 겨워 민첩하게 찬사를 보냈다. 모든 요리어 대해 처음에는 그가, 다음에는 윌리엄 경이 찬사를 바쳤다. 윌리엄 경은 이제 사위가 하는 모든 말을 되풀이할 만큼 제정신이 든 상태였다. 엘리자베스에게는 과연 캐서린 귀부인이 참고 견딜 수 있을까 싶은 과한 태도였다. 하지만 캐서린 귀부인은 두 사람의 과도한 찬사가 흡족한 듯 매우 우아한 미소를 지어 보였다. 특히 식탁에 차려진 음식이 두 사람이 처음 맛보는 음식으로 밝혀졌을 때 더욱 그랬다. 정찬 자리에서는 대화의 기회가 그다지 많지 않았다. 엘리자베스는 기회만 주어지면 말을 할 준비를 하고 있었지만 공교롭게도 앉은 자리가 샬럿과 드 버그 양 사이였다. 샬럿은 캐서린 귀부인의 말을 열심히 경청했고 드 버그 양은 식사 시간 내내 그녀에게 한마디 말도 걸지 않았다. 젱킨슨 부인은 드 버그 양이 음식을 너무 조금 먹는 데에만 온 신경을 썼고, 다른 요리도 좀 먹어보라고 권하며 아가씨의 기분이 상할까봐 걱정했다. 마리아는 대화가 불가능했고, 남자들은 오로지 먹고 찬사만 늘어놓을 뿐이었다.

숙녀들이 응접실로 돌아갔을 때도 캐서린 귀부인의 말을 듣는 것 말고는 다른 할일이 없었다. 귀부인은 커피가 나올 때까지 누구의 방해도 없이 온갖 주제에 대해 매우 당당한 태도로 이야기를 이어나갔다. 자신의 판단이 다른 사람에게 반박당해본 적이 거의 없음을 보여주는 태도였다. 귀부인은 샬럿의 살림살이에 관해 친근하고 상세하게 물어보았고 살림을 꾸리는 방법에 관해 많은 조언을 했다. 그리고 샬럿의 가정처럼 소규모인 가정에서 일어나는 온갖 문제들을 처리하는 방법을 일러주었으며, 심지어 소나 가금류를 기르는 방법까지 가르쳤다. 엘리자베스가 보기에 다른 사람을 가르치려 들 수만 있다면, 이 위대한 귀부인의 관심이 미치지 않는 영역은 절대 없으리라는 생각이 들었다. 콜린스 부인과 대화를 나누는 틈틈이 귀부인은 마리아와 엘리자베스에게도 다양한 질문을 던졌는데, 특히 낯선 집안 사람인 엘리자베스에게 더 많은 질문이 쏟아졌다. 그녀는 콜린스 부인에게 엘리자베스가 참 얌전하고 예쁜 아가씨라고 말했다. 그리고 엘리자베스에게 자매는 몇인지, 자매들이 언니인지 동생인지, 결혼한 자매는 있는지, 자매들의 미모는 어떤지, 교육은 제대로 받았는지, 아버지는 어떤 마차를 갖고 계신지, 엄마의 결혼 전 성은 무엇인지 등을 꼬치꼬치 캐물었다. 엘리자베스는 그런 질문이 대단히 무례하다고 생각했지만, 아주 침착하게 대답했다. 그러자 캐서린 귀부인이 말했다.

"아버지 재산이 콜린스 씨에게 한사상속이 된다지요." 그러면서 샬럿을 향해 말했다. "콜린스 부인에게는 기쁜 일이겠군요. 하지만 그렇다고 여성들이 한사상속에서 배제될 까닭은 없죠. 루이스 드 버그 경 가문에서는 그런 일은 필요 없다고 봤죠. 베넷 양, 연주와 노래는 좀 하나요?"

"조금이요."

"오! 그렇다면 언제 시간이 될 때 그 연주와 노래를 들으면 기쁘겠네요. 우리집 피아노는 최고급이지. 이보다 나은 건 아마…… 언제 한번 연주해봐요. 다른 자매들도 연주하고 노래하나요?"

"한 명이 합니다."

"왜 다 배우지 않았죠? 모두 배웠어야 했을 텐데. 웨브 가문의 자매들은 모두 다 연주할 줄 알죠. 그 집 아버지가 베넷 양의 아버지보다 수입이 적은데도 그렇답니다. 그림은 그리나요?"

"아니요, 전혀 못 그립니다."

"저런. 자매들 다요?"

"한 명도 못 그립니다."

"참 이상하네. 하지만 기회가 없었던 모양이군요. 베넷 양의 어머니가 매년 봄 그림 선생을 찾아 런던에 데려가야 했어요."

"엄마는 반대하지 않으셨을 거예요. 하지만 아버지가 런던을 혐오하셔서요."

"가정교사는 떠났나요?"

"저희는 한 번도 가정교사를 둔 적이 없어요."

"가정교사가 없었다니! 어떻게 그럴 수가? 가정교사도 안 두고 딸 다섯을 그냥 집에서 키웠다니! 그런 얘긴 처음 듣네. 그럼 틀림없이 어머니가 딸들 교육에 꽁꽁 매여 헌신하셨겠네요."

엘리자베스는 귀부인에게 그렇지 않다고 힘주어 말하면서 미소 짓지 않을 수 없었다.

"그렇다면 누가 엘리자베스 양 자매들을 가르쳤나요? 누가 시중을 들고요? 가정교사가 없었다면 틀림없이 방치되어 컸겠군."

"몇몇 집안과 비교하면 그랬을지도 모르겠습니다. 하지만 배우고 싶은 것을 배울 수단이 없었던 적은 결코 없었습니다. 항상 책을 읽으라고 권유받았고, 필요하면 다양한 선생들의 지도를 받았죠. 빈둥거리고 싶은 사람은 확실히 놀았고요."

"그래요, 그랬겠죠. 하지만 가정교사가 있었다면 그런 일을 막았을 겁니다. 내가 어머니를 알았다면 진심으로, 간곡하게 가정교사를 들이라고 충고했을 텐데. 나는 늘, 꾸준히 규칙적으로 가르치지 않으면 어떤 교육도 이루어질 수 없다고 말한답니다. 그런데 그런 교육은 가정교사만이 시킬 수 있죠. 내가 얼마나 많은 가정에 가정교사를 구해주었는지 놀랄 정도랍니다. 나는 항상 기쁜 마음으로 젊은 아가씨들에게 가정교사 자리를 주선합니다. 젱킨슨 부인의 조카 네 명도 내 주선으로 아주 기쁘게 자리를 잡았지요. 얼마 전에도 우연히 알게 된 아가씨를 추천했는데, 그 가족이 그녀를 대단히 마음에 들어하더군요. 콜린스 부인, 어제 멧커프 부인이 감사의 말을 전하러 왔었다는 말을 했던가요? 포프 양이 보석 같은 존재라는 사실을 알게 되었대요. 그 부인이 '캐서린 귀부인, 제게 보석을 선물하셨더군요!'라고 말했죠. 동생들 가운데 사교 모임에 선을 보인 동생이 있나요, 베넷 양?"

"네, 귀부인, 전부 다 나갔답니다."

"전부 다라니! 아니, 그럼 한꺼번에 다섯 자매가 다 나갔다는 말인가요? 참 별일이네! 베넷 양이 둘째라면서요. 언니들이 아직 결혼도 안 했는데 동생들이 벌써 사교 모임에 등장하다니! 동생들은 아직 어릴 텐데?"

"네, 막내는 아직 열여섯이 안 됐습니다. 사람들하고 많이 어울리기에는 아직 너무 어리겠죠. 하지만 정말이지, 귀부인, 언니들에게 일찍 결혼할 방편이나 의향이 없다고 해서 동생들까지 그들 몫의 사교 생활과 즐거움을 누리지 못하게 하는 건 너무 가혹하다고 생각해요. 가장 늦게 태어난 막내라도 맏이만큼 젊음의 즐거움을 누릴 권리가 충분히 있으니까요. 그런 이유로 뒤로 밀려야 하다니요! 그래서는 자매 간의 사랑이나 섬세한 배려심이 길러지지 않는다고 생각합니다.”

“세상에.” 귀부인이 말했다. “베넷 양은 어린 나이에도 자기주장을 너무 단호하게 펴네요. 나이가 몇이죠?”

“다 큰 여동생 셋이 있는 제가 나이를 밝힐 거라고 기대하시는 건 아니시겠죠.” 엘리자베스가 미소를 지으며 대답했다.

캐서린 귀부인은 바로 대답을 듣지 못해 퍽 놀란 것 같았다. 그리고 엘리자베스는 자기가 그토록 대단한 권위를 지닌 부인의 무례를 감히 대수롭지 않게 치부한 최초의 사람일 것 같았다!

“틀림없이 스무 살도 안 됐을 텐데. 그러니 나이를 숨길 필요가 없어요.”

“아직 스물한 살이 안 됐습니다.”

신사들이 합석하고 차 마시는 시간이 끝나자 카드 테이블이 마련되었다. 캐서린 귀부인과 윌리엄 경, 콜린스 씨 부부가 쿼드릴 게임을 위해 앉았다. 드 버그 양이 카지노 카드 게임을 한다고 해서 두 아가씨는 젱킨슨 부인을 거들어 영광스럽게도 그쪽의 구성원이 되었다. 그녀들 쪽 게임 테이블 분위기는 어색하기 짝이 없었다. 드 버그 양에게 너무 덥거나 춥지 않은지, 불빛이 너무 밝거나 어둡지 않은지를 염려하며 묻는 젱킨슨 부인 말고는, 게임과 무관한 말은 한마디도 오가지 않았다.

다른 쪽 테이블에서는 보다 많은 말들이 오갔다. 주로 캐서린 귀부인이 말했는데, 나머지 세 사람의 실수를 지적하는 말이나 자신에 관한 일화들이 대부분이었다. 콜린스 씨는 귀부인의 모든 말에 열심히 맞장구를 치며 물고기 모양의 칩을 딸 때마다 귀부인에게 고마움을 전했고, 너무 많이 땄다 싶으면 사과를 했다. 윌리엄 경은 그다지 많은 말을 하지 않았다. 그저 귀부인이 말하는 일화들과 귀족의 이름들을 기억 속에 차곡차곡 쌓아둘 뿐이었다.

캐서린 귀부인과 그 딸이 하고 싶은 만큼 카드 게임을 하고 나자 테이블이 치워졌다. 귀부인이 콜린스 부인에게 마차를 내주겠다고 제안하자 기쁘게 수락되었고 즉각 지시가 내려졌다. 일행은 난롯가에 모여 캐서린 귀부인이 내일 날씨가 어떨지를 예견하는 소리를 들었다. 이러한 훈시적인 얘기를 듣고 있다가 마차가 도착했다는 전갈을 받았다. 콜린스 씨가 거듭 감사 인사를 올리고 윌리엄 경도 질세라 여러 번 절을 하고 난 뒤 일행은 출발했다. 저택 정문에서부터 콜린스 씨는 엘리자베스에게 로징스 저택에서 본 모든 것들에 대한 소감을 말해달라고 청했고, 그녀는 샬럿을 위해 실제보다 훨씬 더 호의적으로 말했다. 하지만 그녀가 애써 칭찬을 했는데도 좀처럼 그를 만족시킬 수 없었다. 곧 그는 자진해서 귀부인에 대한 찬사를 주절주절 늘어놓기 시작했다.

7

윌리엄 경은 헌스퍼드에 단지 일주일밖에 머물지 않았지만 그 시간만으로도 딸이 아주 편안하게 잘살고 있으며, 흔히 만나기 힘든 훌륭한 남편 그리고 훌륭한 이웃과 함께 살고 있다는 사실을 확인하기에 충분했다. 윌리엄 경이 함께하는 동안 콜린스 씨는 아침마다 시간을 내서 장인어른을 자신의 이륜마차에 모시고 그 고장을 구경시켜드렸다. 그러나 윌리엄 경이 떠나자 모두가 일상생활로 돌아왔다. 엘리자베스는 그렇게 일상이 변하자 이제는 사촌을 자주 보지 않아도 된다는 사실을 알고 고맙게 생각했다. 콜린스 씨는 아침과 정찬 사이 대부분의 시간을 정원에서 일하거나, 책을 읽고 글을 쓰거나, 아니면 길을 면하고 있는 서재에서 창밖 풍경을 감상하는 데 썼다. 숙녀들이 주로 지내는 방은 집 뒤쪽의 방이었다. 엘리자베스는 샬럿이 정찬실을 일상적인 용도로 사용하지 않는 것이 처음에는 의아했다. 그 방이 훨씬 더 크고 경관도 좋았다. 그러나 그녀는 곧 샬럿의 결정에는 충분한 이유가 있음을 깨달았다. 콜린스 씨의 방만큼이나 쾌적한 그 방에서 여자들이 지낸다면 틀림없이 그가 자기 방에 덜 붙어 있을 것이었다. 엘리자베스는 샬럿이 그런 식으로 방 배치를 한 것이 일리가 있다고 인정했다.

그 뒤쪽 응접실에서는 길이 보이지 않아서 그들은 어떤 마차가 지나가는지, 특히 드 버그 양이 사륜 쌍두마차를 타고 얼마나 자주 지나가는지를 콜린스 씨를 통해 들을 수밖에 없었다. 거의 매일 일어나는 일이었는데도 그는 한 번도 빠뜨리지 않고 그 소식을 전하러 왔다. 드 버그 양은 목사관 앞에 빈번히 멈춰 서서 몇 분 동안 샬럿과 대화를 나누곤 했지만, 마차에서 내리는 법은 거의 없었다.

콜린스 씨는 거의 매일 로징스를 방문했고, 그의 부인도 그렇게 가야 할 필요가 있다는 데 이견이 많지 않았다. 엘리자베스는 그들 부부가 그곳에서 생활비를 추가로 얻고 있을지도 모른다는 점을 떠올리기 전까지는, 그들이 그토록 많은 시간을 들여 왜 그런 고생을 하는지 이해할 수 없었다. 그들 부부는 영광스럽게도 이따금 귀부인의 방문을 받기도 했다. 이 방문 동안 방안에서 일어나는 일 가운데 귀부인의 눈길을 피해갈 수 있는 것은 아무것도 없었다. 귀부인은 부부의 일상을 꼬치꼬치 캐물었고, 그들이 해놓은 일을 주목했고, 그런 일을 다르게 해보라고 조언했다. 가구 배치를 흠잡았고, 하녀가 소홀히 한 일을 꼬집었다. 간혹 가벼운 식사라도 들고 가는 건 콜린스 부인이 내놓는 고깃덩어리가 가족의 형편에 비해 너무 큰 게 아닌지 확인해보려고 그러는 것 같았다.

엘리자베스는 이 대단한 부인이 그 지방의 치안 위원회에 참여하지는 않지만 자기 교구에서만큼은 매우 적극적으로 그 역할을 맡고 있으며, 마을의 시시콜콜한 일들이 콜린스 씨를 통해 그녀에게 전부 보고된다는 것도 알았다. 마을의 농사꾼들 중에서 누군가가 싸움을 건다거나, 불만을 품거나, 너무 가난하다는 얘기를 들으면 그녀는 즉각 마을로 출동해 불화를 해소하고 불만을 잠재운 뒤 마을 사람들을 엄히 꾸짖어 사이좋고 넉넉하게 살도록 했다.

로징스 저택의 정찬을 즐기는 일은 대략 일주일에 두 번 반복되었다. 윌리엄 경이 집으로 돌아갔고 저녁 시간에 카드 테이블이 하나만 준비된다는 점만 빼면, 매번 맨 처음 식사 때와 닮은꼴이었다. 콜린스 부부는 그것 말고는 다른 약속이 없었다. 이웃들의 생활수준이 전반적으로 그들 부부가 감당할 수 있는 정도를 넘어섰기 때문이었다. 하지만 이런 생활이 엘리자베스에게는 그다지 나쁘지 않아서 대체로 매우 편안한 시간을 보냈고, 그 시간의 반 정도는 샬럿과 즐거운 대화를 나누는 데 썼다. 그리고 한 해 중 그맘때 날씨치고는 너무 화창해서 종종 밖으로 나가 즐길 수도 있었다. 다른 사람들이 캐서린 귀부인 댁을 방문하러 가면, 그녀는 자기가 가장 좋아하는 산책로인 귀부인의 사유지 한쪽 외곽에 있는 탁 트인 숲을 따라 난 길을 자주 걸었다. 그곳에 숨겨진 멋진 길 하나가 있었고, 그녀 말고는 그 누구도 그 길의 가치를 모르는 것 같았다. 그곳에 가면 캐서린 귀부인의 호기심이 미치는 영향에서 벗어난 기분이 들었다.

이처럼 조용히 지내는 가운데 방문 이후 처음 두 주가 금세 흘러갔다. 부활절이 다가오고 있었고, 부활절 한 주 전에 로징스에 친척이 찾아올 예정이었다. 교류하는 이가 적은 그들로서는 매우 중요한 사건임에 틀림없었다. 엘리자베스는 이곳에 도착한 지 얼마 안 됐을 때 몇 주 뒤 다아시 씨가 찾아올 예정이라는 소식을 들었다. 지인들 중 그처럼 싫은 사람도 몇 없지만, 엘리자베스는 그가 오면 로징스의 모임에 꽤나 새로운 구경거리가 생기겠다 싶었다. 캐서린 귀부인이 그를 자기 딸의 짝으로 정해놓은 것이 분명하고, 그런 그가 사촌을 대하는 태도를 보면 빙리 양이 그에게 품고 있는 속셈이 얼마나 가망 없는 일인지를 직접 목격하고 즐길 수 있을지도 몰랐다. 캐서린 귀부인은 그의 방문을 아주 기쁜 마음으로 얘기했고, 그에 대해 최고의 찬사를 늘어놓았는데, 루커스 양과 엘리자베스가 이미 그를 여러 번 만났다고 얘기하자 화가 난 듯했다.

다아시 씨의 도착 소식은 목사관 사람들에게 곧바로 알려졌다. 콜린스 씨가 그의 도착을 가장 먼저 확인하고 싶어 아침나절 내내 헌스퍼드 진입로 쪽 관리인들의 처소가 보이는 지점에서 서성거리고 있던 참이었다. 그는 마차가 귀부인의 사유지 안으로 접어들자마자 고개를 숙여 예를 표한 뒤 이 중요한 소식을 전하러 서둘러 집으로 돌아왔다. 다음날 아침 그는 인사를 드리겠다며 로징스로 황급히 달려갔다. 캐서린 귀부인의 조카 자격으로 그 인사를 받을 사람은 두 명이었다. 다아시 씨가 자신의 외삼촌 ×× 경의 차남 피츠윌리엄 대령과 함께 왔던 것이다. 그런데 콜린스 씨가 인사를 마치고 돌아오면서 바로 그 두 조카분들을 대동하고 오는 바람에 모두들 대경실색했다. 샬럿이 가장 먼저 남편 방에서 그들이 길을 건너오는 모습을 목격하고는 곧장 다른 방으로 달려가 엘리자베스와 마리아에게 도대체 무슨 영예인지 모르겠다고 외치며 이렇게 덧붙였다.

"일라이자, 저분들의 이런 정중한 예의 표시는 네 덕인 것 같아. 다아시 씨가 이렇게 빨리 우리집을 방문할 이유가 없으니까."

엘리자베스가 그런 인사를 받을 만한 자격이 없다고 말할 새도 없이 현관의 벨이 울리더니 그들이 도착했다는 소식이 전해졌다. 잠시 후 세 명의 신사가 방안으로 들어왔다. 가장 앞장서서 오는 피츠윌리엄 대령은 서른 살쯤 되어 보였고, 미남은 아니지만 용모와 태도 면에서는 진정한 신사 같았다. 다아시 씨는 하트퍼드셔에서 봤을 때와 달라진 게 없었으며, 평소처럼 말수 적게 콜린스 부인에게 인사했다. 부인의 친구인 엘리자베스에게는 심정이야 어떻든 무척 침착한 모습으로 대했다. 엘리자베스는 아무 말 없이 무릎만 살짝 굽히고 고개를 숙이며 인사를 건넸다.

피츠윌리엄 대령이 교양 있는 신사답게 곧바로 편안하고 자연스러운 태도로 대화를 시작했다. 그러나 그의 사촌은 집과 정원에 대해 콜린스 부인에게 짧게 몇 마디를 건네고는 한동안 누구에게도 말을 건네지 않았다. 마침내 그가 예의를 차려 엘리자베스에게 가족들의 안부를 물어보았다. 통상적인 답례를 한 뒤 잠시 뜸을 들이던 그녀가 이렇게 덧붙였다.

"우리 언니가 런던에 머문 지 석 달이 되었답니다. 혹시 그곳에서 언니를 만난 적이 없으세요?"

사실 그녀는 그가 그런 적이 없음을 잘 알고 있었지만, 빙리 씨와 언니 사이의 일을 조금이라도 알고 있는지 떠보고 싶었다. 그녀는 그가 베넷 양을 만나는 행운을 한 번도 누리지 못했다고 대답하며 조금 당황스러워한다고 생각했다. 이 화제는 더이상 거론되지 않았다. 그리고 신사들은 곧 돌아갔다.

8

피츠윌리엄 대령의 매너는 목사관 사람들에게서 큰 칭찬을 받았다. 숙녀들 모두 그가 로징스의 모임을 더더욱 즐겁게 해줄 거라고 생각했다. 하지만 그들이 저택에 초대를 받은 것은 여러 날이 지난 다음이었다. 다른 손님들이 와서 그들이 필요하지 않았던 것이다. 신사들이 도착한 지 일주일 가까이 흘러 부활절이 되어서야 비로소 그들은 영광스럽게도 로징스의 부름을 받았다. 그마저도 교회를 나설 때 그날 저녁 저택으로 오라는 요청을 받았을 뿐이었다. 지난 한 주 동안 그들은 캐서린 귀부인도 그녀의 딸도 거의 못 만났다. 그동안 피츠윌리엄 대령이 한 차례 이상 목사관을 방문했지만 다아시 씨는 교회에서만 모습을 볼 수 있었다.

초대는 물론 받아들여졌고, 그들은 적절한 시간에 캐서린 귀부인의 응접실에 모인 사람들과 자리를 함께했다. 귀부인은 그들을 정중하게 맞이했지만 다른 손님이 없었던 예전만큼 그들의 참석을 달가워하지 않는 건 명백해 보였다. 그녀는 사실상 조카들에게만 열중하며 대화를 나누었는데, 특히 방안의 누구보다도 다아시와 많은 대화를 나누었다.

피츠윌리엄 대령은 그들을 만나 진심으로 기쁜 듯했다. 로징스에서는 무슨 일이든 그에게는 반가운 기분 전환 거리였다. 더구나 콜린스 부인의 아름다운 여자 친구도 무척 마음에 들었다. 그는 엘리자베스 옆에 앉아 켄트와 하트퍼드셔, 여행, 집에 머무는 일, 새로 나온 책, 음악 등에 대해 아주 즐겁게 대화를 나누었다. 엘리자베스는 그때까지 그 방에서 그 절반만큼이라도 재미난 적이 있었나 싶을 정도였다. 두 사람이 하도 즐겁게 대화를 나누는 바람에 캐서린 귀부인까지 이쪽에 신경을 쓰게 되었다. 다아시 씨도 마찬가지였다. 그는 곧 그들에게 호기심 어린 눈길을 반복해서 보냈다. 그리고 얼마 후 귀부인도 마찬가지로 호기심을 느끼고 이를 공개적으로 드러냈으니 거침없이 큰 소리로 이렇게 물었던 것이다.

"피츠윌리엄, 대체 무슨 대화를 나누고 있니? 대화의 주제가 뭐야? 베넷 양에게 무슨 얘기를 하는 거야? 나도 좀 들어보자."

"음악 얘기를 하고 있었습니다." 대답을 피할 길이 없겠다고 생각한 그가 말했다.

"음악이라고! 그럼 좀 크게 말하렴. 내가 제일 좋아하는 화제잖니! 잉글랜드에서 나보다 더 진심으로 음악을 즐기거나 더 자연스러운 감식력을 가진 사람이 거의 없을걸. 내가 음악을 배웠더라면 정말 훌륭한 연주가가 되었을 텐데. 앤도 마찬가지지, 건강이 허락해서 음악을 배울 수 있었더라면 말이야. 틀림없이 훌륭한 연주를 했을 텐데. 다아시, 조지애나는 어떻게 하고 있니?"

다아시는 애정을 담아 여동생의 능숙한 연주 솜씨를 자랑했다.

"그렇게 그애를 칭찬하는 소리를 들으니 정말 기쁘구나." 캐서린 귀부인이 말했다. "그애에게 열심히 연습하지 않으면 훌륭한 연주를 기대할 수 없다고 내가 전하더라고 하렴."

"단언할 수 있습니다, 이모님." 그가 대답했다. "그애에게 그런 조언은 필요 없을 겁니다. 정말 꾸준히 연습하니까요."

"더 많이 하면 할수록 좋잖니. 연습이란 아무리 많이 해도 지나치지 않는 법이야. 다음번에 그애에게 편지를 쓸 때 무슨 일이 있어도 연습을 게을리하지 말라고 해야겠다. 젊은 아가씨들에게 끊임없이 연습하지 않으면 결코 훌륭한 연주 솜씨를 갖지 못한다고 종종 말해주거든. 여기 베넷 양에게도 연습을 더 많이 하지 않으면 결코 잘할 수 없다고 여러 차례 얘기했단다. 콜린스 부인에게도 집에 악기가 없더라도 환영할 테니 매일 으리집에 와서 젱킨슨 부인 방에 있는 피아노로 연습하라고 여러 번 권했지. 알다시피 그 방에만 있으면 누구에게도 방해가 되지 않으니까."

다아시 씨는 이모의 무례한 발언이 조금 창피한지 아무 대답도 하지 않았다.

커피를 다 마시자 피츠윌리엄 대령이 엘리자베스에게 연주 약속을 상기시켰다. 그녀는 바로 피아노 앞에 앉았다. 그는 자기 의자를 그녀 가까이로 끌고 갔다. 캐서린 귀부인은 엘리자베스의 노래를 반쯤 듣다가 다시 조금 전처럼 다른 조카와 대화를 나누기 시작했다. 얼마 후 그 다른 조카가 이모 곁을 떠나 평소처럼 신중한 모습으로 피아노 있는 곳까지 와서는, 아름다운 연주자의 얼굴을 훤히 볼 수 있는 위치에 버티고 섰다. 엘리자베스는 그의 행동을 주시하고 있다가 연주중 첫 휴지부에 이르자 그에게 고개를 돌려 짓궂은 미소를 지으며 말했다.

"그런 모습으로 제 노래를 들으러 오시다니 저를 겁먹게 하려는 거죠, 다아시 씨? 하지만 동생분께서 그렇게 연주를 잘한다 해도 전 주눅 들지 않아요. 저는 고집이 있어서 마음대로 겁주려는 사람들 앞에서 절대 겁먹지 않죠. 누가 겁을 주려 할 때마다 오히려 용기가 더 솟아요."

"오해라고 하진 않겠습니다." 그가 대답했다. "제가 일부러 겁주려 했다고 진심으로 믿고 있는 건 아닐 테니까요. 그리고 다행스럽게도 저는 엘리자베스 양이 종종 본심이 아닌 생각을 털어놓고는 무척 즐거워한다는 사실을 깨달을 만큼, 엘리자베스 양을 충분히 오래 알아왔다고 생각합니다."

엘리자베스는 자신에 관한 이런 설명을 듣고 실컷 웃고 나서 피츠윌리엄 대령에게 말했다. "사촌분께서 저에 관해 꽤나 멋진 인상을 심어주시겠는데요. 제가 하는 말은 한마디도 믿지 말라고 가르쳐주시겠죠. 제 진짜 성격을 이토록 제대로 폭로할 수 있는 분을 만나다니 제가 참 운이 없네요. 여기서는 좀 괜찮은 사람으로 지내보려 했는데 말이죠. 정말이지, 다아시 씨, 하트퍼드셔에서 알게 된 제 약점을 모두 말씀하시다니 참 옹졸하시네요. 그리고 이런 말씀까지 드려 죄송하지만, 너무 현명치 못하시고요. 보복하게끔 저를 부추기셨으니 그러한 말들이 나오면 여기 계신 친척분들께서 듣고 얼마나 놀라시겠어요."

"두렵지 않습니다." 그가 미소를 지으며 말했다.

"다아시가 무슨 비난받을 만한 일을 했는지 듣고 싶습니다." 피츠윌리엄 대령이 큰 소리로 말했다. "그가 낯선 사람들 사이에서 어떻게 행동하는지 알고 싶은데요."

"그럼 얘기해드리죠. 하지만 몹시 불쾌한 얘기를 들으실 마음의 준비를 하셔야 합니다. 대령님도 아실 테지만, 하트퍼드셔에서 다아시 씨를 처음 만난 곳이 무도회였답니다. 그런데 그 무도회에서 저분이 어떻게 행동하셨을까요? 딱 네 번 춤을 추셨죠! 듣기 거북한 얘기를 해서 죄송해요. 하지만 사실이에요. 딱 네 번이었어요. 신사들의 숫자가 부족했는데도 말이에요. 제가 분명히 기억하는 바로는 아가씨 한 사람 이상이 파트너가 없어서 그냥 앉아 있었답니다. 다아시 씨도 그건 부인하지 못하실 거예요."

"그 당시 저는 제 일행 외에 무도회에 참석한 어느 숙녀분도 소개받는 영광을 누리지 못했습니다."

"사실입니다. 하지만 무도회에서는 누구도 특별히 따로 소개받지 않죠. 자, 피츠윌리엄 대령님, 이제 어떤 곡을 연주할까요? 제 손가락이 대령님의 명령을 기다리고 있답니다."

"아마 제가 소개를 부탁했더라면, 더 현명했을 겁니다." 다아시가 말했다. "하지만 저는 낯선 사람의 호감을 얻는 데 대단히 서툽니다."

"그럼 사촌분께 그 이유가 무엇인지 우리 한번 물어볼까요?" 엘리자베스는 계속해서 피츠윌리엄 대령을 향해 말했다. "교육도 받았고, 분별력도 있고, 세상 경험도 해본 신사가 어째서 낯선 사람의 호감을 얻는 데는 서툰지를 한번 물어볼까요?"

"그건 제가 대답할 수 있습니다." 피츠윌리엄이 말했다. "동생에게 물어보실 필요 없습니다. 아마 그런 수고로움을 피하고 싶어서일 겁니다."

"확실히 저는 어떤 사람들이 가진 능력을 갖지 못했습니다." 다아시가 말했다. "처음 보는 사람과 편하게 대화하는 능력 말입니다. 흔히들 그렇게 하지만, 저는 대화의 분위기도 잘 감지하지 못할뿐더러 사람들의 관심사에 흥미 있는 척도 못합니다."

"제 손가락이 제가 본 많은 여성들이 연주할 때처럼 이 악기 위를 능숙하게 움직이지 못하네요." 엘리자베스가 말했다. "그들 같은 힘이나 민첩함도, 표현력도 없어요. 하지만 그렇더라도 전 늘 제 탓이라고 생각했어요. 연습이라는 귀찮은 수고를 하지 않기 때문이라고요. 제 손가락이 탁월한 연주 실력을 지닌 다른 여성들의 손가락만큼 능력이 부족해서가 아니라는 뜻이죠."

다아시가 미소를 지은 뒤 말했다. "전적으로 옳은 말씀입니다. 엘리자베스 양이 더 훌륭하게 시간을 사용하신 겁니다. 당신의 연주를 듣는 특권을 누리게 된 사람이라면 누구든 부족하다는 생각을 못할 겁니다. 우리 둘 다 낯선 사람들 앞에서는 연주를 하거나 대화를 못하는 사람들이고요."

이때 캐서린 귀부인이 끼어들어 무슨 얘기를 하느냐고 묻는 바람에 대화가 중단됐다. 엘리자베스는 즉시 연주를 다시 시작했다. 캐서린 귀부인이 다가와 잠시 연주를 듣고 난 뒤 다아시에게 말했다.

"좀더 연습하고 런던의 좋은 선생을 쓰면 베넷 양은 절대 실수하지 않을 거야. 감식력은 앤보다 못하지만 손가락 놀림이 아주 좋아. 앤이 건강해서 연주를 배울 수 있었다면, 기쁨을 주는 연주자가 될 수 있었을 텐데."

엘리자베스는 이모의 딸 칭찬에 다아시 씨가 얼마나 진심으로 호응하는지 살펴보려고 그를 바라보았다. 하지만 그 순간에도 그렇고 다른 순간에도 그녀는 그에게서 드 버그 양을 향한 사랑의 징후 같은 건 전혀 발견할 수 없었다. 그리고 그녀는 드 버그 양을 대하는 그의 모든 행동을 보면서 빙리 양에게 위안이 될 만한 사실을 알아냈다. 만약 빙리 양이 그의 친척이었다면, 그가 그녀와 결혼할 가능성이 이쯤은 되었으리라는 사실 말이다.

캐서린 귀부인은 엘리자베스의 연주를 두고 연주법과 감식력에 대한 지도를 섞어가며 평가를 이어나갔다. 엘리자베스는 모든 지적을 최대한 예의바르게 참고 들었고, 집으로 데려다줄 귀부인의 마차가 준비될 때까지 신사들의 요청에 따라 계속해서 피아노 앞에 앉아 있었다.

9

다음날 아침 엘리자베스는 콜린스 부인과 마리아가 볼일이 있어 마을에 간 사이 제인에게 편지를 쓰며 혼자 앉아 있는데 문에서 벨이 울려 깜짝 놀랐다. 손님이 왔다는 신호였다. 마차 소리가 들리지는 않아서 캐서린 귀부인일 리는 없을 것 같았지만, 혹시라도 그럴 경우 귀부인이 퍼부을지 모르는 온갖 무례한 질문들을 피하기 위해 반쯤 쓰다 만 편지를 치우고 문을 열었다. 그녀는 깜짝 놀랐다. 바로 다아시 씨가 혼자서 방으로 들어선 것이다.

마찬가지로 그도 혼자인 그녀를 보고 깜짝 놀란 듯 방안에 숙녀들이 모두 함께 있는 줄 알았다며 자신이 불쑥 찾아온 일을 사과했다.

그런 다음 두 사람은 자리에 앉았다. 그녀가 로징스 가족의 안부를 묻고 나자 둘은 완전한 침묵 속으로 빠져들 위험에 처한 듯했다. 뭔가 화젯거리를 반드시 생각해내야 했는데, 이런 절박한 상황에서 그녀는 마침 그들이 하트퍼드셔에서 마지막으로 만났을 때의 상황을 떠올렸다. 그들 일행이 황급히 떠나버린 데 대한 그의 변명이 궁금해 그녀가 말했다.

"작년 11월에는 어떻게 모두들 그토록 갑작스럽게 네더필드를 떠나시던지, 다아시 씨! 빙리 씨는 여러분 모두를 그렇게 빨리 다시 만나게 되어서 기뻐하면서도 놀라셨겠죠. 제 기억이 맞다면 빙리 씨가 떠난 때가 여러분이 떠난 바로 전날이었으니까요. 런던을 떠나오실 때 빙리 씨와 누이분들은 잘 계시던가요?"

"아주 잘 지냅니다. 고맙습니다."

별다른 대답을 더 기대할 수는 없을 것 같아 잠시 뜸을 들이다 말을 이었다.

"빙리 씨는 네더필드로 돌아올 생각이 많지 않으시다죠?"

"그런 말은 들은 적이 없습니다. 하지만 앞으로 그곳에서는 많은 시간을 보내지 않을 듯합니다. 친구가 워낙 많고 그의 인생에서 지금이 친구나 약속이 한창 늘어날 때라서요."

"네더필드에 짧게 머무는 거라면 이웃을 위해서라도 그 집을 완전히 포기하는 게 낫지 않을까요? 그러면 우리에게도 안정적으로 자리잡고 사는 이웃이 생길 테고요. 하긴 빙리 씨가 그 집을 구한 건 이웃을 위해서가 아니라 자신을 위해서였겠죠. 그 원칙에 따라 그 집을 지키시든 떠나시든 둘 중 한 가지를 하리라 기대해야겠죠."

"집을 얻겠다는 사람이 나서자마자 빙리가 그 집을 포기한다고 놀랄 일은 아닐 겁니다."

엘리자베스는 대답하지 않았다. 그의 친구 얘기를 더 하는 게 두려웠다. 다른 할말이 없었기 때문에 그녀는 이제 화젯거리를 찾는 수고를 그에게 넘겨야겠다고 마음먹었다.

그가 그 뜻을 즉각 눈치채고 곧바로 말을 시작했다. "이 집은 참 편안해 보이는군요. 콜린스 씨가 처음 헌스퍼드에 왔을 때 캐서린 이모님께서 상당 부분 도와준 것으로 압니다."

"그러셨을 것 같아요. 그리고 귀부인께서 그 같은 호의를 베푸셨을 때 콜린스 씨보다 더 열렬히 감사를 표한 사람도 없었으리라 확신하고요."

"콜린스 씨가 정말 훌륭한 아내를 맞이하신 것 같습니다."

"네, 그렇지요. 그분을 남편감으로 받아들이거나, 그렇게 하더라도 그를 행복하게 해줄 수 있는 분별 있는 여자가 극히 드물 텐데 그중 한 사람을 만났으니 그분의 지인들에게는 기쁜 일이겠죠. 제 친구는 대단히 총명하답니다. 물론 제 친구가 콜린스 씨와 결혼한 것이 최고로 현명한 일이었다고 확신하진 않지만요. 어쨌든 더없이 행복해 보이고, 신

232

중히 생각해보면 이 결혼은 분명 제 친구에게 아주 잘된 일입니다."

"가족 친지 들과 이토록 가까운 거리에 가정을 꾸리게 되었으니 얼마나 기쁘겠습니까."

"가까운 거리라고 하셨나요? 거의 오십 마일이나 되는데요."

"잘 닦인 도로 오십 마일인걸요? 반나절쯤 걸리죠. 그래요, 저라면 아주 가까운 거리라고 말하겠습니다."

"저는 친정과의 거리가 이 결혼의 이점은 아니라고 생각합니다." 엘리자베스가 큰 소리로 말했다. "콜린스 부인이 친정 가까이에 가정을 꾸리게 되었다고 말해서도 안 되고요."

"엘리자베스 양이 하트퍼드셔에 애착을 갖고 있다는 증거군요. 롱본 마을을 조금만 벗어나도 멀게 느껴지는 건."

이렇게 말할 때 그의 얼굴에 살짝 미소 비슷한 것이 스쳐지나갔다. 엘리자베스는 그 미소의 의미를 알 것 같았다. 그는 자신이 제인과 네더필드를 생각한다고 짐작하고 있는 것이 틀림없었다. 그녀가 얼굴을 붉히며 대답했다.

"여자가 친정 가까이 살수록 좋다는 말이 아니에요. 멀고 가깝다는 건 상대적이고, 상황에 따라 달라지니까요. 여행비용을 대수롭지 않게 여길 만큼 재산이 많다면 거리는 문제가 되지 않겠죠. 하지만 이 경우는 그렇지 못합니다. 콜린스 씨 부부에게 안정적인 수입이 있다 해도 잦은 여행을 감당할 만큼은 아니죠. 제 친구는 지금 거리의 절반밖에 안 되는 거리에 친정이 있더라도 가까이 살고 있다는 얘기는 안 할 겁니다."

다아시 씨가 의자를 그녀 쪽으로 끌고 다가가며 말했다. "그 고장에 그처럼 강한 애착을 가지면 안 됩니다. 언제까지 롱본에서만 살 수는 없을 테니까요."

엘리자베스는 놀란 표정을 지었다. 신사 쪽도 감정의 변화를 느꼈는지 의자를 뒤로 빼고는 탁자에서 신문을 집어들어 거기에 눈길을 돌리면서 다소 차분허진 목소리로 말했다.

"켄트는 마음어 드십니까?"

이 지역을 화제 삼아 몇 마디 짧은 대화가 오갔다. 양쪽 모두 차분하고 간결한 말투였다. 때마침 샬럿과 마리아가 걸어갔다가 돌아와 방안으로 들어오는 바람에 두 사람의 대화는 끝이 났다. 샬럿 자매는 그들이 마주앉아 대화하는 모습에 깜짝 놀랐다. 다아시 씨는 베넷 양을 방해하게 된 자신의 실수를 해명한 뒤, 누구에게도 말을 걸지 않고 잠시 앉아 있다가 떠났다.

"이게 무슨 뜻이겠니!" 그가 떠나자마자 샬럿이 말했다. "사랑하는 일라이자, 저분이 너를 사랑하게 된 게 틀림없어. 이런 식으로 친근하게 우리집을 방문할 사람이 절대 아니잖아."

하지만 엘리자베스는 그가 침묵을 지키고 있던 일을 들려주었다. 샬럿이 아무리 바란다 한들 그럴 가능성은 별로 없어 보였다. 여러 추측 끝에 결국 두 사람은 그의 방문이 딱히 할일이 없어 무료한 탓이었다고 여길 수밖에 없었다. 일 년 중 이맘때라면 제법 그럴 만했다. 사냥철은 완전히 끝난 대였다. 집안에 캐서린 귀부인이 있고 책과 당구대도 있었지만 신사들은 집안에만 틀어박혀 있을 수는 없었다. 목사관이 가까워서인지, 그곳까지 가는 길이 상쾌해서인지, 그 집 사람들이 유쾌해서인지 두 신사는 거의 매일 목사관으로 산책을 오고픈 유혹을 느꼈다.

그들은 오전의 다양한 시간대에 방문했는데, 어떤 때는 따로 오고 어떤 때는 같이 왔으며, 가끔은 자신들의 이모님과 함께 오기도 했다. 피츠윌리엄 대령의 방문이 목사관 사람들과 어울리는 일을 좋아하기 때문이라는 점은 모두에게 분명해 보였다. 물론 그 때문에 그는 그곳 가족들에게 한층 더 호감을 샀다. 엘리자베스는 대령과 함께 있을 때 느끼는 스스로의 만족감과 그녀를 향한 그의 분명한 호감 때문에 예전에 좋아하던 조지 위컴이 생각나기도 했다. 두 사람을 비교하면 물론 부드러움으로 마음을 사로잡기에는 피츠윌리엄 대령의 태도가 부족하긴 했지만, 그는 최고의 학식을 지니고 있을 것 같았다.

하지만 다아시 씨가 왜 그렇게 자주 목사관을 찾아오는지는 이해하기가 더 어려웠다. 사람들과 어울리는 시간 때문일 리가 없었다. 말 한마디 않고 십 분을 앉아만 있다가 가기 일쑤였다. 말을 하더라도 그건 자신이 원해서가 아니라 어쩔 수 없어서 그러는 듯했다. 예의를 차리느라 겪는 희생이지 즐거워서가 아니었다. 그가 정말 활기차 보인 적은 거의 없었다. 콜린스 부인은 그를 어떻게 이해해야 할지 알 수 없었다. 그녀가 그에 대해 알고 있는 정보만으로는 알 수 없었지만, 가끔 멍하니 있는 그를 보고 피츠윌리엄 대령이 웃는 것을 보면, 그가 보통때는 그러지 않는 것이 분명했다. 콜린스 부인은 다아시 씨의 그런 변화를 사랑이 만들어낸 결과로, 그 사랑의 대상은 친구 일라이자라고 믿고 싶어했다. 따라서 그녀는 그 점을 밝혀내려고 진지하게 애썼다. 그녀는 로징스를 방문할 때나 그가 헌스퍼드에 찾아올 때마다 그를 주의깊게 관찰했다. 하지만 별 성과를 거두지 못했다. 다아시 씨가 친구인 엘리자베스의 얼굴을 꽤나 자주 쳐다본다는 것만은 분명했지만, 그 표정은 미심쩍었다. 진지하고 확고한 시선이었지만, 그녀는 자주 그 시선에 과연 엘리자베스에 대한 호감이 담겨 있기는 한 것인지 의심이 들었다. 어떤 때는 그저 멍하니, 아무 생각 없는 표정처럼 보이기도 했다.

콜린스 부인은 엘리자베스에게 혹시 다아시 씨가 그녀를 좋아하는 것 아니냐고 한두 차례 떠보기도 했는데, 엘리자베스는 늘 그런 생각을 웃어넘겼다. 콜린스 부인으로서도 자신의 의심을 계속 밀어붙이는 게 옳다는 생각은 들지 않았다. 괜히 친구의 기대감만 높여놓았다가 실망스러운 결과로 끝날 위험성이 있기 때문이었다. 그녀는 만약 엘리자베스가 그가 자신에게 빠져 있다는 걸 안다면 틀림없이 그에 대한 혐오감을 싹 지웠을 것이라고 생각했다.

엘리자베스를 위해 살가운 계획을 세워보면서 샬럿은 가끔 친구와 피츠윌리엄 대령의 결혼을 그려보기도 했다. 대령은 비교 대상을 찾기 힘들 만큼 더없이 유쾌한 신사였다. 그가 엘리자베스를 좋아하는 것도 확실했고, 그의 사회적 지위 또한 매우 적합했다. 하지만 다아시 씨에게는 대령의 이 모든 장점들을 상쇄하는 장점이 있었다. 다아시 씨는 성직 임명권을 상당히 갖고 있었다. 그의 사촌은 절대로 가질 수 없는 것이었다.

10

엘리자베스는 사유지 숲과 정원을 산책하던 도중 뜻하지 않게 한 차례 이상 다아시 씨와 맞닥뜨렸다. 그녀는 아무도 오지 않는 그런 곳에 그가 찾아온다는 게 너무나 얄궂은 운명의 장난이라고 느꼈다. 그래서 처음 그런 일이 일어났을 때, 그런 우연이 되풀이되는 걸 막기 위해 조심스럽게 그에게 그곳은 자기가 가장 즐겨 찾는 곳이라고 일러주었다. 그런데 그곳에서 그와 다시 마주치다니 참으로 이상한 일 아닌가! 정말 그랬다. 심지어 세번째 마주치게 되었다. 고집스러운 그의 심술이거나 그가 자청한 고행, 둘 중 하나였다. 이 두번째와 세번째 만남에서 그는 형식적인 질문 몇 가지를 던지고 어색하게 뜸을 들이다 사라지는 게 아니라, 아예 발걸음을 돌려 그녀와 함께 산책할 필요가 있다고 여긴 듯했다. 그는 말이 별로 없었고 그녀도 수고롭게 말을 많이 하거나 말을 들으려 하지 않았다. 그런데 세번째로 우연히 만났을 때 문득 그가 이상할 뿐만 아니라 아무 관련도 없는 질문을 하고 있다는 생각이 들었다. 이를테면 헌스퍼드의 생활은 재미있는지, 홀로 산책하는 걸 좋아하는지, 콜린스 부부의 행복에 대한 생각은 어떤지를 물었다. 로징스에 대해 이야기하면서는 그녀가 그 저택을 완전히 아는 건 아니라면서 언제든 켄트에 다시 올 일이 생기면 그곳에 머물기를 기대하는 듯 보였다. 그의 말 속에 그런 암시가 담겨 있는 것 같았다. 혹시 피츠윌리엄 대령을 염두에 두고 한 말이었을까? 엘리자베스는 무슨 의도가 담긴 말이었다면, 그쪽과 관련해 일어날지도 모르는 일을 암시한 말이었으리라 짐작했다. 그녀는 그런 생각으로 마음이 살짝 불편해진 참에 목사관 앞 울타리 입구에 이르게 되어 참 다행이라고 생각했다.

하루는 엘리자베스가 제인이 가장 최근에 보낸 편지를 찬찬히 다시 읽으며 언니가 별로 기분이 좋지 않을 때 쓴 듯한 구절들을 곰곰이 생각하며 산책할 때였다. 다아시 씨가 불쑥 나타나 그녀를 놀라게 하는 대신 고개를 들어보니 이번에는 피츠윌리엄 대령이 눈앞에 서 있었다. 그녀는 즉시 읽던 편지를 옆으로 치우고 억지웃음을 지으며 말했다.

"대령님께서 이쪽을 산책하시는지는 미처 몰랐는데요."

"숲 전체를 한 바퀴 도는 중입니다." 그가 대답했다. "대개 매해 그렇게 하지요. 그리고 목사관 방문으로 산책을 마무리할 생각이었습니다. 좀더 멀리 산책하실 생각이신지?"

"아니에요. 돌아가려던 참이었어요."

그렇게 그녀는 발길을 돌렸고, 두 사람은 목사관 쪽으로 함께 걷기 시작했다.

"토요일에 켄트를 떠나시는 게 맞나요?" 그녀가 물었다.

"그렇습니다. 다아시가 다시 연기하지만 않으면요. 저는 하자는 대로 할 뿐입니다. 다아시가 마음 내키는 대로 일을 조정하지요."

"일정 조정이 썩 내키지는 않더라도, 적어도 일정을 선택할 권한이 있다는 데 만족하실 수 있겠네요. 어떤 일을 자기 마음대로 처리할 수 있는 권한을 다아시 씨만큼 즐기는 사람은 본 적이 없어요."

"자기 방식대로 일 처리하는 걸 대단히 좋아하긴 하죠." 피츠윌리엄 대령이 대답했다. "하지만 우리 모두 그렇지요. 다만 그가 다른 사람들보다 그렇게 할 수 있는 더 나은 수단을 갖고 있을 뿐이죠. 다아시는 부자고 다른 사람들은 가난하니까요. 솔직하게 말해서요. 아시다시피 장남이 아닌 아들은 자제하고 의존하는 데 익숙해져야 하죠."

"제 생각에는 백작의 차남이라면 그 두 가지를 잘 모를 것 같은데요. 그럼 진심으로 물을게요. 대령님은 자제와 의존에 대해 그동안 무엇을 알게 되셨나요? 돈이 없어서 가고 싶은 곳에 못 가고 좋아하는 것을 얻지 못한 적이 언제였나요?"

"정곡을 찌르는 질문이군요. 그런 어려움을 많이 겪었다고 할 수는 없겠죠. 하지만 한층 더 중요한 일에서 돈이 없어 어려움을 겪었다고 말할 수는 있습니다. 장남이 아닌 아들들은 자신이 원하는 대로 결혼할 수 없습니다."

"재산이 많은 여성을 좋아하지 않는 경우라면 어떨까요. 흔히들 돈 많은 여성을 좋아하겠지만요."

"돈 쓰는 습관이 우리를 너무 의존적으로 만들지요. 저와 비슷한 사람들 가운데 돈에 신경쓰지 않고 결혼할 여유가 있는 사람은 많지 않아요."

엘리자베스는 '혹시 나를 두고 하는 말 아니야?'라고 생각했다. 그리고 그런 생각에 얼굴이 화끈거렸다. 하지만 이내 침착성을 되찾고 쾌활한 말투로 말했다. "그럼, 백작의 차남은 통상 값이 얼마죠? 장남이 몹시 병약한 경우가 아니라면, 오만 파운드 이상을 내놓으라고 하진 않겠죠."

그는 그녀처럼 쾌활한 말투로 대답했고 이 화제는 여기서 끝났다. 앞의 얘기에 자신이 영향을 받았다고 오해할 법한 침묵을 깨려고 그녀가 곧바로 말했다.

"사촌분께서 순전히 자기 마음대로 다룰 누군가를 옆에 두려고 대령님을 이곳에 데려온 것 아닌가 싶어요. 그런 분이 왜 결혼을 안 하는지 모르겠어요, 평생 자기 마음대로 할 사람을 곁에 둘 수 있는데…… 하지만 지금은 여동생만으로도 충분하겠죠. 여동생의 유일한 보호자이니 그 여동생을 마음대로 할 수 있겠죠."

“아닙니다.” 피츠윌리엄 대령이 말했다. “그 일은 그와 제가 함께 나누고 있는 권리입니다. 저는 그와 함께 다아시 양의 후견인 역할을 맡고 있습니다.”

“정말 그런가요? 그러면 다아시 씨와 대령님은 어떤 후견인이신지? 그 책임이 너무 무겁지 않나요? 종종 보면 그 또래 아가씨들은 대하기가 몹시 힘들다던데. 더구나 그 아가씨가 다아시 가문의 진정한 정신을 소유하고 있다면 제 마음대로 행동하기를 좋아할지도 모르잖아요.”

이 말을 하면서 엘리자베스는 그가 자신을 심각한 표정으로 바라보고 있다는 것을 눈치챘다. 그리고 그가 즉각 왜 다아시 양이 그들을 힘들게 할지 모른다고 생각하느냐고 묻자, 자신이 웬만큼 진실에 가까운 급소를 찔렀다고 확신했다. 그녀가 곧바로 대답했다.

“놀라실 필요 없어요. 다아시 양을 비난하는 말은 한 번도 들은 적이 없으니까요. 오히려 세상에서 가장 유순한 성품을 지녔다고 말하겠어요. 제가 아는 숙녀들이 다아시 양을 무척 좋아해요, 허스트 부인과 빙리 양 말이죠. 대령님도 그분들을 아신다는 말씀을 들은 것 같은데요.”

“조금 압니다. 오빠가 무척 유쾌하고 신사다운 청년이죠. 다아시의 절친한 친구이기도 하고요.”

“그래요! 그렇겠죠.” 엘리자베스가 시큰둥하게 말했다. “다아시 씨는 빙리 씨에게 특별하다 싶을 만큼 친절해요. 그리고 엄청나게 보호하고요.”

“보호라! 그렇습니다. 제가 보기에도 다아시는 그가 정말로 필요한 일을 보살펴주는 듯하더군요. 이곳으로 오는 도중에 그가 해준 얘기를 생각하면, 빙리가 그에게 큰 신세를 졌다고 믿을 만한 근거도 있고요.

하지만 빙리에게 용서를 구해야겠네요. 다아시가 말한 친구가 빙리일 거라고 생각할 권리가 제겐 없으니까요. 모두 추측일 뿐입니다."

"무슨 말씀이세요?"

"당연히 다아시는 이 얘기가 널리 알려지기를 원치 않을 겁니다. 그 숙녀의 가족들에게 알려지기라도 한다면 몹시 불쾌하게 여길 테니까요."

"절대로 발설하지 않을 테니 믿어주세요."

"다아시가 말한 친구가 빙리라고 제가 추측한 이유가 충분치 않다는 점도 명심해주십시오. 그가 제게 한 얘기는 이렇습니다. 최근에 대단히 경솔한 결혼으로 곤란해질 뻔한 상황에서 한 친구를 구해주어 기뻤다는 겁니다. 하지만 그 친구의 이름이라든가 세세한 상황까지 얘기한 건 아닙니다. 그저 제가 그게 빙리이리라 짐작할 뿐이죠. 빙리라면 그런 곤란한 상황에 빠져들 만한 청년이고, 그들은 지난여름 내내 붙어다닌 것으로 알고 있거든요."

"다아시 씨가 그렇게 친구 일에 개입한 이유를 설명하시던가요?"

"그 숙녀를 반대할 강력한 이유가 몇 가지 있었답니다."

"다아시 씨는 두 사람을 갈라놓기 위해 어떤 책략을 쓰셨을까요?"

"자기가 쓴 책략 얘기는 하지 않았습니다." 피츠윌리엄 대령이 미소를 지으며 말했다. "그저 제가 방금 말씀드린 말만 했지요."

엘리자베스는 아무 대답도 하지 않은 채 계속 걷기만 했다. 너무나 화가 나서 가슴이 터질 지경이었다. 잠시 그녀를 지켜보던 피츠윌리엄이 무엇을 그렇게 곰곰이 생각하느냐고 물었다.

"대령님이 해주신 이야기를 생각하고 있었습니다." 그녀가 말했다.

“사촌분의 처신이 마음에 걸려서요. 도대체 왜 자기가 심판관을 맡죠?”

“다아시의 개입이 주제넘은 행동이라고 보시나요?”

“대체 다아시 씨에게 무슨 권리가 있어 친구의 애정이 옳은지를 결정하시는지 모르겠네요. 순전히 자기 혼자만의 판단에 근거해 친구가 어떤 식으로 행복해야 하는지 결정하고 지시했다는 점도 이해가 안 되고요.” 마음을 좀더 가라앉힌 뒤 그녀가 말을 이었다. “하지만, 우리는 세세한 상황을 모르니 그분을 비난만 하는 건 공정하지 못한 일 같네요. 하지만 그 일의 경우, 주인공들이 많이 사랑했던 것은 아닌 모양이네요.”

“당연한 추측이겠지요.” 피츠윌리엄이 말했다. “하지만 그렇다면 무척 슬프게도 제 사촌동생이 거둔 승리가 사소해지네요.”

농담으로 던진 말이었지만, 그녀에게는 그게 다아시 씨의 모습을 너무나 제대로 그려낸 말 같아서 대답할 마음이 생기지 않았다. 따라서 그녀는 급히 화제를 바꿨고 목사관에 도착할 때까지 이런저런 다른 대화를 나누었다. 목사관에 도착한 뒤 손님이 떠나자 그녀는 자기 방에 홀로 틀어박혀 누구의 방해도 받지 않고 들었던 모든 얘기들을 곰곰이 되새길 수 있었다. 자신과 관련이 있는 사람들이 아닌 무관한 다른 사람일 리 없다고 생각되었다. 다아시 씨가 그처럼 무한한 영향력을 행사할 수 있는 남자가 이 세상에 둘이나 있을 리가 없었다. 그동안 빙리 씨와 언니가 헤어지게 된 데 다아시 씨가 관련이 없을 거라고는 믿지 않았다. 하지만 늘 그런 일을 실제로 꾸미고 도모한 장본인은 빙리 양일 거라고 생각했다. 하지만 그가 자만심에 자신의 영향력을 착각한 것이 아니라면, 그가 원인이었다. 그의 오만함과 변덕스러움이 제인 언니를 지금까지도 아프게 하는 그 모든 고통의 원인이었다! 바로 그가, 세상에서 가장 사랑스럽고 가장 너그러운 심성을 지닌 언니의 행복에 대한 소망을 한동안 망쳐놓았다. 그리고 그가 끼쳤을지도 모르는 해악이 얼마나 오랫동안 지속될지는 누구도 알 수 없었다.

피츠윌리엄 대령은 "그 숙녀를 반대할 강력한 이유가 몇 가지 있었답니다"라고 했는데, 그 강력한 반대 이유들이라는 게 대략 언니에게 시골 변호사로 일하는 이모부가 있다는 사실과 런던에서 상업에 종사하는 외삼촌이 있다는 점일 듯했다.

"제인 언니에 대해서는 어떤 반대도 있을 수 없지." 그녀가 소리쳤다. "사랑스럽고 착하기 그지없으니까! 머리도 총명하고, 마음씨도 착하고, 몸가짐은 또 얼마나 매력적이야. 아버지에 대해서도 딱히 반대할 이유가 없잖아. 조금 괴팍하시지만 다아시 씨조차 무시하지 못할 능력을 지니고 계시고, 그는 따라가지도 못할 점잖은 성품도 갖고 계시니까." 그런데 사실 엄마를 생각해보니 자신감이 좀 무너져내렸다. 그러나 그녀는 엄마에게 해당되는 반대 이유들이 다아시 씨에게 중요한 의미가 있을 것 같지 않았다. 그녀는 그가 친구의 예비 처갓집 가족들이 분별력이 부족해서라기보다는, 그들의 변변치 않은 사회적 지위 때문에 자존심에 깊은 상처를 입은 거라고 확신했다. 그리고 마침내 그가 한편으로는 최악의 오만함에 지배당하고, 한편으로는 빙리 씨를 여동생의 짝으로 삼으려는 소망에 지배당한 것이라고 결론지었다.

이런 생각으로 흥분하고 울었더니 두통이 찾아왔다. 저녁 무렵에는 두통이 더 심해진데다 다아시 씨가 꼴도 보기 싫어서 그녀는 콜린스 씨 가족과 로징스를 방문해 차를 마시기로 한 약속에서 빠지기로 했다.

엘리자베스가 정말로 몸이 안 좋다는 것을 확인한 콜린스 부인은 억지로 가자고 조르지 않았고 남편도 그러지 못하도록 최대한 막았다. 하지만 콜린스 씨는 그녀가 집에 남아 있으면 캐서린 귀부인이 언짢아할까 봐 불안감을 감출 수 없었다.

11

모두들 집을 떠나자 엘리자베스는 다아시 씨에 대한 분노를 최대한 폭발시키기로 작심한 듯 켄트에 와 있는 동안 언니에게서 받은 편지들을 모두 꺼내 꼼꼼히 살펴보기로 했다. 그 편지들 속에 직접적인 불평이나 지난 일을 재론하거나 현재의 괴로운 심경을 전하는 내용은 없었다. 하지만 전치적인 내용이나 각 행에서 언니 특유의 명랑한 말투가 사라졌다는 것은 알 수 있었다. 자족하는 평온한 마음과 모든 사람들에 대한 다정한 바려에서 나온 결코 우울했던 적이 없는 명랑한 말투가 보이지 않았다. 처음에 읽었을 때와 달리 집중력을 기울여보니 문장 하나하나가 언니의 불편한 심경을 전하고 있었다. 자신이 초래한 참담한 불행을 부끄러운지도 모르고 자랑한 다아시 씨의 태도를 생각하니 언니의 고통이 더욱 통렬하게 느껴졌다. 모레가 되면 그가 로징스를 떠난다는 사실이 그나마 위안이 되었다. 그리고 보름만 지나면 언니를 다시 만날 수 있고, 우애를 총동원하여 언니가 예전 기분을 회복하는 데 도움을 줄 수 있다고 생각하니 더 큰 위안이 되었다.

다아시가 켄트를 떠난다는 사실은 그의 사촌도 함께 떠난다는 사실과 떼놓고 생각할 수 없었다. 하지만 피츠윌리엄 대령은 청혼할 뜻이 없음을 분명히 밝혔고, 그가 좋은 사람이기는 해도 그 때문에 마음이 아프지는 않았다.

이처럼 마음의 결정을 내렸을 때 현관에서 벨이 울려 정신이 번쩍 들었다. 피츠윌리엄 대령이 찾아온 것인지도 모른다는 생각이 들어 당황스러웠다. 그전에도 그가 저녁 늦게 찾아온 적이 있었으니 이번에도 그녀의 안부를 특별히 물으러 온 것인지도 몰랐다. 그런데 너무나 놀랍게도 다아시 씨가 방안으로 들어오는 것 아닌가. 그 모습을 보고 이런 생각은 순식간에 사라지고, 그녀의 기분이 완전히 달라졌다. 그는 무척 다급한 태도로 그녀의 건강 상태를 묻고는, 그녀의 상태가 나아졌다는 말을 듣고 싶어 찾아온 것이라고 해명했다. 엘리자베스는 격식을 차리며 차갑게 대답했다. 그는 잠시 자리에 앉아 있다가 일어서더니 방안 이곳저곳을 서성거렸다. 엘리자베스는 놀랐지만 한마디도 하지 않았다. 몇 분간 침묵이 흐른 뒤 그가 몹시 동요된 모습으로 다가와 이렇게 말을 시작했다.

"애를 써봐도 허사였습니다. 아무 소용 없을 것 같았습니다. 제 감정을 억누를 수가 없습니다. 제가 엘리자베스 양을 얼마나 열렬히 사모하고 사랑하는지 고백하는 것을 허락해주셔야 합니다."

엘리자베스는 말도 못하게 놀랐다. 뚫어져라 그를 쳐다봤고, 얼굴을 붉혔고, 의심했고, 그리고 침묵을 지켰다. 그는 그녀의 이런 모습을 자신의 고백에 대한 충분한 격려라고 여기고는 지금 그리고 오래전부터 느껴온 감정을 모두 털어놓았다. 그의 고백은 훌륭했다. 하지만 그에게는 가슴에 담아둔 감정 말고도 상세히 털어놓고 싶은 말이 더 있었고,

애정에 대해 말할 때보다 자존심에 대해 말할 때 표현력이 훨씬 더 풍부했다. 그녀의 열등한 지위―그렇기에 자신의 품위가 떨어지며―그 집안이라는 장애물이 애정을 늘 가로막았다는 그의 생각은, 명예가 손상되었다고 열을 올리는 상황에는 부합했지만 청혼하는 마당에 도움이 될 리가 없었다.

엘리자베스는 그에 대한 뿌리깊은 혐오감에도 불구하고 이 사람의 애정이 빚어낸 찬사를 모른 척할 수 없었다. 진심은 한순간도 변하지 않았지만, 처음에는 그가 받을 상처 때문에 미안한 마음이 들었다. 하지만 이어지는 말을 듣고 나니 분노가 치솟아 그 분노로 모든 연민의 정을 잃고 말았다. 그럼에도 그녀는 그가 말을 다 마칠 때까지 인내하며 기다리다가 차분하게 대답할 생각이었다. 그는 아무리 노력해도 물리칠 수 없는 사랑의 힘을 말하며, 이제 그런 노력이 그녀가 자신의 구애를 받아들여줌으로써 보상받게 되기를 바란다며 말을 마쳤다. 이 말을 하면서 그가 호의적인 답변을 얻게 되리라 의심하지 않고 있다는 점이 너무 빤히 드러났다. 걱정되고 불안하다고 말해도, 사실상 표정은 안심하고 있는 듯했다. 그런 모습은 그녀의 화를 더욱 돋울 뿐이라 그가 말을 다 마치자 엘리자베스가 양볼을 붉히며 이렇게 말했다.

"이런 경우는 고백하신 감정에 대해 아무리 그에 걸맞게 대답하기 어려울지라도 감사를 표현하는 것이 정해진 방식이겠죠. 감사하는 마음이 들어야 마땅한 일이고, 제가 고마움을 느꼈다면 즉시 그 마음을 전해야겠죠. 하지단 그럴 수 없네요. 다아시 씨가 저를 좋게 봐주시기를 바란 적도 없고, 다아시 씨도 분명 본의 아니게 제게 그런 마음을 주신 것일 테니까요. 고통을 드렸다면 유감입니다. 하지만 전적으로 제가 알지 못하는 사이에 일어난 일이에요. 그러니 이 일이 그리 오래가지 않기만 바랄 뿐입니다. 다아시 씨의 말씀처럼 그토록 오랫동안 저에 대한 호감을 인정하지 못하도록 막아온 감정이라면, 이제 이렇게 제 설명을 들으셨으니 극복하는 데 큰 어려움이 없겠죠."

벽난로에 기대서서 그녀에게 시선을 고정하고 있던 다아시 씨는 그녀의 말에 깜짝 놀라기도 했지만 화가 난 것 같았다. 분노로 얼굴빛이 창백해졌고 표정 전반에 심적인 동요가 드러났다. 그는 침착해 보이려고 무던히 애를 쓰며 냉정해질 때까지 입을 열지 않으려고 했다. 엘리자베스는 그 잠깐의 침묵이 두려웠다. 마침내 간신히 침착하게 내뱉는 목소리로 그가 말했다.

"제가 영광스럽게 듣게 되리라 기대했던 대답이 이것이군요. 예의를 차리려는 노력마저 없이 그렇게 단박에 거절하는 이유가 무엇인지 묻고 싶네요, 물론 중요한 사항은 아닙니다만."

"저도 여쭙고 싶네요." 엘리자베스가 대답했다. "그렇게 노골적으로 저를 불쾌하게 하고 모욕할 의도로, 다아시 씨의 본심과 이성과, 심지어 성품에 반하면서까지 저를 좋아한다고 고백하시게 된 이유가 뭐죠? 혹시 제가 무례했다면, 이 말이 조금은 그 변명이 되지 않을까요? 하지만 제가 화난 이유가 또 있습니다. 아마 다아시 씨도 아실 테죠. 제 감정 때문에 다아시 씨를 거절하겠다고 결심하지 않았더라도, 아마 그 일 때문에 거절했을 거예요. 제 감정이 무관심이든 호감이든, 끔찍이 사랑하는 언니의 행복을 영원히 파괴한 장본인을 받아들이라는 유혹에 넘어갈 거라고 생각하세요?"

이 말에 다아시 씨의 얼굴빛이 돌변했다. 하지만 그 같은 감정의 동요는 잠시였고, 그는 그녀가 말을 잇는 동안 방해하지 않고 들었다.

"제가 다아시 씨를 나쁘게 볼 수밖에 없는 이유는 차고도 넘쳐요. 동기가 무엇이든 다아시 씨가 그 일에서 부당하고 비열한 짓을 했음을 변명할 순 없을 겁니다. 혼자서 하지는 않았을지 몰라도 앞장섰겠죠. 두 사람을 갈라놓으며 세상 사람들에게서 한 사람은 변덕스럽고 우유부단하다고 비난받게 하고 다른 한 사람은 좌절된 희망 때문에 비웃음을 사게 했으며, 결국 그 두 사람을 가장 가슴 아픈 불행에 빠져들게 만든 장본인이 바로 다아시 씨임을 부인해서도 안 되고 부인할 수도 없습니다."

그녀는 말을 멈추었다. 그리고 후회하는 마음이 전혀 없는 듯 무덤덤하게 그녀의 말을 듣고 있는 그를 보고 적잖이 분노했다. 심지어 그는 믿을 수 없다는 듯 미소를 지으며 그녀를 쳐다보았다.

"그런 짓을 저질렀다는 사실을 부인할 수 있나요?" 그녀가 다시 물었다.

짐짓 차분한 척하면서 그가 대답했다. "언니분과 제 친구를 갈라놓기 위해 제가 할 수 있는 모든 일을 했고, 그래서 그 성공이 기뻤음을 부인할 생각은 없습니다. 제가 그에게는 저 자신에게보다 더 많은 정을 쏟고 있으니까요."

엘리자베스는 이런 점잖은 대답은 신경쓸 가치조차 없다고 생각했다. 하지만 그 대답 속에 담긴 의미만은 놓치지 않았기에 그로 인한 울화를 도무지 달랠 수가 없었다.

"단지 그 일만이 아닙니다." 그녀가 말을 이었다. "제가 다아시 씨를 끔찍이 싫어하게 된 이유 말이에요. 그 일이 있기 오래전부터 이미 다아시 씨에 대한 제 평가는 결론이 나 있었습니다. 몇 달 전 위컴 씨에게서 들은 상세한 이야기를 통해 다아시 씨의 성품이 낱낱이 밝혀졌어요. 이 점에 대해선 뭐라 말씀하실 건가요? 어떤 거짓 우정을 꾸며내서 자신을 변호하시겠습니까? 그리고 어떤 허위 진술을 날조해서 사람들을 속이시겠습니까?”

“그 사람 일에 관심이 무척 많은 모양이군요.” 다아시가 덜 차분한 말투로, 그리고 더 붉어진 얼굴로 말했다.

“그동안 그분이 겪은 불행을 아는 사람이라면 누가 관심을 갖지 않을 수 있을까요?”

“그가 겪은 불행이라니!” 다아시가 경멸조로 되받았다. “그래, 그가 겪은 불행이 참 대단했을 테지!”

“바로 다아시 씨가 그렇게 만들었죠.” 엘리자베스가 세차게 소리쳤다. “그분을 지금의 빈한한 상태로, 상대적인 빈곤 상태로 몰아넣었죠. 그분이 받아야 할 여러 혜택도 주지 않았지요. 그것들이 애당초 그분에게 주어진 혜택임을 잘 알면서도요. 인생의 황금기에 그분이 받아야 할 상이자 당연한 권리인 자립적인 삶을 박탈한 것이죠. 이 모든 게 당신이 저지른 일이에요! 그런데도 그분의 불행을 경멸과 조롱으로 대하다니.”

“그런 생각을 저에 대해 품고 계셨다니! 그런 평가를 하고 있었다니!” 그가 빠른 발걸음으로 방을 가로지르며 소리쳤다. “그토록 상세히 설명해주시다니 감사합니다. 그 추론에 따르면 제 잘못이 참으로 막중하군요! 하지만 아마도,” 그가 걸음을 멈추고 그녀 쪽으로 돌아서며 덧붙였다. “중대한 결정을 내리지 못하도록 오랫동안 나를 막아온 그 망설임들을 솔직하게 고백해서 당신의 자존심에 상처를 주지 않았더라면, 조금 전 지적하신 제 잘못은 대강 넘어갈 수도 있었을 겁니다. 더대단한 전략을 써서 마음속 갈등을 숨긴 채 이성으로 따져보고, 심사숙고해보고, 그 모두를 다해봐도 완전무결하고도 순수한 애정에 이끌려청혼할 수밖에 없었다고 믿게끔 당신에게 아첨을 했더라면, 지금 제게가하시는 가혹한 비난은 막을 수 있었을 겁니다. 하지만 저는 그 어떤가식도 혐오합니다. 방금 전 고백한 제 감정을 부끄러워하진 않겠습니다. 자연스럽고 정당하니까요. 제가 엘리자베스 양의 열등한 집안을 흔쾌히 받아들이리라 기대했습니까? 사회적 조건이 저보다 현격히 떨어지는 사람들을 제 인척으로 삼는 일을 자축하리라 생각했습니까?"

엘리자베스는 매 순간 분노가 더욱 치솟았다. 하지만 최대한 차분하게 말하려고 애쓰며 이렇게 말했다.

"다아시 씨, 당신의 발언 방식이 제게 뜻밖의 영향을 미쳤다고 생각하신다면 오산입니다. 좀더 신사적으로 행동하셨다면, 거절하며 제가느낄 꺼림칙함이 남을 뿐 영향이랄 게 없죠."

그녀는 그가 이 말에 흠칫 놀라는 모습을 보았다. 하지만 그가 아무말도 하지 않자 다시 말했다.

"어떤 방식으로 청혼하셨어도, 저는 받아들일 마음이 들지 않았을겁니다."

다시 한번 그가 깜짝 놀란 게 분명했다. 그리고 믿을 수 없고 또한 굴욕적이라는 표정으로 그녀를 바라보았다. 그녀가 계속해서 말했다.

"처음부터, 아니 다아시 씨를 알게 된 거의 첫 순간부터 저는 다아시씨의 매너를 보고 오만하고, 독단적이며, 다른 사람들의 감정을 제멋대로 업신여기는 사람이라는 확고한 믿음이 생겨 반감이 들었습니다. 그렇게 만들어진 토대 위에 이후 일련의 사건들로 인해 그 무엇에도 끄떡없을 혐오감을 쌓게 되었지요. 다아시 씨를 알게 된 지 한 달도 안 돼 저는 다아시 씨야말로 제가 이 세상에서 가장 청혼받고 싶지 않은 상대라는 사실을 깨달았습니다."

"그 정도면 충분합니다. 엘리자베스 양의 생각을 충분히 알았습니다. 지금까지 제가 품어온 감정이 부끄러울 따름입니다. 이렇게 시간을 많이 빼앗은 걸 용서해주십시오. 내내 건강하고 행복하기를 바라겠습니다."

이 말과 함께 그는 황급히 방을 나갔다. 엘리자베스는 잠시 후 그가 현관문을 열고 집을 떠나는 소리를 들었다.

이제 그녀의 마음은 고통스러울 정도로 끔찍하게 동요했다. 몸을 어떻게 가누어야 할지도 몰랐다. 실제로 몸에서 힘이 쭉 빠져버려 그 자리에 털썩 주저앉아 반시간가량이나 울음을 터뜨렸다. 방금 전에 일어난 일을 곰곰이 되새길수록 충격은 시시각각 더욱 심해졌다. 다아시 씨에게 청혼을 받다니! 그가 여러 달 동안 자기를 사랑하고 있었다니! 절친한 친구와 언니의 결혼을 막았던 반대 이유가, 그 자신의 경우에도 최소한 같은 영향을 미쳤을 텐데 그럼에도 불구하고 결혼을 바랄 만큼 그녀를 사랑했다니 믿어지지 않았다. 그녀는 자신도 모르게 그에게 그런 강력한 사랑을 불러일으켰다는 사실이 뿌듯하기도 했다. 그러나 그의 오만함, 그 혐오스러운 오만함, 제인의 일과 관련해 그가 한 파렴치한 고백, 정당한 이유도 못 대며 그 일을 뻔뻔하게 자인하던 용서할 수 없는 태도, 게다가 위컴 씨 얘기를 하면서 보인 냉정한 태도, 부정조차 하지 않던 위컴 씨에게 한 잔인한 처사 등을 떠올리니, 그의 연정에 대한 생각이 잠시 불러일으킨 연민이 곧바로 식어버렸다.

계속해서 혼란스러운 상념에 빠져 있을 때 캐서린 귀부인 댁의 마차가 도착하는 소리가 들렸고, 그녀는 마주하게 될 샬럿의 시선을 감당할 수 없을 것 같아 황급히 자기 방으로 들어가버렸다.

12

엘리자베스는 다음날 아침, 전날 밤 잠자리에 들 때까지 머릿속을 맴돌던 똑같은 생각과 상념에 잠겨 잠에서 깼다. 아직도 전날 일어났던 일의 충격에서 헤어날 수 없었다. 다른 일은 생각할 수도 없었다. 아무것도 내키지 않아서 그녀는 아침식사를 마치자마자 바깥공기를 쐬며 산책하기로 마음먹었다. 곧바로 가장 좋아하는 산책로로 향했지만 다아시 씨가 가끔 그곳에 온다는 생각이 떠올라 걸음을 멈추고, 사유지 숲 안쪽으로 들어가는 대신 통행세를 걷는 문에서 조금 떨어진 길 쪽으로 방향을 돌렸다. 숲의 울타리가 계속 나란하게 이어지며 경계를 이루었다. 그녀는 이내 울타리 문 하나를 지나 안으로 접어들었다.

두세 차례 그 길을 오갔더니 상쾌한 아침 공기에 울타리 문 앞에 서서 숲 안쪽을 들여다보고 싶은 마음이 들었다. 켄트에 온 이후 지금까지 다섯 주가 흐르는 사이 이곳의 자연에는 큰 변화가 일어나고 있었다. 일찍 싹을 틔운 나무들이 빚어내는 신록이 하루가 다르게 짙어졌다. 산책을 다시 계속하려는데 사유지 가장자리의 작은 숲에서 한 신사의 모습이 언뜻 보였다. 그가 이쪽으로 다가왔다. 다아시 씨일지도 모른다는 두려움이 앞서 그녀는 즉시 달아나려고 했다. 그러나 다가오던 그 남자가 이미 그녀를 알아볼 만큼 충분히 가까운 거리에 있었던 모양인지 그녀의 이름을 부르며 발걸음을 재촉해 다가왔다. 그녀는 몸을 돌렸다가, 이름을 부르는 목소리를 듣고 다아시 씨임을 확인했음에도 문 쪽으로 다시 돌아갔다. 그도 이미 그곳에 도착해 있었다. 그가 내미는 편지 한 통을 얼떨결에 받아들자 오만하면서도 침착한 표정으로 그가 말했다. "당신을 만날 수 있기를 바라면서 한동안 숲속을 거닐고 있었습니다. 부디 그 편지를 읽는 영광을 베풀어주시겠습니까?" 이 말과 함께 그는 고개를 살짝 숙이며 인사를 건네고는 다시 숲속으로 방향을 틀어 곧바로 시야에서 사라졌다.

반가운 내용이 들어 있으리라는 기대는 하지 않았지만 강렬한 호기심에 엘리자베스는 즉시 편지를 뜯어보았다. 두 장의 편지지에 빽빽한 글씨가 끝까지 꽉 차 있어 몹시 놀랐다─심지어 겉봉에까지 글씨가 빼곡했다. 그녀는 길을 따라 걸으며 편지를 읽기 시작했다. 아침 여덟시 로징스 저택에서 쓴 편지의 내용은 다음과 같았다.

엘리자베스 양, 혹시라도 이 편지를 받고 어젯밤 그토록 혐오스럽게 여겼던 제 감정과 청혼을 되풀이하는 내용이 담겨 있을까 불안해하며 놀라지는 마십시오. 우리 두 사람의 행복을 위해 빨리 잊는 게 최선인 그런 소망을 구구절절 다시 거론해서 엘리자베스 양을 괴롭히고 저 자신을 굴욕스럽게 만들 생각은 추호도 없이 이 편지를 씁니다. 제 성격상 반드시 이 편지를 써야 하고 엘리자베스 양도 반드시 읽어야 한다고 생각하지 않았다면, 제가 이것을 쓰고 엘리자베스 양이 읽어야 하는 수고를 분명히 덜 수 있었겠지요. 그러니 제멋대로 관심을 기울여주시길 요청드리는 것을 용서해주십시오. 분명 내키지 않으시겠지만, 공정성을 위해 꼭 읽어주십사 부탁드립니다.

어젯밤 엘리자베스 양은 성격도 몹시 다르고 중요도 또한 같지 않은 두 가지 잘못을 저질렀다고 저를 비난하셨습니다. 첫번째 잘못은 본인들의 감정은 무시하고 제가 빙리와 언니분을 갈라놓았다는 것이었습니다. 그리고 두번째는 위컴 씨에게 마땅한 여러 권리를 외면하고, 명예와 인간애를 무시하면서 그의 눈앞의 영화를 망치고 미래의 전망마저 파괴했다는 것이었습니다. 어릴 적 친구이자 아버지께서 총애하셨으며 우리 집안의 보호가 없으면 의지할 데 없고 그러한 보호를 기대하며 자란 청년을 제 마음대로 무자비하게 내쳤다면 그건 그야말로 극악무도한 악행일 겁니다. 그리고 그런 악행은 겨우 몇 주 동안에 애정이 솟아난 젊은 남녀의 이별과는 비교조차 불가능한 일입니다. 하지만 지난밤 이 두 가지 일로 제게 그토록 가혹하게 퍼부었던 당신의 비난을, 제가 왜 그렇게 행동했으며 그 동기가 무엇이었는지를 해명하는 다음의 내용을 읽고 난 후에는 거두어주시길 희망합니다. 당연히 저의 몫인 이 해명 도중에 혹시라도 엘리자베스 양의 감정을 상하게 할 수도 있는 생각을 어쩔 수 없이 털어놓게 되더라도 저로서는 죄송하다는 말씀밖에 드릴 수가 없습니다. 그런 발언이 불가피할 텐데, 또다시 사과드리는 일은 오히려 우스운 꼴이겠지요. 하트퍼드셔에 간 지 오래지 않아 다른 사람들과 마찬가지로 저 역시 빙리가 그 지역의 어느 숙녀들보다 언니분을 더 좋아한다는 사실을 눈치챘습니다. 하지만 그가 진지한 애정을 품고 있다고 우려하게 된 건 네더필드에서 열린 무도회 날 밤의 일입니다. 저는 예전에도 종종 빙리가 사랑에 빠지는 모습을 본 적이 있습니다. 제가 엘리자베스 양과 영광스럽게 춤을 춘 그 무도회에서 우연히 윌리엄 루커스 경의 발언을 통해 언니분을 향한 빙리의 관심이 모든 사람들에게 두 사람의 결혼에 대한 기대감을 불러일으키고 있음을 처음으로 알게 되었습니다. 루커스 경은 때만 정해지지 않았다 뿐이지 그 일을 기정사실화했습니다. 그 순간부터 저는 제 친구의 행동을 유심히 관찰했습니다. 그리고 그제야 베넷 양을 향한 빙리의 애정이 제가 보아온 여느 애정보다 더 깊다는 걸 눈치챌 수 있었습니다. 저는 엘리자베스 양의 언니분도 지켜봤습니다. 표정과 태도가 한결같이 진솔하고 명랑하고 매력적이었지만, 빙리에게 특별한 관심을 표하는 징후는 보이지 않았습니다. 그래서 저는 그날밤 예의 주시한 결과, 언니분이 빙리의 관심을 기쁘게 받아들이고 있지만 그 감정에 동조하며 그의 애정을 끌고 있는 건 아니라고 확신했습니다. 이 점을 엘리자베스 양이 잘못 본 것이 아니라면 분명 제가 잘못 본 것이겠지요. 언니를 저보다 더 잘 아시니 아마 후자의 잘못이라고 주장하시겠지요. 만약 그렇다면, 즉 제가 그런 잘못을 해 언니분에게 고통을 주었다면 제게 화를 내신 건 부당한 행동이 아닐 겁니다. 하지만 저는 언니분의 그토록 침착한 표정과 태도로는 아무리 예리한 관찰자라 하더라도, 언니분의 성품이 사랑스럽기는 해도 그 마음을 얻기란 쉽지 않다고 확신할 것임을 망설임 없이 단언할 수 있습니다. 제가 언니분이 무관심하기를 바란 것은 사실입니다. 하지만 저는 제 바람이나 우려가 어떤 일을 관찰하거나 결론을 내릴 때 영향을 미친 적이 없다고 감히 말씀드리겠습니다. 제가 그러기를 바랐기 때문에, 언니분이 무관심했다고 믿은 것이 아닙니다. 이성적인 판단으로 그렇게 되기를 바란 만큼이나 객관적인 확신에 근거해 믿었을 뿐입니다. 제가 빙리와 언니분의 결혼을 반대한 이유는 제 경우에서처럼, 떨쳐내려던 강렬한 고통이 필요할 거라고 지난밤에 고백했던 사랑의 감정이 부족해서가 아닙니다. 제 친구에겐 보잘것없는 집안이라는 점이 제 경우만큼 큰 장애물은 아니었을 겁니다. 하지만 반감이 든 이유는 또 있습니다. 지금도 여전히 존재하며 저와 빙리에게 같은 정도의 문제이나, 제 경우는 당장 눈앞에 보이지 않았기에 잊으려 했을 뿐입니다. 이 이유도 간략하게나마 꼭 말씀드려야겠습니다. 엘리자베스 양의 외가 쪽 상황도 반대할 만하지만 다음에 견주면 아무것도 아니지요. 바로 엘리자베스 양의 어머니와 세 여동생이 거듭해서 보인 몹시도 몰상식하고 무례한 언행들입니다. 거기에 더해 아버님마저 가끔 그리하시더군요. 죄송합니다. 속상해하실 것을 생각하니 괴롭군요. 하지만 가족들의 결점 때문에 속상하고 제 이런 설명에 불쾌하시겠지만, 엘리자베스 양과 언니분의 품행은 이 같은 비난을 받을 까닭이 전혀 없으며, 이로써 모든 사람들이 두 분께 찬사를 보냈을 뿐만 아니라 두 분의 분별력과 품성에 영예가 되기도 했음을 생각해 부디 위안이 될 수 있기를 바랍니다. 그날밤 일어난 모든 일들을 보고 엘리자베스 양의 가족에 대한 제 평가를 확신하게 되었으며, 제 친구를 가장 불행한 결혼에서 구해야 한다는 확신이 매 순간 강해졌습니다. 잘 알고 계시겠지만, 무도회 다음날 빙리는 곧장 돌아올 계획으로 네더필드를 떠나 런던으로 갔습니다. 이제부터 제가 맡았던 역할을 설명하겠습니다. 빙리의 누이들 역시 저처럼 불안해했습니다. 모두 같은 생각을 하고 있음이 곧 밝혀졌고 똑같이 오빠를 한시바삐 언니분에게서 떼어놓아야 한다고 느꼈기에 우리는 즉시 런던으로 가서 빙리와 합류하기로 했습니다. 그렇게 우리는 런던으로 갔고, 저는 그 선택이 불러올 명백한 해악을 친구에게 설명하는 역할을 기꺼이 맡았습니다. 그 점을 진지하게 설명했고 강력히 주장했습니다. 그러나 이런 제 충고가 그의 결심을 얼마나 망설이게 했고 지연시켰는지는 모르겠습니다. 하지만 제가 그 즉시 확신을 전하지 않았더라면, 그 충고만으로는 결혼을 궁극적으로 막아내지는 못했을 겁니다. 바로 언니분이 무관심하다는 확신이었죠. 그는 진작부터 자신이 건넨 애정에 대해 언니분이 같은 정도는 아닐지라도 진지하게 관심을 보이며 답해주리라 믿고 있었습니다. 하지만 빙리는 대단히 겸손한 태도를 타고났고, 자신의 판단보다 제 판단에 훨씬 더 의존하는 친구입니다. 따라서 그가 뭔가 잘못 알고 있다고 설득하는 것은 제게 그리 어렵지 않은 일이었습니다. 일단 그런 확신을 주고 나니 네더필드로 돌아가지 말자고 설득하는 데는 단 일 초도 필요 없었지요. 제가 여기까지 제 역할을 수행한 일로 저 자신을 비난할 생각은 없습니다. 다만 이 모든 과정에서 마음에 걸리는 한 가지는, 부끄럽게도 제가 언니분이 런던에 와 있다는 사실을 숨기는 책략까지 동원했다는 점입니다. 그 사실이 빙리 양에게 알려졌을 때, 저는 알고 있었지만 그는 아직도 모르고 있을 겁니다. 아마 그들이 만났더라도 우려스러운 일은 일어나지 않았을 겁니다. 하지만 제가 보기에는 아무런 위험 없이 그녀를 만날 만큼 그의 애정이 충분히 식지 않은 듯했습니다. 그렇게 진실을 숨기고 속이는 짓은 제 품격을 깎아내리는 행동이었을 겁니다. 저는 그런 행동을 했지만, 선의로 한 일이었습니다. 이 문제에 대해 저는 더이상 드릴 말씀도 더이상 드릴 사과도 없습니다. 언니분의 마음에 상처를 주었다면, 그저 부지중에 한 일입니다. 제 행동을 지배했던 동기가 엘리자베스 양에게는 불충분해 보이는 것이 너무도 당연하겠지만, 저는 아직까지 그런 동기가 비난받을 것인지 모르겠습니다. 제가 위컴 씨에게 큰 피해를 가했다고 보다 엄중히 비난한 건에 대해서는 그저 그와 우리 집안과의 관계를 전부 얘기하는 것으로 반박해볼 수 있을 뿐입니다. 그가 저에게 특별히 어떤 비난을 퍼부었는지는 알지 못합니다. 하지만 지금부터 제가 말씀드리려는 내용의 진실 여부는 확실히 신뢰할 수 있는 한 명 이상의 증인을 불러 입증해 보일 수 있습니다. 위컴 씨는 오랜 세월 펨벌리의 재산 관리를 맡아준 아주 점잖은 분의 아들입니다. 그분께서 맡은 업무를 워낙 성실히 처리하셔서 제 아버님은 마땅히 그분을 도우려 하셨고, 그분의 아들 조지 위컴을 대자代子로 삼아 아낌없이 호의를 베푸셨습니다. 아버님은 그를 학교에 보냈고 후에 케임브리지 진학도 지원하셨습니다. 씀씀이가 헤픈 아내 탓에 늘 가난했던 그의 아버지로서는 아들에게 신사의 교육을 시켜줄 수 없었던 상황이라 그것은 상당히 중요한 지원이었습니다. 아버님은 늘 매력적으로 행동하는 그와 함께하는 시간을 즐기셨을 뿐만 아니라 그를 아주 높이 평가하시고, 성직이 그의 천직이 되기를 바라며 자리를 마련해주실 작정이셨습니다. 저로서는 이미 여러 해 전부터 그를 아버님과 다른 각도로 봐온 터였지요. 부도덕한 그의 심성과 자신의 최고 후원자에게 숨기려고 했던 무원칙한 행동들이, 비슷한 연배인 제 눈길은 피할 수 없었던 겁니다. 아버님과 달리 저는 위컴이 방심한 순간에 그의 진면목을 똑똑히 파악할 수 있었습니다. 여기서 다시 엘리자베스 양을 고통스럽게 하는군요. 얼마만큼의 고통인지는 엘리자베스 양만이 알겠지요. 하지만 위컴 씨가 엘리자베스 양께 어떠한 감정을 불러일으켰든 그 본질을 의심하는 저로서는 그의 본색을 밝히는 일을 멈출 수 없습니다. 오히려 그 점이 또다른 동기로 더해질 뿐이죠. 제 훌륭하신 아버님께서는 다섯 해 전에 돌아가셨습니다. 위컴 씨에 대한 아버님의 사랑은 마지막 순간까지 한결같아서 그의 천직이 허락하는 한 최선을 다해 그를 승진시키고, 그가 성직 임명을 받는다면 매우 값진 성직록을 받는 가족 목사직 자리가 비자마자 그에게 넘기라는 유언을 특별히 남기셨습니다. 또한 현금 천 파운드의 유산까지 남기셨지요. 위컴 씨의 아버지도 우리 아버님이 돌아가시고 얼마 뒤 세상을 떠났고 이런 일들이 있은 지 반년 후, 그는 결국 성직 임명을 포기하기로 결심했다며 자신이 혜택을 얻지 못할 목사직 대신 즉각 금전적인 보상을 받는 게 상당히 불합리한 일은 아닐 거라는 내용의 편지를 보내왔습니다. 그리고 법학을 공부할 생각이고 유산으로 받은 천 파운드의 이자만으로는 학비를 대기에 턱없이 부족함을 제가 반드시 알아야 한다고 덧붙였습니다. 저는 그가 진지하게 말하는 거라고 믿기보다는 바라는 편이었습니다. 하지만 어쨌든 그의 제안에 기꺼이 응할 준비는 되어 있었습니다. 위컴 씨는 성직자가 되어서는 안 될 사람임을 알고 있었으니까요. 따라서 일은 곧 다 해결되었습니다. 그는 설령 자신이 성직을 받을 만한 상황이 생긴다 해도 교회와 관련된 모든 권리를 포기한다고 했습니다. 그리고 그 보상으로 삼천 파운드를 받았습니다. 우리 두 사람의 관계는 이제 완전히 끝난 듯 보였습니다. 저는 그를 아주 안 좋게 생각했기 때문에 펨벌리에 초대하지 않았고 런던에서 함께 어울리는 일도 허락하지 않았습니다. 제가 알기로 그는 주로 런던에서 지냈지만, 법학을 공부한다는 말은 단지 꾸며낸 것으로 온갖 제약으로부터 자유로워지자마자 그의 삶은 나태하고 방탕해졌습니다. 저는 삼 년가량 그의 소식을 거의 듣지 못했습니다. 그런데 원래 그가 물려받기로 했던 가족 목사직에 계시던 분이 돌아가시자 그가 제게 다시 그 자리를 달라그 편지를 보내왔습니다. 그는 자신의 상황이 극도로 열악하다고 했는데, 믿기 어려운 말이 아니었습니다. 법 공부가 돈벌이가 아주 안 되는 분야임을 깨닫고 그제야 다시 성직 임명을 받기로 단단히 결심했다는 것이었습니다. 제가 문제의 성직록 자리를 그에게 줄 경우에 한하나, 그는 그 점에 대해 추호의 의심도 있을 수 없다고 믿고 있었습니다. 제게 그 자리에 임명할 다른 사람이 없으며, 제가 돌아가신 아버님의 뜻을 잊었을 리가 없다고 충분히 확신하기 때문이라고 했습니다. 제가 그런 그의 부탁을 거절했다고 해서, 그 부탁이 반복되었는데도 거절했다고 해서 저를 비난할 수는 없으실 겁니다. 자신이 처한 고통스러운 상황과 비례하여 그의 분노는 커져만 갔습니다. 그리고 제게 직접 욕설을 퍼부어댄 만큼이나 격하게 다른 사람들 앞에서도 틀림없이 저를 비난했을 겁니다. 이런 시기가 지나가자 그와의 표면적인 친분 관계마저 완전히 끝나버렸습니다. 저는 그가 어떻게 살았는지 아는 바가 없습니다. 그런데 난 지난여름 그가 다시 한번, 너무나도 고통스럽게 불쑥 제 시야에 나타났습니다. 이제 저로서는 정말 잊고 싶은 상황을 털어놓겠습니다. 지금 불가피하게 해야 한다는 의무감이 덜했다면 누구에게도 하지 않을 얘기입니다. 이 정도로 운을 뗐으니 엘리자베스 양도 비밀을 지켜주시리라 의심치 않겠습니다. 제게는 저보다 열 살 이상 어린 여동생이 있습니다. 우리 어머니 쪽의 조카인 피츠윌리엄 대령과 제가 후견인을 맡고 있지요. 일 년 전쯤 그애가 학업을 마치게 되어 우리는 그애를 위해 런던에 거처를 마련했습니다. 그리고 지난여름 그애가 그 집을 관리하는 부인과 함께 램스게이트로 갔습니다. 그런데 그곳으로 위컴 씨도 따라갔던 것입니다. 다분히 의도적이었지요. 그와 관리인으로 따라간 영Younge 부인 사이에 이미 내통이 있었음이 나중에 밝혀졌습니다. 불행하게도 우리가 그 부인에게 속은 것이지요. 영 부인의 묵인과 협조로 위컴은, 따뜻한 심성에 어릴 적 그가 친절하게 대해주던 기억을 강하게 새겼던 제 동생 조지애나의 환심을 살 수 있었습니다. 결국 그애는 그가 자기를 사랑한다고 믿게 되었고 이내 그와 함께 도망치기로 승낙마저 하게 되었습니다. 그때 그애가 겨우 열다섯이었다는 걸 변명의 구실로 삼을 수 있겠죠. 조지애나는 무분별하게 처신했지만 그래도 불행 중 다행으로 자기 입으로 제게 이 일을 알렸습니다. 그들이 도피 행각을 벌이기 하루인가 이틀 전, 뜻하지 않게 제가 그들을 만나게 되었고, 그날 조지애나는 거의 아버지처럼 존경하는 오빠를 슬프게 하고 화나게 할 거라는 생각에 결국 못 견디고 제게 모조리 고백했습니다. 그때 제 기분이 어땠을지, 그리고 제가 어떻게 행동했을지 상상할 수 있으실 겁니다. 제 여동생의 평판과 감정을 고려하여 사람들 앞에 이 사건을 폭로할 수 없었습니다. 하지만 그곳에서 곧장 도망쳐버린 위컴 씨에게 편지를 썼고, 당연히 영 부인을 해고했습니다. 위컴 씨의 주목적은, 의심할 여지 없이, 삼천 파운드에 달하는 제 여동생의 재산이었겠지요. 하지만 저에게 복수하겠다는 바람도 강력한 동기였으리라는 생각이 듭니다. 하마터면 그의 복수가 완결될 뻔했습니다. 엘리자베스 양, 여기까지가 엘리자베스 양과 제가 함께 관련된 모든 사건에 대한 충실한 기술입니다. 제 얘기가 거짓이라고 전적으로 부인하시지만 않는다면, 앞으로는 위컴 씨를 대했던 제 냉정한 태도에 대한 비판을 거두어주시기 바랍니다. 저는 그가 어떤 식으로, 그리고 어떤 거짓을 꾸며 엘리자베스 양을 속였는지 알지 못합니다. 하지만 그가 그렇게 속이는 데 성공했다는 사실이 그리 놀랄 일은 아닐 겁니다. 엘리자베스 양은 우리 두 사람 사이의 일을 전혀 몰랐고, 조사해볼 수도 없었으며 더구나 의심은 분명 엘리자베스 양의 성품에 맞지 않으니까요. 제가 왜 어젯밤에 이 모든 진실을 털어놓지 않았는지 어쩌면 궁금하실 테지요. 하지만 어제는 감정을 제대로 통제할 수조차 없어서 무엇을 말할 수 있을지, 무엇을 말해야 할지를 몰랐습니다. 이 편지에서 말한 모든 내용의 진실성은 어느 누구보다도 피츠윌리엄 대령의 증언에 호소해볼 수 있습니다. 대령은 제 가까운 친척이기도 하지만 저와 꾸준히 친하게 지내왔고, 더구나 아버님의 유언장 집행인 중 하나였기에 앞서의 사건들에 관한 세세한 내용을 전부 알고 있습니다. 제가 끔찍하게 싫어서 제 주장들조차 가치 없이 여기실지언정 그 때문에 제 사촌에게 터놓고 묻는 일까지 꺼리시지는 않겠지요. 부디 그와 대화해볼 수 있기를 바라면서 저는 오전중으로 이 편지가 엘리자베스 양의 손에 전달되도록 애쓸 것입니다. 마지막으로, 신의 은총이 함께하길 바란다는 말만 덧붙이겠습니다.

피츠윌리엄 다아시

13

다아시 씨가 편지를 건넸을 때 엘리자베스는 구애를 반복하는 내용일 거라는 생각은 전혀 들지 않아서 오히려 편지 내용을 통 짐작할 수 없었다. 하지만 이런 내용이었으니 그녀가 편지를 얼마나 열독했고 그 내용이 그녀에게 얼마나 모순된 감정을 불러일으켰는지는 충분히 헤아릴 수 있을 것이다. 편지를 읽어내려가며 그녀가 느낀 감정은 형용이 거의 불가능했다. 처음에 그녀는 그가 자신의 일을 변명할 수 있다고 믿었다는 데 놀랐다. 그리고 제대로 부끄러워할 줄 아는 사람이라면 감출 변명거리만 늘어놓을 게 뻔하다고 확신했다. 그녀는 그가 들려줄 모든 내용에 강한 편견을 갖고 일단 네더필드에서 있었던 일에 관한 해명부터 읽기 시작했다. 읽는 데 너무 몰두한 나머지 이해력이 상실될 정도였고, 다음 문장에서 무슨 일이 벌어질지 궁금해 조바심이 나서 바로 눈앞에 보이는 문장 하나하나의 의미에 신경쓸 겨를이 없었다. 그녀는 언니가 빙리 씨의 사랑에 둔감했다는 그의 믿음은 거짓이라고 즉각 결론 내렸다. 그리고 그가 그 두 사람의 결혼을 반대했던 진짜 이유, 최악의 이유를 설명하는 부분을 읽을 때는 너무 화가 난 나머지 그를 공정하게 봐주고 싶은 생각이 싹 없어졌다. 자신이 저지른 잘못에 대해 그녀가 만족할 만한 후회의 표현이 전혀 없었다. 문체 또한 뉘우치는 투가 아니라 거만했다. 오만함과 뻔뻔함, 그 자체였다.

하지만 이 내용에 이어 위컴 씨에 대한 해명이 시작되자 그녀는 좀 더 맑은 정신으로 집중하며 편지를 읽었다. 편지에 설명된 일들이 사실이라면, 그녀가 품고 있던 위컴 씨의 됨됨이에 대한 모든 견해가 뒤집히는 셈이었고, 그 설명이 위컴 씨 본인이 했던 이야기와 놀랄 만큼 똑같아서 그녀의 감정은 더욱 날카롭게 고통스러워졌고, 더욱 형용하기 힘든 상태로 빠져들었다. 충격과 불안감, 심지어 공포감이 그녀를 짓누르기 시작했다. 그 모든 내용을 철저히 부인하고 싶어 그녀는 몇 번이고 되풀이하며 이렇게 외쳤다. "거짓말이야! 이럴 리가 없어! 가장 야비한 거짓말임이 틀림없어!" 그러면서 그녀는 마지막 한두 면의 내용은 거의 이해하지 못한 채로 부랴부랴 읽어치우고는 황급히 편지를 내려놓은 뒤 다시는 관심을 두지 않고 쳐다보지도 않으리라 다짐했다.

그녀는 이처럼 심란해져 어디에도 마음을 두지 못한 채 계속 걷기만 했다. 하지만 그래봤자 소용없었다. 삼십 초도 안 돼 다시 편지를 펼쳤고, 최대한 정신을 가다듬은 뒤 위컴과 관련된 모든 내용을 굴욕적이지만 다시 정독하기 시작했고, 문장 하나하나의 의미를 일일이 따져볼 만큼 침착성도 유지하게 되었다. 펨벌리 가문과 그의 관계에 관한 설명은 위컴 본인이 말했던 내용과 정확하게 일치했다. 그리고 돌아가신 다아시 씨의 친절 또한, 그전까지는 그 정도일 줄을 몰랐을 뿐, 위컴 씨가 직접 말한 내용과 똑같았다. 여기까지는 두 사람의 진술이 일치했다.

그러나 유언장 부분에 이르자 차이가 커졌다. 가족 목사직에 대해 위컴이 얘기한 내용이 아직도 귀에 생생해서, 그가 했던 말을 떠올리며 그녀는 위컴 씨 혹은 다아시 씨, 둘 중 어느 한쪽이 역겨운 거짓말을 했다고 볼 수밖에 없었다. 그리고 잠시나마 자신의 생각은 틀릴 리 없다며 우쭐해했다. 하지만 최대한 집중해서 위컴이 성직록 자리에 대한 모든 권리를 포기하는 대신 삼천 파운드라는 거액을 받았다는 내용과 이어지는 내용을 읽고 또 읽자, 또다시 망설여졌다. 그녀는 편지를 내려놓고 불편부당한 태도를 고수하겠다고 다짐한 뒤 모든 정황을 다시 따져보고, 그들 각자의 주장이 진실일 가능성을 숙고해보았다. 하지만 소용없었다. 양측 모두 주장일 뿐이었다. 편지를 다시 읽었다. 아무리 짜맞추어봐도 한 줄 한 줄의 편지 내용이, 다아시 씨의 행동이 극악무도했다고 믿을 수밖에 없었던 이 일의 전 과정에서 그가 완전히 무고하다고 말해주며 반전을 가능케 하고 있었다.

다아시 씨가 서슴없이 비난했던 위컴 씨의 사치와 방탕한 삶에 관한 이야기가 특히 충격적이었다. 부당한 비난이라고 반박할 증거가 없기에 더욱 그랬다. ××부대에 입대하기 전 위컴의 행적에 대해서는 얘기를 들어본 적이 없었고, 그가 그곳에 들어가게 된 계기도 런던에서 우연히 만나 새로 가볍게 친분을 쌓은 젊은 장교의 설득이었다는 것 정도가 다였다. 그의 과거 행적은 그 자신이 직접 말한 내용 말고는 하트퍼드셔에 알려진 게 없었다. 그의 실체를 알아볼 수 있었다손 치더라도 그녀는 그걸 물어볼 생각을 해본 적이 없었다. 그는 얼굴 생김새와 목소리와 매너만으로 단박에 온갖 미덕을 갖춘 사람이라고 여기게끔 만들었다. 그녀는 다아시 씨의 공격으로부터 그를 방어해줄 만한 그의 선행 사례와 그의 성실성과 온정을 두드러지게 보여주는 사례들, 혹은 최소한 다아시 씨가 수년 동안 계속된 나태와 악행이라고 설명했던 그의 행실을 흔히들 저지르는 실수로 보고, 그의 지배적인 미덕의 힘으로 그런 실수를 상쇄할 수 있는 사례는 없는지 기억해내려고 애썼다. 하지만 그런 기억은 단 한 가지도 떠오르지 않았다. 그의 매력적인 매너나 화법은 즉각 생생히 떠올릴 수 있었지만, 이웃들의 두루뭉술한 칭찬이나 사람들 사이에서 사교성으로 호감을 얻었다는 것 말고는 근본적인 미덕은 어느 것 하나 떠올릴 수 없었다. 걸음을 멈추고 이 점을 한참 숙고한 뒤 그녀는 편지를 또다시 읽기 시작했다. 하지만, 아아! 다아시 양에게 저지른 책략 이야기는 그 전날 아침 피츠윌리엄 대령과 나눈 대화에서도 어느 정도 확인할 수 있었고, 게다가 편지의 끝부분에는 구체적인 내용의 진실성 여부를 피츠윌리엄 대령에게 확인해보라고 적혀 있었다. 그녀는 이미 대령에게서 사촌의 모든 일에 밀접하게 관여하고 있다고 들었으며, 대령의 성품에 대해서는 의심을 품을 이유가 전혀 없었다. 그녀는 잠시 그에게 직접 물어볼까 마음먹었다가 그게 얼마나 어색한 일인지를 깨닫고는 그만두었다. 사촌의 증언에 자신이 없었다면 다아시 씨가 감히 이런 제안을 했을 리 만무해 결국은 그 생각을 완전히 접었다.

그녀는 필립스 이모부 댁에서 위컴과 나눈 대화를 또렷이 기억하고 있었다. 그가 썼던 많은 표현들이 아직도 기억에 생생했다. 문득 처음 만난 사람에게 그런 말을 털어놓다니 그 얼마나 부적절한 일인가를 이제야 깨닫고는 깜짝 놀랐다. 그리고 그런 깨달음이 왜 일찍 들지 않았는지 의아했다. 그가 그렇게 자신을 내세운 방식은 상스러웠고, 말과 행동이 서로 맞지 않았다. 그가 다아시 씨를 다시 만나도 두려울 게 전혀 없으며, 다아시 씨가 그 지방을 떠날지 몰라도 자신은 이곳에 남아 있을 거라며 자랑하던 모습도 기억났다. 하지만 막상 바로 다음주에 네더필드에서 무도회가 열렸을 때 불참하지 않았던가. 네더필드 사람들이 런던으로 떠날 때까지는 위컴이 자기 얘기를 그녀에게만 했었는데, 그들이 떠나고 나자 그 얘기가 곳곳에서 돌던 일도 기억났다. 또한 돌아가신 다아시 씨에 대한 존경심 때문에 그 아들의 비행을 폭로하는 일이 늘 꺼려진다고 단언하면서, 그 아들의 성품을 깎아내리고 비방하는 데 입을 다물거나 망설임을 보인 적이 없었다.

이제 그와 관련된 모든 일에서 그가 얼마나 다른 사람으로 보이는지! 킹 양에 대한 관심도 이제 보니 혐오스럽게도 순전히 돈 때문이었다. 그리고 보잘것없는 킹 양의 재산도 뭐라도 붙잡아보려는 그의 열망일 뿐, 더이상 그가 별 욕심이 없는 사람이라는 증거가 될 수 없었다. 이제는 그녀를 향한 그의 행동마저 건전한 동기에서 생겨났을 리 없다고 여겨졌다. 그녀의 재산에 관해 뭔가 잘못 알았든지 그녀가 먼저 몹시 부주의하게도 내보인 호감을 부추겨서 자신의 허영심을 채워보려 했든지, 둘 중 하나였다. 그를 좋게 보려고 했던 그 모든 노력이 점점 더 힘을 잃어갔다. 그리고 다아시 씨의 말을 더욱 정당화하는 생각이 떠오르기 시작했다. 우선 오래전 제인이 빙리 씨에게 위컴의 일을 물었을 때 그가 다아시 씨는 잘못한 게 없다고 주장했던 사실과, 다아시 씨가 오만하고 쌀쌀맞긴 해도 그를 알고 지낸 동안(물론 최근에 들어서야 그와 함께하는 시간이 많아졌고 보다 친밀하게 그의 행동을 지켜보게 되었지만), 한 번도 무원칙하거나 부당한 모습, 불경하거나 부도덕한 사람임을 갈해줄 만한 습관을 보인 적이 없다는 사실을 인정하지 않을 수 없었다. 친지들은 그를 존중하고 아끼며 위컴 씨조차 오빠로서는 훌륭하다고 인정했고, 여동생에게 크나큰 애정을 갖고 하는 말을 그녀도 종종 들었던 터라 그가 무척 상냥한 감정을 지니고 있음을 인정할 수밖에 없었다. 그의 행동이 위컴 씨가 설명한 대로였다면, 그토록 비열하게 정의를 위반해왔다면 세상 사람들이 몰랐을 리가 없었다. 그리고 그런 악행을 저지를 수 있는 사람과 빙리 씨처럼 선한 사람이 우정을 나눈다는 것도 이해할 수 없는 일이었다.

그녀는 자신이 몹시 부끄러워졌다. 다아시 씨를 생각하든 위컴 씨를 생각하든 자신이 눈이 멀었고, 편파적이었고, 편견을 품었고, 어리석었다고 느끼지 않을 수 없었다.

"그렇게 비열하게 굴다니!" 그녀는 탄식을 내뱉었다. "분별력이 있다고 자부했었는데! 스스로의 능력을 가치 있게 여기던 사람이 나였는데! 너그럽고 순진한 언니를 자주 무시하던 내가 이렇게 쓸데없는, 아니 비난받아 마땅한 일로 허영을 부렸다니! 이런 사실을 이제야 깨닫다니 얼마나 창피한 일이야! 창피한 게 당연하지! 사랑에 빠졌어도 이보다 더 비참하게 눈이 멀진 않았을 거야! 하지만 내 잘못은 사랑이 아닌 허영심이었어! 처음부터 한 사람은 나를 좋아한다고 들뜨고 다른 한 사람은 나를 무시한다고 화가 나서, 두 사람이 관련된 일에서 편견과 무지에 빠져 이성을 몰아내다니. 정녕 나는 지금까지 나 자신에 대해 전혀 몰랐던 거야."

깊은 상념이 그녀 자신에게서 제인 언니로, 다시 언니에게서 빙리 씨로 꼬리를 물고 이어졌다. 그리고 곧 그 두 사람의 일에서만큼은 다아시 씨의 설명이 무척 불충분해 보인다는 생각이 들었다. 편지를 다시 정독해보았다. 두번째로 읽어보니 그 결과는 앞서와 판이하게 달랐다. 다른 경우에서 인정할 수밖에 없었던 그의 주장을 이번 경우라고 어찌 믿지 않을 수 있단 말인가? 다아시 씨는 언니의 애정에 대해선 전혀 의심조차 못했다고 밝혔다. 그녀는 샬럿이 줄곧 말하던 내용을 떠올리지 않을 수 없었다. 또한 제인 언니에 대한 다아시 씨의 설명이 정당하다는 점도 부인할 수 없었다. 언니의 감정은 열렬하긴 했지만 좀처럼 드러나지 않았고, 언니의 분위기와 태도는 항상 만족스러워 보여 때로는 깊은 감정과 연결지을 수 없었다.

그녀의 가족들을 언급하는 부분에 이르자, 참으로 치욕스러웠지만 정당한 비판이라고 인정할 수밖에 없어서 엘리자베스의 굴욕감은 극에 달했다. 그 비판이 너무나 정당해서 부인할 수 없는 강력한 충격을 주었다. 그가 특별히 네더필드의 무도회에서 있었던 일을 거론하면서 자신이 느낀 반감을 모두 확인하게 된 사례로 든 상황은, 사실 그보다 그녀 자신의 마음에 훨씬 더 강하게 남았다고 할 수 있었다.

언니와 자기에 대한 그의 찬사에 무덤덤할 수는 없었다. 위로가 됐기에. 하지만 나머지 가족들이 자초한 경멸까지 달래줄 순 없었다. 제인 언니의 좌절이 실상은 가족들 탓이었고, 언니와 자신의 평판이 그들의 부적절한 처신으로 크나큰 손상을 입었다고 생각하니 지금껏 경험해보지 못한 우울감을 느꼈다.

그녀는 온갖 상념에 빠져 두 시간이나 숲속 오솔길을 쏘다녔다. 그러면서 그동안 있었던 모든 일들을 되돌아보고 앞으로 일어날 일들을 예상하며, 너무나 갑작스럽고도 중요하게 일어난 상황의 변화에 적응

해보려고 애썼다. 그러다 지치기도 하고 너무 오래 나와 있었다는 생각이 들어 마침내 집으로 돌아가기로 했다. 그리고 여느 때처럼 명랑해 보이리라, 사람들과 대화를 할 수 없게 만드는 우울한 상념은 꾹 눌러버리리라 작정한 뒤 집으로 들어갔다.

집에 들어가자 그녀가 없는 동안 로징스의 두 신사가 각기 따로 방문했었다는 얘기를 들었다. 다아시 씨는 작별 인사를 위해 몇 분만 있다 갔지만, 피츠윌리엄 대령은 그녀가 돌아오기를 기다리며 적어도 한 시간쯤 머물다 갔다고 했다. 그는 그녀를 찾으러 직접 산책을 나갈 기세였다고 했다. 엘리자베스는 그를 못 만난 일을 애석해하는 척할 수밖에 없었지만, 실은 다행이라고 생각했다. 피츠윌리엄 대령은 이제 그녀의 관심의 대상이 아니었다. 그녀의 머릿속에는 오로지 다아시 씨의 편지만이 맴돌 뿐이었다.

14

두 신사는 다음날 아침 로징스를 떠났다. 관리인들의 처소 근처에서 그들을 기다리고 있다가 작별 인사를 올린 콜린스 씨는, 그들이 매우 건강해 보였으며 로징스에서 방금 전 우울한 작별을 나누었음에도 그런대로 기분이 괜찮아 보였다는 흡족한 소식을 집에 들고 왔다. 그런다음 그는 캐서린 귀부인과 따님을 위로해야겠다며 서둘러 로징스로 갔고, 너무 무료하니 그들 모두와 식사하고 싶다는 귀부인의 전갈을 받고 대단히 만족스러워하는 모습으로 돌아왔다.

캐서린 귀부인을 만나니 엘리자베스는 자신이 마음만 먹었다면 지금쯤 조카며느릿감으로 소개되었겠지 하는 생각을 떨칠 수 없었다. 만약 그런 일이 벌어졌다면 귀부인의 분노가 어땠을지를 그려보니 절로 미소가 떠올랐다. '귀부인이 뭐라고 말씀하셨을까? 어떻게 행동하셨을까?'—그녀는 즐거운 마음으로 자문해보았다.

그들의 첫번째 화제는 로징스 정찬 모임의 참여자가 줄었다는 것이었다. "정말, 빈자리가 확연히 느껴지는군요." 캐서린 귀부인이 말했다. "나처럼 가족 친지의 빈자리를 절감하는 사람도 없을 겁니다. 하지만 오늘 떠난 두 조카는 특히 더 애착이 간답니다. 두 조카 모두 어찌나 나를 좋아하는지! 그리고 둘 다 얼마나 떠나기 싫어하던지! 하지만 그애들은 늘 그래요. 대령은 마지막 순간까지 제법 기운을 차리고 있었지만, 다아시는 진심으로 이별을 가슴 아파하는 것 같았어요. 작년보다 더 심하더군요. 로징스에 대한 애정이 점점 더 커지고 있는 게 분명합니다."

콜린스 씨가 알랑거리며 이 경우에 딱 맞는 말을 넌지시 던지자, 엄마와 딸은 호의적인 미소를 지어 보였다.

식사가 끝난 뒤 캐서린 귀부인은 베넷 양의 기분이 그다지 좋지 않다는 점을 눈치채고 고향집에 너무 빨리 돌아가는 것이 싫어서 그러는 것이라고 나름대로 해석한 뒤 이렇게 덧붙였다.

"혹시 그 때문이라면 어머님에게 편지를 써서 좀더 머무르다 가겠다고 간청하세요. 콜린스 부인도 엘리자베스 양과 함께 지내는 걸 무척 기뻐할 겁니다."

"그토록 친절하게 권하시니 진심으로 감사드립니다." 엘리자베스가 대답했다. "하지만 제 마음대로 그 권유를 받아들일 수는 없어요. 다음 주 토요일까진 반드시 런던으로 돌아가야 해요."

"아니, 그렇다면 이곳에서 겨우 여섯 주만 지내는 셈이군요. 두 달은 채우고 갈 거라 생각했는데. 엘리자베스 양이 오기 전에 콜린스 부인에게도 그렇게 얘기했고요. 그렇게 빨리 돌아갈 까닭도 없잖아요. 베넷 부인도 분명 두 주 정도는 더 허락하실 겁니다."

"하지만 아버지가 허락하시지 않을 거예요. 지난주에도 빨리 돌아오라고 편지를 보내셨어요."

"아니죠! 어머니가 허락하시면 아버님도 당연히 허락하시죠. 딸들은 원래 아버지에게 크게 중요한 존재가 아니잖아요. 한 달을 온전히 더 머문다면 내가 둘 중 한 사람은 런던까지 직접 데려갈 수 있습니다. 6월 초에 일주일간 그곳에 갈 일이 있어요. 도슨이 사인승 사륜마차의 마부석에 앉아 가는 데 반대할 리 없으니 두 사람 중 한 사람을 태울 공간은 충분히 나올 겁니다. 그리고 정말이지, 날씨만 선선하다면 두 사람 다 태워도 나쁘지 않을 겁니다. 둘 다 몸집이 그리 큰 편이 아니니까요."

"정말 친절하세요, 귀부인. 하지만 아무래도 우리의 원래 계획을 지켜야 할 것 같아요."

캐서린 귀부인은 체념하는 듯했다.

"콜린스 부인, 이 아가씨들에게 반드시 하인 한 명을 딸려 보내세요. 내가 진심만 말한다는 건 부인도 알고 있겠죠. 젊은 아가씨 단둘이 역마차를 타고 여행한다니 참을 수 없는 일입니다. 너무 부적절해요. 반드시 누군가가 동행해야 합니다. 그런 건 내가 세상에서 제일 싫어하는 일이에요. 아가씨들은 항상 주어진 신분에 따라 적절한 보호와 보살핌을 받아야 합니다. 지난여름 내 조카 조지애나가 램스게이트에 갈 적에도 난 남자 하인 두 명을 딸려 보내야 한다고 주장했었어요. 펨벌리 저택의 주인인 고 다아시 씨와 앤 귀부인의 영애인 다아시 양이 그러지 않으면 법도에 어긋나 보이지요. 나는 이런 일에 철저하게 신경을 쓴답니다. 그러니 콜린스 부인, 이 아가씨들에게 반드시 존을 딸려 보내세요. 이 말을 해야겠다는 생각이 나서 다행이네요. 그냥 둘만 보낸다면 부인의 평판에 정말 큰 누가 될 테니까요.”

“제 외삼촌께서 하인 한 명을 보내주실 거예요.”

“아! 외삼촌! 그분에게 남자 하인이 있는 모양이죠, 그래요? 그런 일을 배려해줄 분이 있다니 참 기쁘네요. 말은 어디서 바꿔 타나요? 맞아! 당연히 브롬리겠지. 벨 여관에 가서 내 이름을 말하면 대접받을 겁니다.”

캐서린 귀부인은 여행과 관련하여 꽤나 많이 물어봤고, 매번 혼자 묻고 혼자 대답하는 건 아니었기에 주의가 필요했다. 그녀는 그 점이 오히려 다행이라고 생각했다. 그렇지 않았다면, 마음이 온통 편지에 가 있어 자신이 어디 있는지조차 잊어버렸을 것이다. 깊은 상념은 혼자만의 시간을 위해 남겨둬야 했다. 그녀는 홀로 있을 때마다 안도하며 그런 상념에 빠져들었다. 홀로 산책하지 않고 넘어가는 날이 하루도 없었으니, 그녀는 언짢은 기억을 즐기고 있는 듯했다.

다아시 씨의 편지는 이내 외울 정도가 되었다. 그녀는 모든 문장을 하나하나 꼼꼼히 살펴보았다. 편지를 쓴 사람을 향한 감정이 시시각각 크게 변했다. 그가 말하던 태도를 생각하면 지금도 분노가 치솟았지만,

자신이 그를 얼마나 부당하게 비난하고 비판했는지를 생각하면 그 분노는 자신에게 돌아왔다. 그러면 그가 느꼈을 좌절감에 마음이 아팠다. 그의 애정에는 고마운 마음, 그의 심성에는 존경심이 들었지만 그렇더라도 그를 받아들일 수는 없었다. 한순간이라도 그의 구애를 거절한 일을 후회하거나 그를 다시 만나고 싶은 마음이 든 적은 없었다. 과거 자신의 행동이 지속적인 분노와 후회를 자아내는 원천이었고, 가족들의 참담한 결점은 더더욱 원통했다. 그 결점은 도무지 개선의 여지가 없었다. 아버지는 가족들을 비웃는 데 만족하시고 거칠고 경박한 동생들의 행동을 좀처럼 제지하지 않으셨다. 그리고 바른 처신과는 한참 거리가 먼 엄마는 뭐가 잘못인지 아예 몰랐다. 그녀는 제인 언니와 힘을 합쳐 캐서린과 리디아의 경솔한 언행을 막아보려고 수차례 애써봤지만 엄마가 이들의 응석을 다 받아주니 나아질 리 없었다. 나약하고, 신경질적이고, 리디아가 하자는 대로만 하는 캐서린은 언니들이 충고하면 대들기 일쑤였다. 고집불통에다 경솔한 리디아도 언니들의 얘기를 좀처럼 듣지 않았다. 둘 다 무식하고 게으르고 분수를 몰랐다. 메리턴에 장교라도 한 명 등장하면 둘은 그 장교와 시시덕거리느라 정신이 없었다. 메리턴이 롱본에서 걸어갈 수 있는 거리에 위치하고 있는 한, 둘은 영원히 그곳에 갈 터였다.

아무래도 제일 큰 걱정은 제인 언니의 일로, 다아시 씨의 설명을 듣고 빙리 씨에 대한 예전의 호감을 되찾고 나니, 언니가 놓쳐버린 행운이 한층 더 안타까웠다. 언니를 향한 빙리 씨의 애정이 진실했음이 입증된 셈이고, 그의 행동 또한 친구를 맹목적으로 과신한다는 것 말고는 전혀 비난거리가 될 수 없었다. 그녀는 어리석고 무례한 가족들의 언행 때문에 언니가 모든 면에서 너무나 바람직하며 그토록 이점도 많고 너무도 희망찬 행복을 보장하는 삶을 빼앗겼다고 생각하니 속이 상했다.

이런 갖가지 상념들에다 위컴 씨의 본색이 밝혀진 일까지 보태지자, 지금껏 결코 우울해하는 일이 없던 밝은 성격의 엘리자베스라도 그 충격으로 웬만큼 명랑해 보이는 표정을 짓는 일조차 불가능할 지경이었다.

마지막 주에는 그녀가 처음 이곳에 도착했을 때만큼이나 자주 로징스에 초대를 받았다. 그녀는 떠나기 전 마지막날 밤도 그곳에서 보냈다. 귀부인은 다시 한번 그들의 여정을 꼬치꼬치 캐물었고, 엘리자베스와 마리아에게 짐을 가장 잘 싸는 방법에 관해 지침까지 내렸다. 특히 겉옷을 단 하나뿐인 제대로 된 방법으로 싸야 하는 필요성을 하도 강조하는 바람에 마리아는 언니 집에 돌아가 아침에 꾸려놓은 걸 풀고 여행 가방을 다시 싸야겠다고 생각할 정도였다.

작별할 때 캐서린 귀부인은 매우 황송하게도 좋은 여행이 되기를 기원한다고 말하면서 다음해에 다시 헌스퍼드를 방문하라고 초대했다. 드 버그 양도 무릎을 굽히고 인사를 건네면서 두 사람에게 손을 내밀기까지 했다.

15

토요일 아침 엘리자베스와 콜린스 씨는 아침식사를 하러 다른 사람들이 나타나기 몇 분 전에 먼저 만났다. 그는 그 시간에 자신이 꼭 필요한 예의라고 믿는 정식 작별 인사를 건넸다.

"엘리자베스 양." 그가 말했다. "제 아내가 엘리자베스 양이 우리집을 방문해준 데 대해 고마운 마음을 진작 표현했는지 잘 모르겠습니다. 아무튼 제 아내의 감사를 받지 않고 우리집을 떠나실 리 없을 거라 확신합니다. 엘리자베스 양이 호의를 베풀어 우리와 함께 시간을 보내주었다는 사실을 우리 부부는 똑똑히 알고 있답니다. 누추한 우리집을 누구라도 방문하고 싶어할 리 없겠지요. 생활 방식도 수수하고, 방들도 협소하고, 하인도 몇 안 되고, 사람 구경할 일도 적고 하니 분명히 이곳 헌스퍼드가 엘리자베스 양 같은 숙녀에겐 아주 지루한 곳이었을 겁니다. 하지만 그런데도 이곳을 찾아줘서 우리가 얼마나 감사해하는지, 그리고 엘리자베스 양이 지루한 시간을 보내지 않도록 우리가 얼마나 최선을 다했는지 믿어주기 바랍니다."

엘리자베스도 진심으로 고마움을 표하면서 그동안 참 즐거웠다고 힘주어 말했다. 그녀는 여섯 주를 대단히 즐겁게 보냈다고, 샬럿과 함께한 재미난 시간과 베풀어준 친절을 두고두고 고마워할 거라고 했다. 콜린스 씨는 뿌듯해하면서 더욱 환하게 미소를 지으며 진지하게 대답했다.

"재미없는 시간을 보내지 않았다는 말이 제게는 제일 큰 기쁨을 주는군요. 우리는 분명히 최선을 다했답니다. 그리고 정말 운좋게도 엘리자베스 양을 품격 높은 귀하신 분들과 만나도록 소개할 수도 있었습니다. 우리와 로징스의 관계 덕분에 누추한 우리집 생활에 종종 변화를 줄 수 있었지요. 그 덕에 엘리자베스 양의 헌스퍼드 방문이 전적으로 지루하지만은 않았으리라 자부할 수 있습니다. 캐서린 귀부인 가족과 우리집의 관계는 참으로 특별한 은혜와 축복을 받은 것으로, 이를 자랑할 수 있는 사람들은 거의 없을 겁니다. 우리가 어떤 발판을 토대로 살아가고 있는지 보셨겠지요. 우리가 얼마나 지속적으로 그곳에 초대받아 가는지도요. 제 진심을 말하자면, 불편하기 짝이 없는 이런 누추한 목사관에 살더라도, 누구든 우리처럼 로징스와 친하게 지낸다면 절대로 연민의 대상으로 여겨지지 않을 겁니다."

북받치는 감정을 말로 다 담아낼 수 없었는지 그는 방안 이곳저곳을 서성거렸다. 그러는 동안 엘리자베스는 예의와 진심을 섞어 아주 짤막하게 몇 문장 화답해보려고 애썼다.

"친애하는 사촌, 하트퍼드셔에 돌아가 우리 부부 얘기를 더없이 호의적으로 전하셔도 됩니다. 적어도 그렇게 말씀하시리라 자부합니다. 캐서린 귀부인께서 제 아내에게 얼마나 큰 관심을 갖고 계시는지는 엘리자베스 양도 매일 목격하셨으니 친구가 불운한…… 선택을 한 것처럼 보이지는 않았으리라 믿습니다. 아니, 이 점은 침묵을 지키는 편이 낫겠군요. 다만 이 말만은 분명히 해두고 싶습니다. 엘리자베스 양, 가슴속 깊이 온 마음을 다해 엘리자베스 양도 우리와 똑같은 결혼의 행복을 누리기를 진심으로 기원합니다. 사랑하는 제 아내 샬럿과 저는 오로지 한마음 한뜻입니다. 아내와 저는 성격과 생각 등 모든 면에서 놀랄 정도로 닮았어요. 마치 애초부터 서로에게 예정되어 있었달까요."

엘리자베스는 그렇다면 큰 행복이겠다고 큰 문제 없이 말할 수 있었고, 그와 마찬가지로 진지하게 그의 가정의 행복을 굳게 믿게 돼서 기쁘다고 덧붙였다. 하지만 그가 그런 얘기를 되풀이하려는 순간 그 행복의 원천인 부인이 들어오는 바람에 중단되었다. 엘리자베스는 전혀 유감스럽지 않았다. 가엾은 샬럿! 그런 사람들 사이에 그녀를 남겨둘 생각에 얼마나 우울하던지! 하지만 두 눈을 똑바로 뜨고 샬럿 자신이 선택한 일 아닌가. 게다가 샬럿은 친구와 동생이 떠난다는 사실을 분명히 슬퍼하긴 했지단 연민을 구하는 것 같지는 않았다. 집, 가사, 교구 사람들, 양계, 이 모든 것에 딸린 일들이 아직까지는 매력을 잃지 않은 듯했다.

마침내 마차가 도착했다. 여행 가방은 단단히 붙들어 매이고 손짐들이 다 실리자 출발 준비가 끝났음을 알려왔다. 친구와 애정 어린 작별을 끝내고 엘리자베스는 콜린스 씨의 배웅을 받으며 마차로 갔다. 정원으로 걸어나가면서 그는 롱본의 가족들 모두에게 안부를 전했고, 지난 겨울 방문했을 때 받았던 따뜻한 대접에 대해서도 고맙다는 말을 전하는 걸 잊지 않았고, 직접 만난 적 없는 가드너 부부에게 안부를 전하는 일도 잊지 않았다. 그런 다음에야 그는 그녀를 마차 안으로 들여보냈고 마리아가 그 뒤를 따랐다. 마차 문이 막 닫히려는데 그가 질겁하고는 그들이 아직까지 로징스의 숙녀들께 아무런 인사말도 남기지 않았음을 상기시켰다.

"물론 두 사람 모두 이곳에 머무는 동안 그분들께서 베풀어주신 친절에 감사하며 겸손한 작별 인사를 드리고 싶겠지요." 그가 덧붙였다.

엘리자베스는 이 말에 토를 달지 않았다. 그제야 마차 문을 닫을 수 있었고, 그들은 출발했다.

"아아!" 몇 분간 말이 없다가 마리아가 외쳤다. "이곳에 온 지 하루나 이틀밖에 안 된 것 같아! 하지만 정말 많은 일이 있었어!"

"정말 많은 일이 일어났지." 한숨을 내쉬며 엘리자베스가 말했다.

"로징스에서 아홉 번이나 식사했고 차만 두 번을 마셨어! 집에 가면 할말이 얼마나 많을지!"

엘리자베스는 혼잣말로 덧붙였다. "그리고 난 얼마나 많은 일을 숨겨야 할지!"

별 대화 없이, 이렇다 할 일도 없이 두 사람의 여행은 순조로웠다. 헌스퍼드를 떠난 지 네 시간 만에 그들은 며칠 머물기로 예정된 가드너 씨 댁에 도착했다.

제인은 건강해 보였다. 엘리자베스는 다정한 외숙모가 그들을 위해 잡아둔 여러 약속들 때문에 언니의 기분을 자세히 살필 기회가 거의 없었다. 하지만 언니도 함께 집으로 돌아갈 예정이었으니, 롱본에서 여유를 갖고 언니의 기분을 살필 수 있을 터였다.

그러나 한편으로는 다아시 씨의 구애 사건을 언니에게 털어놓지 못하고 롱본으로 돌아갈 때까지 참는 게 그녀에겐 고역이었다. 언니를 엄청 놀라게 하면서 동시에 아직까지도 이성만으로는 물리치기 힘든 자신의 허영심을 만족시킬 수 있는 일 아닌가. 그런 일을 밝힐 재량이 자신에게 있다는 데 그녀는 입이 근질근질한 유혹을 느끼지 않을 수 없었다. 하지만 어디까지 말해야 할지 아직 결정을 못한 상태로, 한번 이야기를 시작했다가 빙리 씨 얘기까지 이어져 언니가 더 슬퍼할지도 모른다는 걱정만이 그 유혹을 막아주었다.

16

세 아가씨가 그레이스처치 스트리트를 출발해 하트퍼드셔의 ××읍 내로 길을 떠난 때는 5월의 둘째 주였다. 베넷 씨가 보낸 마차가 그들을 마중나오기로 되어 있는 여관에 다가가자, 마차꾼이 정확히 시간을 엄수한 모양인지 키티와 리디아가 그 여관의 이층 식당에서 그들을 내려다보고 있는 모습이 바로 보였다. 두 여동생은 이미 한 시간 전부터 그곳에 도착해서 신나게 건너편 모자가게도 둘러보고 근무중인 경비병도 구경하다가 샐러드와 오이에 드레싱을 뿌려놓고 언니들을 기다리던 중이었다.

두 동생은 언니들을 반갑게 맞이한 뒤, 여관 식당에서 흔히 내놓는 냉육 요리가 차려진 식탁을 의기양양하게 자랑하며 큰 소리로 말했다. "훌륭하지 않아? 정말 마음에 드는 깜짝 요리지?"

"우리가 언니들을 대접할 생각이거든." 리디아가 덧붙였다. "하지만 돈은 언니들이 빌려줘야 해. 우리 돈은 저기 저 가게에서 다 써버렸어." 그러면서 그녀는 구입한 물건들을 보여주었다. "이것 좀 봐. 나 이 보닛 샀어. 그다지 예쁘지는 않지만 그래도 안 산 것보다는 나아. 집에 가자마자 다 뜯어내서 더 예쁘게 개조하려고."

언니들이 모자가 안 예쁘다고 나무라자 그녀는 전혀 개의치 않고 이렇게 덧붙였다. "쳇! 가게에 이보다 훨씬 안 예쁜 모자가 두세 개 더 있었다고. 이 모자에 더 예쁜 빛깔의 공단을 사서 달면 괜찮을 거야. 게다가 이번 여름에는 어떤 모자를 쓰든 큰 의미가 없어. ××부대가 메리턴을 떠난 다음일 테니까. 보름 안에 떠난대."

“정말 부대가 떠난다고?” 엘리자베스가 크게 기뻐하며 소리쳤다.

“브라이턴 인근에 주둔할 예정이래. 그래서 이번 여름에 그곳에 데려가달라고 아빠에게 간청하려고! 참 즐거울 것 같아, 돈도 거의 안 들거고. 무엇보다 엄마도 가고 싶어할걸! 안 그러면 우리가 얼마나 처량한 여름을 보내게 되겠어!”

‘그럴 테지.’ 엘리자베스는 속으로 생각했다. ‘퍽도 즐거운 계획이고 우리 모두에게 잘도 맞겠다! 맙소사! 브라이턴이라니, 진을 친 군인들? 안 그래도 메리턴에서 매달 무도회다 뭐다 해서 민병대 녀석들 때문에 엉망진창이 된 우리한테!’

“그런데 언니들에게 전할 새 소식이 있어.” 언니들이 식탁에 앉자 리디아가 말했다. “무슨 소식 같아? 멋지고 중요한 소식이야. 우리 모두가 좋아하는 사람에 관한 소식이기도 하고.”

제인과 엘리자베스는 서로를 바라보았고 급사에게는 그곳에 있을 필요가 없다고 말하며 내보냈다. 리디아가 깔깔 웃더니 말했다.

“그래, 그게 바로 언니들다운 격식을 따지는 분별 있는 행동이지. 저 급사가 관심을 가질 수도 있으니 우리 얘기를 못 듣게 해야겠지! 장담하는데, 저 사람은 내가 할 얘기보다 훨씬 안 좋은 얘기도 자주 들을걸. 어쨌든 저 사람 되게 못생겼네! 나가서 다행이야. 저렇게 긴 턱은 내 평생 첨 봐. 자, 이제 그 소식을 말할게. 바로 우리가 좋아하는 위컴 씨 소식이야. 급사가 듣기에는 너무나 훌륭한 소식이겠지, 안 그래? 위컴 씨와 메리 킹 양이 결혼할 위험이 싹 사라졌어. 다시 언니들 차지가 된 거지! 킹 양이 리버풀에 있는 삼촌댁으로 떠나버렸대. 그곳에 머무를 거래. 위컴 씨가 무사하게 된 거지.”

“메리 킹 양도 무사하고!” 엘리자베스가 덧붙였다. “재산 문제를 두고 본다면 경솔한 인연을 맺으려다 무사해진 거야.”

“킹 양이 위컴 씨를 좋아했다면, 그렇게 떠나는 건 참 바보짓 아냐?”

“두 사람 모두 강렬한 애정이 없던 거겠지.” 제인이 말했다.

“적어도 위컴 씨 쪽에 그런 애정이 없었던 건 확실해. 그에게 털끝만큼도 그녀를 좋아하는 감정이 없었다고 장담할 수 있어. 심술궂은 주근깨투성이 꼬맹이를 누가 좋아할 수 있지?”

엘리자베스는 자신이 리디아처럼 거친 표현은 안 쓰더라도 얼마 전까지만 해도 그런 거친 감정을 가슴속에 잔뜩 품고 공상했던 사람이라는 것이 생각나 가슴이 덜컹 내려앉았다.

모두가 식사를 마쳤고 언니들이 식사비를 지불하자 마차가 준비되었다. 이리저리 짐들을 옮겨 상자들과 가방들, 꾸러미들, 그리고 키티와 리디아가 구입한 달갑지 않은 물건들까지 추가로 실은 뒤 모두들 마차에 올라 자리를 잡았다.

“모두들 마차에 잘도 끼어 앉았네.” 리디아가 큰 소리로 말했다. “보닛을 새로 사서 기뻐. 모자 상자 하나 더 생긴 즐거움뿐일지라도! 자, 이제 집까지 가는 내내 이야기꽃을 피우고 웃고 마음껏 즐기면서 편히 가자고. 우선 집 떠나서 언니들이 겪은 일들부터 말해줘. 멋진 남자들은 없었어? 연애하자고 꼬시는 남자 없었어? 돌아오기 전에 언니들 중 누구든 멋진 신랑감을 구해오기를 간절히 바랐는데. 제인 언니는 곧 노처녀가 된다고. 스물셋이 다 되어가잖아! 세상에! 스물셋이 되도록 결혼을 못하면 정말 창피할 거야! 필립스 이모도 언니들이 빨리 결혼하기를 바란다고. 이모는 리지 언니가 콜린스 씨와 결혼하는 게 나았을 뻔했대. 하지만 난 그랬다면 정말 재미없었을 것 같아. 아아! 내가 언니들보다 빨리 결혼해버릴까봐. 언니들의 보호자가 돼서 모든 무도회에 데리고 다니는 거지. 참! 얼마 전 포스터 대령의 집에서 아주 재미난 시간을 보냈어. 그날 키티 언니하고 나하고 그 집에 온종일 있었는데, 포스터 부인이 저녁때 약식 무도회를 열어준다고 약속했었거든. (있잖아, 포스터 부인하고 나하고 엄청 친해졌어!) 포스터 부인은 해링턴 자매에게도 놀러오라고 했었나봐. 근데 해리엇이 아파서 펜 혼자만 왔지. 그날 우리가 뭐했게? 체임벌린에게 여자옷을 입혔어. 여자처럼 보이게 하려고. 얼마나 웃겼을지 상상 좀 해봐. 포스터 부부, 키티 언니와 나, 그리고 겉옷을 빌려준 이모 외에는 누구도 그 사실을 몰랐지. 얼마나 예뻐 보였는지 언니들은 상상도 못 할 거야. 데니 씨와 위컴 씨, 프랫 씨, 그리고 신사 두세 명이 더 왔는데 누구도 체임벌린을 알아보지 못했다니까. 얼마나 웃었는지! 포스터 부인도 그랬지. 웃겨 죽는 줄 알았어. 그런 모습을 보고 남자들이 의심을 하게 되었고 결국은 바로 들통이 났지."

리디아는 이런 식으로 파티에서 겪은 일들과 웃긴 농담을 늘어놓았고, 키티는 힌트를 주거나 말을 보태가며 롱본으로 돌아가는 내내 언니들을 즐겁게 해주려고 애썼다. 엘리자베스는 동생의 얘기를 대개 흘려들었지만 빈번히 등장하는 위컴이라는 이름만은 그럴 수 없었다.

집에서는 그들을 몹시 따뜻하게 맞아주었다. 베넷 부인은 변함없이 아리따운 제인을 보고 기뻐했다. 아버지도 식사를 하는 동안 여러 차례 엘리자베스에게 이렇게 말했다.

"돌아와서 기쁘다, 리지."

식당에 모인 사람들은 꽤 많았다. 루커스 가족 대부분이 한시라도 빨리 마리아를 만나 소식을 들으려고 와 있었다. 모두의 관심을 끄는 화젯거리도 다양했다. 루커스 부인은 식탁 건너편에 앉은 마리아에게 큰딸의 안부와 그녀가 키우는 닭들에 대해 물었다. 베넷 부인은 몇 자리 아래쪽에 앉은 제인에게 최신 유행에 대해 묻고, 그 얘기를 루커스 댁의 어린 딸들에게 전하는 두 가지 일을 한꺼번에 하느라 정신이 없었다. 그리고 리디아는 누구보다 큰 목소리로 자기 말을 들을 수 있는 모든 사람들에게 그날 오전에 있었던 여러 재미난 일들을 줄줄이 얘기했다.

"글쎄! 메리 언니." 그녀가 말했다. "언니도 우리와 함께 갈 걸 그랬어. 정말 재미있었다니까! 가는 동안 나랑 키티 언니는 마차 차양을 몽땅 내려서 아무도 안 탄 것처럼 꾸몄어. 키티 언니가 멀미만 안 했다면 내내 그러고 갔을 텐데. 조지 여관에 도착해서는 우리가 정말 멋지게 처신했지. 세 사람에게 점심으로 세상에서 제일 맛있는 냉육 요리를 대접했다고. 언니도 같이 갔으면 언니에게도 한턱내는 건데. 그리고 나서 돌아오는데 또 얼마나 재미있었다고! 나는 우리가 마차에 다 못 탈 줄 알았거든. 웃겨 죽는 줄 알았어. 집으로 돌아오는 내내 너무나 즐거웠어. 우리가 하도 시끄럽게 떠들고 웃어대서 십 마일 떨어진 곳까지 다 들렸을 거야."

이 말을 듣고 메리가 매우 진지하게 대답했다. "리디아, 그런 즐거움을 얕볼 생각은 추호도 없단다. 대부분의 여자들에게는 틀림없이 즐거운 일일 거야. 하지만 솔직히 말하면 내겐 재미없어. 난 책이 훨씬 더 좋아."

리디아는 언니의 대답을 한마디도 귀담아듣지 않았다. 그녀는 누구의 말이든 삼십 초 이상 귀담아듣는 법이 없었고 메리의 말이라면 아예 신경도 안 썼다.

오후가 되자 리디아가 자매들이 모두 함께 메리턴까지 나들이를 가서 모두들 잘 지내는지 알아보자고 성화를 부렸다. 하지만 엘리자베스는 그 계획을 끝까지 반대했다. 베넷가의 딸들이 집에 돌아온 지 반나절도 안 돼 장교들을 찾아 나섰다는 얘기를 들을 수는 없는 노릇이었다. 반대하는 이유는 또 있었다. 위컴을 다시 만나는 일이 두려웠고 되도록 오랫동안 그를 피하기로 결심했기 때문이었다. 민병대 주둔군이 곧 이동한다는 소식을 듣고 그녀가 느낀 안도감은 정녕 말로 표현할 수 없을 정도였다. 그녀는 보름 후면 그들이 떠날 것이고, 그리되면 그에 대한 문제로 더는 괴로워할 일이 없기를 바랐다.

집으로 돌아온 지 몇 시간 안 돼 엘리자베스는 리디아가 여관에서 살짝 귀띔해준 브라이턴 휴가 계획이 부모님 사이에서 여러 번 거론되었음을 알아차렸다. 아버지는 그 계획을 허락할 마음이 조금도 없는데, 아버지의 대답이 하도 애매하고 모호해서 엄마는 여러 번 낙심하면서도 결국은 남편을 설득하는 데 성공하리라는 기대감을 좀처럼 접지 않았다.

17

엘리자베스는 그동안 일어났던 일을 제인에게 털어놓고 싶은 초조한 마음을 더이상 억누를 수 없었다. 결국 다음날 아침 그녀는 언니와 관련된 사항은 빼기로 결심하고, 언니에게 놀라지 말라고 단단히 마음의 준비를 시킨 뒤 다아시 씨와 있었던 일의 대강을 얘기해주었다.

베넷 양은 깜짝 놀랐지만 동생을 사랑하는 언니의 각별한 정으로 곧바로 마음을 가라앉혔다. 누구든 엘리자베스를 좋아한다는 게 그녀에겐 지극히 자연스러운 일로 생각되었다. 그리고 놀란 마음은 즉시 다른 생각에 묻혀버렸다. 그녀는 다아시 씨가 그토록 호감을 살 수 없는 방식으로 동생에게 감정을 전했다는 게 안타깝고, 동생의 거절로 그가 틀림없이 아파할 거라 더 안쓰러웠다.

"성공하리라고 그렇게 자신했던 게 잘못이네." 그녀가 말했다. "그렇게 보이지 말았어야 했는데. 아무튼 그 일로 그 사람은 실망이 정말 크겠구나."

"그렇겠지." 엘리자베스가 대답했다. "그 사람에게 진심으로 미안해. 하지만 그 사람은 나에 대한 호감을 몰아낼 다른 감정도 품고 있었어. 아무튼 내가 그 사람을 거절했다고 언니마저 나를 비난하진 않겠지."

"비난이라니! 아니야, 아니고말고!"

"하지만 내가 그토록 열렬히 위컴 이야기를 한 건 비난하겠지."

"아니, 네가 해준 이야기로는 그런 말을 한 게 무슨 잘못인지 모르겠는데."

"바로 다음날 무슨 일이 있었는지 말해줄게, 그러면 알게 될 거야."

그녀는 언니에게 다아시의 편지 이야기를 꺼내 조지 위컴과 관련된 모든 내용을 알려주었다. 가엾은 제인에게 이 얘기가 얼마나 큰 충격을 주었겠는가! 그녀는 이렇게 한 사람에게 집중돼 있는 그 같은 사악함은 온 세상을 다 다녀도, 인류를 통틀어도 존재할 리가 없다고 기꺼이 믿으며 세상을 살아갈 사람이었다. 다아시 씨의 오명이 벗겨진 것은 기뻤지만, 이러한 사실을 알게 된 충격을 달래줄 수는 없었다. 그녀는 오해가 있을 가능성을 입증하려고 진지하게 애썼다. 그리고 한쪽을 배제하고 다른 한쪽의 결백을 입증해보려 했다.

"소용없어." 엘리자베스가 말했다. "아무리 애써도 그 두 사람 모두를 착한 사람으로 만들 수는 없어. 선택해야 해. 한 명에게 만족할 수밖에 없다고. 그 두 사람 사이에는 한 사람만 착한 사람으로 만들어줄 양만큼의 가치만 존재해. 그런데 최근에 방향이 꽤 바뀌었지. 내 입장 말이야. 난 다아시 씨의 생각을 전적으로 믿는 쪽으로 기울어졌지만, 언니는 언니 원하는 대로 선택해."

하지만 제인의 얼굴에 가까스로 미소가 배어나올 때까지는 제법 시간이 걸렸다.

"지금보다 더 충격을 받은 적이 있었는지 모르겠다." 그녀가 말했다. "위컴이 그토록 나쁜 사람이었다니! 정말 믿어지지 않아. 다아시 씨는 또 얼마나 안됐니! 리지, 그 사람이 겪었을 고통을 생각해봐. 실망이 얼마나 컸을까! 그리고 네가 자기를 안 좋게 여기는 걸 알게 되었잖아! 여동생에 관한 비밀까지 얘기한 건 또 어떻고! 정말 괴로웠을 거야. 너도 그랬겠지."

"아니! 언니가 그토록 가슴 아파하며 동정을 표하는 걸 보니 내 후회와 동정심이 다 사라지네. 언니가 그 사람을 그토록 적극적으로 옹호하는 걸 보니 오히려 나는 점점 더 무심하고 무관심해진다고. 언니의 감정이 넘치니 나는 오히려 아끼게 되네. 언니가 그 사람을 더 오래 불쌍히 여길수록 내 마음은 깃털처럼 가벼워질 거야."

"위컴 씨도 안됐다. 얼굴이 얼마나 선해 보이는데! 행동도 그토록 솔직하고 점잖은데."

"두 사람의 훈육 과정에 큰 실수가 있었던 거지. 한 사람은 선량하기 그지없고, 다른 한 사람은 온통 그 껍데기만 지녔으니."

"나는 네 판단과 달리 다아시 씨에게 그런 껍데기가 정말 부족했다고는 생각한 적 없어."

"하지만 나는 그 사람을 단호하게 싫어하는 것으로 대단히 똑똑한 척을 했어, 아무런 근거도 없이 말이야. 그런 혐오감은 재치를 발휘하게끔 하고 재능을 자극해주거든. 옳은 소리 없이 욕설만 계속 쏟아내다가도 어쩌다 재치 있는 말 한마디쯤은 하게 되니까."

"리지, 편지를 처음 읽었을 때는 분명 지금처럼 생각하지 않았겠지."

"응, 그럴 수 없었어. 몹시 불편했지. 정말 불편했어. 불행했다고까지 말할 수 있을 거야. 내 생각을 털어놓을 사람도 없었고, 언니처럼 나를 위로하며 '너는 네가 생각하듯 그렇게 나약하고, 허영심 많고, 어리석은 애가 아니란다'라고 말해줄 사람도 없었으니까. 정말이야! 언니가 얼마나 필요했는지 몰라!"

"다아시 씨에게 위컴 얘기를 하면서 네가 그토록 강한 표현을 썼다니 참 유감스러운 일이야. 지금 보니 그럴 만한 가치가 없는 사람이었는데."

"맞아. 하지만 그토록 신랄하게 말해버린 내 불행은 그동안 편견을 키워온 내가 자초한 당연한 결과야. 언니의 조언을 듣고 싶은 일이 한 가지 있어. 우리를 아는 모든 사람들에게 위컴의 정체를 폭로해야 할지 말아야 할지 조언해줘."

베넷 양이 잠시 망설이다 대답했다. "그토록 지독하게 폭로까지 할 이유가 있을까. 네 생각은 어떤데?"

"폭로하지 말아야 한다는 쪽. 다아시 씨가 자기가 한 말을 다른 사람들에게 퍼뜨려도 좋다는 권한을 내게 준 건 아니니까. 오히려 여동생에 관한 얘기는 전부 다 가능하면 나만 알고 있으라고 했어. 위컴의 나머지 행실들도 그래. 사람들에게 진실을 밝힌다 한들 누가 믿어줄까? 그리고 다아시 씨에 대한 사람들의 일반적인 편견이 너무 강해서 그에 대해 호의적으로 얘기했다간 메리턴의 선량한 주민들 절반이 죽자사자 반대하고 나설 거야. 내가 그런 일을 감당할 자격도 없고. 위컴은 곧 떠날 거야. 그러면 그 사람의 진짜 정체는 이곳 누구에게도 의미가 없어질 거고. 언젠가 때가 되면 모든 게 밝혀지겠지. 그때가 되면 우린 그걸 몰랐던 사람들의 어리석음을 비웃을 수 있을 테고. 지금은 이 일에 대해 입을 다물래."

"네 말이 옳아. 그의 잘못을 사람들에게 폭로한다면 그가 영원히 파멸할지도 몰라. 아마 지금쯤 자기가 저지른 짓을 반성하면서 간절하게 새사람이 되고 싶어할 수도 있잖아. 그러니 절망적인 상태에 빠트리면 안 되지."

심란했던 엘리자베스의 마음은 이 대화로 한결 진정되었다. 그녀는 보름 동안 마음을 짓누르던 비밀들 중 두 가지는 말끔히 털어냈다. 그리고 이 두 가지를 다시 얘기하고 싶을 때면 언제든 언니가 기꺼이 들어줄 거라 확신했다. 하지만 신중을 기하느라 아직 밝히지 못한 비밀 한 가지는 아직 숨겨두었다. 다아시 씨 편지의 나머지 절반은 언니에게

도저히 말할 수 없었다. 그의 친구가 언니를 진심으로, 얼마나 소중하게 여겼는지도 말할 수 없었다. 이 사실은 어느 누구와도 함께할 수 없는, 그녀만 아는 비밀이었다. 그녀는 두 당사자가 서로를 완벽하게 이해할 때만이 이 마지막 비밀의 짐을 벗어던지는 일을 정당화할 수 있으리라 믿었다. '사정이 그러하니 가능성이 거의 없어 보이지만, 혹시라도 그런 일이 일어난다면 빙리 씨가 훨씬 더 다정하게 말할 테니 내가 중뿔나게 나서서 말할 필요도 없겠지. 비밀이 비밀로서의 가치를 모두 잃기 전까지는 내게 말할 자유가 없어!' 그녀는 생각했다.

집에서 휴식을 취한 뒤에야 비로소 그녀는 언니의 진짜 기분을 관찰할 여유가 생겼다. 제인은 행복하지 않았다. 빙리 씨에 대한 애틋한 사랑을 아직도 소중히 간직하고 있었다. 그전까지는 자신이 사랑에 빠졌다는 생각을 결코 해본 적이 없었기에 제인의 애정은 첫사랑의 열기를 온전히 간직하고 있었다. 제인의 나이나 성품으로 인해, 그 애정은 여느 첫사랑이 내세울 수 있는 것보다 더 견실했다. 워낙 열렬하게 빙리 씨와의 추억을 소중히 여겼고 다른 모든 남자들보다 그를 더 좋아했기에, 제인은 훌륭한 분별력과 지인들을 배려하는 마음이 없었다면, 유감스러운 과거를 곱씹으며 자신의 건강과 주변 사람들의 마음의 평화를 해치는 상황을 막아내지 못했을 것이다.

"애, 리지야." 어느 날 베넷 부인이 말했다. "유감스럽기 짝이 없는 네 언니 일에 대한 네 생각을 이제 좀 들어볼까? 난 말이다, 그 일을 다시는 누구하고도 말하지 않기로 결심했단다. 일전에 필립스 이모에게도 그렇게 말했어. 하지만 제인이 런던에서 그 사람을 과연 한 번도 안 만났는지는 모르겠구나. 세상에, 정말 형편없는 청년이야. 이제 제인이 그를 잡을 가능성은 털끝만큼도 없어진 거겠지. 이번 여름에 네더필드로 다시 온다는 얘기도 없더라고. 알 만한 사람들에게 다 물어봤거든."

"이제 네더필드에서 더 살 것 같지 않아요."

"쳇, 그러거나 말거나! 제 마음대로지. 그 사람이 오는 걸 누가 원하니. 하지만 그 사람이 내 딸을 극악무도하게 대했다는 말은 늘 하고 다닐 거다. 내가 제인이라면 안 참았지. 그래, 제인은 상심해서 죽을 게 뻔하고, 그리되면 그 사람이 자기가 저지른 짓을 후회하리라는 게 내 위안이지."

하지만 엘리자베스는 엄마의 그런 기대에서 위안을 받을 수 없었기에 아무런 대답도 하지 않았다.

"그건 그렇고, 리지." 엄마가 곧바로 말을 이었다. "콜린스 부부는 편안하게 잘살고 있겠지, 그렇지? 그래, 그래, 그저 천년만년 그렇게 살기를 바랄 뿐이지 뭐. 상차림이 어떻든? 샬럿은 똑소리나는 살림꾼일 게다. 제 엄마의 영악함을 절반만 닮았어도 지독한 짠순이일 테니까. 장담하는데, 그 부부 살림에 낭비라고는 없을 거야."

"네, 전혀 없어요."

"정말 살림을 잘할 게다. 그럼, 그렇고말고. 그 집 식구들은 들어오는 돈보다 적게 쓰려고 혈안이 된 사람들이니까. 돈 때문에 고통받을 일은 없겠지. 그래, 잘 먹고 잘살라지! 그런데 그 사람들이 네 아버지가 돌아가시면 롱본 재산을 자기들이 차지하게 된다는 얘기를 자주 하고 다니는 모양이야. 그럴 때마다 우리집 재산이 완전히 자기들 차지가 된 것 같겠지, 뻔해."

"그건 제 앞에선 얘기할 수 없는 화제였어요."

"할 수 없었겠지. 그랬다면 정말 이상하잖니. 하지만 틀림없이 자기들끼리만 있는 자리에선 그 얘기를 뻔질나게 할 거다. 그래, 합법적으로 자기들 것도 아닌 재산을 갖고도 마음이 편하다면 실컷 그러라고 해라. 나 같으면 그저 한사상속으로 얻은 재산 따위 남부끄러워했을 거다."

18

집에 돌아와 보낸 첫 주가 금세 지나고, 두번째 주가 시작되었다. 주둔군 부대가 메리턴에 머무르는 마지막 주였고, 인근의 모든 아가씨들이 급속도로 의기소침해지고 있었다. 낙담은 거의 보편적인 현상이었다. 베넷 자매의 두 언니들만 아무 일 없다는 듯 먹고 마시고 잠자고 평소와 다름없이 일상생활을 했다. 키티와 리디아는 언니들의 이런 무심한 태도를 무시로 비난했다. 실망감이 워낙 극심했던 이들은 가족들 가운데 누군가가 그런 무심한 태도를 보인다는 게 도무지 이해가 안 됐다.

"맙소사! 우린 이제 어떻게 되는 거람! 이제 뭘 하지!" 두 자매는 쓰디쓴 비탄에 빠져 종종 이렇게 소리쳤다. "리지 언니, 어떻게 그렇게 웃을 수가 있어?"

두 자매의 자애로운 엄마가 슬픔을 함께 나눴다. 그녀는 이십오 년 전에 자신도 지금의 딸들처럼 견뎌야 했던 일을 떠올렸다.

"정말이란다." 그녀가 말했다. "나도 옛날에 밀러 대령의 부대가 떠났을 때 이틀을 내리 울기만 했어. 심장이 터지는 줄 알았다니까.”

“내 심장도 틀림없이 터질 거야.” 리디아가 말했다.

“브라이턴에 갈 수 있으면 좋으련만!” 베넷 부인이 말했다.

“그래, 맞아! 브라이턴에 갈 수만 있다면! 하지만 아빠가 너무 싫어 하시잖아.”

“해수욕을 조금만 해도 내 건강이 영원히 좋아질 텐데.”

“필립스 이모도 해수욕이 나한테 아주 좋을 거라고 장담하셨어요.” 키티가 덧붙였다.

이런 식의 한탄이 롱본 저택 곳곳에서 끊임없이 울려퍼졌다. 엘리자 베스는 그런 이야기를 오락거리로 삼아 즐겨보려 했지만, 즐거움은 수 치심에 묻히기 일쑤였다. 그녀는 다아시의 반대가 얼마나 합당한지를 새삼 깨달았다. 그리고 그가 친구의 생각에 끼어들어 간섭한 일을 용서 하고픈 마음이 지금보다 더 간절한 때가 없었다.

그러나 앞날에 대한 리디아의 우울한 심사는 이내 깨끗이 사라지게 되었다. 주둔 부대 대령의 아내인 포스터 부인이 브라이턴에 함께 가자 고 그녀를 초대한 것이다. 리디아의 이 소중한 친구는 사실 결혼한 지 얼마 안 된 아주 앳된 여자였다. 명랑하고 쾌활한 성격이 서로 닮아서 인지 리디아와 포스터 부인은 죽이 잘 맞았다. 그러니 만난 지 석 달 만 에 둘도 없이 친한 단짝이 되어 있었다.

초대장을 받고 리디아가 느낀 황홀감, 포스터 부인을 좋아하는 마음, 베넷 부인의 기쁨, 키티의 울분은 묘사가 불가능할 정도였다. 리디아는 키티의 기분은 아랑곳하지 않고 황홀감에 들떠 가족 모두에게 축하를 강요했고, 전보다 훨씬 더 심하게 깔깔거리고 떠들어대며 집안 곳곳을 뛰어다녔다. 그동안 불운한 키티는 응접실에 앉아 알아듣기 힘든 토라진 말투로 말도 안 되는 소리를 해가며 자신의 신세를 한탄했다.

"포스터 부인이 리디아만 초대하고 나는 초대하지 않은 이유가 뭐냐고." 키티가 말했다. "자기하고 각별한 친구는 아니더라도 나도 리디아만큼 초대받을 권리가 있는데. 아니, 더 많지, 내가 리디아보다 두 살이나 더 많은걸."

엘리자베스가 키티에게 분별 있게 행동하라고 조언하고 제인도 체념하라고 해봤지만 소용없었다. 엘리자베스는 이 초대가 엄마나 리디아에게 불러일으킨 것 같은 흥분이 들기는커녕 리디아에게 그나마 남아 있는 상식적인 행동 가능성에 대한 사형 집행장처럼 느껴졌다. 따라서 그녀는 이 일이 알려질 경우 미움받을 것을 뻔히 알면서도 몰래 아버지에게 리디아를 보내지 말자고 말씀드릴 수밖에 없었다. 그녀는 아버지에게 리디아의 평상시 행실이 점잖지 않고, 포스터 부인 같은 여자와 친하게 지내서 득이 될 것이 없고, 그리고 집보다 유혹이 많은 브라이턴에서 그런 부인과 함께 지낸다면 리디아가 더욱더 무분별해질 거라고 지적했다. 딸의 말을 주의깊게 듣고 난 아버지가 이렇게 말했다.

"리디아는 사람들 모이는 자리에 제 모습을 보이지 않고는 가만있지 못하는 애다. 그런데 그애가 언제 다시 지금처럼 적은 비용으로, 제 가족에게 별 수고를 끼치지 않고 그런 일을 할 수 있겠니."

"그애의 경솔하고 무분별한 행실이 사람들 눈에 띄는 바람에 우리 모두에게 미칠 피해가 얼마나 클지를 자각하신다면 이 문제를 달리 판단하실 거예요. 아니죠, 이미 그런 피해를 입었다고요."

"이미 입었다니!" 베넷 씨가 딸의 말을 되풀이했다. "아니, 리디아 때문에 놀라서 네 애인들이 도망치기라도 한 게냐? 가엾은 우리 리지! 하지만 낙담하지는 마라. 다소 모자란 처제와 한 가족이 되는 일도 못 견딜 까다로운 놈들이라면 아쉬워할 가치도 없으니. 자, 그럼 어디 리디아의 바보짓에 도망갔다는 그 한심한 놈들 이름 좀 들어볼까.”

“정말, 오해하셨어요. 제가 화낼 만큼 피해를 입은 적은 없어요. 지금 제가 불평하는 것은 일반적인 피해지 특정한 피해가 아니에요. 제멋대로 변덕을 부리고, 뻔뻔하고, 무절제한 리디아의 성격 때문에 우리 가족의 품위와 명성이 영향받을 수 있다는 얘기를 하는 거예요. 죄송하지만, 기탄없이 말씀드릴게요. 수고스럽더라도 아버지께서 그애의 날뛰는 기질을 단속하고 평생 지금처럼 남자들 뒤꽁무니나 쫓아다니면 안 된다고 가르치시지 않는다면, 그애의 행실은 영영 고칠 수 없을 거예요. 그애의 성격은 굳어질 테고, 열여섯이 되면 아주 작정하고 바람둥이가 되어 자기 자신과 가족들을 웃음거리로 만들어버릴 거예요. 어리고 외모가 봐줄 만하다는 점 말고는 다른 매력은 하나도 없는 천박하기 그지없는 최악의 바람둥이 말이에요. 찬미받고 싶어 열을 올리는데, 그 무식하고도 텅 빈 머리로 세간에 들끓을 비난을 어찌 물리칠 수 있겠어요? 이런 위험에는 당연히 키티도 포함돼요. 키티 역시 리디아가 끌고 가면 어디든 따라갈 애예요. 허영심에다 무식하고 게으르고 완전히 제멋대로고! 부탁드려요, 아버지! 가는 곳마다 그애들이 비난받고 멸시당하리라는 생각은 안 드세요? 그리고 그로 인해 언니들까지 불명예에 연루되리라는 생각은 안 드세요?”

베넷 씨는 엘리자베스가 진심으로 이 얘기를 하고 있다는 걸 깨달았다. 다정하게 딸의 손을 잡으며 그가 대답했다.

"너무 걱정 마라, 얘야. 너와 제인은 어딜 가든 틀림없이 존중받고 대우받을 테니. 그리고 바보 같은 동생이 쌍으로 있다고 해서, 이렇게 말해도 될지 모르겠지만, 셋씩이나 있다고 해서 크게 불이익을 당할 일도 없을 거야. 리디아를 브라이턴으로 보내주지 않으면 우리집의 평화는 그걸로 끝장이잖니. 그러니 보내자꾸나. 포스터 대령은 양식 있는 사람이니 리디아가 실제로 잘못을 저지르도록 방치하지는 않을 게다. 그리고 다행히 그애는 누군가의 먹잇감이 되기에는 너무 가난하잖니. 브라이턴에 가면 이곳에서보다 더 하찮게 보여 흔해빠진 바람 든 여자애로 여겨질 게다. 장교들은 그애보다 더 가치 있는 여자들을 찾을 거고. 그러니 리디아가 그곳에 가서 자기가 얼마나 보잘것없는 존재인지 깨닫게 되기를 바라자꾸나. 어쨌거나 평생 자신을 가둬둘 권한을 우리에게 부여할 게 아니라면, 그애도 더 나빠질 수 없을 테니까."

엘리자베스는 아버지의 이런 대답에 만족해야만 했다. 하지만 자신의 생각은 변함없어 실망스럽고 유감스러운 마음으로 아버지의 방을 나왔다. 하지만 그녀의 성격은 그러한 생각에 잠겨 괴로움을 키우는 것과는 멀었다. 그녀는 자신의 의무를 다했다고 확신했고, 불가피한 불행에 대해 초조해한다거나 근심을 키우는 일은 그녀의 기질과 맞지 않았다.

만약 리디아와 엄마가 그녀와 아버지 사이에 오간 대화 내용을 알았더라면, 두 사람의 입심을 다 합쳐도 그 분노를 제대로 표현해내지 못했을 것이다. 리디아의 상상 속에서 브라이턴 방문은 지상에서 누릴 수 있는 온갖 행복의 가능성을 뜻했다. 그녀는 창의적인 상상의 눈으로 장교들이 넘쳐나는 해변 휴양지의 흥겨운 거리들을 보았다. 그리고 미지의 장교 수십 명에게 관심을 받는 모습을 상상했고, 주둔군 캠프의 눈부신 모습들도 그려보았다. 아름답고 질서정연하게 늘어선 막사들과 그곳을 가득 채운 진홍빛 군복 차림의 젊고 쾌활한 군인들이라니. 그리고 그런 상상 속 그림을 완성하는 모습이 있었으니, 바로 자신이 한 막사 아래 앉아서 적어도 한 번에 여섯 장교들과 희희낙락거리는 모습이었다.

언니가 그런 희망찬 전망과 그런 현실로부터 자신을 떼어놓으려 했다는 걸 알았다면 그녀의 감정이 어떠했겠는가? 아마 엄마만이 공감할 수 있었을 것이다. 엄마도 그녀와 거의 같은 심정일 테니까. 리디아만이라도 브라이턴에 갈 수 있게 됐다는 사실이, 남편에게 그곳에 갈 생각이 전혀 없음을 확인하고 우울해진 엄마를 그나마 위로해주었다.

그러나 엄마와 리디아는 아버지와 엘리자베스 사이에 무슨 대화가 오갔는지 전혀 몰랐다. 그리고 두 사람의 황홀한 기분은 리디아가 집을 떠나는 날까지 쭉 지속되었다.

엘리자베스는 이제 마지막으로 위컴 씨를 만나게 되었다. 집으로 돌아온 뒤 그와 여러 차례 자리를 함께했기 때문에 이제는 심적인 동요도 제법 가라앉아 있었다. 예전에 그를 좋아하는 마음에서 비롯되었던 설렘 또한 말끔히 가셨다. 심지어는 처음에 그녀를 기쁘게 했던 그의 점잖은 태도에서 가식적이고 획일적인 낌새가 느껴져 혐오스럽고 넌더리까지 났다. 더구나 지금 그녀를 대하는 태도도 새로운 불쾌감을 자아냈다. 그들이 처음 만났을 때 보인 배려와 관심을 되살려보려는 그의 태도는 오히려 그녀의 화를 돋울 뿐이었다. 그뒤로 얼마나 많은 일이 일어났단 말인가. 자신이 그렇게 가치 없고 경박한 연애의 목표물로 선택되었다는 사실을 깨닫자, 엘리자베스는 그에 대한 모든 관심이 사라졌다. 그녀는 그런 생각을 아무리 억누르려 해봐도, 그가 얼마나 오래였든 어떤 이유에서였든 끊었던 관심을 다시 보여주기만 하면 언제라도 그녀의 허영심을 만족시켜 호감을 얻어낼 수 있다고 믿는 건 자기 탓인 것 같았다.

주둔군 부대가 메리턴에 머무는 마지막날 그는 다른 장교들과 함께 롱본 집에서 정찬 모임을 가졌다. 엘리자베스는 그와 기분좋게 헤어지고 싶은 생각이 전혀 없었기에, 그가 헌스퍼드에서 어떻게 지냈는지를 물어오자, 피츠윌리엄 대령과 다아시 씨가 로징스 저택에서 석 주를 보내고 갔다는 말을 꺼내며 그에게 피츠윌리엄 대령을 아느냐고 물었다.

그는 놀라고 툴쾌하고 불안해 보였다. 하지만 잠시 마음을 가다듬은 뒤 다시 미소를 지으며 전에 자주 만나던 사이라고 대답했다. 그리고 대령이 아주 신사다운 남자라고 말하면서 마음에 들었느냐고 물었다. 그녀는 열의를 보이며 대령에 대해 호의적으로 답했다. 무관심한 척하던 그가 곧바로 덧붙였다. "피츠윌리엄 대령이 로징스에 얼마나 머물렀다고 하셨죠?"

"석 주쯤이요."

"자주 만났습니까?"

"네, 거의 매일이요."

"그분의 매너는 사촌의 매너와 사뭇 다르죠."

"네, 아주 달랐어요. 하지만 다아시 씨도 알면 알수록 점점 더 나아지던걸요."

"그랬군요!" 그녀로서는 놓칠 수 없는 표정을 지으며 위컴 씨가 큰 소리로 말했다. "죄송하지만 질문 하나 드려도 되겠습니까?" 하지만 그는 곧바로 자제하며 좀더 밝은 어조로 덧붙였다. "말투가 나아진 것인가요? 평소 말투에 정중함을 더하는 척하지는 않던가요?" 그러면서 그는 목소리를 낮추고 진지한 투로 말을 이었다. "그의 본질이 나아졌다고는 분명 기대할 수 없을 겁니다."

"네, 그건 그래요!" 엘리자베스가 대답했다. "저도 본질적인 면에서는 예전과 똑같았다고 생각해요."

그녀가 이렇게 말하자 위컴 씨는 기뻐해야 할지 아니면 그 본의를 의심해야 할지 통 모르겠다는 표정을 지었다. 엘리자베스의 표정에 뭔가 있어서 그는 걱정하고 불안해하며 집중해서 들어야 했는데, 그녀가 이렇게 갈을 이었다.

"그 사람을 알면 알수록 더 나아진다는 말은, 그 사람의 생각이나 매너가 나아졌다는 의미가 아니라 그의 성격을 더 잘 이해하게 됐다는 의미랍니다."

위컴이 얼마나 놀랐는지는 붉게 상기된 얼굴과 동요하는 표정에 역력히 드러났다. 몇 분 동안 말이 없던 그가 마침내 당황한 기색을 털어내고 다시 엘리자베스에게 매우 점잖은 말투로 말했다.

"다아시 씨에 대한 제 감정을 너무 잘 알고 계시니, 그가 겉치레일망정 현명하게도 올바른 태도를 가진 척이라도 할 생각을 하게 됐다는 사실을 제가 진심으로 얼마나 기뻐하는지 쉽게 이해하실 겁니다. 그런 면에서 그의 오만이 자기 자신에게는 아닐지라도 다른 사람들에게는 도움이 될 겁니다. 제가 당한 것과 같은 비열한 악행은 분명 못할 테니까요. 저는 엘리자베스 양이 말씀하신 그의 그런 조심스러운 태도가 그저 자기 이모인 귀부인을 방문할 때에만 보이는 태도라고 생각합니다. 그는 귀부인의 호감과 평가를 늘 염려합니다. 귀부인과 자리를 함께할 때면 그런 걱정이 늘 그에게 영향을 미친다고 알고 있습니다. 마음에 두고 있는 게 확실한, 드 버그 양과의 결혼을 성사시키고 싶은 욕심이 큰 탓일 겁니다.”

엘리자베스는 이 말을 듣고 쓴웃음을 짓지 않을 수 없었다. 하지만 고개를 조금 끄덕이는 정도의 응답은 해주었다. 그가 또다시 예전에 자기가 당했다는 불행이라는 해묵은 화제를 꺼내고 싶어하는 것을 알았지만, 그의 기분을 맞춰줄 생각은 없었다. 그는 나머지 저녁 시간을 겉으로는 평소와 같이 즐겁게 보냈지만 더는 엘리자베스를 특별히 대하려고 들지 않았다. 마침내 두 사람은 서로 예의를 차리면서, 그리고 다시는 만나지 않기를 소망하면서 헤어졌다.

정찬 모임이 끝난 뒤 리디아는 포스터 부인과 함께 메리턴으로 떠났다. 그들은 다음 날 아침 일찍 떠날 예정이었다. 리디아와 가족들의 이별 장면은 구슬펐다기보다 시끌벅적했다. 유일하게 키티만 눈물을 흘렸다. 분노와 질투에서 비롯된 눈물이었다. 베넷 부인은 장황하게 딸의 행복을 빌었다. 딸에게 기회를 놓치지 말고 최대한 즐기고 오라는 그녀의 조언은 인상적이기까지 했다. 구태여 말 안 해도 반드시 지켜질 거라고 믿을 만한 근거가 충분한 조언이었다. 행복에 겨워 작별을 고하는 리디아의 시끄러운 인사에 묻혀 그보다 훨씬 차분한 언니들의 인사는 아예 들리지도 않았다.

만약 엘리자베스가 오로지 자기 가족의 모습만 보고 견해를 갖게 되었다면, 그녀가 부부간의 행복이나 가정의 안락함에 관해 즐거운 그림을 그리는 일은 없었을 것이다. 그녀의 아버지는 순전히 젊음과 미모, 그리고 보통 그 두 가지가 제공하는 명랑한 겉모습에 이끌려 어머니와 결혼했고, 아내의 부족한 이해력과 편협한 마음 때문에 신혼 초부터 진정한 애정은 접어버렸다. 존경이니 존중이니 신뢰니 하는 것은 영원히 사라져버렸다. 가정의 행복에 대한 그의 전망 또한 모조리 뒤집히고 말았다. 하지만 베넷 씨는 자신의 경솔한 선택이 초래한 실망감을 만회하기 위해 어리석거나 부도덕한 행동을 저지르는 불운한 사람들을 흔히 위로해주는 쾌락 따위에서 위안을 찾는 성격은 아니었다. 그는 시골 생활과 책을 좋아했으며 이런 취향에서 가장 큰 즐거움을 얻었다. 그러니 아내에게 진 신세라고는 그녀의 무식함과 어리석음이 제공하는 즐거움 말고는 아무것도 없었다. 이는 남편이 아내에게 바라는 평범한 즐거움과는 거리가 멀었다. 하지만 진정한 철학자라면 다른 오락거리가 부족할 때 그렇게 주어진 것에서 이점을 끌어내는 법이다.

엘리자베스는 아버지의 행동이 남편으로서 온당치 못함을 모르지 않았다. 그녀는 아버지의 그런 행동을 항상 괴로운 마음으로 지켜봤다. 하지만 아버지의 능력만큼은 존경했고, 자신을 애정으로 대해주는 것이 고마워서 묵과하기 힘든 행동들을 애써 잊으려고 했다. 그리고 배우자의 의무와 예의를 끊임없이 어기는 아버지의 태도를 마음속에서 지워보려고 애썼다. 아내의 결점을 구태여 들춰내서 자식들 앞에서 창피를 주는 아버지의 태도는 사실 비난받아 마땅했다. 하지만 그녀는 이 토록 안 맞는 결혼이 자식들에게 끼치는 불이익을 지금처럼 강하게 느 낀 적이 없었고, 재능이 잘못된 방향으로 쓰이는 데 따른 해악을 이토 록 온전히 느낀 적도 없었다. 아버지의 재능이 올바로 발휘되었다면 아 내의 지적 능력을 늘려주지는 못해도 최소한 딸들의 품위는 지켜줄 수 있었을 것이다.

엘리자베스는 위컴이 떠났다는 사실을 기뻐하고 나니 딱히 주둔군 이 떠난 일을 기뻐할 다른 이유를 찾을 수 없었다. 집밖의 모임은 예전 보다 더 단조로웠다. 그리고 집에서는 엄마와 키티가 만사가 다 지루하 다고 끊임없이 프념을 늘어놓아 가족들의 생활을 무척 우울하게 만들 었다. 마음을 어지럽히는 요인이 제거되었으니 키티는 머지않아 본래 의 분별력을 되찾을 것이었다. 하지만 성향으로 볼 때 더 심각한 잘못 을 저지를 우려가 큰 리디아가 문제였다. 해수욕장과 주둔지라는 이중 의 위험 때문에 리디아의 어리석음과 뻔뻔함이 더욱 굳어질지 몰랐다. 따라서 전체적으로 따져보니, 이전에도 자주 깨닫곤 했지만, 조바심치 고 갈망하며 기대한 일이 실제로 실현되더라도 기대만큼 만족스럽지 는 않음을 깨달았다. 그러니 진정한 행복이 시작될 다른 때를 지정해야 했다. 자신의 소망과 희망이 이루어질 때를 정해놓고 다시 한번 기다리 는 즐거움을 만끽하면서, 당장 자신을 위로하고 또다른 좌절에 대한 마 음의 준비를 해야 했다. 이제 그녀에게는 레이크 디스트릭트로의 여행 이 가장 행복한 상념 주제였다. 불만으로 가득찬 엄마와 키티 탓에 피 할 길 없는 불편한 시간을 훌륭히 위로해주는 주제였다. 여행 계획에 제인 언니까지 포함되었다면 여행의 모든 부분이 완벽했을 테지만 말이다.

'다행이지 뭐.' 그녀는 생각했다. '뭔가 아쉬운 구석이 있어야지. 모든 계획이 완벽하다면 틀림없이 실망스러운 일이 생길걸. 하지만 그래, 언니가 없다는 아쉬움이 계속 들 테니까, 기대하는 다른 즐거운 일들이 전부 이루어질 거라고 바라도 괜찮을 거야. 모든 면에서 즐거움이 보장되는 계획은 결코 성공할 수 없어. 약간 사소한 걸 애석해하다보면 전체적인 실망을 막아낼 수 있으니까.'

리디아는 집을 떠나면서 엄마와 키티에게 편지를 자세히, 자주 써 보내겠다고 약속했었다. 하지만 리디아의 편지는 항상 오래 기다려야 했고 그나마도 아주 짧았다. 엄마에게 보낸 편지에는 별 내용도 없었다. 그저 자기들이 방금 전 도서관에서 돌아왔는데 그곳에 이런저런 장교들이 동행했고, 그곳에서 미쳐 날뛸 만큼 아름다운 장식을 발견했으며, 새 드레스 새 양산을 샀고, 자세히 설명해주려 했는데 포스터 부인이 함께 주둔군 부대에 가자고 부르는 통에 편지를 접어야 한다는 식이었다. 키티에게 보낸 편지로 얻는 소식은 더 적었다. 그 편지가 더 길었지만, 단어들 밑에 줄을 잔뜩 쳐 공개하지 못하도록 해놓았기 때문이었다.

리디아가 떠난 지 두세 주가 지나자 롱본에는 건강과 활기와 생기가 다시 깃들기 시작했다. 모든 것이 한층 더 밝아졌다. 겨울 동안 런던에 나가 있던 가족들이 돌아왔고, 아름다운 여름옷과 여름 모임에 관한 약속도 되살아났다. 베넷 부인은 평소처럼 투덜거리며 평온을 되찾았고, 6월 중순 무렵에는 키티도 눈물 없이 메리턴에 드나들 만큼 나아졌다. 그건 이제 육군성이 냉정하고 심술궂은 계획에 따라 새로 주둔군을 배치하지 않는 한, 돌아오는 크리스마스 때까지는 키티가 하루에 한 차례 이상 장교 애기를 하지 않을 정도로 제정신을 차릴 거라고 엘리자베스가 바랄 만큼 고무적인 일이었다.

북부 지방으로 여행을 떠나기로 한 날짜가 빠르게 다가오고 있었다. 그런데 출발이 단지 보름쯤 남았을 때 가드너 부인이 편지를 보내왔다. 출발을 연기하고 일정을 단축하게 되었다는 내용이었다. 가드너 씨에게 볼일이 생겨 출발을 7월 중순으로 미루고, 한 달 안에 런던으로 돌아와야 해서 북부 지방까지 가기에는 시간이 너무 빠듯해 애초 계획보다 많은 것을 구경할 수 없을뿐더러 기대했던 것만큼 여유롭고 편안하게 구경할 수도 없을 거라고 했다. 그러니 부득이 레이크 디스트릭트는 포기하고 짧은 여행으로 대체해야 했다. 당장의 계획으로는 더비셔주 너머의 북쪽 지방은 가기 힘들겠다고 했다. 더비셔만 해도 볼거리가 충분해 석 주는 꼬박 걸릴 것이고, 특히 가드너 부인이 그곳에 너무 가보고 싶다고 했다. 그들이 며칠 머물 예정인 소읍은 한때 그녀가 잠시 살았던 곳으로, 그 주변에 매틀록, 채츠워스, 도브데일, 혹은 피크 같은 유명한 경승지가 있으니 무척 흥미로울 거라고도 했다.

엘리자베스는 크게 실망했다. 온 마음이 레이크 디스트릭트를 구경하게 된다는 기다 감에 잔뜩 사로잡혀 있었기 때문에 여전히 시간이 충분할지도 모른다는 미련이 남았다. 하지만 그녀로서는 만족할 수밖에 없었고, 확실히 그녀의 기본 심성은 낙천적이었다. 곧바로 모든 일이 다시 정상으로 돌아왔다.

더비셔주라는 말에 많은 상념이 이어졌다. 엘리자베스는 그 말에 그곳에 위치한 펨벌리 저택과 그 주인인 다아시 씨를 떠올리지 않을 수 없었다. "하지만 무사히 그 지방에 들어가서 그 사람에게 들키는 일 없이 단단한 형석螢石 몇 개는 들고 나올 수 있겠지."

이제 기다리는 시간이 두 배로 늘어난 셈이었다. 외삼촌과 외숙모가 오려면 넉 주가 더 지나야 했다. 그러나 결국 시간은 흘러 외삼촌 부부가 네 아이를 동반하고 롱본에 도착했다. 여섯 살, 여덟 살짜리 딸 둘에 그보다 어린 사내아이 둘이었다. 아이들은 사촌 제인의 특별한 보살핌을 받게 되었다. 아이들 모두가 좋아할 뿐만 아니라 한결같은 분별력과 상냥한 성품으로 아이들을 가르치고, 함께 놀아주고, 사랑을 베푸는 일 등 모든 면에서 제인은 아이들을 돌보는 데 적임자였다.

가드너 부부는 롱본에서 하룻밤만 묵고 다음날 아침 엘리자베스와 새롭고 즐거운 여행길에 나섰다. 한 가지 즐거움은 확실했다. 세 사람은 최적의 여행 동반자였다. 여행의 불편을 참고 견디는 건강과 성품, 모든 즐거운 일들을 한층 더 즐겁게 하는 명랑한 성격, 여행길에서 실망스러운 일이 일어나더라도 서로를 향해 솟아나는 애정과 지혜까지 서로 잘 맞았다.

더비셔나 그들이 여행중에 경유했던 명소들에 대한 묘사는 이 작품의 목적이 아니다. 옥스퍼드, 블레넘, 워릭, 케닐워스, 버밍엄은 이미 익히 알려진 곳들 아닌가. 더비셔의 한 작은 장소만이 이 작품의 관심 대상일 뿐이다. 더비셔의 주요 구경거리를 모두 둘러본 뒤 일행은 가드너 부인의 옛집이 있는 소읍, 램턴으로 발길을 돌렸다. 그녀는 최근 그곳에 지인 몇몇이 여전히 살고 있다는 얘기를 들은 터였다. 외숙모는 엘리자베스에게 램턴에서 오 마일도 안 되는 가까운 거리에 펨벌리 저택이 있다고 알려줬다. 그곳은 그들의 직접적인 여행 경로에 있지는 않았지만 고작 일이 마일쯤 떨어진 곳이었다. 전날 저녁 여정에 관해 상의할 때 가드너 부인이 그 저택에 다시 가보고 싶다는 의향을 내비쳤다. 외삼촌도 기꺼이 그러고 싶다면서 엘리자베스가 그들의 생각에 동의하는지 물었다.

"일라이자, 그렇게 얘기를 많이 들어봤는데, 가보고 싶지 않니?" 외숙모가 말했다. "네가 아는 여러 사람들이 연관된 곳이기도 하잖니. 알다시피 위컴이 그곳에서 어린 시절 대부분을 보냈단다."

엘리자베스는 곤혹스러웠다. 그녀는 펨벌리 저택에는 볼일이 없고, 보고 싶은 생각도 없는 척해야 할 것 같았다. 그리고 이제는 대저택에 싫증이 난다고, 그런 곳을 너무 많이 구경해서 화려한 카펫이나 공단 커튼을 봐도 조금도 즐겁지 않다고 말해야 했다.

가드너 부인이 바보 같은 말이라고 책망했다.

"값비싼 가구들만 가득한 멋진 저택에 불과하다면 나도 신경쓰지 않았을 거야. 하지만 그 저택의 경내가 얼마나 매혹적인지 몰라. 이 지역에서 가장 멋진 숲도 있고."

엘리자베스는 더이상 말하지 않았다. 하지만 속으로는 외숙모의 제안을 따를 수 없다고 생각했다. 혹시 저택을 구경하다가 다아시 씨를 만날지도 모른다는 생각이 불쑥 떠올랐다. 얼마나 끔찍한 일이겠는가! 그런 생각만으로도 얼굴이 화끈 달아올랐다. 그리고 그런 위험을 감수하느니 차라리 외숙모에게 솔직하게 사실을 털어놓는 편이 낫겠다는 생각마저 들었다. 하지만 그러기에는 어려움이 많았다. 결국 그녀는 다아시 씨의 가족이 부재중인지 은밀히 알아본 뒤, 불리한 대답을 듣게 된다면 그때 마지막 수단으로 다 털어놓으리라 결심했다.

그래서 밤에 잠자리에 들기 전에 객실 담당 하녀에게 펨벌리가 정말
로 그렇게 멋진 저택인지, 그리고 그곳의 주인 이름이 무엇인지를 물었
다. 그런 다음 적잖이 불안한 마음으로 그 댁 가족들이 여름을 보내러
내려왔는지를 물었다. 반갑기 그지없게도 이 질문에 아니라는 대답이
따라왔다. 이렇게 불안감이 사라지자, 이번에는 그녀 쪽에서 여유롭게
저택을 구경하고 싶은 호기심이 크게 동했다. 다음날 아침 이 문제가
다시 거론되고 외삼촌 부부가 그녀의 뜻을 묻자, 그녀는 적당히 무관심
한 태도로 그 계획이 전혀 싫었던 건 아니라고 선뜻 대답할 수 있었다.
　이렇게 해서 세 사람은 펨벌리 저택으로 가게 되었다.

제3부

1

마차를 타고 가면서 엘리자베스는 펨벌리 저택의 숲이 나타나자 마음이 다소 산란했다. 마침내 초소를 지나 저택 경내로 들어섰을 때는 가슴이 크게 요동쳤다.

저택 경내는 규모가 방대했으며 엄청나게 다채로운 정원과 숲을 갖추고 있었다. 마차는 그 안에서 가장 낮은 지대 중 한 곳으로 들어선 뒤에도 넓게 펼쳐진 아름다운 숲을 한참이나 달렸다.

엘리자베스는 가슴이 벅차서 대화를 나눌 수는 없었지만, 눈길을 끄는 온갖 장소와 정경에 찬탄하게 되었다. 반 마일쯤 오르막길을 천천히 오르자 꽤나 높은 언덕마루의 꼭대기에 이르렀는데 그곳에서 숲이 끝나고, 계곡 반대편에 위치한 펨벌리 저택이 시야에 들어왔다. 그곳까지 다소 가파르게 길이 휘었다. 저택은 오르막 터에 보기 좋게 자리잡은 크고 멋진 석조 건물이었다. 무성한 숲으로 된 산등성이가 배경을 이루고 있었다. 저택 정면에는 본래 자리하고 있던 개울을 크게 넓혀놓았는데, 사람의 손이 닿은 것처럼 보이지 않았다. 양쪽 개울가의 둑 역시 형식적이라거나 가식적으로 치장되어 있지 않았다. 엘리자베스는 기분이 참 좋았다. 자연이 이토록 많은 것을 베푸는 광경을, 이처럼 자연의 아름다움이 어설픈 취향에 손상되지 않은 채 고스란히 남아 있는 광경을 일찍이 본 적이 없었다. 세 사람은 모두 경치 감상에 열중했다. 엘리자베스는 불현듯 펨벌리 저택의 안주인이 되는 일은 정말로 대단한 일이겠다는 생각이 들었다!

그들을 태운 마차가 언덕을 따라내려가 다리를 건너 저택의 대문에 이르렀다. 좀더 가까운 곳에서 저택을 구경하게 되자 혹시 주인과 마주칠지 모른다는 불안감이 다시 그녀를 엄습했다. 객실 담당 하녀가 잘못 알고 있었다면, 하는 걱정이 들었다. 저택 내부를 구경하고 싶다고 청하자 그들은 현관 안으로 인도되었다. 하녀장을 기다리는 동안 엘리자베스는 여유가 생겨 자기가 그곳에 와 있다는 사실을 신기해했다.

하녀장이 나타났다. 점잖은 외모에 나이가 지긋한 부인이었다. 엘리자베스가 예상했던 것보다는 조금 덜 세련되었지만 훨씬 더 공손했다. 그들은 그녀를 따라 정찬실로 들어갔다. 넓고 균형이 잘 잡혔으며 멋지게 정돈된 방이었다. 방안을 잠시 살펴본 후 엘리자베스는 경치를 감상하기 위해 창가르 갔다. 그들이 내려왔던, 숲으로 뒤덮인 반대편 언덕이 거리감 때문인지 좀더 가파르고 아름답게 보였다. 저택 주변 정원의 배치 또한 훌륭했다. 개울과 개울가 곳곳에 서 있는 나무들과 구불구불한 계곡 등 눈길이 닿는 온갖 경치를 기쁘게 감상했다. 다른 방들을 지나며 보니 경치와 전망이 색다르게 바뀌었지만 어느 방에서든 아름다운 경치가 보였다. 방들은 고상하고 멋졌고 가구도 주인의 재산에 어울리는 것들이었다. 하지만 엘리자베스는 저속하지 않고 쓸데없는 멋을 부리지 않은 가구, 로징스와 비교한다면 화려함 면에서는 조금 모자랄지 몰라도 진정한 우아함은 훨씬 더 갖춘 가구를 보고 주인의 안목에 경탄했다.

'그래, 내가 바로 이런 대저택의 안주인이 될 뻔했어!' 그녀는 생각했다. '지금쯤 이 방들에 익숙해졌을지도 몰라! 낯선 손님으로 찾아와 구경하는 게 아니라 내 것으로 즐기고 있었겠지. 그리고 외삼촌과 외숙모를 손님으로 접대하고…… 아니야.' 그녀는 정신을 차렸다. '그런 일이 일어났을 리가 없지. 외삼촌과 외숙모를 만나지도 못했겠지. 초대를 허락받았을 리가 없잖아.'

그런 생각이 들어 다행이었다. 후회 비슷한 감정이 드는 걸 막아주었으니까.

주인이 정말로 부재중인지 하녀장에게 묻고 싶었지만 그럴 용기가 안 났다. 하지만 때마침 외삼촌이 그 질문을 했다. 하녀장 레이놀즈 부인이 그렇다고 대답하며 다음을 덧붙이는 동안 그녀는 긴장하며 몸을 돌렸다. "하지만 내일 여러 친구분들과 함께 돌아오신다고 알고 있답니다." 엘리자베스는 너무 기뻤다. 다른 일이 생겨 그들의 여행이 하루라도 지연되지 않은 게 얼마나 다행인지!

외숙모가 그녀를 불러 그림 한 점을 보라고 했다. 다가가서 보니 벽난로 위에 걸린 여러 점의 소형 세밀화 사이에 위컴을 닮은 초상화 한 점이 보였다. 외숙모는 미소를 지으며 그 그림이 마음에 드는지 물었다. 하녀장이 앞으로 나서면서 그 초상화는 돌아가신 전 주인님 밑에 있던 집사의 아들로, 전 주인님이 직접 비용을 대셔서 기른 청년의 초상화라고 설명했다. "지금은 군대에 있답니다." 그녀가 덧붙였다. "안타깝게도 너무 방종해졌지요."

가드너 부인은 미소를 머금으며 조카를 바라보았다. 그러나 엘리자베스는 그 미소에 화답할 수 없었다.

"그리고 저 초상화는요," 또다른 세밀화를 가리키며 레이놀즈 부인이 말했다. "지금의 제 주인님이십니다. 실물하고 매우 똑같죠. 팔 년 전 앞서의 그림하고 비슷한 시기에 그린 것이랍니다."

"주인의 훌륭한 용모에 대해선 얘기를 많이 들었습니다." 가드너 부인이 그 그림을 보며 말했다. "참 잘생긴 얼굴이네요. 하지만, 리지, 그림이 실물과 비슷한지 아닌지 말해주겠니?"

엘리자베스가 주인을 알고 있다는 암시를 듣고, 레이놀즈 부인은 그녀에게 보다 존경을 표하는 듯했다.

"아가씨께서 다아시 씨를 아세요?"

엘리자베스가 얼굴을 붉히며 말했다. "조금 알아요."

"그분은 정말 잘생긴 신사 아닌가요, 아가씨?"

"그렇게 생각합니다. 대단한 미남이세요."

"그렇게 잘생긴 분은 세상에 또 없다고 전 확신해요. 위층 회랑에 가면 이보다 훨씬 더 크고 멋진 초상화를 볼 수 있답니다. 이 방은 돌아가신 전 주인님께서 좋아하시던 방이죠. 그리고 이 세밀화들은 전 주인님 생전에 걸려 있던 상태 그대로고요. 이 두 그림을 몹시 좋아하셨거든요."

이 말을 듣고서야 엘리자베스는 위컴 씨의 초상화가 왜 여기 끼어 있는지 이해가 됐다.

레이놀즈 부인은 여덟 살밖에 안 된 다아시 양을 그린 초상화 쪽으로 그들의 관심을 돌렸다.

"다아시 양도 오라버니만큼이나 외모가 출중한가요?" 가드너 씨가 물었다.

"그럼요! 물론이죠. 세상에서 제일 아름다운 아가씨랍니다. 교양은 또 얼마나 많이 쌓으셨는지! 온종일 연주하고 노래를 부르신답니다. 옆방에 아가씨를 위해 얼마 전에 사들인 새 피아노가 있어요. 주인님께서 선물로 보내신 거죠. 내일 주인님과 함께 아가씨도 오실 겁니다."

매너가 부드럽고 사근사근한 가드너 씨는 계속된 질문과 논평으로 레이놀즈 부인의 수다를 부추겼다. 자긍심 때문이었는지 애정 때문이었는지 부인은 자신의 주인과 아가씨 얘기를 하며 무척 즐거워했다.

"주인님이 한 해 중 펨벌리에 머무는 날이 많은가요?"

"제가 원하는 만큼 많이 머무시지는 않아요. 하지만 한 해의 절반가량을 이곳에 머무신다고 말씀드릴 수 있습니다. 다아시 아가씨는 여름철마다 늘 내려와 계시고요."

'여기 없을 때란 램스게이트에 갈 때겠지?' 엘리자베스는 속으로 생각했다.

"주인님께서 결혼을 하시면 좀더 자주 뵐 수 있겠군요."

"그렇습니다, 선생님. 하지만 그게 언제일지는 알 수 없네요. 우리 주인님께 잘 어울릴 만한 분이 계실지 모르겠어요."

가드너 부부는 미소를 지었다. 엘리자베스는 이렇게 말하지 않을 수 없었다. "부인께서 그렇게 생각하시니 그분은 정말 훌륭하신 분 같아요."

"저는 진실만 말한답니다. 그분을 아는 모든 사람들이 그렇게 말할 거예요." 상대방이 대답했다. 엘리자베스는 부인의 발언이 과하다는 생각이 들었다. 그리고 부인이 덧붙이는 말을 듣고 더욱 놀랐다. "저는 지금까지 주인님에게서 언짢은 말을 들은 적이 한 번도 없습니다. 그분이 네 살 때부터 제가 모셨죠."

이런 찬사는 가장 뜻밖의 것이었고, 그녀의 생각과 가장 상반되는 것이었다. 그녀는 그가 선량한 성품의 소유자는 아니라고 철석같이 믿고 있었다. 더없이 예리하게 호기심이 동했다. 그녀는 그 부인의 얘기를 좀더 듣고 싶었다. 그런데 고맙게도 외삼촌이 이렇게 말했다.

"그토록 대단한 찬사를 받을 수 있는 사람은 극소수지요. 그런 주인을 모시고 있다니 부인은 참 운이 좋으시네요."

"그렇습니다, 선생님. 저도 잘 알아요. 온 세상을 다녀본들 그보다 더 훌륭한 주인은 만날 수 없을 겁니다. 어릴 때 착한 성품을 지닌 사람이 어른이 돼서도 착한 사람이 된다는 걸 늘 목격했어요. 그리고 그분은 어릴 적부터도 늘 세상에서 가장 다정하고 너그러웠어요."

엘리자베스는 부인을 노려보다시피 했다. '저게 과연 다아시 씨일까?' 하는 생각이 들어서였다.

"그 아버님도 훌륭하신 분이셨어요." 가드너 부인이 말했다.

"그렇습니다, 부인. 정말 그러셨어요. 그러니 아드님도 아버님과 똑같이 되실 겁니다. 아버님처럼 가난한 사람에게 정을 베푸시는 분이 되실 거예요."

엘리자베스는 이 말을 귀담아들었고 의아했고 의심했으며, 더 많은 사실을 알고 싶어 조바심이 났다. 레이놀즈 부인이 꺼내는 다른 어떤 화제도 그녀의 관심을 끌 수 없었다. 부인이 그림들의 주제와 방들의 크기, 가구의 가격에 대해 설명했지만, 엘리자베스의 귀에는 들어오지 않았다. 가드너 씨는 자기 주인에 대해 레이놀즈 부인이 그토록 과도한 찬사를 바치는 까닭은, 다아시 씨의 가족에 대한 부인의 편애 때문이라 생각하고 무척 흥미로워했다. 그가 다시 이 화제를 꺼내자 부인은 거대한 중앙 계단을 함께 걸어올라가다가 주인의 장점을 신명나게 설명하기 시작했다.

"그분은 가장 훌륭한 지주이자 가장 훌륭한 집주인이십니다." 그녀가 말했다. "자기 자신밖에 모르는 막돼먹은 요즘 젊은이들과는 달라요. 소작인들이나 하인들 중에서 주인님 칭찬을 하지 않는 사람이 없답니다. 주인님이 오만하다고 말하는 사람들이 간혹 있지만, 저는 그런 모습을 한 번도 본 적이 없어요. 제 생각에는 주인님이 그런 오해를 받는 이유가 거침없이 함부로 말을 내뱉는 젊은이들과 달라서 그런 것 같아요."

'이 말대로라면 정말 좋은 사람인걸!' 엘리자베스는 생각했다.

"그를 저토록 극찬하다니." 걸음을 옮기면서 외숙모가 그녀에게 속삭였다. "우리의 그 가엾은 친구에게 했다는 짓과 너무 안 맞지 않니?"

"우리가 잘못 알고 있던 건지도 모르죠."

"그럴 리가 없잖니. 우리 소식통은 너무 확실하다고."

위층의 널찍한 로비에 이르자 그들은 대단히 멋진 거실로 안내되었다. 최근에 아래층 방들보다 더욱 우아하고 밝게 치장한 방으로, 다아시 양이 지난번 펨벌리에 왔을 때 그 방을 마음에 들어하기에 그런 그녀를 기쁘게 해주려고 이제 막 단장을 마쳤다고 했다.

"정말 좋은 오빠인 것만은 틀림없네요." 한쪽 창가로 걸어가면서 그녀가 말했다.

레이놀즈 부인은 다아시 양이 그 방에 들어와서 부디 기뻐했으면 좋겠다고 말하면서 이렇게 덧붙였다. "주인님은 항상 이러시죠. 동생을 기쁘게 하는 일이라면 곧장 실행에 옮기세요. 동생을 위해서라면 무슨 일이든 하실 겁니다."

이제 더 둘러볼 곳은 그림들이 걸린 회랑과 주요한 침실 두세 개가 전부였다. 회랑에는 훌륭한 회화 작품들이 여러 점 걸려 있었지만, 엘리자베스는 미술에는 문외한이었다. 따라서 이미 아래층에서 본 것 같은 그림들로부터 다아시 양의 크레용 그림들로 시선을 돌렸다. 그 그림들의 주제가 더 흥미로웠고 이해하기도 쉬웠다.

회랑에는 그 가문의 초상화가 많았지만 낯선 손님의 관심을 끌 만한 그림은 거의 없었다. 엘리자베스는 자신이 잘 알고 있는 유일한 얼굴의 초상화를 찾아보며 걸어나갔다. 마침내 그런 초상화가 눈길을 끌었다. 다아시 씨의 모습과 놀랄 만큼 흡사했다. 언젠가 그가 그녀를 쳐다보았을 때 본 듯한 미소를 얼굴 가득 머금고 있었다. 잠시 그 초상화를 들여다보며 서 있었다. 그리고 회랑을 떠나기 전에 한번 더 그 자리로 돌아와서 그림을 또 보았다. 레이놀즈 부인은 그 그림이 다아시 씨의 아버님이 살아 계실 때 그린 것이라고 알려주었다.

틀림없이 바로 그 순간이었을 것이다. 초상화의 실제 모델에 대해 엘리자베스의 마음속에 전보다 더 부드러운 감정이 불현듯 솟아났다.

그를 한창 만나던 때 느꼈던 것보다 훨씬 더 부드러운 감정이었다. 레이놀즈 부인이 다아시 씨에게 바친 찬사는 결코 하찮게 넘길 성격의 것이 아니었다. 어떤 찬사가 현명한 하인의 찬사보다 더 가치 있단 말인가? 오빠로서, 지주로서, 주인으로서, 그가 얼마나 많은 사람들의 행복을 지키고 있는지 곰곰이 생각해보았다. 그의 힘은 얼마나 큰 기쁨과 얼마나 큰 고통을 줄 수 있는가! 그가 얼마나 많은 선과 악을 행할 수 있단 말인가! 하녀장이 내놓은 생각 하나하나가 모두 그의 성품에 호의적이었다. 그리고 그의 모습이 담긴 화폭 앞에 서서 그림 속 인물의 눈에 시선을 맞추자 그녀는 그가 자신에게 보여준 관심이 훨씬 더 고맙게 느껴졌다. 이제껏 느낀 고마움보다 훨씬 더 깊은 고마움이었다. 그녀는 그 관심이 얼마나 열렬했는지를 떠올렸고, 그의 부적절했던 표현 방식에 대해서도 마음이 누그러졌다.

사람들에게 개방된 곳을 모두 둘러본 뒤 그들은 다시 아래층으로 내려왔다. 하녀장에게 작별을 고하고 나서 그들은 현관에서 기다리던 정원사에게 인도되었다.

개울 쪽으로 난 잔디밭을 가로질러가면서 엘리자베스는 몸을 돌려 다시 한번 저택을 바라보았다. 외삼촌과 외숙모도 마찬가지로 걸음을 멈추고 서 있었다. 그렇게 엘리자베스가 저택의 연대를 가늠해보고 있을 때였다. 느닷없이 그 저택의 실제 주인이 저택 뒤편 마구간 쪽으로 이어진 길에서 불쑥 모습을 드러내는 것 아닌가!

엘리자베스와 다아시의 거리는 이십 야드도 채 안 됐다. 워낙 갑작스러운 등장이라 그의 눈을 피하는 게 불가능했다. 곧 두 사람의 시선이 마주쳤고 양볼이 시뻘겋게 물들었다. 그도 너무 놀란 나머지 잠시 굳어 있었다. 하지만 그는 이내 정신을 차리고 일행 쪽으로 다가와 엘리자베스에게 인사를 건넸다. 완전히 침착한 말투는 아니었지만 완벽하게 예의를 갖춘 말투였다.

엘리자베스는 본능적으로 몸을 돌렸지만, 그가 다가오자 걸음을 멈추고 감당이 안 될 만큼 당황스러워하며 그 인사를 받았다. 만약 외삼촌 부부에게 그의 첫 출현이나 방금 전 저택에서 구경했던 초상화와 닮은 모습을 보는 일만으로 지금 그들이 보고 있는 사람이 다아시 씨라는 확신을 갖기에 불충분했다면, 갑자기 주인을 만나게 되어 깜짝 놀란 정원사의 표정이 즉각 그런 확신을 주었을 것이다. 두 사람은 다아시 씨가 조카에게 말을 건네는 동안 다소 떨어져서 지켜보고 있었다. 엘리자베스는 너무 놀라고 당황해서 눈을 들어 그의 얼굴을 직접 볼 생각을 좀처럼 하지 못했고, 가족의 안부를 묻는 그의 예의바른 인사에 뭐라고 답해야 할지도 모를 정도였다. 지난번 헤어진 이후 그의 태도가 바뀐 점도 놀라웠지만, 그가 말하는 모든 문장이 그녀를 더욱 당혹스럽게 했다. 자신이 그곳에 와 있는 게 얼마나 부적절한 일인지 의식되자 지금 그와 함께 서 있는 몇 분이 그녀의 인생에서 가장 불편한 시간처럼 느껴졌다. 그리고 더 편해 보인 건 아니었다. 말하는 모습에서 평소의 침착성이 전혀 느껴지지 않았다. 언제 롱본을 떠났는지, 더비셔에는 얼마나 머물 예정인지를 황급하게, 되풀이해서 묻는 걸 보니 그의 머릿속도 지극히 혼란스러운 모양이었다.

마침내 더이상은 아무 생각도 나지 않는 듯했다. 그는 한마디도 못하고 잠시 서 있다가 불현듯 정신을 차리고 그 자리를 떠났다.

외삼촌 부부는 그제야 그녀 쪽으로 다가왔고 그의 외모에 감탄을 발했다. 그러나 엘리자베스는 한마디도 귀담아들을 수 없었고 자기감정에만 몰두하며 말없이 그들을 따라갔다. 그녀는 수치스럽고 속상해서 어쩔 줄 몰랐다. 이곳을 방문하다니 정말이지 세상에서 가장 불운하고 가장 무분별한 일 아닌가! 얼마나 이상해 보였을까! 그처럼 오만한 사람에게 얼마나 수치스러운 일로 여겨졌을까! 일부러 그가 오는 길에 모습을 보이려고 뛰어든 것처럼 보였을지도 몰라! 아아! 대체 이곳에 왜 왔지? 그리고 그는 왜 예정보다 하루 일찍 왔을까? 십 분만 일찍 왔어도 그가 알아볼 수 있는 거리는 벗어났을 텐데. 그는 방금 전 도착해서 말이나 마차에서 내린 게 분명했다. 그녀는 그와 그토록 얄궂게 만나게 된 일로 거듭 얼굴이 붉어졌다. 너무나도 놀랍게 변한 그의 태도는 대체 무슨 의미일까? 그녀에게 말을 걸어온 것만 해도 너무나 놀랄 일 아닌가! 그런데 그토록 예의바르게 가족들의 안부까지 묻다니! 그녀는 그렇게 권위적이지 않은 그의 모습은 여태껏 본 적이 없었다. 그리고 뜻하지 않은 이번 만남에서처럼 부드럽게 말하는 모습도 본 적이 없었다. 로징스에서 그녀에게 편지를 건넬 때 남긴 마지막 말과 비교하면 얼마나 대조되는 모습인가! 대체 이 사실을 어떻게 생각하고 어떻게 설명해야 할지 알 수 없었다.

　잠시 후 그들은 개울가를 따라 난 아름다운 산책길로 접어들었다. 발걸음을 내디딜 때마다 더욱더 고상한 정원 풍경이 펼쳐졌고, 숲으로 다가갈수록 그 정경은 더욱 아름다워졌다. 하지만 엘리자베스는 시간이 조금 흐른 뒤에야 이런 경치를 의식할 수 있었다. 그녀는 외삼촌과 외숙모의 반복되는 탄성에 기계적으로 대답했으며, 그들이 가리키는 경치에 눈길을 돌려봐도 그 무엇 하나 눈에 들어오지 않았다. 그곳이 어디든 그녀의 생각은 지금 다아시 씨가 있는 펨벌리의 한 장소에만 고정되어 있었다. 그 순간 그의 머릿속에 무슨 생각이 스쳐가는지 간절히 알고 싶었다. 그가 그녀를 어떻게 생각하는지, 그리고 그동안 있었던 모든 일에도 불구하고 아직도 그녀를 소중히 여기는지 알고 싶었다. 아마 지금은 마음이 편안해져서 그렇게 예의바르게 대해주었는지도 모를 일이었다. 하지만 그의 말투에는 편안함과는 다른 무언가가 배어 있었다. 그녀를 보고 그가 느낀 감정이 괴로움인지 기쁨인지 알 수 없었다. 평온한 심정으로 그녀를 만난 것은 아니라는 점만은 확실했다.

하지만 마침내 그녀의 일행이 왜 그렇게 넋을 놓고 있느냐고 묻는 통에 그녀는 정신을 차렸고, 평소처럼 행동해야 한다고 느꼈다.

일행은 숲으로 들어선 뒤 잠시 개울과 작별하고 좀더 높은 지대로 올라갔다. 그곳에 오르자 여기저기 나무들 사이로 계곡의 매력적인 경치와 숲이 길게 이어진 맞은편 언덕들과 간간이 개울의 일부가 눈에 들어왔다. 가드너 씨는 저택 경내의 숲 전체를 돌아보고 싶어했지만, 걸어서 갈 수 없는 거리일 듯해 우려했다. 그러자 정원사가 우쭐한 미소를 지으며 숲의 둘레가 십 마일쯤 된다고 자랑했다. 그 말에 방향이 결정되어서, 그들은 방문객들이 평소 이용하는 순회로를 따라 걸었다. 얼마 후 우거진 숲 사이로 난 내리막길을 통해 다시 물길의 폭이 가장 좁은 개울가에 이르렀다. 그들은 주변 풍경과 잘 어울리는 아담한 다리를 건넜다. 그쪽은 지금까지 구경했던 다른 어느 곳보다 장식이 덜했고, 거의 협곡 수준으로 좁아진 이곳 계곡에는 물길 하나가 겨우 지나갈 정도의 공간과 양옆을 덮은 관목숲 사이로 난 오솔길 하나가 다였다. 엘리자베스는 구불구불한 그 오솔길을 따라가보고 싶은 생각이 간절했다. 하지만 잘 걷는 편이 못 되는 가드너 부인은 다리를 건너자 그곳에서 저택까지의 거리를 가늠해보고는 더이상 못 걷겠다면서 되도록 빨리 가차로 돌아가고 싶어했다. 결국 엘리자베스는 그 말을 따를 수밖에 없었고, 그들은 가장 가까운 길을 택해 개울 반대편의 저택 쪽으로 방향을 돌렸다. 하지만 그들의 이동 속도는 무척이나 느렸는데, 좀처럼 즐길 기회가 적어서 그렇지 낚시를 무척 좋아하는 가드너 씨가 이따금 물위로 모습을 드러내는 송어를 구경하는 데 정신이 팔린 채 정원사에게 질문하느라 앞으로 나아가지 못하고 있기 때문이었다. 이처럼 천천히 한가롭게 걸어가던 중 일행은 또 한번 깜짝 놀랐다. 그리 멀지 않은 거리에서 그들을 향해 다가오는 다아시 씨의 모습이 보였던 것이다. 엘리자베스는 아까만큼 놀랐다. 이쪽 산책로가 저쪽 산책로에 비해 덜 가려져 있어서 그들은 그를 마주할 때까지 계속해서 그의 모습을 지켜볼 수 있었다. 엘리자베스는 놀라긴 했지만 적어도 아까보다는 좀더 대화할 준비를 할 수 있었다. 그녀는 그가 진심으로 자기들 일행을 만나려고 오는 거라면 침착하게 말을 건네리라 마음먹었다. 사실 그녀는 그 몇 분 동안 그가 다른 길로 접어들 거라고 생각했다. 산책로의 구부러진 모퉁이에서 그의 모습이 잠깐 안 보이는 동안에도 계속 그런 생각만 했다. 하지만 길을 다 돌아 그가 곧 그들 앞에 모습을 드러냈다. 그녀는 한눈에 그가 앞서 보인 예의바른 태도를 견지하고 있음을 깨달았다. 따라서 그녀도 그를 만나자마자 예의바른 그의 태도를 그대로 따라 그곳의 아름다운 경치를 칭찬했다. 하지만 고작 '멋지다' '매력적이다' 정도의 말을 꺼냈을 뿐인데 불현듯 불길한 걱정이 엄습했다. 그렇게 펨벌리 저택에 대해 바친 찬사가 혹여 얄궂게 해석될지도 몰랐다. 그녀는 얼굴빛이 바뀌었고 더이상 말을 잇지 못했다.

가드너 부인은 조금 뒤쪽에 서 있었다. 엘리자베스가 말을 멈추자 그가 동행한 분들을 소개해주길 청했다. 예상치 못한 일격 같은 예의였다. 그녀에게 청혼하면서도 자신의 오만함 때문에 반감을 표하던 바로 그 친척을 소개해달라고 부탁하는 모습에 엘리자베스는 미소를 억누를 수 없었다. 그녀는 '이분들이 누군지 알게 되면 이 사람이 얼마나 놀랄까! 상류층 사람들이라고 여긴 모양인데'라고 생각했다.

하지만 엘리자베스는 곧장 소개했다. 외삼촌 부부와 자신의 관계를 설명하면서 그녀는 그가 이 사실을 어떻게 받아들이는지 보려고 슬쩍 그의 표정을 살폈다. 그러면서 그는 그처럼 수준 낮은 사람들을 상대하느니 최대한 서둘러 그 자리를 뜰 거라고 예상했다. 자신과 외삼촌 부부의 관계를 알고 그가 놀란 건 분명했다. 하지만 그는 그 사실을 의연하게 받아들이고, 그 자리를 떠나기는커녕 그들과 함께 발길을 돌렸고 가드너 씨와 대화를 나누기 시작했다. 엘리자베스는 기쁘고 우쭐하지 않을 수 없었다. 자신에게도 이처럼 얼굴을 붉힐 필요가 없는 친척이 있다는 걸 그가 알게 되어 위로가 됐다. 그녀는 두 사람 사이에 오가는 모든 대화를 경청했고, 외삼촌이 말씀하시는 모든 표현과 문장 하나하나에 지성과 안목과 훌륭한 매너가 배어 있다는 사실에 뿌듯했다.

대화 주제는 곧 낚시 얘기로 바뀌었다. 그녀는 다아시 씨가 대단히 공손하게, 인근에 머무는 동안 마음이 내키면 언제든 낚시를 하러 오라고 외삼촌을 초대하는 걸 들었다. 낚시 도구를 빌려주겠다는 제안까지 하면서 그는 평소에 고기가 잘 잡히는 지점들을 알려주었다. 엘리자베스와 팔짱을 끼고 걷던 가드너 부인은 얼굴 가득 놀란 표정을 지었다.

엘리자베스는 아무 말도 하지 않았지만, 이런 상황이 몹시 기뻤다. 그가 표한 경의는 모두 그녀 때문일 것이었다. 그럼에도 그녀는 몹시 놀라워하며 속으로 이런 질문을 계속 되풀이했다. '저 사람이 왜 저렇게 변했을까? 대체 무슨 까닭일까? 저렇게 온화한 태도를 보이는 게 나 때문일 리가 없어. 나를 위해 그럴 까닭도 없고. 헌스퍼드에서 내가 퍼부은 비난이 저런 변화를 불러왔을 리 없을 텐데. 저 사람이 아직도 나를 사랑하는 건 불가능해.'

두 숙녀가 앞장서고 두 신사가 그 뒤를 따르는 식으로 자리가 잡혀 한동안 걷다가 희한하게 생긴 수생식물을 좀더 자세히 보려고 개울가로 내려갔을 때, 그때 드디어 자리에 살짝 변화가 생겼다. 아침나절부터 많이 움직인 탓에 지친 가드너 부인 때문에 일어난 변화로, 엘리자베스의 팔이 자신의 몸을 지탱하기에 부적절하다고 생각했는지 그녀는 남편의 팔에 기대고 싶어했다. 따라서 외숙모 대신 다아시 씨가 엘리자베스의 옆자리를 차지했고, 두 사람은 함께 걷게 되었다. 잠시 침묵이 흐른 뒤 그녀가 먼저 말문을 열었다. 이곳에 오기 전에 그의 부재를 확인했다는 사실을 알리고 싶어서 그녀는 그의 출현이 몹시 뜻밖이었다는 말로 대화를 시작했다. "하녀장께 들었어요." 그녀가 덧붙였다. "다아시 씨는 분명 내일에나 돌아오신다고요. 정말이지, 우리가 베이크웰을 떠날 때까지만 해도 다아시 씨가 당장은 더비셔에 돌아올 일이 없다고 알고 있었어요." 그는 그녀의 말이 모두 맞다고 확인해주며 집사에게 볼일이 생겨 함께 여행하던 일행보다 몇 시간 앞서 오게 되었다고 해명했다. "나머지 일행은 아마 내일 아침 일찍 도착할 겁니다." 그가 계속해서 말했다. "그 가운데 엘리자베스 양을 아는 사람도 몇몇 있지요. 빙리와 그의 누이들 말입니다.”

엘리자베스는 그저 고개를 끄덕이는 것으로 대답을 대신했다. 그녀의 생각이 즉각 그와 마지막으로 빙리라는 이름을 거론했던 시점으로 돌아갔다. 표정만 보고 판단하건대 그의 생각도 그녀와 크게 다르지 않은 것 같았다.

“내일 오는 일행 가운데 엘리자베스 양을 특히 만나고 싶어하는 사람이 있습니다.” 그는 잠시 말을 멈추었다가 다시 이었다. “램턴에 머무시는 동안 제 여동생을 소개하고 싶은데, 혹시 무리한 부탁일까요?”

엘리자베스는 그런 부탁을 받고 정말 놀랐다. 너무 놀라 어떤 식으로 응해야 할지 몰랐다. 다아시 양이 자신을 얼마나 만나고 싶어하는지는 알 수 없지만, 그녀의 오빠가 꾸민 일인 것은 분명했다. 더 생각할 필요 없이 뿌듯한 일이긴 했다. 그가 자신에게 화가 났더라도, 자신을 진심으로 나쁘게 생각하는 건 아님을 알고 나니 기분은 좋았다.

이제 두 사람은 각자 깊은 상념에 빠져 말없이 걸었다. 엘리자베스는 마음이 편치 않았다. 편할 수가 없는 일이었다. 하지만 우쭐해지고 기쁘기도 했다. 여동생을 소개하고 싶다는 그의 바람은 최고의 경의였다. 그들이 이내 나머지 일행을 앞질러 마차에 도착해보니 가드너 부부는 그들보다 8분의 1마일가량 뒤쳐져 있었다.

그러자 그가 집안으로 들어가서 기다리자고 권했지만 그녀는 피곤하지 않다고 말해, 그들은 잔디밭에 함께 서 있었다. 이런 시간을 틈타 더 많은 말을 할 수도 있었을 텐데, 매우 어색한 침묵이 이어졌다. 그녀는 뭔가 말을 하고 싶었지만 모든 대화 주제에 봉쇄 조치가 내려진 것 같았다. 마침내 여행중이라는 사실이 기억났다. 두 사람은 대단한 인내심을 발휘하며 매틀록과 도브데일 지역에 대해 얘기했다. 하지만 시간도 외숙도도 너무 더디기만 했다. 그녀의 인내심과 생각이 거의 바닥날 지경에 이르러서야 비로소 두 사람만의 시간이 끝났다. 가드너 씨 부부가 나타나자 다아시 씨는 모두들 안으로 들어가서 다과를 좀 들자고 강력히 권했다. 하지만 정중히 거절되었다. 양쪽 모두 최대한 예의를 갖추며 작별 인사를 건넸다. 다아시 씨는 숙녀들이 마차에 오르도록 도와주었다. 마차가 출발하자 엘리자베스는 그가 천천히 집 쪽으로 걸어가는 모습을 지켜보았다.

이윽고 다아시 씨를 보고 난 외삼촌 내외가 소감을 밝히기 시작했다. 두 사람 다 그가 예상보다 훨씬 더 훌륭한 젊은이라고 주장했다. 외삼촌은 "행동거지가 대단히 반듯하고 예의도 바르며 가식적이지 않더구나" 하며 그를 칭찬했다.

"확실히 뭔가 위엄 있기는 했어요." 외숙모가 응수했다. "하지만 그 사람의 분위기에만 국한되고, 안 어울리는 것도 아니었고요. 그를 오만하다고 할 사람들도 있겠지만, 이제는 나도 하녀장처럼 그에게서 그런 면을 전혀 발견하지 못했다고 말할 수 있을 것 같아요."

"우리에게 보여준 그 태도가 가장 놀라웠어. 단순한 예의 이상이었으니까. 참으로 세심하더군. 그토록 세심히 배려할 필요까진 없었을 텐데. 엘리자베스와 알고 지낸 것도 사실 아주 짧은 시간이었잖아."

"리지, 확실히 위컴만큼 미남은 아니야." 외숙모가 말했다. "위컴 같은 얼굴이 아니라고 해야 하나, 이목구비는 아주 멋있더라만. 그런데 너 대체 왜 그렇게 다아시 씨가 마음에 안 든다고 했던 거니?"

엘리자베스는 최선을 다해 변명하려고 했다. 켄트에서 만났을 때는 그가 전보다 괜찮았고, 그 사람이 오늘 아침만큼 상냥한 적은 한 번도 없었다고 말했다.

"혹시 예의범절 면에서 조금 변덕스러울지도 모르겠구나." 외삼촌이 대답했다. "상류층 사람들이 자주 그러거든. 그러니 그 사람이 한 낚시 얘기를 곧이곧대로 받아들이진 않을 거다. 어느 날 마음이 바뀌어 그의 땅에서 나가라고 할지도 모르지."

엘리자베스는 외삼촌 부부가 그의 됨됨이를 크게 오해하고 있다는 생각이 들었지만 아무 말도 하지 않았다.

가드너 부인이 말을 이었다. "우리가 본 것만으로는 가엾은 위컴에게 했다는 행동처럼, 누구에게든 몹시 냉혹하게 굴 사람이라는 생각은 안 들더라. 심성이 못된 사람같이 보이지는 않았어. 말을 할 때 보니 입가가 선하더라고. 표정에서는 품위까지 느껴져서 누구든 그의 마음씨를 나쁘게 여길 사람은 없겠던걸. 하지만 우리에게 저택을 구경시켜준 그 착한 부인이 확실히 주인을 너무 과장되게 설명했지! 몇 번이나 크게 웃을 뻔했어. 하지만 너그러운 주인인 것만은 틀림없나봐. 하인의 눈에는 그런 점이야말로 온갖 미덕을 다 담고 있는 법이니까."

엘리자베스는 이쯤에서 그가 위컴에게 저질렀다는 행동을 변호할 필요가 있다고 생각했다. 그래서 최대한 신중한 태도로 켄트에서 만난 그의 친척에게서 들은 이야기라며, 그의 행동은 전혀 다르게 해석될 수 있으며, 하트퍼드셔 사람들이 알고 있는 것과 달리 그의 성품은 결코 비뚤어지지 않았고, 오히려 위컴이야말로 그렇게 올바르지 않다고 말해주었다. 이를 확증하기 위해 그녀는 다아시 씨와 위컴 사이에 있었던 금전 거래에 관한 구체적인 진실을 말했다. 누구에게 들은 이야기인지는 밝히지는 않았지만, 자신의 말을 진실로 믿어도 좋다고 강변했다.

가드너 부인은 깜짝 놀라며 관심을 보였다. 하지만 즐거웠던 그 옛날의 풍경을 마주하자 달콤한 회상에 잠기는 바람에 모든 생각들이 사라져버리고 말았다. 흥미로운 장소들을 남편에게 알리는 데 열중한 나머지 다른 일은 생각할 틈도 없었다. 오전 산책으로 지쳤어도 식사를 마치자마자 가드너 부인은 다시 옛친구들을 찾아 나섰다. 그리고 저녁 시간은 여러 해 동안 헤어졌다가 다시 만난 친구들과의 즐거운 해후로 채워졌다.

그날 일어난 일들이 엘리자베스에게는 무척이나 흥미로웠기에 새로 알게 된 외숙모의 옛친구들에게는 많은 관심을 보일 수 없었다. 다아시 씨의 친절과 무엇보다도 자기 여동생을 소개하고 싶어하는 그의 바람을 도무지 알 수 없어 생각하고 또 생각하는 것 말고는 아무 일도 할 수 없었다.

2

엘리자베스는 다아시 씨가 여동생이 펨벌리 저택에 도착한 그다음 날에야 그녀를 데리고 자신을 찾아올 거라고 생각하고, 그날 오전 동안에는 여관에서 먼 곳까지는 가지 말아야겠다고 계획했다. 하지만 그녀의 결론은 틀렸다. 램턴에 도착한 날 아침, 예상보다 하루 일찍 두 손님이 찾아온 것이다. 새로 알게 된 사람들과 주변을 산책하고 그들의 가족과 함께 식사하기 위해 옷을 갈아입으러 여관으로 돌아왔을 때였

다. 마차 소리가 들려 창가로 가보니 신사 한 명과 숙녀 한 명이 탄 이
륜 쌍두마차가 달려오는 모습이 보였다. 엘리자베스는 마부가 입은 정
복을 즉시 알아보고 사태를 파악한 뒤 외삼촌 부부에게 자신이 영광스
러운 방문을 받게 되었다고 알려 그들을 적잖이 놀라게 했다. 외삼촌
과 외숙모 모두 놀랐다. 방문 얘기를 하며 곤혹스러워하는 엘리자베스
의 모습과 지금의 상황 자체가 맞물리는데다, 전날 있었던 여러 상황
까지 어우러져 그들 부부는 처음으로 이 일을 새롭게 해석하게 되었
다. 그전에는 짐작조차 못했지만, 이제는 그토록 대단한 집안의 사람이
이렇게 관심을 기울이는 이유가 조카인 엘리자베스를 좋아하기 때문
이라는 것 말고는 달리 해석할 길이 없음을 깨달았다. 이런 새로운 해
석이 그들의 머리를 스치는 동안 엘리자베스의 심적인 동요도 매 순간
더 커져갔다. 왜 그렇게 불안한지 스스로도 몹시 의아했다. 그러나 그
토록 불안한 마음이 드는 여러 이유 중에서, 특히 그가 그녀를 향한 애
정으로 여동생에게 그녀를 너무 좋게만 이야기한 것 아닌가 하는 우려
가 제일 컸다. 그러니 상대방의 마음에 들려고 평소보다 과도하게 신경
을 쓰다가 오히려 일을 그르칠 것 같은 걱정도 자연히 들었다.

그녀는 모습을 들킬까봐 창가에서 물러났다. 그리고 마음을 가라앉
히려고 애쓰며 방안을 서성거렸는데, 그러다 외삼촌 부부의 얼굴에 떠
오른 묻는 듯한 놀란 표정을 보게 되었다. 모든 상황이 더 고약해지기
만 했다.

이윽고 다시 양과 그녀의 오빠가 방안으로 들어왔고, 부담스럽기
그지없는 소개가 이루어졌다. 엘리자베스는 새로 인사를 나누게 된 상
대도 자기만큼이나 당황해하는 모습을 보고 깜짝 놀랐다. 램턴에 도착

한 뒤 다아시 양이 무척 오만하다는 얘기를 들은 적이 있었다. 하지만 잠깐 봤을 뿐인데도 오만한 것이 아니라 단지 수줍음을 많이 탄다는 것을 알 수 있었다. 다아시 양에게서는 단음절 이상의 말은 한마디도 끌어내기 힘들었다.

다아시 양은 키가 크고 몸집도 엘리자베스보다 훨씬 컸다. 열여섯이 갓 넘은 나이인데도 이미 몸매가 성숙한 상태였고, 외모도 여성스럽고 우아했다. 오빠보다 생김새는 조금 못했지만 얼굴에 분별력과 선함이 깃들어 있었다. 태도도 전혀 가식적이지 않았고 순했다. 다아시 씨에게서처럼 다아시 양에게서도 예리하고 거침없는 관찰자의 면모를 보게 되리라 예상했던 엘리자베스는 오빠와 사뭇 다른 느낌을 받고 크게 안심했다.

자리를 함께한 지 얼마 안 됐을 때 다아시가 빙리도 그녀에게 안부 인사를 건네기 위해 곧 방문할 거라고 했는데, 그녀가 반가워하며 새 손님을 맞이할 준비를 마치기도 전에 벌써 계단에서 빙리의 빠른 발소리가 들렸다. 그가 순식간에 방안으로 들어왔다. 빙리에 대한 엘리자베스의 분노는 이미 사라진 지 오래였다. 하지만 혹시 조금 남아 있었더라도 다시 만난 그녀를 대하는 그의 솔직하고 다정한 태도에 화를 내기란 어려웠을 것이다. 뭉뚱그리는 식이었지만 그는 상냥하게 롱본 가족의 안부를 물었다. 표정과 말투가 예전처럼 여전히 명랑하고 편안해 보였다.

그는 엘리자베스에게 못지않게 가드너 씨 부부에게도 흥미로운 인물이었다. 그들은 오래전부터 그를 만나보고 싶었다. 사실 그들 부부에게는 찾아온 손님 모두가 강렬한 관심을 불러일으키는 대상이었다. 다아시 씨와 조카에 대해 막 품게 된 의심 때문인지 그들의 관심은 특히 그 두 사람을 향했으며, 조심스럽지만 그 둘을 진지하게 탐색하기 시작했다. 그리고 그들은 이내 그런 탐색을 통해 적어도 두 사람 중 한 명은 사랑이 뭔지 알고 있다는 확신을 품게 되었다. 숙녀 쪽의 마음에 대해서는 살짝 의심이 들었지만, 신사 쪽은 숙녀를 좋아하는 감정이 넘쳐흐르고 있다는 게 너무나도 분명해 보였다.

엘리자베스로서는 할일이 너무나 많았다. 우선 방문객들 각자의 마음을 확인하고 싶었고, 침착하게 감정을 가다듬고 모두의 마음에 들게끔 행동하고 싶었다. 하지만 실수할까봐 무척 걱정을 했던 두번째 일에서 그녀는 확실한 성공을 거둘 수 있었다. 마음에 들기 위해 애를 썼던 사람들이 사실상 모두 이미 그녀에게 호감을 품은 사람들이었으니 말이다. 빙리는 기꺼이, 조지애나는 열렬히, 다아시는 작정하고, 즐거운 시간을 보내려 했다.

빙리를 보자 엘리자베스의 생각은 당연히 언니를 향해 날아갔다. 아아! 그의 생각도 그녀처럼 언니를 향해 있는지를 얼마나 알고 싶던지! 그가 전에 만났을 때보다 말수가 조금 줄었다는 생각이 간간이 들었고, 그가 자신을 보며 언니와 닮은 점을 찾으려 한다는 생각에 한두 번 기분이 좋아지기도 했다. 그런데 이런 생각은 그저 상상에 불과하다고 해도, 제인의 경쟁 상대라고 알려진 다아시 양을 대하는 빙리 씨의 태도만큼은 똑똑히 알 수 있었다. 두 사람 다 상대방을 향해 각별한 호감을 품은 기색은 전혀 보이지 않았다. 그들 사이에 빙리 양의 소망이 정당하다는 사실을 입증할 수 있는 일은 전혀 일어나지 않았다. 이 사실에 그녀는 즉시 안심이 되었다. 게다가 헤어질 무렵 그가 여전히 제인을 기억하고 있음을 보여주는 작은 신호가 두세 가지 있었다. 애를 태우던 엘리자베스의 해석으로는 그랬다. 그런 작은 신호들에서 정다운 애정의 낌새가 느껴지지 않는다고는 말할 수 없었다. 더 나아가 할 수만 있다면 제인 이야기로 이어질 더 많은 대화를 나누고 싶은 소망도 배어 있었다. 다른 사람들끼리 대화를 나누던 틈을 타 빙리가 유감이 짙게 밴 말투로 "언니분을 마지막으로 만나 즐거운 시간을 보낸 지 한참 되었군요"라고 말을 걸어왔다. 그리고 그녀가 미처 대답하기도 전에 이렇게 덧붙였다. "여덟 달도 더 지났어요. 모두 함께 네더필드에서 춤을 췄던 작년 11월 26일 이후로 못 만났지요."

엘리자베스는 그의 기억이 그토록 정확한 것을 알고 기뻤다. 그리고 잠시 뒤 그는 일행 누구도 관심을 기울이지 않는 틈을 타서 이번에는 자매들은 다 롱본에 있느냐고 물었다. 이 질문도 그렇고 앞서의 발언도 그렇고 별다른 내용이 담긴 것은 아니었지만, 말하는 표정이나 태도에 많은 의미가 담겨 있었다.

그녀는 다아시 씨 쪽으로는 시선을 자주 돌릴 수 없었다. 그렇지만 간혹 시선이 향할 때마다 대체로 만족스러워하고 있다는 걸 알 수 있었다. 그가 하는 모든 말이 오만함이나 함께하는 사람들에 대한 경멸감과는 아주 거리가 멀게 느껴져 그녀는 전날 목격한 반듯해진 그의 태도가 앞으로 얼마나 유지될지는 알 수 없어도 적어도 하루는 더 연장됐다는 확신이 들었다. 몇 달 전이었다면 만남 자체를 불명예스럽게 여겼을 사람들과 친해지려고 애쓰고, 그들에게서 좋은 평가를 얻으려고 노력하는 모습과 그녀뿐만 아니라 그토록 노골적으로 경멸을 표하던 그녀의 친척들에게까지 지극히 예의바르게 행동하는 모습을 보면서,

또한 헌스퍼드 목사관에서의 마지막 격렬했던 장면을 떠올리면서, 엘리자베스는 그의 태도가 대단히 달라졌음을 깨닫고는 몹시 놀라 그런 감정이 눈에 띄게 드러나는 걸 억누르지 못할 정도였다. 그가 네더필드에서 지인들과 함께했을 때나 로징스에서 고상한 친척들과 함께했을 때조차도 지금보다 더 호감을 주고 싶어하고, 지금보다 더 오만함과 고집스러운 과묵함을 벗어던진 적이 없었다. 지금은 그 노력이 성공하더라도 얻을 만한 것이 없고, 오히려 그가 자진해서 관심을 쏟고 있는 그 사람들과 친해진다는 사실만으로도 네더필드나 로징스의 숙녀들에게 조롱과 비난을 살 일이었다.

손님들은 반시간 넘게 그들과 함께했다. 손님들이 떠나려고 일어났을 때 다아시 씨가 여동생에게 가드너 씨 부부와 베넷 양이 이 지역을 떠나기 전에 펨벌리 정찬에 초대하고 싶은데 괜찮겠느냐고 물었다. 다아시 양은 손님을 초대하는 일이 아직 익숙하지 않은지 수줍어하면서도 기꺼이 따랐다. 가드너 부인이 이 초대와 가장 관련이 있는 당사자에게 받아들일 마음이 있는지 궁금해 조카를 바라보자, 엘리자베스는 고개를 돌렸다. 하지만 이런 부자연스러운 모습은 아마도 다아시 씨의 제안이 싫어서라기보다 순간 당황했기 때문인 듯했다. 사교 모임을 좋아하는 남편은 이 초대에 기꺼이 응할 터라 그녀는 과감히 가겠다고 약속했다. 약속 날짜는 이틀 후로 잡혔다.

빙리는 아직 엘리자베스에게 할말이 많았고 하트퍼드셔의 지인들에 관해 물어볼 말도 많아, 다시 만나게 된다니 무척이나 기쁘다고 했다. 엘리자베스는 이 모든 모습을 언니 얘기를 더 듣고 싶다는 바람으로 해석하고 기분이 좋았다. 다른 이유도 있었지만 특히 이런 이유 때문에 손님들이 떠나고 난 뒤 그들이 방문했던 반시간을 만족스럽게 돌아볼 수 있었다. 물론 그 반시간 동안에는 크게 즐기지 못했지만. 혼자 있고 싶었고 외삼촌이나 외숙모가 떠보는 질문을 하지 않을까 두렵기도 해서, 그녀는 그들이 빙리 씨에 대해 호의적인 평가를 하는 동안만 자리를 함께한 뒤 옷을 갈아입겠다는 핑계를 대고 서둘러 그 자리를 떴다.

그러나 그녀가 가드너 부부의 호기심을 두려워할 까닭이 없었다. 그들은 그녀에게 억지로 대화를 강요할 생각이 없었다. 그들이 생각했던 것보다 더 엘리자베스는 다아시 씨를 잘 아는 것이 분명했다. 그리고 그가 엘리자베스를 깊이 사랑하고 있다는 점도 확실해 보였다. 외삼촌 부부는 이 일에 흥미를 끌 만한 요소가 많다는 걸 알았지만, 그렇다고 꼬치꼬치 캐묻는 일이 정당화될 수 없다는 것도 알았다.

다아시 씨에 대해서라면, 이제는 그를 좋게만 보려고 안달해서 오히려 문제였다. 그들이 알아낸 바로는, 그는 흠잡을 데가 전혀 없는 청년이었다. 예의바른 그의 태도에 감동받아서, 다른 사항은 판단에서 제외하고 오로지 그들 부부의 생각과 하녀장의 설명만으로 그의 성품을 그려낸다면, 그를 아는 하트퍼드셔 사람들은 그게 다아시 씨의 성품이리라고는 꿈에도 생각하지 못할 것이다. 그들 부부는 이제 하녀장의 말을 믿을 마음이 생겼고, 주인을 네 살 때부터 알아왔고 태도에서 품위까지 느껴지던 하녀장의 말이 지닌 설득력을 성급히 부인할 수 없음을 깨달았다. 램턴 지인들의 정보로도 하녀장이 한 설명의 무게를 크게 깎아내릴 만한 것은 전혀 없었다. 그곳의 지인들은 그가 오만하다는 사실 말고는 비난할 점이 없다고 했다. 그가 오만할 수도 있었지만, 그게 아니라면 그가 오만하다는 오해는 틀림없이 그의 가족이 한 번도 찾은 적이 없는 시골의 시장 사람들 탓일 듯했다. 하지만 그가 인자한 사람이며 가난한 사람들에게 선행을 베푼다는 사실은 인정받고 있었다.

위컴에 대해 말한다면, 가드너 부부와 엘리자베스는 그곳에서 그의 평판이 그다지 좋지 않다는 사실을 곧바로 알게 됐다. 후견인의 아들과 관련된 일의 골자가 불충분하게 알려져 있긴 했지만, 그가 더비셔를 떠날 때 큰 빚을 남겨 나중에 다아시 씨가 그 빚을 대신 갚아주었다는 사실이 잘 알려져 있었다.

엘리자베스는 지난밤보다 이날 밤 훨씬 더 자주 펨벌리를 생각했다. 이날 밤이 그녀에게는 몹시 길게만 느껴졌음에도, 그 저택에 있는 한 사람에 대한 생각을 확실하게 정리하기에는 부족했다. 그녀는 꼬박 두 시간을 뜬눈으로 누워서 그 생각을 물리치느라 애를 먹었다. 이제는 그가 확실히 밉지 않았다. 그랬다, 혐오감은 이미 사라진 지 오래였다. 그에게 혐오감이라 부를 수 있는 마음을 품었다는 게 이미 오래전부터 부끄러웠다. 그의 훌륭한 성품에 대한 확신에서 나온 존경심이 처음에는 인정하기 싫었지만 차츰 거부감 없이 받아들여졌고, 그런 감정은 어제 그에게 무척이나 호의적인 증언을 듣고 상냥한 그의 성품을 엿본 뒤 이제는 한층 더 친숙한 감정으로 고조되었다. 하지만 다른 무엇보다도 그녀의 마음속에는 존경과 존중을 넘어 선량한 심성에서 생겨난, 간과할 수 없는 또하나의 동기가 있었다. 바로 고마움이었다. 한때 그가 자신을 사랑해주었다는 사실에 대한 고마움이 아니라, 그를 거절하면서 그녀가 보인 무례하고 표독한 태도와 그 거절에 이은 온갖 부당한 비난을 전부 용서할 만큼 아직도 그녀를 지극히 사랑한다는 사실에 대한 고마움이었다. 자신을 철천지원수로 여기고 피할 법한 그가 이런

336

우연한 만남을 통해 다시 한번 친분을 이어 가려고 열성을 쏟으면서도, 그들 두 사람만 관련된 일에 서툴게 관심을 표명하거나 특별한 태도를 보이지 않고, 그저 그녀의 지인들에게서 좋은 평가를 받고 자기 여동생에게 그녀를 알리려고 애를 쓸 뿐이었다. 여하튼 그토록 자존심이 센 남자가 그런 변화를 보이니 놀라울 뿐 아니라 고마운 마음까지 들었다. 그런 변화는 사랑의 힘, 바로 사랑의 감정에서 생겨난 게 틀림없었다. 이렇게 그녀가 받은 인상은 정확히 그려낼 수는 없지만 결코 불쾌하지 않은 고무적인 종류의 것이었다. 그녀는 그를 존경했고 존중했고 고마워했다. 그의 행복에 진심으로 관심도 갖게 되었다. 그녀는 다만 그 행복이 자신에게 달려 있기를 자신이 얼마나 바라는지, 그리고 그가 다시 청혼하도록 자신의 능력(자신에게 아직 그런 능력이 있는 것 같았다)을 발휘하는 일이 과연 두 사람의 행복에 얼마나 도움이 될지를 알고 싶었다.

그날 저녁 외숙모와 조카는, 늦은 조찬 시간에 펨벌리에 도착했음에도 그날 당장 그들을 방문하러 와준 다아시 양의 놀라운 예절을 똑같이 따라 할 수는 없을지라도 그들 쪽에서도 어느 정도의 예의를 차리며 그 흉내라도 내야겠다고 마음먹었다. 그 결과 다음날 아침 펨벌리로 다아시 양을 답방하러 가는 것이 좋겠다는 결정이 내려졌다. 그렇게 해서 그들은 그곳으로 갔다. 엘리자베스는 기분이 좋았다. 물론 이유를 자문해봐도 답할 말은 거의 없었다.

가드너 씨는 아침식사를 마치자마자 나갔다. 전날 낚시 계획이 새롭게 정해져 그날 정오께 펨벌리의 신사들과 만나기로 확약했기 때문이다.

3

이제 빙리 양이 자신을 싫어하는 이유가 질투심 때문이라고 확신한 엘리자베스는 자신이 펨벌리에 모습을 드러낸다면 그녀가 얼마나 달갑지 않아할지 생각하지 않을 수 없었다. 하지만 한편으로는 빙리 양이 얼마나 많은 예의를 차리면서 친분을 되살려보려고 할지 궁금해 호기심도 동했다.

저택에 도착한 그들은 홀을 지나 응접실로 안내되었다. 북향이라 여름에는 쾌적했다. 정원을 향해 열린 창문으로 보이는 나무들이 빼곡한 저택 뒤편 높다란 언덕의 풍경이 무척 상쾌했고 중간쯤인 잔디밭에 늘어선 참나무들과 스페인 밤나무들도 아름다웠다.

엘리자베스와 가드너 부인은 이 방에서 허스트 부인, 빙리 양, 그리고 런던에서 다아시 양과 함께 살고 있다는 부인과 앉아 있던 다아시 양의 응접을 받았다. 조지애나는 두 사람을 지극히 예의바르게 맞이했지만 몹시 당황해하는 모습도 보였다. 수줍기도 하고 실수할까봐 두려워서 그런 것 같았는데, 자신의 낮은 지위를 의식하는 사람들에게는 오만하거나 서먹서먹한 태도로 오인되기 쉬울 것 같았다. 가드너 부인과 엘리자베스는 다아시 양의 진심을 알고 있었으므로 그런 태도를 충분히 이해했다.

허스트 부인과 빙리 양은 고개만 살짝 끄덕이며 알은체를 했다. 두 사람이 자리에 앉자 침묵이 흘렀다. 그런 침묵이 늘 그렇듯이 어색했다. 가장 먼저 침묵을 깬 사람은 얌전하고 상냥해 보이는 앤즐리 부인이었다. 화젯거리를 끄집어내려고 애쓰며 다른 두 숙녀보다 진정한 교양을 갖추고 있음을 입증해 보였다. 그 부인과 가드너 부인 간에 대화가 오가기 시작했고 엘리자베스도 가끔 거들었다. 다아시 양도 용기를 내서 대화에 끼고 싶은 표정이었다. 그녀는 자신의 말이 가장 주목을 덜 받을 것 같은 때를 골라 이따금 짤막한 문장을 말하기도 했다.

엘리자베스는 빙리 양이 자신을 예의 주시하고 있고, 특히 다아시 양에게 한마디 건넬 때마다 촉각을 곤두세운다는 점을 즉각 알아차렸다. 대화를 나누기에 불편할 만큼 떨어진 거리에 앉아 있지 않았다면, 그런 시선 탓에 그녀가 다아시 양과의 대화를 피할 리 없었다. 아무튼 그녀는 말을 많이 할 필요성이 줄었다고 해서 유감스럽지는 않았다. 혼자만의 생각으로도 바빴다. 매 순간 신사들 중 누군가가 방안으로 들어올지 모른다는 걱정이 들었다. 저택의 주인이 들어와 자리를 함께하기를 바라는 마음과 그걸 두려워하는 마음이 엇갈렸다. 어느 쪽 마음이 더 큰지 좀처럼 판단이 안 섰다. 빙리 양의 목소리를 듣지 못한 채 이런 식으로 십오 분쯤 앉아 있다가 비로소 엘리자베스는 그녀가 차가운 말투로 가족들의 안부를 묻는 소리를 듣고 정신이 들었다. 똑같이 짧고 냉담하게 대답하자 상대방은 더이상 말하지 않았다.

하인들이 냉육 요리와 케이크, 온갖 최상급 제철 과일을 들고 들어오자 이들의 방문에 변화가 생겼다. 하지만 이런 변화도 앤즐리 부인이 다아시 양에게 그녀의 지위를 상기시키는 의미심장한 표정과 미소를 여러 번 지어 보이고 나서야 생긴 것이었다. 이제 모든 사람들에게 할 일이 생긴 셈이었다. 모두 다 말을 할 수는 없었지만, 모두 다 먹을 수는 있었다. 모두들 포도, 천도복숭아, 복숭아 같은 과일이 멋진 피라미드처럼 쌓여 있는 탁자 주변으로 모여들었다.

과일을 먹는 동안 그가 응접실로 들어왔고, 그 순간의 지배적인 감정을 통해 엘리자베스는 자신이 다아시 씨가 나타나기를 바랐는지 아니면 두려워했는지를 가늠해볼 좋은 기회를 얻었다. 조금 전만 하더라도 그가 나타나기를 바라는 마음이 우세하다고 믿었는데, 그가 나타나자 불편한 마음이 들기 시작했다.

다아시 씨는 다른 신사 두세 명과 개울가에서 낚시에 열중하던 가드너 씨와 만나 잠시 시간을 보내던 중에 가드너 부인과 엘리자베스가 그날 아침 조지애나를 방문한다는 얘기를 듣고 일행을 개울가에 남겨둔 채 곧장 집으로 돌아온 것이었다. 그가 나타나자마자 현명하게도 엘리자베스는 마음을 지극히 편안하게 먹고 당황하지 않으리라 결심했다. 꼭 필요한 결심이었지만 지키기는 결코 쉽지 않았을 것이다. 모든 사람들의 의혹의 시선이 그와 그녀에게 집중되었고, 특히 그가 처음 방에 들어왔을 때 그의 행동을 예의 주시하지 않는 시선이 하나도 없다는 걸 깨달았다. 그 누구보다도 빙리 양의 얼굴에 예리한 호기심이 강력히 밴 표정이 떠올랐다. 호기심의 대상이 된 사람 중 한 명에게 말을 걸 때마다 얼굴 가득 미소가 번지면서도 그랬다. 아직까지는 질투심으로 자포자기하거나 다아시 씨에 대한 관심을 끝낸 게 아닌 모양이었다. 다아시 양은 오빠가 들어오자 말을 더 많이 하려고 노력했다. 엘리자베스는 자신과 동생이 친해지기를 간절히 바라면서 대화를 더 많이 나누도록, 그가 할 수 있는 한 모든 시도를 한다고 느꼈다. 빙리 양이 이 모든 광경을 지켜보고 있었다. 결국 그녀는 화가 났는지 분별력을 잃고는 말할 기회를 잡아채자마자 냉소를 지으며 예의바른 척 이렇게 말했다.

"그런데 일라이자 양, ××부대가 메리턴에서 떠났다면서요? 그 댁 가족분들에게는 큰 손실이겠어요.”

다아시 앞에서 감히 위컴의 이름을 대놓고 거론할 수는 없었겠지만, 엘리자베스는 빙리 양이 누구보다도 위컴을 염두에 두고 던진 질문이라는 사실을 즉각 알아차렸다. 그와 있었던 여러 기억들 때문에 잠시 마음이 괴로웠지만, 빙리 양의 악의적인 공격을 물리치려고 기운을 내 제법 태연한 말투로 대답했다. 대답하면서 무의식적으로 다아시 쪽을 바라보니 잔뜩 상기된 표정으로 그녀를 보았고 그의 여동생 또한 무척 당황스러워하며 시선을 들지 못했다. 지금 자기가 좋아하는 친구에게 얼마나 큰 고통을 주고 있는지 알았더라면, 빙리 양이 위컴을 암시하는 발언을 하는 일은 결코 없었으리라. 그러나 그녀는 엘리자베스가 한때 좋아했던 것 같은 남자를 떠올리게 해서 엘리자베스를 불편하게 만들고, 그래서 그녀를 향한 다아시의 호감에 손상을 줄 만한 감정을 드러내게끔 만들 생각뿐이었다. 또한 엘리자베스의 동생들과 주둔군 장교들이 연관된 온갖 어리석은 언행들을 그에게 상기시키려는 의도이기도 했다. 사실 빙리 양은 다아시 양과 위컴의 도피 미수 사건에 관해 한마디도 들어본 적이 없었다. 이 사실은 엘리자베스를 제외하면, 비밀 유지가 가능한 한 누구에게도 밝혀진 바가 없었다. 다아시 양의 오빠는 빙리의 가족들에겐 특히 더 이 사실을 감추려고 노력했다. 엘리자베스가 오래전부터 짐작해왔듯이, 여동생이 빙리 집안 사람이 되기를 바라는 마음 때문이었을 것이다. 그는 분명 그런 계획을 품고 있었고, 그 계획이 제인 베넷 양에게서 빙리를 떼어내려는 그의 노력에 의도적인 영향을 미치지는 않았을지라도, 친구의 행복에 강력한 관심을 갖게 했을 수는 있었다.

엘리자베스의 침착한 태도가 이내 그의 감정도 가라앉혀주었다. 빙리 양은 당황하고 실망한 나머지 위컴을 암시하는 얘기를 더는 꺼내지 않았기 때문에 조지애나도 말을 더 할 수 있을 만큼은 아니더라도 곧 평정심을 되찾았다. 조지애나는 그 일과 관련해 오빠와 시선을 마주치는 일조차 두려웠지만, 그녀의 오빠는 그 사건에 동생이 관련되었다는 점을 좀처럼 되새기려고 하지 않았다. 이런 까닭에 빙리 양이 엘리자베스에 대한 다아시의 관심을 돌리려고 꾸민 일은 거꾸로 그 관심이 엘리자베스에게 더 많이, 더 기쁘게 주어지는 결과를 초래하고 말았다.

앞서의 질문과 대답이 있은 후 엘리자베스와 외숙모는 곧 일어섰다. 다아시 씨가 두 사람을 마차까지 배웅하고 오는 동안 빙리 양은 엘리자베스의 용모와 태도와 옷차림에 대해 험담을 늘어놓았다. 하지만 조지애나는 그런 험담에 동조하지 않았다. 오빠의 칭찬만으로도 엘리자베스에게 호감을 느끼기에 충분했다. 오빠의 판단이 잘못됐을 리 없고, 오빠의 말로 볼 때 엘리자베스가 사랑스럽고 상냥한 사람이라는 사실 외에 다른 사실은 발견할 수 없었다. 다아시가 응접실로 돌아오자 빙리 양은 방금 전 그의 여동생에게 했던 말을 다시 되풀이했다.

"일라이자 베넷 양 안색이 오늘 아침에는 참 안 좋아 보이더라고요, 다아시 씨." 그녀가 큰 소리로 말했다. "지난겨울 때랑은 너무 심하게 달라졌던데, 그렇게 변하는 모습은 제 평생 처음 봐요. 너무 가무잡잡하고 거칠어져서 루이자 언니와 저는 일라이자 양을 다시 안 만나는 편이 좋았을 거라는 데 동의했답니다."

다아시 씨는 이 말이 몹시 거슬렸지만 차분한 말투로 엘리자베스 양이 햇볕에 조금 탄 것 말고는 별다른 변화를 못 느꼈고, 여름철에 여행을 다닌 당연한 결과 아니겠느냐고 말했다.

"제 생각에는 말이죠, 엘리자베스 양은 전혀 아름답지 않아요." 그녀가 대답했다. "얼굴이 너무 말랐잖아요. 윤기도 없고요. 이목구비에 예쁜 구석이 전혀 없더라고요. 코도 특징이 없고 콧날도 돋보이지 않아요. 치아는 그럭저럭 봐줄 만하지만 평범한 수준이고, 가끔 예쁘다는 칭찬을 듣는 눈도 그래요. 저는 그 눈도 특별해 보이지 않던걸요. 날카롭고 영악한 빛을 띠고 있어 제가 정말 싫어하는 눈빛이에요. 그리고 행동은 전반적으로 전혀 세련되지 못하고 자존심만 내세우는 통에 정말 못 봐주겠어요."

빙리 양도 다아시가 엘리자베스를 좋아한다고 확신했을 테니 이런 발언이 그의 호감을 사기 위한 최선의 방법이 아니라는 것쯤은 알았을 것이다. 하지만 사람들은 화가 나면 현명해지기 어려운 법이다. 마침내 그가 살짝 화를 내자 그녀는 자신이 의도했던 성공을 거두었다고 생각했다. 하지만 그는 단호하게 침묵만 지켰다. 그의 입을 열게 만들 작정으로 그녀가 다시 말을 이었다.

"하트퍼드셔에서 우리가 엘리자베스 양을 처음 만났을 때, 미인이라는 소문이 자자하다는 얘기를 듣고 모두 얼마나 놀랐는지 기억나네요. 특히 언젠가 저녁에 그 집 가족이 네더필드에서 정찬을 들고 간 뒤 다아시 씨가 이렇게 말씀하셨던 것도 기억나는데요. '일라이자 양이 미인이라니! 차라리 그 어머니가 재치 있는 부인이라고 말하고 싶군요.' 하지만 이후로 다아시 씨에게 잘 보였는지 한때는 그녀를 예쁘장하다고 생각하시지 않았나요."

"그랬습니다." 더는 참을 수 없었던 다아시 씨가 대답했다. "하지만 그런 생각은 일라이자 양을 처음 알았을 때뿐, 이후 몇 달 전부터는 제가 아는 숙녀들 중에서 제일 아름다운 아가씨로 생각하게 되었습니다.”

그는 이 말을 하고 방을 나가버렸다. 빙리 양은 다른 누구도 아닌, 오직 자신에게만 고통을 줄 뿐인 그런 발언을 그에게서 억지로 끌어냈다는 데 만족해야 했다.

가드너 부인과 엘리자베스는 숙소로 돌아오면서 방문 동안에 있었던 모든 일들을 얘기했다. 하지만 두 사람 모두가 특별히 관심을 쏟고 있는 일은 건드리지 않았다. 그곳에서 만났던 모든 사람들의 표정과 행동에 대해 얘기했지만, 그들의 관심을 가장 많이 끌었던 주인공에 대한 얘기는 뺐다. 그들은 그의 여동생과 친구들, 그의 저택, 과일 등 모든 것에 대해 얘기하면서도 그에 대한 얘기만은 하지 않았다. 그렇지만 엘리자베스는 외숙모가 그를 어떻게 생각하는지 간절히 알고 싶었다. 가드너 부인 또한 조카가 먼저 얘기를 꺼내준다면 무척 기쁠 것 같았다.

4

램턴에 처음 도착했을 때 엘리자베스는 언니에게서 온 편지가 없어서 무척 실망했다. 그 실망감은 이곳에서 아침을 맞이할 때마다 새롭게 되풀이되었다. 하지만 셋째 날 그녀의 불평은 끝났다. 두 통의 편지가 한꺼번에 도착했고, 그중 한 통에는 엉뚱한 곳으로 배달되었었다고 표기되어 있어 그동안 언니가 잘못한 것이 없음이 입증되었다. 엘리자베스는 언니가 주소를 아주 엉망으로 써놓은 걸 보고 그럴 만도 했다고 여겼다.

편지가 도착했을 때 그들은 산책을 나가려던 참이었다. 외삼촌 부부는 엘리자베스가 언니의 편지를 조용히 즐기도록 그녀만 남겨두고 나갔다. 잘못 배달되었던 편지가 먼저 보낸 것으로 닷새 전 날짜였다. 편지의 앞부분은 시골 생활이 늘 그렇듯 온갖 소소한 모임들과 사건들에 관한 소식일 뿐 별것이 없었다. 하지만 하루 뒤에 쓴 것으로 날짜가 적혀 있는 편지의 뒷부분은 심적으로 몹시 동요한 상태에서 쓰인 게 분명했다. 앞부분보다 훨씬 더 심각한 내용을 담고 있었다.

사랑하는 리지, 앞부분을 쓰고 난 뒤 참으로 예기치 못한 심각한 일이 벌어졌어. 하지만 너를 너무 놀라게 하는 것 아닌지 걱정이구나. 다른 가족들은 모두 잘 있으니 안심하렴. 내가 전해야 하는 소식은 가엾은 리디아와 관련된 것이야. 어젯밤 자정 무렵 모두들 잠자리에 막 들었을 때 포스터 대령에게서 속달이 왔어. 부하 장교가 리디아와 스코틀랜드로 도주했다는 거였어. 바로 진실을 고백할게. 위컴하고 말이야! 우리가 얼마나 놀랐는지 상상이 되니? 키티에게는 이 사건이 전혀 예상치 못한 일이 아닌 것 같았지만 말이야. 정말, 진심으로 마음이 아파. 어쩌면 둘 다 그토록 경솔하게 얽힐 수 있니! 하지만 최선의 결과를 바라고 싶어. 우리가 위컴의 정체를 잘못 알았기를. 무분별하고 지각 없는 사람이라고 쉽게 믿을 수 있지만, 이번 사건은 정말 나쁜 마음으로 벌인 일은 아닐 거야(이 점을 다행으로 여기자). 적어도 그의 선택이 이익을 바라고 한 일은 아닐 테니까. 아버지가 리디아에게 내줄 재산이 없다는 사실은 그도 잘 알겠지. 가엾은 엄마는 몹시 비통해하고 계셔. 아버지는 조금 더 잘 견디고 계시고. 우리가 그에 대한 나쁜 말들을 부모님께 말씀드리지 않은 게 얼마나 다행인지 몰라. 우리도 그 말들은 잊자. 두 사람은 토요일 자정 무렵에 도주한 것으로 추정되는데 어제 아침 여덟시까지 아무도 몰랐대. 그때가 되어서야 비로소 속달을 보낸 거야. 사랑하는 리지, 지금쯤 두 사람은 우리에게서 십 마일은 족히 벗어났을 거야. 포스터 대령이 곧 우리집에 직접 오실 것 같아. 리디아가 대령의 부인에게 자신들의 의도를 담은 내용을 몇 줄 남기고 갔대. 이제 편지를 끝맺어야겠다. 가엾은 엄마를 더이상 혼자 둘 수 없어. 편지 내용을 잘 이해할 수 있을지 모르겠구나. 나도 지금 내가 무슨 내용을 썼는지 거의 모를 지경이란다.

미처 다른 생각을 할 겨를도 없이 그리고 어떤 감정이 엄습하는지 알지도 못한 채, 엘리자베스는 이 편지를 읽자마자 곧바로 두번째 편지를 집어들었다. 그리고 극도로 초조해하며 편지를 열고 다음의 내용을 읽었다. 첫번째 편지를 보낸 지 하루 만에 쓴 편지였다.

사랑하는 내 동생아, 지금쯤 내가 황망히 보낸 편지를 받아보았겠지. 이 편지 내용은 좀더 이해하기 쉬울 거야. 하지만 시간에 쫓기는 건 아니라도 머릿속이 워낙 혼란스러워 조리 있게 쓰고 있는지 모르겠네. 사랑하는 리지, 대체 무슨 내용부터 적어야 할지 모르겠다. 하지만 미룰 수 없는, 안 좋은 소식부터 전할게. 위컴과 가엾은 우리 리디아의 결혼이 아무리 경솔하고 무분별했다 하더라도, 우리는 그 결혼이 실제로 성사되었기를 애타게 바라고 있단다. 두 사람이 스코틀랜드로 간 게 아니라는 근거가 너무 많아졌기 때문이야. 어제 포스터 대령이 찾아왔어. 그 전날 우리에게 속달을 보내고 몇 시간 뒤 곧장 브라이턴을 떠나서 오신 거래. 리디아가 포스터 부인에게 남긴 편지에는 그들이 그레트나 그린*으로 간다고 했지만, 데니 씨가 무심코 내뱉은 말에 따르면, 위컴은 그곳으로 갈 생각도 리디아와 결혼할 의향도 실은 전혀 없다는 거야. 그 사실에 깜짝 놀란 대령이 즉각 브라이턴을 떠나 두 사람의 경로를 추적하기 시작했어. 클래펌까지는 쉽게 추적했지만 그 이상은 어려웠대. 그곳에서 두 사람이 엡섬에서 타고 온 이륜 경마차를 보내고 새로운 삯마차로 옮겨 탔다는 거야. 이후 알려진 행적이라고는 그들이 런던으로 가는 대로를 통해 계속 이동했다는 것 정도야. 뭘 어떻게 생각해야 할지 모르겠어. 런던 대로를 따라 가능한 모든 추적을 하던 끝에 포스터 대령은 하트퍼드셔까지 오게 된 거야. 통행세 징수 장소에 들를 때마다, 그리고 바넷과 햇필드의 여관에 들를 때마다 마음을 졸이며 두 사람을 수소문했지만 소용없었대. 그런 사람들이 지나가는 모습을 보았다는 사람조차 없었다더라. 정말 호의를 담아 롱본에 와서는 진심 어린 태도로 자신이 얼마나 걱정하고 있는지 속마음을 털어놓았어. 그분과 그분의 부인이 참 안됐다는 생각이 들어. 어쨌든 누구도 두 분에게는 비난의 화살을 돌릴 수 없을 거야. 사랑하는 리지, 우리 가족 모두의 고통이 극심하기 짝이 없단다. 아버지와 엄마는 최악의 사태를

---

* 잉글랜드와 스코틀랜드의 국경 마을로, 도피 행각을 벌인 남녀가 비밀 결혼식을 치르는 곳으로 유명했다.

우려하시지만, 나는 위컴을 그렇게 나쁘게만 볼 수는 없구나. 여러 상황들을 놓고 볼 때 그들이 애초에 세웠던 계획을 따르느니 차라리 런던에서 몰래 결혼하는 편이 더 바람직한 일이 아닐까 싶기도 해. 그럴 리 없겠지만, 설령 그가 리디아처럼 멀쩡한 가족이 있는 어린 아가씨에게 그런 음모를 꾸몄더라도 어떻게 리디아가 모든 것을 내팽개칠 거라고 상상할 수 있겠니? 말도 안 돼. 여하튼 포스터 대령님이 두 사람의 결혼을 믿으려 하지 않는다는 걸 알게 돼 슬퍼. 내가 두 사람의 결혼을 바란다는 소망을 밝히자 그분은 고개를 저으시며 위컴은 믿을 자가 못 된다고 걱정했어. 가엾은 엄마는 지금 정말로 몸이 편찮으셔서 방에 틀어박혀 계셔. 기운 차리셔야 하는데, 별로 기대할 일 같지 않아. 아버지는, 내 평생 지금처럼 충격을 받으신 모습은 본 적이 없어. 가엾은 키티는 리디아의 일을 감추고 있었다고 혼쭐이 나고. 하지만 비밀이었을 테니 그럴 수밖에 없었겠지. 사랑하는 리지, 너라도 이런 고통스러운 상황을 직접 안 겪게 돼 참 다행이야. 하지만 이제 처음의 충격이 가라앉았으니 네가 돌아오기를 간절히 바라고 있다고 고백해도 되겠지? 하지만 불편하다면 괜찮아. 내가 그런 강요를 할 정도로 이기적인 사람은 아니잖니. 안녕. 참, 리지, 펜을 또 들게 되는구나. 방금 했던 말은 하지 말걸 그랬나봐. 하지만 상황이 상황인지라 너와 외삼촌, 외숙모 모두 어서 돌아와주길 진심으로 간청하지 않을 수 없구나. 외삼촌과 외숙모를 너무 잘 아니 그런 청을 못 드릴 것도 없을 거야. 외삼촌에게 부탁드리고 싶은 일이 더 있지만. 아버지께서 곧 리디아를 찾으러 포스터 대령과 런던으로 떠나실 거야. 무슨 일을 할 생각이신지 확실히는 몰라. 하지만 너무 괴로워하셔서 가장 안전한 방식으로 일을 처리하시지 않을지도 모르겠어. 포스터 대령은 내일 저녁 다시 브라이턴으로 돌아가야 한대. 이처럼 긴박한 상황이니 외삼촌의 조언과 지원이 제일 절실해. 외삼촌이라면 내가 지금 느낄 수밖에 없는 심정을 즉시 이해할 테니까 도와주시리라 믿어.

"아아! 외삼촌께서 지금 어디, 어디에 계실까?" 편지를 다 읽고 나자 쏜살같이 자리에서 일어서며 엘리자베스가 외쳤다. 소중한 시간을 한순간도 허비하지 않으려고 조바심치며 즉시 외삼촌을 찾아 나서려고 했다. 그녀가 문간에 이르렀을 때 하인 한 명이 문을 먼저 열었고, 그 뒤로 다아시 씨가 나타났다. 그는 창백해진 엘리자베스의 얼굴과 다급한 행동을 보고 깜짝 놀랐다. 그가 마음을 가다듬고 미처 말을 꺼내기도 전에 리디아 사건 때문에 다른 생각은 할 겨를이 없는 그녀가 황급히 소리쳤다. "죄송하지만, 가봐야 해서요. 지체할 수 없는 급한 일이 생겨 당장 가드너 외삼촌을 찾아야 해요. 일 초도 지체할 수 없어요."
"세상에! 대체 무슨 일입니까?" 그가 예의보다 감정을 담아 소리쳤다. 그런 뒤 마음을 차분히 가라앉히고 말했다. "일 초도 붙잡고 있지 않겠습니다. 하지만 저나 하인을 보내 가드너 씨 부부를 찾도록 하세요. 지금 엘리자베스 양의 모습이 너무 안 좋아 보입니다. 혼자 가면 안 되겠어요."
엘리자베스는 망설였지만 무릎이 덜덜 떨리고 있었다. 그리고 혼자서 외삼촌 부부를 찾아 나서봐야 얼마나 소득이 있을지 의심스러웠다. 결국 그녀는 하인을 불러 숨이 가빠 알아듣기조차 힘든 말투로 즉시 외삼촌 부부를 찾아서 집으로 모셔오라고 지시했다.

하인이 방을 나가자 그녀는 서 있을 힘조차 없어 자리에 털썩 주저앉았다. 그녀의 모습이 참담해 보일 만큼 안 좋아 다아시는 그녀만 남겨두고 떠날 수 없었다. 그리고 동정 섞인 부드러운 말투로 이렇게 말하지 않을 수 없었다. "하녀를 부르겠습니다. 뭘 좀 마시면 괜찮아질지 몰라요, 와인 한 잔 어떨까요? 가져다드릴까요? 몸이 너무 안 좋아 보여요."

"아니에요. 고마워요." 그녀가 정신을 차리려 애쓰며 대답했다. "저한테 신경쓰실 것 없어요. 전 괜찮아요. 롱본 집에서 방금 온 끔찍한 소식 때문에 괴로워서 그럴 뿐이에요."

이 말을 하고 나자 눈물이 왈칵 쏟아졌고 한동안 아무 말도 할 수 없었다. 다아시는 불안한 긴장감에 싸여 걱정 섞인 몇 마디 말만 불분명하게 하며 연민이 가득한 눈으로 묵묵히 그녀를 지켜보기만 했다. 마침내 그녀가 다시 갈을 이었다. "방금 전 제인 언니에게서 너무나 끔찍한 소식이 담긴 편지를 받았어요. 누구에게도 숨길 수 없는 소식일 거예요. 제 막냇동생이 가족과 친지들을 모두 버리고 도피 행각을 벌였다는군요. 다름 아닌 위컴 씨의 손아귀에 자신을 내던져버렸대요. 둘이 함께 브라이턴에서 사라졌어요. 다아시 씨도 그 사람을 너무 잘 아니 나머지 일도 짐작하시겠지요. 그애는 그를 유혹할 돈도 집안도 없는데, 이제 영원히 파멸할 거예요."

다아시는 너무 놀라서 그 자리에 굳은 듯 서 있었다. 더욱 흥분한 목소리로 그녀가 덧붙였다. "제가 이 일을 막을 수도 있었는데! 그의 정체를 제가 알고 있었으니까요! 그의 정체를 가족들에게 조금만 설명했어도, 아니, 제가 아는 사실을 일부분만 얘기했어도 이런 일은 일어나지 않았을 거예요. 하지만 이젠 다 끝났어요. 이젠 너무 늦었어요."

"저도 진심으로 가슴이 아픕니다." 다아시가 큰 소리로 말했다. "가슴 아프고 충격적인 일이군요. 하지만 확실한가요? 정말 확실한 소식인가요?"

"네! 두 사람이 일요일 밤에 함께 브라이턴에서 도망쳤대요. 런던으로 갔다는 것까지 거의 알아냈는데, 이후의 행방이 묘연하답니다. 스코틀랜드로 가지 않은 것은 분명하고요."

"동생을 찾기 위해 어떤 조치와 시도가 있었죠?"

"아버지께서 런던에 가셨어요. 언니가 외삼촌이 빨리 런던으로 돌아와주시기를 간청하는 내용을 편지에 썼고요. 그러니 반시간 내로 떠나야 할 것 같아요. 하지만 할 수 있는 일이 없어요. 뾰족한 수가 없다는 걸 저도 잘 알아요. 그런 사람을 무슨 수로 설득할 수 있을까요? 두 사람을 어떻게 찾을 수 있을까요? 희망이 전혀 없어요. 다 절망적이에요."

다아시는 이 말에 묵묵히 동의하며 고개를 저었다.

"그의 됨됨이를 제 눈으로 똑똑히 보게 되었을 때, 아아! 그때 제가 제 본분을 다했더라면, 과감히 제가 해야 할 일을 알았더라면! 하지만 몰랐어요. 너무 지나치게 행동하는 것 같아 두려웠거든요. 끔찍한, 끔찍한 잘못을 저지른 거죠!"

다아시는 아무 대답도 하지 않았다. 그녀의 말을 거의 듣지 않는 것 같았고, 깊은 생각에 잠겨 방안 이곳저곳을 서성거릴 뿐이었다. 이마를 찡그리고 표정이 침울했다. 엘리자베스는 그 모습이 무엇을 의미하는지 바로 알아차리고 이해했다. 그녀의 힘이 바닥으로 가라앉고 있었다.

가족의 약점이 이런 식으로 입증되고, 가장 뼈아픈 망신이 확실히 증명된 셈이니 모든 것이 가라앉기 마련이었다. 그녀는 의아해할 수도 비난할 수도 없었다. 하지만 그의 자제력을 믿는다 해도 그 믿음이 그녀의 마음에는 전혀 위로가 되지 못했다. 고통도 전혀 덜어주지 못했다. 오히려 그런 믿음이 그녀의 마음속 바람을 깨닫게 하려는 꼭 의도된 일 같았다. 그를 사랑할 수도 있겠다는 생각을, 그녀는 하필 사랑이 전혀 쓸모없어 보이는 지금 이 순간보다 더 진솔하게 해본 적이 없었다.

하지만 자꾸만 끼어들려는 자신에 대한 생각에 열중할 겨를이 없었다. 리디아, 집안 망신, 불행, 그녀는 이런 것들을 다시 떠올렸다. 이내 이 모든 것들이 개인적인 생각을 다시 집어삼켰다. 손수건으로 얼굴을 감싸고 모든 것을 잊어보려 했다. 하지만 몇 분 침묵이 흐르고 난 뒤 상대방의 목소리를 듣자 자신이 처한 현실을 다시 의식할 수밖에 없었다. 동정이 어려 있긴 했지만 여전히 자제하고 있는 게 역력한 태도로 그가 말했다. "제가 진작 자리를 뜨기를 바라고 계셨던 것 아닌가 싶습니다. 아무짝에도 쓸모없는 진심 어린 걱정 외에 제가 이렇게 오랫동안 여기 있어야 할 변명거리가 없는데도 말이죠. 말이든 행동이든 엘리자베스 양의 고통에 위로만 될 수 있다면 뭐든 할 수 있으면 정말 좋겠습니다. 하지만 이런 쓸데없는 바람으로 괴롭히지 않겠습니다. 일부러 고맙다는 인사를 얻어내려는 짓 같으니까요. 이 불행한 사태로 오늘 제 여동생이 펨벌리에서 엘리자베스 양을 뵙지 못하는 게 유감스러울 뿐입니다."

"참, 그러네요. 다아시 양에게 부디 사과 말씀을 전해주세요. 급한 일이 생겨 곧바로 집으로 돌아갔다고 전해주시고요. 가능하다면 이 불행

352

한 사건을 동생분에게는 오랫동안 비밀로 해주세요. 비밀이 그리 오래 갈 것 같지 않지만요."

그는 기꺼이 비밀을 지키겠노라고 확약했다. 그리고 다시 한번 그녀의 고통에 유감을 표하며 당장은 희망의 여지가 별로 없어 보일지라도 보다 행복한 결말이 나기를 바란다고 말했다. 그리고 그녀의 가족에게 보내는 안부 인사를 전한 뒤 한차례 심각한 표정을 지어 보이고는 방을 나갔다.

그가 방을 나가자 엘리자베스는 이곳 더비셔에 와서 그와 몇 번 만나는 동안 그랬듯이 진심 어린 따뜻한 관계로 그와 다시 만나는 일이 앞으로는 불가능하리라 생각했다. 그토록 모순과 변화로 가득했던, 두 사람이 함께한 시간들을 돌아보니, 이전이라면 끝나버렸음을 반겼을 관계가 이제는 지속되기를 바라는 변덕스러운 마음에 한숨이 나왔다.

고마움과 존경심이 애정의 훌륭한 기초가 된다면, 엘리자베스의 감정 변화는 불가능한 것도 그릇된 것도 아니다. 그러나 그렇지 않다면, 만약 그런 근거로 생겨난 호감을 흔히들 상대를 처음 만나 두 마디도 나누기 전에 생겨난다는 불같은 사랑과 비교해 불합리하고 부자연스럽다고 한다면, 엘리자베스를 변호해줄 말은 없을 것이다. 물론 그녀가 위컴을 좋아하면서 후자를 조금 겪어보았고 또 실패도 맛보았기 때문에, 그보다 흥미가 덜한 전자의 방식을 추구할 자격이 있는 것 아니냐는 변명은 가능할 것이다. 어쨌든 그녀는 그가 떠나는 모습을 아쉬운 마음으로 지켜보았다. 리디아의 불미스러운 행동이 초래한 결과의 첫 사례를 본 그녀는 이 비참한 사건을 곱씹어볼수록 고통이 더 심해졌다. 제인의 두번째 편지를 읽고 난 뒤부터 그녀는 위컴에게 리디아와 결혼할 의도가 있다는 희망은 품지 않았다. 오로지 제인 언니만 그런 희망으로 스스로를 위로할 사람이라고 생각했다. 일이 이렇게 된 것이 그녀에게는 그리 놀랍지 않았다. 첫번째 편지의 내용이 마음속에 남아 있는 동안에는 몹시 놀랐었다. 위컴이 돈을 목적으로 한다면 선택할 수 없는 어린 아가씨와 결혼하려 했다는 사실이 너무나 놀라웠다. 그리고 리디아가 어떻게 그의 마음을 얻을 수 있었는지도 도무지 이해가 안 됐다. 하지만 지금은 모든 일이 더없이 자연스럽게 여겨졌다. 이런 식의 애정이라면 리디아에게는 충분한 매력이 있었다. 그녀는 리디아가 결혼할 의사도 없으면서 일부러 도피 행각을 벌였다고는 생각하지 않았지만, 그애의 정조 관념이나 이해력이라면 그처럼 손쉬운 먹잇감이 되는 일을 막지는 못했으리라고 어렵지 않게 믿었다.

엘리자베스는 민병대가 하트퍼드셔에 주둔하던 당시에는 리디아가 위컴을 좋아한다는 사실을 전혀 눈치채지 못했다. 다만 조금만 부추기면 리디아가 누구와든 사랑에 빠질 애라는 점만은 확실히 알고 있었다. 리디아는 자기에게 보이는 관심의 정도에 따라 호감을 달리하며 어떤 때는 이 장교를, 다른 때는 저 장교를 좋아하곤 했다. 애정은 늘 변덕을 부렸지만 그 대상이 없었던 적은 결코 없었다. 그런 동생을 소홀히 방치하고 응석을 받아준 게 화였다. 아아! 이제야 그 잘못을 뼈저리게 느끼다니!

그녀는 집으로 돌아가고 싶어 미칠 지경이었다. 듣고 보고 현장에 있으면서 지금쯤 대혼란에 빠진 가족들과 함께하며 순전히 제인 언니의 몫으로 떨어졌을 근심과 걱정을 같이 나누고 싶었다. 아버지도 안 계실 테고 엄마는 아무런 역할도 못하고 계속 보살핌만 바라고 있을 테지. 리디아를 위해 할 수 있는 일이 별로 없을 것 같았지만, 그래도 외삼촌이 개입하면 대단히 중요한 역할을 하실지 몰랐다. 외삼촌이 방에 들어올 때까지 그녀는 초조감 때문에 너무도 괴로웠다. 가드너 부부는 하인의 전갈을 받고 조카가 갑자기 병이라도 난 것 아닌가 걱정하며 황급히 돌아왔다. 엘리자베스는 그건 아니라고 즉시 안심시킨 뒤 두 통의 편지를 소리 내 읽어주며 그들을 부른 이유를 열심히 설명했다. 그녀는 특히 두번째 편지의 뒷부분을 떨리는 목소리로 천천히 힘주어 읽었다. 가드너 부부는 리디아를 특별히 좋아하지는 않았지만, 큰 충격을 받을 수밖에 없었다. 이 일은 리디아뿐만 아니라 모두가 연관된 일이었다. 가드너 씨는 놀라고 걱정돼서 탄식부터 하고는 능력이 닿는 한 최대한 돕겠다고 약속했다. 그녀는 기대했던 대로였지만 외삼촌이 고마워 눈물까지 흘렸다. 이제 세 사람은 오로지 한마음으로 움직이며 여행과 관련된 모든 일을 신속히 처리했다. 그들은 되도록 빨리 떠날 생각이었다. "그런데 펨벌리에는 어떻게 알리지?" 가드너 부인이 말했다. "존의 말로는 네가 우리를 찾으러 그를 보낼 때 다아시 씨가 와 계셨다는데, 맞니?"

"네. 그래서 약속을 못 지킬 것 같다고 말씀드렸어요. 그 문제는 다 해결됐어요."

"다 해결됐다." 그녀는 떠날 준비를 하려고 방으로 들어가면서 엘리자베스의 말을 되풀이했다. "그럼 두 사람이 사건의 진상을 모두 털어놓을 만큼의 사이라는 말이잖아! 대체 어떻게 된 일인지 알면 좋겠네!"

하지만 이런 바람은 아무런 소용도 없었다. 기껏해야 허둥지둥 이어진 혼란 속에서 그나마 그녀를 즐겁게 해주었을 뿐이었다. 엘리자베스는 한가하게 여유가 있었다면, 자기처럼 비참한 기분에 빠진 사람은 아무 일도 할 수 없다는 걸 확실히 알 수 있었을 테지만, 외숙모만큼이나 해야 할 제 몫의 일이 있었다. 램턴에서 알게 된 모든 사람들에게 갑작스럽게 떠나게 된 거짓 이유를 적은 편지를 쓰는 일도 그중 하나였다. 그들은 한 시간 안에 모든 준비를 마쳤다. 그동안 가드너 씨는 숙박비를 정산했다. 이제 출발만 남았다. 엘리자베스는 끔찍했던 아침나절이 다 지나가고 생각보다 이른 시간에 마차를 타고 롱본으로 가는 길에 오르게 되었다고 생각했다.

5

"그 일을 다시 생각해봤다, 리지." 마차가 램턴을 벗어나자 외삼촌이 말했다. "있잖니. 진지하게 생각해보니 점점 이 문제에 대한 네 언니 생각이 맞을 수도 있을 것 같구나. 어떤 젊은이라도 리디아처럼 보호자가 없는 것도 아니고 친구가 없는 것도 아닌 아가씨를 상대로 그런 못된 음모를 꾸밀 법하지 않아서 말이다. 더구나 자기가 모시는 대령 집에 머물던 아가씨 아니니. 그러니 나도 가장 좋은 쪽의 결과를 생각하기로 했단다. 리디아의 가족 친지 들이 나설 것을 그가 예상 못했을까? 또 포스터 대령에게 그토록 망신을 주고도, 부대에서 다시 인정받을 수 있다고 기대했을까? 그런 위험을 무릅쓰고 유혹할 리 없잖니."

"정말 그렇게 생각하세요?" 엘리자베스가 일순간에 얼굴이 환해지며 큰 소리로 말했다.

"분명히 말하는데, 나도 네 외삼촌과 같은 생각이란다." 외숙모가 말했다. "그가 그런 일을 저지르기에는, 품위와 명예와 이익을 심각하게 손상시키는 일이잖니. 나는 위컴을 그 정도 악인으로 안 봐. 리지, 너도 그가 그런 짓을 할 만큼 악인이라고 생각하며 완전히 포기한 건 아니겠지?"

"자기 이익을 무시할 사람은 아니겠죠. 하지만 다른 일은 얼마든지 무시할 수 있는 사람이라고 생각해요. 정말 외숙모 말씀대로라면 얼마나 좋겠어요! 하지만 저는 그런 희망은 못 품겠어요. 사실이 그렇다면 왜 그 둘이 스코틀랜드로 가지 않았겠어요?"

"무엇보다 그들이 스코틀랜드로 안 갔다는 확실한 증거가 아직 없잖니." 가드너 씨가 대답했다.

"네! 하지만 그들이 이륜 경마차에서 삯마차로 옮겨 탔다는 사실이 제 추측을 뒷받침하잖아요. 게다가 바넷으로 가는 길에서는 그들의 흔적을 못 찾았고요."

"그래, 그렇다면 그들이 런던에 있다고 가정해보자. 비난의 여지가 있는 목적이 아니라 그저 숨을 목적으로 그곳에 있을지도 모르지. 두 사람 다 돈을 넉넉하게 갖고 있을 가능성은 없어. 시간은 걸리더라도[*] 스코틀랜드보다는 런던에서 결혼하는 게 좀더 경제적이라고 생각했을지도 몰라."

"하지만 이렇게 은밀히 행동하는 이유가 뭐죠? 왜 들통나는 걸 두려워할까요? 자기들끼리 은밀히 결혼식을 치러야 하는 이유가 뭐예요?

---

[*] 잉글랜드에서 결혼하려면 일요일 교회에 연속 세 번 예고하여 정식으로 인정을 받아야 했기 때문에 석 주 이상의 시간이 필요했다.

아! 아니, 아니요, 그럴 것 같지 않아요. 외삼촌도 제인 언니의 편지를 보셨지만, 위컴의 가장 친한 친구조차 그는 리디아와 결혼할 의사가 전혀 없다고 확신한다고 했어요. 웬만큼 재산이 없는 여자하고는 절대로 결혼할 사람이 아니에요. 그럴 만한 여유도 없고요. 결혼을 잘해서 한몫 잡을 기회까지 포기하게 만들 만한 자질이나 매력으로, 대체 리디아가 내세울 게 뭐가 있죠? 기껏해야 젊고 건강하고 명랑한 것 말고 뭐가 있어요? 자기 부대에서 불명예를 얻을 거라는 걱정이 그런 창피한 도피 행각을 어떻게 막아줄지 저로서는 판단할 능력이 없네요. 그런 행위가 어떤 결과를 초래하는지 알지 못하니까요. 하지만 외삼촌이 말씀하신 다른 반대 이유는, 죄송하지만, 맞는 말씀 같지 않아요. 리디아에게는 나서서 조치를 취하고 말고 할 오빠들이 없어요. 아마 그 사람은 나태하고, 가족에게 무슨 일이 일어나든 전혀 신경쓰지 않는 아버지의 평소 태도를 보고 이런 일이 일어나도 아버지가 다른 집 아버지들처럼 나서서 어떤 조치를 취하지는 않으리라 생각하고 일을 벌인 것 같아요."

"하지만 리디아가 결혼이 아닌 다른 조건인데도 그와 함께 사는 데 동의할 만큼, 사랑에 빠져 다 내팽개칠 수 있다고 생각하니?"

"정말 충격적이지만, 그 점에서는 그애의 품위나 정조 관념을 의심할 수밖에 없어요." 엘리자베스가 눈물을 글썽이며 대답했다. "하지만 정말 무슨 말씀을 드려야 할지 모르겠네요. 제가 그애를 잘못 보고 있는지도 모르죠. 리디아는 너무 어려요. 심각한 문제를 생각하는 법을 배운 적이 없는 애예요. 그리고 지난 반년 동안, 아니, 일 년 열두 달 동안 오로지 허영을 부리며 노는 일에만 열중했어요. 지극히 게으르고 경박하게 시간을 허비하고, 무슨 일이건 제멋대로 여기도록 우리가 방치한 거죠. ××부대가 메리턴에 주둔할 때부터 리디아의 머릿속은 온통 사랑, 연애, 장교들뿐이었어요. 오로지 그런 것들만 생각하고 얘기하기 위해 할 수 있는 온갖 일을 다했고, 나아가 더 큰 의미까지 부여하는…… 뭐랄까, 자신의 감정에 더 심취하게 되었죠. 안 그래도 충분히 그런 기질을 타고난 앤데. 그리고 위컴의 외모와 말투에 여자를 사로잡는 매력이 있다는 점은 우리 모두 잘 알잖아요.”

“하지만 너도 알듯이 제인은 위컴을 그런 짓을 할 만큼 나쁜 사람이라고 생각하지 않잖니.” 외숙모가 말했다.

“언니가 누구를 나쁘게 생각한 적이 있나요? 언니는 사실이 입증되기 전까지는, 과거 행실이 어떻든 간에 그 누구도 그런 짓을 할 거라고는 믿지 않아요. 하지만 제인 언니도 저처럼 위컴의 실체를 알고 있어요. 우리 둘 다 그가 문자 그대로 방탕하게 살아왔다는 사실을 잘 알고 있었어요. 그가 불성실하고 명예롭지 못한 사람이라는 것, 교묘하게 환심을 사려는 음험하고 기만적인 사람이라는 것을요.”

“정말 다 알고 있었다는 말이니?” 엘리자베스가 어떻게 그런 사실을 알게 되었는지 궁금해진 외숙모가 큰 소리로 물었다.

“네, 알고 있었어요.” 엘리자베스가 얼굴을 붉히며 대답했다. “일전에 다아시 씨를 상대로 위컴이 저지른 비열한 짓을 외숙모에게 말씀드린 적이 있잖아요. 외숙모도 롱본 집에서 위컴을 마지막으로 만났을 때, 그가 다아시 씨에 대해 어떤 식으로 말했는지 똑똑히 기억하실 거예요. 자신에기 그토록 관용과 너그러움을 베푼 은인에게 말이죠. 게다가 제가 함부로 말할 수 없는 다른 일들도 있어요. 물론 입 밖에 꺼낼 만한 가치도 없지만요. 어쨌든 펨벌리의 가족에 대한 그의 거짓말은 끝도 없었답니다. 저는 그가 다아시 양에 대해 한 말만 듣고 거만하고 말수 없고 불쾌한 아가씨를 만나게 되리라 각오하고 있었죠. 하지만 그도 그렇지 않다는 걸 알고 있었어요. 우리가 알게 된 것처럼 그도 다아시 양이 상냥하고 겸손한 아가씨라는 사실을 알고 있었던 게 틀림없어요."

"하지만 리디아는 이런 사실을 전혀 몰랐니? 너와 제인이 그렇게 잘 아는 사실을 어떻게 그애는 모를 수 있었을까?"

"아아! 그애는 몰라요. 그게 가장 잘못된 일이죠. 저도 켄트를 방문해서 다아시 씨와 피츠윌리엄 대령을 자주 만나기 전까지는 전혀 몰랐으니까요. 그리고 제가 그곳에서 집으로 돌아왔을 때는 부대가 한두 주 안에 메리턴을 떠나기로 예정돼 있었어요. 상황이 그랬기 때문에 제게서 모든 이야기를 들은 제인 언니도, 저도 구태여 위컴에 대한 진실을 사람들에게 알릴 필요가 없다고 생각했지요. 이웃의 모든 사람들이 그를 좋게 생각하는 상황에서 그걸 뒤집어봐야 누구에게 소용이 있겠어요? 리디아가 포스터 부인과 같이 가기로 정해졌을 때도 그애에게 위컴의 정체를 바로 알릴 필요가 있다는 생각은 전혀 들지 않았어요. 그애가 기만당하고 위험에 빠질 수 있으리라는 생각이 전혀 들지 않았던 거죠. 외숙모도 쉽게 믿으시겠지만, 이번 사건 같은 결과가 초래될 줄은 꿈에도 생각하지 못했어요."

"그럼 두 사람이 함께 브라이턴으로 떠날 때 서로 좋아했으리라 믿을 만한 근거가 전혀 없다는 소리구나."

"털끝만큼도 없죠. 어느 쪽이든 그런 낌새가 있었다는 사실은 전혀 기억나지 않아요. 외숙모도 잘 아시지만, 그런 낌새가 느껴졌다면 우리

집이 그런 일을 그냥 내버려둘 집은 아니잖아요. 그가 처음 부대에 모습을 드러냈을 때부터 리디아는 바로 그를 흠모할 마음을 먹긴 했어요. 하지만 그건 우리 모두 마찬가지였죠. 처음 두 달 동안 메리턴과 그 인근의 모든 아가씨들이 그 사람만 보면 제정신이 아니었어요. 하지만 그가 그애에게만 각별히 관심을 기울이며 특별 대접을 했던 적은 한 번도 없었어요. 그런 까닭인지 헛된 망상과 흥분 상태에 빠져 그를 좋아했던 시간이 다소 지나자, 리디아는 위컴 생각을 접었죠. 자기를 특별히 대해주는 다른 장교들이 다시 그애의 사랑을 받게 됐고요.”

아무리 되풀이해도 관심이 갈 수밖에 없는 이 일에 대한 이들의 걱정과 희망과 추측에 새롭게 보태질 사실은 거의 없었지만, 집으로 돌아오는 내내 다른 이야기를 하느라 이 주제에서 오래 벗어난 적이 없었으리라는 건 믿기 어렵지 않다. 이 사건은 엘리자베스의 머리에서 결코 떠나지 않았다. 날카롭기 짝이 없는 심적인 고통과 자책감 때문에 그 일이 머릿속에 꽉 박혀 한순간도 마음이 편치 않았고 잊을 수도 없었다.

그들은 최대한 빠른 속도로 여행했다. 마차 안에서 하룻밤을 보내고, 다음날 저녁 시간에 롱본에 도착했다. 제인 언니가 너무 오래 기다리다 지치게 하지 않았다는 점이 엘리자베스에게는 그나마 위안이었다.

마차가 방목장 쪽으로 들어서자 벌써 그 모습을 보고 가드너 성을 지닌 아이들이 우르르 몰려나와 현관 계단에 서 있었다. 마차가 현관문에 이르자 아이들의 얼굴이 기쁨에 겨운 놀라움으로 환히 밝아지고, 그 기쁨이 아이들의 온몸으로 퍼져나갔는지 모두들 깡충거리고 펄쩍 뛰며 법석을 떨었다. 진심으로 그들을 환영해주는 반가운 첫인사였다.

엘리자베스는 마차에서 뛰어내렸다. 그리고 아이들 하나하나에게 황급히 입맞춤을 한 뒤 즉시 현관으로 들어갔고 그곳에서 엄마 방에 있다가 계단을 달려내려온 제인을 만났다.

둘은 눈물을 글썽거리며 애정 어린 포옹을 했다. 엘리자베스는 곧장 도망친 연인에 대해 새 소식은 없는지 물었다.

"아직 없었어." 제인이 대답했다. "하지만 외삼촌이 오셨으니 모든 일이 잘 풀리겠지."

"아버지는 런던에 계셔?"

"응. 편지에 썼던 대로 화요일에 떠나셨어."

"소식은 자주 왔고?"

"딱 한 번 왔어. 수요일에 몇 줄 적어 보내셨는데 무사히 잘 도착하셨다는 것과 계신 곳의 주소를 적은 내용이었어. 아버지에게 알려달라고 부탁했거든. 그리고 전할 만한 중요한 일이 생기기 전까지는 다시 편지를 보내지 않겠다고 덧붙이셨어."

"엄마는? 엄마는 어떠셔? 다른 사람들은 다 괜찮아?"

"엄마는 웬만큼 괜찮아지신 것 같아. 여전히 무척 심란해하시지만. 위층에 계신데 모두 돌아온 것을 알면 크게 기뻐하실 거야. 아직 곁방에서 안 나오셨어. 메리와 키티는 다행히 아주 잘 있어."

"하지만 언니는? 언니는 어때?" 엘리자베스가 큰 소리로 물었다. "안색이 창백해 보여. 고생이 많았어!"

하지만 그녀의 언니는 더할 나위 없이 건강하다고 동생을 안심시켰다. 가드너 부부가 아이들과 시간을 보내는 동안에 나눈 두 사람의 대화는 모두가 다가와 끝이 났다. 제인은 웃음과 눈물이 범벅된 채 달려가 외삼촌과 외숙모를 반갑게 맞이하고 고마움을 표했다.

모두 응접실로 들어가자 엘리자베스가 앞서 물어본 질문들을 외삼촌 부부도 당연히 되풀이했다. 그들은 곧 제인에게 특별한 새 소식이 없다는 것을 알았다. 하지만 제인은 아직도 모든 일이 잘 풀릴 거라는 희망, 착한 심성에서 나온 낙관적인 희망을 지니고 있었다. 그녀는 여전히 모든 일이 잘 마무리되리라 기대하고, 매일 아침 리디아에게서든 아버지에게서든 일의 진행 상황과 결혼 발표를 담은 편지가 도착할 거라고 고래하고 있었다.

몇 분간 함께 대화를 나눈 뒤 그들은 베넷 부인의 방으로 올라갔다. 베넷 부인은 정확히, 예상했던 모습대로 모두를 맞이했다. 눈물을 흘렸고, 후회로 가득찬 한탄을 늘어놓았고, 위컴의 몹쓸 행동에 대해 욕설을 퍼부었다. 그리고 자기가 얼마나 큰 고통을 겪고 푸대접을 받았는지 불평했다. 그리고 분별없이 응석을 받아주는 바람에 딸을 그 지경으로 만든 당사자인 자신만 빼고 모든 사람들을 비난했다.

"아이들을 데리고 브라이턴으로 가자고 했을 때 갔으면, 이런 일은 일어나지도 않았어. 가엾은 리디아를 아무도 돌봐주지 않은 거야. 왜 포스터 부부는 리디아를 안 돌본 걸까? 어떤 식으로든 그 사람들이 우리 리디아를 방치한 게 틀림없어. 누군가가 잘 보살폈다면, 그애는 절대 이런 일을 저지를 애가 아니라고. 난 애당초부터 애를 맡기기에는 그 부부가 매우 부적합하다고 봤는데, 누가 내 말을 듣니, 늘 묵살하지. 불쌍한 우리 딸! 이제 아빠가 갔으니 아빠가 위컴과 만나면 치고받고 싸우겠지. 그러다 죽을지도 몰라. 그러면 우리 모두 어떻게 되는 거니?

시신이 무덤 속에서 식기도 전에 콜린스 부부가 와서 우리를 내쫓겠지. 그러니 동생, 너마저 도와주지 않으면 우리는 어쩜 좋니.”

모두들 그녀의 그런 끔찍한 생각에 반발하며 소리를 질렀다. 가드너 씨는 누나와 조카 모두를 사랑한다며 안심시킨 뒤, 다음날 곧장 런던으로 가서 베넷 씨를 도와 리디아를 찾기 위해 모든 노력을 쏟겠다고 약속했다.

“그러니 누님은 쓸데없이 놀라지 마세요.” 그가 덧붙였다. “최악의 상황을 대비하는 건 옳지만 그런 상황을 단정지을 까닭이 없잖아요. 그들이 브라이턴을 떠난 지 아직 일주일도 안 됐어요. 며칠 안에 두 사람의 소식을 듣게 될 겁니다. 그들이 결혼한 것이 아니라거나 결혼할 의사가 없다는 사실을 알게 될 때까지는 이번 일이 다 끝났다고 포기하지 맙시다. 런던에 도착하자마자 곧장 매형에게 들러 우리집으로 모실 겁니다. 거기서 앞으로 어떻게 해야 할지 함께 의논할 겁니다.”

“그래! 사랑하는 동생.” 베넷 부인이 대답했다. “그게 내가 가장 바라는 바야. 그러니 런던에 가면 두 사람을 꼭 좀 찾아내. 둘이 있을 법한 곳은 다 뒤져. 아직 결혼을 안 했으면 결혼을 시키고. 결혼식 예복 때문에 지체하지 못하게 해. 리디아한테는 결혼만 한다면 마음껏 예복 살 돈을 준다고 해. 무엇보다도 제발 베넷 씨가 싸움만은 못하게 말려줘. 내가 지금 얼마나 끔찍한 상태인지 매형에게 말해주고. 너무 두려워서 제정신이 아니라고 말이야. 온몸이 벌벌 떨리고, 안절부절못하고, 옆구리에 경련이 너무 심하고, 머리도 너무 지끈거리고, 심장이 하도 두근거려서 밤이고 낮이고 편히 쉴 수 없다고 그래. 그리고 우리 사랑하는 리디아에게 나를 만날 때까지는 예복을 주문하지 말라고 해. 그애는 어디 옷가게가 최고인지 몰라. 진심이야, 동생, 넌 친절하니까! 내 부탁을 다 들어주겠지.”

가드너 씨는 누나가 부탁한 일을 위해 열심히 노력하겠다고 다시 한 번 안심시켰지만 걱정도 희망도 제발 좀 자제하라고 권하지 않을 수 없었다. 식사가 차려질 때까지 베넷 부인과 이런 얘기를 나눈 뒤 모두들 부인의 방을 나왔다. 그러자 베넷 부인은 이번에는 딸들이 자리를 비울 때 돌봐주는 하녀장에게 하소연을 시작했다.

베넷 부인의 남동생 부부는 그녀를 그렇게 가족들에게서 떼어놓을 이유가 없다는 걸 잘 알았지만 그런 조치에 반대하지 않았다. 부인이 식사 시중을 드는 하인들 앞에서 입조심을 할 만큼 분별력을 지닌 사람이 아니었기 때문이다. 그들은 가족들이 가장 신뢰하며 비밀을 털어놓을 수 있는 하녀장 혼자서만 이번 일에 대한 베넷 부인의 온갖 근심과 걱정을 알고 있는 편이 낫겠다고 판단했다.

그들은 식당에서 이내 메리와 키티를 만났다. 각자 자기 일에 바빠 방에 있다가 이제야 모습을 드러낸 것이었다. 메리는 책을 읽다가 왔고, 키티는 화장을 하다가 왔다. 어쨌거나 둘의 얼굴은 무척 평온해 보였다. 좋아하는 동생이 사라졌다는 이유 때문인지, 아니면 이번 일로 홀로 느끼고 있는 분노 때문인지 키티의 목소리에 평소보다 조금 더 짜증이 배어 있다는 점을 빼고는 양쪽 모두 아무런 변화도 보이지 않았다. 메리는 식탁에 앉은 뒤 곧바로 심각한 생각에 빠진 얼굴로 엘리자베스에게 이렇게 속삭일 만큼 멀쩡했다.

“참 불행한 일이야. 아마 많은 사람들 입에 오르내리겠지. 하지만 그럴수록 우리는 밀려드는 악의 물결을 막아내고 상처받은 서로의 가슴에 자매로서 위로의 향유를 부어넣어야 해."

그러고는 엘리자베스가 대답할 기미가 없자 이렇게 덧붙였다. "이번 일은 분명 리디아에게는 불행한 일이겠지. 하지만 우리는 유익한 교훈을 얻을 수 있어. 순결의 상실은 여성에게 돌이킬 수 없는 잘못이라는 교훈. 한 걸음만 잘못 디뎌도 끝없는 파멸을 겪게 된다는 교훈. 그리고 리디아의 평판이 미모만큼이나 부서지기 쉽다는 교훈과 가치 없는 남자라면 아무리 행동을 조심해도 지나침이 없다는 교훈."

엘리자베스는 깜짝 놀라 눈을 치켜떴다. 동생의 말이 너무 기가 막혀 대꾸도 할 수 없었다. 그러나 메리는 자신들 앞에 벌어진 이 불행한 사태에서 계속 도덕적인 교훈만 끌어내며 스스로를 위로하고 있었다.

오후에 제인과 엘리자베스는 반시간 정도 단둘만의 시간을 가질 수 있었다. 엘리자베스는 이 기회를 이용하여 즉각 언니에게 여러 질문을 했고, 제인도 동생의 궁금증을 풀어주려고 열심히 답했다. 엘리자베스는 이번 사건이 불행한 결말로 이어질 거라고 거의 확신했고, 제인도 그런 결말이 아주 불가능할 것 같지 않아서 둘은 함께 탄식했다. 엘리자베스가 이 일에 대해 계속해서 말했다. "이번 일에 관해 혹시 내가 아직 못 들은 내용이 있으면 낱낱이 얘기해줘. 좀더 상세한 것들 말이야. 포스터 대령은 뭐라고 하셨어? 도망치기 전에 대령 부부는 전혀 낌새를 못 챘대? 그 두 사람이 늘 찰싹 달라붙어 있는 모습을 봤을 텐데."

"포스터 대령도 두 사람 사이에 애정이 생겨났다는 의심은 가끔 들었대. 특히 리디아 쪽 말이야. 하지만 경계해야겠다고 할 만한 일은 없었다는 거야. 그분도 참 안됐어. 더없이 세심하고 친절한 분인데. 두 사람이 스코틀랜드로 간 게 아니라는 사실을 알기 전에 자신이 얼마나 걱정하는지 알려주려고 우리집으로 오고 계셨지. 그런 염려가 처음 들자 여정을 서두른 거고."

"그 데니라는 사람은 위컴에게 결혼할 의사가 없다는 걸 정말 확신한대? 그들이 도망칠 생각이라는 건 알았고? 포스터 대령이 그를 직접 만난 거야?"

"응. 하지만 직접 물어보니 데니는 두 사람의 계획에 대해서는 아는 바가 없다고 발뺌하면서 진짜 의견은 털어놓지 않았대. 그리고 두 사람이 결혼하지 않을 것이라고 확신했던 말도 다시는 하지 않았고. 그래서 나는 그 사람이 잘못 알고 있었기를 하는 바람도 생겨."

"그럼 포스터 대령이 오기 전까지는 두 사람이 진짜로 결혼을 안 했을지도 모른다고 의심한 사람이 우리 가족들 가운데 한 명도 없었다는 소리네?"

"어떻게 그런 생각이 들 수 있었겠니! 그저 그 사람과 결혼해 과연 리디아가 행복할 수 있을지 조금 불안했고 두려웠을 뿐이지. 그의 행실이 늘 올바르지만은 않았다는 걸 알고 있었으니까. 엄마와 아버지는 그런 사실을 전혀 모르시니 이 결혼이 얼마나 경솔한 일인지만 생각하셨겠지. 그런데 그제야 키티가 다른 사람들보다 자기가 더 많은 사실을 알고 있다고 뽐내며 리디아의 마지막 편지에 이번 사건이 일어날 조짐이 보였다고 털어놓았지. 키티는 이미 몇 주 전부터 두 사람이 서로 사랑하고 있다는 사실을 눈치챘던 것 같더라고."

"하지만 브라이턴으로 가기 전은 아니지?"

"아니겠지. 아닐 것 같아."

"포스터 대령이 위컴을 안 좋게 여기진 않았어? 그분도 위컴의 실체를 알고 있어?”

“처음과 달리 위컴에 대해 좋은 말을 하시지는 않았어. 그가 경솔하고 방탕하다고 보셨어. 이번처럼 불미스러운 일이 생기자 위컴이 메리턴에 큰 빚을 남기고 떠났다는 소문이 돌고 있대. 물론 거짓 소문이기를 바라지만.”

“아아! 제인 언니, 우리가 감추지 말고 그 사람에 대해 알게 된 사실을 진작 밝혔더라면 이런 일이 안 일어났을 텐데!”

“그랬으면 훨씬 나았겠지.” 언니가 대답했다. “하지만 그 사람이 누구든 간에, 현재의 마음가짐이 어떤지도 모르면서 과거의 잘못을 폭로하는 것은 부당한 일 같아. 우리로서는 최선의 선의를 갖고 행동한 거야.”

“리디아가 포스터 부인에게 보낸 편지의 내용은 대령이 읽어주셨어?”

“우리더러 직접 읽어보라고 그걸 가져 오셨어.”

그러면서 제인은 수첩에서 그 편지를 꺼내 엘리자베스에게 건넸다. 내용은 다음과 같았다.

사랑하는 해리엇 언니에게,

언니는 내가 어디로 가버렸는지 알면 웃음이 나올걸. 내일 아침 내가 사라졌다는 사실을 알고 언니가 깜짝 놀랄 걸 생각하니 웃음을 멈출 수가 없어. 지금 그레트나 그린으로 가는 중이야. 내가 지금 누구와 함께 가는지 짐작 못한다면 언니를 바보로 생각할 거야. 내가 사랑하는 사람은 이 세상에 한 사람뿐이니까. 천사 같은 사람이지. 그 사람이 없으면 난 결코 행복할 수 없어. 그러니 우리 둘이 사

라진 일이 크게 잘못되었다고 생각하진 마. 언니가 롱본 집에 내가
사라졌다는 소식을 전할 필요는 없어. 내키지 않는다면 말이야. 내가
직접 편지를 쓴 뒤, 발신자 이름을 리디아 위컴이라고 서명해서 보
내면 더 크게 놀랄걸. 얼마나 재미있을까! 너무 웃겨서 편지를 쓸 수
없을 정도야. 참, 프랫 씨에게 약속을 지키지 못해 미안하다고 전해
줘. 오늘밤 같이 춤추기로 했거든. 그가 모든 일을 알게 되면 용서할
거라고 믿고 있으며, 다음번 무도회에서 만나면 그때 기꺼이 춤을
춰드리겠다고 전해줘. 내 옷은 나중에 롱본 집에 가게 되면 사람을
시켜서 가져갈게. 자수가 놓인 내 모슬린 드레스가 많이 찢어졌는데
짐 꾸리기 전에 샐리에게 좀 꿰매라고 해줘. 그럼 안녕. 포스터 대령
님께도 안부 전하고. 우리 두 사람의 행복한 여행을 위해 건배도 부
탁해.

언니의 사랑스러운 친구,
리디아 베넷

"세상에! 철없어, 철없는 리디아!" 편지를 다 읽고 난 엘리자베스가
버럭 소리를 질렀다. "아니 이 상황에서 어떻게 이런 편지를 쓸 수 있
지! 하지만 편지를 보니 적어도 그애가 진지한 목적으로 떠난 것 같네.
나중에 위컴이 얘를 뭐라고 설득할지는 모르겠지만, 리디아 쪽에서 파
렴치한 짓을 계획한 것 같지는 않네. 가엾은 아버지! 이런 일을 당하시
고 무슨 생각이 드셨을까!"

"그렇게 충격 받으신 모습은 본 적이 없다니까. 꼬박 십 분 동안
말 한마디 못하셨어. 엄마는 곧장 앓아누으셨고 온 집안이 발칵 뒤집

했어.”

“아아! 언니.” 엘리자베스가 소리쳤다. “그날이 끝나기도 전에 하인들 가운데 이 일을 모르는 이가 하나도 없었겠네.”

“모르겠어. 그저 모르기를 바랄 뿐이지. 하지만 그런 상황에서 비밀을 지키기가 정말 힘들었어. 엄마는 히스테리 상태에 빠졌고, 능력이 닿는 한 엄마를 도와드리려고 애썼지만 유감스럽게도 큰 도움이 못 됐던 것 같아! 무슨 일이 일어날지 너무 걱정돼서 아무것도 못 할 지경이었거든.”

“엄마를 보살피는 일조차 버거웠겠네. 언니도 지금 별로 안 좋아 보여. 아아! 내가 함께 있어서 그 모든 걱정과 근심을 언니 자신에게만 쏟았더라면 좋았을 것을.”

“메리와 키티가 무척 다정하게 대해주었어. 내가 부탁했다면 힘든 일을 전부 분담했을 테지만, 그런 일이 그애들에게 적절치 않다는 생각이 들었어. 키티는 가녀리고 허약한 애고, 메리는 공부를 워낙 많이 하니 휴식 시간을 방해해선 안 되는 애잖니. 화요일에 아버지가 떠나시고, 마침 필립스 이모가 롱본 집에 오셔서 고맙게도 목요일까지 함께 있어주셨지. 모두에게 큰 도움과 위로가 됐어. 루커스 부인도 친절하게 도와주셨단다. 수요일 아침에 이곳까지 걸어와 우리를 위로해주시고, 돕겠다며 필요하다면 자기 딸들의 도움도 청하라고 하셨어.”

“그 부인은 그냥 자기 집에 있는 게 더 나았을걸.” 엘리자베스가 큰 소리로 말했다. “좋은 뜻이었겠지. 하지만 이번처럼 불행한 일이 벌어지면 되도록 이웃을 적게 만나는 게 좋아. 도움이 불가능하고 위로가 외려 못 견딜 일이니까. 차라리 멀리 떨어져서 의기양양해하며 고소해하라고 하지."

그녀는 아버지가 런던에 계시면서 리디아를 찾는 데 어떤 조치를 취하실 계획인지를 물었다.

"내 생각으로는 엡섬으로 가실 작정인 것 같았어." 제인이 대답했다. "두 사람이 마지막으로 말을 바꿔 탄 곳이 그곳이라니까 마부들을 만나 혹시라도 정보를 얻어낼 수 있는지 알아보려 하셨겠지. 분명히 아버지의 주목적은 클래펌에서 두 사람을 태우고 간 삯마차의 번호를 알아내는 일일 거야. 런던에서 승객을 태우고 왔다는 마차 말이야. 아버지는 젊은 남녀가 한 마차에서 다른 마차로 갈아타는 모습이 사람들의 시선을 끌었을 것이라 클래펌에 가서 수소문할 작정이셔. 어떤 식으로든, 마부가 승객을 어느 여관에 내려놓았는지 알게 되면 수소문 끝에 결국 마차의 위치와 번호를 알아내는 일이 불가능하진 않을 테니까. 아버지가 그 밖의 다른 계획을 세우셨는지는 모르겠어. 어쨌든 워낙 황망히 집을 떠나셨고 정신이 하나도 없으신 상태라 지금 이만큼의 사실이라도 알아내는 데 애를 먹었어."

6

다음날 아침 가족들은 모두 아버지에게서 편지가 오기를 학수고대했지만 우편배달부는 아버지의 소식을 한 줄도 가져다주지 않았다. 그들은 평소 아버지가 소식을 전하는 데 매우 무심하고 게으른 편임을 잘 알고 있었다. 하지만 지금 같은 상황에는 보통때와 다른 노력을 해주시기를 바랐다. 달가운 소식을 보낼 만한 상황이 아니겠지 하고 결론을 내렸지만, 그래도 달갑지 않은 소식일망정 반가울 것 같았다. 가드너 씨도 런던으로 떠나기 전에 편지가 오기만을 기다렸다.

가드너 씨가 떠나자 가족들은 이제부터는 적어도 일이 어떻게 진행되고 있는지 계속 전해 들을 수 있으리라 확신했다. 그는 떠나면서 도착하자마자 베넷 씨를 설득해 롱본 집으로 돌려보내겠다는 약속으로 베넷 부인을 무척 기쁘게 해주었다. 그녀는 그게 남편이 결투에서 살해당하지 않는 유일한 안전책이라 믿었다.

가드너 부인과 아이들은 하트퍼드셔에 며칠 더 머물기로 했다. 더 있어주는 게 조카들에게 도움이 될 수 있다는 생각에서였다. 그녀는 베넷 부인을 보살피는 일을 도왔으며, 한가한 시간에는 조카들에게 큰 위로가 되었다. 그들의 이모도 자주 찾아왔다. 늘 본인 말로는 조카들을 위로하고 기운을 북돋아줄 목적으로 찾아왔다고 하나, 위컴의 방탕하고 난잡한 행적에 관한 새 소식을 전하지 않는 날이 없어서 오히려 올 때마다 조카들의 기운을 더 빼놓고 갔다.

석 달 전만 하더라도 빛을 발하는 천사 같던 남자를 이제는 메리턴의 모든 사람들이 욕을 못해 안달인 듯했다. 그는 그 지역 모든 상인들에게 빚을 졌고, 유혹이라는 그럴듯한 미명으로 치장된 그의 온갖 음모가 모든 상인의 가족들에게까지 뻗어 있었음이 밝혀졌다. 모두가 그를 세상에서 가장 몹쓸 인간이라고 공언했으며, 실은 처음부터 그의 번지르르한 외모를 믿지 않았다고들 했다. 엘리자베스는 이런 소문을 반도 믿지 않았지만, 리디아의 파멸에 대해 앞서 자신이 가졌던 확신을 더욱 굳혀주기에는 충분했다. 그녀보다 소문을 더 안 믿는 편인 제인조차도 거의 절망적으로 변해갔다. 특히 그녀가 아직도 완전히 포기 못한 생각처럼, 두 사람이 스코틀랜드로 갔다면 지금쯤 분명히 소식이 왔어야 하는데 감감무소식인 상황이 그녀를 더욱 절망하게 만들었다.

가드너 씨가 롱본을 떠난 때는 일요일이었다. 가드너 부인은 화요일에 그가 보낸 편지를 받았다. 편지에는 도착하자마자 매형을 찾아냈으며, 그를 설득해서 그레이스처치 스트리트의 집으로 데려왔다고 했다. 그가 런던에 도착하기 전에 이미 베넷 씨가 엡섬과 클래펌에 다녀왔지만 만족할 만한 정보를 얻지 못했으며, 지금은 베넷 씨가 런던의 모든 주요 여관들을 찾아다니며 수소문하고 있는데 그들이 런던에 와서 집을 구하기 전에 먼저 그런 여관들 중 한 곳으로 갔으리라는 추측 때문이라고 했다. 가드너 씨는 매형의 이런 시도가 성공할 것 같지 않지만 매형이 워낙 열의를 보이니 도울 생각이라고 적었다. 그리고 현재로서는 매형에게 런던을 떠날 생각이 전혀 없어 보인다고 덧붙이며, 빠른 시일 내에 편지를 다시 보내겠다고 약속했다. 편지에는 이런 추신이 붙어 있었다.

포스터 대령에게 편지를 써서 부대 내 위컴의 친한 동료들을 통해 그에게 친인척이 있는지 알아봐달라고 부탁했어. 그런 친인척이 있다면 위컴이 지금 런던의 어느 지역에 숨어 있는지 알고 있을지도 모르니까. 그런 실마리를 제공해줄 누군가가 있다면 아주 중요한 영향을 줄 테니. 현재로서는 매형도 나도 기댈 만한 실마리가 하나도 없어. 그러니 이런 부탁을 듣고 포스터 대령이 힘닿는 대로 만족할 만한 도움을 주리라 믿어. 하지만 다시 생각해보니, 현재 살아 있

는 그의 친인척이 누군지는 누구보다도 리지가 더 잘 말해줄 수 있
지 않을까 싶네.

엘리자베스는 자신이 그런 정보를 알고 있을 거라고 외삼촌이 짐작
한 이유를 어렵지 않게 이해할 수 있었지만, 그 믿음에 부합하는 만족
스러운 정보를 알려줄 능력이 그녀에게는 없었다.

이미 여러 해 전에 돌아가신 양친 말고 위컴에게 다른 친인척이 있
다는 소리는 들어본 적이 없었다. 그러나 부대의 친한 동료라면 더 많
은 정보를 전해줄 수 있을지도 몰랐다. 그런 기대를 하며 크게 낙관할
수는 없었지만, 어쨌든 기다려볼 만했다.

이제 롱본 집에서는 하루하루가 초조하게 흘렀다. 특히 온 가족이
가장 애태우며 불안해하는 때가 바로 우편물을 기다리는 시간이었다.
그들은 매일 오전 조바심치며 편지가 도착하기를 고대했다. 좋은 소식
이건 나쁜 소식이건 편지를 통해서만 전달될 터였다. 따라서 가족들은
하루하루가 지날 때마다 중요한 소식이 전해지리라 기대하게 되었다.

그런데 가드너 씨에게서 두번째 편지가 오기 전에 다른 곳에서 먼
저 아버지에게 보낸 편지 한 통이 도착했다. 콜린스 씨의 편지였다. 아
버지가 안 계시는 동안 도착한 편지는 제인이 뜯어보도록 지시를 받았
기에 큰딸이 그 편지를 읽었다. 콜린스의 편지는 언제나 희한한 재미를
준다는 걸 잘 아는 엘리자베스도 제인의 어깨너머로 편지를 들여다보
며 함께 읽었다. 내용은 이러했다.

존경하는 어르신께,

374

어르신과 저의 관계와 제 위치를 고려하여 현재 어르신께서 겪고 계신 유감스러운 사건에 관해 위로의 말씀을 드려야겠다고 생각했습니다. 사건 이야기는 우리도 어제서야 하트퍼드셔에서 온 편지를 읽고 알았습니다. 존경하는 어르신, 제 아내와 저도 어르신과 존경하는 어르신의 가족들과 함께 지금의 고통을 진심으로 애통해하고 있습니다. 시간이 아무리 지나도 없앨 수 없는 원인에서 비롯된 고통이니 얼마나 쓰라릴지요. 그토록 극심한 불행을 덜어드리고 모든 상황 중에서 부모의 마음을 가장 아프게 하는 상황에 처한 어르신을 위로해드릴 수만 있다면, 저는 그 어떤 위로의 말도 아끼지 않을 것입니다. 이번 일과 비교하면 차라리 따님의 죽음이 더 다행스러울지도 모르겠습니다. 사랑하는 제 아내 샬럿의 말처럼, 따님의 그런 방종은 응석을 받아주며 따님을 잘못 키우신 결과라고 생각할 근거가 있기에 더 안타깝기 때문입니다. 물론, 그와 동시에, 어르신과 베넷 부인을 위로하기 위해 드리는 말씀입니다만, 저는 따님의 천성이 태어날 때부터 부도덕하지 않았나 생각하기도 합니다. 그렇지 않고서는 그토록 어린 나이에 그토록 엄청난 잘못을 저질렀을 리가 없겠지요. 그건 그렇다 치고 저는 어르신의 쓰라린 고통에 진심으로 연민의 정을 느낍니다. 그리고 그런 감정은 제 아내도, 캐서린 귀부인과 그 따님도 느끼고 있습니다. 두 분께 제가 이 사건을 말씀드렸거든요. 그분들은 딸 하나의 탈선으로 다른 딸들의 운명에도 해가 갈 거라는 제 걱정에 동의하셨습니다. 황송하게도 캐서린 귀부인께서 말씀하셨듯이 대체 누가 그런 가문과 인연을 맺으려 하겠습니까? 이런 생각을 하노라니 작년 11월에 있었던 일을 더욱 흡족하게 떠올리지 않을 수 없군요. 그때 만약 일이 달리 풀렸더라면 지금쯤 저는 어르신의 모든 슬픔과 치욕을 함께 나눌 수밖에 없었을 겁니다. 그러니 존경하는 어르신, 저는 어르신께서 최대한 자신을 위로하시고, 그 못된 따님을 어르신의 사랑으로부터 영원히 내쳐 자신의 악독한 죄업의 과실을 혼자서 거두도록 내버려두시길 조언합니다.

콜린스 올림

가드너 씨는 포스터 대령의 답장을 받고 나서야 다시 편지를 보내왔는데, 반가운 소식은 없었다. 위컴이 관계를 지속해온 친인척은 단 한 명도 알려지지 않았으며, 살아 있는 가까운 친인척도 없는 것이 확실하다는 것이었다. 위컴은 전에 알던 지인은 많았지만 군에 입대한 이후로는 그들 누구와도 친하게 지낸 것 같지 않았다. 따라서 위컴에 대해 새로운 소식을 전해줄 가능성이 있다고 꼭 집어 말할 만한 사람은 단 한 명도 없었다. 게다가 그는 재정적으로 궁지에 몰린 상태여서 리디아의 친인척에게 발각될 두려움이 아니더라도 숨어 있어야만 하는 강력한 이유가 있었다. 그가 엄청난 액수의 도박 빚을 남기고 도망갔다는 사실이 새롭게 밝혀진 것이다. 포스터 대령은 브라이턴에서 그가 쓴 비용을 변제하려면 천 파운드 이상의 거액이 필요하다고 했다. 게다가 그는 런던에 와서도 큰 빚을 졌으며 도박 빚은 그보다 더 엄청나다고 했다. 가드너 씨는 이 모든 사실을 롱본의 가족에게 숨기려 하지 않았다. 제인은 이 소식에 질려버렸다. "도박꾼이라니!" 제인이 소리쳤다. "너무나도 뜻밖이야! 꿈에도 몰랐어!"

가드너 씨는 아버지가 토요일인 다음날 집에 돌아오시는 것으로 기대해도 좋다고 편지에 덧붙였다. 두 사람이 온갖 노력을 해봤지만 성공을 거두지 못해 맥이 빠진 베넷 씨가 가족에게 돌아가라는 간청을 받아들였다는 것이다. 그리고 수소문을 재개할 만한 상황이 다시 벌어지면 그 일은 가드너 씨가 맡아서 처리하기로 했다고 썼다. 베넷 부인은 이 내용을 듣고 딸들이 기대했던 만큼 만족해하지 않았다. 앞서 남편의 목숨을 걱정하던 태도를 고려한다면 의외의 반응이었다.

"뭐라고, 너희 아빠가 가엾은 리디아를 못 찾고 그냥 집으로 돌아온다고!" 그녀가 소리쳤다. "너희 아빠는 두 사람을 찾을 때까지 분명 런던을 떠나지 않을 거야. 그냥 오면 누가 위컴과 싸워 리디아와 결혼시키니?"

가드너 부인도 이제는 집으로 돌아가기를 원해 베넷 씨가 돌아오는 날에 맞춰 아이들과 함께 런던으로 돌아가기로 결정했다. 그래서 마차가 가드너 부인 일행을 첫번째 기착지까지 태워다주면 마차 주인이 그것을 다시 타고 롱본 집으로 돌아오기로 했다.

가드너 부인은 엘리자베스와 그녀의 더비셔 지인과의 관계에 대해 더비셔에서 머물 때부터 궁금했던 일을 도통 갈피를 못 잡고 돌아갈 수밖에 없었다. 엘리자베스가 가족들 앞에서 그의 이름을 자발적으로 입에 올린 적은 없었다. 그리고 그들 일행이 더비셔를 떠난 뒤 곧바로 그의 편지가 뒤따를 거라고 생각했던 가드너 부인의 설익은 기대감도 무위로 끝났다. 집으로 돌아온 뒤 엘리자베스는 펨벌리에서 보냈을 법한 편지는 단 한 통도 받지 못했다.

가족들이 처한 현재의 불행한 상황이 그녀의 우울한 기분을 설명해줄 다른 이유를 불필요하게 만들었다. 그러니 그녀의 그런 기분에 근거해서는 제대로 된 추측이 어려웠다. 물론 이제야 자신의 진짜 감정을 잘 알게 된 엘리자베스는 다아시 씨와의 일만 아니었다면 리디아의 수치스러운 행동이 초래한 끔찍한 상황을 훨씬 더 잘 견뎌냈으리라고 충분히 의식하고 있었다. 그랬더라면 잠 못 이루는 밤이 절반으로 줄었을 것 같았다.

집으로 돌아온 베넷 씨는 늘 그렇듯 달관한 표정을 보였다. 평소처럼 말수가 적었고, 런던으로 가야 했던 용건에 대해서는 말 한마디 하지 않았다. 딸들이 용기를 내서 물어본 건 한참 시간이 지난 뒤였다.

오후에 차 마실 시간이 돼서야 비로소 엘리자베스가 과감하게 그 일을 입 밖에 냈다. 아버지가 런던에서 얼마나 고생하셨을지 가슴이 아프다고 짧게 말하자 그가 대답했다. "그런 말 말거라. 나 아니면 누가 고생을 해야 하겠니? 다 내가 자초한 일이니 내가 하는 게 당연하지."

"너무 심하게 자책하지 마세요." 엘리자베스가 대답했다.

"네가 자책하지 말라고 주의를 주는 것도 당연한 일이다. 인간의 본성이 그런 자책에 너무 쉽게 빠져드는 법이니! 하지만 막지 마라, 리지. 내 평생 이번 한 번만은 실컷 자책하도록 놔두렴. 그런 자책이 주는 충격에 압도당할 염려는 없으니까. 금방 다 지나가버릴 게다."

"두 사람이 지금 런던에 있다고 생각하세요?"

"그럼. 그 어디에서 그렇게 꼭꼭 숨어 있을 수 있겠니?"

"리디아는 늘 런던에 가고 싶어했어." 키티가 덧붙였다.

"그럼 이제 그애가 행복하겠구나." 아버지가 냉담하게 말했다. "아마 당분간은 그곳에서 살 테니까."

잠시 침묵을 지키던 그가 말을 이었다. "리지, 지난 5월에 네가 한 조언이 사실로 입증되었다고 네게 유감을 갖진 않아. 이번 사건을 겪으니 네 명민함이 드러나는구나.”

두 사람의 대화는 엄마의 차를 가지러 온 제인 때문에 잠시 중단되었다.

“시위하는구나.” 그가 큰 소리로 말했다. “한 가지 효과는 있겠네. 이 불행한 사건을 고상하게 만드는 효과! 언젠가 때가 되면 나도 똑같이 하련다. 나이트캡을 쓰고 화장용 가운을 입고 서재에 앉아서 너희를 최대한 성가시게 괴롭힐 거야. 아니지, 아마 키티가 도망갈 때까진 연기해야겠지.”

“전 도망 안 가요, 아빠.” 키티가 화를 벌컥 내며 말했다. “브라이턴에 가면 저는 리디아보다 훨씬 더 얌전하게 행동할 거예요.”

“네가 브라이턴에 가다니! 이스트본 근처에 가는 것도 믿고 볼 수 없어! 오십 파운드를 준다고 해도 안 돼! 절대로 안 된다, 키티. 적어도 이제는 조심해야 한다는 걸 배웠거든. 그 결과를 너부터 느낄 게다. 앞으로 우리집에는 어떤 장교 놈도 출입 금지다. 롱본을 지나가는 것도 안 돼. 무도회도 절대 금지야. 네 언니랑 춤출 게 아닌 한. 그리고 하루에 십 분쯤이라도 제정신으로 보냈다는 것을 입증하기 전까지는 이 집에서 한 발짝도 못 나간다.”

아버지의 이 모든 위협을 진담으로 받아들인 키티가 훌쩍훌쩍 울기 시작했다.

“그래, 알았다, 알았어.” 그가 말했다. “그렇게 슬퍼하지 마라. 앞으로 십 년 동안 착한 딸이 되어준다면, 그 십 년 뒤 너를 사열식에 데리고 가주마.”

7

베넷 씨가 돌아오고 이틀이 지난 후 제인과 엘리자베스가 집 뒤쪽의 관목숲을 산책하고 있을 때였다. 두 자매는 하녀장이 그들을 향해 달려오는 모습을 보았다. 엄마가 불렀을 거라고 생각한 그들은 그녀 쪽으로 다가갔다. 하지만 하녀장은 엄마가 부른다는 말 대신 제인에게 이렇게 말했다. "방해해서 죄송해요, 아가씨. 하지만 런던에서 희소식이 온 것 아닌가 하는 바람으로 이렇게 주제넘게 여쭤보러 달려왔어요."

"무슨 소리예요, 힐? 런던에서 아무 소식도 못 들었는걸요."

"사랑하는 아가씨." 힐 부인이 크게 놀라며 대답했다. "가드너 씨가 주인님께 속달을 보냈는데 아직 모르세요? 반시간 전쯤 배달부가 다녀갔어요. 주인님께서 편지를 갖고 계시고요."

두 자매는 쏜살같이 집으로 뛰어갔다. 너무 흥분해서 말을 주고받을 겨를도 없었다. 둘은 현관을 지나 조찬실로 뛰어들었고, 다시 거기서 서재로 달려갔다. 하지만 아버지는 어디에도 없었다. 위층에서 엄마와 함께 계실까 싶어 아버지를 찾아가려는 순간 둘은 집사를 만났는데, 그가 이렇게 말했다.

"아가씨, 혹시 나리를 찾으세요? 관목숲으로 걸어가셨어요."

그 말을 듣자마자 두 자매는 아버지를 찾아 다시 홀을 지나 잔디밭을 가로질러 달렸다. 아버지는 방목장 한쪽의 작은 숲을 향해 천천히 걷고 계셨다.

엘리자베스처럼 몸이 가볍지도 않고 달리는 데 능숙하지도 않은 제인은 금세 뒤처졌다. 반면에 엘리자베스는 숨을 헐떡이며 아버지를 따라잡은 뒤 온 힘을 다해 외쳤다.

"잠깐만요, 아버지, 대체 무슨 소식이에요? 무슨 소식이 온 거예요? 외삼촌한테서 소식이 왔다면서요?"

"그래, 속달을 받았다."

"그렇군요. 무슨 소식인데요? 기쁜 소식이에요, 나쁜 소식이에요?"

"기쁜 소식을 기대할 게 뭐가 있겠니?" 주머니에서 편지를 꺼내며 그가 말했다. "하지만 편지를 읽고 싶다면 여기 있으니 읽어보렴."

엘리자베스는 초조하기 그지없는 마음으로 아버지의 손에서 편지를 건네받았다. 제인은 그제야 나타났다.

"큰 소리로 읽어보렴." 아버지가 말했다. "나도 편지의 내용이 좀처럼 이해가 안 되니."

그레이스처치 스트리트

8월 2일, 월요일

존경하는 매형께,

마침내 조카 리디아의 소식을 전할 수 있게 됐습니다. 대략적인 소식이나마 매형께서 만족하셨으면 좋겠습니다. 매형께서 토요일에 떠나신 직후 저는 운좋게도 두 사람이 런던의 어느 지역에 있는지를 알아냈습니다. 상세한 정황은 다음에 만날 때까지 미뤄두겠습니다. 지금은 두 사람을 찾아냈다는 사실이면 족할 겁니다. 두 사람을 같이 만났는데……

"그것 봐, 내가 늘 바라던 대로 되었잖아." 제인이 소리쳤다. "둘이 결혼한 거야!"

엘리자베스가 계속해서 편지를 읽었다.

두 사람을 같이 만났는데 아직 결혼은 안 한 상태였습니다. 그리고 그럴 의사도 확인할 수 없었습니다. 하지만 매형을 대신하여 제가 감히 그들에게 약속한 것이 있습니다. 매형께서 이행해주시기만 하면 두 사람이 이른 시일 내에 결혼하리라 생각합니다. 매형께서 해주셔야 할 일이란, 매형과 누님께서 돌아가시고 난 후 딸들에게 남겨줄 오천 파운드의 유산에서, 증여 재산 형식으로 리디아에게 다른 딸들과 동등한 몫을 보장해달라는 것입니다. 나아가 형님 생전에 연간 백 파운드의 돈을 정기적으로 지급해주겠다고 약속해달라는 것입니다. 이게 바로 결혼 조건입니다. 모든 점을 고려한 후, 저는 형님을 대신하여 제게 주어진 권한 내에서 주저 없이 이 조건을 들어주겠노라고 말했습니다. 한시의 지체도 없이 답변을 보내실 수 있도록 속달로 보냅니다. 이런 세부 사실에 비춰볼 때 위컴 씨의 상황이 일반적으로 알려진 것처럼 그렇게 절망적인 상황은 아님을 쉽게 아실 수 있을 겁니다. 그 점에 대해서는 세상 사람들의 오해가 있었던 듯싶습니다. 그리고 이 말씀을 드리게 되어 다행이라고 생각합니다만, 그는 빚을 다 갚고 나서도 리디아에게 줄 돈이 조금 남는다고 합니다. 리디아 개인 소유의 돈은 건드리지 않고도 말이죠. 제게 이 일을 처리하는 모든 과정에서 매형을 대신할 전권을 주신다면, 즉시 해거스턴에게 증여 문서를 준비해두라고 시키겠습니다. 그리해주시겠지요. 그러면 매형께서 런던에 또 오실 일은 전혀 없습니다. 그러니 롱본에 조용히 머물러 계시고 신경써서 열심히 일하고 있는 저만 믿으십시오. 하지만 최대한 빠른 시일 내에 답장을 주시고, 그 내용을 명확하게 쓰는 것도 유념해주십시오. 우리는 리디아가 우리집에 머물면서 결혼하는 것이 최선이라고 판단했습니다. 그 점에 대해서는 매형께서도 찬성하시리라 희망합니다. 그애가 오늘 우리집에 올 겁니다. 다른 사항이 더 결정되면 다시 편지를 올리겠습니다. 그럼 이만 줄입니다.

EDW. 가드너 올림

"이럴 수가!" 편지를 다 읽은 엘리자베스가 소리쳤다. "위컴이 리디아와 결혼하다니?"

"결국 위컴은 우리가 생각했던 것만큼 나쁜 사람이 아니었던 거야." 언니가 말했다. "아버지, 축하드려요."

"답장은 보내셨어요?" 엘리자베스가 물었다.

"아니. 하지만 곧 보내야겠지."

그러자 그녀는 한시도 지체하지 말고 서둘러 답장을 보내라고 더욱 간절히 청했다.

"빨리요, 아버지." 그녀가 큰 소리로 말했다. "집으로 돌아가서 즉시 답장을 쓰세요. 이런 일에는 일 분 일 초가 소중하잖아요."

"편지를 쓰기 싫으시면 제가 대신 써드릴게요." 제인이 말했다.

"끔찍이 싫구나." 그가 대답했다. "하지만 반드시 내가 써야겠지."

그렇게 말하면서 그는 돌아서서 딸들과 함께 집을 향해 걸어갔다.

"제 생각에는 요구 조건에 응하셔야 할 것 같은데, 어찌하실지 여쭤

봐도 돼요?" 엘리자베스가 물었다.

"요구 조건에 응한다! 그 녀석이 그처럼 적게 요구한 게 오히려 수치스러울 뿐이다."

"두 사람은 반드시 결혼해야 돼요! 그리고 원래 그런 사람이잖아요!"

"그래, 알았다, 알았어. 반드시 결혼해야지. 그것 말고 다른 대책이 뭐가 있겠니. 하지만 내가 꼭 알고 싶은 게 두 가지 있단다. 첫째는 이런 결과를 얻기 위해 네 외삼촌이 돈을 얼마나 치렀느냐 하는 것이고, 둘째는 앞으로 그 돈을 내가 어떻게 갚아나가느냐 하는 것이다."

"돈이라니요! 외삼촌이요!" 제인이 소리쳤다. "그게 무슨 소리예요, 아버지?"

"내 얘기는 제정신을 가진 남자라면 내가 살아 있는 동안 일 년에 백 파운드씩 받고 죽은 뒤에는 오십 파운드를 받는다는 하찮은 유혹에 넘어가, 리디아와 결혼할 마음을 먹진 않았을 것이라는 뜻이다."

"맞는 말씀이세요." 엘리자베스가 말했다. "그 생각은 미처 못했지만요. 빚을 다 갚고도 뭔가 남게 되다니! 말도 안 돼! 외삼촌이 손을 쓰신 게 틀림없어요! 정말 너그럽고 좋은 분이세요! 혼자서 고민하신 것 아닌가 걱정돼요. 얼마 안 되는 돈으로 이 모든 결과를 얻어낼 수 없었을 텐데."

"없지." 아버지가 말했다. "만약 만 파운드에서 한푼이라도 적게 받고 리디아를 데려가기로 한 거라면 그 녀석은 바보야. 사위가 되는 마당에 그렇게 생각해서 유감이다마는."

"만 파운드! 세상에! 그 절반이라 해도 대체 무슨 수로 갚죠?"

베넷 씨는 아무 대답도 하지 않았다. 집에 도착할 때까지 세 사람 모두 깊은 생각에 잠겨 침묵을 지켰다. 집에 도착하자 베넷 씨는 편지를 쓰기 위해 서재로 갔고 딸들은 조찬실로 갔다.

"그 둘이 정말 결혼을 한단 말이네!" 언니와 단둘만 남게 되자 엘리자베스가 외쳤다. "참 이상한 일이야! 그리고 이런 이상한 일을 고마워해야 하다니! 두 사람이 행복한 결혼 생활을 할 가능성도 별로 없어 보이고 그가 형편없는 사람인데도 기뻐해야 하고! 아이고, 리디아!"

"가만히 생각해보면 그래도 위로가 돼." 제인이 대꾸했다. "리디아에 대한 진실한 애정이 없었다면 그 사람은 분명히 결혼 생각을 하지 않았을 거야. 사려 깊은 외삼촌이 그의 빚을 대신 갚아주기 위해 뭔가 하셨을 테지만, 만 파운드나 그 비슷한 액수의 돈을 주셨을 리 없어. 삼촌도 아이들이 있고 또 아이가 더 생길지도 모르잖아. 만 파운드의 절반이라 해도 어떻게 마련하실 수 있었겠니?"

"위컴의 빚이 얼마였고 그를 위해 리디아에게 재산이 얼마나 증여되는지를 알게 되면, 가드너 외삼촌이 그들을 위해 한 일을 정확히 알 수 있겠지." 엘리자베스가 말했다. "위컴은 자기 돈은 땡전 한푼 없는 사람이야. 외삼촌과 외숙모의 은혜는 결코 갚을 수 없을 거야. 리디아를 잘되게 하려고 집에 데려가 보살피고 호의를 베풀어주는 일도 대단히 희생하시는 건데, 두고두고 감사해도 부족할 거야. 지금쯤 리디아는 정말 외삼촌댁에 가 있겠지. 그토록 선량한 후의를 받고도 괴로운 생각이 안든다면, 그애는 영원히 행복한 삶을 누릴 자격이 없어! 외숙모를 처음 만날 때 그 심정이 대체 어땠을까!"

"이제 두 사람 사이에 있었던 일은 다 잊자." 제인이 말했다. "난 그저 두 사람이 행복하기만을 바라고 또 그렇게 믿을 거야. 리디아와 결혼하는 데 동의했다는 사실, 그게 그가 이제는 올바른 생각을 하게 됐다는 증거라고 생각해. 서로의 사랑이 서로를 안정시켜주겠지. 도리를 지키며 안정된 삶을 살다보면 그들의 경솔했던 과거가 잊힐 거라고 믿을래.”

“두 사람이 한 짓은 언니도 나도 절대로 잊을 수 없는 짓이었어.” 엘리자베스가 대답했다. “그러니 그런 얘기는 할 필요가 없어.”

두 자매는 이제야 엄마가 지금까지 일어난 일을 까맣게 모르고 있을 거라는 생각이 들었다. 그래서 서재로 가서 아버지께 엄마에게 모든 사실을 알려도 괜찮겠느냐고 물었다. 편지를 쓰고 있던 아버지는 고개도 들지 않은 채 차갑게 대답했다.

“너희 마음대로 해라.”

“엄마에게 외삼촌의 편지를 읽어드려도 될까요?”

“뭐든 가지고 그만 나가라.”

엘리자베스는 아버지의 책상에서 편지를 집은 뒤 언니와 함께 위층으로 올라갔다. 메리와 키티가 엄마와 함께 있었다. 그러니 소식을 한 번만 전하면 모두에게 전하는 셈이었다. 희소식이 있다고 간단하게 운을 뗀 뒤 제인이 큰 소리로 편지를 읽기 시작했다. 베넷 부인은 침착할 수 없었다. 리디아가 곧 결혼하게 되리라는 외삼촌의 예상이 드러나는 부분을 읽자 그녀의 기쁨이 터져나왔다. 이후 이어진 문장 하나하나가 넘쳐흐르는 그녀의 기쁨을 더 키워주었다. 그녀는 놀라고 화가 나서 안절부절못했을 때처럼, 이제는 너무 기뻐서 그 못지않은 극심한 조바심에 빠져들었다. 그녀의 딸이 결혼하게 되었다는 사실을 알게 된 것만으로도 충분했다. 딸의 행복이 염려되어 심란해하지도 않았고, 딸이 저지른 잘못을 떠올려보며 기가 죽지도 않았다.

"세상에, 우리 리디아가!" 그녀가 소리쳤다. "이렇게 기쁜 일이 있다니! 결혼한다고! 다시 그애를 볼 수 있다고! 열여섯에 결혼한다 이거네! 아이고, 착하고 친절한 내 동생! 내 이렇게 될 줄 알았다니까! 내 동생이 모든 일을 잘 처리할 줄 알았어. 리디아가 정말 보고 싶구나! 사랑하는 내 사위 위컴도 보고 싶고! 하지만 결혼 예복, 예복이 문제네! 올케에게 예복 문제에 관해 당장 편지를 써야겠다. 리지, 애야, 아버지에게 달려가서 리디아에게 돈을 얼마나 줄 생각인지 물어보렴. 아냐, 잠깐, 잠깐, 내가 직접 가야겠다. 키티, 벨을 울려서 힐을 오라고 해라. 당장에 채비를 해야겠다. 리디아 고 예쁜 것! 우리가 다시 만나면 얼마나 기쁠까!"

그녀의 큰딸은 가족 모두가 신세를 지게 된 가드너 외삼촌의 은혜를 상기시키며 도가 넘을 정도로 격렬하게 터져나오는 엄마의 황홀경을 가라앉히려고 애썼다.

"이런 행복한 결말을 맞게 된 건 상당 부분 외삼촌의 후의 덕택이라는 것을 잊지 말아야 해요." 그녀가 덧붙였다. "외삼촌이 위컴 씨에게 금전적인 도움을 주겠다고 직접 약속하신 게 틀림없어요."

"그래." 엄마가 소리쳤다. "그건 아주 당연한 일이지. 외삼촌이 그런 일을 안 하면 누가 하겠니? 만약 네 외삼촌에게 가족이 없었다면 틀림없이 나와 내 딸들이 그의 모든 재산을 갖게 되었을 테니까. 지금까지 선물 몇 개 받은 것 빼고 우리가 네 외삼촌에게서 뭐라도 얻은 게 이번이 처음이구나. 그러니 괜찮아! 너무 행복하네. 머지않아 결혼한 딸이 생긴다니! 위컴 부인! 얼마나 멋진 말이니. 게다가 리디아는 지난 6월에 겨우 열여섯이 되었잖니. 제인, 가슴이 너무 두근거려서 편지를 못 쓰겠다. 내가 불러줄 테니 대신 좀 써다오. 돈 문제는 나중에 네 아빠와 상의해서 결정하자. 하지만 물품들은 곧바로 주문해야겠다."

그리고 나서 그녀는 캘리코, 모슬린, 캠브릭 천 등을 일일이 불러나 갔다. 제인이 아버지에게 시간이 나서 의견을 물어볼 수 있을 때까지 기다리자고 설득하지 않았더라면, 그녀는 순식간에 엄청난 양의 주문 품을 불러댔을 것이다. 제인은 주문을 하루쯤 연기해도 큰 지장이 없을 거라고 말했다. 엄마는 너무 행복해서 평상시처럼 고집을 부리지는 않 았다. 다른 계획이 자꾸자꾸 그녀의 머릿속에 떠오르고 있었다.

"옷을 입고 곧장 메리턴으로 나가야겠다." 그녀가 말했다. "가서 이 희소식 중 희소식을 내 동생 필립스 부인에게 전해야겠어. 그리고 돌아 오는 길에 루커스 부인과 롱 부인도 방문할 수 있을 거야. 키티, 내려가 서 마차를 대기시켜라. 바깥공기를 마시면 분명히 아주 좋을 거야. 애 들아, 메리턴에 가서 너희를 위해 내가 뭐 해줄 것 없니? 오! 힐이 오네. 힐, 희소식 들었니? 리디아 아가씨가 결혼한다지 뭐야. 결혼식 날에는 너희도 펀치를 마음껏 마시면서 즐길 수 있을 거야."

힐 부인은 바로 기쁨을 표현했다. 엘리자베스는 다른 사람들과 함께 그녀의 축하를 받았지만, 이런 바보 같은 상황에 싫증이 나서 이번 일 을 한번 여유롭게 생각해보기 위해 자기 방으로 피신했다.

가엾은 리디아의 상황은 아무리 좋게 보려고 해도 형편없을 게 뻔했 다. 하지만 더 나빠지진 않을 테니 감사해야 할 필요가 있었다. 그녀는 그렇게 생각했다. 동생의 앞날을 예견해볼 때 당연히 정상적인 행복도 세속적인 성공도 기대할 수 없으나, 두 시간 전만 하더라도 온 가족이

얼마나 불안해했는지를 생각하면 그나마 그들이 얻은 결과가 얼마나
다행스러운지 몰랐다.

8

베넷 씨는 지금 이 나이에 이르기 전부터 자주, 수입을 몽땅 쓰는 대
신 아내가 더 오래 살 경우를 대비하여 아내와 딸들에게 더 많은 유산
을 남기겠다는 생각으로 매년 일정액을 저축하고 싶어했다. 이제 그는
그 어느 때보다도 그 소망이 더욱 강렬했다. 그런 의무를 잘 실천했더
라면 명예든 신용이든 무엇이든 간에, 그걸 얻기 위해 리디아가 외삼촌
에게 빚을 질 필요는 없었을 것이다. 그랬더라면 대영제국에서 가장 쓸
모없는 녀석을 꼬드겨 리디아의 신랑감으로 정해주는 만족감을 제대
로 누렸을 것이다.

베넷 씨는 누구에게도 득이 안 되는 이번 일이 처남이 전적으로 부
담을 떠안으며 처리되었다는 점이 못내 마음에 걸렸다. 그는 처남이 어
느 정도까지 도와줬는지를 알아내서 되도록 빨리 빚을 갚으리라 마음
먹었다.

결혼 초만 하더라도 베넷 씨는 절약이나 저축이 전적으로 쓸데없는
일이라고 생각했었다. 당연히 아들을 갖게 되리라는 기대감 때문이었
다. 그 아들이 성년에 이르면 한사상속 기한이 종료되어 아내가 미망인
이 되더라도 아내와 어린 자식들의 생계 문제가 해결될 터였다. 하지만
줄줄이 다섯 딸이 태어나도록 아들은 감감무소식이었다. 베넷 부인은

리디아를 낳고도 꽤 여러 해 동안 아들을 볼 거라고 굳게 믿었다. 하지만 이런 믿음은 결국 절망으로 끝나고 말았다. 그리고 그때는 이미 저축을 하기에는 너무 늦은 상황이었다. 베넷 부인은 절약을 몰랐고, 그나마 수입을 초과하는 지출을 하지 않았던 건 남에게 신세 지기 싫어하는 남편 때문에 가능한 일이었다.

베넷 부부의 결혼 조건에는 부인과 자녀에게 오천 파운드를 증여한다는 내용이 들어 있었다. 하지만 그 금액을 자녀에게 어떤 비율로 배분하느냐는 부모의 뜻에 달려 있었다. 적어도 리디아와 관련된 부분은 바로 지금 정해야 했고, 베넷 씨는 자신에게 주어진 제안에 망설일 수 없었다. 간결하게나마 그는 처남이 베푼 후의에 감사를 표하고, 처남이 결정한 모든 사항에 완전히 동의하며, 자신을 대신해 맺은 약속을 기꺼이 이행하겠다고 적었다. 사실 그는 리디아와 결혼하도록 위컴을 설복하는 일이 고작 이만큼의 수고로 이뤄질 줄은 상상도 못했다. 위컴과 리디아에게 지불하기로 한 백 파운드쯤의 돈이라면 절대로 일 년에 십 파운드 이상 손해보는 장사가 아니었다. 식비다, 용돈이다, 엄마 손을 통해 뜯어내는 가욋돈이다, 뭐다 해서 사실상 리디아에게 들어가는 돈이 거의 백 파운드에 이르렀다.

그의 입장에서는 그 정도로 노력을 적게 들이고도 무사히 일이 해결되었다는 것 또한 너무나 놀랍고 반길 일이었다. 지금 그가 가장 바라는 바란 이 일에서 귀찮은 일을 최대한 피하는 것이었다. 처음에는 격분한 나머지 곧장 딸을 찾아 나서긴 했지만, 그 일이 끝난 지금은 자연스럽게 예전의 나태한 모습으로 되돌아가 있었다. 그는 즉시 답장을 부쳤다. 그는 일을 맡는 데는 느려도 실행하는 데는 신속한 편이었다. 처남에게는 자기가 진 빚의 규모를 세세하게 알려달라고 부탁했지만, 리디아에게는 너무 화가 나서 아무런 메시지도 보내지 않았다.

리디아가 결혼한다는 희소식은 즉시 집안 전체로 퍼져나갔으며, 같은 속도로 이웃들에게도 퍼졌다. 마을 사람들은 이 소식을 차분하게 받아들였다. 리디아 베넷이 런던의 매춘부로 전락했다든가, 아니면 그나마 가장 다행스러운 대안으로 세상을 등지고 외딴 농가에서 숨어산다든가 했다면, 분명히 마을 사람들의 대화에는 득이 되었을 테지만 말이다. 여하튼 사람들은 리디아의 결혼에 대해 할말들이 많았다. 심술궂은 메리턴의 늙은 아낙네들 모두가 이번 일이 있기 전부터 늘어놓던 리디아의 행복에 관한 선의의 바람인지 뭔지 모를 말들은, 상황이 바뀌었어도 그 본래의 뜻을 전혀 잃지 않았다. 그런 신랑을 만났으니 리디아의 불행이 확실하다는 말들을 했다는 소리다.

베넷 부인은 지난 보름 동안 아래층으로는 내려오지 않았는데, 이 행복한 날 그녀는 다시 아래층으로 내려와 식탁의 상석에 앉아 부담스러울 만큼 쾌활한 모습을 보였다. 의기양양해하는 그녀의 태도가 수치심으로 위축되는 일은 결코 없었다. 제인이 열여섯이 된 때부터 베넷 부인이 가장 바라왔던 첫번째 소망, 즉 딸의 결혼이 바야흐로 성사되기 직전 아닌가. 그녀의 생각과 말은 온통 품위 있는 결혼식과 멋진 모슬린 옷, 새로운 마차, 하인들에만 쏠려 있었다. 그녀는 온 마을을 분주하게 헤집고 다니며 딸의 신혼집으로 적당한 곳을 물색했다. 그러면서 리디아 부부의 수입이 얼마나 되는지는 알지도 생각하지도 않고 여러 곳의 집들을 작다느니 별 볼 일이 없다느니 하며 퇴짜만 놓았다.

"헤이파크도 괜찮을 텐데." 그녀가 말했다. "굴딩 가족이 이사만 가

준다면 말이야. 응접실만 조금 넓다면 스토크 지역의 큰 집도 괜찮고. 하지만 애슈워스는 너무 멀어! 리디아가 십여 마일 이상 떨어져 사는 일은 견딜 수 없어. 퍼비스 로지는 다락이 너무 형편없고.”

베넷 씨는 하인들이 옆에 있는 동안에는 그런 아내를 방해하지 않고 말을 계속하도록 내버려두었다. 그러나 하인들이 사라지자마자 그가 말했다. “이것 봐요, 베넷 부인. 사위와 딸을 위해 방금 말한 집들 가운데 한 곳을 얻든 전부를 얻든 그전에 이 점은 분명히 해두지. 그애들은 이 근방에서는 어느 집에도 절대 못 들어와. 롱본에 들여놓고 그 둘의 몰염치한 행동을 부추길 생각은 없어.”

이러한 선언에 두 사람 사이에는 긴 말싸움이 이어졌지만 베넷 씨는 단호했다. 이런 태도가 이내 또다른 말싸움을 불렀다. 베넷 부인은 남편이 딸의 예복값으로 일 기니도 내놓지 않을 것임을 알고는 놀라고 기가 막혔다. 베넷 씨가 이번 일에서 리디아는 자신에게서 어떤 애정의 표시도 얻지 못할 거라고 선언했다. 딸에 대한 분노가 아무리 크다 해도 그것 없이는 결혼이 유효하다고 할 수도 없는, 딸의 특권마저 거부한다는 건 베넷 부인으로서는 도저히 믿기 어려웠다. 그녀는 딸이 위컴과 함께 달아나 보름이나 동거한 일을 망신스러워하기보다는, 결혼식에서 딸에게 새 예복을 입히지 못해 뻗칠 망신살에 더 민감하게 반응했다.

엘리자베스는 이제 그 순간의 괴로움 탓에 동생에 대한 가족들의 걱정을 다아시 씨에게 알릴 수밖에 없었던 일이 못내 마음에 걸리기 시작했다. 리디아의 결혼으로 도피 사건은 빠른 시일 내에 적절히 마무리될 예정이라 현장에 없던 사람들에게는 불리하게 시작됐던 이번 사건의 전말을 숨길 수도 있었기 때문이다.

물론 다아시 씨를 통해 이 사건이 더 퍼져나갈 거라는 걱정은 들지 않았다. 비밀을 잘 지킬 거라고 그보다 더 확실하게 믿을 수 있을 만한 사람도 많지 않았다. 하지만 동시에 동생의 철없는 행동이 알려진 게 그보다 더 굴욕적으로 느껴지는 사람도 없었다. 하지만 그녀 자신에게 개인적인 불이익이 생길까봐 걱정돼서 괴로운 것은 아니었다. 엘리자베스는 다아시 씨와 자신 사이에 건널 수 없는 심연이 놓여 있다는 생각이 들었다. 안 그래도 반대할 온갖 이유들이 존재하는 마당에, 리디아의 결혼이 아무리 명예롭게 성사된다 한들 그가 정당한 근거로 가장 경멸하는 남자와 인척 관계를 맺을 수밖에 없다는 이유까지 추가된다면, 그가 그런 집안과 연을 맺을 리 없을 듯했다.

엘리자베스는 그가 그런 인척 관계를 피하려 한다 해도 놀랍지 않았다. 더비셔에서 직접 확인한, 그녀의 애정을 얻고 싶은 다아시 씨의 소망이 이런 충격적인 사건까지 극복해낼 수는 없으리라고 보는 게 마땅했다. 그녀는 비참하고 슬펐다. 왠지 모를 후회까지 들었다. 더는 그 혜택을 바랄 수 없게 된 지금에서야 그녀는 그의 흠모를 선망하게 되었다. 그의 소식을 들을 수 있는 가능성이 없어지자 오히려 그 소식이 너무나 듣고 싶었다. 그리고 그와 다시 만날 가능성이 더이상 없어 보이는 이 시점에서 그와 함께라면 참 행복했을 거라는 확신이 들었다.

그녀는 자주 이런 생각을 했다. 넉 달 전에 자신이 오만불손하게 거절했던 청혼을 지금이라면 얼마나 기쁘고 감사하게 받아들일지 그가 안다면, 얼마나 의기양양해할까! 그녀는 그가 누구 못지않게 너그러운 남자라는 사실을 의심치 않았다. 하지만 그도 사람인지라, 그런 사실을 알고 나면 틀림없이 승리감을 느낄 것 같았다.

그녀는 기질 면에서나 재능 면에서 그가 자신과 맞는 남자라는 사실을 이제야 깨달았다. 이해력이나 성격이 똑같지는 않지만, 그는 그녀의 모든 바람에 부합하는 사람 같았다. 두 사람의 결합은 양쪽 모두에게 도움이 될 것이 틀림없었다. 편안하고 쾌활한 그녀의 태도에 그의 마음이 부드러워지고 태도도 나아질 것이었다. 또한 그의 판단력과 지식과 세상에 대한 견문으로 그녀는 분명 더욱 소중한 혜택을 얻을 것이었다.

하지만 이제는 많은 사람들에게 진정한 결혼의 행복을 가르쳐주며 존경을 살 만한 그런 행복한 결혼은 없을 듯했다. 그러한 결혼의 가능성을 가로막는, 성격이 판이하게 다른 결혼이 이 집안에 곧 있을 예정이니 말이다.

엘리자베스는 위컴과 리디아가 얼마나 자립적으로 생활해나갈지 상상이 안 됐다. 그러나 도덕보다 강한 열정으로 결합된 부부에게 영속적인 행복이 얼마나 짧을지는 쉬이 상상할 수 있었다.

가드너 씨는 매형에게 바로 답장을 보냈다. 그는 베넷 씨의 감사 인사에 대해 자기는 가족 누구든 그 사람을 더 행복하게 해주는 일이라면 열성을 다할 거라고 짧게 답한 뒤 앞으로 그런 인사는 다시 하지 말라는 간청으로 편지를 맺었다. 편지의 골자는 위컴이 민병대를 떠나기로 결심했다는 소식이었다.

결혼이 결정되면 곧바로 그가 그렇게 해야 한다는 게 제 바람이기도 했습니다. 그리고 그 자신을 위해서나 조카 리디아를 위해서나 그가 민병대를 떠나는 게 현명한 일이라는 데 매형과 제 의견이 일치하리라 생각합니다. 위컴 씨는 정규군에 들어갈 생각이고, 그의 옛 친구 중에 아직도 군에서 그를 기꺼이 도울 능력이 되는 사람들이 있다더군요. 현재 북부 지방에 주둔하고 있는 모某 장군의 연대에서 기수 장교를 맡기로 약속되어 있습니다. 이곳에서 멀리 떨어진 지역이라니 잘된 일입니다. 그도 확실히 약속했고, 낯선 사람들 사이에 살면서 평판을 지켜야 할 테니 두 사람 다 보다 신중해지기만을 바랄 뿐입니다. 저는 포스터 대령에게 편지를 써서 모든 일이 이처럼 해결됐음을 전하고, 브라이턴과 그 인근의 여러 채권자들에게 빚을 신속히 갚을 것이며, 그 점은 제가 보증할 테니 그들을 안심시켜달라고 요청했습니다. 그러니 수고스럽겠지만 매형께서도 직접 메리턴의 채권자들에게 같은 보증을 해주십시오. 그가 일러준 채권자 명단을 동봉합니다. 그는 자신의 모든 채무를 털어놓았습니다. 적어도 그가 우리를 속이지는 않았기를 바랍니다. 해거스턴에게 지시를 해두었으니 앞으로 일주일이면 모든 일이 해결될 것입니다. 그러니 롱본 집에서 먼저 초대하지 않는다면, 두 사람은 연대에 합류할 것입니다. 아내 얘기를 들으니 리디아가 남부를 떠나기 전에 가족들 모두를 무척 보고 싶어한답니다. 그애는 지금 건강하게 지내고 있으며 매형과 누님에게 간곡하게 안부를 전해달라고 합니다. 그럼 이만 줄이겠습니다.

E. 가드너 올림

위컴이 ××부대를 떠나기로 한 일이 얼마나 다행인지는 가드너 씨 못지않게 베넷 씨와 그의 딸들도 잘 알았다. 하지만 베넷 부인은 못마땅했다. 리디아가 북부에 정착한다는 소식은 딸과 함께 어울려 다니며 기쁨과 자부심을 느껴보리라 기대를 품은 차에 실망스럽기 그지없었다. 딸 부부를 하트퍼드셔에 정착시키려는 계획을 아직도 포기하지 못한 터였다. 게다가 리디아가 전부 다 알고 있으며 좋아하는 사람도 많은 민병대와 연을 끊어야 한다니 안쓰러웠다.

"리디아가 포스터 부인을 얼마나 좋아하는데!" 그녀가 말했다. "리디아와 헤어지다니 엄청 충격일걸! 또 리디아가 좋아하는 젊은 장교들도 얼마나 많은데. 모 장군의 부대에는 그만큼 마음에 드는 장교들이 없을 거야."

베넷 씨는 북부로 떠나기 전에 가족들을 다시 만나게 해달라는 리디아의 요청을(요청이라고 할 수 있을 것이다) 처음에는 단호히 거부했다. 하지만 제인과 엘리자베스는 여동생의 감정과 체면을 위해서라도 부모님께 반드시 결혼 인사는 드리고 가야 한다는 바람을 똑같이 품고 있었다. 그래서 이들은 결혼식이 끝나자마자 신혼부부를 롱본 집에 받아들여야 한다고, 매우 논리적이고 매우 진지하게, 그리고 매우 온건하게 아버지를 졸랐다. 결국 두 딸의 설득에 넘어간 베넷 씨도 같은 생각을 하게 되었고, 이들이 바라는 대로 하기로 했다. 그리고 그들의 엄마는 리디아가 북부로 떠나기 전에 기혼이 된 딸을 이웃들에게 자랑할 수 있게 된 걸 알고 무척 기뻐했다. 베넷 씨는 처남에게 보내는 답장에 리디아 부부가 집에 오는 일을 허락한다고 썼다. 결국 결혼식이 끝나자마자 신혼부부가 롱본 집을 방문하는 것으로 결정되었다. 엘리자베스는 위컴이 그 계획에 동의했다는 사실이 놀라웠다. 만약 그녀의 감정

만을 고려했다면, 어떤 식이든 그와의 만남은 그녀가 가장 바라지 않는
일이었다.

9

　리디아의 결혼식 날이 되었다. 제인과 엘리자베스가 동생에게 느낀
감정이 리디아가 스스로에 대해 느낀 감정보다 더 애틋했을 것이다. 신
혼부부를 맞이하러 마차가 ××로 떠났고, 그들은 그 마차를 타고 정찬
시간에 맞춰 올 예정이었다. 제일 위의 두 언니는 동생 부부의 방문이
걱정스러웠다. 제인이 특히 더 그랬다. 그녀는 자신이 그런 잘못을 저지
른 죄인이었다면 느꼈을 감정을 리디아에게 부여하고는 동생이 감내
해야 할 상황을 측은해했다.
　리디아 부부가 도착했다. 그들을 맞이하러 온 가족이 조찬실에 모였
다. 마차가 현관문으로 다가오자 베넷 부인의 얼굴엔 환한 미소가 피어
올랐다. 베넷 씨는 도무지 그 속을 알 수 없는 심각한 표정을 짓고 있었
다. 딸들은 놀라고 불안하고 불편했다.
　현관에서 리디아의 목소리가 들렸다. 문이 활짝 열리자 그녀가 방안
으로 달려들어왔다. 엄마가 기쁨에 겨워 앞으로 나가 딸을 꼭 안으며
반갑게 맞이했고, 신부 뒤를 따라오는 위컴에게는 애정이 담뿍 담긴 미
소를 지으며 손을 내밀었다. 그러면서 그녀는 두 사람을 축하했는데,
그 민첩한 행동으로 보아 그들의 행복을 조금도 의심하지 않는 듯했다.
　그런 다음 리디아 부부는 베넷 씨에게 몸을 돌렸지만 따뜻한 대접은

받지 못했다. 오히려 그의 얼굴은 점점 더 근엄한 기색만 늘어갔다. 그는 좀처럼 입을 열지 않았다. 사실 이들 젊은 부부의 거침없고 뻔뻔한 태도는 베넷 씨의 분노를 사기에 충분했다. 엘리자베스는 정나미가 떨어졌고 제인마저 충격을 받았다. 리디아는 여전히 리디아였다. 제멋대로 굴고 염치없고 드세고 시끄럽고 무서울 것이 없었다. 그녀는 언니들 한 명 한 명에게 가서 축하를 강요했다. 마침내 온 가족이 자리에 앉자 그녀는 방안을 주의깊게 둘러보더니 약간의 변화를 알아차리고는 깔깔 웃으면서 집을 떠난 지 한참 된 것 같다고 말했다.

위컴 역시 리디아와 마찬가지로 조금도 불편해하지 않았다. 오히려 시종 쾌활한 편이어서, 그의 성품이 바르고 이 결혼이 정당했다면 이제 한 가족처럼 구는 그의 미소와 편안한 말투가 모두를 기쁘게 했을 것이다. 엘리자베스는 그전까지 위컴이 이 정도로 뻔뻔하리라고는 생각하지 않았었다. 하지만 그 자리에 앉아 이제부터는 몰염치한 자의 뻔뻔함에 한도를 두지 않겠노라고 속으로 다짐했다. 그녀의 얼굴이 붉어졌고 제인의 얼굴도 붉어졌다. 하지만 이들 자매의 얼굴을 붉어지게 만든 두 장본인의 볼에는 전혀 빛깔의 변화가 없었다.

이야깃거리는 부족함이 없었다. 리디아와 엄마가 이보다 더 빨리 말할 수 없을 정도였다. 공교롭게도 엘리자베스의 옆에 앉게 된 위컴은 즐겁고 편안한 모습으로 지인들의 안부를 물었다. 하지만 그녀는 그처럼 즐겁고 편안한 모습으로 대답할 수는 없었다. 신혼부부는 각각 세상에서 가장 행복한 기억만 간직한 듯 보였다. 지난 일들 중 고통스럽게 회상하는 일이 하나도 없었다. 오히려 리디아는 언니들이라면 세상 무슨 일이 있어도 절대로 입 밖에 내지 않았을 화제들을 먼저 꺼냈다.

"생각해봐, 석 달이나 지났다니." 그녀가 큰 소리로 말했다. "집 떠난 지 보름밖에 안 된 것 같은데. 하지만 그동안 얼마나 많은 일이 벌어졌어. 세상에! 집을 떠날 때는 결혼해서 돌아오게 될 줄은 꿈에도 몰랐는데! 물론 그렇게만 된다면 정말 재미있을 것 같았지만 말이야."

아버지가 눈을 치켜뜨자 제인은 불안했다. 엘리자베스는 의미심장한 표정으로 리디아를 바라보았다. 하지만 무시하겠다고 마음먹은 일이라면 결코 듣지도 보지도 않는 리디아가 계속해서 명랑한 말투로 지껄였다. "참! 엄마, 이곳 사람들이 내가 오늘 결혼한 걸 알아? 모를까봐 걱정이네. 아까 오다가 윌리엄 굴딩 아저씨의 이륜마차를 따라잡았거든. 그래서 그 아저씨에게 내 결혼 사실을 알려야겠다고 마음먹었지. 그쪽을 향해 우리 마차의 옆 유리창을 내린 뒤 장갑을 벗고 손을 창틀 위에 올려놓았지. 결혼반지를 보라고. 그러고 나서 인사를 건네고 아무렇지도 않은 듯 유유히 미소를 지었어."

엘리자베스는 동생의 이야기를 더이상 참고 들어줄 수가 없어서 자리에서 일어나 방을 나왔다. 그러고는 가족들이 홀을 지나 정찬실로 들어가는 소리를 듣고서야 다시 돌아와 합류했는데, 리디아가 열심히 뽐내며 엄마의 오른쪽에 붙어 걸으면서 제인에게 이렇게 말하는 소리가 들렸다. "아, 참! 제인 언니, 이제부턴 내가 언니 자리를 차지해야 해. 언니가 아래쪽 자리로 가. 난 이제 기혼 부인이니까."

리디아는 애초에 쑥스러운 기색이라고는 없었고, 시간이 지나면 태도가 바뀔 거라고 기대할 수도 없었다. 오히려 점점 더 여유만만해지고 명랑해졌다. 그녀는 필립스 부인과 루커스 일가, 그리고 다른 모든 이웃들을 만나고 싶어했고 그들 각자에게서 '위컴 부인'이라는 호칭을 들고 싶어했다. 식사가 끝나자 그녀는 결혼 사실과 결혼반지를 자랑하려고 당장에 힐 부인과 하녀 둘에게 갔다.

"아, 엄마." 모두들 다시 조찬실로 돌아왔을 때 그녀가 말했다. "우리 신랑 어때? 매력적이지 않아? 언니들도 다 내가 부러울 거야. 언니들이 내 반만큼의 행운이라도 갖게 되기를 바랄 뿐이야. 모두들 브라이턴으로 가야 해. 남편을 얻는 데 최적의 장소라니까. 엄마, 그곳에 모두 함께 가지 않은 게 정말 유감이야."

"맞는 말이다. 내 뜻대로 되었다면 모두들 함께 갔을 텐데. 하지만 리디아, 네가 그리 먼 곳으로 떠나 산다는 게 정말 싫구나. 꼭 그래야 하니?"

"아, 그거! 응, 그래야 돼. 마음 쓸 것 없어. 난 다 좋을 것 같거든. 엄마랑 아빠랑 언니들이랑 우리집에 꼭 놀러 와. 우리는 아마 겨울 내내 뉴캐슬에 있을 거야. 무도회도 열 거고. 언니들 모두를 위해 내가 신경 써서 좋은 파트너들을 구해놓을게."

"그러면 더할 나위 없이 좋겠지!" 엄마가 말했다.

"그리고 돌아갈 때 언니 한두 명을 두고 가면 겨울이 가기 전에 훌륭한 신랑감을 구해줄 수 있을 거야."

"나까지 챙겨줘서 고맙지만, 난 너 같은 방식으로 신랑감을 얻는 건 딱 질색이라." 엘리자베스가 말했다.

리디아 부부는 가족들과 열흘 이상을 함께 지내지 못할 형편이었다. 런던을 떠나오기 전에 위컴이 임관 사령장을 받아놓은 상태여서 늦어도 보름 전에 연대에 합류해야 했다.

베넷 부인을 제외하면 가족 누구도 리디아 부부의 방문이 그렇게 짧은 것을 유감스러워하지 않았다. 엄마는 시간을 최대한 활용하리라 마음먹고 딸을 이곳저곳으로 데리고 다녔고 집에서 파티도 자주 열었다. 이 파티들에 대해서는 가족들 모두 만족스러워했다. 가족들끼리만 있는 자리를 피하는 일, 그게 생각이 없는 가족들보다 그나마 생각이 있는 가족들이 더 바라는 일이었다.

리디아에 대한 위컴의 애정은 엘리자베스가 예상했던 대로였다. 그의 애정은 리디아가 그에게 품은 애정과 같지 않았다. 여러 정황으로 보아 두 사람의 도피 행각이 그가 아니라 리디아의 애정의 힘으로 빚어졌다는 점을 이해하는 데는 직접 눈으로 관찰해볼 필요도 없었다. 어쩔 수 없이 궁지에 몰려 도피했을 거라는 확신이 없었다면 리디아를 열렬히 사랑하지도 않으면서 그가 대체 왜 그런 짓을 벌였는지 엘리자베스는 의아했을 것이다. 사실이 그러하다면 그는 함께 도피할 동반자를 갖는 기회를 거절할 청년이 아니었다.

리디아는 위컴에게 지나치게 빠져 있었다. 그는 언제나 그녀에게 '사랑하는 위컴'이었다. 그와 견줄 남자는 하나도 없었다. 그는 세상 모든 일을 가장 잘하는 남자였다. 리디아는 9월 초가 되면 남편이 시골의 어느 누구보다 더 많은 새를 사냥할 거라고 자신했다.

그들이 도착한 지 얼마 안 된 어느 날 아침, 리디아가 두 언니와 함께 앉아 있다가 엘리자베스를 향해 이렇게 말했다.

"리지 언니, 언니한테는 내 결혼 이야기를 한 번도 안 한 것 같네. 엄마나 다른 사람들한테 전부 이야기해줄 때 언니만 옆에 없었던 것 같아. 내 결혼이 어떻게 성사됐는지 듣고 싶지 않아?"

"아니, 별로." 엘리자베스가 대답했다. "그 이야기는 하지 않으면 않을수록 좋은 것 아니니?"

"어라! 언니 참 이상하게 말하네. 하지만 어떻게 했는지 말해줄게. 언니도 알다시피 우리는 세인트클레먼트 교회에서 결혼했어. 위컴 씨의 숙소가 그 교구에 있었거든. 모두들 열한시까지 그곳에 도착하기로 결정했지. 외삼촌 부부와 내가 함께 가기로 했고, 다른 사람들은 교회에서 만나기로 되어 있었어. 마침내 월요일이 찾아왔고 나는 안달복달했지. 언니도 알겠지만 무슨 일이 일어나 결혼이 연기되면 어쩌나 무척 걱정했거든. 그런 일이 일어났으면 분명 난 미쳐버렸을 거야. 옷을 갈아입는 동안 내내 외숙모가 옆에서 설교문을 읽듯이 계속 훈계하셨어. 하지만 외숙모가 열 마디 하셨다면 한 마디쯤 들었나, 언니도 짐작하겠지만 그때 내 생각은 온통 사랑하는 위컴에게만 쏠려 있었거든. 그가 파란색 외투를 입고 왔을지 너무 궁금한 거야.

어쨌든 우리는 평소처럼 열시에 아침을 먹었어. 그런데 그 식사 시간이 영원히 끝나지 않을 것처럼 길게 느껴지더라고. 언니도 차츰 알게 되겠지만, 외삼촌과 외숙모가 나를 데리고 있는 동안 몹시 쌀쌀맞게 대하셨거든. 그곳에 두 주나 있었는데도 집밖으로 단 한 발자국도 못 나갔다는 게 믿겨져? 파티도 외출도 다 안 된대. 런던은 확실히 한산하더라. 하지만 리틀시어터는 열었던데 말이야. 어쨌든 마차가 문 앞에 막 도착했는데 스톤 씨라는 빌어먹을 작자가 볼일이 있다고 외삼촌을 불러냈지 뭐야. 두 사람은 만났다 하면 도무지 끝이 없어. 글쎄, 너무 겁이 나서 어쩔 줄 몰랐다니까. 외삼촌이 식장에서 내 손을 잡아주기로 되어 있었거든. 만약 시간을 어기면 그날 온종일 결혼식을 못하게 되니까. 하지만 천만다행으로 외삼촌이 십 분 있다 돌아오셨고 우리는 식장으로 출발했어. 하지만 나중에 돌이켜보니 외삼촌이 결혼식장에 못 오셨다 해도 결혼식을 연기할 필요는 없었을 것 같아. 왜냐하면 다아시 씨가 외삼촌 못지않은 역할을 해주셨을 테니까.”

“다아시 씨라니!” 엘리자베스가 소스라치게 놀라며 되받아 외쳤다.

“그렇다니까! 그분이 위컴이랑 같이 오기로 되어 있었으니까. 맙소사, 이걸 어째! 깜빡했네! 이 얘기는 한마디도 하지 말았어야 하는데. 그분들께 철석같이 약속했는데! 위컴이 뭐라고 할까? 이 일은 반드시 비밀에 부치기로 했는데!”

“비밀에 부치기로 했다면, 더이상 말하지 마.” 제인이 말했다. “더이상 진실을 알려고 하지 않을 테니.”

“그럼, 그래야지!” 호기심으로 얼굴이 달아올랐으면서도 엘리자베스가 말했다. “더이상 묻지 않을게.”

“언니들, 고마워.” 리디아가 말했다. “언니들이 물어보면 틀림없이 모든 진실을 털어놓을 거야. 그러면 위컴이 화를 낼 테고.”

그처럼 질문을 부추기는 동생의 말에 엘리자베스는 호기심을 누르기 위해 그 자리를 피할 수밖에 없었다.

하지만 이런 일을 모른 척하고 지내기란 도무지 불가능했다. 혹은 적어도 뭔가 더 많은 정보를 얻어내려고 노력하지 않는 게 불가능했다. 다아시 씨가 리디아의 결혼식에 참석했다니 대체 무슨 소린가! 정녕, 그가 가장 있고 싶지 않은 장소에 가서, 가장 보고 싶지 않은 사람들과 어울렸다는 소리 아닌가! 그 의미에 대한 추측들이 그녀의 머릿속에 제멋대로 재빠르게 몰려들었다. 하지만 어떤 추측도 흡족하지 않았다. 그의 행동을 더없이 고귀한 관점으로 바라보는 추측이 그나마 마음에 쏙 들었지만 현실성이 너무 없어 보였다. 그녀는 답답한 상황을 참을 수 없어서 황급히 종이를 꺼내 외숙모에게 짤막한 편지를 썼다. 비밀을 지키기로 한 약속을 크게 훼손하는 것만 아니라면 리디아가 우연히 발설한 내용이 대체 무슨 뜻인지 설명해달라고 부탁했다. '외숙모도 쉬이 이해하실 거예요.' 그녀는 덧붙였다. '우리들 중 누구와도 관계가 없고, (비유하자면) 우리 가족에겐 이방인이나 마찬가지인 사람이 도대체 왜 그 시간에 그 자리에 참석했는지 제가 얼마나 궁금해할지를요. 그러니 부디 즉시 답장을 보내 알려주세요. 리디아는 반드시 필요한 일이라고 여기는 듯하지만, 그 일을 비밀에 부쳐야 할 납득할 만한 이유가 없다면 말이죠. 혹시 그런 이유가 있다면 진실을 모르는 채로 만족하려고 애쓸 수밖에요.'

'하지만 절대로 만족 못할 거야.' 편지 쓰기를 마치며 그녀는 혼잣말로 덧붙였다. '외숙모, 외숙모가 명예를 지켜 제게 진실을 말해주시지 않으면, 직접 나서서 알아내기 위해 전 온갖 책략과 전략을 동원하고 말 거예요.'

제인은 신의를 존중하는 섬세한 마음씀씀이로 리디아가 무심결에 흘린 말을 두고 엘리자베스와 개인적인 얘기를 나누려 하지 않았다. 엘리자베스는 언니의 그런 태도가 고마웠다. 외숙모에게 물어본 질문에 대해 어느 정도 만족스러운 답변을 듣게 될 때까지는 속내를 털어놓을 사람이 없는 게 나았다.

10

반갑게도 엘리자베스는 외숙모의 신속한 답장을 받았다. 편지를 받자마자 다른 사람들의 방해를 받을 가능성이 가장 적은 관목숲으로 가서는 그곳 벤치에 앉아 기대를 품었다. 편지의 길이로 보아 외숙모가 자신의 부탁을 거절하지 않은 게 분명했다.

그레이스처치 스트리트, 9월 6일
사랑하는 조카에게,

지금 막 네 편지를 받았어. 그리고 오전 시간을 다 내서 이 답장을 쓰려고 해. 짤막한 내용으로는 네게 해줄 말을 다 담지 못할 것 같아서. 우선 네 질문을 받고 깜짝 놀랐다고 고백할게. 네가 그 내용을 물어올 줄은 몰랐거든. 하지만 화가 났다고 생각하진 마. 그저 네 편에서 그런 질문이 필요하리라고는 미처 상상하지 못했다는 걸 알리려는 것뿐이니까. 그런 내가 이해가 안 된다면, 내 결례를 용서해주렴. 네 외삼촌도 나만큼 놀라셨어. 외삼촌은 오로지 네가 이 일에 관련이 있다고 믿었기 때문에 그렇게 행동하신 거니까. 하지만 네가 이번 일에 대해 정말 아무것도 모르고 있다면 좀더 분명하게 설명해줘야겠지. 내가 롱본에서 집으로 돌아온 그날, 네 외삼촌은 뜻밖의 손님을 맞이하고 계셨어. 바로 다아시 씨가 찾아와 있었던 거야. 두 사람은 문을 닫아걸고 여러 시간 얘기를 나누었고, 내가 도착했을 땐 이미 얘기를 다 끝낸 뒤였어. 그러니 나는 너만큼은 궁금증에 시달리지 않았단다. 그는 리디아와 위컴이 있는 곳을 알아냈으며, 두 사람을 만나보기까지 했다는 소식을 가드너 씨에게 전하러 찾아온 것이었어. 그는 위컴은 여러 차례 만났고 리디아는 한 차례 만났다고 했어. 내 추측으로는, 우리가 더비셔를 떠난 직후 그도 다음날 곧장 출발해 그들을 찾을 작정으로 런던에 온 것 같았어. 다아시 씨는 이번 불상사가 바로 자신 때문에 일어났다고 확신하기 때문에 이 일을 했다고 설명했어. 위컴의 비열한 성품을 자신이 직접 폭로했었더라면 양갓집의 어린 아가씨가 그런 사람을 사랑하거나 신뢰하는 일은 불가능했을 거라고. 그는 관대하게도 이 모든 일을 다 자신의 잘못된 자존심 탓으로 돌렸어. 예전에는 위컴의 개인사를 세상 사람들에게 공개하는 건 품위가 떨어지는 일이라 생각했다고 고백했어. 위컴의 성품이 저절로 알려질 것 같았대. 그는 자신 때문에 초래된 이번 일을 자신이 직접 나서서 해결하려 애쓰는 게 당연한 의무라고 했어. 그에게 다른 동기가 있었다 해도, 나는 그게 그의 품위를 깎아내릴 리 없다고 확신한단다. 그는 런던에 도착한 지 여러 날이 지나서야 두 사람을 찾아낼 수 있었대. 하지만 우리와 달리 두 사람의 행방을 수소문할 수 있는 방법이 있었던 게지. 일전에 다아시 양의 가정교사를 맡았다가 불미스러운 일로 해고된 영 부인이라는 사람이 있나봐. 물론 다아시 씨는 그 부인의 일을 구체적으로 말하진 않았어. 이후 영 부인은 런던의 에드워드 스트리트에 큰 집을 구해서 하숙을 치며 살았대. 위컴과 무척 친한 사이였나봐. 다아시 씨는 런던에 도착하자마자 위컴의 행방을 알아보러 곧장 이 부인을 찾아갔대. 하지만 이삼일 후에야 이 부인에게서 원하는 정보를 들을 수 있었대. 그녀가 위컴과의 신의를 저버리려 하지 않았기 때문인데, 내 생각에는 뇌물을 주거나 매수를 해야만 했을 것 같아. 이 부인은 정말로 자기 친구가 어디 있는지 알고 있었어. 실제로 위컴이 런던에 처음 도착하자마자 바로 이 부인을 찾아갔던 거지. 만약 이 부인이 두 사람을 자기 하숙집에 받아주었더라면 그들은 그곳에 거처를 정했겠지. 어쨌든 우리의 친절한 다아시 씨는 마침내 두 사람이 머물고 있는 거처의 주소를 알아냈어. 그들은 런던의 ×× 스트리트에 머물고 있었어. 결국 다아시 씨는 위컴을 만났고, 이후 리디아도 만나봐야겠다고 했대. 그가 그렇게 하려고 한 첫번째 목적은 현재의 불명예스러운 상황에서 벗어나, 자신의 힘이 닿는 한 도울 테니 가족과 친지들이 그녀를 받아주겠다고 하면 즉시 돌아가라고 설득하려는 것이었대. 하지만 리디아는 그곳에 그냥 있겠다고 단단히 결심했다나봐. 그애는 가족과 친지들에 대해서는 전혀 신경쓰지 않았고, 다아시 씨의 도움도 바라지 않았으며, 위컴과 헤어지라는 말을 귀담아들으려 하지도 않았대. 언젠가 때가 되면 결혼이 성사되리라 확신했고 그 시기는 중요하게 여기지도 않았대. 리디아의 결심이 그랬기 때문에 한시바삐 결혼을 확정 짓는 길밖에 없었는데, 다아시 씨는 위컴과 처음 얘기를 나눌 때 이미 그에게는 결코 결혼할 뜻이 없음을 곧바로 알아차렸다고 해. 도박 빚 독촉에 시달려 부대에서 도망칠 수밖에 없었다고 고백했고, 리디아의 도피로 인한 나쁜 결과에 대해서는 주저 없이 모든 걸 리디아 자신의 어리석음 탓으로 돌렸대. 장교 보직은 즉시 사임할 작정이었고, 앞날의 상황에 대해서는 짐작조차 못할 만큼 아무런 계획이 없었다고 해. 어디론가 떠나야 할 텐데 어디로 가야 할지조차 몰랐단다. 물론 먹고살 방편이 전혀 없다는 건 알았겠지. 다아시 씨는 그에게 왜 리디아와 즉시 결혼하지 않았느냐고 물었대. 베넷 씨가 대단한 부자는 아니라도 그에게 뭔가 해줄지도 모르고, 그러면 그 결혼으로 상황이 다소 호전될 수도 있었을 거라며. 하지만 이 질문에 대한 대답을 듣고 그는 위컴이 아직도 다른 지역에 가서 결혼을 통해 좀더 실속 있게 재산을 챙겨보려는 희망을 품고 있다는 걸 알았대. 그렇지만 상황이 상황인지라 당장의 곤궁한 처지에서 자신을 구해줄 유혹을 견뎌낼 재간이 없었나봐. 두 사람은 이후로도 상의할 문제가 많아서 여러 번 만났대. 물론 위컴은 자신이 얻어낼 수 있는 한도 이상으로 많은 것을 원했지만 결국에는 그의 기대치가 합리적인 수준으로 줄었다네. 두 사람 간에 모든 문제가 정리되자 다아시 씨가 다음으로 취한 조치는 그 결정 사항을 네 외삼촌에게 알리는 일이었어. 그래서 내가 집에 도착하기 전날 저녁 무렵 즉시 그레이스처치 스트리트의 우리집을 찾아온 거야. 그런데 그날은 가드너 씨를 만날 수 없었어. 조금 물어보니 네 아버지가 그때까지도 외삼촌과 함께 계셨고, 그다음날 런던을 떠날 예정이라는 사실을 알게 되었던 거야. 그는 네 외삼촌과 달리 네 아버지는 리디아 일을 상의하기에 적절한 분이 아니라고 판단했기에 네 아버지가 런던을 떠나실 때까지 외삼촌과의 만남을 순순히 미뤘어. 그가 이름을 남기지 않고 가서 신사 한 분이 용무가 있어 방문했다는 것 정도만 그다음날 전해졌지. 토요일에 그가 다시 우리집을 찾아왔어. 네 아버지가 떠난 뒤였고, 외삼촌은 집에 있었지. 그렇게 해서 두 사람이 앞서 말한 대로 많은 일들을 상의하게 된 거야. 두 사람은 일요일에 다시 만났고 그날은 나도 그를 만났어. 모든 일이 다 확정된 건 월요일이야. 그 즉시 롱본으로 속달을 보냈지. 하지만 우리의 방문객은 정말이지 고집이 세더라. 내 생각으로는 말이야, 리지, 그런 고집스러움이 결국은 그 사람 성격의 진짜 결함 아닌가 싶다. 다른 자리에서도 다아시 씨는 단점이 많다고 비난받았지. 하지만 이런 고집스러움이야말로 진짜 단점인 것 같아. 그는 모든 일을 다 자기가 직접 하려고 들었어. 물론 나는 네 외삼촌도 모든 일을 해결할 수 있었을 거라고 확신해(고맙다는 인사를 받으려고 하는 말은 아니니 그런 인사는 절대로 하지 말고). 이 일을 처리하면서 네 외삼촌과 다아시 씨는 오랫동안 논쟁을 벌였대. 당사자인 신사나 숙녀에게는 너무나도 과분한 일이지. 어쨌든 네 외삼촌은 결국 다아시 씨에게 물러설 수밖에 없었어. 직접 나서서 조카에게 도움을 주지도 못하는 상황에서 그 명예만 떠맡도록 강요받았으니 네 외삼촌의 성미에 얼마나 거슬렸겠니. 그런데 오늘 아침 네가 보낸 편지를 받았으니, 네 외삼촌에게는 참으로 기쁜 일이었을걸. 네 편지가 요구한 해명으로, 외삼촌은 빌려 달고 있던 깃털을 떼어내고 대신 받은 칭찬을 마땅히 가야 하는 자리로 돌릴 수 있게 되었으니까. 하지만, 리지, 이 내용은 너만 알고 있어야지 다른 사람에겐 절대로 발설해선 안 돼. 기껏해야 제인 정도라면 모를까. 위컴과 리디아를 위해 무슨 일이 행해졌는지는 너도 충분히 짐작하겠지. 천 파운드를 웃도는 위컴의 빚을 다 갚아주기로 했단다. 그리고 증여 재산 몫에 추가로 천 파운드를 얹어 리디아에게 주고, 위컴에게는 장교 임명장도 구입해주기로 했어. 이 모든 일을 다아시 씨 혼자서 다 부담하기로 한 것인데, 그 동기가 앞서 말한 이유 때문이란다. 즉 위컴의 진면목이 잘못 알려지고 그래서 결과적으로 그가 지금처럼 대접받고 주목받게 된 게 다 자기 탓이라는 거지. 자신이 말을 했어야만 했는데, 생각이 부족했다는 거야. 이런 발언에도 어느 정도의 진실은 담겨 있겠지. 하지만 나는 그가 말을 안 했든 다른 누군가가 안 했든, 과연 그런 것에다 이번 일의 책임을 돌릴 수 있을지 의심이 들어. 하지만 사랑하는 리지, 다아시 씨가 내세운 그럴듯한 모든 수사에도 불구하고, 아마 네 외삼촌은 다른 믿음 한 가지가 없었다면 절대로 이번 일에 양보하지 않았을 거라고 확신해도 좋단다. 다아시 씨 입장에서는, 이번 일에 또다른 의미의 이해가 얽혀 있었다는 뜻이지. 모든 문제가 해결되자 그는 그때까지도 펨벌리에 머물러 있던 친구들에게로 돌아갔어. 하지만 리디아의 결혼식 날 런던으로 다시 돌아와 돈과 관련된 모든 일을 말끔히 마무리짓기로 합의했지. 자, 이제 네게 모든 얘기를 다 한 것 같구나. 무척 놀라운 얘기라고 너도 말하겠지. 적어도 이 얘기가 너를 불쾌하게 만들진 않았으면 좋겠다. 리디아는 우리집에 왔고 위컴에게는 언제든 우리집을 드나들어도 좋다고 허락을 해줬지. 그는 내가 하트퍼드셔에서 알았던 그 모습 그대로였어. 지난 수요일에 제인이 보낸 편지에서 집에 돌아간 리디아의 행동이 이곳에 머무르는 동안의 행동과 얼마나 똑같은지 얘기를 들었다. 그런 얘기를 듣지 않았다면 우리집에 머무르는 동안 그애의 행동이 얼마나 못마땅했는지 말하지 않았을 거야. 어쨌든 기왕 이렇게 됐으니 내가 지금 하려는 얘기가 네게 새로운 고통을 주진 않겠지. 리디아에게 진지한 태도로 자신이 저지른 짓이 얼마나 나쁜 짓인지, 그리고 가족들에게 얼마나 큰 고통을 안겼는지 여러 차례 얘기했단다. 그애가 내 말을 들었다

면 그건 어쩌다 운이 좋아서였을 뿐 대개는 귓등으로 흘려버리기 일
쑤였다. 어떤 때는 정말 화가 치밀어올랐지만 그때마다 사랑하는 너
희 둘, 엘리자베스와 제인을 떠올렸어. 너희를 위해 꾹 참았지. 다아
시 씨는 정확히 약속한 시간에 왔어. 그리고 리디아가 말한 대로 결
혼식에 참석했고. 다음날 그는 우리와 저녁식사를 함께했는데 수요
일이나 목요일쯤 다시 런던을 떠날 예정이라고 했어. 이런 얘기는
예전 같으면 입 밖에도 못 꺼냈을 텐데 이 기회를 빌려서 내가 다아
시 씨를 얼마나 좋아하게 되었는지 말해도 화내지 않겠지. 사랑하는
리지, 그가 우리를 대하는 태도는 모든 면에서 더비셔에서 본 것과
마찬가지로 더없이 상냥했단다. 그의 분별력과 사고방식 모두 내 마
음에 들었어. 부족한 것이라고는 그저 조금 더 생기가 있다면 좋겠
다는 것뿐. 하지만 현명한 결혼을 하면 아내 될 사람이 그 점을 가르
쳐주겠지. 그가 제법 능청스럽기도 하더라. 네 이름을 단 한 차례도
입에 올리지 않더라니까. 하지만 요즘은 능청맞은 게 유행인 모양이
더라. 리지, 내가 너무 주제넘게 말했다면 부디 용서하렴. 최소한 P
에 못 오게 하는 벌은 내리지 말아줘. 그곳의 정원과 숲을 구경하지
못한다면 참 불행한 일일 거야. 조그맣고 잘생긴 조랑말들이 끄는
사륜 쌍두마차를 타고 그곳 구경을 못하게 된다면 말이야. 자, 이제
편지를 그만 써야겠다. 아이들이 반시간 전부터 나를 찾고 있어. 이
만 줄일게, 안녕.

M. 가드너

편지의 내용이 엘리자베스의 마음을 크게 흔들어놓았다. 그렇게 흔

들리는 마음속에 즐거움이 더 큰지 괴로움이 더 큰지 가늠하기가 힘들었다. 동생의 결혼을 성사시키는 데 다아시 씨가 기여했을지도 모른다고 막연하게 생각했던 모호하고 불확실한 의혹이, 이제는 더이상의 진실이 없을 만큼 완벽한 진실로 증명된 셈 아닌가! 그 진실은 너무 큰 호의라 도저히 있을 법하지 않았고, 동시에 신세를 진다는 부담감 때문에 두렵기도 했다. 그가 일부러 런던까지 그들을 따라가서는, 수소문하는 일에 따라붙는 온갖 괴로움과 굴욕을 몸소 감당했다는 것 아닌가! 그 과정에서 그가 틀림없이 혐오하고 경멸했을 부인에게 간청해야 했고, 늘 그에게는 가장 마주치고 싶지 않을 뿐만 아니라 그 이름조차 듣고 싶지 않은 남자를 만나, 그것도 여러 차례 만나서 설명하고 설득하고 결국은 매수까지 해야만 했다니. 그는 이 모든 일을 사랑하지도 존중하지도 않는 어린 아가씨를 위해 했다. 그녀의 마음속 깊은 곳에서 '그가 이 모든 일들을 한 건 바로 너를 위해서였어!'라는 속삭임이 들렸다. 하지만 문득 다른 생각이 떠올라 이런 희망적인 속삭임을 저지했다. 자신의 청혼을 이미 거절한 여인을, 위컴과 인척 관계가 되는 데 당연히 따르는 혐오감을 이겨낼 정도로 여전히 사랑해서 이런 일을 했으리라는 짐작은 아무리 그녀가 허영심을 부려본들 충분한 설명이 될 수 없었다. 종류를 불문하고 자존심을 지닌 사람이라면 누구든 그런 관계를 맺는 일에 혐오감이 들 것이다. 분명히 그는 너무 많은 일을 했다. 그게 얼마나 큰일이었는지를 생각해보니 부끄러웠다. 하지만 그는 자신이 개입하게 된 이유를 밝혔고, 특별히 믿기 어려운 것도 아니었다. 그가 자신에게 책임이 있다고 느끼는 건 그럼직했다. 그는 너그러웠고, 그에게는 그런 마음을 실행에 옮길 수 있는 수단도 있었다. 그녀는 그의 주된 동기가 바로 자신이라고 내세울 수는 없어도 아직 남아 있는 애정 때문에 그녀의 마음을 평온하게 해주기 위해 그것이 중대하게 직결된 이 일을 해결하려고 그가 애썼다는 걸 느낄 수 있었다. 보답할 길이 없는 사람에게 은덕을 입었다는 생각에 엘리자베스는 몹시 괴로웠다. 리디아를 되찾고 평판을 지킬 수 있었던 일, 그 모든 일들에서 그에게 신세를 졌다. 아아! 그녀는 자신이 키워온 온갖 무례한 생각들, 그에게 퍼부었던 온갖 불손한 말들을 진심으로 후회했다. 자신은 부끄러웠지만 그는 자랑스러웠다. 그가 명예와 자비를 위해 스스로를 극복해냈다는 게 자랑스러웠다. 그녀는 외숙모가 편지 끝에 붙인 그에 대한 칭찬을 몇 번이고 되풀이해서 읽었다. 결코 충분하지는 않았지만, 그녀를 기쁘게 했다. 외숙모 부부가 다아시 씨와 그녀 사이에 애정과 신뢰가 존재한다는 사실을 굳건히 확신하고 있음을 알고는 후회가 섞이긴 했지만 살짝 기쁨마저 느낄 수 있었다.

그녀는 누군가 다가오는 소리를 듣고 정신을 차리며 벤치에서 일어났다. 그리고 재빨리 다른 길로 사라지려는 순간 뒤따라온 위컴과 마주치고 말았다.

"처형, 홀로 산책을 즐기고 계신데 방해한 것 아닌지 모르겠습니다." 그녀에게 다가서며 그가 말했다.

"방해하고말고요." 그녀는 미소를 띠며 대답했다. "하지만 환영 못 받을 방해는 아닌데요."

"방해했다면 정말 죄송합니다. 우리 둘은 항상 좋은 친구였죠. 그리고 지금은 더 가까운 사이가 되었고요."

"맞아요. 다른 사람들도 밖으로 나왔나요?"

“모르겠습니다. 장모님과 아내는 마차를 타고 메리턴으로 나간다고 했습니다. 처형, 처외삼촌 내외분 말씀으로는 펨벌리 저택을 직접 보셨다면서요?”

그녀는 그렇다고 대답했다.

“그런 즐거운 경험을 하셨다니 부럽기까지 하네요. 하지만 제겐 너무 부담스러운 일일 겁니다. 그렇지 않으면 뉴캐슬로 가는 길에 들러서 구경해볼 텐데요. 하녀장도 만나셨겠네요? 가엾은 레이놀즈 부인, 언제나 저를 무척 사랑해주셨는데. 그 부인이 처형에게 제 이름을 언급했을 리 없겠지만요.”

“아니요, 하셨어요.”

“뭐라고 하던가요?”

“제부가 군에 들어갔다고요. 그런데 잘 지내는 것 같지 않다며 걱정하셨어요. 그 정도로 멀리 떨어진 곳이라면 제부도 알다시피 여러 사실이 잘못 전해지는 법이니까요.”

“확실히 그렇습니다.” 그가 입술을 깨물며 대답했다. 엘리자베스는 자신의 말을 듣고 그가 이제는 침묵을 지켜주기를 바랐다. 하지만 그는 곧바로 다시 말했다.

“지난달 다아시를 런던에서 만나고 깜짝 놀랐습니다. 몇 차례 서로 스쳐지나간 적이 있지요. 그가 그곳에서 무슨 일을 할까 궁금했어요.”

“드 버그 양과의 결혼을 준비하고 있겠죠.” 엘리자베스가 말했다. “한 해 중 이맘때 그를 런던으로 이끈 일이라면 매우 특별한 용무일 테니까요.”

“그럴 겁니다. 램턴에 계시던 동안에도 그를 만나셨나요? 가드너 외삼촌 내외분께서 그랬다고 말씀하시던데."

"네, 만났습니다. 여동생을 소개시켜주더군요."

"여동생이 마음에 들었습니까?"

"대단히요."

"사실 저도 다아시 양이 최근 한두 해 사이에 특별하다 싶을 만큼 좋아졌다는 얘기는 들었습니다. 제가 마지막으로 보았을 땐 그다지 좋아질 것 같지 않았는데. 다아시 양이 마음에 들었다니 기쁘네요. 그녀가 잘되기를 바랄 뿐입니다."

"그리되리라 장담합니다. 가장 힘든 시기는 극복한 것 같으니까요."

"킴프턴 마을은 가보셨나요?"

"기억이 안 나네요."

"그곳을 말씀드리는 건, 바로 그곳이 제가 마땅히 맡았어야 할 교구이기 때문이죠. 얼마나 매력적인 곳인지! 목사관은 또 얼마나 멋있고요! 모든 면에서 저와 잘 어울렸을 곳이지요."

"설교를 좋아하셨을까요?"

"굉장히 좋아했을 겁니다. 틀림없이 그 일을 당연한 의무로 생각했을 거고, 필요한 노력도 이내 아무렇지 않게 여겼을 겁니다. 후회해선 안 되지만…… 확실히 제게 잘 맞았을 거예요! 그토록 평온한 은거 생활이라면 제가 생각하는 행복의 모든 개념과 잘 맞아떨어졌을 텐데! 하지만 그리되지 못했습니다. 켄트에 머무실 때 혹시 다아시가 상황 설명을 하던가요?"

"그분 못지않게 믿을 만한 소식통에게서 들었습니다. 그 성직록 자리가 조건부로, 현 후견인의 의사에 달린 것이었다고요."

"들으셨군요. 그렇습니다. 그런 조건이 있었지요. 처음부터 처형에게 그렇게 얘기했었는데, 아마 기억나실 겁니다."

"하지만 제부가 한때는 설교가 지금과 달리 구미에 맞지 않았고, 실제로 그 자리를 맡지 않겠다고 선언해서 일이 그 뜻에 따라 타협됐다는 얘기도 들은 기억이 나는데요."

"그걸 다 기억하시다니! 전혀 근거가 없는 기억은 아니네요. 우리가 처음 이 일에 대해 얘기했을 때 제가 그 점에 대해 했던 말이 기억나실 겁니다."

두 사람은 이제 거의 현관문 앞에 이르렀다. 위컴을 떼어내려고 그녀가 걸음을 재촉했던 까닭이었다. 그녀는 동생을 위해 그의 화를 돋우고 싶지 않아 명랑한 미소만 지으며 이렇게 대답했다.

"자, 위컴 씨, 아시다시피 우리는 이제 처형과 제부 사이잖아요. 그러니 지난 일을 두고 이러쿵저러쿵 따지지 않기로 해요. 앞으로는 늘 한마음이 되기를 바라요."

그러면서 손을 내밀자 그는 어떤 표정을 지어야 할지 몰랐지만 그래도 살가운 태도로 그 손에 입을 맞췄다. 그런 다음 두 사람은 집안으로 들어갔다.

11

위컴 씨는 엘리자베스와의 대화가 대단히 만족스러웠는지 그뒤로 이 문제를 다시 꺼내 괴로워하지 않았고 처형 엘리자베스를 자극하지도 않았다. 그녀도 그의 입을 막을 만큼 충분히 대화를 나눴다는 걸 알고 기뻤다.

그와 리디아가 떠나기로 한 날이 이내 다가왔다. 베넷 부인도 작별을 받아들일 수밖에 없었다. 온 가족을 데리고 뉴캐슬을 방문하자는 부인의 계획을 베넷 씨가 들은 척도 하지 않아서 그 작별은 적어도 열두 달은 계속될 것 같았다.

"아아, 내 어여쁜 리디아." 그녀가 탄식했다. "이제 언제 다시 만나겠니?"

"글쎄요, 엄마. 저도 모르죠. 아마 이삼년은 못 만날 듯싶네요."

"편지 자주 써야 한다."

"되도록 자주 보낼게요. 하지만 결혼한 여자가 편지 쓸 시간이 어디 있겠어요. 언니들이 제게 보내야죠. 별로 할일들도 없을 텐데."

위컴 씨의 작별 인사는 아내보다 더 살가웠다. 그는 미소를 머금으며 멋진 태도로 꽤나 그럴듯한 인사말을 참 많이도 건넸다.

"늘 봐왔지만 역시 우리 사위는 아주 멋쟁이라니까." 리디아 부부가 떠나자마자 베넷 씨가 말했다. "억지웃음도 잘 짓고, 능글맞고, 우리 식구를 다 꾀려 드는구나. 그가 엄청나게 자랑스러워. 이보다 더 값진 사위를 얻은 장인이 있다면, 윌리엄 루커스 경이든 누구든 나와보라고 해라."

딸이 떠난 일로 베넷 부인은 여러 날을 몹시 우울해했다.

"사랑하는 가족과 헤어지는 일보다 더 나쁜 일도 없다는 생각이 자주 들어." 그녀가 말했다. "가족이 없으면 너무 쓸쓸할 것 같아."

"그게 딸을 결혼시켜서 생긴 결과라는 걸 엄마도 이제 아시겠네요."

엘리자베스가 말했다. "아직 결혼 안 한 딸이 넷이나 남았다는 걸 위안으로 삼으세요."

"그게 아니지. 리디아는 결혼했기 때문에 떠난 게 아니야. 공교롭게도 남편의 부대가 멀리 있어서 떠난 거지. 그 부대가 가까이 있었으면 이렇게 일찍 떠나지 않았을 거야."

하지만 리디아와의 작별 때문에 생겨난 베넷 부인의 우울한 심사는 곧바로 회복되었다. 동네에 새 소식이 퍼지기 시작하면서 그녀의 마음은 희망으로 요동치며 다시금 활짝 열렸다. 네더필드의 하녀장에게 주인이 몇 주 동안 사냥을 할 목적으로 하루이틀 안에 돌아올 예정이니 준비하고 있으라는 지시가 있었다는 소식이었다. 그 소식을 접한 베넷 부인은 흥분해서 난리가 아니었다. 그녀는 제인을 바라보다가 히죽해죽 웃다가 고개를 젓다가를 반복했다.

"잘됐어, 잘됐지 뭐야. 그래, 빙리 씨가 다시 돌아온다 이거지, 동생." (이 소식을 처음 전해준 사람이 여동생 필립스 부인이었다.) "잘됐어. 너무 잘된 일이야. 물론 신경은 안 써. 너도 알다시피 그 사람은 이제 우리하고 아무 상관도 없잖니. 그리고 분명히 말하는데, 나는 그 사람을 다시는 보고 싶지도 않아. 하지만, 하지만 말이야. 자기가 좋아서 네더필드에 온다는데, 그 사람 자유지. 무슨 일이 일어날지 누가 알겠어? 하지만 우리가 알 바 아니고. 너도 알겠지만 이미 오래전에 이 일에 대해선 다시는 말하지 않기로 했잖니. 그런데 그 사람이 정말 돌아온다니?"

"믿어도 돼." 상대방이 대답했다. "그 집 니컬스 부인이 어젯밤 메리턴에 다녀갔어. 그곳을 지나가는 모습을 나도 봤다니까. 그래서 일부러 직접 나가서 소문이 사실이냐고 물어봤어. 그랬더니 정말이래. 빙리 씨가 늦어도 목요일까진 온다는 거야. 수요일에 올 가능성도 많고. 그래서 푸줏간에 수요일까지 고기를 보내달라고 주문하러 간다더라고. 잡기 좋은 오리도 대여섯 마리 주문한다고 했고.”

빙리 씨가 돌아온다는 소식을 듣고 큰딸 베넷 양은 얼굴이 붉어지지 않을 수 없었다. 동생인 엘리자베스와 그의 이름을 마지막으로 입에 올렸던 때가 벌써 여러 달 전이었다. 하지만 동생과 단둘만 있게 되자마자 그녀가 말했다.

“리지, 오늘 이모가 소식을 전할 때 네가 나를 빤히 바라보던 것 알아. 그리고 내가 괴로운 표정을 지었다는 것도 알고. 하지만 어리석은 생각 때문에 그랬던 게 아니라는 점만 알아줘. 내가 주목의 대상이 되고 있을 거라는 생각이 들어서 그저 순간적으로 당황해서 그랬을 뿐이야. 분명히 말하지만, 그 소식은 나와 아무 상관없는, 기쁘지도 괴롭지도 않은 소식일 뿐이야. 다만 한 가지는 다행이라고 생각해. 그 사람이 혼자 온다는 점 말이야. 그만큼 덜 봐도 된다는 소리니까. 나 자신은 아무렇지도 않은데 다른 사람들이 해댈 말들은 두렵네.”

엘리자베스는 언니의 말을 어떻게 해석해야 할지 몰랐다. 더비셔에서 빙리 씨를 만나지 않았더라면, 그녀도 그가 사람들에게 알려진 목적 때문에 네더필드로 돌아오는 거라고 생각했을 것이다. 하지만 빙리 씨가 언니에게 여전히 애정을 품고 있다는 생각이 들었다. 다만 그가 친구의 허락을 받고 돌아오는 것인지 아니면 그런 허락 없이 과감히 본인의 의지에 따라 돌아오는 것인지, 둘 중 어느 쪽이 더 가능성이 높은 것인지 아리송했다.

‘그래.’ 가끔 이런 생각이 들었다. ‘이 딱한 남자가 합법적으로 세든 자기 집에 모처럼 돌아오는 일인데, 온갖 추측을 불러일으키다니! 나라도 그냥 내버려두자!’

언니가 공언했던 내용이 있고 실제로 언니는 자신의 감정이 그렇다고 믿고 있었지만, 빙리 씨가 도착할 날이 다가올수록 언니의 기분이 이 일에 영향을 받고 있다는 사실을 엘리자베스는 쉽게 눈치챌 수 있었다. 언니의 기분이 평소보다 더 혼란스럽고 불안정해 보였다.

열두 달 전 부모님 사이에 매우 열띠게 오갔던 화제가 다시 한번 되풀이됐다.

“여보, 빙리 씨가 돌아오면 당연히 곧장 인사를 가시겠죠.” 베넷 부인이 말했다.

“안 가. 절대로 안 가요. 작년에도 당신의 강요 때문에 그 집을 다녀왔잖소. 인사만 가면 그가 틀림없이 우리 딸애들 가운데 한 명과 결혼할 거라고 장담하는 바람에. 하지만 아무 소득 없이 끝났지. 그러니 그런 바보 같은 짓은 다시는 하지 않겠소.”

그의 아내는 빙리 씨가 네더필드에 돌아오면 그런 식의 관심 표명이 이웃의 모든 신사들에게 반드시 필요한 일이라고 역설했다.

“그런 일이야말로 내가 경멸하는 예절이야.” 그가 말했다. “우리와 어울리고 싶다면, 그 사람이 우리를 찾아와야지. 우리 사는 곳도 알잖소. 이웃이 집을 떠났다 돌아왔다 할 때마다 방문하며 내 시간을 낭비하는 일은 안 할 거요.”

“글쎄요, 제가 알기로는, 만약 당신이 방문하지 않는다면 크게 무례를 범하는 일일걸요. 어쨌든 그건 그렇다 칩시다. 그렇다고 내가 그 사람을 우리집 정찬에 초대하는 일까지 방해받는 건 아니니까, 결심했어요. 마침 곧 롱 부인과 굴딩 씨네 가족을 초대할 참이었어요. 우리 가족까지 합치면 총 열세 명이 되겠죠. 그러니 식탁에 빙리 씨 한 사람 더 앉을 자리는 충분하네요.”

베넷 부인은 그나마 이 같은 결심을 위안 삼아 남편의 무례를 더 잘 참아낼 수 있었다. 물론 남편의 고집 때문에 자기 가족보다 다른 이웃들이 먼저 빙리 씨를 만난다는 게 너무나 분하기는 했다. 빙리 씨의 도착 날짜가 다가오자 제인이 동생에게 말했다.

“그 사람이 온다는 사실 자체가 마음에 걸리기 시작했어. 나한테 아무 의미도 없는 일인데 말이야. 철저히 무심하게 그 사람을 볼 수는 있겠지. 하지만 그 사람이 온다는 얘기를 이렇게 계속해서 참고 들어야 하는 게 너무 힘들어. 물론 엄마는 좋은 뜻으로 말씀하시는 거겠지만 엄만 몰라. 엄마의 말 때문에 내가 얼마나 힘든지 누구도 모를 거야. 그 사람이 네더필드를 아주 떠나야 내가 행복해질 텐데!”

“언니한테 무슨 말이든 위로의 말을 해줄 수 있으면 좋으련만.” 엘리자베스가 말했다. “하지만 전적으로 내 능력 밖의 일이야. 언니도 느낄 걸. 대개 괴로움을 겪는 사람에게 꾹 참으라고 설교하며 만족하던데, 난 그게 안 되네. 언니가 그런 인내심을 항상 너무 많이 보여서 그러나봐.”

빙리 씨가 도착했다. 베넷 부인은 하인들의 도움을 얻어 그 소식을 가장 먼저 전해 들은 터라, 불안하고 초조한 시간만 더 길어진 꼴이었다. 그녀는 초대장을 보낼 수 있을 때까지 며칠이 지나야 할지를 세고 있었다. 그런데 그가 하트퍼드셔에 돌아온 지 사흘째 되던 날, 베넷 부인은 곁방 창문으로 그가 마구간 옆 방목장에 들어서 자기 집 쪽으로 말을 몰고 오는 광경을 목격했다.

그녀는 딸들에게 쏜살같이 달려가 그 광경을 함께 보자고 소리를 질렀다. 제인은 미동도 하지 않은 채 단호하게 그냥 자리에 앉아 있었다. 하지만 엄마를 기쁘게 해드리려는 마음으로 엘리자베스는 창가로 갔다. 창밖을 내다본 그녀는 그가 다아시 씨와 함께 오는 광경을 보고는 얼른 언니 곁으로 돌아와 앉았다.

“엄마, 빙리 씨 옆에 신사 한 분이 더 계셔.” 키티가 말했다. “저분이 누굴까?”

“글쎄다, 빙리 씨가 아는 분 아닌가 싶은데 잘 모르겠구나.”

“어라!” 키티가 대답했다. “전에 빙리 씨 옆에 늘 붙어다니던 분 같은데. 이름이 뭐더라. 그 키 크고 거만한 사람 말이야.”

“맙소사! 다아시 씨네! 틀림없이 다아시 씨야. 어쨌거나 빙리 씨 친구라면 누구든 환영이지. 안 그랬다면 저 사람 모습만 봐도 진저리가 난다고 분명히 말했을 테지만.”

제인은 놀라고 걱정스러운 표정으로 엘리자베스를 바라보았다. 그녀는 엘리자베스가 더비셔에서 다아시 씨를 만난 일을 거의 모르고 있어서, 다아시 씨의 해명 편지를 받은 이후 사실상 처음으로 그를 만나게 된 동생의 입장이 얼마나 난처할까 싶어 안쓰러웠다. 사실 둘 다 마음이 불편했다. 자매는 각각 서로를 안쓰럽게 여겼고 스스로도 안쓰럽게 여겼다. 엄마는 줄곧 다아시 씨가 정말로 싫고 그저 자기는 다아시 씨에게 빙리 씨의 친구 자격으로서만 예의를 갖출 거라고 떠벌렸는데, 두 사람은 거의 듣지 못하고 있었다. 그런데 엘리자베스에게는 제인이 눈치채지 못한 불안 요인이 또 있었다. 아직까지 그녀는 언니에게 가드너 부인의 편지를 보여주지 못했고, 다아시 씨에 대한 자신의 감정 변화 역시 말할 용기를 못 내고 있었다. 제인에게 다아시 씨는 그저 동생이 청혼을 거절한 사람, 동생이 그의 미덕을 낮게 평가한 사람일 뿐이었다. 하지만 언니보다 더 많은 정보를 지닌 엘리자베스에게 다아시 씨는 온 가족이 너무나 큰 은덕을 입은 은인이었다. 제인이 빙리 씨에게 느끼는 애틋함만큼은 아니었지만, 그녀가 그 못지않게 자연스럽고 정당한 관심을 갖게 된 사람이었다. 그가 이렇게 불쑥 네더필드와 롱본 집에 나타나 자발적으로 그녀를 다시 찾아온 것을 본 그녀의 놀라움은, 더비셔에서 그의 변화된 모습을 처음 목격하고 느꼈던 놀라움에 버금갔다.

그녀의 얼굴에서 사라졌던 핏기가 삼십 초도 안 돼 더욱 붉어진 상태로 되돌아왔다. 그리고 그 짧은 시간 동안 다아시 씨의 애정과 소망이 아직도 변함없다는 생각을 하면서 그녀는 흡족한 미소를 지었다. 그 미소에 그녀의 눈이 더욱 반짝였다. 하지만 확신할 수는 없었다.

'먼저 태도부터 살펴봐야겠지.' 그녀가 혼잣말을 했다. '그런 다음에 기대해도 늦지 않을 거야.'

그녀는 침착해지려고 애쓰며 의도적으로 바느질감을 들고 시선을 들지 않은 채 자리에 앉아 있었다. 하지만 불안하기도 하고 궁금하기도 해서 결국은 하인이 문으로 다가갈 때 언니의 얼굴로 시선을 돌렸다. 제인은 평소보다 창백해 보였지만, 엘리자베스가 예상한 것보다 더 침착한 모습으로 앉아 있었다. 두 신사가 들어오자 언니의 얼굴이 점점 더 빨개졌다. 그래도 언니는 어지간히 침착하게, 싫은 기색 없이 적절히 예의바르게, 그리고 불필요할 만큼 공손하지 않게 두 신사를 맞이했다.

엘리자베스는 예의상 필요한 말 외에는 두 사람 중 어느 쪽에게도 별다른 말을 하지 않았다. 그저 자리에 앉아 열심히 바느질만 했는데, 평소에는 잘 볼 수 없는 모습이었다. 딱 한 번 용기를 내서 다아시 쪽으로 시선을 던져보았다. 여느 때처럼 진지해 보였다. 그녀는 그 모습이 펨벌리보다 작년에 하트퍼드셔에서 본 모습에 더 가깝다는 생각이 들었다. 외삼촌 부부 앞에서 보인 모습을 엄마 앞에서 보일 수는 없는 노릇이겠지. 괴롭지만 불가능하지만은 않은 추측이었다.

그녀는 마찬가지로 빙리 쪽도 흘긋 쳐다보았다. 그리고 짧은 순간 그가 기뻐하면서도 어쩔 줄 몰라 하는 모습을 보았다. 그는 과도하게 예의를 갖춘 엄마의 인사를 받고 있었다. 엄마의 그런 과공이 그의 친구인 다아시 씨에게는 그저 고개만 까딱하는 차갑고 의례적인 인사와 비교되어 두 딸을 더욱 창피하게 만들었다.

엄마가 사랑하는 딸 리디아를 돌이킬 수 없는 치욕으로부터 구해준 은혜를 그에게 입었다는 사실을 아는 엘리자베스는, 그렇게 잘못 적용된 엄마의 차별 대우를 지켜보면서 고통스러울 만큼 속이 상하고 괴로웠다.

다아시 씨는 그녀에게 가드너 부부의 안부를 물었다. 당황하지 않고서는 대답할 수 없는 질문이었다. 그런 다음 그는 거의 아무 말도 하지 않았다. 그는 그녀 옆에 앉아 있지 않았다. 아마 그게 침묵을 지키는 까닭인지도 몰랐다. 하지만 더비셔에서는 그렇지 않았었다. 그곳에서는 꼭 그녀를 대상으로 하지 않더라도 그녀의 친척들에게 말을 건넸었다.

지금은 몇 분이 흘러도 그의 목소리를 들을 수 없었다. 엘리자베스가 충동적인 호기심에 못 이겨 가끔 시선을 들고 그를 쳐다보면 그저 그녀를 바라보거나 제인을 바라보고만 있었고, 그게 아닐 때면 누구도 아닌 그저 바닥만 빈번히 내려다보고 있었다. 확실히 지난번 만났을 때보다 더 생각에 잠겨 있었으며, 사람들과 어울리려는 열망이 덜했다. 그녀는 실망스러웠다. 그리고 그렇게 실망하는 스스로에게 화가 났다.

'기대를 달리 가졌으면 좋았을 텐데!' 그녀가 생각했다. '대체 여기 왜 온 걸까?'

그녀는 그가 아니면 누구와도 대화를 나누고 싶지 않았다. 그렇지만 말을 걸 용기가 좀처럼 나지 않았다.

여동생의 안부를 물었지만, 그 이상 물어볼 말이 없었다.

"빙리 씨, 집을 떠나신 지 무척 오래되셨어요." 베넷 부인이 말했다.

그는 선뜻 그렇다고 대답했다.

"집으로 다시 돌아오시지 않는 것 아닌가 걱정했답니다. 빙리 씨가 성미카엘 축일에 이곳을 아주 떠난다고 사람들이 말하더군요. 하지만 사실이 아니기를 바랍니다. 빙리 씨가 떠나신 뒤 이곳에 많은 변화가 있었답니다. 우선 루커스 양이 결혼해서 가정을 꾸렸지요. 그리고 제 딸들 중 하나도 그랬고요. 사실, 빙리 씨도 그 소식은 신문에서 분명히 읽으셨을 겁니다. 〈타임스〉와 〈쿠리어〉에 실렸죠. 하지만 기사가 제대로 실리지 않았어요. 그저 '최근 조지 위컴 씨와 리디아 베넷 양 결혼'이라고만 나왔지요. 신부의 아버지 이름이라든가 신부가 사는 곳, 신부가 살게 될 곳, 기타 내용은 한 줄도 없었어요. 제 동생 가드너가 작성한 것인데 어떻게 그렇게 일을 서투르게 처리했는지 의아할 따름이랍니다. 기사 읽으셨죠?"

빙리가 그렇다고 대답하며 축하 인사를 건넸다. 엘리자베스는 눈을 들 수가 없었다. 그러니 다아시 씨의 표정이 어떤지 살필 수 없었다.

"딸을 훌륭히 결혼시킨다는 건 참 즐거운 일이에요." 엄마가 계속해서 말했다. "하지만 빙리 씨, 그와 동시에 딸을 이런 식으로 빼앗기니 힘들기도 하답니다. 그애들은 뉴캐슬로 갔어요. 북쪽으로 한참 떨어진 곳이라네요. 얼마나 오래 있을지는 모르겠지만, 그곳에서 계속 살 예정이래요. 사위가 근무할 부대가 그곳에 있어서요. 빙리 씨도 우리 사위가 ××부대를 떠나 정규군에 들어갔다는 얘긴 들으셨겠죠. 천만다행이죠! 우리 사위에게 친구가 좀 있었다나봐요. 물론 더 많은 친구가 있어야 마땅한 인물이지만요."

엘리자베스는 엄마의 말이 다아시 씨를 염두에 두고 하는 말임을 깨닫고 비참해질 만큼 창피해서 자리를 지키고 있기조차 힘들었다. 하지만 엄마의 말 때문에라도 억지로 말을 할 수밖에 없었다. 이보다 더 효과적으로 그녀에게서 말을 끌어낼 수 있는 것도 없었다. 그녀는 빙리에게 이번에는 이곳에서 얼마나 지낼 예정이냐고 물었다. 그는 몇 주쯤 될 것 같다고 말했다.

"빙리 씨, 빙리 씨 수렵장의 새들을 다 잡으면 말이에요." 엄마가 다시 말했다. "부디 이곳으로 오셔서 우리 베넷가의 사유지에서 마음껏 사냥하세요. 빙리 씨에게라면 베넷 씨도 틀림없이 아주 기뻐하실 겁니다. 최고로 좋은 자고새도 남겨두실 거고요."

이처럼 불필요하게, 쓸데없이 관심을 쏟는 엄마의 모습에 엘리자베스의 비참한 심정은 점점 더해갔다. 엄마가 지금 일 년 전 가족들을 흥분시켰던 것과 똑같은 장밋빛 희망을 또다시 품고 있는 것이라면, 모든 일이 그때처럼 애타는 결말을 향해 서둘러 나아가리라는 확신마저 들었다. 그 순간 그녀는 앞으로 여러 해 동안 행복한 시간이 주어진다 해도, 지금 자신과 언니가 겪고 있는 고통스럽고 당황스러운 시간을 전부 보상해주지는 못할 것 같았다.

'내가 진정 바라는 바는 빙리 씨건 다아시 씨건 다시는 자리를 함께하지 않는 거야.' 그녀는 속으로 생각했다. '함께 있어봐야 지금 같은 비참한 심정을 보상할 즐거움을 절대로 얻을 수 없어. 그러니 어느 한 사람이라도 다시는 보지 않기를!'

그러나 언니의 아름다운 미모가 다시금 예전 애인의 애정에 뜨겁게 불을 붙이는 장면을 목격하자, 여러 해에 걸친 행복한 시간으로도 보상될 수 없으리라 생각했던 비참한 심정이 당장 상당한 보상을 받게 되었다. 빙리 씨는 처음 들어왔을 때는 제인에게 별다른 말을 하지 않았지만 오 분 간격으로 그녀에 대한 관심이 점점 더 커지는 듯했다. 그는 제인이 말수는 줄었어도 작년과 마찬가지로 여전히 착하고 꾸밈없다는 사실을 알아차렸다. 제인은 사실 자신이 예전만큼 말하고 있다고 자신하면서 달라진 모습을 보이지 않으려고 애쓰던 중이었다. 하지만 이런저런 생각에 너무 골몰하느라 그랬는지 자신이 언제 침묵을 지키는지 계속 의식하지는 못했다.

신사들이 돌아가려고 일어서자 베넷 부인은 자신이 계획해둔 예절을 잊지 않고 두 사람에게 며칠 내에 정찬을 들러 롱본 집에 오라고 초대했다.

"빙리 씨, 초대라면 제게 한 번 빚을 지고 있을 텐데요." 그녀가 덧붙였다. "작년 겨울 런던으로 떠나실 때, 돌아오면 우리 가족과 함께 정찬을 들겠다고 약속하셨잖아요. 빙리 씨도 아시다시피 저는 잊지 않았답니다. 돌아오지도 않고 약속도 안 지키셔서 무척 실망했었지요."

빙리는 이 말에 잠시 어리둥절한 표정을 지었고, 일이 있어서 약속을 못 지켰던 것이라며 사과했다. 그런 다음 그들은 떠났다.

베넷 부인은 이날 두 사람에게 좀더 머물며 정찬까지 들고 가라고 권하고 싶은 생각이 굴뚝같았다. 그녀는 언제나 대단히 그럴듯한 식탁을 차려냈음에도 두 코스 이하의 요리를 대접한다는 건 자신이 절박하게 점찍어둔 신사와 연 소득이 만 파운드에 달하는 신사의 입맛과 자존심에 어울리지 않는 일 같아 그 생각을 접었다.

12

두 신사가 떠나자마자 엘리자베스는 기분 전환을 위해 밖으로 나갔다. 다시 말하자면, 그녀의 기분을 점점 더 침울하게 만들고 있는 게 분명한 문제를 방해받지 않고 곰곰이 생각해보려고 나갔다. 다아시 씨의 태도가 그녀를 놀라게 했고 초조하게 만들었다.

"아니, 침묵만 지키며 엄숙하고 무관심하게 있을 거라면 대체 우리 집엔 왜 온 거람?"

그녀는 어떤 식이든 만족스러운 결론을 얻지 못했다.

"런던에서만 해도 그래. 외삼촌 부부에겐 줄곧 스스럼없이 사근사근한 태도를 보였다면서 왜 나한테는 안 그러는 거야? 내가 두려우면 여긴 왜 온 거야? 내가 더이상 마음에 안 든다면 왜 침묵만 지키고 있는 거냐고? 애타잖아, 정말 애태우는 사람이라니까! 이제 그 사람 생각은 그만둬야겠어.”

그녀는 즐거운 표정을 지으며 다가온 언니 때문에 의지와 상관없이 그런 다짐을 잠시 접어야 했다. 언니는 방문객들에 대해 엘리자베스보다 더 만족하는 모양이었다.

“한번 만나고 나니 마음이 참 편해졌어.” 제인이 말했다. “내가 강하더라고. 앞으로는 그 사람이 찾아오더라도 당황하지 않을 거야. 화요일에 우리집에서 정찬 모임을 갖기로 해서 기뻐. 그때 모두에게 우리 두 사람이 그저 평범한 친구로, 서로에게 별다른 관심이 없는 친구로 만난다는 것을 보여줄 테야.”

“그래, 퍽도 관심이 없는 친구지.” 엘리자베스가 웃으면서 말했다. “하지만, 제인 언니, 조심해.”

“사랑하는 리지, 내가 또다시 위험에 빠질 만큼 나약하다고 생각하지 말아주렴.”

“내 생각으로는 언니가 예전처럼 그 사람이 언니를 사랑하게 만들 위험에 빠진 것 같은데.”

두 자매는 화요일까지 신사들을 만나지 못했다. 그동안 베넷 부인은 온갖 항복한 계획들을 짜는 데 푹 빠져 있었다. 반시간의 방문 동안 빙리가 보인 쾌활한 모습과 평소와 다름없는 예의바른 태도 덕분에 되살아난 계획들이었다.

화요일, 롱본 집에는 많은 사람들이 모였다. 더없이 초조하게 기다리고 있던 두 주인공 신사는 시간을 엄수하는 사냥꾼으로서의 명성에 걸맞게 정확히 제시간에 등장했다. 그들이 정찬실로 들어오자 엘리자베스는 빙리가 예전처럼 모임이 있을 때마다 그의 고정 자리였던 언니 옆자리에 앉는지 지켜보았다. 용의주도한 엄마도 같은 생각인지 그를 자기 옆자리에 앉히고 싶은 마음을 꾹 참는 것 같았다. 그는 방에 들어선 뒤 잠시 망설이는 것처럼 보였다. 하지만 때마침 우연찮게도 그쪽을 돌아본 제인이 미소를 짓자 이 일은 결말이 났다. 그는 그녀의 옆자리에 앉았다.

엘리자베스는 승리감을 만끽하며 그의 친구 쪽을 바라보았다. 그는 빙리가 제인의 옆자리에 앉는 모습을 점잖고 무심하게 쳐다볼 뿐이었다. 빙리가 반쯤 미소를 지으며 조금 겸연쩍은 표정으로 친구를 쳐다보지만 않았다면, 그녀는 그가 친구에게서 마음껏 행복을 누려도 좋다는 허락을 미리 받은 것이라고 상상했을 것이다.

정찬이 진행되는 동안 빙리 씨가 언니에게 보인 태도는 그의 애정을 보여주기에 충분했다. 예전보다 조금 더 조심스럽긴 했지만, 이 일을 전적으로 그 혼자서 결정할 수만 있다면 제인의 행복은 순식간에 이루어질 거라고 엘리자베스는 확신했다. 결과를 섣불리 믿을 수는 없었지만, 엘리자베스는 그의 태도를 보면서 흡족했다. 솔직히 그녀 자신은 전혀 즐거운 기분이 아니었지만 그나마 언니의 일로 생기를 얻을 수 있었다. 다아시 씨는 식탁이 두 사람을 갈라놓을 수 있는 한 최대한 멀리 떨어져 엄마 쪽에 앉아 있었다. 그녀는 그런 자리 배치가 그 둘 모두에게 매우 불편하고 득이 되지 않는다는 걸 알고 있었다. 그녀는 그들의 대화를 알아듣지 못할 만큼 멀리 떨어져 있었다. 하지만 두 사람이 좀처럼 대화를 나누지 않고, 그나마 몇 마디 나눌 때에도 그 태도가 얼마나 냉랭하고 형식적인지 똑똑히 알 수 있었다. 엄마의 퉁명스러운 태도를 지켜보며 그녀는 다시 한번 자기 가족이 그에게 얼마나 큰 빚을 지고 있는지를 고통스럽게 떠올렸다. 할 수만 있다면, 어떤 대가를 치르더라도 그에게 그가 베푼 친절을 자기 가족이 모르고 있으며, 그 때문에 모두들 그 고마움을 전혀 못 느끼는 거라고 말해주고 싶다는 생각이 거듭 들었다.

그날 저녁 그녀는 그와 단둘이 있을 기회가 주어지기를 고대했다. 방문 시간이 헛되이 지나가지 않기를, 방문에 대한 의례적인 인사말보다 대화다운 대화를 나눌 수 있기를 고대했다. 그녀는 초조하고 불편한 마음이 들어서인지 식사를 마치고 응접실에서 신사들을 기다리는 시간이 지루하고 따분해서 예의를 차리기 힘들 지경이었다. 그날 저녁을 즐겁게 보내느냐 마느냐 하는 문제가 온통 그 순간에 달려 있다는 심정으로 그녀는 두 사람이 들어오기를 고대했다.

‘만약 이번에도 내 옆으로 안 온다면, 그때는 그를 영원히 포기할 테야.’

신사들이 들어왔다. 그리고 그녀는 이번에는 그가 기대에 부응할지도 모르겠다는 생각이 들었다. 하지만 이런! 제인이 차를 준비하고 엘리자베스가 커피를 따르는데 테이블 주변으로 여자들이 공모라도 하듯 바싹 모여 그녀의 옆자리에는 도무지 한 사람도 더 들어설 공간이 없었다. 의자 하나 놓을 공간도 부족했다. 신사들이 다가오자 아가씨 가운데 한 명이 엘리자베스에게 붙어서 속삭이는 목소리로 말했다.

“남자들이 우리 사이에 끼어 우리를 갈라놓지 않게 해야겠다고 굳게 결심했어. 우리가 원하지 않잖아. 안 그래?"

다아시는 방의 다른 쪽으로 가버렸다. 그녀는 눈길로 그를 좇으며 그가 말을 붙이는 모든 사람들을 부러워했다. 누군가에게 커피를 따라주는 일조차 견디기 힘들었다. 그러자 그런 바보 같은 생각을 하는 자신에게 화가 치미는 것 아닌가!

'내가 한 번 거절했던 남자야! 그런데 그의 사랑이 되살아나기를 바라고 있다니 얼마나 어리석어! 같은 여자에게 두 번씩이나 청혼하는 미련함을 용납할 남자가 누가 있담! 남자 마음에 이보다 더 혐오스러운 모욕은 없겠지!'

하지만 그가 직접 커피잔을 들고 오자 기분이 조금 되살아났다. 그 기회를 잡아 그녀가 말했다.

"동생분이 아직도 펨벌리에 계신가요?"

"그렇습니다. 크리스마스 때까진 그곳에 있을 겁니다."

"혼자서요? 친구분들은 모두 떠나셨나요?"

"앤즐리 부인이 같이 있을 겁니다. 다른 사람들은 모두 스카버러로 여행을 떠난 지 석 주쯤 되었습니다."

화젯거리가 더이상 생각나지 않았다. 하지만 그가 대화를 더 나누고 싶어하기만 했다면 대화가 더 잘 이뤄졌을 것이다. 그는 잠시 아무 말 없이 그녀 곁에 서 있기만 했다. 그러다 마침내 방금 전의 그 아가씨가 그녀에게 다시 귓속말을 하자 자리를 떴다.

다기들이 모두 치워지고 카드 테이블이 마련되자 숙녀들은 모두 자리에서 일어났다. 엘리자베스는 이때 그를 곧 다시 만날 거라고 기대를 품었지만, 그가 휘스트 게임 참가자를 찾아 나선 엄마의 욕심에 희생양이 되어 얼마 후 다른 사람들과 함께 그 게임 자리에 앉는 모습을 보고 그 기대를 완전히 접었다. 이제 즐거운 시간을 보낼 수 있으리라는 희망이 몽땅 사라진 셈이었다. 그날 저녁 내내 그들은 각기 다른 테이블에 붙잡혀 있었다. 그러니 아무것도 기대할 것이 없었다. 카드 게임에 방해가 될 만큼 빈번하게 그의 시선이 그녀 쪽 테이블로 향했다는 것만 빼고는 그랬다.

베넷 부인은 네더필드에서 온 두 신사를 아예 저녁식사 때까지 붙잡아둘 속셈이었다. 하지만 불운하게도 다른 어떤 손님들의 마차보다 두 사람의 마차가 먼저 오는 바람에 베넷 부인은 그들을 붙잡아둘 기회를 놓치고 말았다.

"그래, 애들아." 손님들이 떠나고 가족들만 남자 그녀가 말했다. "오늘 파티 어땠니? 내 생각으로는 분명히 모든 것이 특별하다 싶을 정도로 참 잘 진행된 것 같은데. 지금껏 내가 본 식사 중에서 오늘 식사가 가장 훌륭했어. 사슴 고기도 알맞게 구워졌고. 모두들 그렇게 살이 많은 등심살은 본 적이 없대. 수프도 지난주 루커스 부인 집에 가서 먹었던 것보다 오십 배는 더 맛있더라. 자고새 요리는 다아시 씨도 맛있다고 인정했어. 그 사람 집에는 프랑스인 요리사가 적어도 두셋은 될 텐데. 그리고 우리 예쁜 제인, 네가 오늘보다 더 예뻐 보인 적이 없었단다. 내가 그렇지 않으냐고 물으니까 롱 부인도 그렇다고 했어. 그리고 그 부인이 또 뭐라고 했을 것 같니? '어머! 베넷 부인, 드디어 따님이 네더필드에 들어가 살게 되나봐요.' 정말 이렇게 말했다니까. 난 롱 부인이 세상에서 제일 착한 부인이라고 생각해. 부인의 조카딸들도 아주 착한 애들이고. 예쁘진 않지만. 그애들이 정말 마음에 들더라."

간단히 말해 베넷 부인은 대단히 들떠 있었다. 그녀는 빙리가 제인을 대하는 행동을 충분히 보고 마침내 자기 딸이 그를 차지하게 될 것이라고 확신했다. 그런 행복한 상태에서 이 일이 가족에게 가져다줄 이득에 대한 기대가 터무니없이 커졌는지 그가 다음날 곧바로 청혼하러 오지 않자 실망했을 정도였다.

"정말 즐거운 하루였어." 제인이 엘리자베스에게 말했다. "초대한 사람들도 참 잘 선택한 것 같고. 서로들 잘 어울렸으니까. 종종 다시 만나면 좋겠어."

엘리자베스는 미소를 지었다.

"리지, 그렇게 웃지 마. 나를 의심하면 안 돼. 창피하잖니. 분명히 말하지만, 내가 이제야 사근사근하고 지각 있는 그 사람과의 대화를 즐기는 법을 배운 거야. 그 이상 바라는 건 없어. 그저 그 사람의 지금의 태도가 더없이 마음에 들더라. 그 사람은 내 애정을 되찾겠다는 의도 같은 건 결코 없어 보였어. 단지 남들보다 조금 더 다정하게 말하고, 모두의 기분을 좋게 해주고 싶은 욕망이 남들보다 조금 더 강렬할 뿐이지."

"언니, 너무 잔인해." 동생이 말했다. "제발 나 좀 웃기지 말아줘. 매 순간 웃지 않을 수 없게 자극하고 있잖아."

"내 말을 아무리 믿어달라고 해도 힘들 때가 있구나!"

"그게 전혀 불가능한 경우도 있지!"

"대체 내 감정이 내가 고백한 정도 이상일 거라고 자신하는 이유가 뭐니?"

"어떻게 대답해야 할지 알 수 없는 질문이네. 우리는 모두 남들을 가르치기 좋아하지. 고작 알 가치도 없는 걸 가르칠 수 있을 뿐이면서. 용서해, 언니. 언니가 그렇게 계속 아무렇지도 않은 척 고집한다면 앞으로 나한테서 속마음을 털어놓는 친구 역할은 기대하지 말아야 할걸."

13

이 방문이 있은 지 며칠 뒤 빙리 씨가 다시 방문했다. 이번에는 혼자였다. 그의 친구는 그날 아침 런던으로 떠났는데 열흘 안에 다시 네더필드로 돌아온다고 했다. 그는 한 시간 이상을 베넷 가족과 함께했고 눈에 띄게 기분이 좋았다. 베넷 부인이 식사를 함께 하자고 권했지만 그는 거듭 미안하다면서 다른 곳에 선약이 있다고 사양했다.

"다음번 방문하실 때는 우리가 좀더 운이 좋으면 좋겠네요." 그녀가 말했다.

그는 언제라도 초대만 해주신다면 대단히 행복할 것이라고 말한 뒤, 이런저런 다른 말을 두서없이 늘어놓으며 허락만 해주신다면 기회를 봐서 속히 다시 방문하겠다고 했다.

"그럼 내일 당장 오실 수 있나요?"

그는 내일은 아무런 약속도 없으니 올 수 있다고 했다. 베넷 부인의 초대가 재빨리 받아들여진 것이다.

그가 다음날 다시 찾아왔는데 시간을 워낙 잘 지켜서 베넷가의 숙녀들 중 누구도 아직 옷을 차려입은 사람이 없을 정도였다. 베넷 부인은 화장용 가운만 걸치고 머리도 절반만 빗은 채 쏜살같이 딸들의 방으로 달려가 소리쳤다.

“제인, 서둘러 내려가봐라. 그분이 오셨어. 빙리 씨가 오셨다고. 정말 오셨다니까. 서둘러. 서두르라고. 세라, 여기, 당장 베넷 아가씨에게 좀 와라. 옷 입는 것 좀 도와줘. 리지 머리는 신경쓰지 말라니까.”

“최대한 빨리 내려갈게요.” 제인이 말했다. “하지만 키티가 우리 둘보다 빠를 것 같아요. 벌써 반시간 전에 위층으로 올라갔어요.”

“뭐라고! 키티, 이 망할 것! 자기가 무슨 상관이라고? 거봐, 그러니 빨리 서둘러라. 애, 허리띠는 어디 있니?”

하지만 엄마가 사라지자 제인은 동생 가운데 한 명이 따라나서지 않으면 내려가지 않겠다고 우겼다.

두 사람만 남겨놓으려는 엄마의 초조한 마음이 해질녘이 되자 다시 눈에 띄기 시작했다. 차를 마시고 나자 베넷 씨는 늘 그렇듯 서재로 가버렸고, 메리는 악기를 연주하겠다며 위층으로 올라갔다. 그러니 방해꾼 다섯 중 둘이 사라진 셈이었다. 베넷 부인은 한참 동안 엘리자베스와 캐서린을 바라보며 연신 윙크를 해댔으나 두 사람 모두에게서 아무런 효과도 보지 못했다. 엘리자베스는 아예 엄마를 안 봤고, 결국 키티가 엄마를 보고서 순진하게 이렇게 말했다. “엄마, 왜 자꾸 저한테 윙크하세요? 저보고 어쩌라고요?”

“아무것도 아니다, 애야. 아무것도 아냐. 내가 언제 윙크했다고 그러니.” 그러고 나서 그녀는 오 분가량 더 앉아 있었다. 하지만 이런 소중한 기회를 허비할 수는 없는 노릇이었다. 그녀는 갑자기 자리에서 벌떡 일어나 키티에게 “키티, 이리 좀 와보렴. 할말이 있어” 하고 말한 뒤 딸을 밖으로 데리고 나갔다. 제인은 즉각 엄마의 속셈 때문에 불편하니 너라도 넘어가지 말라는 의미가 담긴 표정을 엘리자베스에게 지어 보었다. 몇 분 뒤 베넷 부인이 문을 반쯤 열고 큰 소리로 말했다.

"얘, 리지야, 너한테 할말이 있다."

엘리자베스는 나가지 않을 수 없었다.

"둘만 남겨두는 게 좋겠지." 복도로 나가자마자 엄마가 말했다. "키티하고 나는 위층으로 올라가 곁방에 있으마."

엘리자베스는 엄마와 말씨름을 하고 싶지 않아 그냥 복도에 조용히 서 있었다. 그리고 엄마와 키티가 사라진 뒤에야 응접실로 다시 돌아갔다.

이날 베넷 부인의 계획은 별 효과를 보지 못했다. 빙리는 매력 만점인 신랑감 그 자체였지만 아직 딸의 공인된 연인은 아니었다. 편안하고 쾌활한 그 덕분에 이날 저녁의 가족 모임은 더욱 즐거웠다. 그는 주제넘게 나서는 엄마의 경박한 태도를 무던히 참아냈으며, 표정을 관리하고 인내심을 보이며 엄마의 어리석은 말을 모두 들었다. 맏딸에게는 특별히 고마운 일이었다.

그에게 저녁식사 때까지 더 머무르다 가라고 특별히 권할 필요도 없었다. 그는 떠나기 전에 다음날 베넷 씨와 함께 사냥하러 다시 오겠다고 약속했다. 순전히 그와 베넷 부인 사이에 이루어진 약속이었다.

그날 이후 제인은 자신의 무관심에 대해 더는 말하지 않았다. 두 자매 사이에 빙리와 관련된 말은 한마디도 오가지 않았지만 엘리자베스는 다아시 씨가 예정된 시간보다 일찍 돌아오지만 않는다면, 모든 일이 일사천리로 결말이 나리라는 행복한 상상을 하며 잠자리에 들었다. 이 모든 일이 그 신사의 묵인 아래 이루어지고 있는 게 분명하다는 확신도 제법 진지하게 가졌다.

빙리는 약속 시간을 정확히 지켰다. 그리고 약속한 대로 그날 아침 나절은 베넷 씨와 함께 보냈다. 베넷 씨는 상대방이 예상했던 것보다 훨씬 더 잘 대해주었다. 베넷 씨가 조소하거나 혐오감이 느껴져 입을 닫고 마는 뻔뻔함과 어리석음이 빙리에게는 전혀 없었다. 베넷 씨는 상대방이 지금까지 보아왔던 그 어느 때보다 말을 많이 했으며 괴팍한 모습도 덜 보였다. 당연히 빙리는 정찬을 들기 위해 베넷 씨와 함께 돌아왔다. 해질녘이 되자 베넷 부인은 가족들에게서 그와 제인을 따로 떼어놓으려고 다시 머리를 굴리기 시작했다. 차를 마시고 나자 엘리자베스는 편지를 써야 한다며 조찬실로 갔다. 이미 다른 가족들 모두가 카드 게임을 하겠다며 방을 나간 상황이라 굳이 엄마의 계획을 방해하는 사람이 되고 싶지는 않았기 때문이다.

하지만 편지를 다 쓰고 다시 응접실로 돌아온 그녀는 어머니의 꾀가 어찌나 교묘한지 그녀로서는 따라잡지 못할 거라는 생각이 들 만큼 깜짝 놀랄 만한 일을 목격했다. 문을 열자 언니와 빙리가 난롯가에 나란히 서서 심각한 대화를 나누는 듯한 장면이 눈에 들어왔다. 설령 이 장면이 아무런 의구심을 이끌어내지 못했다 하더라도 황급히 돌아서며 서로에게서 떨어지는 두 사람의 얼굴이 모든 걸 말해주었을 것이다. 둘의 모습은 어지간히 어색했다. 하지만 엘리자베스는 자기 모습이 더 그렇다는 생각이 들었다. 어느 쪽도 말이 없었다. 엘리자베스가 다시 나가려는 순간 언니랑 자리에 앉았던 그가 벌떡 일어나서 언니에게 몇 마디 속삭이고는 방을 나갔다.

제인은 털어놓으면 동생이 틀림없이 기뻐할 이런 일에 대해 더이상 입다물고 있을 수 없어서 곧장 격정적으로 동생을 꼭 껴안고 고백했다.

마침내 자신이 세상에서 제일 행복한 여자가 되었다고.

"정말 과분한 일이야!" 그녀가 덧붙였다. "과분한걸! 나는 이런 대접을 받을 만한 자격이 없는데. 아아! 왜 모두가 나만큼 행복하지 못한 걸까?"

엘리자베스는 말로 다 표현하기 어려웠지만 언니에게 진지하고 따뜻하고 기쁘게 진심 어린 축하 인사를 건넸다. 동생의 따뜻한 말 한마디 한마디가 제인에겐 새로운 행복의 원천이었다. 하지만 그녀는 동생과 계속 함께 있거나 아직 못다 한 절반의 말을 동생에게 할 수는 없었다.

"엄마한테 바로 가야지." 그녀가 큰 소리로 말했다. "무슨 일이 있어도 노심초사하며 애정을 베풀어주신 엄마에게 소홀해선 안 되잖니. 이 소식을 나 아닌 다른 사람에게서 듣게 해서도 안 되고. 빙리 씨는 이미 아버지에게 갔어. 아아! 리지, 사랑하는 가족들에게 이 소식이 얼마나 반가울지를 생각하면 가슴이 벅차! 이런 큰 행복을 어찌 감당해야 할지!"

그러고는 그녀는 엄마에게 황급히 달려갔다. 사실 엄마는 이미 의도적으로 카드 게임을 파하고 키티와 함께 이층에 앉아 있었다.

홀로 남은 엘리자베스는 여태껏 여러 달에 걸쳐 가족들을 초조하게 만들고 애태우던 일이 이토록 신속하고 쉽게 결론난 데 대해 미소 지었다.

'그래.' 그녀는 혼자서 생각했다. '이것이 바로 그의 친구가 염려하며 경계해온 일의 결말이군! 그 여동생의 거짓과 계략의 결말이고! 가장 행복하고 가장 현명하고 가장 온당한 결말이네!'

잠시 후, 핵심만 간결하게 아버지와의 면담을 끝낸 빙리가 다시 엘리자베스가 있던 곳으로 돌아왔다.

"언니는 어디 있습니까?" 그가 문을 열면서 급히 물었다.

"엄마와 위층에 있어요. 곧 내려올 거예요."

그러자 그는 문을 닫고 그녀에게 다가와 이제 처제가 될 테니 자신들의 행복을 빌어주고 사랑을 베풀어달라고 부탁했다. 엘리자베스는 솔직하고 진심 어린 태도로 두 사람의 희망찬 앞날을 축하했다. 두 사람은 진실한 애정이 깃든 따뜻한 악수를 나누었다. 이후 엘리자베스는 언니가 돌아올 때까지 자신이 얼마나 행복한 남자인지 언니가 얼마나 완벽한 덕목을 갖춘 여자인지를 늘어놓는 그의 말을 다 들어줘야 했다. 엘리자베스는 그가 사랑에 빠져 있지만 행복을 바라는 그의 모든 기대에는 합리적인 근거가 있다고 진심으로 믿었다. 그 기대의 바탕에 언니의 탁월한 이해력과 착하기 그지없는 심성 그리고 성격이나 취향으로 볼 때 그와 언니가 대체로 비슷하다는 점이 자리잡고 있었다.

그날 저녁은 가족 모두에게 결코 흔치 않은 기쁨의 시간이었다. 제인의 행복감이 사랑스럽고 활기찬 표정에서 생생히 빛을 발했다. 그리고 그 표정 때문인지 얼굴이 어느 때보다 더 아름다웠다. 키티는 억지 웃음을 짓기도 하고 싱글벙글 웃기도 하면서 다음번이 자기 차례였으면 좋겠다고 말했다. 베넷 부인은 아무리 열렬하게 동의하고 찬성을 표현해도 자신의 감정을 전하기엔 도무지 부족하기만 한 것 같았다. 반시간 동안 다른 어떤 말을 하지도 않고, 오직 그 얘기만 했는데도 말이다. 저녁식사 시간이 되어 베넷 씨가 자리를 함께했는데 그의 목소리와 태도에도 진심으로 행복해하는 기색이 역력했다.

하지만 그는 밤이 찾아와 손님이 돌아갈 때까지 그런 행복감을 암시하는 말은 한마디도 하지 않았다. 그는 빙리가 돌아가고 나서야 제인에게 이렇게 말했다.

"축하한다, 제인. 이제 아주 행복한 아내가 되겠구나."

제인은 즉각 아버지에게 달려가 키스를 하고 아버지의 호의에 감사드렸다.

"넌 착한 딸이야." 아버지가 대답했다. "그런 네가 이렇게 행복한 결혼을 하게 되다니 정말 기쁘다. 두 사람은 잘살 거야, 의심할 여지가 없지. 심성이 아주 비슷하잖니. 둘 다 너무 유해서 아무것도 결정을 못할 테고, 둘 다 너무 만만해서 모든 하인들이 너희를 속여먹을 게다. 그리고 둘 다 마음씨가 너무 후해서 늘 수입을 초과해서 살지도 모르고."

"그렇게 되지 말아야죠. 저는 금전 문제에서 무분별하거나 경솔한 태도는 용납 못해요."

"수입을 초과해서 살다니! 이봐요, 베넷 씨." 그의 아내가 소리쳤다. "대체 무슨 말씀이세요? 아니, 빙리 씨의 연 수입이 사오천 파운드, 아니 그보다 더 많을지도 모르는데요." 그러면서 딸에게 말했다. "아이고! 사랑하는 우리 딸 제인, 엄마가 얼마나 기쁜지 몰라! 그래, 밤새 한숨도 못 잘 게 뻔하다. 일이 이렇게 될 줄 알았다니까. 결국 반드시 이렇게 될 거라고 내가 늘 얘기했잖니. 네가 이렇게 예쁜데 헛될 리 없다고 믿었단다. 작년에 빙리 씨가 하트퍼드셔에 처음 나타났을 때가 기억나는구나. 그때 너희 둘이 짝이 되리라 생각했었지. 그럼! 빙리 씨는 내가 본 남자들 중에서 최고로 잘생긴 미남이니까!"

위컴과 리디아는 이미 까맣게 잊었다. 지금은 제인이 누구와도 비교가 안 되는 가장 사랑스러운 딸이었다. 이 순간만큼은 다른 어떤 딸에게도 신경쓸 여지가 없었다. 동생들은 앞으로 언니가 베풀 수 있는 행복한 이득을 얻어내려고 벌써부터 압력을 가하기 시작했다.

메리는 네더필드의 서재를 이용할 수 있게 해달라고 부탁했다. 키티는 그곳에서 매해 겨울 무도회를 몇 차례씩 열어달라고 열심히 졸랐다.

이날부터 빙리는 당연한 일처럼 롱본 집을 매일같이 드나드는 단골 방문객이 되었다. 아침식사 전에 찾아오는 일이 잦았고 저녁식사가 끝난 다음에 돌아가는 일이 다반사였다. 어느 무례한 이웃이 그가 얼마나 싫어하는 일인지도 모르고 저녁식사에 초대해서 하는 수 없이 응하는 일만 없으면 늘 그랬다.

엘리자베스는 이제 언니와 대화를 나눌 시간이 거의 없었다. 제인이 빙리 씨가 와 있는 동안 다른 사람에게 신경을 쓸 수가 없었기 때문이다. 하지만 그녀는 두 사람이 부득이 헤어져 있을 수밖에 없는 시간에는 자신이 두 사람 모두에게 큰 도움이 된다는 걸 알았다. 제인이 없을 때면 빙리 씨는 항상 엘리자베스 옆에만 붙어 있으면서 언니 얘기를 하는 것을 즐겼고 빙리 씨가 돌아가면 이번에는 언니가 한결같이 동생에게서 똑같은 위안을 구했다.

“그 사람 말을 듣고 기분이 참 좋았어.” 어느 날 저녁 제인이 말했다. “글쎄, 지난봄에 내가 런던에 와 있다는 사실을 까맣게 몰랐다는 거야! 그럴 거라고는 생각도 못했는데 말이야.”

“나는 그럴 거라고 생각했어.” 엘리자베스가 대답했다. “그런데 빙리 씨가 그 일을 어떻게 설명했는데?”

“여동생의 짓이 틀림없지. 오빠와 내가 친해지는 게 싫었던 거겠지. 하지만 놀랄 일은 아니야. 여러 사항들을 고려해보면 빙리 씨가 나보다 더 나은 여자를 선택할 수 있는 일이니까. 하지만 오빠가 나와 함께 하며 행복해하는 모습을 본다면 만족하겠지. 분명히 그럴 거라고 믿어. 그러면 다시 관계가 좋게 회복될 거고. 예전처럼 될 수는 없겠지만 말이야.”

“언니가 여태까지 한 말 중에서 가장 관대하지 않은 말이네.” 엘리자베스가 말했다. “어쩌면 그렇게 착할 수 있담! 빙리 양이 언니를 좋아하는 척하는 데 말려서 또 넘어가는 걸 본다면 난 정말 짜증날 거야.”

“믿어지니, 리지. 빙리 씨가 지난해 11월 런던에 갔을 때 말이야. 사실 나를 진심으로 사랑하고 있었지만, 내가 그에게 관심이 없다는 설득만으로 네더필드로 돌아오지 않았던 거래!”

“확실히 잘못하긴 한 거네. 그게 다 너무 겸손해서 그래.”

대화는 자연스럽게 그의 조심스러운 태도와 자신의 장점을 대단치 않게 여기는 태도에 대한 제인의 찬사로 이어졌다.

엘리자베스는 그가 그 일에 친구가 개입한 사실을 언니에게 발설하지 않은 걸 알고 기뻤다. 언니가 아무리 관대하고 너그러운 마음씨를 지녔다 해도 그런 사실까지 모두 알게 된다면 그에게 편견을 가질 수밖에 없는 상황이었다.

“정말 나는 세상에서 제일 운이 좋은 여자일 거야!” 제인이 감동해서 말했다. “아아! 리지, 왜 우리 가족들 중에서 나 혼자 선택되어 누구보다 큰 축복을 받게 된 걸까! 너도 나만큼 행복해지는 걸 본다면 얼마나 좋을까! 네게도 그런 남자가 나타나야 할 텐데!”

“그런 남자 사십 명을 준다 한들 언니만큼 행복할 수는 없겠지. 언니처럼 선량한 성품과 선한 심성을 갖고 있지 않는 한, 언니 같은 행복은 절대로 누릴 수 없으니까. 암, 절대로지. 그러니 내 일은 내가 알아서 하게 놔둬. 내게도 아직 운이 남아 있다면 콜린스 씨 같은 사람이 때가 되면 또 나타나겠지.”

이제 롱본의 가족에게 일어난 모든 일들을 더이상 비밀에 부칠 수 없게 되었다. 베넷 부인은 특권이기라도 한 양 큰딸 일을 필립스 부인에게 속삭였다. 그러자 필립스 부인은 그 사실을 허락도 없이 메리턴의 모든 사람들에게 발설하고 다녔다.

베넷 가족이 세상에서 가장 운좋은 사람들이라는 말이 재빠르게 퍼져나갔다. 리디아가 도망쳤던 몇 주 전만 해도 세상에서 가장 불운한 가족이라고 알려지지 않았던가.

14

빙리와 제인의 결혼이 확정된 지 일주일쯤 지난 어느 날 아침 그와 베넷가의 숙녀들이 정찬실에 함께 앉아 있을 때였다. 마차가 달리는 소리에 돌연 모두의 관심이 창가로 쏠렸다. 그리고 그들은 사륜마차 한 대가 잔디밭 쪽으로 다가오는 모습을 보았다. 손님이 찾아오기에는 너무 이른 아침이었고, 게다가 마부와 말, 마차의 모습이 이웃 누구의 것과도 일치하지 않았다. 말들이 역마인데다 마차와 마차를 몰고 오는 하인의 정복도 낯설었다. 하지만 누군가가 찾아오고 있다는 것만은 분명했다. 빙리는 불쑥 찾아오는 손님 때문에 빚어질지 모르는 불편한 상황을 피하려고 제인을 설득하여 곧장 그녀를 데리고 관목숲으로 산책을 나가버렸다. 두 사람이 나간 뒤 남은 세 사람은 아무리 추측해봐도 누구인지 알 수가 없어서 문이 열리고 손님이 방안으로 들어올 때까지 기다릴 수밖에 없었다. 손님은 바로 캐서린 드 버그 귀부인이었다.

물론 세 사람은 어느 정도 놀랄 각오를 하고 있었지만 귀부인의 등장으로 그들이 받은 충격은 예상을 뛰어넘었다. 베넷 부인과 키티는 귀부인을 전혀 몰랐지만, 그들의 충격은 엘리자베스가 받은 충격에는 미치지 못했다.

귀부인은 평소보다 더 무례한 태도로 방안으로 들어온 뒤 엘리자베스의 인사에 고개만 까딱하고는 별다른 답례도 하지 않고 말 한마디 없이 자리에 앉았다. 귀부인이 들어올 때 엘리자베스는 엄마에게 그분의 이름을 말해주었다. 소개해달라는 요청이 없었는데도 그리했다.

그토록 지체 높은 분이 자기 집을 방문했다는 사실에 우쭐하기도 했지만 너무 놀란 베넷 부인은 최대한 예의바르게 귀부인을 맞이했다. 잠시 침묵을 지키며 앉아 있던 귀부인이 이윽고 몹시 뻣뻣한 태도로 엘리자베스에게 말했다.

"잘 지냈겠죠, 베넷 양. 저 부인이 어머니이신 모양이군요."

엘리자베스는 그렇다고 짧게 대답했다.

"저 아가씨는 동생 중 한 명이겠고요."

"그렇답니다, 귀부인." 캐서린 귀부인 같은 분에게 말을 건넬 수 있게 되어 기쁘다는 태도로 베넷 부인이 말했다. "끝에서 두번째 아이랍니다. 막내는 최근에 결혼했고 큰딸은 곧 우리 가족이 될 청년과 정원에서 산책중입니다."

"이곳 정원이 아주 작더군요." 잠시 뜸을 들이다 귀부인이 대답했다.

"로징스 저택과 비교하면 아무것도 아니겠지만요, 윌리엄 루커스 경 댁 정원보다는 훨씬 넓답니다."

"이 거실도 여름철 저녁 무렵에 사용하기에는 너무 불편하겠네요. 창문들도 온통 서향이고."

베넷 부인은 정찬을 들고 난 뒤에는 이 방을 절대로 사용하지 않는다고 강변하며 이렇게 덧붙였다.

"콜린스 씨 부부가 잘 지내는지 여쭤봐도 될지 모르겠습니다."

"네. 아주 잘 있습니다. 그저께 밤에도 만났죠."

엘리자베스는 이제 귀부인이 샬럿이 자신에게 보내는 편지를 꺼낼 차례라고 기대했다. 귀부인의 방문 목적이 그것 말고는 없을 것 같아서였다. 하지만 귀부인이 어떤 편지도 꺼내지 않자 그녀는 몹시 당혹스러웠다.

베넷 부인은 한껏 예의를 차리면서 귀부인에게 다과를 좀 드시겠느냐고 물었다. 하지만 캐서린 귀부인은 단호하게 아무것도 먹을 생각이 없다고 거절한 뒤 자리에서 일어나며 엘리자베스에게 말했다.

"베넷 양, 이 집의 황량한 잔디밭 한쪽 편에 예쁘장해 보이는 숲이 있는 것 같던데, 괜찮다면 함께 나가 한 바퀴 산책하면 기쁘겠어요."

"얘야, 어서 나가거라." 엄마가 큰 소리로 권했다. "가서 귀부인께 다양한 산책로들을 구경시켜드리렴. 안쪽 외딴집을 구경하시면 기뻐하실 거야."

엘리자베스는 엄마의 말을 따랐다. 그리고 양산을 챙기러 황급히 방에 다녀와서는 귀하신 손님을 따라 계단을 내려갔다. 홀을 지나가는 동안 캐서린 귀부인은 식당과 응접실로 통하는 문들을 열고 잠시 둘러본 뒤 품위 있어 보이는 방들이라고 말했다. 그리고 밖으로 걸어나갔다.

귀부인이 타고 온 마차가 현관문 밖에 서 있었다. 엘리자베스는 시중드는 하녀가 그 안에 타고 있는 모습을 보았다. 두 사람은 아무 말 없이 작은 관목숲으로 이어진 자갈길을 따라 걸었다. 엘리자베스는 평소보다 더 무례하고 불쾌한 태도를 보이는 이 귀부인과 되도록 말을 섞지 않겠노라고 다짐했다.

'내가 어쩌다 저런 부인이 조카와 닮았다고 생각했었을까!' 귀부인의 얼굴을 바라보며 그녀는 생각했다.

숲으로 들어서자마자 캐서린 귀부인이 말을 시작했다.

"베넷 양, 내가 이곳을 찾아온 까닭을 모르지는 않겠죠. 베넷 양 자신의 속마음과 양심이 그게 뭔지 잘 설명해줄 테니까요."

엘리자베스는 꾸밈없이 놀란 표정을 지었다.

"정말 잘못 알고 계시네요, 귀부인. 송구스럽지만 제가 귀부인을 왜 이곳에서 뵙고 있는지 설명할 능력이 제겐 없답니다."

"베넷 양." 귀부인이 화가 난 말투로 대답했다. "나를 희롱해선 안 된다는 걸 반드시 명심하세요. 베넷 양이 아무리 솔직하지 않기로 작심했다 해도 나까지 그럴 거라고 생각해선 안 됩니다. 내 성격은 늘 솔직하고 진지하기로 정평이 나 있어요. 특히 이번처럼 중요한 일에서는 그런 성격에서 더욱 벗어나지 않을 겁니다. 이틀 전 참으로 놀라운 소문이 내 귀에 들어왔어요. 베넷 양의 언니가 아주 유리한 결혼을 눈앞에 두고 있을 뿐만 아니라 바로 그쪽, 즉 엘리자베스 베넷 양도 내 조카 다아시와 결혼한다는 소문이었죠. 이것이 추문에 가까운 거짓 소문임을 알지만, 이런 소문이 사실일 수도 있다는 생각으로 조카의 명예를 실추시키고 싶지도 않지만, 내 생각을 베넷 양에게 명확히 밝히기 위해 즉시 이곳을 찾아야겠다고 마음먹었지요."

"그 소문이 사실일 리가 없다고 믿으셨다면, 대체 왜 이 먼 길을 오는 수고를 마다하지 않으셨는지 모르겠네요." 놀랍기도 하고 모멸감이 느껴지기도 해서 얼굴이 달아오른 엘리자베스가 말했다. "귀부인께서 제게 하실 말씀이 뭔지도 모르겠고요."

"모든 사람들에게 즉각 그 소문이 사실이 아님을 밝히라고 강요하러 왔지요."

"귀부인께서 몸소 저와 제 가족을 만나러 롱본까지 찾아오신 일이 오히려 소문을 확인시켜주는 셈 아닐까요?" 엘리자베스가 차갑게 말했다. "만약 그런 소문이 실제로 존재한다면 말이에요."

"'만약'? 그렇다면 그 소문을 모른 척하겠다는 것이군. 일부러 소문을 퍼뜨리고 다닌 건 아니고요? 이미 소문이 널리 퍼진 것도 모르나요?"

"전혀 들은 바가 없습니다."

"그럼 그게 근거 없는 소문이라고 공언할 수 있어요?"

"제가 귀부인만큼 솔직하다고 주장하진 않겠습니다. 귀부인께서 질문은 마음껏 하실 수 있지만, 제가 그 질문들에 대한 대답을 다 하진 않을 겁니다."

"그 말은 정말 못 참겠네! 베넷 양, 만족할 만한 대답을 꼭 들어야겠어요. 내 조카가 베넷 양에게 청혼했나요?"

"귀부인께서도 이미 불가능한 일이라고 말씀하셨을 텐데요."

"반드시 그래야 하지. 그애에게 아직 이성을 발휘할 능력이 남아 있다면 반드시. 하지만 베넷 양이 그애를 홀린 순간, 베넷 양의 술책과 유혹에 넘어가 그애가 자기 자신과 가족에 대한 책무를 몽땅 망각했을 수도 있어요. 그쪽이 그애를 꾀었을 거고."

"설령 그랬다 한들, 저라는 사람은 끝까지 그런 일을 했다고 고백할 사람이 아닙니다."

"베넷 양, 내가 누군지 아나요? 나는 그런 식의 말투에 익숙하지 않아요. 그리고 나는 그애와 세상에서 가장 가까운 친척이에요. 그애가 소중히 여기는 관심사를 전부 알 자격이 있지요."

"하지만 귀부인께 제 관심사까지 알 자격은 없습니다. 그리고 지금 같은 태도로는 절대 제 속마음을 밝혀내지 못할 겁니다."

"내가 하는 말 똑똑히 들어요. 베넷 양이 주제넘게 넘보고 있는 이 결혼은 결코 성사될 수 없어요. 절대로. 다아시는 내 딸과 결혼하기로 되어 있어요. 이제 뭐라고 할 건가요?"

"이 말씀만 드리겠습니다. 다아시 씨에게 그처럼 정혼자가 있다면 그분이 제게 청혼했다고 상상하실 이유가 없습니다."

잠시 머뭇거리다가 캐서린 귀부인이 말했다.

"다아시와 내 딸의 정혼은 아주 특별해요. 어릴 적부터 서로의 짝으로 정해져 있었어요. 그것은 나의 가장 큰 소망이기도 하지만 다아시의 모친이 가장 바라던 바였죠. 두 애들이 아직 갓난아이였던 때부터 우리는 둘을 맺어주기로 했어요. 그런데 드디어 우리 두 자매의 소망이 두 애의 결혼으로 실현되려는 이 시점에, 열등한 출신에, 사회적 지위도 없고, 가문과는 아무 상관도 없는 아가씨가 끼어들어 방해받게 되다니! 베넷 양은 다아시 친척들의 소망 같은 건 안중에도 없나요? 그애와 내 딸 드 버그 양의 암묵적인 정혼도 안중에 없고요? 예의도 사려도 모르나요? 일전에 다아시가 아주 어릴 때부터 사촌 여동생의 짝으로 정해져 있다고 했던 내 말, 듣지 않았나요?”

“네, 들었습니다. 하지만 그게 저와 무슨 상관이죠? 조카분과 제가 결혼하는 데, 그분의 어머니와 이모가 그분과 드 버그 양의 결혼을 소망했다는 사실 외에 다른 반대 이유가 없다면 저는 결단코 그 결혼을 마다하지 않을 겁니다. 두 분께서는 두 사람의 결혼을 계획하는 것으로 할일을 다 하신 거예요. 그것의 실현 여부는 다른 사람들 손에 달려 있지요. 만약 다아시 씨가 명예를 따져보나 의향을 따져보나 사촌 여동생에게 마음이 끌리지 않는다면, 다른 선택을 못할 이유가 뭐가 있나요? 그리고 만약 그 선택이 저라면 제가 그걸 받아들이지 못할 이유가 무엇일까요?”

“명예, 예의범절, 분별력, 아니, 이해관계가 금지하죠. 그래요, 베넷 양, 바로 이해관계죠. 베넷 양이 모든 사람들의 의향에 반해 제멋대로 군다면, 그의 가족이든 친구들이든 그 누구도 베넷 양을 인정하지 않을 겁니다. 아마 그애와 관계가 있는 모든 사람들에게서 비난받고 무시당하고 경멸당할 겁니다. 결합은 수치가 될 거예요. 우리들 누구도 그쪽의 이름을 입 밖에 내지 않을 겁니다.”

“엄청난 불운이겠어요.” 엘리자베스가 대답했다. “하지만 다아시 씨의 아내가 된다면 그런 자리에 필연적으로 따라붙게 마련인 엄청난 행복의 원천도 갖게 될 테니, 모든 사항을 놓고 보면 후회할 이유가 없을 것 같은데요.”

“정말 고집스럽고 방자하기가 이를 데 없는 아가씨네! 내가 다 창피할 정도야! 바로 이런 모습이 지난봄에 내가 베풀어준 호의에 대한 보답인가요? 그 호의에 대해 내게 뭔가 갚아야 할 건 없나요?

자리에 앉아요. 베넷 양, 내가 목적을 반드시 달성하고 가겠다는 단호한 결심을 하고 이곳을 찾아왔다는 걸 알아야 할 겁니다. 단념하지도 않을 겁니다. 나는 상대의 변덕에 굴복하는 일에는 익숙하지 않은 사람이에요. 실패를 참고 견디지 못하고요.”

“그러실수록 지금 귀부인께서 처하신 상황만 더 딱해질 겁니다. 그런 말씀이 제겐 아무런 영향도 미치지 못할 테니까요.”

“내 말 자르지 마요. 잠자코 듣기만 해요. 내 딸과 내 조카는 서로를 위해 태어난 애들이나 마찬가지예요. 외가 쪽으로는 둘 다 똑같이 고귀한 귀족 가문의 혈통이고, 친가 쪽으로는 작위는 없지만 매우 존경받고 명예롭고 오래된 가문의 혈통이지요. 양가 모두 재산이 막대해요. 양쪽 가문의 사람들 모두가 한목소리로 서로의 짝이라고 인정하는데, 대체 누가 그 둘을 갈라놓는단 말이죠? 가문도 친척도 재산도 없는 시건방진 아가씨의 주장? 이게 참고 볼 일인가요? 결코 있을 수 없는 일이죠. 그렇게 되지도 않을 거고요. 자신에게 뭐가 득이 될지 신중하게 생각한다면, 베넷 양은 자신이 자라난 영역을 벗어나겠다는 소망을 가져서는 안 됩니다.”

“조카분과 결혼한다고 해서 제가 그 영역을 벗어난다고 생각하진 않습니다. 그분은 신사입니다. 그리고 저는 신사의 딸입니다. 그 점에서 우리는 동등합니다.”

“그렇죠. 베넷 양은 신사의 딸이죠. 하지만 어머니는 어떤가요? 베넷 양의 외삼촌과 외숙모, 이모와 이모부는 어떤가요? 내가 그들의 신분을 모를까요?”

"제 외척이 어떤 분들이시든 간에, 귀부인의 조카분께서 그분들을 반대하지만 않는다면 귀부인과 아무 상관 없는 일입니다." 엘리자베스가 말했다.

"마지막으로 묻죠. 내 조카와 결혼 약속을 했나요?"

엘리자베스는 캐서린 귀부인에게 호의를 베푸는 단순한 목적에서라도 이 질문에 답하지 않으려 했다. 하지만 그녀는 잠시 숙고한 끝에 이렇게 대답하지 않을 수 없었다.

"하지 않았습니다."

캐서린 귀부인은 기뻐하는 것 같았다.

"그러면 그런 약속을 절대로 하지 않겠다고 약속해줄 수 있나요?"

"그런 약속은 못하겠습니다."

"베넷 양, 정말 충격적이고 놀랍네요. 나는 베넷 양이 좀더 분별 있는 사람이리라 기대했습니다. 하지만 내가 순순히 물러날 거라고 착각하지 마요. 내가 요구하는 약속을 해줄 때까지 물러나지 않을 테니."

"저 또한 그런 약속은 절대 하지 않습니다. 저는 그처럼 터무니없는 일에 겁먹고 물러설 사람이 아닙니다. 귀부인께서는 다아시 씨가 따님과 결혼하기를 원하시죠. 하지만 제가 바라시는 대로 약속을 해드린다고 해도 그게 과연 그 두 분의 결혼 가능성을 조금이라도 높여줄까요? 그분이 제게 애정을 갖고 있다고 가정한다면, 제가 그분의 청혼을 거절한다고 해서 그 애정을 사촌에게 돌리겠다고 마음먹을까요? 이런 말씀을 드려 죄송합니다만, 캐서린 귀부인, 이토록 황당한 제안을 하시면서 동원한 논리적 근거 또한 이 무분별한 제안 못지않게 몰지각하네요. 혹시 제가 이런 설득에 넘어갈 거라고 생각하셨다면 저를 크게 잘못 보

셨어요. 이모님께서 자기 일에 이런 식으로 간섭하시는 걸 조카분이 아
신다면 과연 어느 정도까지 용인할까요? 알 수 없죠. 하지만 분명한 건
귀부인께는 제 일에 간섭할 권리가 없다는 겁니다. 그러니 더이상 이런
일로 저를 괴롭히지 말아주시길 부탁드리겠습니다."

"그렇게 서두르지 마세요. 아직 얘기가 다 끝난 게 아니니. 이미 내
가 강변했던 반대 이유들에 하나 더 덧붙일 게 있습니다. 베넷 양의 막
냇동생이 벌인 수치스러운 도피 행각의 전말을 내가 모르지 않아요. 전
부 다 알고 있죠. 그 청년과 동생의 결혼이 베넷 양의 외삼촌과 아버지
가 비용을 대서 미봉책으로 수습한 결과라는 것 말입니다. 그런 아가씨
가 처제가 된다고요? 그 남편, 즉 내 조카의 작고한 부친의 집사 아들인
자가 그의 동서가 된다고요? 세상에나! 베넷 양은 어떻게 생각하나요?
펨벌리 저택의 혼령들이 그런 식으로 더럽혀져도 되나요?"

"이젠 더이상 하실 말씀도 없으시겠네요." 머리끝까지 화가 치밀어오
른 엘리자베스가 대답했다. "가능한 모든 방법으로 제게 모욕을 주셨으
니까요. 죄송하지만 전 집으로 돌아가겠습니다."

이 말을 하면서 그녀는 자리를 박차고 일어났다. 캐서린 귀부인 역
시 일어났다. 그들은 서로를 등졌다. 귀부인은 불같이 화를 내며 말
했다.

"그렇다면 내 조카의 명예와 평판에는 전혀 관심이 없다는 말이군!
참 냉정하고 이기적인 아가씨네! 베넷 양과 결혼하면 내 조카가 모든
사람의 눈에 망신을 자초한 사람으로 비춰진다는 생각은 안 하나요?"

"캐서린 귀부인, 더이상 드릴 말씀이 없습니다. 제 심정을 아실 테니
까요."

"그럼 기어이 다아시를 받아들이기로 결심했다는 건가요?"

"저는 그런 말씀을 드린 적이 없습니다. 그저 제 생각만으로, 귀부인의 말씀과 관계없이, 또 저와 아무런 상관도 없는 그 누구와도 관계없이, 제 행복이 달린 이 일을 결정하리라 마음먹었을 뿐입니다."

"좋아요. 그러니까 내 뜻을 따르지 않겠다는 거군요. 의무와 명예와 감사에 따르기를 거절한다 이거군요. 그애에 대한 가족 친지 모두의 평판을 망가뜨리고, 그애를 세상의 웃음거리로 만들 작정이군요."

"의무도 명예도 감사도 이 일에서는 제게 어떤 요구도 할 수 없습니다." 엘리자베스가 대답했다. "제가 다아시 씨와 결혼한다고 해도 그런 원칙 가운데 어느 것 하나 깨지지 않을 겁니다. 다아시 씨의 가족분들이 느낄 분노라든가 세상 사람들이 느낄 분노에 대해서도 말씀드리죠. 가족분들의 경우, 그분이 저와 결혼했기 때문에 그런 분노가 생겨나는 것이라면 그건 제게 일순간의 걱정거리도 못 됩니다. 세상 사람들의 경우도 그렇고요. 대개의 사람들은 그런 경멸에 동참하지 않을 만큼의 분별력은 있을 겁니다."

"그러니 바로 그게 진정한 속마음이란 소리네! 최종 결심이기도 하고! 좋아요. 이제야 내가 어떻게 행동해야 할지 확실히 알 것 같네요. 베넷 양, 베넷 양의 그런 야심이 충족되는 일은 결코 없을 거라는 사실을 직시하세요. 베넷 양을 떠보려고 여기 온 거니까. 현명한 태도를 보이리라 기대하면서요. 하지만 분명히 말하겠습니다. 나는 내 뜻대로 할 겁니다."

마차 문 앞에 이를 때까지 캐서린 귀부인은 계속해서 이런 식으로 말했다. 그곳에 이르자 그녀가 황급히 몸을 돌리며 덧붙였다.

"베넷 양, 특별히 작별 인사를 건네지 않겠습니다. 어머니에게도 인사를 하지 않겠고요. 당신들은 인사를 받을 자격도 없어요. 정말 불쾌하기 짝이 없다니까."

엘리자베스는 아무런 대답도 하지 않았다. 그녀 또한 귀부인에게 집으로 다시 들어가자고 권할 생각이 없어 그냥 묵묵히 들어가버렸다. 계단을 오를 때 그녀는 마차가 떠나는 소리를 들었다. 엄마가 초조한 기색으로 곁방 문 앞에서 기다리고 있다가 왜 캐서린 귀부인이 다시 들어와 휴식을 취하고 가시지 않는 것이냐고 물었다.

"그러그 싶지 않으신가보죠." 딸이 대답했다. "그냥 가시겠대요."

"정말 대단해 보이는 귀부인이야! 우리집을 찾아주시다니 얼마나 황송한 일이니. 내 생각으로는 그저 콜린스 부부가 잘 지낸다는 소식을 전해주러 오신 것 같던데. 여행하시던 중에 우연히 메리턴을 지나다 너를 만나고 가는 게 당연하다고 생각하신 게지. 리지, 너한테 특별히 하실 말씀이 있어서 오셨던 건 아니지?"

엘리자베스는 이 질문에 대해 약간의 거짓말을 할 수밖에 없었다. 귀부인과 나누었던 실제 대화 내용을 엄마에게 곧이곧대로 말할 수는 없는 노릇이니까.

15

이 특별한 방문이 엘리자베스에게 불러일으킨 불편한 감정은 쉽사리 극복될 수 없었다. 몇 시간이고 계속해서 그 생각을 하지 않을 수 없었다. 순전히 소문으로만 떠도는 그녀와 다아시 씨의 결혼을 깰 목적으로 귀부인이 수고를 마다하지 않고 로징스에서 이곳까지 일부러 찾아온 듯했다. 분명 타당한 계획이었겠지! 하지만 두 사람의 결혼에 관한 소문이 대체 어디서 시작된 것인지 도무지 알 수 없었다. 마침내, 언니의 결혼에 대한 기대로 모두들 또다른 결혼을 갈망하고 있는 시점이니 그가 빙리의 절친한 친구고 자신은 제인의 동생이라는 사실이 이런 소문을 만들어냈으리라는 데 생각이 미쳤다. 엘리자베스도 언니가 결혼하게 되면 그와 함께하는 시간이 더욱 많아질 거라고 생각하던 차였다. 그런 가운데 루커스 로지의 이웃들이(그들이 콜린스 부부와 연락하면서 캐서린 귀부인에게 소식이 전해진 것이라고 그녀는 결론을 내렸다) 그녀도 언젠가 때가 되면 그렇게 되기를 고대하던 일을, 거의 확실하고 가까운 장래의 일로 단정해버린 듯했다.

그러나 캐서린 귀부인의 표현을 곱씹어보니, 앞으로 귀부인이 계속해서 고집을 피우며 이 일에 간섭한다면 그게 어떤 결과를 초래할지 불안하지 않을 수 없었다. 결혼을 막기로 결심했다는 귀부인의 말로 미루어볼 때 조카에게 직접 그 말을 꺼낼 생각이 분명해 보였다. 귀부인이 그녀와 결혼하면 어떤 폐해가 수반되는지를 동일한 방식으로 말한다면, 과연 그가 어떻게 받아들일지 그녀는 자신할 수 없었다. 그녀는 그가 자기 이모를 얼마나 좋아하는지 잘 모르고, 이모의 판단에 얼마나 의존하는지도 몰랐다. 하지만 그녀보다 이모를 더 높이 평가한다고 보는 게 자연스러웠다. 그의 이모가 양가의 친인척을 비교하면서 여자쪽이 한참 떨어지는 결혼을 할 때 생겨나는 불행들을 일일이 열거하며 그의 가장 약한 부분을 건드릴 것이 확실했다. 품위에 관해 자기 나름

456

의 생각을 지닌 그에게는, 엘리자베스에게는 빈약할뿐더러 황당하기 그지없는 귀부인의 억지 주장이 양식과 충분한 논리를 갖춘 주장으로 여겨질지도 모를 일이었다.

혹시 그가 어떻게 행동해야 할지 모르고 그전부터 마음이 흔들렸다면(종종 그렇게 보였다), 그처럼 가까운 친척인 이모의 충고와 간청에 마음속 모든 의혹을 해소하고 품위를 손상시키지 않는 행복을 누리겠다고 결심할지도 모를 일이었다. 그렇다면 더이상 그녀에게 돌아오지 않을 것이다. 캐서린 귀부인이 돌아가면서 런던을 경유하여 그를 만날 수도 있었다. 그러면 네더필드에 다시 들르겠다고 그가 빙리에게 했다는 약속은 물거품이 될 것이었다.

'그러니 며칠 안에 친구에게 약속을 못 지키겠다는 변명이 전해진다면, 이 일을 어떻게 이해해야 할지가 확실해지지. 만약 그리된다면 모든 기대를 접어야겠지. 그가 신의를 지킬 거라는 바람을 깨끗이 접자. 내 사랑과 결혼 승낙을 얻을 수 있는 이 시점에서 나에 대해 애석해하는 정도로만 만족한다면, 그에 대한 아쉬움마저도 당장 접겠어.'

방문했던 손님이 누군지 알고 난 다른 가족들의 놀라움은 실로 대단했다. 하지만 고맙게도 그들은 베넷 부인의 호기심을 가라앉힌 상상과 같은 상상을 하며 놀란 마음을 진정시켰다. 엘리자베스는 이 문제로 가족들에게서 귀찮은 질문 공세를 당하는 일은 피할 수 있었다.

다음날 아침 그녀는 계단을 내려가다가 아버지를 만났다. 아버지는 편지 한 통을 들고 서재에서 나오던 참이었다.

"리지." 그가 말했다. "마침 널 찾으러 가는 길이었다. 내 방으로 좀 오렴."

그녀는 아버지를 따라갔다. 아버지가 하시겠다는 말씀이 무엇인지 궁금증이 커졌다. 왠지 그 내용이 아버지가 들고 계신 편지와 관련이 있을 것 같아 더욱 궁금했다. 불현듯 그 편지가 캐서린 귀부인이 보낸 것일지도 모르겠다는 생각이 머릿속을 스쳤다. 모든 상황을 설명해야만 할 것 같은 당혹스러운 예감이 들었다.

그녀는 아버지를 따라 벽난롯가로 갔고 두 사람은 그곳에 함께 앉았다. 그러자 아버지가 말을 꺼냈다.

"오늘 아침 깜짝 놀랄 만한 편지 한 통을 받았다. 편지의 골자가 너와 관련이 있으니 네가 알아야겠지. 두 딸이 결혼을 눈앞에 두고 있을 줄은 미처 몰랐구나. 그토록 멋진 사랑을 쟁취하다니 축하한다."

그 편지가 이모가 아니라 조카가 보낸 것이라는 확신이 든 순간 엘리자베스의 두 뺨에는 곧바로 홍조가 몰려들었다. 그가 이렇게 직접 아버지에게 모든 사실을 밝힌 걸 기뻐해야 할지, 아니면 편지를 자신에게 직접 보내지 않은 데 화를 내야 할지 판단이 서지 않았다. 아버지가 말을 이었다.

"알고 있다는 표정이구나. 젊은 숙녀라면 이런 일에 대단한 통찰력을 갖는 법이지. 하지만 네가 아무리 총명하다 해도 네게 찬사를 바치고 있는 이 편지의 필자가 누군지는 못 맞출걸. 이 편지는 콜린스 씨가 보냈단다."

"콜린스 씨라뇨! 아니, 그 사람이 저에 대해 무슨 할말이 있대요?"

"당연히 핵심을 찌르는 말이지. 그는 우선 다가오는 내 큰딸의 결혼식에 대한 축하 인사로 편지를 시작했어. 아마 남 이야기를 좋아하는 선량한 루커스 가족에게서 소식을 들었겠지. 그 일에 관해 그가 쓴 내용을 줄줄이 읽어서 네 조바심을 갖고 장난치진 않으마. 너와 관련된 내용이 바로 이어지니. '이런 경사를 맞이하여 이처럼 제 아내와 저의 축하 인사를 올렸으니 이제 어르신께 또다른 결혼에 대해 짤막한 암시를 드려야겠습니다. 이 소식도 같은 소식통으로부터 전해 들었답니다. 큰따님께서 베넷이라는 이름을 그만 쓰시게 되면 그뒤를 이어 곧 엘리자베스 양도 더이상 그 이름을 쓰시지 않게 된다더군요. 그런데 그 따님의 운명적인 상대는 충분한 근거에 의해 우리 나라에서 가장 훌륭한 명망가 인물로 존경받는 분이실 겁니다.'

리지, 대체 이 부분에서 이게 누구인지 짐작할 수 있겠니? '이 젊은 신사는 인간의 마음이 열렬히 소망하는 모든 것들, 이를테면 화려한 재산과 고귀한 가문과 광범위한 지역에 걸친 성직록 수여 권한을, 특별하게도, 모두 갖추고 태어나신 분입니다. 하지만 이 모든 매혹적인 조건에도 불구하고 사촌 엘리자베스 양과 어르신께 한마디 올리겠습니다. 이 신사의 청혼을 경솔하게 매듭지으려 하시다가는 좋지 않은 일이 일어날 수도 있을 것입니다. 물론 어르신께서는 이 청혼으로 당장의 이득을 얻고 싶은 마음이 간절하실 테지만요.'

리지, 이 신사가 누군지 이제 좀 알겠니? 누군지는 이제 곧 나온다.

'어르신께 주의를 드리려는 제 동기는 이렇습니다. 신사의 이모님이신 캐서린 드 버그 귀부인께서 이 결혼을 그다지 고운 눈으로 보고 계시지 않다고 생각할 충분한 이유가 있습니다.'

자 봐라, 바로 다아시 씨가 문제의 신사로구나! 허허, 리지, 널 놀라게 한 것 같구나. 콜린스 씨도 그렇고 루커스 가족도 그렇고 우리가 아는 사람들 중에서, 그 이름만 들어도 그들이 하는 이야기가 거짓임을 이보다 더 효과적으로 입증해 보일 남자가 또 있을까? 다아시 씨는 여자만 봤다 하면 뭔가 흠을 잡는 사람이잖아. 게다가 네게는 평생 눈길조차 준 적 없는 사람이고! 정말 놀라운 일 아니니!”

엘리자베스도 재미있어하는 아버지의 말에 동조해보려 했지만 간신히 억지웃음만 지어 보일 수 있을 뿐이었다. 아버지의 유머가 이토록 씁쓸하게 느껴지는 식으로 전달된 적은 한 번도 없었다.

“넌 안 재밌니?”

“웬걸요! 재미있어요. 계속 읽어주세요.”

“‘지난밤 귀부인께 이 결혼이 성사될지도 모르겠다고 전하자 즉각 평소와 마찬가지로 친히 이 일에 대한 소감을 밝히셨습니다. 제 친척, 즉 예비 신부측의 가족과 관련된 몇 가지 이유 때문에 귀부인께서 불명예스러운 결혼이라고 하신 이 결혼에 결코 동의하시지 않으리라는 점이 그 순간 분명해졌습니다. 따라서 저는 이 사실을 제 사촌에게 즉각 알리는 게 제 의무라고 생각했습니다. 그래서 사촌과 사촌의 고귀하신 청혼자께서 자신들이 무슨 일을 벌이고 있는지를 깨닫게 하고, 적절한 인정을 받지 못한 이런 결혼으로 성급히 뛰어들지 않도록 말리려고 합니다.’ 콜린스 씨는 또 이렇게 덧붙였구나. ‘사촌 리디아 양의 가슴 아픈 사건이 아주 잘 마무리되었다는 소식을 듣고 진심으로 기뻤습니다. 다만 결혼도 하기 전에 두 사람이 살림을 차렸다는 사실이 모든 사람들에게 알려졌다는 점이 마음에 걸릴 뿐입니다. 하지만 어르신께서 그 두 사람이 결혼을 하자마자 집안으로 들이셨다는 얘기를 듣고 저는, 제 지위에 합당한 의무를 게을리할 수도 없고, 무척 놀랐다는 말을 빠뜨릴 수도 없습니다. 그것은 부도덕한 행실을 권장하는 처사입니다. 제

가 만약 롱본의 교구 목사였다면 어르신의 그런 행동을 강경하게 반대
했을 것입니다. 어르신께서는 분명 그 두 사람을 기독교인으로서는 용
서해야 합니다. 그렇다고 해도 어르신의 눈앞에 그들이 모습을 나타내
거나 어르신이 들으시는 데서 그들의 이름이 거론되는 일은 허락하지
말았어야 합니다.' 이게 바로 콜린스식 기독교적 용서관인가보다! 편지
의 나머지 내용은 그저 사랑하는 자기 마누라 샬럿의 상태와 어린 올
리브 가지*를 기대하고 있다는 얘기뿐이다. 아무튼 리지, 편지 내용이
달갑지 않은 표정이구나. 새침을 떼면서 이런 한가한 헛소문에 모욕당
한 척하려는 건 아니겠지. 이웃을 위해 놀림감이 되어주다가 우리 차례
가 돌아오면 비웃는 일 말고, 인생의 낙이 뭐가 있겠니?"

"맞아요!" 엘리자베스가 소리쳤다. "저도 참 재미있어요. 근데 정말
이상해요!"

"그래. 그래서 더 재미있지. 사람들이 다른 남자를 네 신랑감으로 정
했다면 아무 일도 아니었겠지. 하지만 다아시 씨의 철저한 무관심과 네
매서운 혐오감을 생각하면, 이 일이 얼마나 우습니. 내가 편지 쓰는 걸
아무리 싫어한다지만, 콜린스 씨와의 서신 왕래는 정말 끊을 수 없을
것 같구나. 글쎄, 이 편지를 읽는데 그가 사위인 위컴보다 더 끌리더라.
물론 우리 사위의 뻔뻔함과 위선도 대단히 높이 사지만 말이다. 그래,
리지, 캐서린 귀부인께서 이 소문에 대해 뭐라고 말씀하셨니? 동의하
지 않는다는 말씀을 하러 찾아오신 것이겠지?"

딸은 이 질문에 그저 미소로만 화답했다. 그리고 아버지의 질문에

---

* '자식'을 뜻한다.

털끝만큼의 의혹도 묻어나지 않았기 때문에 질문이 되풀이되었어도 속상하지 않았다. 엘리자베스는 속마음과 다른 감정을 내보이기가 이번처럼 당황스러운 적이 없었다. 속으로는 울고 싶었지만 지금은 웃어야 할 때였다. 아버지는 다아시의 무관심한 태도를 입에 올리며 너무 잔인하게 그녀에게 굴욕감을 안겼다. 그녀는 아버지가 그처럼 통찰력이 부족하다는 데 놀랐다. 아니면, 아버지의 통찰력이 부족한 게 아니라 자신의 공상이 너무 과한 것이 아닐까 걱정됐다.

16

빙리 씨는 엘리자베스의 막연한 예상처럼 다아시에게서 사과 편지를 받는 대신, 캐서린 귀부인의 방문이 있은 지 며칠 뒤 아예 그를 데리고 롱본 집을 방문했다. 두 신사는 아침 일찍 찾아왔다. 엘리자베스가 베넷 부인이 캐서린 귀부인의 방문 이야기를 꺼낼까봐 전전긍긍하던 참에 부인이 미처 말을 꺼내지도 않았는데 제인과 단둘이 있고 싶은 빙리가 모두에게 산책을 나가자고 제안했고, 대부분이 찬성했다. 베넷 부인은 산책하는 습관이 없었고 메리는 산책할 시간이 없었기 때문에 다섯 명이 산책을 나갔다. 그러나 빙리와 제인은 곧바로 다른 사람들이 자신들을 앞지르게 했다. 그들이 뒤처지자 엘리자베스와 키티, 다아시 세 사람이 한 무리가 되어 산책을 즐겨야 했다. 그들은 별다른 말을 하지 않았다. 키티는 감히 말도 못 꺼낼 만큼 그의 존재에 압도되었고, 엘리자베스는 속으로 단단히 결심하고 벼르고 있었다. 아마 그도 그녀와 같은 결심을 하고 있었으리라.

키티가 마리아 루커스를 만나고 싶다고 해서 그들은 루커스네 쪽으로 걸었다. 엘리자베스는 세 사람 다 마리아를 만나러 갈 필요는 없다고 생각했다. 키티가 사라지자 그녀가 대담하게 그와 단둘이서만 산책을 시작했다. 바로 지금이 단호한 태도로, 잔뜩 벼르던 일을 실행에 옮길 적기였다. 용기가 최고조에 이르자 그녀가 즉각 말을 꺼냈다.

"다아시 씨, 저는 참 이기적인 사람이에요. 그러니 제 감정이 편해지기만 한다면 다아시 씨의 감정이 상하든 말든 신경쓰지 않겠습니다. 제 가엾은 동생을 위해 다아시 씨가 더할 나위 없는 후의를 베풀어주신 데 대해 감사하다는 말을 더이상 참고 있을 수가 없어요. 그 사실을 알고 제가 얼마나 고맙게 생각했는지 말씀드리게 되기를 기다려왔어요. 다른 가족들에게 이 사실이 알려졌다면, 이런 고마움을 저 혼자 따로 전하지는 않았을 거예요."

"죄송합니다. 정말 죄송합니다." 다아시가 깜짝 놀라며 감정이 담긴 말투로 대답했다. "잘못 받아들이면 불편한 생각이 들 수도 있는 사실을 알게 되셨군요. 하지만 가드너 부인이 그토록 못 믿을 분이라는 생각은 하지 않았는데."

"외숙모를 책망하지 마세요. 다아시 씨가 이 일에 관련됐다는 사실은 철없는 리디아의 입을 통해 처음 알았습니다. 물론 자세한 정황을 알게 될 때까지 제가 가만히 있을 수가 없었어요. 다시 한번 온 가족을 대신하여 다아시 씨의 너그러운 자비심에 감사드립니다. 그 두 사람을 찾아내기 위해 너무나 큰 수고를 겪어야 했고, 갖은 굴욕을 참으셔야 했으니까요."

"제게 감사를 표하고 싶다면, 오로지 자신만을 위해 해주세요." 그가 대답했다. "엘리자베스 양을 행복하게 해주고 싶은 제 소망이 모든 행동을 유발하는 데 힘을 보탰음을 부인하진 않겠습니다. 가족분들이 제게 고마워할 까닭은 전혀 없습니다. 그분들을 존중하지만, 저는 엘리자베스 양만 생각했습니다."

엘리자베스는 너무 당황해서 한마디도 할 수 없었다. 잠시 침묵이 흐른 뒤 상대방이 다시 덧붙였다. "너그러운 분이니 실없는 말로 저를 놀리진 않겠지요. 혹시 지난 4월과 여전히 같은 생각이라면, 부디 지금 말씀해주십시오. 엘리자베스 양을 향한 제 사랑과 소망은 변함이 없습니다. 하지만 한마디 말씀으로 이 일에 대해 저를 영원히 침묵하도록 하실 수 있습니다."

어쩐지 그의 태도가 평소보다 더 어색하고 불안해 보인다는 생각이 든 엘리자베스는 이제는 확실히 말하지 않을 수 없었다. 물론 막힘없이 술술 말이 나오지는 않았지만, 그가 말한 지난 4월 이후 자신의 감정도 중대한 변화를 겪었고, 지금은 그의 고백을 고맙고 기쁜 마음으로 받아들이겠다고 즉각 대답했다. 그녀의 대답에 그가 느낀 행복감이라니. 아마 그전까진 결코 느껴보지 못한 황홀감이었으리라. 그는 열렬한 사랑에 빠져본 사람이라면 으레 가질 법한 확신에 찬 열정적인 모습으로 이런 일을 맞게 된 자신의 감정을 드러냈다. 엘리자베스가 그의 눈을 바로 마주볼 수 있었다면, 가슴속 깊은 곳에서 우러나와 얼굴 가득 퍼져나간 환희의 표정이 그와 얼마나 잘 어울리는지 알 수 있었을 것이다. 하지만 그녀는 볼 수는 없었지만 들을 수는 있었다. 그가 그녀가 얼마나 소중한 사람인지를 증명하며 자신의 감정을 이야기할 때 그녀는 매 순간 그의 사랑이 더욱더 귀하게 느껴졌다.

두 사람은 어느 방향으로 가는지도 모른 채 계속 걸었다. 다른 데 신경쓰기에는 생각하고 느끼고 말할 게 너무나 많았다. 그녀는 이내 그들이 지금처럼 서로를 잘 이해하게 된 것이 그의 이모 덕임을 깨달았다. 귀부인이 런던을 경유하여 돌아가면서 정말로 그를 방문해서, 롱본을 방문한 사실과 그 동기와 엘리자베스와 나눈 대화 내용을 전부 말했던 것이다. 그러면서 엘리자베스가 썼던 모든 표현을 강조까지 해가며 상세히 전했는데, 아마 그 하나하나가 엘리자베스의 고집스러움과 뻔뻔함을 특별히 잘 드러내주리라 예상하고 그랬을 것이다. 그리고 자기 조카가 그런 얘기를 듣는다면 엘리자베스가 거절했던 다짐을 그에게서 대신 얻어낼 수 있을 거라고 예상했을 것이다. 그러나 불행하게도 귀부인에게는 딱 역효과가 나고 말았다.

"이모님 말씀을 듣고 희망이 있음을 깨닫게 되었습니다." 그가 말했다. "그전까진 희망을 품을 생각조차 못했습니다. 하지만 엘리자베스 양의 성격을 잘 알기에 절대적으로, 아니 번복하지 않을 만큼 저를 싫어하기로 결정했다면 캐서린 이모님께 그 사실을 솔직히 드러내놓고 시인했겠지요."

엘리자베스는 얼굴을 붉혔고 웃으며 대답했다. "맞아요. 이제 제가 그런 일을 할 수 있다고 믿으실 만큼 정말로 제 솔직함을 충분히 파악하셨군요. 다아시 씨 면전에서 대놓고 그토록 심하게 비난한 사람이 전데, 다른 친척분들 앞에서라고 거리낄 까닭이 없지요."

"제게 하신 비난 중에서 제가 마땅히 들어야 할 비난이 아닌 게 있었습니까? 물론 잘못된 억측에 근거한 비난이기는 했습니다. 하지만 당시의 제 행동은 가장 가혹한 비난을 받아도 마땅했지요. 용서받을 수 없는 행동이었으니까요. 그때 생각만 하면 저 자신에게 혐오감이 듭니다."

"그날 저녁 일에서 누구에게 더 큰 몫의 비난이 돌아가는지는 그만 따지기로 해요." 엘리자베스가 말했다. "엄밀히 따지자면 두 사람 다 그날 보인 행동은 비난을 면하기 어려우니까요. 하지만 그날 이후 우린 둘 다 예의범절이 나아졌죠."

"저는 제가 그렇게 쉽게 용서되지 않습니다. 그날 내내 제가 보인 행동과 태도와 표현 방식을 생각하면 여러 달이 흐른 지금까지도 말도 못하게 고통스럽습니다. 그날 너무나도 예리하게 지적하신 저에 대한 비난은 영원히 잊지 못할 겁니다. '좀더 신사적으로 행동하셨다면', 바로 그게 엘리자베스 양이 제게 한 말이었습니다. 그 말 때문에 제가 얼마나 괴로워했는지 모르실 겁니다. 꿈에도 상상 못하실 겁니다. 물론 그 말이 정당하다고 인정할 분별력이 생기기까지 제법 시간이 걸렸습니다."

"제 말이 그토록 강한 인상을 심어주었으리라고는 상상도 못했어요. 그런 식으로 느끼셨을 줄은 추호도 생각 못했고요."

"그러셨을 겁니다. 당시 저를 제대로 된 감정이라곤 없는 사람으로 여기셨을 테니까요. 분명 그랬겠지요. 저를 받아들이게 만들 온갖 방법을 쓴다 해도 허락을 얻는 일은 절대로 없을 거라고 말씀하시며 엘리자베스 양의 표정이 돌변하던 모습을 결코 잊지 못할 겁니다."

"어머! 그때 제가 드린 말씀만은 되풀이하지 마세요. 그때의 기억은 아무런 도움도 안 되니까요. 분명히 말씀드리지만, 실은 저도 이미 오래전부터 그런 말씀을 드린 일을 몹시 창피해하고 있었답니다.”

다아시가 자신이 보낸 편지 이야기를 꺼냈다. “그 편지 때문에 곧바로 저에 대한 생각이 좋은 쪽으로 바뀌셨나요? 그 편지를 읽고 나서 그 내용을 조금이라도 믿을 수 있으셨나요?”

그녀는 그 편지가 자신에게 어떤 영향을 미쳤는지, 그리고 그 편지가 과거의 모든 편견을 어떤 식으로 서서히 없애주었는지를 설명했다.

“저도 제 편지 때문에 엘리자베스 양이 분명히 아파하리라는 점을 알았습니다.” 그가 말했다. “하지만 불가피한 일이었습니다. 편지는 없애버렸기를 바랍니다. 특히 그중 일부분, 즉 편지의 서두 부분이 마음에 걸렸습니다. 엘리자베스 양이 그걸 다시 읽게 될까봐 두렵습니다. 저를 미워하는 게 당연할 만큼 심한 표현을 썼던 게 기억나니까요.”

“편지를 없애야 제 사랑을 간직할 수 있다고 생각하신다면 태우겠습니다. 그러나 우리 둘 다 제 감정이 불변하리라 생각하진 않지만, 저는 제 감정이 편지를 없애버리는 일이 의미하듯 그렇게 쉽게 변하지 않기를 바란답니다.”

“편지를 쓸 당시만 해도, 저는 저 자신이 완벽하다 싶을 만큼 침착하고 냉정하다고 믿고 있었습니다.” 다아시가 대답했다. “하지만 이후 실제로는 그 편지를 끔찍할 정도로 비참한 심경으로 썼다고 확신하게 되었습니다.”

“앞부분을 쓰실 때는 비참한 심경이었겠죠. 하지만 끝부분은 그렇지 않았어요. 작별 인사도 너그러움 그 자체였죠. 어쨌든 편지 생각은 이제 그만해요. 편지를 쓴 사람의 감정도 편지를 받은 사람의 감정도 이젠 확연히 달라졌으니 편지와 관련된 불쾌한 상황은 다 잊어요. 다아시 씨게 제 철학을 알려드릴게요. 지난 과거는 그 기억이 즐거울 때만 돌이켜보는 거예요."

"그런 종류의 철학이라면 못 믿겠는데요. 분명히 엘리자베스 양의 기억들은 비난의 여지가 없는 것들일 겁니다. 그러니 그런 기억들에서 비롯되는 즐거움은 철학보다 더 나은, 선량한 심성에서 나올 겁니다. 그러나 제 경우는 그렇지 않습니다. 절대로 물리칠 수 없고 물리쳐서도 안 되는 고통스러운 기억들이 앞으로도 계속 끼어들 겁니다. 저는 원칙에서는 아닐지라도 행동에서는 평생을 이기적으로 살아왔어요. 어릴 적에 무엇이 올바른지는 배웠지만 제 성격을 고쳐야 한다는 것은 배우지 못했어요. 제게 훌륭한 원칙이 제시되었음에도 오만과 자만에 빠져 그런 원칙을 마음 내키는 대로 따랐을 뿐이지요. 유감스럽게도 외아들이었던(그것도 여러 해 동안 독자였지요) 탓에 부모님이 버릇없는 아이로 키우셨죠. 부모님은 선량한 분들이셨지만(특히 아버지가 자비롭고 상냥하신 성품 그 자체셨죠), 제가 이기적이고 오만한 사람이 되도록 방치하셨고, 부추기셨고, 가르치다시피 하셨죠. 저는 우리 가족 친지 외에는 누구도 신경쓰지 않았고, 나머지 세상 사람들은 전부 천하다고 생각했습니다. 적어도 저 자신과 비교하며 그 사람들의 분별력과 가치가 천하다고 믿고 싶어했습니다. 여덟 살 때부터 스물여덟 살이 될 때까지 바로 그런 인간이었습니다. 그리고 너무나 소중하고 사랑스러운 엘리자베스 양, 당신이 아니었다면 저는 여전히 그런 인간으로 살았을 것입니다. 제가 빚을 진 겁니다! 제게 교훈을 주셨어요. 물론 처음에는 참 힘들었지만 결국은 제게 너무나 큰 도움이 되었지요. 엘리자베스 양 덕분에 저는 예의를 아는 겸손한 인간이 되었습니다. 청혼하러 갔을 때 저는 엘리자베스 양이 저를 받아들이리라 확신했습니다. 그런데 그때 엘리자베스 양은 제게, 기쁘게 해줄 만한 자격이 있는 여성이라면 분명히 기뻐하리라 생각하며 내세웠던 제 모든 자격이 실은 얼마나 불충분한지를 알려주셨습니다.”

“그때 제가 다아시 씨를 받아들일 거라고 확신하셨다고요?”

“진정 그랬습니다. 제 허영심이 참 한심하죠? 제 청혼을 바라신다고, 더 나아가 기대하신다고 믿은 겁니다.”

“제 태도가 확실히 잘못됐던 것 같군요. 하지만 의도한 바는 아니었다고 분명히 말씀드릴게요. 다아시 씨를 속일 의도는 없었어요. 하지만 제 기분이 종종 저를 잘못 인도한답니다. 그날 저녁 이후 제가 무척 미우셨죠?”

“밉다니요! 처음에는 화가 났을지도 모르죠. 하지만 화는 곧바로 제 방향을 잡기 시작했습니다.”

“조금 염려는 되지만, 저에 대해 어떻게 생각하셨는지 물어봐야겠습니다. 펨벌리에서 만났을 때 말이에요. 불쑥 나타난 저를 비난하시진 않으셨나요?”

“정녕 아닙니다. 깜짝 놀랐을 뿐 아무 생각도 없었습니다.”

“다아시 씨 눈에 띈 제가 놀란 것에 비하면 덜하셨을걸요. 제 양심이 제게 그토록 특별하고 예의바른 대접을 받을 자격이 없다고 하더군요. 고백하건대 제 몫보다 더 큰 대접을 받게 되리라고는 꿈도 꾸지 않았습니다.”

“그때의 목적은, 제가 지난 일을 원망하는 비열한 인간이 아님을 최선을 다해 보여드리자는 것이었습니다.” 다아시가 대답했다. “그리고 제게 하신 비난을 받아들였음을 알려 용서를 구하고, 저에 대한 안 좋은 생각을 말끔히 씻어 없애고 싶었습니다. 그 밖의 다른 소망이 언제 생겨났는지는 저도 잘 모르겠어요. 아마 다시 만난 지 반시간도 채 안 된 시점이었다고 믿습니다."

그러고 나서 그는 동생 조지애나가 그녀를 알게 되어 기뻐하던 참인데 갑자기 만남이 끊겨 실망하고 있다고 말했다. 두 사람의 대화는 자연스럽게 그 만남이 끊긴 이유로 이어졌다. 그녀는 그가 여관을 떠나기 전부터 이미 리디아를 찾기 위해 더비셔를 떠나 그녀를 따라가야겠다고 결심했다는 사실을 알게 되었다. 그리고 여관에서 그가 심각하게 깊은 상념에 잠긴 모습을 보였던 것도 바로 그런 목적에 수반될 것이 분명한 이런저런 골치 아픈 일들 때문이었다는 것도 알게 되었다.

그녀는 다시 한번 고마운 마음을 전했다. 하지만 이 이야기는 더 상세히 나누기에는 두 사람 모두에게 너무나 괴로운 주제였다.

그들은 여유롭게 몇 마일가량을 더 걸었다. 그런 다음 대화에 너무 열중한 나머지 의식도 못하고 있다가 마침내 시계를 보고는 집으로 돌아갈 시간이 되었음을 깨달았다.

"빙리 씨와 제인 언니는 어떻게 된 걸까요!" 이 말에 그 두 사람의 관계에 대한 궁금증이 다시 화제를 끌어냈다. 다아시는 두 사람의 약혼을 기뻐했다. 그는 친구에게서 들었다며 이미 그 사실을 알고 있었다.

"소식을 듣고 놀라지 않으셨나요?" 엘리자베스가 말했다.

"전혀요. 이곳을 떠날 때 곧 그렇게 될 거라고 생각했어요."

"그 말씀은 두 사람의 결혼을 진작 허락하고 계셨다는 뜻이군요. 저도 그러신 줄 알고 있었어요." 그는 '허락'이라는 말에 항의했지만, 그녀는 확실한 사실로 알고 있었다.

"런던으로 떠나기 전날 저녁, 오래전에 빙리에게 해야 했던 얘기를 털어놓았습니다. 그동안 있었던 일을 전부 이야기하며 그의 일에 끼어든 게 어리석고 주제넘은 일이었다고 했지요. 깜짝 놀라더군요. 저에 대해 조금도 의심하지 않는 친구거든요. 그리고 저는 엘리자베스 양의 언니분이 그 친구에게 무관심하다고 여겼던 제 짐작도 잘못이었다고 말했습니다. 언니분에 대한 그의 사랑이 전혀 줄지 않은 걸 쉽게 알아차렸고, 두 사람이 행복하게 잘살 거라는 확신이 들었습니다."

엘리자베스는 그가 친구를 그렇게 쉽게 좌지우지했다는 소리를 듣고 미소 짓지 않을 수 없었다.

"우리 언니가 빙리 씨를 사랑한다고 이야기하신 건 직접 관찰하신 결과였나요, 아니면 그저 제가 지난봄에 드린 정보를 근거로 하신 말씀인가요?"

"전자입니다. 최근에 이곳을 두 번 방문하면서 언니분을 꼼꼼히 관찰했습니다. 그리고 그분의 애정을 확신하게 되었습니다."

"확신이 들자마자 즉시 친구에게 전하신 거군요."

"그렇습니다. 빙리는 가식이 전혀 없는 겸손한 친구입니다. 소극적이라 이처럼 걱정스러운 일이 생기면 자신의 판단을 믿지 못합니다. 하지만 제 판단에 의지하면, 모든 일은 편해지지요. 한동안 그를 화나게 했던 사실 한 가지를 고백하겠습니다. 그가 그렇게 화를 낸 것이 당연합니다. 지난겨울 언니분이 런던에 석 달 동안 와 계셨다는 사실을 제가 알면서도 일부러 그에게 알리지 않았다는 걸 더는 숨길 수 없었습니다. 그가 화를 내더군요. 하지만 언니의 감정에 대해 조금이나마 의심이 남아 있던 동안만 그 화가 지속되었을 뿐입니다. 지금은 저를 진심으로 용서했습니다."

엘리자베스는 빙리 씨가 참 재미난 친구 같다고, 그의 말을 그렇게 쉽게 잘 들으니 정녕 그 가치를 헤아릴 수 없는 친구라고 말하고 싶어 입이 근질거렸지만 꾹 참았다. 그가 농담을 받아들이려면 아직은 시간이 더 필요해 그런 농담을 시작하기에는 아직 이르다는 생각이 들었다. 집에 도착할 때까지 다아시는 자신의 행복에는 당연히 조금 못 미치겠지만, 빙리의 행복을 기대하면서 말을 이어갔다. 두 사람은 홀에서 헤어졌다.

17

"리지, 대체 어디까지 갔다 오는 거니?" 엘리자베스가 방에 들어서자마자 제인이 물었다. 그리고 식탁에 앉을 때에도 모두가 같은 질문을 했다. 그녀는 그저 여기저기 쏘다니며 자신도 모르는 곳까지 갔다 왔다는 대답밖에 할 수 없었다. 대답을 하면서 얼굴이 화끈거렸지만 그런 표정 변화도 다른 무엇도 의혹을 불러일으키진 않았다.

그날 저녁 시간은 특별한 일 없이 조용히 지나갔다. 공인된 연인은 웃고 떠들었지만, 아직 공인되지 못한 연인은 침묵을 지켰다. 다아시는 기쁨에 겨워 행복감이 넘쳐나는 기질의 소유자가 아니었다. 혼란스럽고 들뜬 상태의 엘리자베스도 자신이 행복하다는 사실을 머리로는 알았지만 아직 그렇게 느끼지는 못했다. 당장 당황스러운 것 말고도 또다른 난관이 있었다. 그녀는 두 사람의 관계가 가족들에게 알려졌을 때 그들이 어떻게 반응할지를 예상해보았다. 제인을 빼고는 가족 모두가 그를 싫어했다. 그 정도의 혐오감이라면 그가 가진 모든 재산과 지위마저 무색해질지 몰라 걱정까지 들었다.

그녀는 밤이 되어서야 언니에게 속마음을 털어놓았다. 평소 베넷 양은 의심과 거리가 먼 사람이었지만, 지금 동생이 하는 말만은 도저히 믿을 수 없었다.

"농담이겠지, 리지. 그럴 리가! 다아시 씨와 결혼 약속을 했다니! 아니지, 아니야. 날 놀리지 마. 말도 안 되잖니."

"정말 시작부터 말이 아니네! 유일하게 믿었던 사람이 언닌데. 언니가 내 말을 못 믿는다면 아무도 안 믿을 거야. 하지만 지금 진심으로 사실만 말하는 거야. 그 사람이 여전히 나를 사랑한대. 그래서 우리는 결혼을 약속했다고."

제인은 의심스러운 표정으로 동생을 바라보았다. "세상에, 리지! 그럴 리가. 네가 그 사람을 얼마나 싫어하는지 내가 알잖니."

"언니는 진실을 전혀 몰라. 내가 그 사람을 싫어했던 일은 다 잊어줘. 예전에는 지금처럼 그 사람을 좋아하지 않았을 수도 있지. 하지만 이런 일에는 좋은 기억력이 용서받지 못하는 법. 어쨌든 예전 일을 기억하는 건 이번이 마지막일 거야."

제인은 여전히 놀랍기 그지없다는 표정을 짓고 있었다. 엘리자베스는 다시 한번, 더욱 진지한 태도로 자기 말이 진실이라고 힘주어 말했다.

"맙소사! 리지, 정말 그런 거니! 하지만 이젠 정말이라고 믿을게." 제인이 소리쳤다. "리지, 사랑하는 리지, 축하를 하고 싶은…… 아니, 진심으로 축하한다. 정말 확실한 거지? 또 묻는 걸 용서해줘. 정말 그 사람과 살면서 행복할 자신이 있는 거야?"

"그 점은 의심할 여지가 없어. 우리 두 사람이 세상에서 제일 행복한 부부가 되자고 이미 약속했으니까. 하지만 언니, 언니는 마음에 들어? 그런 제부를 얻게 돼도 괜찮아?"

"마음에 들고말고. 빙리 씨나 나나, 이보다 기쁜 일이 또 어디 있겠니? 하지만 우리는 이런 일이 불가능하다고 생각했고, 그런 얘기도 했었어. 너 정말 그 사람을 진심으로 사랑하는 거니? 리지! 사랑 없는 결혼은 절대로 하면 안 돼. 네가 마땅히 느껴야 할 애정을 느끼고 있다는 확신이 분명히 드는 거야?"

"글쎄, 그렇다니까! 내가 다 털어놓으면 언니는 내가 지나치게 사랑하고 있다고 생각하게 될걸."

"그게 무슨 소리니?"

"글쎄. 빙리보다 그 사람을 더 사랑한다고 고백해야 하나. 화내는 것 아니지?"

"리지, 지금 농담할 때니? 정말 진지하게 얘기하고 싶어. 내가 꼭 알아야 할 사실이 더 있으면 미루적거리지 말고 다 말해줘. 그 사람을 사랑하게 된 게 언제부터니?"

"워낙 서서히 일어난 일이라 나도 정확히 언제부터 시작됐는지 모르겠어. 하지만 그 사람의 아름다운 펨벌리 저택을 처음 구경했을 때, 아마 그때가 시작 아닌가 싶어."

하지만 제발 진지하게 얘기해달라고 제인이 간청하자 그 효과를 즉각 보이며, 엘리자베스는 자신의 사랑을 엄숙히 맹세하며 언니를 안심시켰다. 그 점을 확신하게 되자 제인은 더이상 바랄 게 없었다.

"이제야 진심으로 행복한걸." 그녀가 말했다. "너도 나 못지않게 행복하겠지. 사실 나는 늘 다아시 씨를 좋게 보고 있었어. 너에 대한 사랑 하나만으로도 틀림없이 그 사람을 영원히 존중했을 거야. 그런데 그런 사람이 빙리 씨의 친구에다 네 남편까지 된다니 나한테 그보다 더 소중한 사람은 빙리 씨하고 너밖에 없을 거야. 하지만 리지, 너 참 영악하다. 어떻게 나한테까지 그렇게 감쪽같이 숨길 수 있니. 펨벌리와 램턴에서 있었던 일을 솔직히 말해준 게 대체 뭐가 있담! 내가 알게 된 건 전부 네가 아니라 다른 사람들에게서 들은 거라고."

엘리자베스는 비밀을 지킬 수밖에 없었던 이유를 설명했다. 그녀로서는 빙리라는 이름을 언급하고 싶지 않았고, 불확실한 그녀의 감정 때문에 그의 친구 이름을 언급하는 것도 마찬가지로 피하고 싶었다고. 하지만 이제는 숨길 게 하나도 없었다. 리디아의 결혼 문제에서 다아시 씨가 맡았던 역할도 마찬가지였다. 그녀는 모든 사실을 털어놓았다. 두 자매는 그날밤의 절반이 깊도록 이야기꽃을 피웠다.

"맙소사!" 다음날 아침 창가에 서서 엄마가 외쳤다. "저 얄미운 다아시 씨가 사랑하는 우리 빙리와 이곳에 함께 오지 않으면 얼마나 좋을까! 왜 귀찮게 여길 자꾸 오는 거야? 사냥을 가든지 이런저런 다른 볼일을 보든지, 빙리를 따라다니면서 우리를 귀찮게 하지 않으면 얼마나 좋겠느냐고. 대체 우리집에 무슨 볼일이 있다고? 리지, 저 사람이 빙리를 방해하지 못하게 네가 다시 산책 좀 나가줘야겠다."

엘리자베스는 엄마의 적절한 제안에 웃음을 터뜨리지 않을 수 없었다. 하지만 엄마가 늘 그에게 '얄미운'이라는 수식어를 붙이는 데 무척 화가 났다.

두 사람은 함께 방에 들어왔다. 빙리는 즉시 엘리자베스에게 의미심장한 표정을 짓고는, 이미 소식을 다 들었다는 걸 의심할 수 없는 따뜻하기 그지없는 태도로 악수를 건넸다. 잠시 후 그가 큰 소리로 말했다. "베넷 어르신*, 리지 양이 오늘도 길을 잃을 산책로가 이 근방에 또 없나요?"

"다아시 씨, 리지, 키티 세 사람이 오늘 아침나절 오컴 언덕까지 산책하고 오면 참 좋을 거예요." 베넷 부인이 말했다. "아주 멋지고 긴 산책로인데 아마 다아시 씨는 그곳 경치를 구경한 적이 없을걸요."

"다른 사람들에게도 아주 좋은 산책로겠죠." 빙리 씨가 대꾸했다. "하지만 키티 양에겐 조금 과한 산책로가 아닐까요? 안 그래요, 키티 양?"

키티는 그냥 집에 있겠다고 했다. 다아시는 언덕에서 보는 경치가 매우 궁금하다고 말했고 엘리자베스도 말없이 동의했다. 나갈 준비를 하러 위층으로 올라가는 그녀를 따라가며 베넷 부인이 말했다.

"리지, 저 얄미운 인간을 부득이 너한테 맡길 수밖에 없어 정말 미안하구나. 하지만 신경쓰지 마라. 너도 알다시피 이게 다 제인을 위한 일이잖니. 가끔씩 몇 차례만 대꾸해주렴. 저 인간하고 말을 섞을 까닭은 없어. 그러니 너무 불편해하지 말고."

두 사람은 산책을 하면서 그날 저녁 안으로 반드시 베넷 씨의 승낙

을 얻자고 뜻을 모았다. 엄마의 승낙을 얻는 일은 엘리자베스가 직접 맡기로 했다. 엄마가 이 일을 어떻게 받아들일지 가늠할 수가 없었다. 과연 그의 재산과 지위가 그에 대한 엄마의 혐오감을 충분히 누를 수 있을지 여러 차례 의심도 들었다. 하지만 엄마가 이 결혼을 극렬히 반대하든 극렬히 기뻐하든 간에, 엄마의 태도가 분별없음을 드러내리라는 점만은 분명했다. 그리고 엄마가 결혼을 반대하며 격렬한 비난을 퍼붓든 결혼을 찬성하며 환희에 찬 비명을 내지르든 간에, 그녀는 그가 그 모습을 지켜봐야 한다는 사실을 견딜 수 없었다.

저녁이 되어 베넷 씨가 서재로 물러난 직후, 엘리자베스는 다아시 씨도 일어나 아버지를 따라가는 모습을 지켜보려니 심적인 동요가 최고조에 이르렀다. 아버지의 반대는 두렵지 않았지만, 모든 사실을 알고 난 뒤 아버지가 섭섭해하실지도 모를 일이었다. 바로 자신 때문에, 가장 사랑하는 자식인 자신의 선택 때문에 아버지가 슬퍼하실지 모르며, 또한 딸을 시집보내는 일에 대한 걱정과 유감을 드린다는 괴로운 생각이 들어 그녀는 참담한 심정으로 앉아 있었다. 이윽고 다아시 씨가 다시 나타났다. 그를 바라본 순간 미소가 떠오른 표정을 보고 그녀는 다소 안심이 되었다. 곧 그가 그녀와 키티가 함께 앉아 있는 탁자 쪽으로 다가오더니 그녀의 바느질 솜씨를 칭찬하는 척하면서 귓속말을 했다. "아버님께 가보세요. 서재에서 보자고 하십니다." 그녀는 곧바로 아버지에게 갔다.

아버지는 심각하고 불안한 표정으로 방안 이곳저곳을 서성거리고 있었다. "리지." 아버지가 말했다. "대체 무슨 일이냐? 세상에, 다아시 씨를 남편으로 맞겠다니 너 제정신이니? 늘 그 사람을 싫어하던 것 아니었니?”

예전에 자신이 좀더 이성적인 사고와 온건한 표현을 했더라면 얼마나 좋았을까 하고, 그녀가 얼마나 애타게 바랐는지! 그랬다면 지금 하려는 불편하고 어색한 해명과 고백을 아버지께 할 필요가 없었을 텐데. 하지만 바로 지금, 그 같은 해명과 고백이 필요했다. 그녀는 다소 곤혹스러워하면서 다아시 씨를 사랑하게 되었다고 분명히 말씀드렸다.

“그러니 다른 말로 하자면, 그 사람을 네 사람으로 삼기로 결심했다는 말이구나. 그 사람은 틀림없는 부자다. 그러니 네가 제인보다 훨씬 더 좋은 옷을 입고 더 훌륭한 마차를 타고 다닐 수 있겠지. 하지만 과연 그런 것들이 너를 행복하게 해줄까?”

“제가 그 사람에게 관심이 없다고 믿고 계신 것 말고 다른 반대 이유는 없으세요, 아버지?” 엘리자베스가 말했다.

“전혀 없다. 그가 오만하고 불쾌한 사람이라는 사실은 우리 모두 잘 알잖니. 하지만 네가 그 사람을 진심으로 사랑한다면 그런 건 아무것도 아니지.”

“좋아해요. 그 사람을 진심으로 좋아해요.” 그녀가 눈물을 글썽이며 대답했다. “그 사람을 사랑해요. 사실 그 사람은 예의에 어긋날 만큼 오만한 사람이 아니었어요. 너무도 다정한 사람이었어요. 아버지가 참모습을 모르고 계셨던 거예요. 그러니 제발 그런 식의 표현으로 제 마음을 아프게 하지 말아주세요.”

“리지.” 아버지가 말했다. “이미 그 사람에게 허락했다. 황송하게도 부탁을 해오는데, 그 부탁이 무엇이든 나 같은 사람이 함부로 거절할 수 없는 사람 아니니. 그러니 네가 그 사람을 받아들이겠다고 결심했다면 이제 이 일은 네게 맡기마. 하지만 좀더 신중히 생각해보라고 충고하마. 난 네 성품을 안다, 리지. 네가 남편 될 사람을 진심으로 존중하고 너보다 훌륭한 사람으로 존경하지 않는다면 행복할 수도, 잘살 수도 없다는 걸 알아. 재기 발랄한 너는 그에 걸맞지 않은 결혼을 하게 되면 더없이 큰 위험에 빠질 수도 있어. 불명예스러운 삶이나 비참한 불행을 좀처럼 벗어나지 못할 수도 있단다. 그러니 애야, 네가 평생의 동반자를 존경하지 못하는 광경을 지켜봐야 하는 가슴 아픈 상황은 제발 겪지 않게 해다오. 너는 네가 무엇을 하려는지 모르고 있단다."

감정이 한층 격해진 엘리자베스는 진지하고 엄숙하게 대답했다. 그리고 몇 차례고 되풀이해서 다아시 씨야말로 자신이 진심으로 선택한 사람임을 확언하고, 그에 대한 생각이 서서히 변화하게 된 과정을 설명하고, 그의 사랑이 하루아침에 생겨난 게 아니라 여러 달 동안 시련을 겪으며 절대적으로 견고해진 사랑임을 밝히고, 그리고 그가 지닌 모든 장점을 힘주어 열거하고 나서야 비로소 그녀는 반신반의하던 아버지의 의구심을 말끔히 씻어내고 결혼을 받아들이게 할 수 있었다.

"잘 알았다, 애야." 그녀가 말을 마치자 그가 말했다. "더이상 할말이 없구나. 사실이 그렇다면 그 사람은 너를 차지할 자격이 있다. 그보다 가치 없는 사람이라면, 리지, 나는 너와 절대로 헤어질 수 없지만 말이다."

그러고 나서 그녀는 아버지가 그에 대해 갖게 된 호의적인 인상에 쐐기를 박기 위해 다아시 씨가 리디아를 위해 자발적으로 떠맡은 역할을 털어놓았다. 그는 딸의 말을 듣고 충격을 받았다.

"정말이지, 오늘 저녁은 충격의 연속이구나! 그러니까 그 모든 일을 다아시가 했다 이거군. 결혼도 성사시키고, 돈도 주고, 위컴이란 놈의 빚도 갚아주고, 장교 임명장까지 얻어주었다는 말이네! 더 잘된 일이구나. 내가 감당했어야 마땅한 많은 고생과 돈을 덜어준 셈이니. 만약 네 외삼촌이 그 모든 일을 했다면 반드시 내가 갚아야 하고 아마 갚으려고 했을 게다. 하지만 열렬한 사랑에 빠진 너희 두 사람이 모든 일을 제멋대로 다 해버렸어. 내일 그에게 돈을 갚겠다는 제안을 해봐야겠다. 그러면 펄쩍 뛰면서 너를 사랑해서 한 일이라고 강변하며 화를 내겠지. 그러면 그걸로 이 일은 깨끗이 끝나는구나."

그러면서 그는 며칠 전 콜린스의 편지를 읽고 엘리자베스가 당황해하던 모습을 기억해냈다. 그리고 그녀를 향해 껄껄 웃음을 터뜨리며 마침내 나가도 좋다고 허락했다. 그녀가 방을 나가는 동안에 그가 말했다. "혹시 어떤 놈이든 메리와 키티에게도 맞는 짝이 있으면 들여보내렴. 나는 아주 한가하단다."

엘리자베스의 마음은 이제야 무겁디무거운 압박감에서 벗어났다. 그녀는 자기 방에서 반시간쯤 머무르며 조용히 생각을 가다듬은 뒤 비교적 차분해진 마음으로 다른 사람들과 자리를 함께할 수 있었다. 모든 일이 너무나 갑작스러워서 기뻐하고 말고 할 것도 없었지만 그날 저녁은 조용히 지나갔다. 이제 더이상 걱정스러운 중요한 사건은 없을 것이고 빠른 시일 내에 편안하고 익숙한 안락만이 찾아올 것이었다.

밤이 되어 엄마가 곁방에 올라가자 그녀는 엄마를 따라가서 자신이 결혼하게 됐다는 중요한 소식을 알렸다. 효과는 실로 어마어마했다. 딸의 얘기를 처음 듣고 난 뒤 베넷 부인은 꼼짝도 하지 않고 앉아서 말

한마디 하지 못했다. 또한 시간이 한참 지난 뒤에야 자신이 들은 말을 이해할 수 있었다. 평소 자기 가족에게 득이 되는 일이나 어떤 딸에게든 그 이득이 사랑하는 연인의 형태로 다가오는 일이라면 둔감하지 않은 편이었는데도 그랬다. 마침내 베넷 부인은 정신을 차리기 시작해 의자에 앉은 채로 안절부절못하더니 벌떡 일어났다가 다시 앉고, 놀라고, 자기 자신을 축복했다.

"맙소사! 신께서 내게 축복을 내리신 거지! 세상에, 생각만 해도! 원, 세상에! 다아시 씨라니! 누가 상상이나 했어! 그게 정말이니? 아이고! 너무나 사랑스러운 내 딸, 리지! 이제 얼마나 대단한 부자가 되고 얼마나 대단한 지위를 누리게 될까! 용돈에다, 보석에다, 마차는 또 얼마나 굉장할까! 제인이 갖게 될 것은 네 것과 비교하면 아무것도 아니라니까. 정말, 정말 기쁘구나. 너무너무 행복하고. 그토록 매력적인 남자를 차지하게 되다니! 그토록 미남에다! 키도 크고! 아아, 사랑하는 내 딸, 리지! 부디 지금까지 내가 그 사람을 미워했던 일을 용서해다오. 그 사람도 그런 일은 대수롭지 않게 여기겠지. 사랑하고 또 사랑하는 리지. 런던 시내에 저택까지 있겠네! 매력적인 것은 몽땅 다 갖겠지! 한꺼번에 세 딸이 결혼하다니! 일 년에 만 파운드라니! 세상에, 오, 신이시여! 나는 어떻게 되는 거야. 정말 미칠 것만 같구나."

엄마의 이런 태도는 결혼 승낙이 따로 필요 없다는 점을 입증하기에 충분했다. 엘리자베스는 엄마의 격정적인 감정 분출을 혼자서만 들은 게 다행이라고 여기며 곧바로 방에서 나왔다. 하지만 자기 방에 돌아온 지 채 삼 분도 안 돼 엄마가 따라 들어왔다.

"아이고, 최고로 예쁜 내 딸." 그녀가 외쳤다. "나는 다른 건 생각 못

하겠어! 그저 연 수입 만 파운드, 아니 그보다 더 많을지도 모르는 연
수입이 최고지! 귀족이나 다름없잖니! 반드시, 그리고 분명히, 대주교
의 특별 허가장을 받고 결혼하게 될 거다. 근데 가장 사랑하는 리지, 다
아시 씨가 제일 좋아하는 요리가 뭔지 말 좀 해다오. 내일 당장 준비
하게."

엄마의 이 말은 앞으로 엄마가 다아시 씨를 어떻게 대할지를 미리
암시하는 유감스러운 징조였다. 그리고 엘리자베스는 그의 열렬한 사
랑을 분명히 차지하게 되었고 가족들의 동의도 다 확보했지만, 아직 모
자라는 부분이 남아 있다는 사실을 깨달았다. 하지만 다음날 아침은 의
외로 예상보다 무사히 지나갔다. 다행스럽게도 베넷 부인은 예비 사윗
감에게 지나친 경외심을 품고 있었다. 그 바람에 그에게 관심을 표명할
자격이 주어졌을 때나 그의 견해에 경의를 표할 때를 빼고는 함부로
말을 건네려 하지 않았다.

엘리자베스는 아버지가 다아시 씨와 친해지려고 애쓰시는 모습을
보고 기뻤다. 베넷 씨는 시간이 지날수록 그가 점점 더 마음에 든다며
그녀를 안심시켰다.

"사위 셋 모두 아주 마음에 들어." 그가 말했다. "아마 위컴이 제일 마
음에 들겠지만. 네 남편도 제인의 남편만큼 좋아질 게다."

18

엘리자베스의 기분은 곧 다시 재기 발랄한 상태로 날아올랐다. 그녀

는 다아시 씨에게 대체 어떻게 자신을 사랑하게 된 것인지 설명해달라고 했다. "어떻게 시작된 거죠?" 그녀가 말했다. "저를 좋아하게 된 이후로 멋진 사랑을 계속하셨다는 건 알겠어요. 하지만 제일 처음 시작점이 뭐였어요?"

"사랑의 초석을 놓게 된 시간과 장소, 표정과 말을 꼭 집어 말할 수 없어요. 너무 오래전 일이니까요. 사랑하게 되었음을 깨달았을 때는 이미 한창 진행중이었습니다."

"제 미모에 대해서는 일찌감치 아니라고 말씀하셨죠. 제 태도, 특히 다아시 씨에 대한 제 태도도 무례에 가까웠고요. 말을 할 때마다 다아시 씨의 기분을 상하게 하려고 마음먹지 않은 적이 거의 없었어요. 그러니 이제 솔직히 말씀해보세요. 혹시 무례하고 건방진 모습 때문에 저를 좋아하시게 된 건가요?"

"쾌활한 마음씨 때문에 그렇게 된 겁니다."

"그냥 건방지다고 하세요. 그보다 못하면 못했지 거의 그러했으니까요. 사실은 다아시 씨가 예의니 경의니 친절한 관심이니 하는 것들에 넌더리가 나 있던 것이겠죠. 언제나 오직 다아시 씨의 인정을 받기 위해서만 말하고 쳐다보고 생각하는 여자들에게 혐오감이 들었겠죠. 그러던 참에 제가 다아시 씨를 자극하고 흥미를 자아낸 것이고요. 그런 여자들과 너무나 다르니까요. 다아시 씨가 진정 심성이 착하신 분이 아니었다면 저를 싫어하셨을 거예요. 겉으로 드러내지 않으려 애쓰셨지만, 다아시 씨의 생각은 항상 고결하고 진실했어요. 그토록 열심히 환심을 사려고 애쓰는 사람들을 속으로는 철저히 경멸했던 거죠. 이제 됐어요. 설명하실 수고를 제가 덜어드렸네요. 모든 점을 고려해볼 때 저는 다아시 씨의 행동이 완벽히 타당했다고 여기게 되었어요. 확실히 다아시 씨는 제 진짜 장점이 뭔지 몰랐어요. 하지만 사랑에 빠지면 누구도 그런 것은 생각하지 않는 법이죠.”

“제인 양이 네더필드에 아파서 누워 계셨을 때 언니에게 해준 애정 어린 간병은 장점 아닙니까?”

“제가 제일 좋아하는 제인이잖아요! 그런 언니를 위해서라면 그보다 더한 일도 못할 동생이 어디 있겠어요? 하지만 그걸 장점으로 생각하시려면 하세요. 제 장점은 이제 전부 다아시 씨의 보호 아래 있으니 가능한 최대로 부풀려 과장해주세요. 그 보답으로 저는 최대한 자주 다아시 씨를 약 올리고 말싸움을 걸도록 하겠습니다. 그래요, 그럼 그런 질문을 바로 시작해볼까요. 대체 왜 마지막 순간까지 본론을 꺼내는 일을 꺼리셨던 거죠? 처음 방문하셨을 때, 그리고 그다음 이곳에 식사하러 오셨을 때 대체 왜 그렇게 절 피하신 거죠? 특히 처음 방문하셨을 때 저에게 관심이 전혀 없는 듯한 표정은 왜 지으신 거죠?”

“심각한 표정으로 말없이 계셔서 용기가 나지 않았던 겁니다.”

“하지만 당황해서 그랬어요.”

“저도 마찬가지였죠.”

“식사하러 오셨을 때 제게 더 많은 말씀을 하실 수도 있었잖아요.”

“절실한 감정이 덜한 사람은 그럴 수 있었겠죠.”

“합리적인 대답만 준비하고 계시고 저 또한 그 대답을 인정할 만큼 합리적인 사람이라니 정말 불운하네요! 어쨌든 이번 일을 다아시 씨에게만 맡겨두었다면, 얼마나 오래 걸렸을지 모르겠어요. 제가 먼저 말을 걸지 않았으면, 언제 제게 말을 건네셨을지도 알 수 없고요. 리디아 일에 베풀어주신 후의에 제가 고마운 마음을 전해야겠다고 결심했던 게 확실히 큰 효과를 본 거죠. 너무 지나친 효과를 본 것 아닌가 염려스러울 만큼요. 우리의 편안함이 약속을 깨는 데서 생겨났다면, 제 도덕은 어떻게 되는 걸까요? 그 주제를 꺼내지 말았어야 했겠죠. 그러면 이런 결과가 결코 생기지 않았을 텐데.”

“괴로워할 필요 없어요. 엘리자베스 양의 도덕은 완벽히 온전할 겁니다. 우리 둘을 갈라놓으려던 캐서린 이모님의 부당한 처사가 제 모든 의구심을 날려버린 계기였으니까요. 제가 지금 누리는 행복감은 고마운 마음을 전하려 했던 엘리자베스 양의 진지한 바람 때문에 생겨난 게 아닙니다. 사실 저는 엘리자베스 양이 솔직하게 속마음을 털어놓기를 기다릴 기분이 전혀 아니었습니다. 그런데 이모님이 전하신 말씀이 오히려 희망을 주었습니다. 그래서 당장 모든 진실을 알아보리라 마음먹게 된 겁니다.”

“캐서린 귀부인이 엄청난 도움을 주신 셈이군요. 도움주시는 걸 대단히 좋아하시는 분이니 이번 일로 무척 행복해하시겠어요. 그러면 네더필드엔 무슨 목적으로 오셨던 거죠? 그저 롱본 집까지 말을 타고 와서 당황해하다가 가시려고요? 아니면 좀더 중요한 결과를 의중에 두고 오셨나요?”

“진짜 목적은 엘리자베스 양을 만나서, 가능하기만 하다면 저를 사랑하게 만들 희망이 아직 남아 있나 알아보려는 것이었습니다. 물론 겉으로 내세운 목적은, 아니, 저 스스로에게 공언한 목적은 언니분이 아직도 빙리를 좋아하는지를 알아보려는 것이었지요. 그래서 만약에 그렇다면 나중에 제가 했다는 고백을 빙리에게 할 계획이었죠.”

“캐서린 귀부인께 무슨 일이 일어났는지 통지할 용기는 있으세요?”

“용기보다는 시간이 더 필요할 겁니다, 엘리자베스 양. 하지만 꼭 해야 하는 일이니, 제게 종이 한 장을 주신다면 지금 즉시 처리하겠습니다.”

“저도 편지 쓸 일이 없다면 예전에 어떤 아가씨가 다아시 씨 옆에 앉아서 했던 것처럼 멋진 필체를 감상하며 찬탄했을 텐데요. 하지만 외숙모에게 더이상 소식을 미룰 수 없네요.”

다아시 씨와 그녀의 친밀한 관계가 너무 과대평가되었다는 고백을 하고 싶지 않아서 엘리자베스는 외숙모가 보낸 장문의 편지에 아직 답장을 보내지 않고 있었다. 하지만 외숙모가 제일 기뻐할 소식을 전할 수 있게 된 지금, 외숙모 내외가 이런 행복한 소식을 만끽할 시간을 사흘씩이나 흘려보내고 있다는 걸 깨닫고 부끄러운 마음마저 들어서 그녀는 즉시 이렇게 편지를 썼다.

사랑하는 외숙모, 그토록 친절하게 만족스럽도록 상세한 사실을 장문의 편지에 담아 알려주신 데 대해 제가 진작 감사의 마음을 전했어야 했는데 죄송해요. 하지만 진실을 고백하자면 기분이 언짢아서 답장을 안 드렸던 거예요. 외숙모가 실제보다 과도하게 상상하시기에요. 하지만 이제 외숙모 마음대로 마음껏 상상하셔도 돼요. 상상의 나래를 자유롭게 펴고 최대한 높이 날아오르시면서 그 상상을 즐기세요. 이번 일이 허락하는 한 마음껏요. 제가 이미 결혼했다는 것만 아니라면, 크게 잘못 상상하시는 일은 없을 거예요. 답장도 곧장 다시 써주시고, 다아시 씨를 지난번보다 훨씬 더 많이 칭찬해주세요. 레이크 디스트릭트에 가지 못했던 일에 대해서도 거듭 감사드려요. 제가 그 여행을 그렇게 가고 싶어했다니 참 어리석었지 뭐예요!
조랑말이라니 참 근사한 생각이에요. 매일 저택 경내의 정원과 숲을
함께 돌기로 해요. 저는 이제 세상에서 가장 행복한 여자랍니다. 아
마 다른 여자들도 전에 이런 말을 했겠지만 저처럼 딱 맞는 사람은
없었을 거예요. 저는 지금 제인 언니보다도 행복하답니다. 언니는 미
소를 지을 뿐이지만 저는 크게 웃고 있거든요. 다아시 씨가 세상에
서 제일 큰 사랑을 담아 외숙모께 전해드리랍니다. 물론 저에게 준
사랑은 빼고 남는 양을요! 크리스마스 때 외숙모 가족 모두 펨벌리
로 오세요.

외숙모를 사랑하는 조카 올림

다아시가 캐서린 귀부인에게 보낸 편지는 이와는 사뭇 다른 식이었
다. 그리고 베넷 씨가 콜린스 씨의 마지막 편지에 대한 답장으로 보낸
편지는 두 편지와 또 달랐다.

친애하는 콜린스 씨,

축하를 받기 위해 다시 한번 번거롭게 해드려야겠습니다. 우리 엘
리자베스가 곧 다아시 씨의 부인이 됩니다. 부디 최선을 다해 캐서
린 귀부인을 위로해주기 바랍니다. 하지만 내가 콜린스 씨의 입장이
라면 이모보다는 조카 편을 들겠습니다. 조카가 콜린스 씨에게 베풀
것이 훨씬 더 많지요. 그럼 이만.

오빠의 결혼식이 다가오자 빙리 양은 애정이 담긴 가식적인 축하 인

사를 건넸다. 그녀는 이번 일을 맞이하여 제인에게도 축하를 보내면서 예전처럼 제인을 좋아한다는 말을 되풀이했다. 제인은 이 말에 넘어가지는 않았지만 영향은 받았다. 따라서 빙리 양을 신뢰하지 않으면서도 그녀가 받아 마땅하다고 생각하는 것보다 훨씬 더 친절한 답장을 했다.

같은 소식을 접하고 다아시 양이 느낀 기쁨에는 오빠가 그 소식을 전하면서 느낀 기쁨만큼이나 진정성이 담겨 있었다. 얼마나 기쁜지 새 언니가 될 엘리자베스의 사랑을 받고 싶다는 열렬한 소망을 전하는 데 편지지 네 면으로는 부족할 정도였다.

콜린스 씨의 답장이나 그의 아내가 엘리자베스에게 보내는 축하 인사보다도 먼저 롱본의 가족은 콜린스 부부가 아예 직접 루커스 로지로 부랴부랴 왔다는 소식을 듣게 되었다. 이들 부부가 이처럼 갑작스럽게 온 이유는 곧 밝혀졌다. 조카의 편지를 접한 캐서린 귀부인이 머리끝까지 화가 치솟았고, 그 바람에 친구의 결혼을 진심으로 축하하던 샬럿이 불안에 떨며 폭풍이 물러갈 때까지 그곳을 벗어나야겠다고 생각했다는 것이다. 결혼을 앞둔 시점에서 친구가 왔다는 소식을 들은 엘리자베스는 진심으로 기뻤지만, 샬럿 부부를 만나면서 자신의 이런 기쁨이 값비싼 대가를 치르고 있다는 생각은 분명 가끔 했을 것이다. 특히 친구의 남편이 보이는 온갖 아첨과 생색을 다아시 씨가 어쩔 수 없이 받아들이는 모습을 보면서 말이다. 하지만 그는 놀랄 만큼 침착하게 참아냈다. 심지어 그는 루커스 경이 그가 이 나라에서 가장 빛나는 보석을 들고 다닌다는 찬사를 바치거나, 그들 모두가 세인트제임스궁에서 자주 만나게 되기를 희망한다는 얘기를 늘어놓아도 아주 차분하게 들어주었다. 루커스 경이 눈앞에서 사라지고 나서야 비로소 어깨를 으쓱해 보였을 뿐이다.

필립스 부인의 천박한 태도도 또다른 골칫거리였다. 아마 다아시 씨는 이것이 더 큰 부담이었을지도 모른다. 그녀는 그에 대해 언니만큼이나 큰 경외심을 품고 있어서 성격 좋은 빙리 씨에게 말을 걸 때처럼 편하게 말할 수 없었다. 하지만 말만 했다 하면 그 천박함이 여지없이 드러났다. 그에 대한 존경심이 그나마 필립스 부인을 조용하게 만들기는 했지만 그 조용함이 그녀의 품위를 늘려주지는 못했다. 엘리자베스는 엄마와 이모의 빈번한 주목으로부터 그를 보호하려고 최선을 다했다. 그리고 그를 자기 옆자리나 그가 모욕감을 느끼지 않고 대화를 나눌 수 있는 가족의 옆자리에 두려고 계속해서 신경을 썼다. 이 모든 일에서 비롯된 불편한 감정이 결혼을 눈앞에 둔 즐거운 시간의 기쁨을 많이 앗아가긴 했지만, 한편으로는 앞날에 대한 부푼 희망을 고조시키기도 했다. 그녀는 그와 그녀 모두에게 별로 달갑지 않게 여겨지는 사람들과의 만남을 벗어나 펨벌리에서 편안하고 우아한 그곳 가족들과 갖게 될 생활을 즐거운 마음으로 고대했다.

19

가장 소중한 두 딸을 해치우던 날, 베넷 부인은 엄마로서 느끼는 갖가지 감회 때문인지 마냥 행복하기만 했다. 이제부터 그녀가 얼마나 들뜨고 우쭐대며 빙리 부인을 방문하고 다아시 부인 얘기를 할지는 충분히 짐작하고도 남는 일이었다. 베넷 부인의 가족을 위해, 딸들이 잘살기를 간절히 바라던 부인의 열렬한 소망이 이렇게 실현되었으니 그녀도 남은 생애 동안 지각 있고 상냥하고 현명한 부인이 되는 행복한 결과가 빚어졌다고 말할 수 있길 바란다. 물론 그런 흔치 않은 유형에서는 가정의 행복을 즐기지 못할 베넷 씨에게는, 아내가 여전히 가끔씩 신경쇠약을 호소하고 줄곧 어리석게 구는 게 더 행복한 일일지도 모르지만 말이다.

베넷 씨는 둘째 딸을 몹시 그리워했다. 다른 어떤 일보다도 그 딸에 대한 애정 때문에 그는 집을 자주 떠났다. 그는 특히 전혀 예상치 못한 때에 불쑥 펨벌리를 방문하는 걸 즐겼다.

빙리 씨와 제인은 열두 달 정도만 네더필드에서 살았다. 엄마와 메리턴 친척들이 너무 가까이 산다는 게 남편의 착한 기질에도, 아내의 다정한 마음에도 바람직하지 않았던 것이다. 그런데 이 때문에 두 자매가 간절히 바라던 소망이 이루어졌다. 그가 더비셔주와 맞붙은 주에 집을 장만한 것이다. 이런 까닭에 제인과 엘리자베스는 다른 즐거운 일들과 더불어 서로 삼십 마일밖에 떨어지지 않은 가까운 곳에 사는 즐거움도 만끽할 수 있었다.

키티는 대부분의 시간을 시집간 두 언니들과 함께 보내며 실질적으로 많은 혜택을 보았다. 그동안 알고 지내던 대부분의 사람들보다 훨씬 더 훌륭한 사람들과 어울려 지내면서 그녀의 성품은 대단히 향상되었다. 키티는 본래 리디아처럼 통제 불가능한 기질의 소유자가 아니었다. 그러니 더이상 리디아와 함께 지내거나 그 영향을 받지 않고 언니들의 적절한 관심과 지도를 받게 되자 짜증을 부리고, 무식하고, 재미없던 성격도 한결 나아졌다. 물론 리디아와 다시 어울리면서 해를 입을 일은 세심하게 차단되었다. 위컴 부인이 무도회와 젊은 장교들을 구실로 내세우며 자기 집에 놀러와 묵고 가라고 키티에게 뻔질나게 권했어도 아버지가 절대로 허락하지 않았다.

메리는 집에 남은 유일한 딸이었다. 하지만 좀처럼 혼자 있지 못하는 엄마 때문에 예전처럼 마음 편히 교양을 쌓는 일에만 전념할 수는 없었다. 부득이 세상 사람들과 좀더 어울릴 수밖에 없었지만, 매일 아침 손님을 맞이할 때마다 교훈을 늘어놓는 일은 가능했다. 아버지는 언니들과 미모를 비교당하면서 굴욕을 느끼는 일이 더이상 없기에 그나마 메리가 이런 변화된 생활을 크게 꺼리지 않는 것이라고 생각했다.

위컴과 리디아에 대해 말한다면, 그들의 성격은 제인과 엘리자베스가 결혼한 뒤에도 크게 바뀌지 않았다. 위컴은 이제 엘리자베스가, 예전에는 몰랐던 자신의 온갖 배은망덕과 거짓말을 틀림없이 다 알게 되었을 것이라고 담담하게 확신했다. 하지만 이 모든 사정에도 불구하고 그는 다아시를 설득하면 한 재산 떼어줄지도 모른다는 희망을 버리지 않았다. 엘리자베스가 동생 리디아에게서 받은 결혼 축하 편지에, 그가 직접 말한 것은 아니었지만 적어도 그런 소망을 품고 있다는 속내가 아내의 말을 통해 담겨 있었다. 편지의 내용은 이랬다.

리지 언니에게,

언니, 축하해. 내가 소중한 우리 위컴 씨를 사랑하는 것의 절반이라도 다아시 씨를 사랑한다면 언니도 틀림없이 행복해질 거야. 언니가 그토록 대단한 부자가 되니 큰 위안이 돼. 한가해지면 우리도 좀 생각해줘. 왕실에 일자리를 얻으면 우리 위컴이 아주 좋아할 거야.

약간의 도움이 없으면 우리 부부가 생활비로 충당할 돈이 충분하지 못할 것 같거든. 연 수입 삼백 내지 사백 파운드짜리 일자리라도 좋아. 하지만 내키지 않으면 이 부탁은 형부에게 말하지 않아도 돼.

리디아

엘리자베스는 이런 부탁을 들어줄 마음이 별로 없어서 답장을 통해 동생의 청탁과 기대를 불식시키려고 애썼다. 하지만 자신의 능력으로 감당할 수 있는 구조금은 수시로 동생에게 보냈다. 개인 용돈을 절약한다고 말할 수 있는 행동을 실천에 옮겨 마련한 돈이었다. 동생 부부처럼 생활비를 헤프게 쓰고 미래에 대해 아무 생각 없이 살다가는 현재 수입만으로는 분명히 부족할 것이라는 게 그녀가 늘 하는 생각이었다. 부대의 주둔지가 바뀌어 거처를 옮길 때마다 제인이나 그녀에게, 밀린 청구서 정산에 필요하다며 조금만 도와달라는 부탁이 어김없이 오곤 했다. 평화가 회복되어* 군대가 해산해 집으로 돌아간 뒤에도 리디아 부부의 생활 방식은 불안정하기 짝이 없었다. 그들은 늘 값싼 거처를 찾아 이리저리 이사를 다녔고 늘 자신들에게 허용된 액수보다 더 많은 돈을 낭비했다. 아내에 대한 위컴의 애정은 무관심으로 식어버렸고, 리디아의 애정 또한 그보다 조금 더 오래갔을 뿐이다. 아직 어린 나이와 그런 식의 생활 태도에도 불구하고 그녀는 결혼이 자신에게 가져다준 명예만은 잘 지키고 있다고 주장했다.

다아시는 그의 펨벌리 출입을 절대로 허락할 수 없었다. 하지만 엘리

---

* 1802년 아미앵에서 체결된 프랑스와 영국 사이의 평화 협정을 암시한다.

자베스를 위해 위컴의 진급만은 계속해서 도와주었다. 리디아는 남편이 런던이나 배스로 놀러 가면 가끔 언니 집을 찾아가곤 했다. 리디아 부부는 빙리 부부의 집을 뻔질나게 드나들었는데, 한번 오면 하도 오랫동안 눌러앉아서 사람 좋은 빙리도 참기 힘들 정도였다. 그는 심지어 두 사람에게 제발 좀 가달라는 암시를 보내자는 말까지 꺼낼 정도였다.

빙리 양은 다아시 씨의 결혼에 깊은 굴욕감을 느꼈다. 하지만 펨벌리를 방문하는 특권만큼은 계속 유지하는 게 현명하다고 판단했는지 그 모든 화를 누그러뜨렸다. 그리고 지금까지 다아시 씨에게 관심을 기울여왔던 것 못지않게 조지애나에게 전보다 훨씬 더 많은 애정을 표현했고, 엘리자베스에게는 빚을 갚듯 온갖 예의를 차렸다.

펨벌리는 이제 조지애나의 보금자리가 되었다. 조지애나와 엘리자베스의 친밀한 관계는 다아시 씨가 원하는 모습 그대로였다. 두 사람은 원하는 만큼 서로를 한껏 아꼈다. 조지애나는 엘리자베스를 세상에서 가장 높게 평가했다. 물론 처음에는 새언니가 오빠에게 장난기 넘치는 말투로 말하는 모습을 보면서 충격에 가까운 놀라움을 느끼기도 했다. 애정까지 압도될 정도로 항상 외경심만 불러일으키던 오빠가 그토록 공공연하게 놀림감이 될 수 있다는 사실을 그녀는 처음 알았다. 예전에는 알 길이 없었던 새로운 사실을 배운 셈이었다. 엘리자베스의 가르침에 힘입어 그녀는 아내가 남편을 스스럼없이 대할 수 있다는 사실을 이해하기 시작했다. 물론 오빠가 그런 태도를 열 살도 더 어린 여동생에게 언제나 허락할 수는 없겠지만 말이다.

캐서린 귀부인은 조카의 결혼에 극단적인 분노를 폭발시켰다. 그리고 솔직하기 이를 데 없다는 자신의 성격에 무너진 나머지 결혼을 알리는 편지가 오자마자 답장에다 몹시 심한 욕설을 적어 보냈다. 특히 엘리자베스에 대한 욕설이 그랬다. 이 때문에 한동안 두 집안의 모든 왕래가 끊겼을 정도였다. 하지만 마침내 엘리자베스의 설득으로 그가 먼저 귀부인의 분노를 그냥 넘어가기로 하고 화해를 모색했다. 이모 쪽에서 좀더 오래 반발하며 버티긴 했지만 결국 그녀의 분노도 누그러졌다. 조카에 대한 사랑 때문에도 그랬고, 그의 아내가 잘해나가고 있는지 궁금해서도 그랬다. 그녀는 그런 안주인을 맞은 것 때문만이 아니라 런던에서 놀러온 그 안주인의 외삼촌 부부 때문에 펨벌리의 숲이 오염되었다면서도 펨벌리 저택에 직접 왕림해주었다.

가드너 부부에 대해 말한다면, 그들은 늘 조카 부부와 더없이 친하게 지냈다. 엘리자베스뿐 아니라 다아시도 그들 부부를 진심으로 아꼈다. 엘리자베스를 더비셔로 데려와 두 사람이 맺어지는 데 기여한 그들에게 두 사람은 가장 따뜻한 감사의 마음을 영원히 간직하며 살았다.

『오만과 편견』의 매력과 19세기 영국 여성의 결혼에 대해

　『오만과 편견』은 '첫인상'이라는 제목으로 1797년 집필되어 수년 뒤 전면적인 개작을 거쳐 1813년 지금의 제목으로 출간되었다. 제인 오스틴 생전에는 평단의 관심을 크게 받지 못했지만 19세기 중반부터 주목받기 시작해 20세기 들어 평자와 독자의 찬사를 받으며 작가의 작품들 중에서 가장 사랑받는 대표작으로 자리잡게 되었다.

　이 작품의 대중적인 인기는 가장 크게는 동화적인 플롯, 즉 신데렐라 모티프를 차용한 플롯에 있을 것이다. 젊은이들이 사랑에 빠지고 오해와 갈등을 겪다가 행복한 결말을 맞는 구성, 미모가 특출나지 않은 주인공 여성이 키 크고, 돈 많고, 잘생긴 상류층 남자와 결혼하는 이야기 전개는 이 작품이 신데렐라를 그린 로맨스 소설에 부합함을 보여준다.

이야기의 기본 얼개는 간단하다. 그리 부유하지 않은 시골 소지주 계급인 베넷가家에서 벌어지는 이야기로, 냉소적이고 별스러운 아버지 베넷 씨와 다섯 딸들을 모조리 시집보낼 일에 목을 매는 경박한 어머니 베넷 부인 그리고 각기 다양한 성격을 지닌 제인, 엘리자베스, 메리, 키티(캐서린), 리디아에게 일 년 남짓한 시간 동안 일어난 사건들을 다룬다. 주인공 엘리자베스 베넷이 자신의 명랑 쾌활한 성격과 명민한 머리를 자산으로 여러 제약을 극복하고 피츠윌리엄 다아시와 결혼에 이르는 과정에 더해 언니 제인과 빙리 씨의 사랑, 막냇동생 리디아와 위컴의 도피 행각과 결혼 그리고 엘리자베스의 가장 친한 친구인 샬럿 루커스와 베넷가의 먼 친척인 콜린스 씨와의 결혼 이야기 등이 곁가지로 다양하게 어우러지며 독자의 흥미를 끈다.

하지만 이 작품이 특히나 여성 독자에게 사랑을 받는 데에는, 신데렐라 이야기를 뛰어넘어 세계문학사에서 가장 유명한 여성 캐릭터 중 하나로 손꼽을 수 있는 엘리자베스 베넷이라는 여성상이 제시되기 때문일 것이다. 엘리자베스는 감기에 걸린 언니를 간병하러 가기 위해 롱본의 자기 집에서부터 빙리 씨의 네더필드 저택까지 삼 마일(약 오 킬로미터)을 홀로, 속치마가 다 젖는데도 개의치 않고 비에 젖은 들판을 걸어가는 적극적인 성격의 소유자다. 실상 이런 행동은 당시의 중·상류층 미혼 여성들이 지켜야 할 예의범절, 즉 '디코럼decorum'을 심히 훼손하는 행동이다. 또한 그녀는 막대한 재산과 엄청난 가문이라는 배경으로 많은 여성들이 흠모하는, 오만하기 그지없는 다아시 씨 앞에서도 위축되거나 자기주장을 굽히지 않는 당찬 면모를 보인다. 특히 다아시 씨의 이모인 캐서린 드 버그 귀부인이 엘리자베스와 다아시의 결혼을 막고자 그녀의 가족과 친척에 대해 욕설에 가까운 모멸적인 발언을 쏟아낼 때에도 전혀 주눅들지 않고 해당 발언의 부당함에 논리적이고도 당당하게 맞서는 장면은 가히 압권이다. 이러한 모습은 사회적 계급과 가문의 지위, 아버지의 재산의 영향에서 벗어나 독립된 판단력과 자아를 지닌 현대적인 여성상으로 그려진다. 당시 영국의 젊은 여성들이 처해 있던 성차별적이며 가부장적인 사회 분위기에 맞서고, 여성들을 억압하기 위해 강요되던 예의범절과 속박에 맞서는 선구자적인 모습을 구현한 것이다.

또한 엘리자베스는 소설의 결말에 이르러 자신의 오판으로 인한 편견을 자각하고, 세상사의 표면과 이면 사이에 존재하는 괴리를 간파해 진정한 자기 인식에 도달하며 내적 성장을 이루는 인물이기도 하다. 더 나아가 다아시가 자신의 오만함을 자성하고 세상과 조화를 이루도록 성장하게끔 이끌기까지 한다. 이 작품에서 '교양소설Bildungsroman'의 면모가 엿보이는 지점이다.

작가 제인 오스틴 특유의 서술 기법 또한 이 작품의 매력으로 손꼽을 수 있는 요소이다. 엘리자베스의 편견과 다아시의 오만은 작가가 선택한 아이러니 수법을 통해 더욱 부각된다. 화자 자신이 말한 직접적인 발언의 이면에 숨겨진 의도를 담아내는 아이러니 수법은, 오해와 갈등으로 치닫게 되는 인물들의 속내와 어리석고 위선에 찬 인간상을 그리고, 자기기만을 폭로하는 데 최적의 효과를 빚어낸다. 여기에 오스틴의 위트 감각까지 더해져 지적인 유희를 선물한다. 아이러니의 전개 방식은 인물의 특성에 맞추어 다양하게 구사되는데, 이를테면 베넷 부인의 어리석음을 드러낼 때는 당사자는 의도치 않은 효과를 낳는 무의식적인 상태에서 아이러니가 동원되고, 엘리자베스의 신랄한 발언이나 냉소적이고 자학적인 베넷 씨의 발언에서는 아이러니가 직접적으로 쓰인다. 그리고 대중의 여론을 설명하는 등 저자의 직접적인 평가가 개입될 때에는 아이러니가 간접적으로 활용된다. 이러한 아이러니의 활용이 가장 큰 즐거움을 주는 대목은 엘리자베스와 다아시 사이의 대화다. 위트와 지성에서 서로 비견되는 이 둘은 서로를 오해해 비난할 때에는 물론이거니와 상대에게 관심과 사랑을 표명할 때조차 아이러니를 활용한다. 그렇기 때문에 장난치듯이 주고받는 이들의 대화의 기본이 되는 아이러니를 파악하는 일이야말로 이 작품을 제대로 읽는 데 가장 필수적인 활동이 될 것이다. 작품 곳곳에서 다양하게 변주되는 아이러니 탓에, 『오만과 편견』은 장난기가 넘치고 밝고 명랑한 분위기가 지배적이라 후기작들에 비해—『맨스필드 파크』 같은 묵직한 작품과 비교해—심오함과 진지함이 부족하다는 비판을 받기도 했다. 하지만 독자들은 그런 아이러니를 통해 여러 성격의 웃음을 터뜨리고, 독설과 풍자를 만끽하고, 심지어 도덕적인 판단을 하는 데 필요한 기준을 얻을 수도 있다.

더해 다채롭게 구성된 풍성한 대화체 기법 역시 이 작품의 또다른 묘미다. 각 인물이 다양하게 쏟아내는 발언들은 그 즉시 해당 인물의 성격을 생생하게 드러내며 극적 효과를 배가시킨다. 어리석은데다 푼수끼 다분한 베넷 부인, 냉소적이고 무책임하며 별스럽기까지 한 베넷 씨, 선량하기 그지없는 제인, 예리하고 명민한 판단력과 재기 발랄함을 겸비한 엘리자베스, 사람 좋고 우유부단한 빙리, 오만하지만 진지하고 분별 있는 다아시, 신흥 졸부 집안 출신 숙녀의 오만함과 천박함을 여실히 드러내는 빙리 자매, 머리가 다소 모자라는 위선적인 교구 목사 콜린스, 오만 방자한 귀족 부인의 전형 캐서린 드 버그 귀부인 등 다양한 인물 군상의 진면목이 작가의 개입이나 별다른 서술 없이도 직접적인 발언을 통해 생생히 그려진다. 이 작품을 가히 '성격 박물관'이라 말할 수 있는 이유다. 게다가 작품의 중요한 전환점이 되는 장면들도 인물들의 대사를 통해 제시되고 있어 속도감을 더해준다. 가장 중요한 전환점이라 할 수 있는 엘리자베스의 자각 장면조차 산문체 서술 대신 스스로에게 질문을 던지는 대화체 방식으로, 즉 자기 자신이나 누군가에게 말을 건네는 식으로 묘사되고 있을 정도다.

* * *

『오만과 편견』은 18세기 말, 19세기 초 영국이 당면한 각종 사회적 문제들을 직접적으로 거론하지 않아 작가의 빈약하기 그지없는 역사 인식이 한계로 지적되거나 풍속소설에 지나지 않는다며 당대 평론가들로부터 평가절하되기도 했다. 그러한 평가의 주된 이유 중 하나가 바로 결혼을 중심 소재로 다루기 때문이었다. 그러나 결혼은 당대 여성들에게는 절박할 수밖에 없는 문제였고, 이면에 중대한 사회·문화적 배경이 깔려 있었다. 즉 이제 겨우 대두되기 시작한 여성의 권리와 사회적 지위에 관한 논란을 담고 있었다. 여성도 자유와 평등을 구가해야 하며, 순종적이고 소극적인 여성상을 타파하고, 이성과 독립심을 지닌 여성으로 변해야 한다는 주장을 편 메리 울스턴크래프트의『여성의 권리 옹호』가 출간된 때가 1792년이었다. 『오만과 편견』은 그로부터

사 년 뒤 집필이 시작된 까닭에, 재산에 대한 권리도 자녀에 대한 권리도 없고, 남편에게 학대당해도 법적인 보호를 받을 권리가 전혀 없었던 18세기 말, 19세기 초 여성들의 열악한 처지에 대한 반발이 이 작품의 기본 배경으로 깔릴 수밖에 없었다. 물론 평생을 미혼으로 살았던 제인 오스틴의 자전적 배경 또한 결혼 문제에 통찰력을 지닐 수밖에 없는 이유이기도 했다. "큰 재산을 가진 미혼 남자라면 마땅히 아내가 필요하다는 것은 누구나 인정하는 진리다." 이렇게 시작되는 이 작품에서 결혼 문제는 베넷 부인의 희화화된 강박적 태도를 통해 우스꽝스럽게 그려지기는 해도, 이 작품의 핵심 주제라 해도 무방할 정도의 중요성을 지닌다.

19세기 초반만 해도 영국 양갓집의 미혼 여성들에게는 자립 수단이 거의 없었다. 사회 관습상 여성들에게는 정치나 공공 분야의 일자리가 개방되어 있지 않았다. 이들이 받을 수 있는 교육도 기숙학교 교육이나 입주 가정교사나 독선생의 교육, 아니면 부모의 지도를 받는 재가 독학이 대부분이었다. 공립학교 진학이나 대학 진학은 거의 불가능했다. 네더필드에서 다아시와 엘리자베스가 주고받는 대화에서 잘 드러나듯 여성들에게 요구되는 교육의 실질적인 내용도 훌륭한 신붓감이 되기 위한 교양 교육으로 독서, 음악 연주, 노래, 그림, 자수, 춤, 편지 쓰기에 준했다. 메리 베넷처럼, 여성이 본격적으로 학문 연구에 몰두하는 경우 조금 이상하거나 별스러운 여성으로 여겨질 정도였다. 사회로부터 배제된 여성들은 직업을 얻을 가능성이 거의 없어서 독립적인 삶을 영위하는 일도 불가능에 가까웠다. 당시 여성에게 허용되는 직업이란 기껏해야 형편없는 대우와 낮은 평판을 받고 천시되기 일쑤인 입주 가정교사(『제인 에어』에서 가정교사인 제인 에어를 천시하는 블랜치 잉그럼의 발언이 당시의 여론을 대변한다)나 문필가, 귀부인의 말벗 정도였다. 그러니 이들에게는 결혼이나 유산 상속을 통해서가 아니면 자립과 재산 형성 자체가 불가능했다.

상황이 이러하니 양갓집의 미혼 여성들은 가족과 함께 살거나 가족에 의해 공인된 후견인의 보호를 받아야만 살아갈 수 있었다. 여성이 혼자 산다는 것은 고되고, 멸시받기 쉬웠다. 가족의 허락이나 승낙 없이 가족을 떠나 사는 일도 부도덕하고 잘못된 일로 치부되었다. 하물며 리디아 베넷처럼 사랑하는 남자와 도피 행각을 벌인다는 것은 자신뿐 아니라 집안의 명예와 평판에 먹칠하는 행동으로, 사회적으로 심각하게 비판받았다. 결혼하지 못한 노처녀가 되는 것 역시 바람직하지 않을뿐더러 가족과 친지들에게 짐으로 치부되었다. 그 때문에 미혼 여성에게 가장 권장되는 일이란 결혼뿐이었다. 작품 속에서 다소 희극적이고 풍자적으로 그리고 아이러니하게 묘사되어 절박성이 반감되긴 하나, 제인과 엘리자베스를 몰아치며 결혼을 재촉하는 베넷 부인의 압력이 미혼 여성을 대하는 당시 가족들의 태도를 여실히 보여주는 셈이다.

이렇게 당대 여성이 처한 현실을 가장 잘 보여주는 작품 속 인물이 바로 엘리자베스와 가장 절친한 샬럿 루커스다. 스물일곱 살의 샬럿은 변변한 재산 없이 작위만 갖고 귀족 신분을 뽐내는 아버지와 어린 동생들을 줄줄이 둔―베넷 부인의 평가대로 '못생겼다는 게 유감'인―루커스가의 장녀로서 그녀가 할 수 있었던 유일한 선택이 어리석고 모자라지만 캐서린 귀부인의 후원으로 안정적인 교구 목사직을 갖게 된 콜린스와의 결혼이다. 남편의 성품이나 외모는 그녀에게 고려의 대상이 될 수 없었다. 결혼은 순전히 가난한 가족에게 짐이 되지 않도록 집을 떠나 안정된 생활에 정착하기 위한 수단일 뿐이다. 또한 가장 확실한 궁핍 예방책이다. 이런 그녀에 대해 작가는 "집, 가사, 교구 사람들, 양계, 이 모든 것에 딸린 일들이 아직까지는 매력을 잃지 않은 듯했다"며 동정 어린 시선으로 묘사한다.

샬럿이 겪어야만 했던 상황은 사실 제인 오스틴 자신이 처했던 복잡 미묘하고 불안정한 상황과도 크게 다르지 않았다. 가난한 시골 교구 목사의 6남 2녀 중 일곱째인 그녀는 두 차례나 결혼 직전까지 가나 모두 실패하고 평생을 미혼으로 살았다. 다행히 오빠들과 남동생이 옥스퍼드 대학을 나온 성직자이거나 부자 친척의 양자로 들어간 대지주이거나 해군사관학교를 나온 해군 제독이어서, 그녀는 이들에게서 생활비 보조를 받으며 역시 미혼인 언니 커샌드라와 엄마와 함께 생활해나갈 수 있었다. 그러나 생활수준은 빠듯하기만 했고 그녀가 지닌 지적 자부심과 자존심에 맞지 않았다. 이런 생활을 벗어나기 위해 끊임없이 소설을 집필하며 자립을 갈구했지만 현실은 녹록하지 않았다. 1805년 은퇴한 교구 목사였던 아버지가 돌아가시고 난 뒤부터는 남자 형제들의 도움을 받았어도 한군데 정착하지 못하고 영국 남부지방 곳곳으로 거처를 옮기는 신산한 삶을 살아야 했다. 이런 사실을 감안한다면 그녀의 작품들에서 왜 그토록 빈번하고도 중요하게 결혼이 소재로 다루어지는지 이해가 가고도 남는다.

여성들에게 결혼이 대단히 중요한 문제일 수밖에 없는 다른 이유도 있었다. 먼저 당시의 여성들에게 결혼이라는 제도가 갖는 의미가 있다. 1857년 이전까지 영국의 이혼법은 괴이하다 싶을 만큼 중세의 관점을 따라 여성들에게 불리하기 짝이 없었다. 한번 결혼하면 이혼은 여간해서는 불가능했다. 배우자의 부정이나 잔혹행위, 행방불명 정도가 이혼 사유로 인정받았을 뿐이며, 그 과정 또한 비용이 많이 들고 매우 복잡했다. 그러니 결혼은 거의 평생 가는 제도로 여겨졌다. '증여 재산'이라는 형태로 남편이 손댈 수 없는 아내만의 고유 재산을 인정하는 제도가 있긴 했지만, 결혼 전에 아내의 소유였던 재산마저 결혼과 동시에 남편의 재산으로 편입돼야 했다. 이 때문에 큰 재산을 가진 신붓감을 사냥하러 다니는 결혼 사기꾼이 등장하기도 했다(어린 조지애나 다아시를 꾀려 한 위컴이 이 경우에 해당한다).

탐욕, 천박한 물질주의적 욕망을 지니지 않은 지각과 분별력을 갖춘 여성들조차 결혼과 재산이라는 문제에 큰 관심을 기울일 수밖에 없었던 데에는 이러한 당대의 사회제도가 일조했다. 현대 사회와 달리 사회보장제도가 전무한 실정에서 정기적인 수입이 보장되지 않거나 일정액의 현금을 확보하고 있지 않은 남자와 결혼한다는 것은 무모하기 짝이 없는 일이었다. 사랑만 갖고 결혼 생활의 현실을 극복하기란 어려웠다(위컴과 리디아의 결혼이 이런 무모한 결혼의 대표적인 사례다).

결혼이나 재산 상속에서 대개 문제로 지적되었고, 이 작품에서도 중요한 소재로 사용된 한사상속entail 제도 역시 살펴봐야 한다. 한사상속은, 토지자산을 소유한 상류층gentry과 귀족층nobility 가문에서 그 자산을 장자에게 한정하여 상속하는 장자 우선 상속primogeniture 제도를 기반으로 한다. 이에 따르면 장자가 없을 경우 가장 가까운 친인척 중에서 서열이 가장 높은 장자 대리자에게 그 토지자산을 한정하여 상속한다. 귀족 작위를 그 집안의 장자나 장자 대리인이 물려받는 제도와 흡사하다. 이 제도는 어떤 집안이든 대대로 토지를 소유하는 일이 그만큼 중요했음을 말해준다. 토지 소유는 집안을 치장하는 역할도 했지만 그 집안을 귀족 가문과 상류층 가문으로 인정받게 만드는 중요한 기준이 되기도 했다. 매년 일정액씩 토지자산에서 안정되고 예측 가능하고 반복적인 수입이 나와야만 그 가문의 남성들이 일상적인 노동이나 직업으로부터 벗어나 여유로운 한량 생활을 누릴 수 있었고, 대학 교육을 받을 수 있었고, 품위 있는 정치 활동과 안락하고 세련된 여가 활동 및 사냥 활동을 할 수 있었다. 즉 어떤 가문에 저택과 저택에 딸린 사유지(영지)가 있다는 것은, 그 가문이 노동하지 않고 품위 있게 사는 상류층 유산계급임을 말해준다. 다아시 집안과 드 버그 집안, 규모는 이들보다 못하지만 엘리자베스의 집안이 모두 이런 집안들이다. 그런데 이런 토지자산은 현금자산이나 유동자산과 달리 가문을 위해 수세대에 걸쳐 세습되는 것이 일반적인 관례였다. 한사상속 제도는 한 가문을 유지시켜주는 토지자산이 장남이 아닌 아들이나 딸에게 분할 상속되어 결국은 멸실되는 사태를 막기 위한 장치였다. 이런 토지자산이 상실되는 일은 그 가문 전체가 몰락하고 퇴락했음을 뜻했다. 특히 이 시기는 토지 매입이 활발히 이루어지고 있었고, 상업을 기반으로 하는 신흥 중산층이 치고 올라오며 신분 상승을 이루던 시기여서 한사상속의 중요성이 커지던 때였다(엘리자베스의 중산층 외가 친척들―변호사인 필립스 이모부와 상업에 종사하는 가드너 외삼촌―을 은근히 경멸하는 캐서린 귀부인의 시각이 이들 신흥 중산층에 대한 상류층의 우월적인 계급의식과 우려를 잘 보여준다).

　그러나 이 제도가 장남 아닌 다른 자녀들에게 준 불이익은 실로 막대했다. 아들이 없어 직계가족이 아닌데도 상속 서열이 가장 높은 친척 장자에게 토지자산이 전부 넘어가는 경우, 해당 가족들에게는 특히나 불합리했다. 하지만 딸들에게 토지를 분배하여 증여하면 당시의 결혼법상 그것이 딸의 남편에게 넘어가고, 그렇게 되면 앞서 말했듯이 결국 그 집안의 영향력과 사회적 지위가 상실된다는 것을 의미했으니 어쩔 수 없는 일이었다. 베넷가의 딸들의 경우 아버지가 죽고 나면 최소한의 현금자산만 나눌 수 있었고, 집과 모든 토지자산은 한사상속자인 콜린스에게 넘어가 자신들은 롱본 집을 떠나야 할 형편이었다. 실제로 이들이 미혼인 상태에서 아버지가 사망했을 경우, 이모부나 외삼촌 부부, 혹은 콜린스의 동정심과 자비심에 의존하여 최소한의 생계만을 유지해야 하는 비참한 처지에 몰릴 것이었다. 엘리자베스가 콜린스의 청혼을 거절하고 난 뒤 베넷 부인이 "이런 식으로 들어오는 청혼을 모두 거절해버리면 평생 남편 구경도 못할 거다. 분명히 말하는데, 아버지가 돌아가시고 나면 누가 널 먹여 살리겠니. 나는 널 부양할 능력이 없어"라던 발언에는 이런 절박한 사정이 숨어 있었던 것이다. 나중에 제인과 엘리자베스 모두 엄청난 현금자산과 토지자산을 소유한 남성과 결혼하게 되었을 때 베넷 부인이 황홀경에 빠져 미친듯이 소리치고 기뻐 날뛰는 반응도 바로 이런 까닭에서였다. 이러한 당대의 배경을 충분히 이해하고 이 작품을 읽는다면, 각기 인물들이 처한 상황과 행동의 의미를 보다 공감하며 감상할 수 있을 것이다.

물론 엘리자베스의 경우는, 상대방의 성격이나 성품에 대한 고려 없이 그저 결혼을 통해 얻게 될 안정을 목적으로 한 샬럿과 달리 다아시와 성격적으로 가장 적합한 보합 관계를 이룰 수 있다는 깨달음과 우

여곡절 끝에 얻은 서로에 대한 완벽한 이해가 그와의 결혼을 선택하게
끔 이끌었다. '결혼이 곧 행복'이라는 단순한 도식으로 반드시 결혼해
야만 한다는 사회적 압력에 굴복해서 행해진 일이 아니었다. 그러나 엘
리자베스의 결혼 또한 지금까지 지적한 19세기 여성의 결혼에 담긴 시
대적 배경을 완벽히 이해하지 않고서는 그 이면의 의미를 충분히 설명
해낼 수 없을 것이다.

류경희

1775년   12월 16일 햄프셔 스티븐턴에서 목사인 아버지 조지 오스틴과 어머니 커샌드라 오스틴 사이에서 팔남매 중 일곱번째이자 둘째 딸로 태어남.

1782년   가족이 함께 첫 아마추어극 〈머틸다*Matilda*〉 상연.

1783년   언니 커샌드라, 사촌 제인 쿠퍼와 함께 옥스퍼드의 콜리 부인 기숙학교에 입학. 같은 해 콜리 부인을 따라 사우샘프턴으로 옮겨갔으나, 모두 장티푸스에 걸려 학업을 중단하고 집으로 돌아옴. 셋째 오빠 에드워드가 먼 친척 토머스 나이트 2세 부부에게 입양됨.

1784년   리처드 셰리든의 〈경쟁자들*The Rivals*〉 가족 공연.

1785년   커샌드라와 함께 레딩의 애비 기숙학교 입학.

1786년   12월에 학업을 마치고 커샌드라와 함께 집으로 돌아옴. 다섯째 오빠 프랜시스가 왕립 해군사관학교에 입학.

1787년   『초기습작모음집*Juvenilia*』에 포함될 작품의 집필 시작. 수재나 센틀리버의 〈기적*The Wonder*〉 가족 공연.

1788년   〈우연*The Chances*〉〈엄지소년 톰*Tom Thumb*〉 가족 공연. 오빠 프랜시스는 동인도제도로 항해.

1789년   큰오빠 제임스와 넷째 오빠 헨리가 옥스퍼드에서 간행물 『소요자*The Loiterer*』 발행.

1790년   6월에 초기 습작 중 하나인 「사랑과 우정*Love and Friendship*」 탈고.

1791년   동생 찰스가 왕립 해군사관학교에 입학.

1792년   초기 습작 「레슬리 캐슬*Lesley Castle*」과 「이블린*Evelyn*」 탈고
           후 「캐서린 혹은 은신처*Catharine, or the Bower*」 집필 시작.

1793년   「찰스 그랜디슨 경 혹은 행복한 사람*Sir Charles Grandison, or
           the Happy Man*」이라는 짧은 희곡을 쓰기 시작하나 끝맺지 못
           하고 중단함.

1794년   서간체 중편소설 『레이디 수전*Lady Susan*』 집필.

1795년   『이성과 감성*Sense and Sensibility*』의 초고에 해당하는 첫 장
           편소설 「엘리너와 메리앤*Elinor and Marianne*」 집필. '오스틴
           연애설'의 주인공인 톰 르프로이를 만남.

1796년   10월에 『오만과 편견*Pride and Prejudice*』의 초고, 「첫인
           상*First Impressions*」의 집필 시작. 프랜시스 버니의 『카밀라
           Camilla』 구독.

1797년   「첫인상」을 탈고하고, 「엘리너와 메리앤」 개고 시작. 「첫인상」을
           출판업자에 보내나 거절당함.

1798년   『노생거 사원*Northanger Abbey*』의 초고인 「수전*Susan*」 집필
           시작.

1799년   배스 방문. 「수전」 탈고.

1800년   「찰스 그랜디슨 경 혹은 행복한 사람」 탈고.

1801년   아버지의 은퇴로 배스로 이사.

1802년   해리스 빅위더의 청혼을 받고 응낙했으나 다음날 거절함. 「수
           전」 개고 시작.

1803년   「수전」을 크로스비 출판사에 10파운드를 받고 팔았으나 출판되
           지 못함.

1804년   「왓슨가 사람들*The Watsons*」 집필 시작.

1805년   아버지 조지 오스틴 작고. 「왓슨가 사람들」 집필 중단.

1806년   어머니, 커샌드라와 함께 사우샘프턴에 있는 둘째 오빠 프랭크
           의 집에서 기거.

1809년　　출판업자 크로스비에게 서신을 보내 「수전」의 출판을 독촉하
　　　　　지만 성사되지 못함. 햄프셔 초턴에 있는 오빠 에드워드 소유의
　　　　　작은 집으로 이사.

1810년　　출판업자 토머스 에거턴과 『이성과 감성』 출판 계약.

1811년　　10월에 『이성과 감성』 출간. 『맨스필드 파크 *Mansfield Park*』 집
　　　　　필 시작. 「첫인상」을 『오만과 편견』으로 개고하는 작업 시작.

1812년　　『오만과 편견』의 판권을 110파운드에 에거턴에게 넘김.

1813년　　『오만과 편견』 출간. 『맨스필드 파크』 탈고. 『이성과 감성』 『오만
　　　　　과 편견』 2쇄 출간.

1814년　　『에마 *Emma*』 집필 시작. 5월에 『맨스필드 파크』가 출간되어 육
　　　　　개월 만에 매진.

1815년　　『에마』 탈고. 『설득 *Persuasion*』의 초고인 「엘리엇가 사람들」 집
　　　　　필 시작. 섭정 왕자 Prince Regent의 사서로부터 『에마』를 왕자에
　　　　　게 헌정할 것을 권유받고 동의함. 12월에 출판업자 머리가 『에
　　　　　마』 출판.

1816년　　「수전」의 판권을 다시 사들인 후 '캐서린 *Catherine*'으로 제목
　　　　　을 바꿔 개고. 『맨스필드 파크』 2쇄가 출간되나 판매는 기대에
　　　　　미치지 못함. 헨리의 은행 사업 실패로 경제적 타격을 받음. 『설
　　　　　득』의 초고를 완성. 건강이 악화되기 시작.

1817년　　「샌디튼 *Sanditon*」의 초고인 「형제들 *The Brothers*」을 쓰기 시
　　　　　작하나 건강 악화로 중단. 4월에 유서 작성. 5월에 언니 커샌드
　　　　　라와 함께 치료를 위해 윈체스터로 옮겨감. 7월 18일 이른 아침
　　　　　영면. 윈체스터 성당에 안장됨.
　　　　　12월 말에 머리가 『노생거 사원』과 『설득』을 묶어 출판. 책에 삽
　　　　　입된 작가 소개에서 헨리는 동생 제인 오스틴이 그동안 이름 없
　　　　　이 출판되었던 소설들의 작가임을 처음으로 밝힘.

1820년　　머리가 『노생거 사원』과 『설득』의 남아 있던 판본을 폐기함.

1832년   리처드 벤틀리가 오스틴의 후손들로부터 판권을 사들여 절판된
         지 십사 년 만에 다섯 작품『이성과 감성』『맨스필드 파크』『에
         마』『노생거 사원』『설득』출간.
1833년   앞서 출판된 다섯 작품에『오만과 편견』과『레이디 수전』을 묶
         어 최초의 오스틴 전집 출간.

문학동네 세계문학전집 발간에 부쳐

세계문학은 국민문학 혹은 지역문학을 떠나 존재하는 문학이 아니지만 그것들의 총합도 아니다. 세계문학이라는 용어에는 그 나름의 언어와 전통을 갖고 있는 국민문학이나 지역문학의 존재를 인정하면서 그것을 넘어서는 문학의 보편적 질서에 대한 관념이 새겨져 있다. 그 용어를 처음 고안한 19세기 유럽인들은 유럽문학을 중심으로 그 질서를 구축했지만 풍부한 국민문학의 전통을 가지고 있는 현대의 문학 강국들은 나름의 방식으로 세계문학을 이해하면서 정전(正典)의 목록을 작성하고 또 수정한다.

한국에서도 세계문학 관념은 우리 사회와 문화의 변화 속에서 거듭 수정돼왔다. 어느 시기에는 제국 일본의 교양주의를 반영한 세계문학 관념이, 어느 시기에는 제3세계 민족주의에 동조한 세계문학 관념이 출현했고, 그러한 관념을 실천한 전집물이 출판됐다. 21세기 한국에 새로운 세계문학전집이 필요하다는 것은 명백하다. 우리의 지성과 감성의 기준에 부합하는 세계문학을 다시 구상할 때가 되었다.

문학동네 세계문학전집은 범세계적으로 통용되는 고전에 대한 상식을 존중하면서도 지난 반세기 동안 해외 주요 언어권에서 창작과 연구의 진전에 따라 일어난 정전의 변동을 고려하여 편성되었다. 그래서 불멸의 명작은 물론 동시대 세계의 중요한 정치·문화적 실천에 영감을 준 새로운 작품들을 두루 포함시켰다.

창립 이후 지금까지 한국문학 및 번역문학 출판에서 가장 전문적이고 생산적인 그룹을 대표해온 문학동네가 그간 축적한 문학 출판 경험을 바탕으로 새로운 세계문학전집을 펴낸다. 인류가 무지와 몽매의 어둠 속을 방황하면서도 끝내 길을 잃지 않은 것은 세계문학사의 하늘에 떠 있는 빛나는 별들이 길잡이가 되어주었기 때문이다. 우리가 자부심과 사명감 속에서 그리게 될 이 새로운 별자리가 독자들의 관심과 애정에 힘입어 우리 모두의 뿌듯한 자산이 되기를 소망한다.

문학동네 세계문학전집 편집위원
민은경, 박유하, 변현태, 송병선, 이재룡, 홍길표, 남진우, 황종연

세계문학전집 154

오만과 편견

1판 1쇄 2017년 9월 22일
1판 10쇄 2025년 5월 20일

지은이 제인 오스틴 ┃ 옮긴이 류경희

책임편집 문서연 ┃ 편집 김수현 김경은 ┃ 모니터링 이희연 ┃ 독자모니터 나희정
디자인 엄자영 최미영 ┃ 저작권 박지영 형소진 오서영
마케팅 정민호 서지화 한민아 이민경 왕지경 정유진 정경주 김수인 김혜원 김예진 나현후
        이서진
브랜딩 함유지 박민재 이송이 김희숙 박다솔 조다현 김하연 이준희
제작 강신은 김동욱 이순호 ┃ 제작처 영신사

펴낸곳 (주)문학동네 ┃ 펴낸이 김소영
출판등록 1993년 10월 22일 제2003-000045호
주소 10881 경기도 파주시 회동길 210
전자우편 editor@munhak.com
대표전화 031)955-8888 ┃ 팩스 031)955-8855
문학동네카페 http://cafe.naver.com/mhdn
인스타그램 @munhakdongne ┃ 트위터 @munhakdongne
북클럽문학동네 http://bookclubmunhak.com

ISBN 978-89-546-4832-5 04840
    978-89-546-0901-2 (세트)

www.munhak.com

1, 2, 3 안나 카레니나 레프 톨스토이 | 박형규 옮김

4 판탈레온과 특별봉사대 마리오 바르가스 요사 | 송병선 옮김

5 황금 물고기 J. M. G. 르 클레지오 | 최수철 옮김

6 템페스트 윌리엄 셰익스피어 | 이경식 옮김

7 위대한 개츠비 F. 스콧 피츠제럴드 | 김영하 옮김

8 아름다운 애너벨 리 싸늘하게 죽다 오에 겐자부로 | 박유하 옮김

9, 10 파우스트 요한 볼프강 폰 괴테 | 이인웅 옮김

11 가면의 고백 미시마 유키오 | 양윤옥 옮김

12 킴 러디어드 키플링 | 하창수 옮김

13 나귀 가죽 오노레 드 발자크 | 이철의 옮김

14 피아노 치는 여자 엘프리데 옐리네크 | 이병애 옮김

15 1984 조지 오웰 | 김기혁 옮김

16 벤야멘타 하인학교 - 야콥 폰 군텐 이야기 로베르트 발저 | 홍길표 옮김

17, 18 적과 흑 스탕달 | 이규식 옮김

19, 20 휴먼 스테인 필립 로스 | 박범수 옮김

21 체스 이야기·낯선 여인의 편지 슈테판 츠바이크 | 김연수 옮김

22 왼손잡이 니콜라이 레스코프 | 이상훈 옮김

23 소송 프란츠 카프카 | 권혁준 옮김

24 마크롤 가비에로의 모험 알바로 무티스 | 송병선 옮김

25 파계 시마자키 도손 | 노영희 옮김

26 내 생명 앗아가주오 앙헬레스 마스트레타 | 강성식 옮김

27 여명 시도니가브리엘 콜레트 | 송기정 옮김

28 한때 흑인이었던 남자의 자서전 제임스 웰든 존슨 | 천승걸 옮김

29 슬픈 짐승 모니카 마론 | 김미선 옮김

30 피로 물든 방 앤절라 카터 | 이귀우 옮김

31 숨그네 헤르타 뮐러 | 박경희 옮김

32 우리 시대의 영웅 미하일 레르몬토프 | 김연경 옮김

33, 34 실낙원 존 밀턴 | 조신권 옮김

35 복낙원 존 밀턴 | 조신권 옮김

36 포로기 오오카 쇼헤이 | 허호 옮김

37 동물농장·파리와 런던의 따라지 인생 조지 오웰 | 김기혁 옮김

38 루이 랑베르 오노레 드 발자크 | 송기정 옮김

39 코틀로반 안드레이 플라토노프 | 김철균 옮김

40 어두운 상점들의 거리 파트릭 모디아노 | 김화영 옮김

41 순교자 김은국 | 도정일 옮김

42 젊은 베르테르의 슬픔 요한 볼프강 폰 괴테 | 안장혁 옮김

43 더블린 사람들 제임스 조이스 | 진선주 옮김

44 설득 제인 오스틴 | 원영선, 전신화 옮김

45 인공호흡 리카르도 피글리아 | 엄지영 옮김

46 정글북 러디어드 키플링 | 손향숙 옮김

47 외로운 남자 외젠 이오네스코 | 이재룡 옮김

48 에피 브리스트 테오도어 폰타네 | 한미희 옮김

49 둔황 이노우에 야스시 | 임용택 옮김

50 미크로메가스·캉디드 혹은 낙관주의 볼테르 | 이병애 옮김

● 문학동네 세계문학전집은 계속 출간됩니다